O LABIRINTO
DOS ESPÍRITOS

Carlos Ruiz Zafón

O LABIRINTO DOS ESPÍRITOS

TRADUÇÃO
Ari Roitman e Paulina Wacht

6ª reimpressão

Copyright © Corelliana, S. L. 2016

Grafia atualizada segundo o Acordo Ortográfico da Língua Portuguesa de 1990, que entrou em vigor no Brasil em 2009.

Título original
El Laberinto de los Espíritus

Capa
Claudia Espínola de Carvalho
Planeta Arte & Design

Foto de capa
© Gabriel Casas. Día del libro, Barcelona 1932. Arxiu Nacional de Catalunya e © Joan Tomas. Farola de la calle Ferran, Barcelona.

Preparação
Maria Paula Autran

Revisão
Márcia Moura
Clara Diament

Dados Internacionais de Catalogação na Publicação (CIP)
(Câmara Brasileira do Livro, SP, Brasil)

Ruiz Zafón, Carlos
    O labirinto dos espíritos / Carlos Ruiz Zafón ; tradução Ari Roitman, Paulina Wacht. — 1ª ed. — Rio de Janeiro : Suma de Letras, 2017.

    Título original: El Laberinto de los Espíritus.
    ISBN 978-85-5651-043-3

    1. Ficção espanhola I. Título.

17-05351   CDD-863

Índice para catálogo sistemático:
1. Ficção : Literatura espanhola 863

Todos os direitos desta edição reservados à
EDITORA SCHWARCZ S.A.
Praça Floriano, 19 — sala 3001 — Cinelândia
20031-050 — Rio de Janeiro — RJ
Telefone: (21) 3993-3501
www.companhiadasletras.com.br
www.blogdacompanhia.com.br
facebook.com/editorasuma
instagram.com/editorasuma
twitter.com/Suma_BR

O CEMITÉRIO DOS
LIVROS ESQUECIDOS

Este livro faz parte de um ciclo de romances que se entrecruzam no universo literário do Cemitério dos Livros Esquecidos. Os romances que formam este ciclo estão interligados por personagens e linhas argumentativas que constroem pontes narrativas e temáticas, embora cada um deles ofereça uma história fechada, independente e contida em si mesma.

As diversas partes da série do Cemitério dos Livros Esquecidos podem ser lidas em qualquer ordem ou separadamente, permitindo ao leitor explorar e entrar no labirinto de histórias através de diferentes portas e caminhos que, entrelaçados, o conduzirão ao coração da narrativa.

Todo romance é uma obra de ficção. As quatro partes do Cemitério dos Livros Esquecidos, embora estejam inspiradas na Barcelona do século xx, não são uma exceção à regra. Em algumas poucas ocasiões a fisionomia ou a cronologia de alguns cenários, marcas ou circunstâncias foi adaptada à lógica narrativa para que, por exemplo, Fermín pudesse degustar suas queridas balas Sugus alguns anos antes de se tornarem populares ou certos personagens poderem desembarcar sob a grande abóbada da Estação de Francia.

O LIVRO DE DANIEL

1

Naquela noite sonhei que retornava ao Cemitério dos Livros Esquecidos. Voltava a ter dez anos e acordava no meu antigo quarto sentindo que a lembrança do rosto da minha mãe tinha me abandonado. E eu sabia, do jeito que se sabem as coisas nos sonhos, que a culpa era minha e só minha, porque não merecia recordá-lo e porque não tinha conseguido lhe fazer justiça.

Logo depois meu pai entrava, alertado por meus gritos de angústia. Meu pai, que no sonho ainda era jovem e ainda tinha todas as respostas do mundo, me abraçava para consolar-me. Depois, quando as primeiras luzes já pintavam uma Barcelona de vapor, íamos para a rua. Meu pai, por algum motivo que eu não conseguia entender, só me acompanhou até o portão. Ali soltou minha mão e me deu a entender que aquela era uma viagem que eu devia fazer sozinho.

Comecei a andar, mas lembro que a roupa, os sapatos e até a pele me pesavam muito. Cada passo que eu dava exigia mais esforço que o anterior. Quando cheguei às Ramblas percebi que a cidade estava suspensa em um instante infinito. As pessoas haviam interrompido seus passos e apareciam congeladas como figuras de uma velha fotografia. Um pombo levantando voo esboçava o rascunho impreciso de um bater de asas. Filamentos de pólen flutuavam imóveis no ar como luz em pó. A água da fonte de Canaletas brilhava no vazio e parecia um colar de lágrimas de cristal.

Lentamente, como se tentasse caminhar debaixo d'água, consegui entrar no feitiço daquela Barcelona paralisada no tempo até chegar à entrada do Cemitério dos Livros Esquecidos. Lá chegando, parava, exausto. Não conseguia entender que carga invisível era aquela que eu arrastava comigo e que quase não me deixava avançar. Levantei a aldraba e bati na porta, mas ninguém veio abrir. Bati várias vezes com os punhos no grande portão de madeira. Mas o vigia ignorava a minha súplica. Exânime, afinal caí de joelhos. Só então, ao ver o feitiço que eu tinha arrastado, fui tomado pela terrível certeza de que a cidade e o meu destino ficariam congelados para sempre naquele sortilégio e de que eu nunca mais iria lembrar o rosto da minha mãe.

Foi então, ao abandonar toda e qualquer esperança, que o descobri. O pedaço de metal estava escondido no bolso interno daquele paletó de colegial que tinha minhas iniciais bordadas em azul. Uma chave. Imaginei quanto tempo devia ter ficado ali sem que eu soubesse. A chave estava tingida de ferrugem e era quase tão pesada quanto a minha consciência. A duras penas consegui erguê-la com as duas mãos até a fechadura. Tive que usar toda a energia que ainda me restava para conseguir girá-la. Quando já estava achando que nunca iria conseguir, o ferrolho cedeu e o portão deslizou para o interior.

Uma galeria curva entrava pelo velho palácio, ponteada por um rastro de velas acesas que desenhava o caminho. Mergulhei nas trevas e ouvi a porta se fechar às minhas costas. Reconheci então aquele corredor ladeado por afrescos de anjos e criaturas fabulosas que espreitavam nas sombras e pareciam se mexer quando eu passava. Percorri essa passagem até chegar a um arco que se abria em frente a uma grande abóbada e parava no umbral. O labirinto se erguia à minha frente como uma miragem infinita. Uma espiral de escadarias, túneis, pontes e arcos tramados como uma cidade eterna, construída com todos os livros do mundo, subia até uma cúpula de vidro imensa.

Minha mãe estava ali, debaixo da estrutura. Deitada em um sarcófago aberto, com as mãos cruzadas sobre o peito, a pele tão pálida como o vestido branco que cobria seu corpo. Tinha os lábios selados e os olhos fechados. Jazia inerte no repouso ausente das almas perdidas. Levantei a mão para acariciar seu rosto. A pele estava fria como mármore. Ela então abriu os olhos, e seu olhar encantado de lembranças se fixou no meu. Quando mexeu os lábios escurecidos e falou, o som da sua voz era tão ensurdecedor que me atropelou como um trem de carga e me arrancou do chão, me jogando pelos ares e me deixando suspenso em uma queda sem fim enquanto o eco de suas palavras derretia o mundo.

Você tem que contar a verdade, Daniel.

Acordei subitamente na penumbra do meu quarto, encharcado de suor frio, e me deparei com o corpo de Bea deitado ao meu lado. Ela me abraçou e acariciou meu rosto.

— Outra vez? — murmurou.

Fiz que sim e respirei fundo.

— Você estava falando. No sonho.

— O que eu dizia?

— Não deu para entender — mentiu Bea.

Eu a olhei e ela sorriu para mim de um jeito que me pareceu de pena, ou talvez fosse só de paciência.

— Durma um pouco mais. Ainda falta uma hora e meia para o despertador tocar, e hoje é terça-feira.

Terça-feira significava que era meu dia de levar Julián ao colégio. Fechei os olhos e fingi adormecer. Quando voltei a abri-los, alguns minutos mais tarde, encontrei o rosto de Bea me observando.

— O que foi? — perguntei.

Ela se inclinou e me beijou suavemente nos lábios. Tinha gosto de canela.

— Eu também não estou com sono — insinuou.

Comecei a despi-la sem pressa. Já ia arrancar os lençóis e jogá-los no chão quando ouvi uns passos leves atrás da porta do quarto. Bea interrompeu o avanço da minha mão esquerda entre suas coxas e se levantou apoiada nos cotovelos.

— O que foi, meu bem?

O pequeno Julián nos observava da porta com uma sombra de pudor e inquietação.

— Tem alguém no meu quarto — murmurou.

Bea deu um suspiro e abriu os braços. Julián correu para se refugiar no abraço da mãe, e eu renunciei a qualquer esperança em pecado concebida.

— O Príncipe Escarlate? — perguntou Bea.

Julián concordou, desolado.

— Papai vai expulsá-lo a pontapés do seu quarto agora mesmo para que não volte nunca mais.

Nosso filho me lançou um olhar desesperado. Para que serve um pai se não for para missões heroicas dessa envergadura? Sorri para ele e pisquei o olho.

— A pontapés — repeti com o gesto mais furioso que consegui fazer.

Julián se permitiu uma tentativa de sorriso. Pulei da cama e atravessei o corredor até seu quarto. Aquele aposento me lembrava tanto o que eu tinha na idade dele, em algum andar mais abaixo, que por um instante me perguntei se não estaria ainda preso ao sonho. Eu me sentei ao lado da cama e acendi o abajur. Julián vivia cercado de brinquedos, alguns herdados de mim, mas principalmente de livros. Não levei muito tempo para encontrar o suspeito escondido debaixo do colchão. Peguei aquele pequeno livro encadernado em preto e abri na primeira página.

O labirinto dos espíritos VII
Ariadna e o Príncipe Escarlate

Texto e ilustrações de Victor Mataix

Não sabia mais onde pôr aqueles livros para que meu filho não os encontrasse. Por mais fina argúcia que usasse para encontrar novos esconderijos, o olfato dele inevitavelmente os detectava. Folheei as páginas do volume e as recordações me assaltaram de novo.

Quando voltei para o quarto após confinar de novo o livro no alto do armário da cozinha — onde sabia que, mais cedo ou mais tarde, meu filho o acharia —, vi Julián nos braços da mãe. Ambos tinham sucumbido ao sono. Fiquei observando os dois da soleira, protegido pela penumbra. Ouvi sua respiração profunda e me perguntei o que o homem mais afortunado do mundo teria feito para merecer sua sorte. Observei-os dormindo enlaçados, alheios ao mundo, e não pude deixar de lembrar o medo que senti na primeira vez que os vi abraçados assim.

2

Nunca contei a ninguém, mas na noite em que meu filho Julián nasceu e o vi pela primeira vez nos braços da mãe, entregue à calma bendita daqueles que ainda não sabem direito a que tipo de lugar vieram, senti vontade de sair correndo e não parar de correr até o mundo acabar. Eu era muito moleque e a vida certamente ainda parecia grande demais para mim, mas, por mais desculpas que eu possa arranjar, até hoje sinto o gosto amargo de vergonha pelo impulso de covardia que se apoderou de mim e que, mesmo depois de todos esses anos, não tive coragem de confessar a quem mais devia.

As recordações que enterramos no silêncio são as que nunca deixam de nos perseguir. A minha é de um quarto com tetos infinitos e um sopro de luz ocre, destilada de um lustre lá no alto, desenhando o contorno de um leito onde estava deitada uma garota de dezessete anos com um menino no colo. Quando Bea, vagamente consciente, levantou a vista e sorriu, meus olhos se encheram de lágrimas. Então me ajoelhei ao lado da cama e pus o rosto em seu colo. Senti que ela pegava minha mão e a apertava com as poucas forças que lhe restavam.

— Não tenha medo — sussurrou.

Mas tive. E por um instante, a partir do qual a vergonha me perseguiu, quis estar em qualquer outro lugar do mundo menos naquele quarto e naquela pele.

Da porta, Fermín tinha presenciado a cena e, como de costume, deve ter lido meu pensamento antes que eu pudesse formulá-lo. Sem me dar tempo de abrir a boca, puxou meu braço e, deixando Bea e o menino na boa companhia de sua prometida, a Bernarda, me levou para o corredor, uma longa galeria de perfil agudo que se perdia na penumbra.

— Você continua vivo, Daniel? — perguntou.

Fiz que sim com um leve gesto enquanto tentava recuperar o fôlego que tinha perdido no caminho. Quando sinalizei que ia voltar para o quarto, Fermín me deteve.

— Sabe, a próxima vez que você entrar aí tem que ser com um pouco mais de determinação. Felizmente a sra. Bea ainda está meio perdida e não deve ter percebido da missa nem a metade. E agora, se me permite a sugestão, creio que cairia muito bem uma lufadinha de ar fresco para nos desvencilhar do susto e enfrentar a segunda oportunidade com mais brio.

Sem esperar a resposta, Fermín pegou meu braço e me guiou pelo corredor em direção a uma escadaria que nos conduziu a um parapeito suspenso entre Barcelona e o céu. Uma brisa fria que mordia com força acariciou meu rosto.

— Feche os olhos e respire fundo três vezes. Sem pressa, como se os seus pulmões chegassem até os sapatos — aconselhou Fermín. — É um truque que aprendi com um monge tibetano muito safado que conheci quando trabalhava como recepcionista e administrador em um bordelzinho do porto. Não sabia nada, o sem-vergonha...

Inalei profundamente as três vezes prescritas, e mais três de lambuja, aspirando os benefícios do ar puro que meu amigo e seu guru tibetano prometiam. Senti que estava ficando um pouco tonto, mas Fermín me amparou.

— Também não vá ficar catatônico agora. Agite-se um pouco, pois a situação demanda calma, mas não pasmaceira.

Abri os olhos e me deparei com as ruas desertas e a cidade adormecida aos meus pés. Eram cerca de três da madrugada, e o hospital de San Pablo estava mergulhado em uma letargia de trevas, sua cidadela de cúpulas, torreões e arcos tramando arabescos por entre a neblina que se derramava do alto do monte Carmelo. Olhei em silêncio aquela Barcelona indiferente que só se vê dos hospitais, alheia aos temores e esperanças do observador, e deixei que o frio fosse me penetrando até clarear minha mente.

— Você deve achar que sou um covarde — falei.

Fermín sustentou meu olhar e encolheu os ombros.

— Não faça drama. O que acho é que ultimamente você anda com a pressão baixa e a aflição alta, o que vem a dar no mesmo, mas o exime da responsabilidade e do escárnio. Por sorte, tenho aqui a solução.

Desabotoou o sobretudo, um insondável bazar de raridades que fazia as vezes de herbanário portátil, museu de curiosidades e repositório de artefatos e relíquias resgatados em mil feirinhas e leilões de quinta categoria.

— Não sei como você pode carregar tanta bugiganga, Fermín.

— Física avançada. Como minha magra anatomia consiste principalmente em fibras musculares e cartilaginosas, este pequeno arsenal reforça o meu campo gravitacional e proporciona uma sólida ancoragem contra ventos e marés. E não pense que vai me despistar com tanta facilidade com lições que vêm ao caso, pois nós não subimos aqui para trocar figurinhas nem para namorar.

Advertência feita, Fermín tirou de um dos seus inúmeros bolsos um frasquinho de folha de flandres e desenroscou a tampa. Cheirou o conteúdo como se fossem os eflúvios do paraíso e sorriu com aprovação. Então me ofereceu o recipiente e, olhando nos meus olhos com solenidade, anuiu com a cabeça.

— Beba agora ou se arrependa para sempre.

Aceitei o frasco meio a contragosto.

— O que é isto? Tem cheiro de dinamite...

— Bobagem. É só um coquetel criado para ressuscitar defuntos e rapazolas intimidados pelas responsabilidades do destino. É uma fórmula magistral de minha autoria, elaborada à base de Anis del Mono e outras aguardentes batidas com um conhaque ordinário que compro daquele cigano caolho do quiosque La Cazalla, tudo isso arrematado com umas gotinhas de ratafia e Aromas de Montserrat para dar esse buquê inconfundível dos pomares catalães.

— Nossa mãe.

— Vamos, pois é aqui que se revela quem é valente e quem nega fogo. Em um gole só, como um legionário infiltrado em um banquete de casamento.

Obedeci e bebi aquela mistura infernal que tinha gosto de gasolina batida com açúcar. O líquido incendiou minhas tripas e, antes que eu pudesse recuperar o bom senso, Fermín fez um gesto indicando que repetisse a operação. Protestos e terremoto intestinal à parte, tomei a segunda dose agradecendo o torpor e a serenidade que aquela beberagem me provocava.

— E então? — perguntou Fermín. — Melhor, certo? Isto aqui é o lanchinho dos campeões.

Fiz que sim com convicção, bufando e abrindo os botões do colarinho. Ele aproveitou a oportunidade para beber um gole de seu preparado e guardou o frasco no bolso.

— Nada como uma química para domar a lírica. Mas não vá se afeiçoar, porque bebida é como raticida ou generosidade: quanto mais se usa, menos efeito tem.

— Não se preocupe.

Fermín me mostrou dois charutos cubanos que despontavam em outro bolso do seu sobretudo, mas negou piscando um olho.

— Tinha reservado para hoje este par de Cohibas subtraídos in extremis do umidificador do meu atual futuro sogro, dom Gustavo Barceló, mas estou quase achando melhor guardar para outro dia, pois você não parece em boa forma e não é o caso de deixar o neném órfão logo em seu dia de estreia.

Fermín me deu umas palmadinhas afetuosas nas costas e deixou passar alguns segundos, dando tempo para que os eflúvios do seu coquetel se espalhassem pelo meu sangue e uma nebulosa de tranquilidade etílica mascarasse a sensação de pânico surdo que me dominava. Quando reconheceu o tom vítreo do meu olhar e a dilatação de pupilas que antecediam o embotamento geral dos sentidos, Fermín soltou o discurso que sem dúvida estivera tramando a noite toda.

— Amigo Daniel, quis Deus, ou quem quer que exerça o cargo em sua ausência, que fosse mais fácil ser pai e trazer uma criança ao mundo que tirar a carteira de motorista. Essa infausta circunstância se reflete no fato de que um número exagerado de cretinos, bostas e néscios se autoconsiderem autorizados a procriar e, exibindo a medalha da paternidade, desgracem para sempre as infortunadas crianças que vão engendrando com suas vergonhas. Por isso, falando com a autoridade que me confere o fato de também estar na missão de emprenhar minha amada Bernarda logo que permitirem a gônada e o santo matrimônio que ela me exige sine qua non, podendo assim seguir os seus passos nessa viagem à grande responsabilidade da condição paternal, tenho que afirmar e afirmo que você, Daniel Sempere Gispert, um pixote em estado de adultícia incipiente, diante da frágil fé que neste momento tem em si mesmo e em sua viabilidade como *pater familias*, é e será um progenitor exemplar, embora noviço e um pouco boboca de modo geral.

No meio dessa lenga-lenga eu já estava nas nuvens, por efeito da fórmula explosiva ou da pirotecnia gramatical exibida pelo meu bom amigo.

— Fermín, não tenho certeza do que você disse.

Ele suspirou.

— Quero dizer que eu sei que neste momento você está quase perdendo o controle dos esfíncteres e que tudo isso o apavora, Daniel, mas, como já lhe informou a santa senhora sua esposa, você não deve ter medo. Os filhos, pelo menos o seu, nascem com pão e razão debaixo do braço, e quando se tem um mínimo de decência e decoro na alma, e algum miolo na cabeça, encontra-se o jeito de não estragar a vida deles e de ser um pai do qual nunca tenham que se envergonhar.

Olhei de lado para aquele homenzinho que daria a vida por mim e que sempre tinha uma palavra, ou dez mil, para superar todos os dilemas e a minha ocasional tendência à frouxidão existencial.

— Tomara que seja tão fácil como você pinta, Fermín.

— Nada que vale a pena nesta vida é fácil, Daniel. Quando eu era jovem, pensava que para navegar pelo mundo bastava aprender e fazer bem três coisas. Uma: amarrar o cadarço dos sapatos. Duas: despir uma mulher como se deve. E três: ler para saborear diariamente algumas páginas redigidas com brilho e destreza. Eu achava que um homem que pisa firme, sabe acariciar e aprende a escutar a música das palavras vive mais e, principalmente, vive melhor. Mas o tempo me ensinou que isso não basta e que às vezes a vida nos oferece a oportunidade de aspirar a ser algo mais que um bípede que come, excreta e ocupa um espaço temporário no planeta. E, hoje, o destino, em sua infinita inconsciência, quis lhe oferecer essa oportunidade.

Assenti com pouca convicção.

— E se eu não estiver à altura?

— Daniel, se nós dois temos algo em comum é que ambos fomos abençoados com a sorte de encontrar mulheres que não merecemos. Está bem claro que nessa viagem os alforjes e a altura serão decididos por elas, e nós simplesmente temos que tentar não falhar. O que me diz?

— Que eu adoraria acreditar piamente nisso, mas é difícil.

Fermín negou com a cabeça, menosprezando o problema.

— Não tema. O que nubla a sua pouca aptidão para a minha retórica de fina expressão é o mistifório espirituoso com que eu mesmo o empanzinei. Mas, como sabemos, nessas coisas tenho muito mais quilometragem que você e, geralmente, mais razão que uma carroça de santos.

— Isso não vou discutir.

— E faz bem, porque perderia no primeiro round. Confia em mim?

— Claro, Fermín. Vamos juntos até o fim do mundo, você sabe.

— Então me faça um favor e confie também em si mesmo, como eu faço.

Olhei nos seus olhos e assenti lentamente com a cabeça.

— Já recuperou o bom senso? — perguntou.

— Acho que sim.

— Pois então recomponha esta triste figura, verifique se sua massa testicular está pendurada no devido lugar e volte ao quarto para abraçar a sra. Bea e o rebento como o homem que graças aos dois você acabou de se tornar. Porque não há dúvida de que aquele rapaz que eu tive a honra de conhecer certa noite, anos atrás, sob os arcos da Plaza Real, e que tantos sustos me deu depois, tem que ficar no prelúdio desta aventura. Ainda temos muita história para viver, Daniel, e o que nos espera daqui por diante não é mais coisa de criança. Você vem comigo? Até esse fim do mundo, que quem sabe não fica logo ali na esquina?

Só me ocorreu apertá-lo em um abraço.

— O que eu faria sem você, Fermín?

— Muita coisa errada. E, já nessa linha de cautela, não esqueça que um dos efeitos secundários mais comuns decorrentes da ingestão da mistura que você acabou de beber é o amolecimento temporário do pudor e certa exuberância no músculo sentimental. Por isso, quando a sra. Bea o vir entrando agora no quarto, olhe nos olhos dela para que saiba que você a ama de verdade.

— Ela já sabe.

Fermín negou com paciência.

— Faça o que estou dizendo — insistiu. — Não precisa falar se tiver vergonha, pois os homens são assim e a testosterona não estimula o verso. Mas que ela sinta. Porque essas coisas, mais que dizer, é preciso demonstrar. E não uma vez na vida e outra na morte, mas todo dia.

— Vou tentar.

— Faça mais do que tentar, Daniel.

E assim, despojado do eterno e frágil refúgio da minha adolescência por obra e graça de Fermín, me encaminhei de volta para o quarto onde meu destino me esperava.

Muitos anos depois, a lembrança dessa noite voltaria à minha memória quando, refugiado certa madrugada nos fundos da velha livraria da rua Santa Ana, eu tentava mais uma vez enfrentar a página em branco sem saber por onde começar a explicar a mim mesmo a verdadeira história da minha família, tarefa a que havia dedicado meses ou anos mas da qual fora incapaz de apresentar uma única linha aproveitável.

Fermín, aproveitando um ataque de insônia que atribuiu à digestão de meio quilo de torresmos, viera me fazer uma visita de madrugada. Quando me viu agonizando em frente à página em branco armado com uma caneta que vazava feito um carro velho, sentou-se ao meu lado e examinou a maré de folhas amassadas que se espalhavam aos meus pés.

— Não se ofenda, Daniel, mas você tem alguma ideia do que está fazendo?

— Não — admiti. — Quem sabe se eu tentasse com uma máquina de escrever, tudo seria diferente. O anúncio diz que a Underwood é a escolha do profissional.

Fermín refletiu sobre a promessa publicitária, mas negou com veemência.

— Entre datilografar e escrever há anos-luz de distância.

— Obrigado pelo estímulo. E você, o que faz por aqui a estas horas?

Ele apertou a barriga.

— A ingestão de um leitãozinho inteiro em estado de fritura me deixou com o estômago embrulhado.

— Quer um pouco de bicarbonato?

— É melhor não, porque me dá ereção noturna, desculpe o termo, e aí que não há mais jeito de pregar o olho.

Deixei de lado a caneta e a minha enésima tentativa de redigir uma única frase que prestasse e procurei o olhar do meu amigo.

— Tudo bem por aqui, Daniel? Quer dizer, tirando o seu infrutífero assalto ao castelo da narrativa...

Encolhi os ombros. Como sempre, Fermín tinha aparecido em um momento providencial, fazendo jus à sua condição de *picarus ex machina*.

— Não sei bem como lhe perguntar uma coisa que está rondando a minha cabeça faz tempo — aventurei.

Ele cobriu a boca e ministrou um arroto breve mas sentido.

— Se tem relação com algum macetinho de alcova, pode disparar sem pudor, não se esqueça de que nesses misteres sou como um esculápio diplomado.

— Não, não é um assunto de alcova.

— Que pena, porque tenho informações fresquinhas sobre um ou dois truques novos que...

— Fermín — cortei —, você acha que eu vivi a vida que tinha que viver, que estive à altura?

Meu amigo ficou sem palavras. Abaixou os olhos e suspirou.

— Não me diga que no fundo é disso que se trata esta sua fase de Balzac encalhado. Busca espiritual e essas coisas...

— Por acaso as pessoas não escrevem para entender melhor a si mesmas e o mundo?

— Não se sabem o que estão fazendo, coisa que você...

— Você é um péssimo confessor, Fermín. Ajude-me um pouco.

— Pensei que estava querendo se tornar romancista, não beato.

— Diga a verdade. Você que me conhece desde criança: eu o decepcionei? Fui o Daniel que você esperava? Aquele que minha mãe gostaria que eu fosse? Diga a verdade.

Fermín revirou os olhos.

— A verdade são as bobagens que as pessoas dizem quando pensam que sabem alguma coisa, Daniel. Eu sei tanto sobre a verdade quanto sobre o número do sutiã daquela fêmea formidável com nome e busto pontiagudos que vimos outro dia no cinema Capitol.

— Kim Novak — precisei.

— Que Deus e a lei da gravidade a tenham em sua glória. E não, você não me decepcionou, Daniel. Nunca. Você é um bom homem e um bom amigo. E, se quer saber minha opinião, sim, acho que a sua falecida mãe Isabella estaria orgulhosa de você, pensando que é um bom filho.

— Mas não sou bom romancista. — Sorri.

— Olhe, Daniel, você tem tanto de romancista quanto eu de frade dominicano. E sabe disso. Não existe caneta ou Underwood debaixo do sol que mude a situação.

Suspirei e me entreguei a um longo silêncio. Fermín me observava, pensativo.

— Sabe de uma coisa, Daniel? O que eu acho de verdade, depois de tudo que nós dois passamos, é que ainda sou aquele pobre infeliz que você encontrou jogado na rua e levou para casa por caridade, e você ainda é aquele pirralho desvalido que estava perdido pelo mundo esbarrando em inúmeros mistérios e acreditando que, se os resolvesse, quem sabe, por puro milagre, recuperaria o rosto da sua mãe e a memória da verdade que o mundo lhe roubara.

Avaliei suas palavras, que tinham me tocado profundamente.

— Isso seria tão terrível?

— Poderia ser ainda pior. Você poderia ser romancista, como seu amigo Carax.

— De repente eu deveria procurá-lo e convencê-lo a escrever esta história — comentei. — A nossa história.

— Seu filho Julián às vezes diz isso.

Olhei de lado para Fermín.

— Julián diz o quê? O que Julián sabe de Carax? Você falou de Carax com meu filho?

Ele fez seu semblante oficial de cordeirinho degolado.

— Eu?

— O que você lhe contou?

Fermín bufou, sem dar muita importância ao caso.

— Ninharias. No máximo, notas de pé de página totalmente inofensivas. O fato é que o garoto tem disposição inquisitiva e faróis de longo alcance e, claro, capta tudo e vai ligando as coisas. Não tenho culpa se ele é esperto. Evidentemente não puxou a você.

— Nossa mãe... E Bea já sabe que você andou conversando com o menino sobre Carax?

— Eu não me meto na sua vida conjugal. Mas duvido que haja muita coisa que a sra. Bea não saiba ou intua.

— Você está terminantemente proibido de falar de Carax com meu filho.

Fermín pôs a mão no peito e acatou com solenidade.

— Meus lábios estão selados. Que caia a mais negra ignomínia sobre mim se em algum momento de obnubilação eu quebrar este solene voto de silêncio.

— E, aliás, também não fale de Kim Novak, pois conheço você muito bem.

— Quanto a isso sou inocente como o bezerrinho que tira o pecado do mundo, porque quem puxa o assunto é o menino, que de bobo não tem um fio de cabelo.

— Você é impossível.

— Eu aceito com abnegação as suas injustas provocações porque sei que se devem à frustração por seu esquálido engenho. Tem vossa excelência algum outro nome a acrescentar à lista negra dos não mencionáveis além de Carax? Bakunin? Estrellita Castro?

— Por que não vai dormir e me deixa em paz, Fermín?

— E deixá-lo aqui sozinho diante do perigo? De jeito nenhum. Tem que haver pelo menos um adulto sensato no meio do público.

Fermín avaliou a caneta e a pilha de papéis em branco que estavam em cima da mesa, examinando fascinado tudo aquilo como se fosse um jogo de instrumentos cirúrgicos.

— Já pensou como vai começar o trabalho?

— Não. Estava fazendo isso quando você chegou e começou a dizer sandices.

— Bobagem. Sem mim você não escreveria nem uma lista de compras.

Enfim convencido e arregaçando as mangas diante da titânica tarefa que nos esperava, Fermín se sentou em uma cadeira ao meu lado e me olhou fixamente com a intensidade de quem não precisa de palavras para se fazer entender.

— Por falar em lista, sabe, desse negócio de romance eu entendo menos que de manufatura e de uso de cilício, mas acho que antes de começar a contar alguma coisa deve-se fazer uma lista do que se quer contar. Um inventário, digamos.

— Um plano de ação? — sugeri.

— Plano de ação é aquilo que você inventa quando não sabe bem aonde vai e assim convence a si mesmo e a algum outro bobo de que está se dirigindo a algum lugar.

— Não é má ideia. O autoengano é o segredo de toda tarefa impossível.

— Está vendo? Formamos um tandem imbatível. Você anota e eu penso.

— Pois vá pensando em voz alta.

— Nessa coisa aí já tem tinta suficiente para a viagem de ida e volta aos infernos?

— Suficiente para começar a andar.

— Agora só falta decidir por onde começamos a fazer a lista.

— Que tal começar com a história de como a conheceu? — perguntei.

— Conheci quem?

— Quem pode ser, Fermín? A nossa Alicia na Barcelona das Maravilhas.

Uma sombra atravessou seu rosto.

— Não me lembro de ter contado essa história a ninguém, Daniel. Nem a você.

— Que porta melhor do que essa então para entrar no labirinto?

— Um homem deveria poder morrer levando consigo um ou outro segredo — objetou.

— Segredos demais levam um homem para o túmulo antes da hora.

Fermín arqueou as sobrancelhas, surpreso.

— Quem disse isso? Sócrates? Eu?

— Não. Dessa vez foi Daniel Sempere Gispert, o *Homo pardicus*, há poucos segundos.

Fermín sorriu satisfeito, desembrulhou uma bala Sugus de limão e levou-a aos lábios.

— Demorou anos, mas parece que está aprendendo com o mestre, malandrinho. Quer uma?

Aceitei a Sugus porque sabia que era a posse mais apreciada de todo o patrimônio do meu amigo Fermín e que ele me honrava compartilhando seu tesouro comigo.

— Já ouviu falar alguma vez daquela ideia tão repetida de que no amor e na guerra tudo é permitido, Daniel?

— Ouço eventualmente. Em geral na boca dos que estão mais a favor da guerra que do amor.

— Isso mesmo, porque no fundo é uma mentira podre.

— Afinal, essa história é de amor ou de guerra?

Fermín encolheu os ombros.

— Qual é a diferença?

E assim, sob o amparo da meia-noite, de duas Sugus e de um encantamento de memórias que ameaçava se desvanecer na névoa do tempo, Fermín começou a alinhavar os fios que teceriam o final, e o princípio, da nossa história...

Fragmento de
O labirinto dos espíritos
(O Cemitério dos Livros Esquecidos, Volume IV),
de Julián Carax.
Éditions de la Lumière, Paris, 1992. Edição a cargo de
Émile de Rosiers Castellaine

DIES IRAE

BARCELONA
MARÇO DE 1938

1

O movimento do mar o acordou. Quando abriu os olhos, o clandestino vislumbrou uma névoa que se perdia no infinito. O vaivém do navio, o fedor de salitre e a água arranhando o casco lhe lembraram que não estava em terra firme. Ele empurrou os sacos que lhe haviam servido de leito e se levantou lentamente, auscultando a fuga de colunas e arcos que compunha o porão do navio.

Aquela visão lhe pareceu um sonho, uma catedral submersa povoada pelo que parecia um butim roubado de cem museus e palácios. A silhueta de uma frota de carros de luxo cobertos com panos semitransparentes se perfilava entre uma bateria de esculturas e quadros. Ao lado de um grande relógio carrilhão se via uma gaiola onde um papagaio de esplêndida plumagem o observava com severidade e questionava sua condição de clandestino.

Um pouco mais à frente avistou uma réplica do *David* de Michelangelo, que algum desinibido tinha coroado com um tricórnio da Guarda Civil. Atrás dela, um exército espectral de manequins trajando roupas de época parecia congelado em uma perpétua valsa vienense. De um lado, apoiada na estrutura de um luxuoso carro fúnebre com laterais envidraçadas e um caixão no interior, havia uma pilha de cartazes antigos emoldurados. Um deles anunciava uma tourada na praça das Arenas dos tempos de antes da guerra.

O nome de um tal Fermín Romero de Torres aparecia na lista de toureiros a cavalo. Seus olhos acariciaram as letras, e o passageiro secreto, que na época ainda era conhecido por outro nome que em breve precisaria abandonar nas cinzas daquela guerra, formou em silêncio as palavras nos lábios.

Fermín
Romero de Torres

Bom nome, pensou. Musical. Operístico. À altura de uma existência épica e lacerada de eterno clandestino pela vida afora. Fermín Romero de Torres, ou o homenzinho esquálido unido a um nariz maiúsculo que algum dia não muito longínquo adotaria esse nome, tinha passado os últimos dois dias escondido nas entranhas daquele navio mercante que partira de Valência duas noites antes. Conseguira se infiltrar a bordo quase por milagre, escondido em um baú cheio de fuzis velhos camuflado entre outras mercadorias de todo tipo. Uma parte dos fuzis estava acondicionada em sacos fechados com um nó que os protegia da umidade, mas o resto deles viajava sem proteção, empilhados uns em cima dos outros, e lhe pareceram mais propensos a explodir na cara de algum infortunado miliciano, ou na dele mesmo caso se apoiasse onde não devia, que a derrubar o inimigo.

Para esticar as pernas e combater o intumescimento causado pelo frio e a umidade que as paredes do casco produziam, de meia em meia hora Fermín se aventurava pela trama de contêineres e carregamentos em busca de algo comestível ou, pelo menos, de algo para matar o tempo. Em uma de suas idas e vindas tinha feito amizade com um ratinho veterano naquelas situações que, após um período de desconfiança inicial, se aproximava timidamente dele e, no calor do seu colo, compartilhava uns pedaços de queijo áspero que Fermín havia encontrado em uma das caixas de mantimentos. O queijo, ou o que quer que fosse aquela substância seca e gordurosa, tinha gosto de sabão, e, até onde chegava o discernimento gastronômico de Fermín, não havia qualquer indício de que alguma vaca ou ruminante tivesse metido a mão ou a pata em sua elaboração. Mas era sábio reconhecer que em questão de gosto não existem regras e, se existirem, a miséria daqueles dias sem dúvida as alterava, de modo que ambos desfrutaram do festim com um entusiasmo que só meses de fome acumulada podem proporcionar.

— Amigo roedor, uma das vantagens das contendas bélicas é que, de um dia para o outro, a bazófia parece um manjar dos deuses, e até uma merda sabiamente espetada em um pedaço de pau começa meio que a exalar um buquê sensacional de *boulangerie* parisiense. Esta dieta semicastrense de sopa à base de água suja e miolo de pão misturado com serragem curte o espírito e desenvolve tanto a sensibilidade do paladar que chega um dia em que se percebe que até a cortiça da parede pode ter sabor de torresmo de porco ibérico quando a sorte não é boa.

O ratinho escutava Fermín com paciência enquanto os dois partilhavam os víveres que o clandestino subtraía. Às vezes, saciado, o roedor adormecia aos seus pés. Fermín o observava, sentindo que os dois tinham se dado bem porque no fundo se pareciam.

— Você e eu somos iguaizinhos, compadre, padecendo com filosofia a praga do símio ereto e nos virando para sobreviver. Deus queira que algum dia não muito longínquo os primatas se extingam de uma hora para outra e passem a comer alface pela raiz junto com o diplódoco, o mamute e o dodó, para que vocês, criaturas operosas e pacíficas que se contentam em comer, fornicar e dormir, possam herdar a terra ou, ao menos, partilhá-la com as baratas e mais um ou outro coleóptero.

Se o ratinho discordava, não dava sinais disso. Era uma convivência amigável e sem rivalidades, uma entente entre cavalheiros. Durante o dia ouviam o eco dos passos e vozes dos marinheiros ricocheteando na sentina. Nas raras ocasiões em que algum membro da tripulação se aventurava lá embaixo, em geral para roubar alguma coisa, Fermín se escondia de novo na caixa de fuzis onde viera e ali, embalado pelo mar e pelo cheiro de pólvora, tirava um cochilinho. Em seu segundo dia a bordo, explorando o bazar de maravilhas que viajava oculto na barriga daquele Leviatã, Fermín, moderno Jonas e estudioso das Sagradas Escrituras nas horas vagas, encontrou uma caixa repleta de bíblias finamente encadernadas. O achado lhe pareceu, no mínimo, audaz e pitoresco, mas, por falta de outro menu literário, decidiu levar emprestado um exemplar e, com a ajuda de uma vela também surrupiada da carga, ler em voz alta para si mesmo e para seu companheiro de travessia trechos selecionados do Antigo Testamento, que sempre lhe havia parecido muitíssimo mais ameno e truculento que o Novo.

— Preste atenção, mestre, que agora vem uma inefável parábola de profundo simbolismo temperada com incestos e mutilações suficientes para fazer os próprios irmãos Grimm trocarem de cuecas.

Assim passavam as horas e os dias no refúgio do mar até que, ao amanhecer de um 17 de março de 1938, Fermín abriu os olhos e descobriu que seu amigo roedor tinha ido embora. Talvez fora a leitura de alguns episódios do Livro das Revelações de São João na noite anterior que assustara o ratinho, ou talvez o pressentimento de que a travessia chegava ao fim e era hora de sumir. Fermín, intumescido por outra noite sob aquele frio que perfurava os ossos, cambaleou em direção à vista oferecida por uma das escotilhas, por onde penetrava o alento de uma alvorada escarlate. A janelinha circular ficava dois palmos acima da linha de flutuação e Fermín pôde ver o sol se levantar sobre um mar cor de vinho. Atravessou o porão contornando caixas de munição e um enxame de bicicletas enferrujadas amarradas com cordas até chegar do outro lado. Deu uma olhada. O feixe vaporoso do farol do porto varreu o casco do navio projetando uma rajada fugaz de agulhas de luz através de todas as janelas do porão. À frente, em uma miragem brumosa rastejando-se entre atalaias, cúpulas e torres, se espalhava a cidade de Barcelona. Fermín sorriu para si mesmo, esquecendo-se por um instante do frio e dos machucados que cobriam seu corpo, frutos das escaramuças e desventuras ocorridas no seu último porto de escala.

— Lucía... — murmurou, evocando o desenho daquele rosto cuja lembrança o mantivera vivo nos piores momentos.

Pegou o envelope que trazia no bolso interno do paletó desde que saíra de Valência e suspirou. O devaneio se dissipou quase que imediatamente. O navio estava muito mais perto do porto do que ele havia imaginado. Qualquer clandestino que se preze sabe que o mais difícil não é penetrar a bordo: o mais difícil é sair da história são e salvo e deixar o navio sem ser visto. Se tinha esperanças de pisar em terra pelos próprios pés e com todos os ossos no lugar, era melhor começar a preparar uma estratégia de fuga. Enquanto escutava os passos e a atividade da tripulação duplicarem na coberta, Fermín sentiu que o navio começava a se desviar e que os motores diminuíam a marcha ao ultrapassar o boqueirão do porto. Guardou a carta e tratou de apagar os indícios da sua presença, ocultando os restos das velas usadas, os sacos que tinham lhe servido de roupa de cama, a Bíblia de suas leituras contemplativas e as migalhas da imitação de queijo e das bolachas rançosas que haviam ficado ali. Fechou então como pôde os caixotes que tinha aberto em busca de víveres, martelando de novo os pregos com o salto descascado das suas botas surradas. Vendo seu parco calçado, Fermín pensou que depois que estivesse em terra firme e cumprisse a sua promessa o objetivo seguinte seria arranjar um par de sapatos que não parecessem surrupiados de algum depósito de cadáveres. Enquanto trabalhava no porão, o clandestino podia acompanhar através das escotilhas como o navio ia entrando nas águas do porto de Barcelona. Encostou o nariz no vidro de novo e teve um calafrio ao avistar a silhueta do castelo e prisão militar de Montjuic no alto da montanha, presidindo a cidade como uma ave de rapina.

— Se não tomar cuidado, você vai acabar aí... — sussurrou.

Ao longe se perfilava a agulha do monumento a Cristóvão Colombo, que como sempre apontava o dedo na direção errada, confundindo o continente americano com o arquipélago de Baleares. Atrás do descobridor desorientado se abria a boca das Ramblas subindo até o coração da cidade velha, onde Lucía o esperava. Por um instante a imaginou perfumada entre os lençóis. A culpa e a vergonha afastaram essa imagem do pensamento. Tinha traído a sua promessa.

— Miserável — disse para si mesmo.

Haviam transcorrido treze meses e sete dias desde que a vira pela última vez, treze meses que pesavam como treze anos. A última visão que conseguiu roubar antes de voltar para seu esconderijo foi a silhueta da Nossa Senhora das Mercês, padroeira da cidade, encarapitada na cúpula da sua basílica em frente ao porto fazendo o perpétuo gesto de voar sobre os telhados de Barcelona. Encomendou sua alma a ela e sua misérrima anatomia e, embora não entrasse em uma igreja desde que confundira a capela da sua aldeia natal com a biblioteca municipal, aos nove anos, jurou para quem pudesse e quisesse ouvir que, se a Virgem — ou qualquer outra autoridade competente em matéria celestial — intercedesse por ele e o ajudasse a chegar a bom porto sem graves percalços nem lesões mortais, reorientaria a sua vida para a contemplação espiritual e se tornaria freguês assíduo da indústria do missal. Concluída a promessa, benzeu-se duas vezes e rapidamente foi se esconder de novo na caixa de fuzis, deitado sobre o leito de armas como um defunto em um caixão. No último momento, antes de fechar a tampa, Fermín viu seu companheiro ratinho o observando de cima de uma pilha de baús que subia até o teto do porão.

— *Bonne chance, mon ami* — murmurou.

Um segundo depois mergulhou em uma escuridão que cheirava a pólvora, com o metal frio dos fuzis contra a pele, e sua sorte já estava irremediavelmente lançada.

2

Pouco depois, Fermín percebeu que o ruído dos motores se dissipava e o navio balançava parado nas águas mansas do porto. Pelos seus cálculos, era cedo demais para que tivessem chegado ao cais. Depois de duas ou três escalas durante a travessia, seus ouvidos tinham aprendido a ler o protocolo e a cacofonia emitida por uma manobra de atracação, desde o correr das amarras e o martelar das correntes da âncora até os gemidos do esqueleto sob a tensão do casco sendo arrastado contra o cais. Fora uma agitação incomum de passos e vozes na coberta, Fermín não conseguiu reconhecer nenhum outro desses sinais. Por algum motivo o capitão decidira parar o navio antes da hora, e Fermín, que tinha aprendido nos últimos quase dois anos de guerra que o inesperado frequentemente se une ao lamentável, apertou os dentes e se benzeu outra vez.

— Nossa senhorinha, renuncio ao meu agnosticismo inveterado e às maliciosas sugestões da física moderna — murmurou, trancado naquela espécie de ataúde que compartilhava com fuzis de terceira mão.

Suas súplicas não demoraram a ter resposta. Fermín ouviu o que parecia ser outra embarcação, menor, se aproximando e roçando no casco do navio. Instantes depois, ouviu passos quase marciais martelando sobre a coberta entre o alvoroço da tripulação. Fermín engoliu em seco. Tinham sido abordados.

3

Trinta anos no mar e o pior sempre vem quando se toca em terra, pensou o capitão Arráez enquanto observava da ponte o grupo de homens que tinha acabado de subir pela escada de bombordo. Empunhando fuzis com um gesto ameaçador, empurravam a tripulação para um lado, abrindo a passagem para seu líder, imaginou. Arráez era desses homens do mar que têm a pele e o cabelo flambados de sol e salitre e cujo olhar líquido parecia estar sempre turvado por um véu de lágrimas. Quando era jovem, acreditava que as pessoas embarcavam em busca de aventura, mas os anos lhe ensinaram que a aventura sempre está esperando no porto, e com segundas intenções. No mar não havia nada a temer. Em terra firme, porém, e ainda mais naqueles dias, ele era tomado por náuseas.

— Bermejo, pegue o rádio e avise ao porto que fomos momentaneamente detidos e vamos chegar com um pequeno atraso.

Ao seu lado, Bermejo, seu primeiro oficial, ficou pálido e começou a ter aquela tremedeira que havia desenvolvido nos últimos meses de bombardeios e escaramuças. Antigo contramestre em cruzeiros de lazer pelo rio Guadalquivir, o pobre Bermejo não tinha estômago para aquele serviço.

— Quem digo que nos detém, capitão?

Arráez pousou o olhar na silhueta que acabava de pisar em sua coberta. Usando um sobretudo preto e munido de luvas e de um chapéu, aquele homem era o único que não parecia armado. Arráez o observou cruzando lentamente a coberta. Seus gestos denotavam uma parcimônia e um desinteresse calculados com perfeição. Os olhos, ocultos atrás de óculos escuros, deslizavam pelo rosto dos tripulantes, e o seu próprio rosto não tinha qualquer expressão. Afinal parou no meio da coberta e, levantando a vista em direção à ponte, tirou o chapéu da cabeça fazendo uma saudação com ele e oferecendo um sorriso de réptil.

— Fumero — murmurou o capitão.

Bermejo, que parecia ter encolhido uns dez centímetros vendo aquele personagem serpentear através da coberta, olhou para ele, mais branco do que gesso.

— Quem? — conseguiu articular.

— Polícia política. Desça e diga aos homens que não façam nenhuma bobagem. E depois avise pelo rádio ao porto, como já lhe disse.

Bermejo balançou a cabeça, mas não fez menção de se mover. Arráez cravou os olhos nele.

— Bermejo, desça. E tente não mijar nas calças, pelo amor de Deus.

— Sim, capitão.

Arráez ficou mais um tempo sozinho na ponte. O dia estava claro, com céu de cristal e umas pinceladas de nuvens em fuga que deleitariam qualquer aquarelista. Considerou por um instante a possibilidade de pegar o revólver que estava trancado no armário do seu camarote, mas a ingenuidade dessa ideia desenhou um sorriso amargo em seus lábios. Respirou fundo e, fechando os botões de sua jaqueta puída, saiu da ponte e desceu escada abaixo, onde seu velho conhecido já o esperava acariciando um cigarro entre os dedos.

4

— Capitão Arráez, bem-vindo a Barcelona.
— Obrigado, tenente.
Fumero sorriu.
— Agora comandante.
Arráez fez um gesto afirmativo, sustentando o olhar em direção àqueles óculos escuros atrás dos quais era difícil adivinhar para onde se dirigia a vista afiada de Fumero.
— Parabéns.
Fumero lhe ofereceu um cigarro.
— Não, obrigado.
— É mercadoria de qualidade — insistiu Fumero. — Tabaco claro americano.
Arráez aceitou o cigarro e guardou-o no bolso.
— Quer inspecionar os papéis e as licenças, comandante? Está tudo em dia, com as autorizações e os carimbos do governo da Generalitat...
Fumero encolheu os ombros, soltando com desinteresse uma baforada de fumaça e observando com um leve sorriso a brasa do cigarro.
— Tenho certeza de que seus papéis estão em ordem. Diga-me, que carga tem a bordo?
— Provisões. Medicamentos, armas e munição. E vários lotes de propriedades confiscadas para leilão. O inventário, com o selo governamental da delegação em Valência, está à sua disposição.
— Não esperava outra coisa do senhor, capitão. Mas isso é coisa entre o senhor e as autoridades portuárias e aduaneiras. Eu sou um simples servidor do povo.
Arráez fez que sim serenamente, lembrando o tempo todo que não podia tirar os olhos daquelas duas lentes pretas e impenetráveis.
— Se o comandante me disser o que está procurando, com todo prazer...
Fumero fez um gesto indicando que o acompanhasse e saíram andando pela coberta enquanto a tripulação os observava, atenta. Ao fim de alguns minutos Fumero parou e, após uma última baforada, jogou o cigarro pela amurada.

Apoiando-se na balaustrada, olhou para Barcelona como se nunca a tivesse visto antes.

— Está sentindo o cheiro, capitão?

Arráez esperou um instante antes de responder.

— Não sei bem a que está se referindo, comandante.

Fumero deu umas palmadas afetuosas em seu braço.

— Respire fundo. Sem pressa. Vai ver como logo percebe.

Arráez trocou um olhar com Bermejo. Os membros da tripulação se entreolhavam, confusos. Fumero se virou, convidando-os com um gesto a inspirar.

— Não? Ninguém?

O capitão tentou forçar um sorriso que não chegou aos seus lábios.

— Pois eu sim estou sentindo o cheiro — disse Fumero. — Não me diga que não notou.

Arráez assentiu vagamente.

— Claro que sim — pressionou Fumero. — Claro que sente o cheiro. Como eu e como todos os que estão aqui. É cheiro de rato. Desse rato asqueroso que o senhor está escondendo a bordo.

Arráez franziu o cenho, perplexo.

— Posso garantir...

Fumero ergueu a mão para silenciá-lo.

— Quando um rato se infiltra não há como se livrar dele. Você dá veneno e ele come. Coloca armadilhas e ele caga nelas. Um rato é a coisa mais difícil de eliminar que existe. Porque é covarde. Porque se esconde. Porque se acha mais esperto que você.

Fumero passou alguns segundos saboreando as próprias palavras.

— E sabe qual é a única forma de acabar com um rato, capitão? Como se pode acabar de verdade e de uma vez por todas com ele?

Arráez balançou a cabeça:

— Não sei, comandante.

Fumero sorriu, mostrando os dentes.

— Claro que não. Porque o senhor é um homem do mar, não tem por que saber. Isso é o meu trabalho. É a razão pela qual a Revolução me pôs no mundo. Observe, capitão. Observe e aprenda.

Antes que Arráez pudesse dizer algo, Fumero foi em direção à proa e seus homens o seguiram. Então o capitão viu que tinha se enganado. Fumero estava armado. Brandia na mão um revólver reluzente, uma peça de colecionador. Atravessou a coberta empurrando sem cerimônia qualquer membro da tripulação que visse pela frente e ignorou a entrada dos camarotes. Sabia aonde ia. Deu um sinal, seus homens cercaram a escotilha que trancava o porão e esperaram a ordem.

Fumero se inclinou sobre a lâmina de metal e bateu de leve com os nós dos dedos, como se batesse na porta de um velho amigo.

— Surpresa — entoou.

Quando seus homens praticamente arrancaram a escotilha e as entranhas do navio ficaram expostas à luz do dia, Arráez foi se esconder na ponte. Já tinha visto e aprendido o suficiente nos dois anos de guerra que vivera. A última coisa que chegou a ver foi Fumero lambendo os beiços como um gato um segundo antes de mergulhar, de revólver na mão, no porão do navio.

5

Depois de passar dias confinado no porão respirando o mesmo ar viciado, Fermín sentiu que o aroma de brisa fresca que entrava pela escotilha passava entre as frestas da caixa de armamento em que estava escondido. Virou a cabeça para um lado e conseguiu ver pela fenda que havia entre a tampa e a borda da caixa um leque de feixes de luz poeirenta varrendo o porão. Lanternas.

A luz branca e vaporosa acariciava os contornos da carga e revelava transparências nos panos que cobriam carros e obras de arte. O barulho dos passos e o eco metálico que reverberava na sentina se aproximaram aos poucos. Fermín apertou os dentes e refez mentalmente todos os passos que dera até voltar para seu esconderijo. Os sacos, as velas, os restos de comida ou as pisadas que poderia ter deixado pela galeria de carga. Achou que não tinha se descuidado em nada. Nunca iriam encontrá-lo ali, pensou. Nunca.

Foi nesse momento que ouviu aquela voz acre e familiar pronunciando seu nome como se sussurrasse uma melodia, e seus joelhos viraram gelatina.

Fumero.

A voz e os passos soavam muito próximos. Fermín fechou os olhos como uma criança aterrorizada por um som estranho na escuridão do seu quarto. Não por achar que isso iria protegê-lo, mas porque não se atrevia a reconhecer a silhueta que se elevava ao lado da caixa e se inclinava sobre ela. Sentiu nesse instante os passos a poucos centímetros, avançando muito lentamente. Os dedos enluvados acariciaram a tampa da caixa como uma serpente deslizando sobre a superfície. Fumero assobiava uma canção. Fermín prendeu a respiração e fechou os olhos. Escorriam gotas de suor frio em sua testa e teve que apertar os punhos para suas mãos não tremerem. Não se atreveu a mover um músculo, temendo que seu corpo esbarrasse nos sacos que continham alguns dos fuzis e fizesse um mínimo ruído que fosse.

Talvez estivesse errado. Talvez o encontrassem. Talvez não existisse no mundo um canto onde ele pudesse se esconder e viver mais um dia para poder contar.

Talvez, afinal de contas, aquele fosse um dia tão bom como qualquer outro para sair de cena. E, sendo assim, nada o impedia de abrir aquela caixa a pontapés e encarar o problema empunhando um dos fuzis sobre os quais estava deitado. Era melhor morrer crivado de balas em dois segundos que nas mãos de Fumero e seus joguetes depois de passar duas semanas pendurado no teto de uma masmorra no castelo de Montjuic.

Apalpou o contorno de uma das armas procurando o gatilho e agarrou-a com força. Só então pensou que o mais provável era que não estivesse carregada. *Tanto faz*, pensou. Com sua pontaria, ele era candidato certo a pulverizar metade do próprio pé ou a acabar acertando o olho do monumento a Colombo. Sorriu ao imaginar a cena e segurou o fuzil com as duas mãos sobre o peito, procurando o cão. Nunca tinha disparado uma arma, mas pensou que a sorte sempre fica do lado do novato e que a tentativa merecia pelo menos um voto de confiança. Puxou o percussor e se dispôs a mandar a cabeça de dom Francisco Javier Fumero pelos ares rumo ao paraíso ou ao inferno.

Um instante depois, porém, os passos se afastaram levando sua oportunidade de glória e lembrando a ele que os grandes amantes, em exercício ou por vocação, não nascem para ser heróis de última hora. Permitiu-se respirar fundo e pôs as mãos no peito. Sua roupa estava colada no corpo como uma segunda pele. Fumero e seus capangas tinham se afastado. Fermín imaginou suas silhuetas se perdendo nas sombras do porão e sorriu aliviado. Talvez não tivesse sido uma delação. Talvez fosse apenas uma revista de rotina.

Então as pisadas pararam. Houve um silêncio sepulcral, e por alguns instantes a única coisa que Fermín conseguia ouvir eram as batidas de seu coração. Depois, em um suspiro quase imperceptível, lhe chegou o minúsculo tamborilar de algo diminuto e leve perambulando sobre a tampa da caixa, a poucos centímetros do seu rosto. Reconheceu-o pelo cheiro tênue, entre doce e amargo. Seu companheiro de travessia, o ratinho, estava farejando entre as frestas das tábuas, com toda certeza detectando o cheiro do seu amigo. Fermín ia ciciar levemente para enxotá-lo quando um estrondo ensurdecedor inundou o porão.

A bala, de grande calibre, esmigalhou o roedor na hora e recortou de forma precisa um orifício de entrada na tampa da caixa a cinco centímetros do rosto de Fermín. Um vazamento de sangue passou por entre as fendas e salpicou em seus lábios. Ele sentiu uma comichão na perna direita e quando abaixou os olhos viu que a trajetória da bala por pouco não a atingira, fazendo um corte a fogo na calça antes de abrir um segundo orifício de saída na madeira. Uma linha de luz vaporosa atravessava a escuridão do esconderijo desenhando a trajetória da bala.

Fermín ouviu os passos voltando e parando ao lado de seu esconderijo. Fumero se ajoelhou junto à caixa. Fermín viu o brilho dos seus olhos pela pequena abertura que havia entre a tampa e a caixa.

— Como sempre, fazendo amizade na escória, hein? Deveria ter ouvido os gritos do seu colega Amancio quando nos contou onde encontraríamos você. Com dois fios amarrados no saco até os heróis cantam feito pintassilgos.

Encarando aquele olhar, e tudo o que sabia dele, Fermín sentiu que, se não tivesse suado a pouca coragem que lhe restava naquele sarcófago cheio de fuzis, teria se urinado de pânico.

— Você está fedendo mais que seu companheiro rato — sussurrou Fumero. — Acho que precisa de um banho.

Ouviu o movimento de pisadas e o barulho dos homens removendo caixas e derrubando objetos no porão. Enquanto isso, Fumero não se afastou um centímetro de onde estava. Seus olhos auscultavam a penumbra interna do baú como os olhos de uma cobra na boca de um ninho, paciente. Pouco depois, Fermín ouviu marteladas fortes na caixa. A princípio pensou que queriam destruí-la com as pancadas. Ao ver as pontas de uns pregos aparecendo na borda da tampa, percebeu que o que faziam era fechar completamente a caixa fixando toda a borda. Em um segundo, os poucos milímetros de distância que havia entre o contorno da abertura e a tampa desapareceram. Ele estava sepultado em seu próprio esconderijo.

Fermín percebeu então que a caixa começava a ser deslocada a empurrões e que, respondendo às ordens de Fumero, vários membros da tripulação desciam ao porão. Pôde imaginar o resto. Sentiu que uma dúzia de homens levantava a caixa com alavancas e ouviu as correias de lona rodeando a madeira. Ouviu também o deslizar das correntes e sentiu o súbito puxão do guindaste para cima.

6

Arráez e sua tripulação viram o baú balançando na brisa seis metros acima da coberta. Fumero emergiu do porão colocando de novo os óculos escuros e sorrindo satisfeito. Ergueu os olhos para a ponte e bateu uma continência em tom de zombaria.

— Com sua licença, capitão, vamos exterminar o rato que o senhor tinha a bordo da única maneira realmente eficaz.

Fumero indicou ao operador do guindaste que descesse a caixa alguns metros, até ficar à altura de seu rosto.

— Um último desejo ou algumas palavras de arrependimento?

A tripulação olhava a caixa, emudecida. Tudo o que parecia sair de dentro era um gemido que fazia pensar em um pequeno animal aterrorizado.

— Vamos, não chore, não é para tanto — disse Fumero. — Além do mais, não vai se sentir sozinho. Você vai ver, tem um monte de amigos seus impacientes à sua espera lá embaixo...

O baú foi elevado de novo e o guindaste começou a girar em direção à borda. Quando parou uns dez metros acima da água, Fumero virou-se de novo para a ponte. Arráez o observava com um olhar vítreo, murmurando algo em voz baixa.

"Filho da puta", foi possível decifrar.

Então Fumero fez um sinal com a cabeça e o objeto, com duzentos quilos de fuzis e uns cinquenta e poucos de Fermín Romero de Torres lá dentro, se precipitou nas águas geladas e escuras do porto de Barcelona.

7

A queda no vazio só lhe deu tempo de se agarrar às laterais da caixa. Com o impacto da água, a pilha de fuzis se elevou no ar e bateu com força na parte de cima. Durante alguns segundos a caixa ficou flutuando, balançando como uma boia. Fermín lutou para tirar de cima de seu corpo as dúzias de fuzis sob os quais ficara enterrado. Um intenso cheiro de salitre e óleo diesel atingiu seu olfato. Ouviu então o som da água entrando aos borbotões pelo buraco que a bala de Fumero fizera. Um segundo depois sentiu o contato frio do líquido inundando o fundo. Foi tomado de pânico e tentou se encolher para chegar à extremidade inferior. Ao fazê-lo, o peso dos fuzis foi para um lado e a caixa se inclinou. Fermín caiu de bruços sobre as armas. Em uma escuridão absoluta, apalpou a pilha de fuzis sob suas mãos e começou a afastá-los, procurando o orifício por onde a água entrava. Quando conseguia deslocar uma dúzia de fuzis às suas costas, eles voltavam a cair e o empurravam para o fundo da caixa, que continuava se inclinando. A água já cobria seus pés e corria entre os dedos. Chegava aos joelhos quando ele conseguiu encontrar o buraco e o tampou como pôde, apertando com as duas mãos. Ouviu então os tiros da coberta do navio e o impacto na madeira. Três novos orifícios se abriram atrás dele, e uma claridade esverdeada penetrou a caixa, deixando Fermín vislumbrar como a água começava a brotar com força e, em poucos instantes, cobria sua cintura. Gritou de medo e de raiva, tentando tampar um dos buracos com a outra mão, mas uma sacudida repentina o empurrou para trás. O som que inundou o interior do baú o fez estremecer, como se um animal o estivesse devorando. A água subiu até o peito, o frio cortava sua respiração. Ficou escuro de novo, e Fermín entendeu que a caixa estava afundando irremediavelmente.

Sua mão direita cedeu à pressão do líquido. A água gélida varreu suas lágrimas na escuridão. Fermín tentou abocanhar uma última baforada de ar.

A correnteza sugou a carcaça de madeira e puxou-a para o fundo sem contemplação. Um compartimento de apenas um palmo de ar tinha ficado imóvel na parte de cima e Fermín lutou para subir até lá e conseguir um suspiro de oxigênio. Pouco depois a caixa pousou no fundo do porto e, após pender para um lado, ficou atolada na lama. Fermín deu socos e pontapés na tampa, mas a madeira, fortemente fixada com os pregos, não cedeu um triz. Os últimos centímetros de ar que ainda restavam foram escapando por entre as fendas. Aquela escuridão fria e absoluta o chamava a se abandonar, mas seus pulmões ardiam e Fermín pensou que a cabeça ia explodir com a pressão da falta de ar. Dominado pelo pânico cego da certeza de que lhe restavam poucos segundos de vida, pegou um dos fuzis e começou a bater com a coronha na beira da tampa. Na quarta pancada a arma se desmanchou em suas mãos. Apalpou na escuridão e seus dedos tocaram em um dos sacos, que continha um fuzil, boiando graças à pequena bolha de ar parada lá dentro. Fermín o segurou com as duas mãos e voltou a bater com as poucas forças que ainda lhe restavam, implorando por aquele milagre que não chegava.

A bala produziu uma vibração surda ao explodir dentro do saco. O tiro, quase à queima-roupa, abriu na madeira um círculo do tamanho de um punho. Um sopro de claridade iluminou o interior. Suas mãos reagiram antes do cérebro. Apontou o fuzil para o mesmo ponto e acionou o gatilho várias vezes. A água já havia inundado o saco e nenhuma das balas chegou a explodir. Fermín pegou outra arma e acionou o gatilho através do saco. Os dois primeiros tiros não dispararam, mas no terceiro sentiu uma sacudida nos braços e viu que a abertura na madeira se alargava. Descarregou a munição da arma até que o buraco ficou suficientemente grande para que seu corpo esquálido e maltratado pudesse passar. As lascas da madeira estilhaçada morderam sua pele, mas a promessa daquela claridade espectral e da lâmina de luz que ele vislumbrava na superfície o faria atravessar até um campo de facas.

A água turva do porto queimava suas pupilas, mas Fermín manteve os olhos abertos. Um bosque submarino de luzes e sombras balançava na névoa esverdeada. Uma rede de escombros, esqueletos de botes afundados e séculos de lama se abria aos seus pés. Ergueu a vista em direção às colunas de luz vaporosa que caíam do alto. O casco de um navio mercante se recortava como uma grande sombra na superfície. Ele calculou que aquela parte do porto devia ter pelo menos uns quinze metros de profundidade, talvez mais. Se conseguisse chegar à superfície pelo outro lado do casco do navio, talvez ninguém percebesse sua presença e então poderia sobreviver. Tomou impulso com as pernas contra a caixa e começou a nadar. Só então, enquanto subia lentamente para a superfície, seus olhos captaram por um instante a visão espectral que se escondia sob as águas. Percebeu que o que tinha tomado por algas e redes abandonadas eram corpos humanos balançando na penumbra. Dezenas de cadáveres algemados, com as pernas amarradas e acorrentadas a pedras ou blocos de cimento, formavam um cemitério submarino. As enguias que rastejavam entre seus membros tinham eliminado a carne dos rostos, e seus cabelos ondeavam na correnteza. Fermín reconheceu silhuetas de homens, mulheres e crianças. Aos seus pés se viam malas e fardos semienterrados na lama. Alguns dos cadáveres já estavam em tal estado de decomposição que só restavam ossos despontando entre os farrapos de roupa. Os corpos formavam uma galeria infinita que se perdia na escuridão. Ele fechou os olhos e, um segundo depois, emergiu na vida constatando que o simples ato de respirar era a experiência mais maravilhosa que tivera em toda a sua existência.

8

Fermín permaneceu por alguns instantes grudado no casco do navio como um marisco enquanto recuperava o fôlego. A uns vinte metros, uma boia de sinalização flutuava. Parecia uma espécie de farol pequeno, um cilindro coroado com uma lanterna sobre uma base circular onde havia uma cabine. A boia estava pintada de branco com listras vermelhas e balançava suavemente, como uma ilhota de metal à deriva. Fermín pensou que se conseguisse chegar até ela poderia se esconder lá dentro e esperar o momento propício para se aventurar até terra firme sem ser visto. Ninguém parecia ter notado sua presença, mas ele não quis arriscar. Aspirou a maior quantidade de ar que seus maltratados pulmões lhe permitiram e mergulhou de novo, fazendo o trajeto até a boia com braçadas irregulares. Enquanto nadava evitou olhar para baixo: preferiu pensar que sua mente tinha sido vítima de um delírio e que aquele jardim macabro de silhuetas balançando na correnteza aos seus pés era formado apenas por redes de pesca presas nos escombros. Emergiu a poucos metros da boia e tratou de contorná-la rapidamente para se esconder atrás dela. Observou a coberta do navio e pensou que por ora estava a salvo e que todos a bordo, inclusive Fumero, já o davam por morto. Quando subia na plataforma reparou em uma figura imóvel que o observava da ponte. Por um instante sustentou seu olhar. Não soube identificar quem era, mas pela vestimenta Fermín imaginou que se tratava do capitão do navio. Foi correndo se esconder dentro da diminuta cabine e ali desabou, tremendo de frio e imaginando que em poucos segundos os ouviria chegando atrás dele. Teria sido melhor morrer afogado naquela caixa. Agora Fumero o levaria para uma das suas celas e não teria pressa nenhuma.

Esperou eternamente por esse momento, mas quando já pensava que sua aventura tinha chegado ao fim ouviu os motores do navio em movimento e o trovejar da buzina. Espiou com timidez pela janela da cabine e viu que o navio se afastava em direção ao cais. Deitou-se exausto sob o abraço morno do sol que entrava pela janela. Talvez, depois de tudo aquilo, a virgem dos descrentes tivesse se apiedado dele.

9

Fermín ficou em sua ilhota até que o crepúsculo tingiu o céu, e as luzes do porto acenderam uma rede de cintilações sobre as águas. Esquadrinhando o cais, decidiu que a melhor alternativa era nadar até o enxame de barcos aglomerados em frente à área de pescadores e subir para terra firme por um cabo de amarração ou pela polia de arraste situada na popa de algum baixel ancorado.

Avistou então uma silhueta se desenhando no meio da bruma que varria a doca. Um bote a remo com dois homens a bordo vinha se aproximando. Um deles remava e o outro examinava as sombras levantando bem alto um lampião que tingia a neblina de âmbar. Fermín engoliu em seco. Poderia pular na água, rezar para que o manto do crepúsculo o ocultasse e escapar outra vez, mas suas preces tinham acabado e já não lhe restava no corpo nem um sopro de espírito de luta. Saiu do esconderijo com as mãos para cima e encarou o bote que se aproximava.

— Abaixe as mãos — disse a voz que segurava o lampião.

Fermín apertou os olhos. O homem em pé no bote era o mesmo que o tinha observado da ponte do navio horas antes. Fermín olhou em seus olhos e fez que sim. Aceitou a mão que lhe oferecia e pulou para o bote. O sujeito que estava nos remos lhe deu um cobertor e o castigado náufrago se embrulhou com ele.

— Eu sou o capitão Arráez e este é meu primeiro oficial, Bermejo.

Fermín tentou balbuciar alguma coisa, mas Arráez o impediu.

— Não diga o seu nome. Não é problema nosso.

O capitão pegou uma garrafa térmica e lhe serviu vinho quente. Fermín se agarrou com as duas mãos à caneca de latão e bebeu até a última gota. Arráez encheu a caneca três outras vezes e Fermín sentiu o calor voltar às suas vísceras.

— Está melhor? — perguntou o capitão.

Fermín fez um gesto afirmativo.

— Não vou questionar o que estava fazendo no meu navio nem o que aconteceu entre você e esse verme do Fumero, mas é melhor tomar cuidado.

— Eu tento, pode acreditar. É o destino que não me ajuda.

Arráez lhe entregou uma sacola. Fermín deu uma olhada no conteúdo. Havia algumas roupas secas, visivelmente vários números acima do seu, e um pouco de dinheiro.

— Por que está fazendo isto, capitão? Sou apenas um clandestino que meteu o senhor em uma confusão das boas...

— Porque me deu na telha — replicou Arráez, e Bermejo manifestou sua aprovação.

— Não sei como pagar a vocês pelo...

— Basta não invadir de novo meu navio sem autorização. Vamos, troque de roupa.

Arráez e Bermejo o viram se livrar daqueles farrapos encharcados e o ajudaram a vestir o novo traje, um velho uniforme de marinheiro. Antes de abandonar para sempre o paletó puído, Fermín tateou os bolsos e tirou a carta que vinha escoltando havia semanas. A água do mar tinha apagado a tinta, e o envelope estava reduzido a um pedaço de papel molhado se desmanchando nos seus dedos. Fermín fechou os olhos e começou a chorar. Arráez e Bermejo se entreolharam, sobressaltados. O capitão pôs a mão no ombro de Fermín.

— Não fique assim, homem, que o pior já passou.

Fermín negou.

— Não é isso... não é isso.

Ele se vestiu em câmera lenta e guardou o que restava da carta no bolso do novo jaquetão. Quando viu que seus dois benfeitores o olhavam consternados, enxugou as lágrimas e sorriu.

— Desculpem.

— Você está pele e osso — comentou Bermejo.

— É este momentâneo lapso bélico — desculpou-se Fermín, tentando empregar um tom animado e otimista. — Mas agora que a minha sorte está mudando pressinto um porvir de abundantes repastos e vida contemplativa, na qual vou me cevar à base de toucinho relendo ao mesmo tempo o que há de mais notável na poesia do Século de Ouro. Em dois dias ficarei tal qual uma boia de tanta morcela e biscoito de canela. Pois este aqui à sua frente, eu mesmo, quando se dá a oportunidade acumula peso mais rápido que uma soprano.

— Você é quem sabe. Tem aonde ir? — perguntou Arráez.

Fermín, envergando seu novo traje de capitão sem nave e com a pança palpitando de vinho morno, fez que sim com entusiasmo.

— Uma mulher à sua espera? — quis saber o marujo.

Fermín sorriu com tristeza.

— À espera, mas não à minha espera — respondeu.

— Certo. Era para ela esta carta?

Fermín confirmou.

— E por isso arriscou a vida voltando para Barcelona? Para entregar uma carta?

O aludido encolheu os ombros.

— Ela vale. E prometi a um bom amigo.

— Morto?

Fermín abaixou os olhos.

— Às vezes há notícias que é melhor não dar — aventurou Arráez.

— Mas promessa é dívida.

— Há quanto tempo não a vê?

— Um pouco mais de um ano.

O capitão olhou demoradamente para ele.

— Um ano é muito para os tempos atuais. Nos dias de hoje as pessoas esquecem rápido. É como um vírus, mas ajuda a sobreviver.

— Quem me dera pegar esse vírus, pois me seria muito útil — disse Fermín.

10

Já anoitecia quando o bote o deixou ao pé da escadaria do cais de Atarazanas. Fermín sumiu nas brumas do porto, uma silhueta a mais entre os estivadores e marinheiros que se dirigiam às ruas do Raval, então Bairro Chinês. Misturando-se com eles, Fermín conseguiu inferir de suas conversas em voz baixa que no dia anterior a cidade havia sofrido uma visita da aviação, uma das tantas ao longo do ano, e que naquela noite eram esperados novos bombardeios. Sentia-se o cheiro de medo nas vozes e nos olhares desses homens, mas após ter sobrevivido àquele dia de cão Fermín estava convencido de que nada do que essa noite pudesse lhe trazer seria pior. Quis a providência que um vendedor ambulante de desejos, que já estava de saída empurrando um carrinho de guloseimas, atravessasse seu caminho. Fermín o fez parar e inspecionou a carga com muita atenção.

— Tenho amêndoas caramelizadas como as de antes da guerra — ofereceu o mercador. — O cavalheiro aprecia?

— Meu reino por uma Sugus — explicou Fermín.

— Ainda tenho um saquinho sabor morango.

Os olhos de Fermín se arregalaram, e com a simples menção de tamanha delícia ele começou a salivar. Graças aos recursos que o capitão Arráez lhe havia doado pôde adquirir o saco inteiro, que abriu com a avidez de um condenado.

Sempre tinha considerado a luz vaporosa das lâmpadas das Ramblas — tanto quanto a primeira chupada em uma bala Sugus — uma dessas coisas pelas quais vale a pena viver mais um dia. Mas naquele anoitecer, ao percorrer a avenida central das Ramblas, Fermín percebeu que uma brigada de vigias ia de poste em poste, com uma escada na mão, apagando as luzes que ainda se refletiam no pavimento. Aproximou-se de um deles para observar sua atividade. Quando o homem começou a descer da escada e reparou em sua presença, parou e o olhou de lado.

— Boa noite, chefe — entoou Fermín em tom amigável. — Não se ofende se eu lhe perguntar por que razão vocês estão deixando a cidade às escuras?

O vigia se limitou a apontar para o céu e, pegando a escada, partiu rumo ao poste seguinte. Fermín ficou ali por mais alguns instantes para observar o estranho espetáculo das Ramblas mergulhando na sombra. À sua volta, cafés e lojas começavam a fechar as portas, e as fachadas iam se tingindo com o tênue alento da lua. Ele retomou seu caminho com certa apreensão e logo depois notou o que lhe pareceu ser uma procissão noturna. Um grupo numeroso de pessoas carregando fardos e cobertores se dirigia para a entrada do metrô. Alguns levavam velas e candeias acesas, outros avançavam na penumbra. Quando passou pela escada do metrô, Fermín pousou os olhos em um menino que não devia ter nem cinco anos. Estava agarrando a mão da mãe, ou avó, pois na penúria de luz todas aquelas almas pareciam envelhecidas antes da hora. Fermín quis piscar o olho para o menino, mas a criança estava com a vista colada no céu. Encarava a teia de nuvens pretas que se tecia sobre o horizonte como se pudesse adivinhar algo escondido lá dentro. Fermín seguiu seu olhar e sentiu a carícia de um vento frio que começava a varrer a cidade e cheirava a fósforo e a madeira queimada. Imediatamente antes que a mãe o arrastasse escada abaixo em direção aos túneis do metrô, o menino encarou Fermín, que ficou gelado. Aqueles olhos de cinco anos refletiam o terror cego e a desesperança de um velho. Fermín desviou a atenção e recomeçou a andar, cruzando com um guarda que estava na entrada do metrô e lhe apontou o dedo.

— Se for embora agora, depois não vai haver mais lugar. E os abrigos estão cheios.

Fermín fez que sim, mas apertou o passo. Assim foi adentrando em uma Barcelona que lhe pareceu fantasmagórica, uma penumbra perpétua cujos contornos mal dava para distinguir sob o hálito oscilante de candeias e velas nas varandas e portais. Quando finalmente entrou na Rambla de Santa Mónica, viu de longe o arco de um portal sombrio e estreito. Suspirou com tristeza e se dirigiu ao seu encontro com Lucía.

11

Subiu lentamente a escada estreita sentindo que a cada novo degrau iam se evaporando a determinação e a coragem de enfrentar Lucía para lhe anunciar que o homem que amava, o pai de sua filha e o rosto que esperava ver havia mais de um ano, tinha morrido na cela de uma prisão em Sevilha. Quando chegou ao terceiro pavimento, Fermín parou em frente à porta, sem coragem de bater. Sentou nos degraus da escada com a cabeça entre as mãos. Lembrava as palavras exatas que tinha enunciado ali mesmo, treze meses antes, quando Lucía pegou suas mãos e, olhando-o nos olhos, lhe disse: "Se você me quer bem, não deixe acontecer nada de ruim com ele e traga-o de volta". Tirou o envelope rasgado do bolso e encarou os pedaços na penumbra. Amassou-os entre os dedos e jogou tudo pelos ares. Quando tinha se levantado e começado a descer para fugir dali, ouviu a porta do apartamento se abrir às suas costas. Então parou.

Uma menina de sete ou oito anos o observava na soleira. Estava com um livro nas mãos, usando um dedo entre as páginas como marcador de leitura. Fermín sorriu e levantou a mão em uma tentativa de cumprimento.

— Olá, Alicia — disse. — Você se lembra de mim?

A menina olhou para ele com uma ponta de desconfiança, hesitando.

— O que você está lendo?

— *Alicia en el País de las Maravillas* — respondeu; a versão espanhola de *Alice no País das Maravilhas*.

— Olha! Posso ver?

Ela mostrou, mas não lhe permitiu tocar no livro.

— É um dos meus favoritos — comentou, ainda com certo receio.

— Meu também — replicou Fermín. — Tudo o que tem a ver com cair em um buraco e topar com gente biruta e problemas de matemática eu considero material autobiográfico.

A menina mordeu os lábios para conter o riso que as palavras daquele visitante peculiar tinham desatado.

— Sim, mas este foi escrito para mim — aventurou, marota.

— Claro que sim. Sua mãe está em casa?

Ela não respondeu, mas abriu a porta um pouco mais. Fermín deu um passo à frente. A menina se virou e entrou no apartamento sem dizer uma palavra. Ele parou na soleira. O interior da casa estava às escuras e só se via o titilar de algo que parecia uma candeia no final de um corredor estreito.

— Lucía? — chamou Fermín.

Sua voz se perdeu na sombra. Ele bateu com os dedos na porta e esperou.

— Lucía? Sou eu... — chamou novamente.

Esperou alguns segundos e, sem resposta, entrou no apartamento. Avançou pelo corredor. As portas ao longo dele estavam fechadas. Chegando ao fundo deu em um aposento que fazia as vezes de sala de jantar. A candeia estava sobre a mesa projetando um suave halo amarelado que acariciava as sombras. Viu a silhueta de uma anciã sentada em uma cadeira em frente à janela, de costas. Fermín se deteve. Só então a reconheceu.

— Dona Leonor...

A mulher que parecia uma anciã não devia ter mais que quarenta e cinco anos. Estava com o rosto vincado de amargura e os olhos vítreos, cansados de odiar e de chorar sozinha. Leonor olhava para ele sem dizer nada. Fermín puxou uma cadeira e se sentou ao seu lado. A mulher pegou sua mão e sorriu levemente.

— Ela devia ter se casado com você — murmurou. — É feio, mas pelo menos tem cabeça.

— Onde está Lucía, dona Leonor?

Ela desviou o olhar.

— Levaram embora. Faz uns dois meses.

— Para onde?

Leonor não respondeu.

— Quem foi?

— Esse homem...

— Fumero?

— Não perguntaram pelo Ernesto. Era ela que procuravam.

Fermín a abraçou, mas a mulher continuou imóvel.

— Eu vou encontrá-la, dona Leonor. E trazê-la para casa.

Leonor balançou a cabeça.

— Está morto, não é mesmo? Meu filho?

Fermín ficou em silêncio.

— Não sei, dona Leonor.

Ela o olhou com raiva e lhe deu um bofetão.

— Vá embora.

— Dona Leonor...

— Vá embora — gemeu.

Fermín se levantou e recuou alguns passos. A pequena Alicia o observava do corredor. Ele sorriu e a menina se aproximou lentamente, pegou sua mão e apertou-a com força. Fermín se ajoelhou à sua frente. Ia dizer que era amigo de sua mãe, ou qualquer outra conversa fiada para tentar apagar aquela expressão de abandono que assombrava seu olhar, mas bem nesse instante, enquanto Leonor sufocava as lágrimas nas mãos, Fermín ouviu um rumor longínquo pingando do céu. Quando ergueu os olhos para a janela, percebeu que o vidro estava começando a vibrar.

12

Fermín foi até a janela e puxou a cortina que a protegia. Levantou os olhos para o resquício de céu entre as cornijas que obstruíam a ruela estreita. Agora o rumor era mais intenso e parecia bem mais próximo. A princípio ele pensou que era o início de um temporal vindo do mar e imaginou nuvens negras se arrastando sobre o cais e arrancando velas e mastros ao passar. Mas nunca tinha visto uma tempestade com som de metal e de fogo. A neblina se dissipou em pedaços, e quando se abriu uma clareira Fermín os viu. Surgiam da escuridão como grandes insetos de aço, voando em formação. Engoliu em seco e olhou para Leonor e Alicia, que estava tremendo; a pequena continuava com seu livro nas mãos.

— Acho melhor sair daqui — murmurou Fermín.

Leonor se recusou.

— Vão passar direto — disse com um fio de voz. — Como ontem à noite.

Fermín voltou a olhar para o céu e chegou a ver um grupo de seis ou sete aviões saindo da formação. Abriu a janela e, ao pôr a cabeça para fora, teve a impressão de que o estrondo dos motores estava entrando na boca das Ramblas. Ouviu-se então um silvo agudo, como uma furadeira abrindo um caminho do céu para a terra. Alicia tapou os ouvidos com as mãos e foi correndo se esconder debaixo da mesa. Leonor esticou os braços para retê-la, mas algo a impediu. Segundos antes que o obus atingisse o edifício, o som ficou tão intenso que parecia brotar das paredes. Fermín pensou que aquele barulho ia perfurar seus tímpanos.

Foi então que se fez o silêncio.

Ele sentiu um impacto súbito que sacudiu o edifício como se um trem houvesse despencado das nuvens e estivesse atravessando o telhado e cada um dos andares como se fossem feitos de papel de cigarro. Algumas palavras se formaram nos lábios de Leonor, mas Fermín não conseguiu ouvi-las. Em uma fração de segundo, atordoado por uma muralha de ruído sólido que congelou o tempo, ele viu a parede atrás de Leonor se desmanchar em uma nuvem branca e uma lâmina de fogo rodear a cadeira em que ela estava sentada e engoli-la. O impacto da explosão arrancou do chão metade dos móveis, que ficaram suspensos no ar antes de serem consumidos em fogo. Ele foi atingido por uma lufada de ar que ardia como gasolina em chamas e arremessado com tal força contra a janela que atravessou o vidro e foi bater nas grades metálicas da varanda. O jaquetão que o capitão Arráez lhe dera fumegava e queimava a sua pele. Quando quis se levantar para tirá-lo, sentiu o chão estremecer debaixo dos pés. Segundos mais tarde, a estrutura central do edifício desabou diante de seus olhos em uma tempestade de escombros e brasas.

Fermín se ergueu e arrancou a jaqueta fumegante. Foi olhar o interior da sala. Uma mortalha de fumaça escura e ácida lambia as paredes que ainda continuavam em pé. A explosão tinha pulverizado o coração do edifício, deixando em pé nada além da fachada e uma primeira linha de aposentos em volta de uma cratera por cuja borda subia o que ainda restava da escada. Do outro lado do que tinha sido o corredor pelo qual ele entrara, não havia mais nada.

— Filhos da puta — cuspiu.

Não conseguiu ouvir a própria voz no meio da estridência que queimava seus tímpanos, mas sentiu na pele a onda de uma nova explosão não muito longe dali. Um vento ácido com fedor de enxofre, eletricidade e carne queimada percorreu a rua, e Fermín viu o brilho das chamas salpicando o céu de Barcelona.

13

Uma dor atroz mordia seus músculos. Cambaleando, entrou na sala. A explosão tinha jogado Alicia contra a parede e o corpo da menina estava encaixado entre uma poltrona caída e um canto do aposento. Estava toda coberta de poeira e cinzas. Fermín se ajoelhou à sua frente e segurou-a por baixo dos braços. Ao sentir seu contato, Alicia abriu os olhos. Estavam vermelhos e com as pupilas dilatadas. Fermín reconheceu nelas seu castigado reflexo.

— Onde está a vovó? — murmurou Alicia.

— Sua avó precisou ir embora. Você tem que vir comigo. Nós dois. Vamos sair daqui.

Alicia fez que sim. Fermín pegou-a no colo e apalpou por sobre sua roupa, procurando feridas ou fraturas.

— Dói em algum lugar?

A menina levou a mão à cabeça.

— Vai passar — disse Fermín. — Pronta?

— Meu livro...

Fermín procurou o livro entre os escombros. Encontrou-o meio chamuscado, mas razoavelmente inteiro. Pegou-o, e Alicia o agarrou como se fosse um talismã.

— Não vai perdê-lo, hein? Ainda tem que me contar como acaba...

Fermín se levantou com a menina no colo. Ou Alicia pesava mais do que esperava ou ele estava com menos forças para sair dali do que pensava.

— Segure firme.

Então se virou e, contornando o enorme buraco que a explosão tinha feito, avançou pela metade ladrilhada do corredor, agora reduzido a uma simples cornija, até chegar à escada. Dali viu que o obus havia penetrado até o porão do edifício, deixando uma nuvem de chamas que inundava os dois primeiros andares. Observando pelo vão da escada, percebeu que as chamas subiam devagar, degrau por degrau. Apertou Alicia com força e se lançou escada acima pensando que, se conseguissem chegar ao terraço, de lá poderiam pular para a cobertura do prédio vizinho e, talvez, sobreviver para contar a história.

14

A porta do terraço era uma sólida peça de carvalho, mas a explosão tinha desencaixado as dobradiças e Fermín conseguiu derrubá-la com um chute. Uma vez no terraço, pôs Alicia no chão e se encostou na borda da fachada para recuperar o fôlego. Respirou fundo. O ar tinha cheiro de fósforo queimado. Por alguns segundos, Fermín e Alicia ficaram em silêncio, incapazes de acreditar na visão que se desdobrava diante de seus olhos.

Barcelona era um manto de escuridão crivado de colunas de fogo e penachos de fumaça negra que ondulavam no céu como tentáculos. A poucas ruas dali, as Ramblas desenhavam um rio de labaredas e fumaça que se arrastava até o centro da cidade. Fermín pegou a menina pela mão e puxou-a.

— Vamos, não podemos parar.

Tinham dado poucos passos quando um novo estrondo inundou o céu e sacudiu a estrutura sob seus pés. Fermín olhou para trás e avistou um brilho intenso subindo perto da praça de Catalunha. O relâmpago avermelhado varreu os telhados da cidade em uma fração de segundo. A tempestade de luz se extinguiu em uma chuva de cinzas da qual emergiu outra vez o rugido dos aviões. A esquadrilha voava muito baixo, atravessando o redemoinho de fumaça espessa que se espalhava sobre a cidade. O reflexo das chamas brilhava na fuselagem. Fermín acompanhou com o olhar sua trajetória e viu pencas de bombas chovendo sobre os telhados do Raval. A uns cinquenta metros do terraço onde se encontravam, uma fileira de edifícios explodiu diante de seus olhos como se estivessem amarrados no pavio de uma fiada de bombas. A onda expansiva estilhaçou centenas de janelas, provocando uma chuva de vidro, e jogou pelos ares tudo o que encontrou nos terraços vizinhos. Um pombal que havia no edifício ao lado se precipitou sobre a cornija e foi parar no outro lado da rua, derrubando uma caixa-d'água que caiu no vazio e explodiu em um grande estrondo quando bateu nas pedras do pavimento. Fermín ouviu os gritos de pânico na rua.

Os dois ficaram paralisados, incapazes de dar um passo que fosse. Permaneceram assim por vários segundos, com o olhar fixo naquele enxame de aviões que continuava alvejando a cidade. Fermín viu a doca do porto coalhada de barcos quase afundados. Grandes lâminas de diesel em chamas se espalhavam sobre a superfície do mar e engoliam as pessoas que tinham se jogado na água e nadavam desesperadas tentando escapar. Os galpões e hangares do cais ardiam furiosamente. Uma explosão em cadeia de tanques de combustível derrubou uma fileira de enormes guindastes. Uma por uma, as gigantescas estruturas de metal se precipitaram sobre os cargueiros e barcos de pesca atracados no cais, sepultando-os na água. Ao longe, em uma névoa de enxofre e óleo diesel, os aviões faziam a curva sobre o mar e se preparavam para voltar. Fermín fechou os olhos e deixou que aquele vento sujo e tórrido tirasse o suor do seu corpo. "Eu estou aqui, filhos da puta. Vamos ver se me acertam de uma maldita vez."

15

Quando pensava que só podia ouvir o som dos aviões se aproximando de novo, ele percebeu a voz da menina ao seu lado. Abriu os olhos e encontrou Alicia. A pequena tentava puxá-lo com todas as suas forças, gritando com uma voz cheia de pânico. Fermín se virou. O que ainda restava do edifício estava se desmanchando entre as chamas como um castelo de areia na maré alta. Os dois correram para a ponta do terraço e de lá conseguiram pular o muro que os separava do prédio vizinho. Fermín aterrissou rolando e sentiu uma súbita pontada de dor na perna esquerda. Alicia continuava a puxá-lo e o ajudou a se levantar. Ele apalpou a coxa e sentiu sangue morno brotando entre os dedos. O fulgor das chamas iluminou o muro que tinham pulado e revelou um topo coberto de cacos de vidro ensanguentados. Ficou tonto, com a visão nublada, mas respirou fundo e não parou. Alicia continuava a puxá-lo. Arrastando a perna, que ia deixando um rastro escuro e brilhante nas lajotas do piso, Fermín seguiu a menina pelo terraço até o muro que o separava da construção que dava para a rua do Arco do Teatro. Subiu como pôde em uns caixotes que estavam encostados no muro e chegou ao terraço ao lado. Lá havia uma estrutura de aspecto deplorável, um velho palácio com as janelas tapadas e uma fachada monumental que parecia estar há décadas submersa no fundo de um pântano. Uma grande cúpula de vidro escuro coroava o edifício como uma lanterna, ponteada por um para-raios em cuja haste tremulava a silhueta de um dragão.

A ferida na perna latejava com uma dor surda e Fermín teve que se agarrar na cornija para não desmaiar. Sentiu o sangue morno dentro do sapato e ficou tonto outra vez. Viu que ia perder a consciência a qualquer momento. Alicia o olhava, apavorada. Fermín sorriu como pôde.

— Não foi nada — disse. — Um arranhão.

Ao longe, a esquadrilha de aviões tinha feito a curva sobre o mar e já ultrapassava o espigão do porto rumando outra vez à cidade. Fermín estendeu a mão para Alicia.

— Segure firme.

A menina fez que não vagarosamente com a cabeça.

— Aqui não estamos seguros. Temos que atravessar para o terraço ao lado e dar um jeito de descer até a rua e de lá para o metrô — disse com escassa convicção.

— Não — murmurou a pequena.

— Me dê a mão, Alicia.

A menina hesitou, mas acabou obedecendo. Fermín levantou-a com força e a largou no alto das caixas. Dali a ergueu até a beira da cornija.

— Pule — mandou.

Alicia apertou o livro contra o peito e se negou. Fermín ouviu as rajadas das metralhadoras alvejando os telhados às suas costas e empurrou a menina. Quando Alicia aterrissou do outro lado do muro se virou para dar a mão a Fermín, mas seu amigo não estava mais lá. Continuava agarrado à cornija do outro lado do muro. Estava pálido e com as pálpebras baixas, como se estivesse a ponto de perder os sentidos.

— Corra — atiçou-a com o pouco fôlego que lhe restava. — Corra.

Fermín desabou de joelhos e caiu de costas. Ouviu o barulho dos aviões passando bem em cima deles e antes de fechar os olhos viu uma penca de bombas se desprendendo do céu.

16

Alicia correu desesperada pelo terraço em direção à grande cúpula de vidro. Ela nunca soube onde o obus explodiu, se foi tocando na fachada de um dos edifícios ou no ar. A única coisa que sentiu foi a investida brutal de uma muralha de ar comprimido às suas costas, um vendaval ensurdecedor que a levantou no ar e a atirou para a frente. Uma rajada de pedaços de metal em brasa passou roçando nela. Foi nesse momento que sentiu um objeto do tamanho de um punho perfurando com força seu quadril. O impacto a fez girar no ar e jogou-a contra a cúpula. Alicia atravessou uma cortina de cacos de vidro e se precipitou no vazio. O livro escorregou das suas mãos.

A menina desabou na penumbra durante um tempo que lhe pareceu uma eternidade até pousar em um toldo de lona que amorteceu a queda. A superfície de pano se dobrou com seu peso e deixou-a estendida de barriga para cima em algo que parecia um estrado de madeira. Lá no alto, a uns quinze metros de onde estava, Alicia viu o buraco que seu corpo tinha feito no vidro ao atravessar a cúpula. Tentou se virar de lado, mas descobriu que não sentia a perna direita e quase não conseguia mexer o corpo da cintura para baixo. Desviou o olhar e percebeu que o livro que julgava perdido estava na beira do estrado.

Com a força dos braços, se arrastou até lá e passou os dedos na lombada. Uma nova explosão sacudiu o edifício e a vibração jogou o livro no vazio. Alicia se debruçou na borda e o viu cair, batendo asas com as páginas rumo ao abismo. O resplendor das chamas que salpicava nas nuvens projetou um feixe de luz que se derramou na escuridão. Alicia apertou os olhos, incrédula. Se sua vista não a enganava, ela tinha aterrissado no alto de uma enorme espiral, uma torre articulada em volta de um labirinto infinito de corredores, passadiços, arcos e galerias que parecia uma imensa catedral. Mas, ao contrário das catedrais que conhecia, aquela não era de pedra.

Era feita de livros.

As lufadas de luz que caíam da cúpula revelaram aos seus olhos uns entrecruzamentos de escadas e pontes ladeadas por milhares e milhares de volumes que entravam e saíam daquela estrutura. Ao pé do abismo vislumbrou uma bolha de luz se deslocando lentamente. A luz parou e, apurando a vista, Alicia distinguiu um homem de cabelo branco segurando uma lâmpada e olhando para cima. Uma dor intensa apunhalou seu quadril, e a menina sentiu que sua visão estava ficando embaçada. Logo em seguida fechou os olhos e perdeu a noção do tempo.

Acordou ao sentir que alguém a pegava no colo com delicadeza. Entreabriu os olhos e conseguiu ver que estavam descendo por um corredor interminável que se dividia em dezenas de galerias partindo em todas as direções, galerias formadas por paredes e paredes tecidas de livros. O homem de cabelo branco e traços de ave de rapina que ela vira embaixo do labirinto a segurava nos braços. Chegando ao pé da estrutura, o guardião daquele lugar atravessou a grande abóbada até um canto, onde a deitou em um catre.

— Como é seu nome? — perguntou.

— Alicia — balbuciou ela.

— O meu é Isaac.

O homem então examinou com uma expressão grave a ferida que latejava no quadril da pequena. Cobriu-a com uma manta e, segurando sua cabeça com a mão, pôs um copo de água fresca em seus lábios. Alicia bebeu com avidez. As mãos do guardião ajeitaram sua cabeça na almofada. Isaac lhe sorria, mas seus olhos denunciavam consternação. Atrás dele, no que julgou ser uma basílica esculpida com todas as bibliotecas do mundo, se erguia o labirinto que a menina tinha visto do topo. Isaac se sentou em uma cadeira ao lado dela e segurou sua mão.

— Agora descanse.

Apagou a luz e os dois submergiram em uma penumbra azul salpicada de cintilações de fogo que se derramavam do alto. A geometria impossível do labirinto de livros se perdia na imensidão, e Alicia pensou que estava sonhando, que a bomba tinha explodido na sala de jantar da avó e que ela e seu amigo nunca tinham saído daquele edifício em chamas.

Isaac a observava com tristeza. O som das bombas, das sirenes e da morte cobrindo Barcelona com fogo chegava através dos muros. Ouviu-se uma explosão próxima que sacudiu as paredes e o chão sob seus pés, provocando nuvens de poeira. Alicia estremeceu no catre. O guardião acendeu uma vela e deixou-a em uma mesinha ao lado da cama da menina. A luz da chama desenhou o contorno da estrutura extraordinária que se erguia no centro da abóbada. Isaac notou que essa visão se fixou no olhar de Alicia instantes antes que ela perdesse os sentidos. Ele suspirou.

— Alicia — disse afinal. — Bem-vinda ao Cemitério dos Livros Esquecidos.

17

Fermín abriu os olhos diante de uma imensidão de branco celestial. Um anjo uniformizado estava enfaixando sua coxa e um corredor de macas se perdia em uma fuga infinita.

— Isto aqui é o purgatório? — perguntou.

A enfermeira levantou os olhos de relance. Não devia ter mais que dezoito anos, e a primeira coisa que Fermín pensou foi que ela, sendo um anjo do plantel divino, era uma visão bem melhor do que faziam pensar os santinhos distribuídos em batismos e comunhões. A presença de pensamentos impuros só podia significar duas coisas: melhora na sua forma física ou iminente condenação eterna.

— Vá na minha frente que eu faço apostasia da minha descrença canalha e assino os Testamentos, Novo e Velho, ao pé da letra, na ordem que vossa angélica mercê estime mais adequada.

Ao ver que o paciente recuperava os sentidos e a fala, a enfermeira acenou e um médico que parecia não ter dormido a semana toda se aproximou da maca, levantou suas pálpebras com os dedos e examinou os olhos.

— Estou morto? — perguntou Fermín.

— Não exagere. Está um tanto quebrado, mas de modo geral bastante vivo.
— Então isto aqui não é o purgatório?
— Quem dera. Mas estamos no hospital universitário. Ou seja, no inferno.

Enquanto o médico examinava a ferida, Fermín considerou o curso dos acontecimentos e tentou lembrar como tinha chegado até lá.

— Como está se sentindo? — perguntou o doutor.
— Um pouco preocupado, na verdade. Sonhei que Jesus Cristo me visitava e tínhamos uma conversa longa e profunda.
— A respeito de quê?
— Primordialmente de futebol.
— Isso foi por causa do calmante que lhe demos.

Fermín assentiu, aliviado.

— Bem que desconfiei quando o Senhor afirmou que torcia pelo Atleti de Madri.

O médico deu um leve sorriso e murmurou algumas instruções à enfermeira.

— Há quanto tempo estou aqui?
— Umas oito horas.
— E a criança?
— O menino Jesus?
— Não. A menina que estava comigo.

A enfermeira e o médico se entreolharam.

— Sinto muito, mas não havia menina alguma. Que eu saiba, você foi encontrado quase por milagre em um terraço no Raval, sangrando.
— E não trouxeram nenhuma menina comigo?

O médico abaixou o olhar.

— Viva, não.

Fermín tentou se levantar. A enfermeira e o médico o seguraram na maca.

— Doutor, preciso sair daqui. Tem uma criança indefesa por aí que precisa da minha ajuda...

O médico fez um sinal para a enfermeira, que rapidamente pegou um vidro no carrinho de medicamentos e curativos que empurrava em seu périplo pelas macas e começou a preparar uma injeção. Fermín fez que não com a cabeça, mas o médico segurou-o com força.

— Lamento mas não vou poder deixá-lo ir embora ainda. Preciso lhe pedir um pouco mais de paciência. Não quero que levemos nenhum susto.
— Não se preocupe, eu tenho mais vidas que um gato.
— E menos vergonha que um político, motivo pelo qual também vou pedir que pare de beliscar a bunda das enfermeiras enquanto trocam seus curativos. Combinado?

Fermín sentiu a pontada da agulha no ombro direito e o frio se expandindo em suas veias.

— O senhor pode perguntar de novo, doutor, por favor? Ela se chama Alicia.

O médico o soltou e deixou-o descansar na maca. Os músculos de Fermín se fundiram como gelatina e suas pupilas se dilataram, transformando o mundo em uma aquarela que se desfazia debaixo d'água. A voz distante do médico se perdeu no eco da queda. Sentiu que estava caindo através de nuvens de algodão e que o branco daquela galeria se estilhaçava em uma poeira de luz que se evaporava no bálsamo líquido prometido pelo paraíso da química.

18

Ele teve alta no meio da tarde, pois o hospital já não dava mais conta e qualquer pessoa que não estivesse moribunda passava por sadia. Armado com uma muleta de madeira e uma muda de roupa que um defunto lhe emprestou, Fermín conseguiu pegar um bonde na porta do hospital universitário que o levou de volta às ruas do Raval. Lá começou a visitar cafés, armazéns e lojas que continuavam abertos perguntando aos gritos se alguém tinha visto uma menina chamada Alicia. As pessoas, ao verem aquele homenzinho seco e pálido, negavam em silêncio achando que o pobre infeliz procurava em vão, como tantos outros, sua filha morta, mais um corpo entre os novecentos —uma centena dos quais de crianças — recolhidos nas ruas de Barcelona naquele 18 de março de 1938.

Ao entardecer, Fermín percorreu as Ramblas de cima a baixo. As bombas haviam descarrilado bondes que ainda fumegavam e tinham cadáveres a bordo como passageiros. Bares que horas antes se encontravam lotados de clientes agora eram galerias espectrais de corpos inertes. As calçadas estavam cheias de sangue e ninguém — em meio às pessoas que tentavam levar os feridos, cobrir os mortos ou simplesmente fugir para lugar nenhum — se lembrava de ter visto uma menina como a que ele descrevia.

Ainda assim Fermín não perdeu a esperança, nem quando encontrou uma fileira de cadáveres estendidos na calçada em frente ao Gran Teatro del Liceo. Nenhum deles parecia ter mais que oito ou nove anos. Fermín se ajoelhou. Ao seu lado, uma mulher acariciava os pés de um menino que tinha no peito um orifício preto do tamanho de um punho.

— Está morto — disse a mulher sem que Fermín precisasse perguntar. — Estão todos mortos.

Durante toda a noite, enquanto a cidade retirava os escombros e as ruínas de dezenas de edifícios paravam de arder, Fermín percorreu as ruas do Raval perguntando por Alicia de porta em porta.

Por fim, ao amanhecer, tomou consciência de que não podia dar mais um passo e se deixou cair nos degraus da igreja de Belém. Pouco depois, um guarda com o rosto tisnado de carvão e o uniforme manchado de sangue sentou-se ao seu lado. Quando o homem lhe perguntou por que chorava, Fermín o abraçou e disse que queria morrer porque o destino pusera em suas mãos a vida de uma criança e ele a traíra, não soubera protegê-la. Se Deus ou o demônio ainda tivessem um sopro de decência no corpo, continuou, aquele mundo de merda acabaria para sempre no dia seguinte ou no outro, pois não merecia continuar existindo.

O guarda, que passara horas e horas sem descanso tirando cadáveres dentre os escombros, inclusive o da própria esposa e o do filho de seis anos, ouviu-o com calma.

— Meu amigo — disse afinal. — Não perca a esperança. Se aprendi alguma coisa neste mundo cão é que o destino está sempre ali na esquina. Como um ladrão, uma puta ou um vendedor de loteria, suas três encarnações mais frequentes. E, se algum dia você decidir ir atrás dele (porque se há algo que o destino não faz é visita em domicílio), vai ver que lhe dará uma segunda oportunidade.

BAILE DE MÁSCARAS

MADRI
1959

O Exmo. Senhor

Dom Mauricio Valls y Echevarría

e

Dona Elena Sarmiento de Fontalva

têm o prazer de convidá-lo para o

Baile de Máscaras

a realizar-se no

Palacete Vila Mercedes

de Somosaguas
no dia 24 de novembro de 1959
a partir das 7 horas da noite.

Favor confirmar sua presença ao serviço de protocolo
do Ministério da Educação Nacional
antes do dia 1º de novembro.

1

O quarto vivia em uma penumbra perpétua. As cortinas estavam fechadas havia anos e tinham sido costuradas para impedir que vazasse qualquer vislumbre de claridade. A única fonte de luz que arranhava as trevas vinha de uma luminária de cobre na parede. Seu halo ocre e sinistro desenhava o contorno de um leito coroado por um dossel de onde caía um véu diáfano. Atrás dele, distinguia-se sua figura, estática. *Parece um carro fúnebre*, pensou Valls.

Mauricio Valls observou a silhueta de sua esposa, Elena. Estava imóvel, prostrada na cama que vinha sendo sua prisão na última década, já que não era mais possível sentá-la na cadeira de rodas. Com o passar dos anos, o mal que consumia seus ossos tinha entortado o esqueleto de dona Elena até reduzi-la a uma massa irreconhecível de membros em perpétua agonia. Um crucifixo de mogno a observava na cabeceira da cama, mas o céu, em sua infinita crueldade, não lhe concedia a bênção da morte. "A culpa é minha", pensava Valls. "Ele faz isso para me castigar."

Valls ouviu o som de sua respiração torturada misturado com o eco dos acordes da orquestra e as vozes dos mais de mil convidados que havia lá embaixo, no jardim. A enfermeira do turno da noite se levantou da cadeira ao lado da cama e se aproximou de Valls discretamente. Ele não se lembrava de seu nome. As enfermeiras que cuidavam da esposa nunca duravam mais que dois ou três meses no emprego, por mais alto que fosse o salário. Ele não as culpava.

— Está dormindo? — perguntou Valls.

A enfermeira negou.

— Não, senhor ministro, mas o doutor já lhe deu a injeção da noite. Ela passou a tarde inteira inquieta. Agora está melhor.

— Deixe-nos a sós — disse Valls.

A enfermeira assentiu e saiu do quarto fechando a porta atrás de si. Valls foi até o leito. Levantou o véu de gaze e sentou-se em um lado da cama. Fechou os olhos por um instante e ouviu a respiração entrecortada da esposa, deixando-se impregnar pelo odor amargo que o corpo dela exalava. Ele ouviu o som de suas unhas arranhando o lençol. Quando se virou, com um sorriso impostado nos lábios e a expressão serena de calma e afeto já congelada no rosto, Valls percebeu que a esposa o encarava com olhos de fogo. Aquela doença que os médicos mais caros da Europa não haviam conseguido curar nem nomear tinha deformado suas mãos até transformá-las em nós de pele áspera que lembravam garras de um réptil ou de uma ave de rapina. Valls pegou o que tinha sido a mão direita da esposa e enfrentou aquele olhar aceso de raiva e de dor. Talvez de ódio, desejou Valls. A ideia de que aquela criatura ainda tivesse um fiapo de afeto por ele ou pelo mundo lhe parecia excessivamente cruel.

— Boa noite, meu amor.

Elena tinha praticamente perdido as cordas vocais fazia pouco mais de dois anos, e formar uma palavra lhe exigia um esforço imenso. Mesmo assim, respondeu com um gemido gutural que parecia arrancar do mais profundo daquele seu corpo deformado que se intuía sob os lençóis.

— Soube que passou um dia ruim — continuou ele. — O remédio vai fazer efeito logo e você vai poder descansar.

Valls não desfez o sorriso nem soltou aquela mão que lhe inspirava repugnância e medo. A cena transcorreria como todos os dias. Ele falaria em voz baixa por alguns minutos enquanto segurava sua mão e ela o observaria com aquele olhar de fogo até a morfina adormecer a dor e a fúria e assim Valls poder deixar aquele quarto no fundo do corredor do terceiro andar e só voltar na noite seguinte.

— Todo mundo veio. Mercedes estreou o vestido longo e me disseram que dançou com o filho do embaixador britânico. Todos perguntaram por você e mandam beijos.

Enquanto recitava o ritual de banalidades, seu olhar pousou na bandejinha de instrumentos metálicos e seringas que estava sobre uma mesa de metal coberta com veludo vermelho junto à cama. As ampolas de morfina brilhavam sob a luz como pedras preciosas. Sua voz ficou em suspenso, as palavras ocas perdidas no ar. Elena tinha seguido a direção de seu olhar e agora os olhos dela se cravaram nele em um gesto de súplica, com o rosto banhado em lágrimas. Valls olhou a esposa e suspirou. Inclinou-se para beijá-la na testa.

— Amo você — murmurou.

Ao ouvir essas palavras, Elena afastou o rosto e fechou os olhos. Valls acariciou sua bochecha e se levantou. Em seguida, puxou o véu e atravessou o quarto abotoando o fraque e limpando os lábios com um lenço que deixou cair no chão antes de sair do aposento.

2

Poucos dias antes, Mauricio Valls tinha chamado sua filha, Mercedes, ao escritório, no alto da torre, para lhe perguntar o que queria de presente de aniversário. Já havia passado o tempo das requintadas bonecas de porcelana e dos livros de histórias. Mercedes, que de menina só conservava o riso e a devoção pelo pai, declarou que seu maior, e único, desejo era participar do baile de máscaras que se realizaria dentro de algumas semanas no casarão que tinha seu nome.

— Preciso consultar sua mãe — mentiu Valls.

Mercedes o abraçou e beijou, selando aquela promessa tácita que já significava uma vitória sua. Antes de falar com o pai, ela já tinha escolhido o vestido que ia usar, uma peça deslumbrante cor de vinho confeccionada para sua mãe em um ateliê de alta-costura de Paris, que dona Elena nunca pôde estrear. O vestido, como as centenas de trajes de gala e joias de uma vida roubada que a mãe não chegara a viver, estava trancado havia quinze anos nos armários do luxuoso e solitário quarto de vestir ao lado da antiga suíte matrimonial, localizada no segundo andar, que ninguém utilizava mais. Durante anos, quando todos pensavam que ela estava dormindo em seu quarto, Mercedes se esgueirava para os aposentos da mãe e pegava emprestada a chave que ficava na quarta gaveta de uma cômoda ao lado da entrada. A única enfermeira do turno da noite que teve a ousadia de mencionar sua presença foi despedida sem cerimônia nem indenização quando Mercedes a acusou de roubar da penteadeira da mãe uma pulseira que ela mesma tinha enterrado no jardim, atrás da fonte dos anjos. As outras nunca ousaram abrir a boca e fingiam não a ver na penumbra perene que cobria o quarto.

Com a chave na mão, a garota se infiltrava à meia-noite no closet, uma vasta câmara que ficava isolada no lado oeste da casa e cheirava a poeira, naftalina e abandono. De vela na mão, percorria os corredores ladeados por vitrines repletas de sapatos, joias, vestidos e perucas. Os cantos daquele mausoléu de objetos e lembranças eram cheios de teias de aranha, e a pequena Mercedes, que havia crescido na confortável solidão das princesas eleitas, imaginava que todos aqueles objetos maravilhosos pertenciam a uma boneca quebrada, maldita, que estava confinada em uma cela no final do corredor do terceiro andar e que nunca usaria aqueles tecidos nem aquelas joias de ouropel.

Às vezes, sob a proteção da meia-noite, Mercedes deixava a vela no chão e se enfiava em um daqueles vestidos para dançar sozinha, na penumbra, ao compasso de uma velha caixa de música na qual dava corda para que o instrumento liberasse as notas da fantasia de Sherazade. Com uma pontada de prazer, imaginava as mãos do pai conduzindo-a pela cintura por um grande salão de baile enquanto todos a olhavam com inveja e admiração. Quando as luzes do amanhecer se insinuavam pelas frestas do cortinado, Mercedes devolvia a chave à cômoda e voltava correndo para a cama e para um sono fingido do qual uma criada a acordaria às sete da manhã em ponto.

Na noite do baile de máscaras, ninguém imaginou que aquele vestido que desenhava seu talhe a pincel poderia ter sido confeccionado para outra pessoa que não fosse ela. Enquanto deslizava pela pista ao som da orquestra, nos braços desse e daquele, Mercedes sentia os olhos de centenas de convidados sobre ela, acariciando-a com luxúria e desejo. Sabia que seu nome estava nos lábios de todos e sorria para si mesma quando captava no ar conversas em que era a protagonista.

Por volta das nove horas daquela noite por tanto tempo imaginada, Mercedes, pesarosa, deixou a pista de baile e se encaminhou para as escadarias da casa principal. Tinha nutrido a esperança de poder dançar pelo menos uma música com o pai, mas ele não apareceu, e ninguém o tinha visto ainda. Dom Mauricio a fizera prometer que ia voltar às nove para seu quarto como condição para permitir que fosse à festa, e Mercedes não tinha intenção de contrariá-lo. "Ano que vem."

No caminho ouviu a conversa de dois colegas de seu pai no governo, dois figurões já de certa idade que não tinham parado de olhar para ela com os olhos vidrados a noite toda. Murmuravam que dom Mauricio podia comprar tudo na vida com a fortuna de sua pobre esposa, incluindo uma noite estranhamente primaveril em pleno outono madrilenho, para exibir a putinha da filha ao que havia de mais seleto na sociedade do momento. Embriagada pelo champanhe e pelos giros da valsa, Mercedes virou-se para responder, mas uma figura se interpôs e segurou-a gentilmente pelo braço.

Irene, a governanta que tinha sido sua sombra e consolo nos últimos dez anos, sorriu com afeto e beijou-a no rosto.

— Não ligue para eles — disse apertando seu braço.

Mercedes sorriu e encolheu os ombros.

— Você está lindíssima. Deixe-me ver melhor.

A jovem abaixou os olhos.

— Este vestido é maravilhoso. Fica perfeito em você.

— Era da minha mãe.

— Depois desta noite vai ser para sempre seu e de mais ninguém.

Mercedes enrubesceu com o elogio, que vinha tingido com um gosto amargo de culpa.

— A senhora viu meu pai, dona Irene?

A mulher respondeu que não.

— É que todos estão perguntando por ele...

— Vão ter que esperar.

— Prometi a ele que só ficaria até as nove. Três horas menos que a Cinderela.

— Então é melhor apertarmos o passo antes que eu me transforme em abóbora... — brincou a governanta sem muito entusiasmo.

Percorreram o caminho que atravessava o jardim sob uma guirlanda de luzes que desenhavam os rostos de estranhos que seguravam taças de champanhe brilhantes como adagas envenenadas e sorriam como se a conhecessem quando ela passava.

— Meu pai vai descer para o baile, dona Irene? — perguntou Mercedes.

A governanta esperou até estarem fora do alcance de ouvidos indiscretos e de olhares furtivos para responder.

— Não sei. Não o vi o dia todo...

Mercedes ia replicar quando ouviram um pequeno tumulto às suas costas. Elas se viraram e viram que a orquestra tinha parado de tocar e que um dos dois cavalheiros que haviam murmurado maliciosamente quando ela passou tinha subido no palco e se preparava para falar ao público. Antes que Mercedes pudesse perguntar de quem se tratava, a governanta sussurrou em seu ouvido:

— É dom José María Altea, o ministro do Interior...

Um assistente entregou um microfone ao político e o murmúrio dos convidados se afogou em um silêncio respeitoso. Os músicos da orquestra fizeram uma expressão solene e ergueram os olhos para o ministro, que sorria para aquela audiência mansa e expectante. Altea passou os olhos pelas centenas de rostos que o observavam, assentindo para si mesmo. Por fim, sem pressa e no tom pausado e autoritário de um pregador que conhece a docilidade de seu rebanho, levou o microfone à boca e começou sua homilia.

3

— Queridos amigos, para mim é um prazer e uma honra poder dizer estas breves palavras a um público tão seleto, hoje aqui reunido para prestar uma sincera e merecida homenagem a um dos grandes homens desta nova Espanha que renasceu das próprias cinzas. E me enche de satisfação poder fazê-lo depois de vinte anos do glorioso triunfo da cruzada de libertação nacional que colocou nosso país no ponto mais alto do pódio das nações do orbe. Uma Espanha guiada pelo Generalíssimo com a mão de Deus e forjada pela têmpera de homens como o que hoje nos recebe em seu lar e a quem tanto devemos. Um homem-chave no desenvolvimento desta grande nação, da qual hoje nos orgulhamos e que é invejada em todo o Ocidente, e da sua cultura imortal. Um homem que me enche de orgulho e gratidão por estar entre os meus melhores amigos: dom Mauricio Valls y Echevarría.

Uma maré de aplausos percorreu a multidão de ponta a ponta do jardim. Na ovação, não faltaram nem os garçons, nem os seguranças, nem os músicos da orquestra. Altea atravessou as palmas e os vivas com um sorriso benevolente, assentindo com uma expressão paternal e apaziguando o entusiasmo dos presentes com um gesto cardinalício.

— O que se pode dizer de dom Mauricio Valls que já não tenha sido dito? Sua trajetória irrepreensível e exemplar começa nas origens do Movimento e está gravada em nossa história com letras de ouro. Mas foi talvez nesse campo, se me permitem a licença, o das Letras e das Artes, que o nosso admirado e querido dom Mauricio se distinguiu de modo excepcional e nos presenteou com conquistas que puseram a cultura deste país em novos patamares. Não satisfeito em dar sua contribuição para edificar as sólidas bases de um regime que trouxe paz, justiça e bem-estar ao povo espanhol, dom Mauricio sempre soube também que nem só de pão vive o homem e se afirmou como o mais brilhante dos luminares das nossas Letras. Autor de títulos imortais e pena insigne da nossa literatura, fundador do Instituto Lope de Vega, que levou nossas Letras e nosso idioma a todo o mundo e que só este ano abriu representações em vinte e duas capitais mundiais, editor incansável e refinado, descobridor e defensor da grande literatura e da mais excelsa cultura do nosso tempo, arquiteto de uma nova forma de entender e praticar as artes e o pensamento... Faltam palavras para começar a descrever a enorme contribuição do nosso anfitrião à formação e à educação dos espanhóis de hoje e de amanhã. Seu trabalho à frente do Ministério de Educação Nacional deu impulso às estruturas fundamentais do nosso saber e do nosso criar. É justo, portanto, afirmar que sem dom Mauricio Valls a cultura espanhola não seria a mesma. Sua marca e sua visão genial nos acompanharão durante gerações e sua obra imortal se manterá no píncaro do Parnaso espanhol por todos os tempos.

A pausa, emocionada, deu lugar a uma nova ovação na qual já eram muitos os olhares que procuravam na multidão o homenageado ausente, o homem do momento, aquele que ninguém tinha visto noite inteira.

— Não quero me estender mais, porque sei que serão muitos os que desejarão expressar pessoalmente a dom Mauricio sua gratidão e sua admiração, aos quais me somo. Queria apenas compartilhar com todos vocês a mensagem pessoal de afeto, gratidão e sincera homenagem ao meu colega de gabinete e queridíssimo amigo dom Mauricio Valls que me foi enviada há poucos minutos pelo Chefe de Estado, o Generalíssimo Franco, do palácio El Pardo, onde assuntos urgentes de Estado o prenderam...

Um suspiro de decepção, olhares entre os presentes e um silêncio grave foram o preâmbulo da leitura da nota que Altea tirou do bolso.

— "Querido amigo Mauricio, espanhol universal e colaborador indispensável que tanto fez pelo nosso país e pela nossa cultura: dona Carmen e eu queremos enviar-lhe o nosso mais afetuoso abraço e o nosso agradecimento em nome de todos os espanhóis por vinte anos de serviço exemplar..."

Altea levantou os olhos e a voz para arrematar com "Viva Franco!" e "Avante Espanha!", que o público acompanhou com muito ímpeto e que arrancaram não poucas saudações de braço estendido e lágrimas que afloravam. Ao estrondoso aplauso que inundou o jardim também se somou Altea. Antes de sair do palco, o ministro fez um sinal para o maestro da orquestra, que não deixou a ovação naufragar no murmúrio e resgatou-a com uma sonora valsa que pareceu sustentá-la no ar durante o resto da noite. Então, quando ficou claro que o Generalíssimo não viria, já eram muitos os que largavam suas antefaces e máscaras no chão e começavam a rumar para a saída.

4

Valls ouviu o eco da ovação que encerrou o discurso de Altea se desvanecer entre os compassos da orquestra. Altea, "seu grande amigo e estimado colega", vinha tentando apunhalá-lo pelas costas havia anos, e aquela mensagem do Generalíssimo se desculpando pela ausência no baile devia ter um sabor de glória para ele. Amaldiçoou em voz baixa Altea e seu bando de hienas, uma matilha de novos centuriões, já chamada por muita gente de *flores envenenadas*, que brotavam nas sombras do regime e começavam a controlar postos-chave na administração. A maioria estava ali no jardim naquele momento, bebendo seu champanhe e mordiscando seus canapés. Farejando seu sangue. Valls pôs na boca o cigarro que tinha entre os dedos e percebeu que só restava um pouco de cinza. Vicente, o chefe de sua segurança pessoal, o observava do outro extremo do corredor e veio lhe oferecer um dos seus.

— Obrigado, Vicente.

— Parabéns, dom Mauricio... — murmurou o fiel cérbero.

Valls anuiu, rindo baixo com amargura. Vicente, sempre fiel e respeitoso, voltou ao seu lugar na ponta do corredor onde, se não se fizesse um esforço para não o perder de vista, parecia se fundir com as paredes e desaparecer entre o papel de parede.

Valls deu a primeira tragada e observou o amplo corredor à sua frente através da cortina azulada que sua respiração exalava. Mercedes o chamava de *galeria dos retratos*. O corredor rodeava todo o terceiro andar e era cheio de quadros e esculturas que lhe davam um ar de grande museu órfão de público. Lerma, o curador do Prado que cuidava de sua coleção, sempre lembrava que ele não devia fumar ali e que a luz do sol danificava as telas. Valls saboreou outra tragada em sua homenagem. Entendia que o que Lerma queria dizer, mas não tinha a audácia nem o pulso de insinuar, era que aquelas peças não mereciam estar confinadas em uma residência particular, por mais grandioso que fosse o cenário e poderoso o dono, e que seu lar natural era um museu onde pudessem ser admiradas e desfrutadas pelo público, essas almas minúsculas que aplaudem nas cerimônias e fazem fila nos enterros.

Valls às vezes gostava de se sentar em uma das cadeiras episcopais que ladeavam a galeria dos retratos e se deleitar com seus tesouros, muitos deles emprestados ou simplesmente tirados de coleções particulares de cidadãos que tinham ficado do lado errado do conflito. Outros vinham de museus e palácios sob a jurisdição de seu ministério, a título de cessão por período indefinido. Gostava de lembrar as tardes de verão em que a pequena Mercedes, com menos de dez anos, ouvia sentada em seus joelhos as histórias ocultas em cada uma daquelas preciosidades. Valls se refugiava nessa lembrança, no olhar enfeitiçado da filha ao ouvi-lo falar de Sorolla e Zurbarán, de Goya e Velázquez.

Mais de uma vez ele quis acreditar que, enquanto permanecesse ali, ao amparo da luz e do enleio daquelas telas, os dias compartilhados com Mercedes, dias de glória e plenitude, não escapariam das suas mãos. Fazia tempo que a filha não vinha passar a tarde com ele e ouvir seus relatos magistrais sobre a Idade de Ouro da pintura espanhola, mas o simples ato de buscar refúgio naquela galeria ainda o reconfortava e fazia esquecer que Mercedes já era uma mulher que ele não reconhecia dançando com seu vestido de gala sob os olhares de cobiça e desejo, de desconfiança e malícia. Em breve, muito em breve, ele não poderia mais protegê-la daquele mundo de sombras que não a merecia e espreitava faminto atrás dos muros da casa.

Terminou o cigarro em silêncio e se levantou. Pelas cortinas entreabertas se ouviam o sussurro da orquestra e as vozes no jardim. Dirigiu-se para a escadaria que levava à torre sem olhar para os lados. Vicente, desprendendo-se da escuridão, o seguiu com passos imperceptíveis.

5

Assim que introduziu a chave na fechadura do escritório, percebeu que a porta estava destrancada. Valls parou, com os dedos ainda na chave, e deu meia-volta. Vicente, que esperava ao pé da escada, leu seu olhar e se aproximou em silêncio, já tirando o revólver do paletó. Valls se afastou alguns passos e Vicente lhe indicou que se encostasse na parede, longe da soleira. Com Valls protegido, Vicente puxou o cão do revólver e girou muito lentamente a maçaneta redonda. A porta de carvalho lavrado se deslocou com suavidade, impulsionada pelo próprio peso, para o interior do aposento em penumbra.

De revólver em punho, Vicente esquadrinhou as sombras por alguns instantes. Um halo azulado entrava pelas janelas e desenhava os contornos do escritório de Valls. Seus olhos distinguiram a grande escrivaninha, a poltrona pesada, a estante oval e o sofá de couro sobre o tapete persa que cobria o chão. Nada se movia nas sombras. Vicente apalpou a parede procurando o interruptor e acendeu a luz. Não havia ninguém ali. Então abaixou a arma e guardou-a no paletó, dando alguns passos para dentro do cômodo. Valls, às suas costas, observava ainda na porta. O outro se virou e negou com a cabeça.

— Talvez eu tenha esquecido de fechar quando saí esta tarde — disse Valls sem convicção.

Vicente parou no centro do cômodo olhando em volta com cuidado. Valls entrou e se dirigiu à escrivaninha. Vicente verificava os fechos das janelas quando o ministro notou. Ouvindo os passos de Valls pararem em seco, o segurança se virou.

O olhar do ministro estava cravado na escrivaninha. Havia um envelope tamanho fólio de cor bege sobre a forração de couro que cobria a parte central da mesa. Valls sentiu os pelos das mãos se eriçarem e um sopro de ar gelado percorreu suas vísceras.

— Tudo bem, dom Mauricio? — perguntou Vicente.

— Deixe-me sozinho.

O segurança hesitou por alguns segundos. Valls continuava com o olhar ancorado no envelope.

— Estou lá fora se precisar de mim.

Valls fez que sim. Vicente se retirou com relutância. Quando fechou a porta atrás de si, o ministro continuava imóvel diante da escrivaninha observando aquele envelope de pergaminho como se fosse uma cobra prestes a pular em seu pescoço.

Contornou a mesa e foi se sentar em sua cadeira com os punhos sob o queixo. Esperou quase um minuto antes de pôr a mão no envelope. Apalpou o conteúdo sentindo o pulso acelerar. Então enfiou o dedo sob o lacre e abriu. Ainda estava úmido e por isso cedeu com facilidade. Segurou o envelope por uma ponta e levantou-o. O conteúdo deslizou para o tampo da escrivaninha. Valls fechou os olhos soltando um suspiro.

O livro, encadernado em couro preto, não tinha qualquer título na capa, só uma gravura que sugeria a imagem de degraus descendo em uma escada em caracol vista de uma perspectiva zenital.

Sua mão tremia. Fechou o punho, apertando com força. Havia um bilhete entre as páginas do livro. Valls puxou-o. Era uma folha amarelada, arrancada de um caderno de contabilidade e pautada com linhas horizontais vermelhas em duas colunas. Em cada uma delas havia uma lista de números. Ao pé, em tinta vermelha, liam-se estas palavras:

> *Seu tempo está acabando.*
> *Você tem uma última oportunidade.*
> *Na entrada do labirinto.*

Valls ficou sem ar. Antes de perceber o que estava fazendo, suas mãos tatearam na gaveta principal da escrivaninha e tiraram o revólver que guardava ali. Pôs o cano na boca e puxou o cão. A arma tinha gosto de óleo e pólvora. Estava enjoado, mas segurou o revólver com as duas mãos e manteve os olhos fechados para conter as lágrimas que lhe desciam pelo rosto. Então ouviu passos na escada e a voz dela. Mercedes estava falando com Vicente na porta do escritório. Valls guardou a arma na gaveta e enxugou as lágrimas com a manga do fraque. Vicente bateu de leve na porta com os nós dos dedos. Ele respirou fundo e esperou um pouco. O segurança chamou de novo.

— Dom Mauricio? É sua filha.

— Deixe entrar — respondeu com a voz trêmula.

A porta se abriu e Mercedes entrou envergando seu vestido bordô, com um sorriso encantado que se evaporou assim que pôs os olhos no pai. Vicente os observava da porta, preocupado. O ministro balançou a cabeça e fez um gesto para que os deixasse a sós.

— Papai, você está bem?

Valls deu um amplo sorriso e se levantou para abraçá-la.

— Claro que estou bem. E agora, vendo você, melhor ainda.

Mercedes sentiu o abraço forte do pai, que enfiou o rosto em seu cabelo cheirando-a como fazia quando era criança, como se pensasse que inspirar o aroma da sua pele poderia protegê-la de todos os males do mundo. Quando o pai finalmente a libertou do abraço, Mercedes olhou-o de frente e reparou em seus olhos avermelhados.

— O que houve, papai?

— Nada.

— Você sabe que não pode me enganar. Aos outros sim, mas a mim não...

Valls sorriu. O relógio do escritório marcava nove e cinco.

— Veja como cumpro minhas promessas — disse ela, lendo seu pensamento.

— Nunca duvidei disso.

Mercedes ergueu-se nas pontas dos pés e deu uma olhada na escrivaninha.

— O que está lendo?

— Nada. Bobagem.

— Posso ler também?

— Não é uma leitura indicada para garotinhas.

— Eu não sou mais uma garotinha — respondeu Mercedes, sorrindo com sua malícia infantil e dando uma volta para mostrar seu vestido e seu porte.

— Estou vendo. Realmente já é uma mulher.

Mercedes pôs a mão na bochecha do pai.

— E é isso que deixa você triste?

Valls beijou a mão da filha e negou.

— Claro que não.

— Nem um pouco?

— Bem. Um pouquinho.

Mercedes riu. Valls imitou-a, com o gosto da pólvora ainda nos lábios.

— Todos perguntaram por você na festa...

— A noite se complicou. Você sabe como são essas coisas.

Mercedes fez que sim com vivacidade.

— É. Eu sei...

Ela circulou pelo escritório do pai, um mundo secreto cheio de livros e armários fechados, acariciando com as pontas dos dedos as lombadas dos volumes na estante. Notou que seu pai a observava com os olhos nublados e parou.

— Não vai mesmo me dizer o que está acontecendo, certo?

— Mercedes, você sabe que eu amo você mais que tudo no mundo e que me deixa muito orgulhoso, não sabe?

Ela hesitou. A voz do pai era um fiapo, seu brio e sua arrogância tinham sido cortados pela raiz.

— Claro, papai... e eu também amo você.

— É só isso que importa. Aconteça o que acontecer.

O pai sorria, mas Mercedes percebeu que estava chorando. A garota nunca o vira chorar e sentiu medo, como se o mundo fosse desabar. Seu pai enxugou as lágrimas e lhe deu as costas.

— Diga a Vicente que entre.

Mercedes foi até a porta mas parou um pouco antes de abrir. Seu pai continuava de costas, olhando o jardim pela janela.

— Papai, o que vai acontecer?

— Nada, querida. Não vai acontecer nada.

Então ela abriu a porta. Vicente já estava esperando do outro lado com aquele semblante metálico e impenetrável que lhe causava arrepios.

— Boa noite, papai — murmurou.

— Boa noite, Mercedes.

Vicente lhe fez um gesto respeitoso com a cabeça e entrou no escritório. Mercedes se virou para olhar, mas o segurança, suavemente, fechou a porta em sua cara. A moça colou a orelha na porta e escutou.

— Ele esteve aqui — ela ouviu o pai dizer.

— Não é possível — disse Vicente. — Todas as entradas estavam vigiadas. Só o pessoal da casa tinha acesso aos andares de cima. Tenho homens em todas as escadas.

— Repito que esteve aqui. E ele tem uma lista. Não sei como conseguiu, mas ele tem uma lista... meu Deus.

Mercedes engoliu em seco.

— Deve haver algum engano, senhor.

— Veja você mesmo...

Fez-se um longo silêncio. Mercedes conteve a respiração.

— Os números parecem corretos, senhor. Não entendo...

— Chegou a hora, Vicente. Não posso me esconder mais. É agora ou nunca. Posso contar com você?

— Claro, senhor. Quando?

— Ao amanhecer.

Houve um silêncio e pouco depois Mercedes ouviu passos se aproximarem da porta. Ela saiu correndo pela escada abaixo e não parou até alcançar seu quarto. Lá chegando, encostou-se na porta e escorregou até o chão sentindo que uma maldição havia incendiado o ar e que aquela seria a última noite do turvo conto de fadas que tinham encenado durante anos e anos.

6

Sempre se lembraria daquela manhã como uma alvorada cinza e fria, como se o inverno tivesse decidido cair de repente, mergulhando Vila Mercedes em um lago de neblina emanada pelo umbral do bosque. Ela acordou quando um fiozinho de claridade metálica arranhava as janelas de seu quarto. Tinha adormecido na cama ainda de vestido. Abriu a janela, e o frio úmido da manhã lambeu seu rosto. Um tapete de névoa espessa deslizava sobre o jardim, arrastando-se como uma serpente entre os restos da festa da noite anterior. O céu estava cheio de nuvens negras que se deslocavam lentamente e pareciam trazer uma tempestade em seu interior.

Mercedes saiu do quarto descalça. A casa estava imersa em um silêncio profundo. Ela atravessou o corredor sombrio e contornou a ala leste rumo ao quarto do pai. Nem Vicente nem qualquer um de seus homens estavam postados na porta, como era habitual nos últimos anos, desde que o pai tinha começado a viver escondido, sempre sob a proteção dos pistoleiros de confiança, como se temesse que alguma coisa fosse sair das paredes e lhe enfiar um punhal nas costas. A garota nunca teve coragem de perguntar a razão daquilo. Bastava vê-lo às vezes com a expressão ausente e um olhar envenenado de mágoa.

Ela abriu a porta do quarto do pai sem bater. A cama estava arrumada. A xícara de chá de camomila que a criada deixava toda noite na mesinha ao lado da cama de dom Mauricio estava intacta. Às vezes, ela se perguntava se o pai ainda dormia ou se passava quase todas as noites em claro em seu escritório, no alto da torre. Foi o bater de asas de um bando de pássaros levantando voo no jardim que a alertou. A jovem chegou à janela e viu duas silhuetas se encaminhando para a garagem. Mercedes colou o rosto no vidro. Uma das figuras parou e se virou para olhar em sua direção, como se tivesse sentido os olhos dela pousando em si. Mercedes sorriu para o pai, que a observava sem expressão alguma, com o rosto pálido e mais velho do que nunca.

Por fim Mauricio Valls abaixou os olhos e entrou na garagem junto com Vicente, que levava uma pequena mala. Mercedes teve uma sensação de pânico. Havia sonhado mil vezes com aquele instante sem saber o que significava. Correu escada abaixo, tropeçando em móveis e tapetes nas trevas penetrantes do amanhecer. Quando ela alcançou o jardim, a brisa fria e cortante cuspiu em seu rosto. Desceu a escadaria de mármore e correu para a garagem atravessando uma terra devastada com máscaras caídas, cadeiras derrubadas e guirlandas de luzes que ainda piscavam balançando na neblina. Ouviu o som do motor do carro partindo e as rodas avançando na pista de cascalho. Quando Mercedes chegou ao caminho principal, que levava ao portão da casa, o veículo já se afastava com pressa. Correu atrás dele, ignorando os cortes que as pedras afiadas da pista faziam em seus pés. No instante em que a névoa engolia o automóvel para sempre, conseguiu ver que seu pai se virava pela última vez e lhe lançava um olhar sem esperança através do para-brisa. Continuou correndo até que o barulho do motor se perdeu na distância e a porta gradeada da propriedade se ergueu à sua frente.

Uma hora depois, Luisa, a criada que vinha acordá-la e vesti-la todas as manhãs, a encontrou sentada na beira da piscina. Estava com os pés pendurados em cima da água tingida com fios do próprio sangue e coberta por dezenas de máscaras que flutuavam como barcos de papel à deriva.

— Srta. Mercedes, pelo amor de Deus...

A jovem tremia de frio quando Luisa a envolveu em um cobertor e levou-a para a casa. Quando chegaram à escadaria, começou a cair uma neve rala. Um vento hostil se agitava entre as árvores, derrubando guirlandas, mesas e cadeiras. Mercedes, que também tinha sonhado com aquele instante, soube que a casa estava começando a morrer.

KYRIE

MADRI
DEZEMBRO DE 1959

1

Pouco depois das dez da manhã, um Packard preto avançou pela Gran Vía debaixo de um aguaceiro até parar diante das portas do antigo hotel Hispania. A janela de seu quarto estava encoberta pela chuva, mas Alicia conseguiu ver os dois emissários, cinzentos e frios como o dia, descendo do carro com seus sobretudos e chapéus regulamentares. Alicia consultou o relógio. O bom e velho Leandro não tinha esperado nem quinze minutos para enviar seus cachorros. Trinta segundos depois Alicia ouviu o telefone e atendeu logo ao primeiro toque. Sabia perfeitamente quem estaria do outro lado.

— Srta. Gris, bom dia e coisa e tal — recitou a voz rouca de Maura da recepção. — Dois dragões com cheiro de polícia secreta acabaram de perguntar pela senhora com uma atitude grosseira e entraram no elevador. Eu os mandei até o décimo quarto andar para lhe dar uns minutinhos se quiser escapar.

— Agradeço a gentileza, Joaquín. O que você conta? Algo de bom hoje?

Logo depois da queda de Madri, Joaquín Maura tinha ido parar na prisão de Carabanchel. Quando saiu da cadeia, dezesseis anos depois, descobriu que era um velho, que não tinha mais pulmões e que sua mulher, grávida de seis meses quando o prenderam, havia conseguido anular o casamento e agora estava com um tenente-coronel condecorado que lhe dera três filhos e uma modesta casa no subúrbio. Daquele primeiro e efêmero casamento havia uma filha, Raquel, que cresceu pensando que ele tinha morrido antes que sua mãe desse à luz. No dia em que Maura foi vê-la às escondidas, na saída de uma loja na rua Goya onde ela vendia tecidos, Raquel tomou-o por mendigo e lhe deu uma esmola. A partir de então, Maura sobrevivia em um cubículo ao lado das caldeiras no porão do Hispania, cobrindo o turno da noite e todos os outros que pudesse, relendo romances *noir* e juntando cigarros Celtas curtos em sua toca à espera de que a morte viesse pôr as coisas em seu lugar e o devolvesse a 1939, de onde nunca deveria ter saído.

— Estou lendo um romance sem pé nem cabeça intitulado *A túnica carmesim*, de um tal Martín — explicou Maura. — É de uma coleção antiga, A Cidade dos Malditos. Quem me passou foi o gordinho Tudela, da 426, que sempre descobre coisas estranhas na feira do Rastro. Vem da sua terra, Barcelona. Quem sabe você se interessa.

— Não vou dizer que não.

— Resolvido. E cuidado com esses dois. Sei que você se vira sozinha, mas esses aí não deixam boa sombra atrás de si.

Alicia desligou e sentou-se tranquilamente para esperar que os chacais de Leandro farejassem seu rastro e mostrassem o focinho. De dois e três minutos no máximo, calculou. Deixou a porta do quarto aberta, acendeu um cigarro e ficou esperando sentada na poltrona que estava de frente para a entrada. O corredor comprido e escuro que dava nos elevadores se abria adiante. O cheiro forte de poeira, da madeira velha e do tapete puído que cobria o corredor invadiu seu quarto.

O Hispania era uma elegante ruína em estado de decadência perpétua. Construído no começo dos anos vinte, o hotel viveu seus anos de glória entre os grandes estabelecimentos de luxo de Madri até sair de moda depois da guerra civil e mergulhar em duas décadas de declínio, transformando-se em uma catacumba onde iam parar deserdados e malditos, pessoas sem nada nem ninguém na vida que definhavam em espaços lúgubres alugados semana após semana. Das centenas de quartos do hotel, metade estava desocupada havia muitos anos. Vários andares tinham sido fechados, e corriam lendas macabras entre os hóspedes sobre o que acontecia naqueles longos corredores escuros, onde, sem que ninguém tivesse apertado o botão, o elevador parava às vezes e, ao projetar durante segundos o feixe de luz amarelada da cabine, se viam as entranhas do que parecia um cruzeiro afundado. Maura tinha lhe contado que a central telefônica frequentemente tocava de madrugada com ligações de quartos que não eram ocupados desde a guerra. Quando ele atendia nunca havia ninguém na linha, exceto em uma ocasião em que ouviu uma mulher chorando; ao lhe perguntar o que podia fazer por ela, outra voz, sombria e profunda, disse "Venha conosco".

— Desde então, sabe, não tenho vontade de atender ligações de nenhum quarto depois da meia-noite — confessou Maura um dia. — Às vezes acho que este lugar é como uma metáfora, sabe? Do país inteiro, quer dizer. Que está assombrado por todo o sangue que foi derramado e que ainda mancha as nossas mãos, apesar dos imensos esforços que todos nós fazemos para jogar a culpa nos outros.

— Você é um poeta, Maura. Nem todos esses romances policiais conseguem apagar a sua veia lírica. O que está faltando na Espanha são pensadores como você, para ressuscitarem a grande arte nacional da tertúlia.

— Isso, pode rir. Nota-se que o regime paga o seu salário, srta. Gris. Mas tenho certeza de que, com o que ganha, uma figura como a senhora poderia se mudar para outro local e não apodrecer aqui nesta masmorra. Isto não é lugar para uma moça fina e de classe. Não se vem aqui para viver, mas para morrer.

— É como eu disse, um poeta.

— Vá dar uma volta.

Maura não estava totalmente enganado em suas reflexões filosóficas, e com o tempo o Hispania ficou conhecido em determinados círculos pelo apelido *o hotel dos suicídios*. Décadas depois, quando já estava fechado havia muito e os engenheiros encarregados da demolição percorreram andar por andar para pôr as cargas explosivas que o derrubariam para sempre, correu o boato de que em vários quartos foram encontrados, em camas ou banheiras, cadáveres mumificados muitos anos antes, entre os quais o do seu antigo recepcionista noturno.

2

Ela os viu surgir das sombras do corredor como o que eram, dois títeres feitos para assustar aqueles de quem tiravam a vida literalmente. Já os tinha visto, mas nunca se preocupara em gravar seus nomes. Todos aqueles fantoches da Brigada pareciam iguais. Os dois pararam na soleira da porta e com um ar estudado de desprezo olharam para dentro do quarto antes de pousar a vista em Alicia dando aquele sorriso lupino que Leandro devia ensinar-lhes no primeiro dia de aula.

— Não sei como você pode morar aqui.

Alicia encolheu os ombros e terminou o cigarro, fazendo um gesto em direção à janela.

— É por causa da vista.

Um dos homens de Leandro riu sem muito ânimo e o outro balançou a cabeça discretamente. Entraram no quarto, deram uma olhada no banheiro e revistaram o aposento de cima a baixo, como se esperassem encontrar alguma coisa. O mais jovem dos dois, que ainda cheirava a novato e compensava isso com a pose, se entreteve examinando a coleção de livros empilhados contra a parede que ocupava quase metade do quarto, passando o indicador pelas lombadas com ar de desdém.

— Tem que me emprestar algum destes seus livrinhos de amor.

— Eu não sabia que você sabia ler.

O novato se virou e deu um passo à frente com uma expressão hostil, mas seu colega, e presumivelmente chefe, o deteve e suspirou entediado.

— Vá se maquiar. Eles estão à sua espera desde as dez.

Alicia não fez menção de se levantar da cadeira.

— Estou de licença forçada. Ordens de Leandro.

O novato, cuja virilidade fora atingida, pôs seus noventa e muitos quilos de músculo e bílis a um palmo de Alicia e lhe mostrou um sorriso que parecia forjado em calabouços e batidas à meia-noite.

— Não me sacaneie, que eu não tenho o dia inteiro, meu bem. Não me faça levantar você daí à força.

Alicia encarou-o fixamente nos olhos.

— A questão não é se tem ou não o dia inteiro, mas se tem ou não colhões.

O capanga de Leandro sustentou o olhar por alguns segundos, mas quando seu companheiro o puxou pelo braço resolveu dissolvê-lo em um sorriso gentil e levantar as mãos em sinal de trégua. *Vai continuar*, pensou Alicia.

O líder da dupla olhou o relógio e balançou a cabeça.

— Ora, Gris, nós não temos culpa. Você sabe como são essas coisas.

Sei, pensou Alicia. *Sei muito bem.*

Ela apoiou as mãos nos braços da poltrona e se levantou. Os dois sabujos a viram cambalear até a cadeira onde estava algo que parecia um arnês articulado por tiras finas de fibra e faixas de couro.

— Quer ajuda? — perguntou com deboche o novato.

Alicia os ignorou. Pegou o artefato e entrou com ele no banheiro, encostando a porta. O mais velho desviou a atenção, mas o novato não conseguiu evitar que seus olhos encontrassem um ângulo do qual podia apreciar o reflexo de Alicia no espelho. Viu como ela tirava a saia e, pegando o arnês, o ajustava em torno do quadril e da perna direita como se fosse uma estranha peça de lingerie. Ao ajustar as fivelas, o arnês se adaptou a seu corpo como uma segunda pele e lhe deu um aspecto de boneca mecânica. Foi então que Alicia ergueu a vista e o valentão encontrou seu olhar no espelho, frio e sem qualquer expressão. Ele sorriu com deleite e, após uma longa pausa, voltou para o meio do quarto, não sem antes captar de relance aquela mancha negra no flanco de Alicia, um redemoinho de cicatrizes que parecia entrar em sua carne como se uma furadeira em brasa tivesse reconstruído seu quadril. O agente notou que seu superior o olhava com severidade.

— Cretino — murmurou o chefe.

Instantes depois Alicia saiu do banheiro.

— Não tem outro vestido? — perguntou o mais velho.

— O que tem de errado com este?

— Sei lá. Um pouco mais discreto.

— Por quê? Quem mais vai estar na reunião?

À guisa de resposta, o homem lhe deu uma bengala que estava encostada na parede e apontou para a porta.

— Estou sem maquiagem.

— Está perfeita. Pinte-se no carro se quiser, porque já está tarde.

Alicia recusou a bengala e se dirigiu para o corredor sem esperá-los, mancando ligeiramente.

Minutos mais tarde, estavam percorrendo as ruas de Madri em silêncio no Packard preto, debaixo da chuva. Sentada no banco de trás, Alicia observava a fileira de pontas, cúpulas e estátuas que formam a cornija de terraços da Gran Vía. Quadrigas de anjos e sentinelas de pedra enegrecida vigiavam tudo lá do alto. Do céu cinzento e plúmbeo se derramava um recife serpenteante de edifícios colossais e sombrios que aos seus olhos pareciam criaturas petrificadas que tinham engolido cidades inteiras, empilhados uns contra os outros. A seus pés, as marquises de grandes teatros e as vitrines de cafés e comércios aristocráticos reluziam sob a cortina de chuva. As pessoas, minúsculos pontinhos com hálito de vapor, desfilavam com um enxame de guarda-chuvas no nível da rua. Em dias como aquele, pensou, a gente começa a pensar como o bom e velho Maura e a achar que as trevas do Hispania se espalham no país de ponta a ponta sem deixar sequer uma fresta de luz.

3

— Fale-me desta nova operação que me propõe. Você disse Gris?

— Alicia Gris.

— Alicia? Uma mulher?

— Isso é problema?

— Não sei. É? Ouvi falar dela mais de uma vez, mas sempre como Gris. Não tinha ideia de que fosse mulher. Podem questionar essa escolha.

— Seus superiores?

— Nossos superiores, Leandro. Não podemos nos permitir outro erro como o de Lomana. No palácio de El Pardo estão ficando nervosos.

— Com o devido respeito, o único erro cometido foi não terem me explicado claramente e desde o começo para que precisavam de alguém da minha unidade. Se eu soubesse do que se tratava, teria escolhido outro candidato. Não era tarefa para Ricardo Lomana.

— Nessa história eu não dito as regras nem controlo a informação. Tudo vem de cima.

— Entendo.

— Fale mais dessa Gris.

— A srta. Gris tem vinte e nove anos, doze dos quais trabalhando para mim. Órfã de guerra. Perdeu os pais aos oito anos. Foi criada no Patronato Ribas, um orfanato de Barcelona, até ser expulsa aos quinze por questões disciplinares. Sobreviveu dois anos na rua e trabalhou para um receptador e criminoso de meia-pataca chamado Baltasar Ruano, que comandava um bando de ladrões adolescentes até que a Guarda Civil o prendeu e executou, como tantos outros, no Campo de la Bota.

— Ouvi dizer que tem...

— Isso não é problema. Ela faz tudo sozinha, e garanto que sabe se defender. É uma ferida que sofreu durante a guerra, nos bombardeios de Barcelona. Nunca foi empecilho para desempenhar seu trabalho. Alicia Gris é o melhor agente que recrutei em vinte anos de serviço.

— Então por que não apareceu na hora que foi convocada?

— Entendo a sua frustração e lhe peço desculpas de novo. Alicia pode ser um pouco rebelde às vezes, mas quase todos os agentes excepcionais na nossa linha de trabalho também são. Tivemos um desentendimento rotineiro há um mês, em relação a um caso em que ela estava atuando. Eu a suspendi temporariamente das atividades, sem salário. Não comparecer à reunião de hoje é sua maneira de me dizer que continua zangada.

— Essa relação parece mais pessoal que profissional, se me permite o comentário.

— No meu campo, não existe uma sem a outra.

— Esse desprezo pela disciplina me preocupa. Nesta história não pode haver mais erros.

— Não haverá.

— É bom mesmo. Nosso pescoço está em jogo. O seu e o meu.

— Pode deixar comigo.

— Conte mais sobre Gris. O que a torna tão especial?

— Alicia Gris vê o que os outros não veem. A cabeça dela funciona de forma diferente. Onde todos veem uma porta fechada, ela vê uma chave. Onde os outros perdem a pista, ela acha o rastro. É um dom, por assim dizer. E o melhor é que ninguém nem desconfia.

— Foi assim que resolveu o chamado "caso das bonecas de Barcelona"?

— As noivas de cera. Foi o primeiro caso em que Alicia trabalhou para mim.

— Eu sempre quis saber se é verdade a história do governador civil...

— Tudo isso foi há muitos anos.

— Mas temos tempo, não temos? Enquanto esperamos a mocinha.

— Certo. Foi em 1947. Na época eu atuava em Barcelona. Fomos avisados de que nos últimos três anos a polícia tinha encontrado pelo menos sete cadáveres de mulheres jovens em diversos lugares da cidade. Apareciam sentadas em um banco do parque, em um ponto de bonde, em um bar do Paralelo... Houve até uma que foi encontrada de joelhos em um confessionário da igreja do Pino. Todas estavam perfeitamente maquiadas e vestidas de branco. Não tinham uma gota de sangue no corpo e cheiravam a cânfora. Pareciam bonecas de cera. Daí o nome.

— E se sabia quem eram elas?

— Ninguém notificou seu desaparecimento, por isso a polícia deduziu que eram prostitutas, o que se confirmaria mais tarde. Depois se passaram meses sem aparecer nenhum outro corpo, e a polícia de Barcelona deu o caso por encerrado.

— E então apareceu outra mulher.

— Correto. Margarida Mallofré. Foi encontrada no vestíbulo do hotel Oriente sentada em uma poltrona.

— E essa tal Margarida era a garota de...?

— Margarida Mallofré trabalhava em um randevu de certa categoria na rua Elisabets especializado em, digamos, inclinações peculiares por um preço elevado. Descobriu-se que o então governador civil frequentava o estabelecimento e que a falecida era a sua preferida.

— Por quê?

— Parece que Margarida Mallofré era quem conseguia ficar consciente por mais tempo apesar das atenções especiais do governador, daí a predileção do cavalheiro.

— Veja só, sua excelência.

— O fato é que devido a essa conexão o inquérito foi reaberto e, dada a natureza delicada do caso, chegou às minhas mãos. Alicia estava começando a trabalhar para mim, e o entreguei a ela.

— Não era um caso escabroso demais para uma garota?

— Alicia era uma garota muito pouco convencional e nada impressionável.

— E como tudo terminou?

— Bem rápido. Alicia passou várias noites ao relento, vigiando as entradas e saídas dos principais prostíbulos do Raval. Descobriu que, muitas vezes, quando havia uma batida rotineira, os clientes escapavam por alguma porta secreta e que algumas das meninas ou meninos que trabalhavam lá faziam o mesmo. Alicia decidiu segui-las. Costumavam se esconder da polícia em portais, em bares ou até em bueiros. A maioria era capturada e levada a um calabouço para passar a noite e algum outro objetivo que não vem ao caso. Mas outras conseguiam enganar a polícia. E isso acontecia sempre no mesmo lugar: na esquina da rua Joaquín Costa com a Peu de la Creu.

— O que havia lá?

— Aparentemente nada de especial. Dois depósitos de grãos. Um armazém. Uma garagem. E uma tecelagem cujo dono, um tal Rufat, ao que tudo indica tivera vários problemas com a polícia por sua tendência a se exceder na aplicação de castigos corporais a várias das suas operárias, uma das quais perdeu um olho. Além disso, Rufat era cliente habitual do estabelecimento onde Margarida Mallofré trabalhava até o seu desaparecimento.

— A garota é rápida.

— Por isso, a primeira coisa que ela fez foi descartar Rufat, que era um celerado, mas não tinha relação com o caso além da coincidência de frequentar um local que ficava a poucas ruas do seu estabelecimento.

— E então? Começou de novo?

— Alicia sempre diz que as coisas não seguem a lógica aparente, e sim a interna.

— E que lógica pode haver em um caso assim, segundo ela?

— Aquilo que Alicia chama de lógica do simulacro.

— Agora sim fiquei boiando, Leandro.

— A versão curta é que Alicia acredita que tudo o que acontece na sociedade, na vida pública, é uma encenação, um simulacro daquilo que nós tentamos fazer passar por realidade mas não é.

— Parece marxista.

— Não tema, Alicia é a criatura mais cética que conheço. Para ela, todas as ideologias e todos os credos, sem distinção, são inflamações induzidas do pensamento. Simulacros.

— Piorou. Não sei por que você está sorrindo, Leandro. Não vejo graça nenhuma. Cada vez gosto menos dessa senhorita. Tem que ser bonita, pelo menos.

— Não dirijo uma agência de recepcionistas.

— Não fique aborrecido, Leandro, estou brincando. Como terminou a história?

— Depois de eliminar Rufat como suspeito, Alicia começou a cortar o que ela chama de camadas da cebola.

— Outra teoria dela?

— Alicia diz que todo crime é como uma cebola: temos que cortar muitas camadas para ver o que se esconde lá dentro e no caminho derramar umas lágrimas.

— Leandro, às vezes fico maravilhado com a fauna que você recruta por aí.

— Meu trabalho é encontrar a ferramenta adequada para cada tarefa. E mantê-la afiada.

— Tome cuidado para não se cortar um dia destes. Mas continue com a cebola, que eu gostei.

— Cortando as camadas de cada uma das lojas e estabelecimentos localizados nessa esquina onde as desaparecidas foram vistas pela última vez, Alicia descobriu que a garagem era propriedade da Casa da Caridade.

— Até aí morreu Neves.

— No caso, *morreu* é a palavra-chave.

— Me perdi de novo.

— Nessa garagem era guardada uma parte da frota de carros dos serviços fúnebres da cidade, e também havia um depósito de caixões e estátuas. Naquela época, a administração da funerária municipal ainda estava nas mãos da chamada Casa da Caridade, e a maioria dos empregados de baixo escalão, coveiros e ajudantes, era muitas vezes gente esquecida por Deus: órfãos, condenados, mendigos etc. Em suma, almas infortunadas que tinham ido parar lá por não terem mais ninguém no mundo. Usando suas artes, que são muitas, Alicia conseguiu ser contratada como datilógrafa no departamento de administração. Pouco depois, descobriu que nas noites em que a polícia fazia uma batida algumas garotas dos prostíbulos próximos iam se esconder na garagem da funerária. Ali sempre era fácil convencer um daqueles trabalhadores infelizes a deixá-las entrar em algum carro fúnebre em troca de seus favores. Passado o perigo, e satisfeitos os anseios do benfeitor, as meninas voltavam para os seus postos antes que o sol nascesse.

— Mas...

— Mas nem todas faziam isso. Alicia descobriu que entre os que trabalhavam lá havia um personagem diferente. Órfão de guerra, como ela. Era chamado de Quimet porque tinha cara de menino e um jeito tão doce que as viúvas queriam adotá-lo e levá-lo para casa. O caso é que o tal Quimet era um aluno avançado e já versado em artes funerárias. O que chamou a atenção dela é que o rapaz era colecionador e tinha um álbum de fotografias de bonecas de porcelana guardado em sua mesa. Dizia que queria casar e constituir família e para isso estava procurando a mulher adequada, pura e limpa de espírito e de carne.

— O simulacro?

— Não, uma isca. Alicia passou a vigiá-lo todas as noites e não demorou a constatar algo de que já desconfiava. Quando uma daquelas moças desgarradas vinha pedir ajuda a Quimet, se ela reunisse os requisitos de tamanho, cútis, semblante e compleição, em vez de exigir um pagamento carnal o rapaz fazia uma oração com ela e garantia que com sua ajuda e a da Virgem nunca a encontrariam. O melhor esconderijo, argumentava, era um ataúde. Ninguém, nem mesmo a polícia, se atreve a abrir um caixão para ver o que há lá dentro. Fascinadas com o rosto infantil e as maneiras gentis de Quimet, as moças deitavam no leito do sarcófago e sorriam quando ele fechava a tampa e as trancava lá dentro. Então as deixava morrer asfixiadas. Depois as despia, raspava o púbis, as lavava da cabeça aos pés, dessangrava e injetava no coração um líquido embalsamador que bombeava para todo o corpo. Uma vez renascidas como bonecas de cera, ele as maquiava e vestia de branco. Alicia também verificou que todas as vestimentas encontradas com os corpos provinham da mesma loja para noivas na avenida de San Pedro, a duzentos metros dali. Um dos funcionários se lembrava de ter atendido Quimet mais de uma vez.

— Que bom rapaz.

— Quimet passava duas ou três noites com os cadáveres, simulando, por assim dizer, algum tipo de vida conjugal, até que os corpos começavam a ter cheiro de flores mortas. Então, sempre antes do amanhecer, quando as ruas estavam desertas, ele as levava em um dos carros da funerária para a sua nova vida eterna e preparava a cena de seu encontro.

— Santa Mãe de Deus... Essas coisas só acontecem em Barcelona.

— Alicia descobriu tudo isso e muito mais, ainda a tempo de resgatar de um dos caixões de Quimet a mulher que seria a vítima número oito.

— E descobriram por que ele fazia isso?

— Alicia descobriu que, quando era criança, Quimet tinha passado uma semana inteira trancado com o cadáver da mãe em um apartamento da rua da Cadena, antes de o cheiro alertar os vizinhos. Ao que tudo indica, a mãe tinha se suicidado tomando veneno quando soube que o marido a deixara. Isso não pôde ser confirmado porque infelizmente Quimet se suicidou em sua primeira noite na penitenciária do Campo de la Bota, deixando sua última vontade escrita na parede da cela. Que raspassem, lavassem e embalsamassem seu corpo e depois, vestido de branco, o exibissem perpetuamente em um sarcófago de vidro ao lado de uma de suas noivas de cera na vitrine do magazine El Siglo. Parece que sua mãe tinha trabalhado lá como vendedora. Mas, falando do diabo, a srta. Gris deve estar chegando. Um pouquinho de brandy para tirar o gosto amargo dessa história?

— Só mais uma coisa, Leandro. Quero que um dos meus homens trabalhe com a sua agente. Não quero outro desaparecimento sem aviso como o de Lomana.

— Acho que seria um erro. Temos os nossos próprios métodos.

— Não se trata de uma condição negociável. E Altea concorda comigo.

— Com todo o respeito...

— Leandro, Altea queria pôr Hendaya no caso.

— Outro erro.

— Concordo. Por isso o convenci a me deixar tentar do meu jeito por enquanto. Mas a condição é que um dos meus homens supervisione a operação. É isso ou Hendaya.

— Entendi. Em quem está pensando?
— Vargas.
— Pensei que estava aposentado.
— Só tecnicamente.
— Isso é um castigo?
— Para a sua operação?
— Para Vargas.
— É mais uma segunda chance.

4

O Packard contornou a praça de Netuno, mais submerso do que nunca, e entrou na rua de San Jerónimo rumo à silhueta branca e afrancesada do Gran Hotel Palace. Pararam em frente à entrada principal e, quando o porteiro foi abrir a porta traseira do carro com um grande guarda-chuva na mão, os dois homens da polícia secreta se viraram com um olhar que misturava ameaça e súplica.

— Podemos deixar você aqui sem fazer escândalo ou vamos ter que arrastá-la para não fugir outra vez?

— Não se preocupem. Não vou fazer vocês passarem vergonha.

— Palavra?

Alicia fez que sim. Entrar e sair de um carro nunca era tarefa muito fácil nos dias ruins, mas ela não queria que aqueles dois a vissem mais enfraquecida do que já estava e engoliu com um sorriso nos lábios a fisgada no quadril que sentiu quando se levantou. O porteiro a acompanhou até a entrada protegendo-a com o guarda-chuva; um batalhão de recepcionistas e mensageiros parecia estar ali à sua espera, prontos para escoltá-la através do saguão até sua reunião. Quando viu as duas escadarias que a aguardavam entre a entrada e o imenso restaurante, pensou que deveria ter aceitado a bengala. Pegou uma caixinha de remédios que tinha na bolsa e engoliu um comprimido. Respirou fundo antes de começar a subir.

Poucos minutos e dúzias de degraus depois, parou na porta do restaurante para recuperar o fôlego. O porteiro que tinha subido com ela reparou na película de suor que cobria sua testa. Alicia se limitou a sorrir sem entusiasmo.

— A partir daqui acho que posso ir sozinha, se você não se incomoda.

— Claro. Como quiser, senhorita.

O porteiro se retirou com discrição, mas Alicia não precisou se virar para saber que ele ainda a observava e que não ia tirar os olhos dela até que entrasse no salão. Enxugou o suor com um lenço e estudou a cena.

Só se ouviam um sussurrar de vozes e o tilintar de uma colherinha girando lentamente em uma xícara de porcelana. O restaurante do Palace se abria à sua frente assombrado por reflexos dançantes que pingavam da grande cúpula ao sabor da chuva. Aquela estrutura sempre lhe parecera um enorme salgueiro de vidro suspenso, como se fosse uma tenda de rosáceas roubadas de cem catedrais em nome da Belle Époque. Ninguém jamais poderia acusar Leandro de ter mau gosto.

Sob a bolha de vidro multicolorido só havia uma mesa ocupada entre muitas outras vazias. Nela, duas silhuetas eram observadas com atenção por meia dúzia de garçons que permaneciam à distância exata deles para que não conseguissem ouvir a conversa, mas pudessem ler os gestos. Afinal de contas, ao contrário de seu endereço temporário no Hispania, o Palace era um estabelecimento de primeira categoria. Criatura de hábitos aburguesados, Leandro morava e trabalhava lá. Literalmente. Fazia anos que ocupava a suíte 814 e gostava de despachar seus assuntos naquele restaurante que, como desconfiava Alicia, lhe permitia pensar que estava na Paris de Proust, e não na Espanha de Franco.

Ela aguçou o olhar sobre os dois comensais. Leandro Montalvo, sentado de frente para a entrada como sempre. De estatura média e com uma compleição suave e arredondada de contador abastado. Escondido atrás de uns óculos de resina que ficavam grandes em seu rosto e lhe serviam para ocultar os olhos afiados como punhais. Sempre com um ar descontraído e afável que lhe dava um aspecto de tabelião provinciano fã de zarzuela ou de bancário convencido que gosta de ir a museus depois do trabalho. "O bom e velho Leandro."

Ao seu lado, vestindo um terno de corte britânico que destoava do semblante áspero e madrilenho, estava sentado um indivíduo de cabelo e bigode engomados que segurava uma taça de brandy. Seu rosto lhe parecia familiar. Uma dessas figuras que frequentavam os jornais, veterano de fotografias posadas em que havia sempre um filhote de águia na bandeira e um quadro com imarcescíveis cenas equestres. *Gil alguma coisa*, disse a si mesma. *Secretário-Geral do Pão Frito ou algo assim.*

Leandro ergueu os olhos e sorriu para ela de longe. Convidou a moça a se aproximar fazendo um gesto como o que se faz para uma criança ou um cachorrinho. Suprimindo a manqueira à custa de umas punhaladas no flanco, Alicia atravessou lentamente o grande salão. Enquanto avançava registrou dois homens do ministério ao fundo, entre as sombras. Armados. Imóveis como répteis à espreita.

— Alicia, que bom que arranjou uma brecha na sua agenda para tomar um cafezinho conosco. Escute, você já tomou café da manhã?

Antes que ela pudesse responder, Leandro ergueu as sobrancelhas e dois dos garçons postados junto à parede deram início ao serviço. Enquanto lhe traziam um copo de suco de laranja recém-espremido, Alicia sentiu o olhar de falcão que a assava a fogo lento. Não foi difícil se ver em seus olhos. A maioria dos homens, mesmo os que observam por profissão, confunde o ver com o olhar e quase sempre fica nos detalhes óbvios, aqueles que embaçam a leitura do que não é irrelevante. Leandro costumava dizer que desaparecer no olhar do contrário é uma arte que pode levar uma vida inteira para se aprender.

Alicia tinha um rosto sem idade, agudo e maleável, com algumas poucas linhas de sombra e cor. Ela se desenhava todos os dias em função do papel que precisaria desempenhar na fábula escolhida por Leandro para encenar suas manipulações e intrigas. Podia ser sombra ou luz, paisagem ou figura, dependendo do roteiro. Em dias de trégua, evaporava em si mesma e se retirava para o que Leandro costumava chamar de transparência da sua escuridão. Tinha cabelo preto e uma cútis pálida feita para sóis frios e salões fechados. Seus olhos esverdeados brilhavam na penumbra e espetavam como alfinetes para fazer esquecer uma compleição frágil, mas difícil de ignorar, que quando necessário ela sufocava em roupas folgadas para não despertar olhares furtivos na rua. De perto, porém, sua presença entrava em foco e exalava um ar sombrio e, para Leandro, vagamente inquietante, que seu mentor lhe havia instruído que mantivesse encoberto na medida do possível. "Você é uma criatura noturna, Alicia, mas todos nós aqui nos escondemos à luz do dia."

— Alicia, quero lhe apresentar o excelentíssimo senhor dom Manuel Gil de Partera, diretor do Corpo Geral da Polícia.

— É uma honra, excelência — recitou Alicia oferecendo-lhe a mão, que o diretor não apertou, como se temesse levar uma mordida.

Gil de Partera olhava para ela como se ainda não tivesse decidido se era uma colegial com um toque perverso que o desestabilizava ou um espécime que não sabia por onde começar a classificar.

— O senhor diretor decidiu convocar os nossos bons ofícios para solucionar um problema de certa delicadeza que exige um grau extraordinário de discrição e zelo.

— Claro — concordou Alicia em um tom tão dócil e angelical que lhe rendeu um pontapé suave de Leandro por baixo da mesa. — Estamos à sua disposição para ajudar em tudo o que for possível.

Gil de Partera continuou olhando para ela com aquela mistura de desconfiança e cobiça que sua presença costumava despertar em cavalheiros de certa idade, ainda sem saber por qual das duas decidir-se. Aquilo que Leandro sempre chamava de o perfume de seu aspecto, ou efeitos secundários do seu semblante, constituía segundo o mentor uma faca de dois gumes que ela ainda não tinha aprendido a controlar com muita precisão. Neste caso, e em função do visível desconforto que Gil de Partera parecia sentir na presença dela, Alicia pensou que a corda ia arrebentar para o seu lado. *Lá vem a ofensiva*, pensou.

— Entende algo de caça, srta. Gris? — perguntou.
Ela hesitou um instante, procurando o olhar do mentor.
— Alicia é um animal essencialmente urbano — interveio Leandro.
— Na caça se aprendem muitas coisas — proferiu o diretor. — Tive o privilégio de compartilhar algumas caçadas com Sua Excelência, o Generalíssimo, e foi ele quem me revelou a regra fundamental que todo caçador deve seguir.
Alicia assentiu várias vezes, como se tudo aquilo lhe parecesse fascinante. Enquanto isso, Leandro untou de geleia uma torrada e a ofereceu a ela. A jovem aceitou sem prestar atenção. O diretor continuava embarcado em seu discurso.
— Um caçador tem que entender que, em um momento crítico da caçada, o papel da presa e o do caçador se confundem. A caça, a caça de verdade, é um duelo entre iguais. A gente não sabe quem realmente é até derramar sangue.
Ele fez uma pausa, e, transcorridos os segundos de silêncio cênico requeridos pela profunda reflexão que acabava de ouvir, Alicia tramou uma expressão reverencial.
— Também é uma máxima do Generalíssimo?
Alicia levou uma pisada de advertência de Leandro por baixo da mesa.
— Serei franco, jovenzinha: eu não gosto de você. Não gosto do que ouvi falar a seu respeito e não gosto do seu jeito, nem de que pense que pode me deixar esperando aqui metade da manhã como se o seu tempo de merda valesse mais que o meu. Não gosto de como me olha e muito menos da arrogância com que se dirige aos seus superiores. Porque se há algo que me incomoda neste mundo é gente que não sabe qual é o seu lugar. E me incomoda mais ainda ter que lembrá-la disso.
Alicia abaixou o olhar, submissa. A temperatura do salão parecia ter caído dez graus em um piscar de olhos.
— Peço desculpas ao senhor diretor se...
— Não me interrompa. Só estou aqui falando com você devido à confiança que deposito no seu superior, que acha por algum motivo que me escapa que você é a pessoa adequada para a tarefa que vou lhe confiar. Mas não se iluda comigo: a partir deste exato momento você está sob as minhas ordens. E eu não tenho a paciência nem a generosa disposição aqui do sr. Montalvo.
Gil de Partera olhou-a fixamente. Seus olhos eram pretos, com as córneas cobertas por uma teia de pequenos vasos capilares vermelhos que pareciam prestes a explodir. Alicia imaginou-o trajado com um chapéu de plumas e botas de marechal beijando as reais nádegas do Chefe do Estado em uma dessas caçadas em que os pais da pátria dizimavam as presas que um esquadrão de criados deixava ao alcance de seus tiros e depois untavam as genitálias com o cheiro de pólvora e sangue de aves de curral para sentir-se machos conquistadores, a glória maior de Deus e da Pátria.

— Tenho certeza de que Alicia não queria ofendê-lo, meu amigo — afirmou Leandro, que obviamente estava adorando aquela cena.

Alicia confirmou as palavras de seu superior assentindo com uma expressão grave e compungida.

— Não preciso nem dizer que o conteúdo do que vou relatar agora é estritamente confidencial e que para todos os efeitos esta conversa nunca aconteceu. Alguma dúvida quanto a isso ou qualquer outra coisa, Gris?

— Absolutamente nenhuma, senhor diretor.

— Bem, então faça o favor de comer esta maldita torrada de uma vez e vamos ao assunto.

5

— O que você sabe de dom Mauricio Valls?

— O ministro? — perguntou Alicia.

A jovem parou por um instante para considerar a avalanche de imagens da longa e amplamente conhecida carreira de dom Mauricio Valls que lhe vinha à mente. De perfil soberbo e refinado, sempre situado no melhor ângulo de cada fotografia e na melhor companhia, recebendo honras e distribuindo uma sabedoria indiscutível diante do aplauso e da admiração da claque da corte. Canonizado em vida, elevado aos altares por seus próprios pés e de mãos dadas com a autoproclamada intelectualidade do país, Mauricio Valls era a encarnação entre os mortais do protótipo espanhol do Homem de Letras, Cavalheiro das Artes e do Pensamento. Premiado e homenageado até o infinito. Definido sem ironia como figura emblemática das elites culturais e políticas do país, o ministro Valls era precedido por suas notícias nos jornais e por toda a pompa do regime. Suas conferências nos magnos cenários de Madri sempre atraíam o público mais seleto. Seus artigos magistrais na imprensa sobre os assuntos do momento constituíam dogmas de fé. O pelotão de repórteres que comiam na sua mão se desmanchava de tanta adoração. Seus ocasionais recitais de poesia e monólogos extraídos das suas aclamadas peças teatrais, em duo com os grandes da cena nacional, lotavam os teatros. Suas obras literárias eram consideradas o epítome de perfeição e seu nome já estava inscrito na plêiade dos mestres. Mauricio Valls, luz e intelecto da Celtibéria, iluminando o mundo.

— Só sabemos o que sai na imprensa — intercedeu Leandro. — Que, a bem da verdade, de uns tempos para cá tem sido bastante pouco em relação ao que costumava ser.

— Na verdade, nada — reforçou Gil de Partera. — Duvido que lhe tenha escapado, senhorita, o fato de que desde novembro de 1956, há mais de três anos,

Mauricio Valls, o ministro da Educação Nacional (ou da Cultura, como ele mesmo gosta de dizer) e, se me permitem, menina dos olhos da imprensa espanhola, praticamente desapareceu da cena pública e quase não é visto em nenhum ato oficial.

— Agora que o senhor diretor mencionou... — admitiu Alicia.

Leandro virou-se para ela e, trocando um olhar de cumplicidade com Gil de Partera, abriu o jogo.

— O fato, Alicia, é que não é por acaso nem por vontade própria que o senhor ministro foi impedido de brindar-nos com seu fino intelecto e seu magistério impecável.

— Vejo que teve oportunidade de conhecê-lo, Leandro — interveio Gil de Partera.

— Tive essa honra faz muito tempo, embora de forma breve, durante os meus anos em Barcelona. Um grande homem, aquele que melhor soube exemplificar os valores e a profunda glória da nossa intelectualidade.

— Não tenho dúvida de que o ministro estaria totalmente de acordo com você.

Leandro sorriu, cortês, e voltou a focar em Alicia antes de tomar a palavra.

— Infelizmente o problema que nos traz aqui hoje não é o indiscutível valor do nosso estimado ministro nem a invejável saúde do seu ego. Com a vênia de sua senhoria aqui presente, creio que não estarei revelando nada de que não vamos tratar mais tarde se disser que o motivo da prolongada ausência de dom Mauricio Valls da cena pública nestes últimos tempos é a suspeita de que existe e existiu durante anos um complô para atentar contra a vida dele.

Alicia levantou as sobrancelhas e trocou um olhar com Leandro.

— A fim de dar apoio à investigação aberta pelo Corpo Geral da Polícia, e a pedido dos nossos amigos no Ministério do Interior, nossa unidade destacou um agente para acompanhar a investigação, apesar de não estarmos oficialmente envolvidos e, de fato, não termos conhecimento dos detalhes dela — explicou Leandro.

Alicia mordeu os lábios. Os olhos de seu superior deixavam claro que a hora das perguntas ainda não havia chegado.

— Esse agente, por motivos que ainda não conseguimos esclarecer, cortou o contato, e não estamos conseguindo localizá-lo há duas semanas — prosseguiu Leandro. — Que isso sirva como contexto da missão para a qual Sua Excelência teve a gentileza de solicitar nossa colaboração.

Leandro olhou para o policial veterano e fez o gesto para lhe ceder a palavra. Gil de Partera pigarreou e assumiu uma expressão sombria.

— O que vou lhes contar é estritamente confidencial e não pode sair desta mesa.

Alicia e Leandro assentiram ao mesmo tempo.

— Como o seu superior já adiantou, em 2 de novembro de 1956, durante um ato em sua homenagem no Círculo de Belas-Artes de Madri, o ministro Valls foi alvo de um atentado frustrado contra a sua vida, e ao que parece não era o primeiro. A notícia não veio a público porque tanto o gabinete como o próprio ministro Valls, que não queria alarmar sua família e seus colaboradores, julgaram que assim era mais conveniente. Na época foi aberto um inquérito que continua em curso, e, apesar de todos os esforços do Corpo Superior da Polícia e de uma unidade especial da Guarda Civil, ainda não foi possível esclarecer as circunstâncias que envolveram esses fatos e outros semelhantes que podem ter ocorrido antes que a polícia fosse alertada. Como é natural, desde esse momento foram reforçadas a segurança e as medidas de proteção em torno do ministro e canceladas suas aparições em público até segunda ordem.

— O que o inquérito revelou durante esse tempo? — interrompeu Alicia.

— A investigação se focou em uma série de cartas anônimas que dom Mauricio estaria recebendo havia algum tempo e às quais não dera importância. Pouco depois do atentado frustrado, o ministro informou à polícia da existência dessa série de cartas de natureza ameaçadora que havia recebido ao longo dos anos. Uma investigação inicial revelou que o mais provável é que tivessem sido enviadas por um tal Sebastián Salgado, um ladrão e assassino que estava cumprindo pena na prisão de Montjuic, em Barcelona, até coisa de dois anos atrás. Como vocês hão de saber, o ministro Valls foi diretor dessa instituição no início da sua carreira de servidor do regime, precisamente entre os anos de 1939 e 1944.

— Por que o ministro não avisou a polícia sobre essas cartas anônimas antes? — perguntou Alicia.

— Como eu disse, alegou que a princípio não dava muita importância a elas, mas reconheceu que talvez devesse ter dado. Em outro momento nos disse que a natureza das mensagens era tão críptica que não conseguiu entender bem seu significado.

— E qual é a natureza dessas supostas ameaças?

— Em sua maioria, coisas vagas. Nas cartas o autor diz que "a verdade" não pode ser ocultada, que se aproxima "a hora da justiça" para "os filhos da morte" e que "ele", entendemos que o suposto autor, o espera "na entrada do labirinto".

— Labirinto?

— Como já falei, as mensagens são crípticas. É possível que façam referência a algo que só Valls e o autor conheciam. Se bem que, segundo o ministro, ele tampouco era capaz de entendê-las. Talvez sejam obra de algum lunático. Não se pode eliminar essa possibilidade.

— Sebastián Salgado já estava preso no castelo quando Valls era diretor da penitenciária?

— Sim. Verificamos o histórico de Salgado. Entrou na cadeia em 1939, pouco depois de dom Mauricio Valls ser nomeado diretor. O ministro afirmou que se lembrava vagamente dele como um indivíduo problemático, o que deu credibilidade à nossa teoria de que é bem provável que tenha sido ele quem enviou as cartas.

— Quando foi posto em liberdade?

— Há pouco mais de dois anos. Evidentemente, as datas não batem com a tentativa de assassinato no Círculo de Belas-Artes nem com as anteriores. Ou Salgado trabalhava com alguém de fora ou estava sendo usado como chamariz para despistar. Esta última possibilidade foi se tornando mais viável à medida que a investigação avançava. Como poderão ver no dossiê que vou deixar com vocês, todas as cartas foram despachadas na agência de correio de Pueblo Seco, em Barcelona, para onde se leva toda a correspondência dos detentos da penitenciária de Montjuic.

— Como sabem quais são as cartas despachadas nessa agência que vêm da prisão e quais não?

— Todas as que vêm do castelo têm uma identificação no envelope, carimbada no escritório da penitenciária antes de serem jogadas no saco.

— Não se verifica a correspondência dos presos? — perguntou Alicia.

— Teoricamente, sim. Na prática, como nos informaram os próprios responsáveis, só em determinadas ocasiões. De qualquer forma, ninguém tomou conhecimento da descoberta de mensagens ameaçadoras dirigidas ao ministro. Também é possível que, dada a natureza obscura da linguagem empregada, os censores da prisão não tenham notado nada de relevante.

— Se Salgado tinha um ou vários cúmplices de fora, é possível que eles lhe entregassem as cartas para que as enviasse da prisão?

— Pode ser. Salgado tinha direito a uma visita pessoal por mês. De qualquer forma, isso não faria sentido algum. Era muito mais fácil enviar as cartas pelas vias normais, sem o risco de que os censores da prisão as encontrassem — disse Gil de Partera.

— Não, a menos que quisessem deixar especificamente um registro de que as cartas foram enviadas da prisão — interveio Alicia.

Gil de Partera concordou.

— Há uma coisa que não entendo — continuou Alicia. — Se Salgado estava em Montjuic há todo esse tempo e só foi libertado poucos anos atrás, isso deve significar que tinha sido condenado à pena máxima de trinta anos. O que ele está fazendo na rua?

— Nem você nem ninguém entende. De fato, sabia-se que Sebastián Salgado ainda tinha pelo menos dez anos de pena a cumprir quando, inesperadamente, recebeu um indulto extraordinário assinado pelo Chefe de Estado comutando a pena. E tem mais. Esse indulto foi concedido a pedido e sob os bons auspícios do ministro Valls.

Alicia deu uma risada de estupefação. Gil de Partera olhou-a com severidade.

— Por que Valls faria uma coisa dessas? — perguntou Leandro em sua ajuda.

— Contrariando o nosso conselho e alegando que a investigação não estava dando os resultados esperados, o ministro considerou que deixar Salgado em liberdade podia nos levar à identidade e ao paradeiro da parte ou das partes implicadas nas ameaças e nos supostos atentados contra sua vida.

— Sua senhoria se refere a esses fatos como supostos... — deixou escapar Alicia.

— Nada neste caso está claro — interrompeu Gil de Partera. — Isso não significa que eu questione ou ache que se deva questionar a palavra do ministro.

— Claro. Voltando à libertação de Salgado, deu os resultados que o ministro esperava? — quis saber a jovem.

— Não. Nós o vigiamos vinte e quatro horas por dia desde que saiu da penitenciária. Sua primeira providência foi alugar um quarto em uma espelunca do Bairro Chinês, pagando um mês adiantado. Fora isso, só o que fez foi ir todos os dias à Estação do Norte, onde passava horas e horas contemplando ou vigiando os armários do guarda-volumes do saguão, e, ocasionalmente, visitava um velho sebo na rua Santa Ana.

— Sempere & Filhos — murmurou Alicia.

— Esse mesmo. Você o conhece?

Alicia assentiu com a cabeça.

— O amigo Salgado não parece se encaixar no perfil de um leitor frequente — opinou Leandro. — Sabemos o que ele queria encontrar no guarda-volumes da estação?

— Suspeitamos que tivesse escondido lá algum tipo de butim dos seus crimes antes de ser preso em 1939.

— A suspeita foi confirmada?

— Na segunda semana de liberdade, Salgado voltou à livraria Sempere & Filhos, pela última vez, e depois se dirigiu à Estação do Norte como fazia todos os dias. Nesse dia, porém, em vez de sentar-se no saguão para olhar os armários, foi até um deles e introduziu uma chave. Tirou uma mala do compartimento e abriu-a.

— O que tinha? — perguntou Alicia.

— Ar — sentenciou Gil de Partera. — Nada. O produto de seu crime, ou o que quer que estivesse escondido lá, havia desaparecido. A polícia de Barcelona estava para prendê-lo na saída da estação quando Salgado desabou no chão debaixo da chuva. Os agentes tinham notado que, depois que ele saiu da livraria, dois funcionários o seguiram até lá. Quando estava deitado no chão, um deles se ajoelhou por alguns segundos junto a Salgado e depois saiu do local. Quando a polícia chegou, Salgado já estava morto. Poderia ser um caso de justiça divina, o ladrão que foi roubado e coisas do tipo, mas a autópsia revelou marcas de injeção nas costas e na roupa e restos de estricnina no sangue.

— Não podem ter sido os dois funcionários da livraria? Os cúmplices se livram da isca quando ela deixa de ser útil ou quando percebem que sua segurança está comprometida e que a polícia os mantém sob vigilância.

— Essa foi uma das teorias, mas acabou sendo descartada. Na verdade, qualquer pessoa na estação pode ter assassinado Salgado de forma sorrateira. A polícia estava vigiando com muita atenção os dois funcionários da livraria e não notou qualquer contato direto entre eles e Salgado até ele cair, supostamente morto.

— Não podem ter dado o veneno na livraria, antes de ele ir para a estação? — perguntou Leandro.

Dessa vez foi Alicia quem respondeu.

— Não. A estricnina age muito rápido, e ainda mais em um homem dessa idade e com a condição física de quem passou vinte anos na prisão. Entre a injeção e o óbito não podem ter passado mais que um ou dois minutos.

Gil de Partera olhou para ela reprimindo um semblante de aprovação.

— Exato — confirmou. — O mais provável é que houvesse mais alguém na estação naquele dia, sem chamar a atenção dos agentes, que decidiu que tinha chegado a hora de se livrar de Salgado.

— O que sabemos desses dois funcionários da livraria?

— Um deles é um tal Daniel Sempere, filho do proprietário. O outro atende pelo nome de Fermín Romero de Torres, cujo rastro nos nossos registros é confuso e revela indícios de adulteração de documentos. Talvez para estabelecer uma identidade falsa.

— Que relação eles tinham com o caso e o que estavam fazendo lá?

— Não conseguimos descobrir.

— E não foram interrogados?

Gil de Partera negou.

— De novo, instruções expressas do ministro Valls. Contrariando a nossa opinião.

— E a pista do cúmplice ou cúmplices de Salgado?

— Era um beco sem saída.

— Talvez agora o ministro mude de ideia e dê sua autorização para...

Gil de Partera desenterrou seu sorriso lupino de policial veterano.

— Era aí que eu queria chegar. Há exatamente nove dias, na manhã seguinte a um baile de máscaras que houve na casa dele em Somosaguas, dom Mauricio

Valls partiu bem cedo, a bordo de um carro, na companhia do chefe da sua segurança pessoal, Vicente Carmona.

— Partiu? — quis saber Alicia.

— Ninguém o viu nem teve notícias dele desde então. Desapareceu da face da terra sem deixar o menor rastro.

Um longo silêncio desabou sobre a sala. Alicia procurou o olhar de Leandro.

— Meus homens estão trabalhando sem descanso, mas até agora não conseguimos nada. É como se Mauricio Valls tivesse evaporado ao entrar naquele carro...

— O ministro deixou algum bilhete antes de sair de casa, algum indício de onde poderia estar?

— Não. A teoria que estamos considerando é que o ministro, por algum motivo que não pudemos determinar, teria descoberto finalmente quem estava fazendo as ameaças e decidiu ir enfrentá-lo por conta própria, com a ajuda do seu homem de confiança.

— Caindo, talvez, em uma armadilha — completou Leandro. — "A entrada do labirinto."

Gil de Partera fez que sim várias vezes.

— Como podemos ter certeza de que o ministro não sabia desde o começo quem lhe enviava essas cartas e por quê? — interveio de novo Alicia.

Tanto Leandro como Gil de Partera lhe dirigiram um olhar de censura.

— O ministro é a vítima, não o suspeito — cortou o segundo. — Não se confunda.

— Como podemos ajudá-lo, meu amigo? — perguntou Leandro.

Gil de Partera respirou fundo e levou alguns instantes para responder.

— Meu departamento tem atuação limitada. Fomos deixados no escuro sobre este caso até ser tarde demais. Reconheço que podemos ter errado, mas estamos fazendo todo o possível para resolver o problema antes que se torne público. Alguns dos meus superiores acreditam que a sua unidade, dada a natureza do caso, pode contribuir com algum elemento adicional que nos ajude a resolver a questão o quanto antes.

— E o senhor também acredita?

— Para ser bem sincero, Leandro, não sei mais em que ou em quem acreditar. Mas se há algo de que não tenho a menor dúvida é que, se não encontrarmos o ministro Valls são e salvo em um prazo bem curto, Altea vai abrir a caixa de Pandora e enfiar na história o seu velho amigo Hendaya. E nem você nem eu queremos isso.

Alicia lançou um olhar inquisitivo para Leandro, que negou de leve com a cabeça. Gil de Partera riu baixinho com amargura. Tinha os olhos injetados de sangue, ou de café preto, e parecia não ter dormido mais que duas horas por noite na última semana.

— Estou lhes contando tudo o que sei, mas não sei se me contaram toda a verdade. Mais claro do que isso não posso ser. Estamos andando às cegas há nove dias e cada hora que passa é mais uma hora perdida.

— O senhor acha que o ministro ainda está vivo? — perguntou Alicia. Gil de Partera baixou os olhos e deixou transcorrer um longo silêncio.

— Minha obrigação é pensar que sim e que vamos encontrá-lo são e salvo antes que a notícia vaze ou que tirem o caso das nossas mãos.

— E nós estamos com você — confirmou Leandro. — Não tenha dúvida de que vamos fazer tudo o que estiver ao nosso alcance para ajudar na investigação.

Gil de Partera anuiu, olhando para Alicia com incerteza.

— Você vai trabalhar com Vargas, um dos meus homens.

Alicia hesitou por um instante. Buscou com o olhar a cumplicidade de Leandro, mas seu superior achou melhor se perder na xícara de café.

— Com o devido respeito, senhor, eu sempre trabalho sozinha.

— Você vai trabalhar com Vargas. Quanto a este ponto não há discussão.

— Certo — concordou Leandro, indiferente ao olhar inflamado de Alicia. — Quando podemos começar?

— Ontem.

Após um sinal do diretor, um de seus agentes se aproximou da mesa e lhe deu um envelope volumoso. Gil de Partera o deixou na mesa e se levantou, sem esconder sua pressa de estar em qualquer outro lugar que não fosse aquele restaurante.

— Os detalhes estão todos no dossiê. Mantenha-me informado.

Ele apertou a mão de Leandro e, sem sequer dirigir um olhar de despedida a Alicia, saiu com passos firmes.

Os dois o viram atravessar o grande salão seguido por seus homens e se sentaram de novo. Ficaram em silêncio durante vários minutos, Alicia contemplando o vazio e Leandro fatiando meticulosamente um croissant, passando manteiga e geleia de morango no pão e depois saboreando-o sem pressa, de olhos fechados.

— Obrigada pelo apoio — ironizou Alicia.

— Não seja assim. Dizem que Vargas é um homem de talento. Você vai gostar dele. E talvez aprenda alguma coisa.

— Que sorte a minha. Quem é ele?

— Um veterano do corpo. Antes era um peso pesado. Está na reserva há algum tempo, aparentemente por divergências de opinião com a Direção Geral. Dizem que alguma coisa aconteceu.

— Um pária? Eu tenho tão pouco valor que não mereço nem um parceiro de categoria?

— Categoria ele tem, não duvide disso. Mas acontece que sua fidelidade e a fé no Movimento foram questionadas mais de uma vez.

— Não esperam que eu o converta.

— A única coisa que esperam de nós é que não façamos estardalhaço e que eles não façam um papelão.

— Ótimo.

— Poderia ser pior — afirmou Leandro.

— Pior significa convidar o "seu velho amigo", o tal Hendaya?

— Entre outras coisas.

— Quem é Hendaya?

Leandro desviou o olhar.

— É melhor que não precise descobrir.

Um longo silêncio se interpôs entre os dois, e Leandro aproveitou para se servir outro café. Tinha o hábito detestável de beber segurando o pires com a mão debaixo do queixo e dando pequenos sorvos. Em dias como aquele Alicia achava detestáveis quase todos os hábitos dele, que já sabia de cor. Leandro notou seu olhar e lhe deu um sorriso paternal e benevolente.

— Se o olhar matasse — observou.

— Por que não disse ao diretor que eu me demiti há duas semanas e que não pertenço mais ao serviço?

Leandro deixou a xícara na mesa e limpou os lábios com um guardanapo.

— Não queria que você passasse vergonha, Alicia. Me permita lembrá-la que não somos um clube de jogos de salão, não se entra ou sai do serviço apresentando um simples requerimento. Nós já tivemos esta conversa várias vezes e, para ser sincero, sua atitude me chateia, pois, por conhecê-la melhor do que você mesma, e pelo grande apreço que tenho por você, eu lhe dei duas semanas de férias para descansar e pensar sobre o seu futuro. Entendo que está cansada. Eu também estou. Entendo que às vezes o que fazemos não é do seu agrado. Tampouco é do meu. Mas é o nosso trabalho e o nosso dever. Você já sabia disso quando entrou.

— Quando entrei, tinha dezessete anos. E não foi por gostar.

Leandro sorriu como um professor orgulhoso diante do mais brilhante de seus discípulos.

— Sua alma é velha, Alicia. Você nunca teve dezessete anos.

— Combinamos que eu ia sair. Foi o trato. Duas semanas não mudam nada.

O sorriso de Leandro começava a esfriar, como seu café.

— Só este último favor e depois pode decidir o que quiser.

— Não.

— Preciso de você nisto, Alicia. Não me faça implorar. Nem a obrigar.

— Passe para o Lomana. Com certeza ele está morrendo de vontade de ganhar uns pontos.

— Estava demorando para surgir este assunto. Nunca entendi bem qual é o problema entre Ricardo e você.

— Incompatibilidade de gênios — sugeriu Alicia.

— O caso é que Ricardo Lomana é o agente que emprestei à polícia há poucas semanas e ainda não me devolveram. Agora vieram me dizer que ele desapareceu.

— Não mereço essa alegria. Onde ele se meteu?

— Parte do ato de desaparecer implica não revelar esse detalhe.

— Lomana não é do tipo que some. Ele deve ter alguma razão para não dar sinais de vida. Na certa encontrou alguma coisa.

— É o que eu acho também, mas enquanto não tivermos notícias dele só podemos especular. E não é para isso que nos pagam.

— Para que nos pagam?

— Para resolver problemas. E este é um problema muito grave.

— E eu não posso desaparecer também?

Leandro fez que não com a cabeça. Olhou-a demoradamente com uma expressão de mágoa.

— Por que você me odeia, Alicia? Não fui um pai para você? Um bom amigo?

Alicia encarou seu mentor. Estava com um nó no estômago, e as palavras não chegavam aos seus lábios. Tinha passado duas semanas tentando tirá-lo da cabeça e agora, frente a frente com ele de novo, viu que sentada ali, sob a grande cúpula do Palace, voltava a ser aquela adolescente infeliz que tinha todas as chances de não chegar aos vinte anos se Leandro não a tivesse tirado do fundo do poço.

— Não odeio você.

— Quem sabe odeia a si mesma, as coisas que faz, as pessoas a quem serve, e todo este lixo à nossa volta que a cada dia que passa nos apodrece por dentro um pouco mais. Entendo você porque também passei por isso.

Leandro sorriu de novo, aquele seu sorriso cálido que perdoava tudo, que compreendia tudo. Pousou a mão sobre a mão de Alicia e apertou-a com força.

— Ajude-me a solucionar este último problema e prometo que depois você vai poder ir embora. Desaparecer para sempre.

— Simples assim?

— Simples assim. Dou minha palavra.

— Qual é o truque?

— Não há truque.

— Sempre há um truque.

— Desta vez não. Não posso mantê-la ao meu lado para sempre se você não quer ficar comigo. Por mais que isso me doa.

Leandro ofereceu-lhe a mão.

— Amigos?

Alicia hesitou, mas por fim estendeu a sua. Ele a levou aos lábios e beijou-a.

— Vou sentir sua falta quando tudo isto tiver acabado — disse Leandro. — E você também a minha, por mais que hoje pense que não. Nós dois formamos uma boa equipe.

— Deus cria e o diabo junta.

— Pensou no que vai fazer depois?

— Quando?

— Quando estiver livre. Quando desaparecer, como você diz.

Alicia encolheu os ombros.

— Não pensei.

— Eu pensava que tinha lhe ensinado a mentir melhor, Alicia.

— Quem sabe eu não sirvo para mais nada — disse ela.

— Você sempre quis escrever... — sugeriu Leandro. — Uma nova Laforet?

Alicia esboçou um olhar de desinteresse. O homem sorriu.

— Vai escrever sobre nós?

— Não. Claro que não.

Leandro concordou.

— Não seria boa ideia, você sabe muito bem. Nós operamos na sombra. Sem ser vistos. É parte do serviço que oferecemos.

— Claro que sei. Não precisa me lembrar.

— É uma pena, pois haveria tantas histórias para contar, não é?

— Ver o mundo — murmurou Alicia.

— Como?

— O que eu gostaria de fazer é viajar e ver o mundo. Encontrar o meu lugar. Se é que existe.

— Você sozinha?

— Preciso de mais alguém?

— Imagino que não. Para criaturas como nós, a solidão pode ser a melhor companhia.

— Eu estou bem.

— Um dia desses vai se apaixonar.

— Belo título para um bolero.

— É melhor você ir. Na certa Vargas está lá fora à sua espera.

— Isso é um erro.

— Essa interferência me chateia mais que a você, Alicia. Fica claro que eles não têm confiança. Nem em você, nem em mim. Mas seja diplomática e não o assuste. Faça isso por mim.

— Sempre sou. E não assusto ninguém.

— Você sabe o que quero dizer. Além do mais, não vamos competir com a polícia. Não vamos nem tentar. Eles têm sua investigação, seus métodos e seu procedimento.

— O que eu faço então? Sorrio e distribuo doces?

— Quero que você faça o que sabe fazer. Que preste atenção naquilo que a polícia não vai olhar. Que siga o seu instinto, não o procedimento padrão. Que faça tudo aquilo que a polícia não vai fazer porque é a polícia, e não minha Alicia Gris.

— Isso é um elogio?

— É, e também uma ordem.

Alicia apanhou em cima da mesa o envelope com o dossiê e se levantou. Quando fez esse movimento, Leandro notou que ela botava a mão no quadril e apertava os lábios para disfarçar a dor.

— Quanto está tomando? — perguntou.

— Nada nas duas últimas semanas. Um ou dois comprimidos de vez em quando.

Leandro suspirou.

— Já falamos sobre este assunto mil vezes, Alicia. Você sabe que não pode fazer isso.

— Mas estou fazendo.

Seu mentor discordou com a cabeça.

— Vou mandar entregar quatrocentos gramas no seu hotel esta tarde.

— Não.

— Alicia...

Ela deu meia-volta e se afastou da mesa sem mancar, mordendo a língua e engolindo a dor e as lágrimas de raiva.

6

Quando Alicia saiu do Palace tinha acabado de cair um dilúvio e um véu de vapor subia do chão. Grandes feixes de luz apunhalavam o centro de Madri, saindo da abóbada de nuvens em movimento como holofotes que vasculham o pátio de uma prisão. Um deles varreu a praça das Cortes e revelou a carroceria de um Ford estacionado a poucos metros da entrada do hotel. Encostado no capô, havia um homem de cabelo prateado e sobretudo preto fumando um cigarro e observando as pessoas que passavam lentamente. A jovem calculou que ele devia ter uns cinquenta e muitos anos, mas bem vividos e muito bem musculados. Tinha o porte sólido de quem aproveitou a passagem pela milícia e fez poucas escalas no escritório. Como se a tivesse farejado no ar, pousou a vista em Alicia e sorriu com um jeito de galã de sessão da tarde.

— Posso ajudá-la em alguma coisa, senhorita?

— Espero que sim. Meu nome é Gris.

— Gris? Você é Gris?

— Alicia Gris. Da unidade de Leandro Montalvo. Gris. Imagino que você seja Vargas.

O homem confirmou vagamente.

— Não me disseram...

— Surpresas de última hora — cortou ela. — Precisa de uns minutos para se recuperar?

O policial deu uma última tragada no cigarro e observou-a com atenção através da cortina de fumaça que exalava dos lábios.

— Não.

— Ótimo. Por onde quer começar?

— Estão nos esperando na vila de Somosaguas. Se não tiver nenhuma objeção.

Alicia concordou. Vargas jogou a ponta do cigarro no bueiro e contornou o carro. Ela se acomodou no banco do passageiro. Ele se sentou ao volante, com o olhar perdido à sua frente e as chaves do carro no colo.

— Ouvi muitas coisas sobre você — disse Vargas. — Não imaginava que fosse tão... jovem.

Alicia olhou-o com frieza.

— Isto não vai ser um problema, certo? — perguntou o policial.

— Problema?

— Você e eu — esclareceu Vargas.

— Não há por quê.

Ele a olhava com mais curiosidade que desconfiança. Alicia lhe ofereceu um sorriso doce e felino daqueles que tanto irritavam Leandro. Vargas estalou a língua e pôs o carro em movimento, balançando a cabeça.

— Belo carro — comentou Alicia pouco depois.

— Cortesia da Chefatura. Entenda isso como sinal de que eles levam este assunto a sério. Você dirige?

— Eu mal posso abrir uma simples conta bancária neste país sem autorização de um marido ou de um pai.

— Entendo.

— Sou obrigada a duvidar disso.

Avançaram em silêncio durante vários minutos. Vargas dava umas olhadas de esguelha em Alicia que ela fingia não perceber. A observação metódica e intermitente do policial ia fazendo uma radiografia sua em capítulos, aproveitando os sinais de trânsito e as passagens de pedestres. Quando entraram em um engarrafamento, na metade da Gran Vía, Vargas tirou do bolso uma fina cigarreira de prata e lhe ofereceu, aberta. Tabaco claro, importado. Ela declinou. Vargas pôs um cigarro nos lábios e acendeu-o com um isqueiro dourado que a jovem juraria que era da marca Dupont. Vargas gostava de coisas bonitas e caras. Enquanto ele acendia o cigarro, Alicia notou que o policial olhava suas mãos pousadas no colo, talvez procurando uma aliança de casamento. Vargas tinha uma de tamanho notável.

— Família? — perguntou o policial.

Alicia negou.

— E você?

— Casado com a Espanha — replicou.

— Muito exemplar. E a aliança?

— De outros tempos.

— Não vai me perguntar o que faz uma pessoa como eu trabalhando para o Leandro?

— É problema meu?

— Não.

— Pois é.

Voltaram ao silêncio incômodo enquanto iam deixando para trás o tráfego do centro e se dirigiam para a Casa de Campo. Os olhos de Vargas continuavam examinando-a em fascículos. Ele tinha um olhar frio e metálico, pupilas de cor cinza, brilhantes como moedas recém-cunhadas. Alicia se perguntou se, antes de cair em desgraça, seu companheiro forçado teria sido um acólito ou simplesmente um mercenário. Os primeiros infestavam todos os segmentos do regime e se multiplicavam como verrugas purulentas sob a proteção de bandeiras e proclamações; os segundos ficavam em silêncio e se limitavam a fazer a máquina funcionar. Perguntou-se quantas pessoas ele teria liquidado ao longo da carreira no Corpo, se convivia com os remorsos ou se já tinha perdido a conta. Ou então, quem sabe, com o cabelo ficando grisalho sua consciência havia crescido e isso tivesse arruinado seus projetos.

— Em que está pensando? — quis saber Vargas.

— Estava me perguntando se você gosta do seu trabalho.

Vargas riu entre dentes.

— Não vai me perguntar se gosto do meu? — sugeriu Alicia.

— É problema meu?

— Acho que não.

— Pois é.

Vendo que a conversa não tinha futuro, Alicia tirou o dossiê do envelope que Gil de Partera lhe dera e começou a folheá-lo. À primeira vista não continha grande coisa. Anotações dos agentes. O depoimento da secretária pessoal do ministro. Algumas páginas dedicadas ao suposto atentado frustrado contra Valls, generalidades de praxe por parte dos dois inspetores que tinham aberto o caso e alguns trechos do expediente de Vicente Carmona, o segurança de Valls. Ou Gil de Partera confiava neles ainda menos do que Leandro tinha sugerido ou a nata de seu departamento tinha passado a última semana de braços cruzados.

— Esperava mais? — perguntou Vargas, lendo seu pensamento.

Alicia fixou os olhos no arvoredo da Casa de Campo.

— Não esperava menos — murmurou. — Vamos visitar quem?

— Mariana Sedó, a secretária pessoal de Valls nos últimos vinte anos. Foi ela quem deu o alerta sobre o desaparecimento do ministro.

— São muitos anos para uma secretária — comentou Alicia.

— As más línguas dizem que é muito mais que isso.

— Amante?

Vargas negou.

— Tenho a impressão de que o gosto de dona Mariana puxa mais para a outra margem. O que se diz é que era ela quem realmente comandava o barco e que não se fazia nem se decidia nada no gabinete de Valls sem o seu consentimento.

— Por trás de cada homem mau há sempre uma mulher ainda pior. Também dizem isso.

Vargas sorriu.

— Pois eu nunca tinha ouvido. Já tinham me avisado que você é um pouco irreverente.

— O que mais lhe avisaram?

Vargas se virou e lhe piscou um olho.

— Quem é Hendaya? — perguntou Alicia.

— O que você disse?

— Hendaya. Quem é?

— Rodrigo Hendaya?

— Imagino que sim.

— Por que quer saber?

— O saber não ocupa lugar.

— Montalvo mencionou Hendaya em relação a esta história?

— O nome surgiu na conversa, sim. Quem é?

Vargas suspirou.

— Hendaya é um carniceiro. Quanto menos souber dele, melhor.

— Você o conhece?

Vargas ignorou a pergunta. Ficaram o resto do caminho sem trocar uma palavra.

7

Depois de quase quinze minutos percorrendo avenidas pinceladas por um regimento de jardineiros de uniforme, surgiu à sua frente um bulevar pontilhado de ciprestes que levava ao portão gradeado da Vila Mercedes. O céu estava tingido de chumbo e gotinhas de chuva salpicavam o para-brisa do carro. Um empregado que os esperava na entrada da propriedade abriu o portão para deixá-los entrar. De um lado havia uma guarita com um guarda armado de fuzil que respondeu com um gesto de cabeça à saudação de Vargas.

— Você já esteve aqui? — perguntou Alicia.

— Duas ou três vezes desde a segunda-feira passada. Você vai adorar.

O carro deslizou pela estrada de cascalho fino que serpenteava entre arvoredos e lagos. Alicia contemplou os jardins cheios de estátuas, as águas, os chafarizes e as roseiras murchas se desfazendo sob o vento de outono. Entre arbustos e flores mortas se divisavam os trilhos de um trem em miniatura. A silhueta do que parecia uma miniestação ferroviária se distinguia nos limites da propriedade. Sob a garoa, uma locomotiva a vapor e dois vagões estavam parados na plataforma.

— Um brinquedo para a menina — explicou Vargas.

Logo depois surgiu à sua frente a residência principal, um palacete de porte excessivo que parecia ter sido concebido para diminuir e amedrontar o visitante. Viam-se dois grandes casarões dos dois lados da casa, cada um a uma centena de metros. Vargas parou o carro por um momento em frente à escadaria que levava à entrada principal. Um mordomo de uniforme os aguardava com um guarda-chuva na mão e pediu que se dirigissem para uma construção que ficava a uns cinquenta metros da casa. Vargas enveredou pelo caminho que ia para a garagem e Alicia pôde observar o contorno da moradia principal.

— Quem paga tudo isto aqui? — inquiriu.

Vargas encolheu os ombros.

— Você e eu, suponho. E talvez a sra. Valls, que herdou a fortuna do senhor seu pai, Enrique Sarmiento.

— O banqueiro?

— Um dos banqueiros da Cruzada, como diziam os jornais — explicou Vargas.

Alicia se lembrava de ter ouvido Leandro mencionar Sarmiento e um grupo de banqueiros que tinham financiado o lado nacionalista durante a guerra civil, emprestando-lhe sobretudo o dinheiro dos vencidos, em um acordo mutuamente vantajoso.

— Dizem que a esposa do ministro está doente — comentou Alicia.

— Doente é uma maneira de dizer...

O funcionário da garagem abriu um dos portões e indicou que pusessem o carro lá dentro. Vargas abriu o vidro da janela e o homem o reconheceu.

— Deixe onde quiser, chefe. Com as chaves no contato, por favor...

Vargas assentiu e entrou na garagem, uma estrutura de abóbadas encadeadas sustentadas por colunas de ferro forjado que se estendia em uma escuridão sem fim. Uma sucessão de carros de luxo se alinhava em fuga, com o brilho de seus cromados perdendo-se no infinito. Vargas encontrou uma vaga entre um Hispano-Suiza e um Cadillac. O encarregado da garagem os tinha seguido e fez um sinal de aprovação.

— Belo carro este de hoje, chefe — observou quando desceram do automóvel.

— Como vim com esta senhorita, os chefes me deixaram pegar o Ford — disse Vargas.

O funcionário era uma espécie de combinação de homúnculo e ratinho que parecia se manter em pé dentro do seu macacão azul graças a um bolo de panos sujos pendurado no cinto e a uma película de graxa que o protegia das intempéries. Depois de examinar Alicia exaustivamente da cabeça aos pés, o encarregado se rendeu com uma reverência e, quando julgava que ela não ia notar, deu uma piscada cúmplice para Vargas.

— Grande sujeito, o Luis — sentenciou Vargas. — Acho que ele mora aqui, na própria garagem, em um barracão nos fundos da oficina.

Percorreram a coleção de peças de museu sobre rodas do ministro até saírem da garagem enquanto, às suas costas, Luis se distraía lustrando o Ford com um pano e saliva, ao mesmo tempo que se deleitava com o doce vaivém de Alicia e o desenho dos seus tornozelos.

O mordomo foi recebê-los e Vargas cedeu a Alicia a proteção do guarda-chuva.

— Espero que tenham feito boa viagem de Madri — disse o serviçal em tom solene. — Dona Mariana está aguardando.

O mordomo tinha aquele sorriso frio e vagamente condescendente dos criados de carreira que, com o passar dos anos, começam a achar que a linhagem de seus patrões salpicou de azul o próprio sangue e também lhes deu o privilégio de poder olhar os outros de cima. Enquanto percorriam a distância até a casa principal, Alicia percebeu que o mordomo lhe dava olhadelas sub-reptícias, tentando ler em seus gestos e sua indumentária que papel aquela personagem tinha no espetáculo.

— Esta senhorita é sua secretária? — perguntou o mordomo sem tirar os olhos de Alicia.

— Esta senhorita é minha chefe — replicou Vargas.

O serviçal e sua soberba se renderam, em um gesto seco digno de figurar em um brasão. Durante o resto do caminho ficou de lábios selados e com o olhar grudado nos próprios sapatos. A porta principal dava para um grande saguão com piso de mármore do qual partiam escadarias, corredores e galerias. Seguiram o mordomo até um salão de leitura onde os esperava, de costas para a porta e de frente para a vista do jardim principal sob a chuva, uma mulher de meia-idade que se virou assim que os ouviu entrar, oferecendo um sorriso gélido. O mordomo fechou a porta atrás de si e se retirou para desfrutar sua transitória perplexidade.

— Sou Mariana Sedó, secretária pessoal de dom Mauricio.

— Vargas, da Chefatura, e minha colaboradora, a srta. Gris.

Mariana não teve pressa para tirar a radiografia de praxe. Começou pelo rosto dela, arrastando o olhar pela cor de seus lábios. Prosseguiu pelo corte do vestido e finalizou com os sapatos, aos quais dedicou um sorriso que exprimia algo entre a tolerância e o desprezo, que rapidamente enterrou no semblante sereno e compungido que as circunstâncias exigiam. Pediu que se sentassem. Os dois se instalaram em um sofá de couro e Mariana escolheu uma cadeira, puxando-a para perto da mesinha onde havia uma bandeja com um bule fumegante e três xícaras, que começou a servir. Alicia estudou o sorriso forçado atrás do qual dona Mariana se escondia e pensou que a eterna guardiã de Valls exalava uma aura maliciosa meio fada-madrinha, meio louva-a-deus de apetite voraz.

— Como posso ajudá-los? Falei com tantos colegas seus nos últimos dias que nem sei se ainda há alguma coisa que já não tenha dito.

— Agradecemos sua paciência, dona Mariana. Sabemos que são momentos difíceis para a família e para a senhora — arriscou Alicia.

A mulher assentiu com uma expressão paciente e um sorriso gélido, um ar de funcionária fiel estudado com perfeição. Seus olhos, entretanto, denunciavam uma ponta de irritação por ter que lidar com subalternos de baixo escalão. A maneira como olhava principalmente para Vargas, evitando fixar-se em Alicia, revelava um grau maior de desdém. Alicia decidiu ceder a iniciativa a Vargas, que também tinha reparado no detalhe, e se limitou a ouvir.

— Dona Mariana, pelo relatório e por seu depoimento à polícia se depreende que a senhora foi a primeira pessoa a dar um alerta sobre a ausência de dom Mauricio Valls...

A secretária fez um gesto afirmativo.

— No dia do baile, dom Mauricio tinha dado folga a vários membros do pessoal fixo. Aproveitei para ir a Madri visitar minha afilhada e passar um tempo com ela. No dia seguinte, embora dom Mauricio não tivesse me comunicado que ia precisar de mim, regressei à primeira hora da manhã, por volta das oito, e comecei a preparar sua correspondência e a agenda como faço sempre. Às nove subi ao escritório e vi que o senhor ministro não estava. Pouco depois, uma das empregadas me disse que sua filha Mercedes tinha lhe informado que o pai saíra de carro bem cedo com o sr. Vicente Carmona, o chefe da segurança. Achei estranho, pois quando fui verificar a agenda vi que dom Mauricio havia acrescentado de próprio punho um encontro informal naquela manhã, às dez, aqui em Vila Mercedes, com o diretor comercial da Ariadna, Pablo Cascos.

— Ariadna? — perguntou Vargas.

— É o nome de uma editora de propriedade de dom Mauricio — explicou a secretária.

— Esse detalhe não está em seu depoimento — observou Alicia.

— Como assim?

— A reunião que dom Mauricio marcou por conta própria naquela manhã. Você não mencionou à polícia. Posso saber por quê?

Dona Mariana sorriu com uma certa displicência, como se aquela pergunta lhe parecesse banal.

— Por não ter acontecido, a reunião não me pareceu relevante. Deveria ter mencionado?

— Mencionou agora, e isso é o que conta — comentou Vargas, cordial. — É impossível lembrar todos os detalhes, por isso nós abusamos da sua amabilidade e insistimos tanto. Continue, por favor, dona Mariana.

A secretária de Valls engoliu a desculpa e prosseguiu, ainda ignorando Alicia e olhando só para Vargas.

— Como eu dizia, achei estranho que o ministro tivesse saído sem me avisar. Perguntei aos empregados e eles me informaram que aparentemente o senhor ministro não havia dormido no quarto, que tinha passado a noite no escritório.

— A senhora passa a noite aqui, na residência principal? — interrompeu Alicia.

Dona Mariana fez cara de ofendida e negou, apertando os lábios.

— Claro que não.

— Desculpe. Continue, por favor.

A secretária de Valls bufou de impaciência.

— Pouco depois, por volta das nove, o sr. Revolta, chefe de segurança da casa, me informou que não fora informado que Vicente Carmona e o senhor ministro pretendiam sair naquela manhã e que, seja como for, o fato de os dois terem saído juntos sem a escolta era altamente irregular. O sr. Revolta, a pedido meu, consultou primeiro o pessoal do ministério e a seguir falou com o Interior. Ninguém sabia nada sobre dom Mauricio, mas disseram que nos ligariam assim que o localizassem.

Deve ter passado meia hora sem que tivéssemos notícias. Foi então que Mercedes, a filha de dom Mauricio, veio me procurar. Ela chorava e quando perguntei o motivo me disse que seu pai tinha ido embora e não ia voltar nunca mais...

— Mercedes não explicou por que achava isso? — perguntou Vargas.

Dona Mariana encolheu os ombros.

— O que a senhora fez então?

— Telefonei para a secretaria geral do Ministério do Interior e falei primeiro com dom Jesús Moreno e mais tarde com o diretor da polícia, o sr. Gil de Partera. O resto vocês já sabem.

— Foi nesse momento que a senhora mencionou as cartas anônimas que o ministro vinha recebendo.

Dona Mariana se permitiu uma breve pausa.

— Exatamente. O assunto surgiu na conversa com o sr. Gil de Partera e seu ajudante, um tal de García...

— García Novales — completou Vargas.

A secretária confirmou.

— A polícia, evidentemente, já estava a par da existência dessas cartas e tinha cópias delas fazia meses. Mas ocorreu que naquela manhã, enquanto eu verificava a agenda do senhor ministro, encontrei no escritório a pasta onde ele as guardava.

— A senhora sabia que ele as guardava? — perguntou Alicia.

Dona Mariana negou.

— Pensei que ele tivesse destruído todas depois de mostrá-las à polícia durante a investigação do incidente que houve no Círculo de Belas-Artes, mas vi que eu estava errada e que dom Mauricio andava olhando essas cartas. Foi o que relatei aos seus superiores.

— Por que motivo a senhora acha que dom Mauricio demorou tanto tempo para alertar a polícia ou os órgãos de segurança sobre a existência dessas cartas? — inquiriu de novo Alicia.

Dona Mariana desviou o olhar de Vargas por um instante e seus olhos de rapina pousaram nela.

— A senhorita tem que compreender que o volume de correspondências que chegam para um homem da importância de dom Mauricio é imenso. São inúmeras as pessoas e associações que resolvem dirigir-se ao ministro, e são muitos os casos de cartas extravagantes ou simplesmente lunáticas que jogo fora todos os dias e dom Mauricio nem vê.

— Mas não jogou fora essas cartas.

— Não.

— Conhecia a pessoa que a polícia apontou como o principal suspeito de tê-las enviado, Sebastián Salgado?

— Não, claro que não — cortou a secretária.

— Mas sabia de sua existência? — insistiu Alicia.

— Sim. Me lembro dele da época em que o ministro encaminhou o indulto e, depois, de quando a polícia nos informou o resultado da investigação sobre as cartas.

— Certo, mas antes disso não se lembra de ter ouvido dom Mauricio mencionar alguma vez o nome de Salgado? Talvez anos atrás?

Dona Mariana fez uma longa pausa.

— É possível. Não tenho certeza.

— É possível que ele tenha mencionado? — pressionou Alicia.

— Não sei. Talvez sim. Acho que sim.

— E isso teria acontecido em...?

— Março de 1948.

Alicia franziu o cenho, mostrando sua estranheza.

— Lembra a data com clareza, mas não tem certeza se ele falou ou não o nome de Salgado? — insistiu Alicia.

Dona Mariana ficou vermelha.

— Em março de 1948, dom Mauricio me pediu que organizasse uma reunião informal com seu sucessor no cargo de diretor da prisão de Montjuic, Luis Bolea.

— Com que objetivo?

— Entendi que era uma reunião informal, de cortesia.

— E a senhora esteve presente nessa reunião, como disse, de cortesia?

— Só por um instante. A conversa foi particular.

— Mas talvez tenha tido oportunidade de ouvir algum fragmento. Sem querer. Quando estava entrando ou saindo da sala... Levando um café... Talvez da sua mesa na entrada do gabinete de dom Mauricio...

— Não gosto do que está insinuando, senhorita.

— Tudo o que puder nos dizer vai ajudar a encontrar o ministro, dona Mariana — interveio Vargas. — Por favor.

A secretária hesitou.

— Dom Mauricio perguntou ao sr. Bolea por alguns dos presos da sua época. Queria saber detalhes, se ainda estavam lá, se tinham sido libertados, transferidos ou morrido. Não disse por quê.

— Lembra alguns dos nomes que foram mencionados?

— Eram muitos nomes. E já faz muito tempo.

— Salgado era um deles?

— Sim, acho que sim.

— Algum outro nome?

— O único que recordo com clareza é Martín. David Martín.

Alicia e Vargas trocaram um olhar. O policial tomou nota em uma caderneta.
— Mais algum nome?
— Talvez um sobrenome que parecia francês ou estrangeiro. Não lembro. Já disse que se passaram muitos anos. Que importância pode ter agora?
— Não sabemos, dona Mariana. Nosso dever é explorar todas as possibilidades. Voltando à questão das cartas... Quando a senhora lhe mostrou a primeira, lembra qual foi a reação dele? O ministro disse algo que chamasse a sua atenção?
A secretária negou.
— Não disse nada de especial. Parecia não ter dado importância à coisa. Guardou-a em uma gaveta e me recomendou que se chegassem mais cartas como aquela as entregasse a ele pessoalmente.
— Sem abrir?
Dona Mariana fez que sim.
— Dom Mauricio lhe pediu que não comentasse com ninguém a existência dessas cartas?
— Não era necessário. Não tenho o costume de comentar os assuntos de dom Mauricio com ninguém que não venha ao caso.
— O ministro costuma lhe pedir que guarde segredos, dona Mariana? — quis saber Alicia.
A secretária de Valls apertou os lábios, mas não respondeu.
— Há mais alguma pergunta, capitão? — alfinetou, dirigindo-se a Vargas com impaciência.
Alicia ignorou a tentativa de fuga de dona Mariana e inclinou-se à frente para se colocar diretamente em sua linha de visão.
— Sabia que dom Mauricio pretendia pedir o indulto de Sebastián Salgado ao Chefe de Estado? — perguntou Alicia.
A secretária olhou-a de alto a baixo, já sem fazer mais qualquer esforço para disfarçar a antipatia e a hostilidade que Alicia lhe inspirava. Dona Mariana buscou o olhar cúmplice de Vargas, mas ele mantinha os olhos grudados na caderneta.
— É claro que sabia.
— Não se surpreendeu?
— Por que haveria de me surpreender?
— Ele lhe disse por que decidiu fazer isso?
— Por motivos humanitários. Ele soube que Sebastián Salgado estava muito doente e tinha pouco tempo de vida. Quis que ele não morresse na prisão, que pudesse visitar os seus entes queridos e falecer em companhia da família.
— Segundo o relatório da polícia, Sebastián Salgado não tinha mais família conhecida nem pessoas próximas depois de passar vinte anos na cadeia — arriscou Alicia.

— Dom Mauricio é um defensor ardoroso da reconciliação nacional e da cura das feridas do passado. Talvez a senhorita tenha dificuldade para compreender, mas existem pessoas com caridade cristã e generosidade de espírito.

— Sendo assim, a senhora sabe se dom Mauricio solicitou outros indultos semelhantes ao longo dos anos em que trabalhou para ele? Talvez para algum preso político entre as centenas ou milhares que passaram pela penitenciária que ele dirigiu durante vários anos?

Dona Mariana abriu um sorriso gélido que cortava como uma lâmina envenenada.

— Não.

Alicia e Vargas se olharam brevemente. O homem deu a entender que deixasse as coisas assim, estava claro que por aquele caminho não chegariam a lugar algum. Alicia se inclinou de novo para a frente e captou mais uma vez o olhar contrariado de dona Mariana.

— Já estamos terminando, dona Mariana. Obrigada pela paciência. O encontro do ministro que a senhora mencionou, com o diretor comercial da Editora Ariadna...

— O sr. Cascos.

— O sr. Cascos, obrigada. Sabe quais eram os assuntos?

Dona Mariana olhou-a como se quisesse deixar óbvio que aquela pergunta lhe parecia absurda.

— Assuntos da editora, como é de imaginar.

— Certo. É comum o senhor ministro se reunir com funcionários de suas empresas particulares na própria residência?

— Não entendo a que está se referindo.

— Lembra qual foi a última vez que aconteceu?

— Na verdade, não.

— E a reunião com o sr. Cascos, foi a senhora que marcou?

Dona Mariana negou.

— Como já disse, foi ele mesmo que anotou na agenda, de próprio punho.

— É comum dom Mauricio marcar encontros ou reuniões sem o seu conhecimento? De "próprio punho"?

A secretária olhou-a com frieza.

— Não.

— Entretanto, no seu depoimento à polícia a senhora não mencionou esse fato.

— Já lhe disse que não pensei que tivesse relevância. O sr. Cascos é um funcionário e colaborador de dom Mauricio. Não vi nada de anormal no fato de que tivessem marcado uma reunião. Não era a primeira vez.

— Ah, não?

— Não. Já tinham se reunido antes várias vezes.
— Nesta casa?
— Que eu saiba, não.
— Foi a senhora que marcou essas reuniões, ou o próprio dom Mauricio?
— Não me lembro. Só conferindo as minhas anotações. Qual é a diferença?
— Desculpe a insistência, mas será que o sr. Cascos não mencionou naquela manhã, quando veio para a reunião, o que o ministro queria discutir com ele?

Dona Mariana pensou por alguns segundos.

— Não. Naquele momento a preocupação era localizar o ministro. Não me ocorreu que os assuntos a despachar com um funcionário de nível médio fossem prioritários.
— O sr. Cascos é um funcionário de nível médio? — perguntou Alicia.
— Sim.
— Para nos entendermos melhor, à guisa de referência, qual seria o seu nível, dona Mariana?

Vargas deu um discreto pontapé em Alicia. A secretária se levantou com um rosto severo de encerramento e despedida que dava a entender que a audiência havia terminado.

— Com sua licença, se não há mais nada em que possa ajudá-los — disse, apontando a direção da porta em um convite cortês mas firme para que se retirassem dali. — Mesmo na ausência dele, os assuntos de dom Mauricio exigem a minha atenção.

Vargas se levantou do sofá e assentiu, preparado para seguir dona Mariana até a saída. Já tinha iniciado o trajeto quando percebeu que Alicia continuava sentada no sofá, saboreando a xícara de chá que não havia nem notado durante toda a conversa. Vargas e a secretária se viraram para ela.

— Na verdade, existe sim uma última coisa em que pode nos ajudar, dona Mariana — informou Alicia.

Seguiram dona Mariana através de um labirinto de corredores até chegar à escada que subia para a torre. A secretária de Valls abria o caminho sem olhar para trás e sem dizer uma palavra, deixando atrás de si um halo de hostilidade que quase se podia apalpar no ar. As lâminas de chuva que lambiam a fachada projetavam uma aura lúgubre através dos cortinados e das janelas e davam a sensação de que Vila Mercedes estava submersa nas águas de um lago. No caminho cruzaram com um exército de serviçais e com funcionários do pequeno império de Valls, que quando viam dona Mariana abaixavam a cabeça e, mais de uma vez, paravam e se inclinavam fazendo uma espécie de reverência. Vargas e Alicia observaram aquele ritual de hierarquias e cerimônias encenado pelo elenco de serviçais e lacaios do ministro, trocando olhares ocasionais de perplexidade.

Ao pé da escada em caracol que levava ao escritório na torre, dona Mariana pegou um lampião a óleo que estava pendurado na parede e ajustou a intensidade da chama. Subiram envolvidos por uma bolha de luz âmbar que arrastava suas sombras pelas paredes. Chegando à porta do escritório, a secretária se virou e, por um momento, ignorou Vargas e fincou seus olhos envenenados em Alicia, que sorriu serenamente e lhe estendeu a mão aberta. Dona Mariana lhe deu a chave apertando os lábios.

— Não toquem em nada. Deixem tudo como encontraram. E depois, quando terminarem, devolvam a chave ao mordomo antes de sair.

— Muito obrigado, dona... — entoou Vargas.

Dona Mariana virou-lhe as costas sem responder e desceu escada abaixo com o lampião, abandonando-os nas trevas da soleira da porta.

— Não poderia ter sido melhor — sentenciou Vargas. — Vamos ver quanto tempo ela demora para ligar para García Novales e arrancar nossa pele em tiras, principalmente a sua.

— Menos de um minuto — concordou Alicia.

— Estou começando a achar que vai ser uma maravilha trabalhar com você.

— Luz?

Vargas tirou o isqueiro do bolso e aproximou a chama da fechadura para que Alicia pudesse enfiar a chave. Quando girou, a maçaneta deu um gemido metálico.

— Parece uma ratoeira — sugeriu Vargas.

Alicia lhe mostrou um sorriso malicioso sob a luz do isqueiro que Vargas teria preferido não ver.

— Abandone toda esperança aquele que atravessar esta porta... — disse.

Vargas soprou a chama e empurrou a porta.

8

Um halo de claridade cinzenta flutuava no ar. Céus de chumbo e lágrimas de chuva obstruíam as janelas. Alicia e Vargas entraram no que parecia um camarote de popa de um iate de luxo. O escritório era oval. Uma grande escrivaninha de madeira nobre presidia o centro do cômodo. Ao redor, uma estante em espiral cobria a maior parte das paredes e parecia culminar em um laço que subia em direção à lanterna envidraçada situada no alto da torre. Somente uma parte das paredes não tinha livros, um mural em frente à mesa repleto de pequenas molduras que abrigavam dúzias de fotografias. Alicia e Vargas se aproximaram para examiná-lo.

Todas as imagens eram de um mesmo rosto e traçavam uma espécie de biografia fotográfica, da infância até a adolescência e a primeira juventude. Uma moça de cútis pálida e cabelo claro crescia diante dos olhos do observador deixando os rastros de uma vida em cem instantâneos.

— Parece que o ministro gosta mais de alguém que de si mesmo — comentou Alicia.

Vargas ficou olhando a galeria de fotos por um instante enquanto Alicia avançava para a escrivaninha de Valls. Ela puxou a poltrona para sentar-se. Pousou as mãos na superfície de couro que revestia a mesa e olhou a sala.

— Como se vê o mundo daí? — perguntou Vargas.

— Pequeno.

Alicia acendeu o abajur da escrivaninha. Um brilho morno de luz em pó alagou a sala. Abriu a primeira gaveta e lá dentro encontrou uma caixa de madeira lavrada. Vargas se aproximou e se sentou em um canto da mesa.

— Se for um umidificador de charutos, quero o primeiro Montecristo — disse o policial.

Alicia abriu o estojo. Estava vazio. O interior era forrado de veludo azul e tinha o relevo de algo que parecia um revólver. Vargas se inclinou e acariciou a borda da caixa. Cheirou os dedos antes de confirmar.

A jovem abriu a segunda gaveta. Surgiu uma coleção de estojos nitidamente arrumados, como se fosse uma exposição.

— Parecem pequenos caixões — observou Alicia.

— Então me mostre o cadáver — provocou Vargas.

Abriu um deles. Continha uma caneta preta laqueada coroada por uma tampa com a marca de uma estrela branca na ponta. Alicia tirou-a do estojo e a examinou sorrindo. Pegou a tampa e girou pouco a pouco uma das extremidades. Uma pena de ouro e platina que parecia forjada por um concílio de sábios e ourives brilhou em suas mãos.

— A pena encantada de Fantomas? — perguntou Vargas.

— Quase. Esta é a primeira caneta fabricada pela casa Montblanc — explicou Alicia. — De 1905. Uma peça caríssima.

— E como você sabe?

— Leandro tem uma igual.

— Pois combina mais com você.

Alicia devolveu a caneta ao estojo e fechou a gaveta.

— Sei disso. Leandro prometeu me dar de presente no dia em que eu me aposentar.

— E isso vai ser...?

— Logo.

Ia abrir a terceira e última gaveta da escrivaninha quando viu que estava trancada. Olhou para Vargas, que fez um gesto negativo.

— Se quiser a chave, desça e vá a pedir à sua amiga dona Mariana.

— Não quero incomodá-la, pois está ocupada demais com "os assuntos de dom Mauricio"...

— E então?

— Eu achava que na Chefatura vocês faziam aulas de força bruta.

Vargas suspirou.

— Saia da frente — ordenou.

O policial se ajoelhou diante das gavetas e tirou do bolso um cabo de marfim que se abriu em uma lâmina de fio duplo com serra.

— Não vá pensar que você é a única pessoa que entende de peças de colecionador — disse Vargas. — Passe o abridor de cartas.

Alicia lhe entregou o que pediu e ele começou a forçar a fechadura com o canivete e o batente entre a gaveta e a escrivaninha com o abridor de cartas.

— Tenho a ligeira impressão de que não é a primeira vez que você faz isso — disse Alicia.

— Tem gente que vai ao futebol e tem gente que força fechaduras. Algum passatempo você tem que ter...

A operação levou um pouco mais de dois minutos. Após um estalo metálico, o abridor de cartas penetrou na gaveta quando a fechadura cedeu. Vargas tirou a lâmina do canivete de dentro da fechadura. Não tinha uma única marca ou arranhão.

— Aço temperado? — perguntou Alicia.

Vargas dobrou o canivete com habilidade, apoiando a ponta da lâmina no chão, e guardou-a de volta no bolso interno do paletó.

— Algum dia você tem que me deixar brincar com esse negócio — disse a jovem.

— Só se você se comportar bem — respondeu Vargas, abrindo a gaveta.

Os dois olharam para dentro ansiosos. A gaveta estava vazia.

— Não me diga que arrombei a escrivaninha de um ministro para nada.

Ela não respondeu. Ajoelhou-se ao lado de Vargas e apalpou o interior da gaveta, batendo com os nós dos dedos em suas paredes.

— Carvalho sólido — observou o policial. — Não se fazem mais móveis assim...

Alicia franziu o cenho, perplexa.

— Aqui não vamos encontrar nada — aventurou Vargas, levantando-se. — Acho melhor ir verificar as cartas de Salgado na Chefatura.

Alicia ignorou essas palavras. Continuou apalpando o interior do móvel e a base da gaveta acima daquela. Havia uma diferença de dois dedos entre a placa de madeira que servia de fundo da gaveta de cima e o final de suas paredes laterais.

— Venha me ajudar a tirá-la — pediu.

— Depois de destruir a fechadura, agora você quer desmontar a escrivaninha toda — murmurou Vargas.

O policial lhe fez um sinal para que ela se afastasse e tirou a gaveta inteira.

— Viu? Nada.

Alicia pegou a gaveta e virou-a. Fixado no fundo, preso com duas tiras de fita isolante em forma de cruz, encontrou algo que parecia um livro. Retirou a fita com cuidado e pegou o volume. Vargas tocou no lado adesivo da fita.

— É recente.

Alicia pôs o livro sobre a escrivaninha. Sentou-se de novo na cadeira e puxou-o para a luz. Vargas se ajoelhou ao seu lado, olhando-a com uma expressão de curiosidade.

O volume devia ter umas duzentas páginas e era encadernado em couro preto. A capa e a lombada não apresentavam nenhum título. Seu único traço distintivo era uma imagem em forma de espiral gravada em dourado na capa. Essa gravura criava uma espécie de ilusão de ótica que fazia o leitor visualizar, quando estava com o volume nas mãos, uma escada em caracol descendo para as entranhas do livro.

Ao abrir, havia três páginas em branco com três desenhos de peças de xadrez em bico de pena: um bispo, um peão e uma rainha. As peças apresentavam traços vagamente humanos. A rainha tinha olhos pretos e pupilas verticais, como as de um réptil. Alicia virou a página e encontrou uma placa informando o título da obra.

O labirinto dos espíritos VII
Ariadna e o Príncipe Escarlate

Texto e ilustrações de Victor Mataix

Embaixo do título se espalhava uma elaborada ilustração em página dupla feita em bico de pena preto. A imagem mostrava uma cidade com um ar espectral onde os edifícios tinham rosto e as nuvens deslizavam como serpentes entre os telhados. Fogueiras e piras de fumaça subiam nas ruas, e uma grande cruz em chamas presidia a cidade do alto de um morro. Alicia reconheceu no desenho a fisionomia de Barcelona. Mas era uma Barcelona diferente, uma cidade transformada quase em pesadelo vista pelos olhos de um menino. Continuou folheando e parou em uma ilustração em que se via a igreja da Sagrada Família. No desenho, a estrutura parecia ter adquirido vida e a catedral inconclusa se arrastava como um dragão, com as quatro torres do portal da Natividade ondulando contra céus de enxofre arrematados com cabeças cuspindo fogo.

— Já tinha visto algo parecido? — perguntou Vargas.

Alicia negou lentamente com a cabeça. Por alguns minutos imergiu no estranho universo que aquelas páginas projetavam. Imagens de um circo ambulante povoado de criaturas que fugiam da luz; de um cemitério infinito constituído por um enxame de mausoléus e almas que subiam ao céu atravessando as nuvens; de um navio encalhado à beira de uma praia cheia de restos de naufrágio com uma maré de cadáveres presos sob a superfície. E reinando naquela Barcelona fantasmagórica, observando as ruas enoveladas a seus pés do alto do zimbório da catedral, uma silhueta com uma túnica que tremulava ao vento, um rosto de anjo com olhos de lobo: o Príncipe Escarlate.

Alicia fechou o livro, embriagada pela estranha e perversa força que aquelas imagens destilavam. Só então percebeu que o que tinha nas mãos era, simplesmente, um livro para crianças.

9

Quando desciam a escadaria da torre, Vargas segurou-a pelo braço com delicadeza e a fez parar.

— Temos que dizer a dona Mariana que encontramos este livro e vamos levá-lo.

Alicia fincou os olhos na mão de Vargas, que a retirou com um gesto de quem se desculpa.

— Achei que ela deu a entender que preferia não ser mais incomodada.

— Pelo menos vai ser preciso incluir no relatório...

Alicia lhe devolveu um olhar impenetrável. Vargas pensou que aqueles olhos verdes brilhavam na penumbra como moedas afundando em um lago e davam à sua dona um ar vagamente espectral.

— Digo, como prova — explicou o policial.

— De quê?

O tom de Alicia era frio, cortante.

— Aquilo que a polícia encontra durante uma investigação...

— Tecnicamente não foi a polícia que encontrou. Fui eu. Você se limitou a fazer o trabalho de chaveiro.

— Escute...

Alicia deslizou escada abaixo, deixando-o com a palavra ainda na boca. Vargas foi atrás às apalpadelas.

— Alicia...

Quando chegaram ao jardim, foram recebidos por uma garoa que colava na roupa como pó de cristal. Uma das criadas lhes emprestou um guarda-chuva, mas antes que Vargas pudesse abri-lo Alicia se dirigiu até a garagem sem esperar por ele. O policial se apressou e conseguiu alcançá-la.

— De nada — disse.

Ele notou que Alicia mancava um pouco e apertava os lábios.

— O que houve?

— Nada. É uma velha lesão. A umidade não ajuda. Mas não tem importância.

— Se preferir, espere aqui e eu vou buscar o carro — ofereceu ele.

Mais uma vez Alicia parecia não ter ouvido suas palavras. Com os olhos perdidos ao longe, examinava entre as árvores a miragem de uma estrutura embaçada pela chuva.

— E então? — perguntou Vargas.

Ela saiu andando e o deixou com o guarda-chuva na mão.

— Minha mãe do céu — murmurou o policial, seguindo-a de novo.

Quando ele a alcançou, Alicia se limitou a apontar na direção do que parecia uma estufa submersa nas profundezas do jardim.

— Havia alguém ali — disse. — Olhando para nós.

— Quem poderia ser?

Alicia parou um instante e hesitou.

— Vá na frente para a garagem. Chego em um minuto.

— Tem certeza?

Ela fez que sim.

— Pelo menos leve o guarda-chuva...

Vargas a viu ir embora sob a chuva mancando ligeiramente até evaporar na neblina, mais uma entre as muitas sombras do jardim.

10

Uma trilha de pedras esbranquiçadas se abria aos seus pés. Linhas de musgo se aninhavam entre as frestas da pedra lavrada. Alicia pensou que parecia um caminho feito com lápides roubadas de um cemitério. A trilha penetrava entre os salgueiros. Os galhos pingavam gotas de chuva e a acariciavam como se braços quisessem pará-la quando passava. Do outro lado se entrevia uma construção que a princípio tinha tomado por uma estufa, mas que, de perto, lhe pareceu uma espécie de pavilhão com um ar neoclássico. Os trilhos da ferrovia em miniatura que percorria o perímetro da propriedade contornavam o prédio e, bem em frente à entrada principal, havia uma plataforma que servia de estação. Alicia passou pelos trilhos e subiu os degraus até a porta, que estava entreaberta. A dor pulsava em seu quadril com fisgadas que lhe davam a impressão de ter um arame farpado amarrado em volta dos ossos. Parou por uns instantes para tomar fôlego e empurrou a porta, que cedeu com um leve gemido.

A primeira coisa que pensou foi que estava em um salão de baile abandonado muitos anos antes. Debaixo dos dois lustres de contas de cristal que pendiam do teto como flores de geada, um rastro de pegadas se enfileirava na camada de poeira que cobria um piso de madeira com padronagem de losangos.

— Olá? — chamou.

O eco de sua voz viajou através da sala sem ter resposta. O rastro de algumas pegadas se perdia na penumbra. Mais à frente se vislumbrava uma vitrine de madeira escura dividida em pequenos compartimentos semelhantes a nichos funerários que ocupava toda uma parede. Alicia avançou alguns passos, seguindo as pegadas com seus pés, mas parou quando percebeu que algo a observava. Um olhar de cristal surgiu das sombras, emoldurado em rosto de marfim que sorria com uma expressão de malícia e desafio. A boneca tinha cabelo vermelho e usava uma roupa de seda preta. Alicia avançou dois ou três metros e viu que a boneca não estava sozinha. Cada um daqueles nichos abrigava uma criatura ataviada com finos ornamentos. Achou que devia estar vendo ali mais de uma centena de figuras, todas sorrindo, todas olhando sem piscar. As bonecas tinham o tamanho de uma criança, e, mesmo na penumbra, podia-se apreciar seu acabamento meticuloso e preciosista, do brilho das unhas ou dos pequenos dentes brancos despontando entre os lábios pintados até a íris das pupilas.

— Quem é você?

A voz vinha do fundo da sala. Alicia distinguiu em um canto uma figura sentada em uma cadeira.

— Sou Alicia. Alicia Gris. Não queria assustá-la.

A figura se levantou e veio andando bem devagar. Emergiu das sombras até o umbral de luz fraca que se filtrava na entrada, e Alicia reconheceu o rosto da garota que aparecia no conjunto de retratos que havia no escritório de Valls.

— Você tem uma linda coleção de bonecas.

— Quase ninguém gosta. Meu pai diz que parecem vampiros. A maior parte das pessoas fica com medo.

— Por isso me atraem — disse Alicia.

Mercedes observou com atenção aquela estranha presença. Pensou por um instante que tinha algo em comum com as peças de sua coleção, como se uma delas não tivesse ficado congelada em uma infância de marfim e, ao crescer, houvesse se tornado uma mulher de carne, osso e sombra. Alicia sorriu para ela e estendeu a mão.

— Mercedes, não é?

A garota confirmou e apertou sua mão. Havia algo naquele olhar gélido e penetrante que a tranquilizava e inspirava confiança. Calculou que devia ter um pouco menos de trinta anos, mas, tal como suas bonecas, quanto mais de perto a olhava, mais difícil era determinar que idade aparentava. Tinha um talhe esbelto e se vestia do jeito que Mercedes secretamente gostaria de se vestir se não tivesse certeza de que o pai e dona Irene jamais permitiriam. Exalava aquele perfume indefinível que a filha de Valls sabia que enfeitiçava os homens e os fazia comportar-se como crianças, ou como velhos, e babar quando ela passava. Tinha visto quando ela chegou em companhia daquele policial e entrou na casa. A ideia de que alguém das altas esferas tivesse pensado naquela criatura como a ideal para encontrar seu pai lhe parecia incompreensível e ao mesmo tempo lhe dava esperanças.

— A senhora veio por causa do meu pai, não é?

Alicia assentiu.

— Não me chame de senhora. Não sou muito mais velha que você.

Mercedes encolheu os ombros.

— Fui educada para chamar todo mundo de senhor.

— E eu fui educada para me comportar como uma senhorita de boa família e cá estou.

Mercedes riu de leve, com uma pontinha de pudor. Alicia imaginou que a garota não estivesse acostumada a rir e que o fizesse da mesma forma que olhava o mundo, como uma menina escondida em um corpo de mulher ou uma mulher que tivesse passado quase toda a vida presa em uma história infantil povoada de criados e bonecas com entranhas de vidro.

— A senhora é da polícia?

— Algo assim.

— Não parece.

— Ninguém é o que parece.

Mercedes ponderou essas palavras.

— Imagino que não.

— Podemos sentar? — perguntou Alicia.

— Claro...

Mercedes foi buscar duas cadeiras em um canto e as colocou na réstia de luz que caía da entrada. Alicia se sentou com cautela. A garota logo notou a agonia em seu rosto e a ajudou. Alicia sorriu sem muita vontade, com uma camada de suor frio na testa. Mercedes hesitou por um instante, mas decidiu enxugá-la com um lenço que tinha no bolso. Quando o fez, viu que Alicia tinha uma pele tão fina e pálida que dava vontade de acariciar com os dedos. Essa ideia brotou em seu pensamento e percebeu que estava ruborizada sem saber muito bem por quê.

— Está melhor? — quis saber.

Alicia fez que sim.

— O que é?

— Uma velha ferida. De quando eu era criança. Às vezes, quando chove ou está muito úmido, começa a doer.

— Foi acidente?

— Algo assim.

— Sinto muito.

— Coisas que acontecem. Não se incomoda se eu lhe fizer umas perguntas?

O olhar da garota se encheu de inquietação.

— Sobre o meu pai?

Alicia anuiu.

— A senhora vai encontrá-lo?

— Vou tentar.

Mercedes olhou-a com expectativa.

— A polícia não vai conseguir. É a senhora que vai ter que encontrá-lo.

— Por que diz isso?

A filha de Valls abaixou os olhos.

— Acho que ele não quer ser encontrado.

— O que a faz pensar assim?

Mercedes continuou cabisbaixa.

— Sei lá...

— Dona Mariana contou que na manhã em que seu pai desapareceu você disse que achava que ele tinha partido para sempre, que não ia mais voltar...

— É verdade.

— Seu pai lhe disse alguma coisa naquela noite que a fez pensar isso?

— Não sei.

— Falou com ele na noite do baile?

— Fui vê-lo no escritório. Ele não desceu para a festa em momento algum. Estava com Vicente.

— Vicente Carmona, o segurança?

— É. Estava triste. Estranho.

— Ele disse por quê?

— Não. Meu pai só me diz o que acha que eu quero ouvir.

Alicia riu.

— Todos os pais fazem o mesmo.

— O seu também?

Alicia se limitou a sorrir e Mercedes não insistiu.

— Lembro que ele estava olhando um livro quando entrei no escritório.

— Não lembra se era um livro de capa preta?

Mercedes fez uma expressão de surpresa.

— Acho que sim. Perguntei o que era e ele respondeu que não era leitura para mocinhas. Tive a impressão de que não queria que eu visse. Talvez fosse um livro proibido.

— Seu pai tem livros proibidos?

Mercedes fez que sim, mostrando de novo uma pontinha de pudor.

— Em um armário trancado no gabinete dele no ministério. Ele não sabe que eu sei.

— Por mim não vai saber. Mas me diga, seu pai leva você com frequência ao gabinete no ministério?

Mercedes negou.

— Só estive lá duas vezes.

— E à cidade?

— A Madri?

— Sim, a Madri.

— Aqui tenho tudo de que posso necessitar — disse com pouca convicção.

— Quem sabe algum dia podemos ir juntas à cidade. Passear. Ou ir ao cinema. Você gosta de cinema?

Mercedes mordeu os lábios.

— Nunca fui. Mas gostaria. De ir com a senhora, digo.

Alicia lhe deu umas palmadinhas nas mãos, oferecendo o seu melhor sorriso.

— Podemos ver um filme de Cary Grant.

— Não sei quem é.

— É o homem perfeito.

— Por quê?

— Porque ele não existe.

Mercedes riu de novo com aquele seu riso encarcerado e triste.

— O que mais o seu pai disse naquela noite? Lembra?

— Não muito. Disse que me amava. E que sempre me amaria, não importava o que acontecesse.

— Algo mais?

— Estava nervoso. Depois de me dar boa-noite ficou conversando com Vicente.

— Chegou a ouvir algo do que diziam? — perguntou Alicia.

— Não fica bem escutar atrás da porta...

— Sempre achei que é assim que se ouvem as melhores conversas — aventurou Alicia.

Mercedes sorriu com malícia.
— Meu pai achava que alguém tinha estado lá. Na festa. No escritório dele.
— Disse quem?
— Não.
— O que mais? Alguma coisa que chamasse a sua atenção?
— Algo sobre uma lista. Comentou que alguém tinha uma lista. Não sei quem.
— Sabe de que tipo de lista estava falando?
— Não sei. De números, acho. Sinto muito. Queria poder ajudar mais, mas isso foi tudo o que consegui ouvir...
— Você ajudou muito, Mercedes.
— De verdade?
Alicia assentiu e acariciou seu rosto. Ninguém acariciava Mercedes assim desde que sua mãe fora confinada em um leito, dez anos antes, e os ossos das suas mãos acabaram encurvados como anzóis.
— A que acha que seu pai se referia quando disse que não importava o que acontecesse?
— Não sei...
— Já o tinha ouvido dizer isso antes?
Mercedes ficou em silêncio e olhou-a fixamente.
— Mercedes?
— Não gosto de falar disso.
— De quê?
— Meu pai me pediu que nunca falasse disso com ninguém.
Alicia se inclinou e pegou sua mão. A garota estava tremendo.
— Mas eu não sou qualquer pessoa. Comigo pode falar...
— Se meu pai ficar sabendo que eu contei...
— Não vai saber.
— Jura?
— Juro. Pela minha própria vida.
— Não diga isso.
— Conte, Mercedes. O que você me disser ficará só entre nós duas. Dou a minha palavra.
Mercedes olhou para ela com os olhos embaçados de lágrimas. Alicia apertou sua mão.
— Eu devia ter sete ou oito anos, não sei bem. Foi em Madri, no colégio das Damas Negras. Os seguranças do meu pai vinham me buscar à tarde, no fim das aulas. Todas as meninas esperavam no pátio de ciprestes pelos pais ou empregados que vinham nos buscar. Às cinco e meia. Havia uma senhora que sempre vinha. Ficava do outro lado da grade, me olhando. Às vezes sorria para mim. Eu

não sabia quem era. Porém quase toda tarde ela estava lá. Fazia gestos para que eu me aproximasse, mas eu tinha medo. Certa tarde os seguranças se atrasaram. Havia acontecido alguma coisa em Madri, no centro. Lembro que os carros foram levando as outras meninas até que eu fiquei lá sozinha, esperando. Não sei como aconteceu, mas enquanto um dos carros saía aquela senhora passou pelo portão. Ela se aproximou de mim e se ajoelhou à minha frente. Então me abraçou e começou a chorar. A me beijar. Fiquei assustada e gritei. As freiras saíram. Os seguranças finalmente chegaram e lembro que dois homens a pegaram pelos braços e a levaram arrastada. A senhora gritava e chorava. Lembro que um dos seguranças do meu pai lhe deu um soco no rosto. Ela tirou algo que trazia escondido na bolsa. Era uma pistola. Os seguranças recuaram e ela correu na minha direção, com o rosto cheio de sangue. Então me abraçou e disse que me amava e que não a esquecesse nunca.

— O que aconteceu depois?

Mercedes engoliu em seco.

— Então Vicente avançou e deu um tiro na cabeça dela. A mulher caiu aos meus pés, em uma poça de sangue. Lembro bem porque uma das freiras me pegou no colo e tirou meus sapatos, que estavam manchados de sangue. Depois me passou para um dos seguranças, que me levou até o carro onde estava Vicente. Ele deu a partida e saímos dali a toda a velocidade, mas pude ver pela janela dois seguranças arrastando o corpo da senhora...

Mercedes buscou o olhar de Alicia, que a abraçou.

— Nessa noite meu pai me disse que aquela senhora era uma louca, que tinha sido presa várias vezes por tentar raptar crianças nas escolas de Madri. Também me falou que ninguém jamais me faria mal nenhum e que eu não tinha mais o que temer. E pediu que eu não contasse a ninguém o que tinha ocorrido. Houvesse o que houvesse. Não voltei mais para o colégio. Dona Irene se tornou minha tutora, e recebi o resto da minha educação aqui nesta casa...

Alicia deixou-a chorar em seus braços, acariciando a cabeça da menina. Depois, enquanto uma tranquilidade desesperada descia sobre ela, ouviu ao longe a buzina do carro de Vargas e se levantou.

— Agora eu tenho que ir, Mercedes. Mas vou voltar. E então daremos nosso passeio por Madri e vamos ao cinema. Porém você tem que me prometer que até lá vai ficar bem.

Mercedes pegou suas mãos e assentiu com a cabeça.

— Vai encontrar meu pai?
— Prometo.

Beijou-a na testa e foi mancando em direção à saída. Mercedes sentou-se no chão, abraçando os joelhos, mergulhada nas sombras de seu mundo de bonecas destruído para sempre.

11

O trajeto da volta a Madri foi marcado por chuva e silêncio. Alicia viajava de olhos fechados, com a cabeça encostada no vidro embaçado e a mente a mil quilômetros dali. Vargas a olhava de esguelha, jogando umas pequenas iscas aqui e ali para ver se a envolvia em uma conversa que quebrasse o vazio que os acompanhava desde que haviam saído de Vila Mercedes.

— Você foi dura com a secretária de Valls — aventurou. — Para não dizer outra coisa.

— Ela é uma víbora — murmurou Alicia, em um tom de voz pouco amigável.

— Se preferir, podemos falar do tempo — propôs Vargas.

— Está chovendo — replicou Alicia. — De que mais você quer falar?

— Podia me contar o que aconteceu lá, na casinha do jardim.

— Não aconteceu nada.

— Você passou meia hora lá dentro. Espero que não tenha pressionado mais ninguém. Seria ótimo não ter todo mundo contra nós desde o primeiro dia. Eu acho.

Alicia não respondeu.

— Sabe, isso só vai dar certo se nós dois trabalharmos juntos — argumentou Vargas. — Compartilhando informação. Pois eu não sou seu motorista.

— Então talvez não dê certo. Posso ir de táxi, se você preferir. É o que costumo fazer.

Vargas suspirou.

— Não me leve a mal, certo? — respondeu Alicia. — Não estou muito bem.

Vargas observou-a com atenção. Ela estava de olhos fechados, apertando o quadril em um gesto de agonia.

— Quer ir a uma farmácia ou algo assim?

— Para quê?

— Não sei. Você não está com um aspecto muito bom.

— Obrigada.

— Posso ir buscar algo para a dor?

Alicia recusou. Estava com a respiração entrecortada.

— Podemos parar um instante? — pediu afinal.

Vargas avistou a uns cem metros um restaurante de beira de estrada ao lado de um posto de gasolina onde se aninhava uma dúzia de caminhões. Saiu da rodovia e estacionou em frente à entrada. Desceu do carro e o contornou para abrir a porta de Alicia. Ofereceu-lhe a mão.

— Eu consigo sair sozinha.

Após duas tentativas, Vargas pegou-a pelos ombros e tirou-a do carro. Apanhou a bolsa que ela tinha deixado no banco e pendurou em seu braço.

— Consegue andar?

Alicia confirmou e se encaminharam para a porta. Vargas segurou de leve seu braço e ela, dessa vez, não reagiu. Quando entraram no bar, o policial fez uma vistoria superficial no lugar, como era seu costume, mapeando entradas, saídas e público. Um grupo de caminhoneiros estava proseando em volta de uma mesa equipada com toalha feita de papel, vinho da casa e sifões. Alguns se viraram para espiá-los, mas quando se depararam com o olhar de Vargas enterraram a vista e o espírito nos pratos de cozido sem dar um pio. O garçom, um sujeito com cara de taberneiro de zarzuela que estava passando com uma bandeja cheia de cafés, indicou para eles a mesa que devia ser o lugar de honra dali, separada da plebe e com vista para a estrada.

— Volto em um segundo — informou.

Vargas levou Alicia até a mesa e a instalou na cadeira que ficava de costas para os outros clientes. Sentou-se à sua frente e olhou-a com expectativa.

— Você está começando a me deixar assustado — disse.

— Não se iluda.

O garçom voltou logo, cheio de sorrisos e préstimos para receber tão distintos e inesperados visitantes.

— Boa tarde. Vão querer almoçar? Hoje temos um cozido delicioso feito pela minha senhora, mas podemos fazer o que vocês quiserem. Um bifinho...

— Um pouco de água, por favor — pediu Alicia.

— Agora mesmo.

O garçom foi buscar uma garrafa de água mineral e voltou munido também de dois menus de papelão plastificado escritos à mão. Serviu dois copos d'água e, percebendo que quanto menos ficasse ali melhor, se retirou fazendo uma mesura.

— Deixo aqui o cardápio caso queiram ir olhando.

Vargas murmurou um agradecimento e viu que Alicia bebia o copo d'água como se tivesse acabado de atravessar o deserto.

— Está com fome?

Ela pegou a bolsa e se levantou.

— Vou ao banheiro um minuto. Peça por mim.

Quando passou na frente de Vargas, pôs a mão em seu ombro e sorriu sem firmeza.

— Não se preocupe. Vou ficar bem...

O policial a viu sair mancando em direção ao toalete e desaparecer atrás da porta. O garçom a observava do balcão, provavelmente se indagando sobre a natureza da relação entre aquele homem e semelhante criatura.

Alicia fechou a porta do banheiro e passou o trinco. O vaso fedia a desinfetante e ficava espremido no meio de azulejos sem cor cheios de desenhos obscenos e frases pouco felizes. Uma janela estreita emoldurava um ventilador cujas hélices permitiam que entrassem lâminas de luz empoeirada. Alicia foi até a pia e se apoiou nela. Abriu a torneira e deixou fluir a água, que fedia a ferrugem. Tirou da bolsa um estojo de metal. Suas mãos estavam trêmulas. Pegou uma seringa e um frasco de vidro com tampa de borracha. Após enfiar a agulha no frasco, encheu o cilindro até a metade. Bateu com os dedos e pressionou o êmbolo até que uma gota espessa e brilhante se formou na ponta da agulha. Foi até o vaso, abaixou a tampa, sentou-se apoiada na parede e com a mão esquerda levantou o vestido até o quadril. Apalpou o lado interno da coxa e respirou fundo. Então enfiou a agulha a dois dedos de onde a meia terminava e esvaziou o conteúdo. Segundos depois sentiu o choque. A seringa caiu de suas mãos, sua mente se nublou enquanto a sensação de frio se espalhava pelas veias. Alicia se encostou na parede e deixou passar alguns minutos sem pensar em nada além daquela serpente de gelo rastejando em seu corpo. Por um instante achou que ia perder os sentidos. Abriu os olhos em um cubículo fedorento e lúgubre que não reconheceu. Um som distante de alguém batendo na porta a alertou.

— Alicia? Você está bem?

Era a voz de Vargas.

— Sim — forçou-se a dizer. — Já vou sair.

Os passos do policial demoraram alguns segundos para se afastar. Alicia limpou a mancha de sangue que escorria por sua coxa e abaixou a saia do vestido. Apanhou a seringa quebrada para guardá-la no estojo. Lavou o rosto na pia e se enxugou com um pedaço de papel industrial que estava espetado em um prego na parede. Antes de sair, encarou sua imagem no espelho. Parecia uma das bonecas de Mercedes. Pintou os lábios e ajeitou a roupa. Em seguida respirou fundo para poder voltar ao mundo dos vivos.

De volta à mesa, sentou-se diante de Vargas e lhe ofereceu o mais doce dos sorrisos. Ele tinha na mão um copo de cerveja que não parecia ter provado e a observava com visível preocupação.

— Pedi um bife para você — disse afinal. — Malpassado. Proteína.

Alicia assentiu dando a entender que a escolha lhe parecia perfeita.

— Não sabia o que pedir, mas achei que você deve ser carnívora.

— Carne sanguinolenta é a única coisa que eu ingiro — informou Alicia. — Se possível, de crianças inocentes.

Ele não riu da piada. Alicia leu seu reflexo nos olhos de Vargas.

— Pode dizer.

— O quê?

— O que está pensando.

— O que estou pensando?

— Que eu pareço a noiva do Drácula.

Vargas franziu o cenho.

— É o que Leandro sempre diz — comentou Alicia em tom amigável. — Não me incomodo. Estou acostumada.

— Eu não estava pensando nisso.

— Desculpe pelo que aconteceu antes.

— Não há nada para desculpar.

O garçom veio munido de dois pratos e uma expressão complacente.

— Um bife para a senhorita... e o cozido da casa para o cavalheiro. Alguma coisinha a mais? Um pouco mais de pão? Um vinhozinho da cooperativa?

Vargas recusou. Alicia passou os olhos no bife rodeado de batatas que estava em seu prato e suspirou.

— Se preferir mando passar mais um pouquinho... — ofereceu o garçom.

— Está bem assim, obrigada.

Começaram a comer em silêncio, trocando olhares ocasionais e sorrisos conciliadores. Alicia não estava com fome, mas fez um esforço e fingiu gostar de seu bife.

— Está gostoso. E o cozido? É de querer casar com a cozinheira?

Vargas deixou a colher na mesa e se reclinou na cadeira. Alicia sabia que ele observava suas pupilas dilatadas e seu ar sonolento.

— Quanto se injetou?

— Não é problema seu.

— Que tipo de lesão é essa?

— Daquelas que uma senhorita bem-educada não comenta.

— Se vamos trabalhar juntos, preciso saber o que esperar.

— Nós não somos namorados. Isto vai durar dois dias. Você não precisa me apresentar à sua mãe.

Vargas não mostrou o menor sinal de sorriso.

— É de infância. Durante os bombardeios, na guerra. O médico que me reconstruiu o quadril estava sem dormir havia vinte e quatro horas e fez o que pôde. Imagino que ainda devo ter aí um ou dois suvenirs da aviação italiana.

— Foi em Barcelona?

Alicia fez um gesto afirmativo.

— Tive um colega no Corpo que era de lá e viveu doze anos com um estilhaço do tamanho de uma azeitona recheada pertinho da aorta — disse Vargas.

— Ele acabou morrendo?

— Atropelado por um entregador de jornais em frente à estação de Atocha.

— Não se pode confiar na imprensa. Não perdem uma chance de sacanear. E você? Onde passou a guerra?

— Aqui e ali. A maior parte em Toledo.
— Dentro ou fora do Alcázar?
— Que diferença faz?
— Recordações?

Vargas desabotoou a camisa e mostrou uma cicatriz circular no lado direito do peito.

— Posso? — perguntou Alicia.

Vargas permitiu. Alicia se adiantou e apalpou a cicatriz com os dedos. Atrás do balcão, o garçom deixou cair no chão o copo que enxugava.

— É das boas — disse Alicia. — Dói?

Vargas abotoou a camisa.

— Só quando eu rio. Sério.
— Com este trabalho você não deve ganhar nem para as aspirinas.

Vargas enfim sorriu. Alicia ergueu seu copo d'água.

— Um brinde às nossas mazelas.

O policial pegou seu copo e brindaram. Comeram em silêncio, Vargas raspando o prato e Alicia bicando a carne aqui e ali. Quando a jovem empurrou o prato para um lado, ele começou a roubar as batatas que tinham sobrado, quase todas.

— Então, qual é o plano para esta tarde? — perguntou.
— Tinha pensado que você poderia ir à Chefatura para conseguir uma cópia das cartas de Salgado e ver se há algo de novo nessa frente. E, se der tempo, fazer uma visita ao tal Cascos na Editora Ariadna. Há algo aí que não está encaixando.
— Não é melhor irmos juntos?
— Tenho outros planos. Pensei em visitar um velho amigo que talvez possa nos dar uma ajuda. É melhor ir sozinha. Ele é um personagem peculiar.
— Para ser amigo seu, isso deve ser um requisito sine qua non. A conversa é sobre o livro?
— É.

Vargas fez um sinal ao garçom pedindo a conta.

— Não quer café, uma sobremesa ou alguma outra coisa?
— No carro você pode me oferecer um dos seus cigarros importados — disse Alicia.
— Isso não é um ardil para se livrar de mim na primeira oportunidade, certo?

Alicia negou.

— Às sete nos encontramos no Gijón e "compartilhamos informações".

Vargas olhou-a severamente. Ela levantou a mão com solenidade.

— Prometo.
— É bom mesmo. Onde você quer descer?
— Em Recoletos. Fica no caminho.

12

No ano em que Alicia Gris chegou a Madri, seu mentor e titereiro, Leandro Montalvo, lhe ensinou que qualquer pessoa que pretenda conservar o juízo precisa de um lugar no mundo onde possa e queira se perder. Esse lugar, o último refúgio, é um pequeno anexo da alma onde, quando o mundo naufraga em sua absurda comédia, a gente sempre pode se trancar e perder a chave. Um dos hábitos mais irritantes de Leandro era sempre ter razão. Com o tempo, Alicia acabou se rendendo a esta evidência e decidiu que talvez tivesse chegado o momento de ter seu próprio refúgio, porque o absurdo do mundo tinha deixado de lhe parecer uma comédia ocasional para se tornar simples rotina. Uma única vez o destino quis lhe dar boas cartas. Como todos os grandes encontros, aconteceu quando ela menos esperava.

Há muito tempo, em um dia do seu primeiro outono em Madri, quando um aguaceiro a surpreendeu perambulando pela avenida de Recoletos, Alicia avistou entre as árvores um palácio de estilo clássico que tomou por um museu e onde decidiu se abrigar até o temporal passar. Molhada até os ossos, subiu uma escadaria ladeada por estátuas régias e não reparou no nome que estava no dintel. Um indivíduo de aspecto fleumático e olhar de coruja veio apreciar o espetáculo da chuva ali na entrada e a viu chegar. Um olhar rapinante pousou nela como se fosse um roedorzinho menor.

— Bom dia. O que estão expondo aqui? — improvisou Alicia.

O indivíduo a absorveu com suas pupilas de lupa, claramente nada impressionado.

— Expomos paciência, senhorita, e, em certas ocasiões, assombro ante a ousadia da ignorância. Isto aqui é a Biblioteca Nacional.

Por compaixão ou por tédio, o cavalheiro com olhar de coruja lhe informou que estava em uma das maiores bibliotecas do mundo, que mais de vinte e cinco milhões de volumes a esperavam em suas entranhas e que, se tinha ido até lá com a intenção de usar o banheiro ou ler revistas de moda no grande salão de leitura, podia dar meia-volta imediatamente e entregar-se à caça de uma pneumonia.

— Posso perguntar quem é sua senhoria? — inquiriu Alicia.

— Senhorias faz muitos anos que não vejo, mas se está se referindo à minha humilde pessoa, basta dizer que sou o diretor desta casa e que um dos meus passatempos prediletos é botar broncos e intrusos na rua.

— Mas eu queria ser sócia.

— E eu queria ter escrito *David Copperfield* e aqui estou, com fios grisalhos na cabeça e sem bibliografia notável. Como você se chama, gracinha?

— Alicia Gris, às suas ordens e a serviço da Espanha.

— O fato de não ter assinado clássicos para a posteridade não me impede de apreciar a ironia ou a insolência. Pela Espanha eu não respondo porque o quintal já está cheio de porta-vozes, mas quanto a mim não vejo como você poderia me servir a não ser lembrando como estou velho. No entanto, eu não me considero um ogro, e se o seu desejo de ser sócia é sincero não sou eu quem vai mantê-la no analfabetismo estrutural. Meu nome é Bermeo Pumares.

— É uma honra. Eu me ponho em suas mãos para receber a formação que possa me resgatar da ignorância e franquear-me as portas desta Arcádia sob o seu comando.

Bermeo Pumares franziu as sobrancelhas e reconsiderou sua oponente.

— Começo a ter uma ligeira impressão de que você se resgata sozinha sem necessidade de socorro algum e que sua ignorância é de menor calado que seu atrevimento, srta. Gris. Tenho consciência de que a gula enciclopédica acabou deformando meu discurso para o lado do barroco, mas também não precisa caçoar de um velho professor.

— Jamais pensaria em fazer tal coisa na vida.

— É. Pelo seu verbo os conhecereis. Alicia, embora não pareça gostei de você. Entre e vá até o balcão. Diga a Puri que Pumares lhe disse para fazer a carteirinha.

— Como posso lhe agradecer?

— Vindo aqui e lendo bons livros, os que tiver vontade, não os que eu ou alguém lhe disser que tem que ler, pois posso ser um tanto afetado, mas não sou pedante.

— Não tenha dúvida de que o farei.

Nessa tarde Alicia tirou sua carteira de leitora da Biblioteca Nacional e passou a primeira das suas muitas tardes de leitura naquele grande salão tirando para dançar alguns dos tesouros que o cérebro acumulado de séculos de humanidade tinha conseguido invocar. Mais de uma vez levantou a vista do livro e encontrou o olhar de coruja de dom Bermeo Pumares, que às vezes gostava de passear no salão para ver o que as pessoas estavam lendo e dispensar sem muita gentileza aqueles que iam lá para cochilar ou para cochichar, porque, como ele dizia, para mentes sonolentas e festivais de sandices já estava disponível o mundo externo inteiro.

Uma vez, tendo Alicia provado o seu interesse e sua condição de leitora de fôlego ao longo de um ano, Bermeo Pumares a convidou para acompanhá-lo aos fundos do grande palácio e abriu as portas de uma seção fechada ao público. Ali, explicou, ficavam as peças mais valiosas da biblioteca, e só tinha acesso a elas quem recebia a distinção de portar uma carteira especial que se concedia a certos acadêmicos e estudiosos para pesquisarem.

— Você nunca me disse o que faz em sua faceta terrestre, mas desconfio que tem algo de pesquisadora, e não estou falando de inventar derivados da penicilina nem de tirar a poeira de uns versos perdidos do Arcipreste de Hita.

— O senhor não está totalmente desencaminhado.

— Não me desencaminhei na vida. O problema neste nosso querido país são os caminhos, não o caminhante.

— No meu caso, os caminhos não são do Senhor e sim daquilo que sua eminência chamaria de aparato de segurança do Estado.

Bermeo Pumares balançou a cabeça devagar.

— Você é uma caixinha de surpresas, Alicia. Dessas que é melhor nem abrir, para não descobrir a surpresa que escondem.

— Sábia decisão.

Pumares lhe deu uma carteira com seu nome.

— Em todo caso, antes de ir embora eu queria ter certeza de que você recebeu uma carteira de pesquisadora para poder, se algum dia cismar, ter livre acesso a este lugar.

— Antes de ir embora?

Pumares fez cara de paisagem.

— O secretário do ministro Mauricio Valls houve por bem notificar-me que fui demitido do cargo com efeito retroativo e que meu último dia à frente desta instituição foi ontem, quarta-feira. Pelo visto, a decisão do senhor ministro se deve a diversos fatores, dentre os quais se destacam, por um lado, o aparentemente esquálido fervor demonstrado por minha pessoa pelos sacrossantos princípios do Movimento, sejam estes quais forem, e, por outro, o interesse manifestado pelo cunhado de algum herói da pátria de assumir a direção da Biblioteca Nacional, pois algum estouvado deve pensar que a sonoridade do cargo enfeita em determinados círculos quase tanto quanto um convite para o camarote presidencial do Real Madrid.

— Sinto muito, dom Bermeo. De verdade.

— Não sinta. Raramente na história deste país se viu à frente de uma instituição cultural alguém qualificado, ou pelo menos não irremediavelmente sem competência. Há controles estritos e uma grande equipe especializada para impedir que isso aconteça. A meritocracia e o clima mediterrâneo são incompatíveis por necessidade. É o preço que pagamos por ter o melhor azeite de oliva do mundo, imagino. Um bibliotecário experiente chegar a dirigir a Biblioteca Nacional da Espanha, mesmo que somente por catorze meses, foi um acidente não premeditado que as mentes preclaras que regem os nossos destinos já remediaram, ainda mais havendo um sem-fim de amiguinhos e parentes para ocupar o cargo. Só posso lhe dizer que vou sentir sua falta, Alicia. De você, dos seus mistérios e dos seus sarcasmos.

— Eu digo o mesmo.

— Volto para a minha bela Toledo, ou o que tenha sobrado dela, com a esperança de poder alugar uma moradia em alguma chácara tranquila em uma colina com vista para a cidade onde passarei o resto da minha murcha existência urinando à beira do Tejo e relendo Cervantes e todos os seus inimigos, a maioria dos quais viveu não muito longe deste lugar e não conseguiu alterar nem um átimo a deriva deste barco, apesar de todo o ouro e o verso do seu século.

— E eu não poderia lhe prestar ajuda? Minha especialidade não é o verso, mas o senhor se surpreenderia com a facilidade de recursos estilísticos que tenho para agitar o inagitável.

Pumares olhou-a demoradamente.

— Eu não me surpreenderia: teria medo, só tenho coragem com os néscios. Além do mais, você já me ajudou o suficiente sem se dar conta. Boa sorte, Alicia.

— Boa sorte, mestre.

Bermeo Pumares sorriu, um sorriso amplo e aberto. Era a primeira e última vez que Alicia o via sorrindo. Ele apertou com força a sua mão e abaixou a voz.

— Diga-me uma coisa, Alicia. Só por curiosidade. Além de sua devoção pelo Parnaso, o saber e todas essas causas exemplares, o que é que realmente a traz a este lugar?

Ela deu de ombros.

— Uma lembrança — respondeu.

O bibliotecário levantou as sobrancelhas, curioso.

— Uma lembrança da infância. Algo que sonhei uma vez em que estive a ponto de morrer. Faz muito tempo. Uma catedral feita de livros...

— E onde foi isso?

— Em Barcelona. Durante a guerra.

O bibliotecário balançou a cabeça lentamente, sorrindo para si mesmo.

— E você diz que sonhou? Tem certeza?

— Quase certeza.

— As certezas reconfortam, mas só se aprende duvidando. Outra coisa. Chegará o dia em que você vai ter que fuçar onde não deve e agitar o fundo de algum lago turvo. Sei disso porque você não é a primeira nem a última que passa por aqui com a mesma sombra nos olhos. E quando chegar esse dia, e há de chegar, saiba que esta casa esconde muito mais coisas do que parece e que gente como eu vai e volta, mas aqui há alguém que talvez possa lhe ser útil algum dia.

Pumares apontou para uma porta preta ao fundo da vasta galeria de arcos e estantes cheias de livros.

— Atrás dessa porta fica a escada que leva aos porões da Biblioteca Nacional. Andares e andares de corredores infinitos com milhões de livros, muitos deles incunábulos. Só durante a guerra se acrescentou meio milhão de volumes à coleção, para salvá-los do fogo. Mas não é só isso que existe lá embaixo. Imagino que você nunca ouviu falar da lenda do vampiro do palácio de Recoletos.

— Não.
— Mas reconheça que a ideia a deixa intrigada, ao menos pelo jeito folhetinesco do enunciado.
— Não nego. Mas está falando sério?
Pumares piscou o olho.
— Eu já lhe disse no momento adequado que, apesar das aparências, sei apreciar a ironia. Fique com esse pensamento, vá amadurecendo. E espero que nunca deixe de vir a este lugar, ou a algum outro parecido.
— Farei isso à sua saúde.
— Melhor que seja à saúde do mundo, que anda em baixa. Tome muito cuidado, Alicia. Espero que você encontre o caminho que me escapou.

E foi assim, sem mais uma palavra, que dom Bermeo Pumares cruzou pela última vez a galeria dos pesquisadores e depois o grande salão de leitura da Biblioteca Nacional e seguiu sem olhar para trás, até passar pelas portas, atravessar o umbral da avenida de Recoletos e sair andando rumo ao esquecimento, uma gota a mais na infinita maré de vidas naufragadas na Espanha cinzenta daqueles tempos.

E também foi assim que, meses depois, quando chegou o dia em que a curiosidade foi mais forte que a prudência, Alicia decidiu atravessar aquela porta preta e mergulhar na treva dos porões escondidos embaixo da Biblioteca Nacional para desentranhar seus segredos.

13

Uma lenda é uma mentira concebida para explicar uma verdade universal. Os lugares onde a mentira e a miragem envenenam a terra são particularmente férteis para o seu cultivo. Na primeira vez que Alicia Gris se perdeu nos tenebrosos corredores dos porões da Biblioteca Nacional em busca do suposto vampiro e sua lenda, não encontrou nada além de uma cidade subterrânea povoada por centenas de milhares de livros aguardando em silêncio entre teias e ecos.

São poucas as oportunidades que a vida nos dá de passear por nossos próprios sonhos e acariciar com as mãos uma lembrança perdida. Mais de uma vez, enquanto percorria aquele lugar, ela parou na penumbra esperando ouvir de novo as explosões das bombas e o rugido metálico dos aviões. Após algumas horas perambulando por todos os andares, não encontrou outras almas além de alguns pequenos vermes gourmets de papel que percorriam a lombada de uma compilação de poemas de Schiller em busca da merenda. Em sua segunda incursão, dessa vez munida de uma lanterna que havia comprado em uma loja de ferragens na rua Callao, não viu sequer os seus colegas vermes, mas depois de uma hora e meia de exploração encontrou na saída um bilhete espetado com um alfinete que dizia assim:

> *Bonita lanterna.*
> *Você nunca troca de casaco?*
> *Isso é quase uma extravagância neste país.*
> *Afetuosamente,*
> *Virgilio*

No dia seguinte, Alicia voltou à loja de ferragens para comprar uma lanterna idêntica à sua e um pacote de pilhas. Usando o mesmo e surrado casaco, foi até as profundezas do último andar e sentou-se ao lado de uma coleção de romances das irmãs Brontë, seus livros prediletos desde os anos do Patronato Ribas. Tirou da bolsa o sanduíche de filé temperado e a cerveja que tinham lhe preparado no Café Gijón e comeu. Depois, com o estômago cheio, tirou um cochilo.

Foi acordada por uns passos na sombra, leves como penas se arrastando na poeira. Abriu os olhos e viu as agulhas de luz âmbar que se filtravam entre os livros vindo do outro lado do corredor. A bolha de luz se deslocava lentamente, como uma medusa. Alicia se levantou e limpou da lapela as migalhas de pão. Segundos depois, a silhueta virou a esquina do corredor e continuou avançando em sua direção, agora mais rápido. A primeira coisa que Alicia reparou foi nos olhos, azuis e criados na treva. A pele era pálida como as páginas de um livro intocado, e o cabelo, liso e penteado para trás.

— Eu lhe trouxe uma lanterna — disse Alicia. — E pilhas.

— Muita gentileza.

A voz era rouca e estranhamente aguda.

— Meu nome é Alicia Gris. Intuo que você seja Virgilio.

— Eu mesmo.

— É mera formalidade, mas tenho que lhe perguntar se você é um vampiro.

Virgilio sorriu surpreso. Gris pensou que quando fazia isso parecia uma enguia morena.

— Se fosse já teria morrido por causa do cheiro de alho do sanduíche que você devorou.

— Então não bebe sangue humano.

— Prefiro o refrigerante TriNaranjus. Você inventa essas perguntas ou as traz escritas?

— Acho que fui vítima de uma brincadeira de mau gosto — disse Alicia.

— E quem não? Isso é a essência da vida. Diga-me, o que deseja?

— O sr. Bermeo Pumares me falou de você.
— Já imaginava. Humor escolástico.
— Comentou que talvez pudesse me ajudar quando chegasse o momento.
— E chegou?
— Não tenho certeza.
— Então é porque não chegou. Posso ver essa lanterna?
— É sua.

Virgilio aceitou o presente e o examinou.

— Há quantos anos trabalha aqui? — quis saber Alicia.
— Uns trinta e cinco. Comecei com meu pai.
— Seu pai também morava nestas profundezas?
— Creio que você está nos confundindo com uma família de crustáceos.
— Foi assim que começou a lenda do bibliotecário vampiro?

Virgilio riu com vontade. Tinha uma risada de lixa.

— Essa lenda nunca existiu — declarou.
— O sr. Pumares inventou isso para rir de mim?
— Tecnicamente não foi ele que a inventou. Tirou de um romance de Julián Carax.
— Nunca ouvi falar.
— Como quase ninguém. Uma pena. É divertidíssimo. Fala de um assassino diabólico que vive escondido nos porões da Biblioteca Nacional de Paris e usa o sangue de suas vítimas para escrever um livro demoníaco com o qual acredita que vai poder conjurar o próprio Satanás. Uma delícia. Se conseguir encontrá-lo eu lhe empresto. Diga-me, você é policial ou algo assim?
— Digamos que algo assim.

Durante aquele ano, entre os bicos e os trabalhos sujos que Leandro lhe dava, Alicia procurou e achou oportunidades de visitar Virgilio em seu domínio subterrâneo sempre que podia. Com o tempo, o bibliotecário se tornou seu único amigo de verdade na cidade. Virgilio sempre tinha livros preparados para lhe emprestar e sempre acertava.

— Escute, Alicia, não me leve a mal, mas não gostaria de ir ao cinema comigo em uma noite destas?
— Desde que não seja um filme de santos ou de vidas exemplares.
— Que o espírito imortal de dom Miguel de Cervantes me fulmine agora mesmo se algum dia eu lhe propuser ir assistir a alguma epopeia sobre o triunfo do espírito humano.
— Amém — sentenciou ela.

Às vezes, quando Alicia não tinha outra ocupação, iam juntos a algum cinema da Gran Vía para ver a última sessão. Virgilio adorava o tecnicolor e os relatos bíblicos e romanos, porque assim podia ver o sol e se deleitar sem empecilhos com os torsos musculosos dos gladiadores. Uma noite, quando a acompanhava de volta ao Hispania depois de verem *Quo Vadis*, o bibliotecário a observou no momento em que ela parou em frente à vitrine de uma livraria na Gran Vía.

— Alicia, se você fosse um garoto eu pediria sua mão em ilícito concubinato.

A jovem lhe ofereceu a mão, que Virgilio beijou.

— Que coisas bonitas você diz, Virgilio.

O homem sorriu, com toda a tristeza do mundo no olhar.

— É no que dá ser bem lido, a gente já sabe todos os versos e todos os truques do destino.

Às vezes, sábado à tarde Alicia comprava uns TriNaranjus e ia à biblioteca ouvir as histórias de Virgilio sobre autores obscuros dos quais ninguém nunca ouvira falar e cujas biografias malditas permaneciam encerradas na cripta bibliográfica do último porão.

— Alicia, sei que não é problema meu, mas isso aí no quadril... O que foi?

— A guerra.

— Conte-me.

— Não gosto de falar desse assunto.

— Posso imaginar. Por isso mesmo. Conte-me. Vai lhe fazer bem.

Alicia nunca tinha revelado a ninguém a história de como um desconhecido salvara sua vida na noite em que a aviação de Mussolini, a serviço do exército nacionalista, bombardeou a cidade de Barcelona sem dó nem piedade. Ficou surpresa ao se ouvir e constatar que não tinha esquecido nada e que ainda sentia no ar o cheiro de enxofre e de carne queimada.

— E nunca soube quem era aquele homem?

— Um amigo dos meus pais. Alguém que gostava deles de verdade.

Até o momento em que Virgilio lhe deu um lenço ela não percebeu que estava chorando e que por mais vergonha e raiva que sentisse não podia deixar de fazê-lo.

— Nunca tinha visto você chorar.

— Nem você nem ninguém. E espero que não se repita.

Nessa tarde, depois de visitar Vila Mercedes e mandar Vargas bisbilhotar na Chefatura, Alicia voltou à Biblioteca Nacional. Como já a conheciam não precisou mostrar a carteira. Atravessou o salão de leitura e se dirigiu à ala reservada aos pesquisadores. Um grande número de acadêmicos sonhava acordado nas mesas quando Alicia passou discretamente e se dirigiu à porta preta no fundo da galeria.

Com o passar dos anos, tinha aprendido a decifrar os hábitos de Virgilio e calculou que sendo começo da tarde com toda certeza ele devia estar organizando os incunábulos consultados pelos estudiosos naquela manhã, no terceiro nível. Lá o encontrou, munido da lanterna que ela lhe trouxera e assobiando uma canção do rádio enquanto balançava, vagamente, seu pálido esqueleto. Essa imagem lhe pareceu única e merecedora de sua própria lenda.

— Fascinante o seu ritmo tropical, Virgilio.

— O ritmo da *clave* toca lá no fundo. Foi liberada mais cedo hoje, ou confundi o dia?

— É uma visita semioficial.

— Não me diga que estou preso.

— Não, mas sua sabedoria está sequestrada de maneira temporária a serviço do interesse nacional.

— Sendo assim, diga-me por que veio.

— Queria que você desse uma olhada em uma coisa.

Alicia pegou o livro que tinha encontrado no escritório de Valls e entregou a ele. Virgilio, com o volume na mão, acendeu a lanterna. Quando viu a gravura da escada de caracol na capa, olhou fixamente para Alicia.

— Você tem alguma ideia do que é isto?

— Pensei que você poderia me esclarecer.

Virgilio olhou por cima do ombro, como se temesse que houvesse mais alguém no corredor, e fez um gesto com a cabeça.

— É melhor irmos para o meu escritório.

O escritório de Virgilio era um cubículo estreito encaixado no fundo de um dos corredores do nível mais profundo. O aposento parecia ter brotado das paredes como consequência da pressão de milhões e milhões de livros empilhados de andar em andar. Era uma espécie de cabine tramada de volumes, pastas e todo tipo de objetos peculiares, desde copos com pincéis e agulhas de coser até lentes, lupas e bisnagas de pigmentos. Alicia supôs que era lá que Virgilio fazia uma ou outra cirurgia de emergência para salvar e restaurar exemplares exânimes. A peça-chave da instalação era uma pequena geladeira. Virgilio a abriu e Alicia viu que estava cheia de garrafas de TriNaranjus. Seu amigo pegou duas e, armado com seus óculos de lupa, pôs o livro sobre uma base de veludo vermelho e vestiu umas finas luvas de seda.

— Deduzo por todo este cerimonial que a peça é uma raridade...

— Shhh — calou-a Virgilio.

Durante vários minutos, Alicia observou como o bibliotecário examinava fascinado o livro de Víctor Mataix, deleitando-se com cada página, acariciando cada ilustração e saboreando cada gravura como se fosse um manjar diabólico.

— Virgilio, estou ficando nervosa. Diga logo alguma coisa de uma vez.

O homem se virou, com suas pupilas azul-gelo ampliadas pela lupa daqueles óculos de relojoeiro.

— Suponho que não pode me dizer onde o encontrou.

— Supõe certo.

— Isto é uma peça de colecionador. Se você quiser lhe digo a quem pode vender por um preço muito bom, mas tenha cuidado porque é um livro proibido, não só pelo Governo mas também pela Santa Madre Igreja.

— Este e centenas de outros. O que pode me dizer dele que eu não possa imaginar?

Virgilio tirou os óculos de aumento e bebeu meio TriNaranjus em um gole só.

— Desculpe, é que fiquei emocionado — confessou. — Fazia pelo menos uns vinte anos que eu não via uma preciosidade destas...

Virgilio se encostou bem em sua poltrona perfurada. Seus olhos brilhavam, e Alicia entendeu que o dia profetizado por Bermeo Pumares tinha chegado.

14

— Até onde eu sei — relatava Virgilio —, entre 1931 e 1938 foram publicados em Barcelona oito livros da série *O labirinto dos espíritos*. Do seu autor, Víctor Mataix, não posso dizer muita coisa. Sei que trabalhava ocasionalmente como ilustrador de livros infantis, que tinha publicado alguns romances sob pseudônimo em uma editora de meia-pataca que não existe mais chamada Barrido & Escobillas e que se dizia filho ilegítimo de um industrial de Barcelona retornado, que voltara rico do estrangeiro e tinha renegado o garoto e sua mãe, na época uma atriz relativamente popular nos teatros do Paralelo. Mataix também tinha trabalhado como cenógrafo e criando catálogos para uma fábrica de brinquedos de Igualada. Em 1931 publicou a primeira parte de *O labirinto dos espíritos*, intitulada *Ariadna e a catedral submersa*. Pela Editora Orbe, se não me engano.

— Tem algum sentido para você a expressão "a entrada do labirinto"?

Virgilio inclinou a cabeça para um lado.

— Bem, neste caso o labirinto é a cidade.

— Barcelona.

— A outra Barcelona. A dos livros.

— Uma espécie de inferno.

— Que seja.

— E qual é a entrada?

Virgilio encolheu os ombros, pensativo.

— Uma cidade tem muitas entradas. Não sei. Posso pensar?
Alicia concordou.
— E a tal Ariadna? Quem é?
— Leia o livro. Vale a pena.
— Só me dê uma prévia.
— Ariadna é uma menina, protagonista de todos os romances da série. Ariadna era o nome da filha mais velha de Mataix, para quem supostamente ele escreveu os livros. A personagem é reflexo da sua filha. Mataix também se inspirou parcialmente nos livros de *Alice no País das Maravilhas*, que eram os favoritos da filha. Não acha fascinante?
— Não vê como estou tremendo de emoção?
— Quando você fica desse jeito, ninguém aguenta.
— Você me aguenta, Virgilio, e é por isso que gosto tanto de você. Conte mais.
— Que cruz a minha. Celibatário e sem mais esperanças que a Carmilla de Le Fanu.
— O livro, Virgilio, o livro...
— Pois o caso é que Ariadna era a sua Alice, e em vez de um País das Maravilhas Mataix inventou uma Barcelona dos horrores, infernal, de pesadelo. Em cada livro, o cenário, que era tão ou mais protagonista que Ariadna e os extravagantes personagens que ela encontra ao longo das suas aventuras, vai ficando progressivamente mais sinistro. No último volume conhecido, publicado já em plena guerra civil e intitulado algo assim como *Ariadna e as máquinas do Averno*, a trama conta como a cidade sitiada é invadida no final pelo exército inimigo, e a carnificina resultante faz a queda de Constantinopla parecer uma comédia de O Gordo e o Magro.
— Você disse último volume conhecido?
— Há quem acredite que quando Mataix desapareceu depois da guerra estava concluindo o nono e último livro da série. De fato, entre os colecionadores bem informados se pagava há muitos anos um bom preço a quem conseguisse esse manuscrito, mas que eu saiba nunca foi encontrado.
— E como foi que Mataix desapareceu?
Virgilio ergueu os ombros.
— Barcelona depois da guerra? Existe lugar melhor para desaparecer?
— E é possível encontrar mais livros da série?
Virgilio bebeu o resto do seu TriNaranjus negando lentamente com a cabeça.
— Acho muito difícil. Há uns dez ou doze anos ouvi que alguém tinha descoberto dois ou três exemplares do *Labirinto* no fundo de uma caixa encontrada no porão da livraria Cervantes, de Sevilha, e que foram muito bem vendidos. Hoje em dia, eu diria que a única possibilidade de encontrar algo assim é na livraria de

antiguidades Costa, em Vic ou em Barcelona. Talvez Gustavo Barceló, ou quem sabe, com muita sorte, Sempere, mas eu não teria muita esperança.

— Sempere & Filhos?

Virgilio olhou-a surpreso.

— Você conhece?

— De ouvir falar — replicou Alicia.

— Eu tentaria primeiro com Barceló, que trabalha mais com peças únicas e tem contato com colecionadores de alto nível. E se Costa o tem, Barceló deve saber.

— E o tal sr. Barceló estaria disposto a falar comigo?

— Soube que anda meio afastado, mas sempre arranja tempo para uma senhorita de boa aparência. Você me entende.

— Vou bem bonita.

— Pena eu não poder estar lá para ver. Não vai me contar do que se trata tudo isto, não é mesmo?

— Ainda não sei, Virgilio.

— Posso lhe pedir um favor?

— Claro.

— Quando esta história acabar, se é que vai acabar, e se você sair inteira e ainda tiver este livro, traga-o. Eu gostaria de passar umas horas a sós com ele.

— E por que eu não sairia inteira?

— Sei lá. Uma coisa que os livros de *O labirinto* de Mataix têm é que todo aquele que toca neles acaba mal.

— Outra das suas lendas?

— Não. Esta é de verdade.

No final do século XIX, uma ilha em forma de café literário e de salão de assombrações se desprendeu do mundo. A partir de então perambula congelada no tempo, à mercê das correntes da história, pelas grandes avenidas da Madri imaginária onde costuma encalhar, exibindo a bandeira do Café Gijón, a poucos passos do palácio da Biblioteca Nacional. Ali permanece, disposta a salvar do naufrágio todo aquele que chega a ela sedento de espírito ou de paladar, como se fosse um grande relógio de areia à deriva, onde qualquer um, pelo preço de um café, pode se olhar no espelho da memória e acreditar, por um instante, que viverá para sempre.

Caía a tarde quando Alicia atravessou a avenida em direção à porta do Gijón. Vargas a esperava a uma mesa ao lado da janela saboreando um dos seus cigarros importados e observando os transeuntes com olhos de policial. Quando a viu entrar, levantou a vista e lhe fez um gesto. Alicia sentou-se e interceptou um garçom que passava por ali. Pediu um café com leite para expulsar o frio que a tinha castigado no porão da biblioteca.

— Está me esperando há muito tempo? — perguntou Alicia.
— A vida toda — replicou Vargas. — Tarde proveitosa?
— Depende do ponto de vista. E a sua?
— Não posso reclamar. Depois que nos despedimos fui à editora de Valls para fazer uma visita ao tal Pablo Cascos Buendía. Você tinha razão. Há algo aí que não cheira bem.
— E então?
— Cascos em si é apenas um néscio. Mas cheio de pose, isso sim.
— Quanto mais bobos, mais metidos — disse Alicia.
— Primeiro o amigo Cascos me ofereceu um tour de luxo pelo escritório e depois glosou a figura e a vida exemplar de dom Mauricio como se sua vida dependesse disso.
— Provavelmente não está errado. Personagens como Valls costumam arrastar atrás de si uma corte interminável de apaniguados e puxa-sacos.
— Ali certamente não faltavam nem uma coisa nem a outra. Cascos, porém, estava inquieto. Parecia desconfiado, não parava de fazer perguntas.
— Disse por que Valls o convocou à sua residência?
— Tive que apertar bastante porque no começo ele não queria dar um pio.
— E depois vem falar de mim.
— Com gente mimada e oportunista eu tenho prática, não vou mentir.
— Conte.
— Deixe eu olhar na caderneta porque tem coisa — continuou Vargas. — Está aqui. Preste atenção. Acontece que dom Pablito foi noivo, em seus anos de mocidade, de uma moçoila chamada Beatriz Aguilar. Essa Beatriz o largou quando o coitado estava no serviço militar e acabou se casando, digamos assim, a caminho da maternidade, com um tal Daniel Sempere, filho do proprietário de uma livraria de segunda mão em Barcelona chamada Sempere & Filhos, a favorita de Sebastián Salgado, que a visitou várias vezes pouco depois de sair da prisão, certamente para ficar a par das novidades literárias dos últimos vinte anos. Se você se lembra do relatório que está no dossiê, dois funcionários dessa livraria, um deles Daniel Sempere, seguiram Salgado de lá até a Estação do Norte no dia em que ele morreu.

O olhar de Alicia soltava eletricidade.

— Continue, por favor.
— Voltando ao nosso homem, Cascos. O caso é que nosso herói despeitado, Cascos Buendía, alferes e cornudo, perdeu o contato com sua *paramour*, a deliciosa Beatriz, que Pablito jura que era e é uma beleza que em um mundo justo acabaria ficando com ele e não com um joão-ninguém como Daniel Sempere.

— Não se dá pérolas aos porcos — sugeriu Alicia.

— Sem conhecê-la, e depois de meia hora com Cascos, fiquei contente por dona Beatriz. Estes são os antecedentes. Pulemos no tempo, até meados de 1957, quando, depois de levar seu currículo e suas recomendações familiares a empresas de metade da Espanha, Pablo Cascos recebe uma ligação inesperada da Editora Ariadna, fundada por dom Mauricio Valls em 1947, da qual continua sendo acionista majoritário e presidente até hoje. É convocado para uma entrevista e lá lhe oferecem um posto no departamento comercial como representante para Aragón, Catalunha e ilhas Baleares. Bom salário, possibilidades de ascensão. Pablo Cascos aceita contente e começa a trabalhar. Passam os meses, e um dia, sem mais nem menos, dom Mauricio Valls aparece no seu escritório e diz que quer convidá-lo para almoçar no Horcher.

— Caramba. Alto nível.

— Cascos já acha estranho que o presidente da editora e personagem mais aclamado da cultura espanhola convide para almoçar um funcionário de nível médio, como diria dona Mariana, a quem ele não conhecia pessoalmente, e ainda o leve ao restaurante símbolo do Fáscio glorioso, em cujo porão provavelmente está enterrada a múmia do Duce. Entre os aperitivos, Valls faz um relato de como lhe falaram bem de Cascos e do seu trabalho no departamento comercial.

— E Cascos engole essa conversa?

— Não. É um cretino, mas não chega a ser tão idiota. Desconfia de que há algo estranho e começa a se perguntar se a oferta de trabalho que aceitou era o que imaginava. Valls continua o teatro até a hora do café. Então, quando os dois já são grandes amigos e o ministro lhe havia pintado um futuro dourado na empresa e dito que estava pensando nele para diretor comercial da editora, abre o jogo.

— Um pequeno favor.

— Exatamente. Valls vem como sempre com o seu amor pelas livrarias, alicerce e santuário do milagre da literatura, particularmente a dos Sempere, pela qual tem um carinho especial.

— Valls não fala de onde vem esse carinho?

— Não especifica. Mas é mais concreto em seu interesse pela família Sempere, especialmente por um antigo amigo da falecida esposa do proprietário e mãe de Daniel, Isabella.

— Valls conheceu essa Isabella Sempere?

— Segundo Cascos, não apenas Isabella mas também um grande amigo dela. Adivinhe quem? Um tal de David Martín.

— Bingo.

— Curioso, não é? O misterioso nome que foi lembrado, in extremis, por dona Mariana naquela longínqua conversa do ministro com seu sucessor em frente à prisão de Montjuic.

— Continue.

— O caso é que Valls concretizou então seu pedido. O ministro ficaria eternamente grato se Cascos pudesse, usando seu encanto, seu engenho e sua antiga devoção por Beatriz, voltar a entrar em contato com ela e, digamos, reconstruir as pontes queimadas.

— Seduzi-la?

— Digamos assim.

— Para quê?

— Para descobrir se o tal David Martín continuava vivo e tinha entrado em contato com a família Sempere em algum momento em todos aqueles anos.

— E por que Valls não perguntou diretamente aos Sempere?

— De novo, foi isso mesmo que Cascos quis saber.

— E o ministro respondeu...?

— Que se tratava de um assunto delicado, de índole pessoal, e que por motivos que não vinham ao caso preferia sondar primeiro o terreno para saber se havia fundamento em sua suspeita de que o tal Martín estava agindo nos bastidores.

— E o que aconteceu?

— Aconteceu que Cascos, sem pensar duas vezes, começou a escrever cartas com uma prosa florida para sua antiga amada.

— E teve resposta?

— Ah, safadinha, bem que você gosta de uma fofoca de alcova...

— Vargas, contenha-se.

— Desculpe. Voltando ao assunto. A princípio, não. Beatriz, mãe e esposa recente, ignora as investidas daquele dom-juan de meia-tigela. Mas Cascos não se rende e começa a pensar que tem uma oportunidade única de recuperar aquilo que lhe foi arrebatado.

— Nuvens pesadas no casamento de Daniel e Beatriz?

— Quem vai saber. Casal jovem demais, casado às pressas e com criança encomendada antes de passar pelo vigário... O quadro perfeito da fragilidade. O fato é que as semanas passam e Bea não responde às suas cartas. E Valls continua insistindo. Cascos começa a ficar nervoso. Valls insinua um ultimato. Cascos manda uma carta final convocando Beatriz para um encontro furtivo em uma suíte do hotel Ritz.

— E Beatriz foi?

— Não. Mas Daniel sim.

— O marido?

— O próprio.

— Beatriz tinha lhe contado sobre as cartas?

— Ou ele as encontrou... Não faz diferença. O fato é que Daniel Sempere vai ao Ritz e, quando Cascos o recebe cheio de charme com um roupão perfumado, pantufas e taça de champanhe na mão, o boa gente do Daniel cai de porrada em cima dele e o deixa com a cara irreconhecível.

— Gostei desse Daniel.

— Não se precipite. Segundo Cascos, que ainda está com a cara doendo, Daniel quase o matou e só não o fez porque a surra foi interrompida por um policial à paisana que estava passando por lá.

— Como?

— Essa última informação tem uma solidez duvidosa. Minha impressão é de que o policial na verdade era um associado de Daniel Sempere.

— E então?

— Então Cascos voltou para Madri com a cara amassada, o rabo entre as pernas e muito medo no corpo, pensando no que ia contar a Valls.

— E o que disse Valls?

— Ouviu-o em silêncio e o fez jurar que não contaria a ninguém o que tinha acontecido nem o que ele lhe pediu.

— E acabou-se a história?

— Assim parecia, até que, poucos dias antes de sumir, Valls telefonou outra vez chamando-o à sua residência particular para falar de um assunto que não especificou qual era mas que talvez tivesse relação com os Sempere, Isabella e o misterioso David Martín.

— Encontro ao qual Valls não compareceu.

— E até aí chegamos — concluiu Vargas.

— O que sabemos desse David Martín? Teve tempo de descobrir algo sobre ele?

— Pouca coisa. Mas o que consegui promete. Escritor desconhecido e, atenção, preso no castelo de Montjuic entre 1939 e 1941.

— Coincidindo com Valls e com Salgado — observou Alicia.

— Colegas de turma, pode-se dizer.

— E quando saiu da prisão, o que houve com David Martín a partir de 1941?

— Não existe depois. A ficha policial o declara desaparecido e morto em uma tentativa de fuga.

— E, traduzindo, isto significa que...?

— Possivelmente executado sem julgamento e enterrado em alguma vala ou fossa comum.

— Por ordem de Valls?

— É o mais provável. Naquela altura só ele teria autoridade e poder para fazer isso.

Alicia avaliou tudo isso durante alguns instantes.

— Por que motivo Valls tentaria achar um defunto que ele mesmo teria mandado executar?

— Às vezes há mortos que não morrem completamente. Veja só El Cid.

— Suponhamos então que Valls pensa que Martín continua vivo... — disse Alicia.

— Isto caberia.

— Vivo e com desejo de vingança. Talvez nas sombras puxando os fios de Salgado, esperando o momento de ir à forra.

— Não se esquecem com facilidade os velhos amigos de prisão — concordou Vargas.

— O que não fica claro é que relação pode haver entre Martín e os Sempere.

— Alguma coisa deve existir, ainda mais se foi o próprio Valls quem impediu a polícia de seguir esse caminho e preferiu tentar usar Cascos para descobrir.

— Quem sabe essa coisa é a chave de tudo — especulou Alicia.

— Nós formamos ou não um bom time?

Ela reparou no sorriso felino que escorria pelas comissuras dos lábios de Vargas.

— E o que mais?

— Achou pouco?

— Desembuche.

Vargas acendeu um cigarro e saboreou a primeira tragada, estudando como as volutas de fumaça reptavam entre os seus dedos.

— Mais tarde, como você continuava visitando os seus amigos, depois de praticamente resolver o caso sozinho mesmo sabendo que os louros seriam seus, passei pela Chefatura para apanhar as cartas do preso Sebastián Salgado e tomei a liberdade de consultar meu amigo Ciges, que é o grafólogo da casa. Não se preocupe, não lhe disse do que se tratava, e ele não perguntou. Mostrei-lhe quatro páginas quaisquer e, depois de dar uma boa olhada, ele me disse que havia muitos sinais nos acentos e em pelo menos catorze letras e suas ligações que descartavam que ele fosse destro. Não sei quê do ângulo e da tinta escorrida no papel e o movimento ou coisa assim.

— E aonde isso nos leva?

— Ao fato de que a pessoa que escreveu as cartas ameaçando Valls é canhota.

— E daí?

— E, se você quiser se distrair lendo o relatório da vigilância de Sebastián Salgado que a polícia de Barcelona fez após a sua surpreendente libertação, em janeiro desse ano, vai ficar sabendo que o camarada perdeu a mão esquerda durante seus anos na prisão e usava uma mão postiça de porcelana. Parece que nos interrogatórios alguém meteu os pés pelas mãos, se me permite a expressão.

Pensou que Alicia ia dizer alguma coisa, mas de repente ela ficou muda e com o olhar ausente. Em questão de um minuto tinha empalidecido e Vargas detectou uma película de gotas de suor em sua testa.

— Em todo caso, Salgado, o maneta sagaz, não pode ter escrito essas cartas. Alicia, está me escutando? Você está bem?

A jovem se levantou de repente e vestiu o casaco.

— Alicia?

Alicia pegou a pasta com as supostas cartas de Salgado que estava na mesa e trocou um olhar ausente com Vargas.

— Alicia?

Alicia avançou em direção à saída, com o olhar perplexo de Vargas cravado em suas costas.

15

A dor piorou quando chegou à rua. Não queria que Vargas a visse assim. Não queria que ninguém a visse assim. O episódio que estava começando era dos ruins. Maldito frio de Madri. A dose de meio-dia só tinha lhe servido para ganhar um pouco de tempo. Tentou absorver as primeiras fisgadas no quadril respirando lentamente e continuou andando, medindo cada passo. Não havia chegado nem à Cibeles quando teve que parar e se segurar em um poste para esperar que passasse o espasmo que a atormentava como se uma corrente elétrica estivesse corroendo seus ossos. Sentia as pessoas passando ao seu lado e olhando-a de esguelha.

— Está passando bem, senhorita?

Fez que sim sem saber para quem. Quando recuperou o fôlego parou um táxi e pediu que a levasse ao Hispania. O motorista olhou-a com certa preocupação, mas não disse nada. Estava anoitecendo, e as luzes da Gran Vía já arrastavam homens e mulheres na maré cinza dos que saíam de escritórios cavernosos para voltar às suas casas e dos que não tinham para onde ir. Alicia apertou o rosto contra o vidro e fechou os olhos.

Chegando ao Hispania pediu ao motorista que a ajudasse a descer. Deu-lhe uma boa gorjeta e chegou à entrada se apoiando nas paredes. Quando a viu entrar, Maura, o recepcionista, deu um pulo e correu para o seu lado com cara de preocupação. Segurou-a pela cintura para ajudá-la a chegar até o elevador.

— Outra vez? — perguntou.

— Vai passar logo. É este tempo...

— Você não está com bom aspecto. Chamo um médico?

— Não precisa. Lá em cima tenho o remédio de que necessito.

Maura concordou pouco convencido. Alicia lhe deu um tapinha no braço.

— Você é um bom amigo, Maura. Vou sentir sua falta.

— Vai a algum lugar?

Alicia sorriu e entrou no elevador dando-lhe boa-noite.

— Aliás, acho que tem companhia... — informou Maura exatamente quando as portas estavam se fechando.

Percorreu o comprido corredor em penumbras mancando e se apoiando na parede até seu quarto. Dúzias de portas fechadas vedando quartos vazios flanqueavam sua passagem. Em noites como aquela, Alicia suspeitava que era a única ocupante viva do andar, embora sempre tivesse a sensação de que alguém a observava. Às vezes parava nas sombras, e quase podia sentir na nuca o hálito dos hóspedes permanentes ou uns dedos roçando no rosto. Quando chegou à porta do seu quarto, no extremo do corredor, parou por um instante ofegando.

Abriu a porta e nem se deu ao trabalho de acender a luz. Os anúncios de néon dos cinemas e dos teatros da Gran Vía projetavam um feixe titilante que criava uma névoa de tecnicolor no aposento. A silhueta sentada na poltrona estava de costas para a porta, com um cigarro aceso na mão e uma espiral de fumaça azul tecendo arabescos no ar.

— Achei que você viria me ver no final da tarde — disse Leandro.

Alicia cambaleou até a cama e se jogou, exausta. Seu mentor se virou e suspirou, sacudindo a cabeça.

— Quer que eu prepare?

— Não quero nada.

— Isto é uma forma de expiar os seus pecados ou você gosta de sofrer sem necessidade?

Leandro se levantou e foi até onde ela estava.

— Deixe eu ver.

Inclinou-se e apalpou o quadril com uma frieza clínica.

— Quando injetou pela última vez?

— Hoje ao meio-dia. Dez miligramas.

— Com isso não dá nem para começar. Você sabe.

— Talvez fossem vinte.

Leandro balançou a cabeça em negativa. Entrou no banheiro e foi diretamente ao armário. Lá encontrou o estojo metálico e voltou para perto de Alicia. Sentou-se na beira da cama, abriu o estojo e começou a preparar a injeção.

— Não gosto quando faz isto. Você sabe.

— É a minha vida.

— Quando você se castiga assim, também é a minha. Vire de lado.

Alicia fechou os olhos e se inclinou. Leandro levantou o vestido até a cintura. Abriu os fechos do arnês e tirou-o. Alicia gemia de dor, apertando os olhos com a respiração entrecortada.

— Dói em mim mais que em você — disse Leandro.

Pegou sua coxa e imobilizou-a contra a cama. Alicia estava tremendo quando enfiou a agulha na ferida do quadril. Soltou um uivo abafado e durante alguns segundos todo o seu corpo ficou tenso como um fio esticado. Leandro tirou a agulha vagarosamente e deixou a seringa em cima da cama. Pouco a pouco afrouxou a pressão sobre a perna de Alicia e virou o corpo dela para deixá-la de barriga para cima. Abaixou o vestido e ajeitou a cabeça no travesseiro com suavidade. Estava com a testa encharcada de suor. Ele tirou um lenço do bolso e enxugou-a. Alicia olhava para ele com olhos vítreos.

— Que horas são? — balbuciou.

Leandro acariciou seu rosto.

— É cedo. Descanse.

16

Acordou na penumbra do quarto e reconheceu a silhueta de Leandro recortada na poltrona ao lado da cama. Tinha o livro de Víctor Mataix nas mãos e estava lendo. Alicia imaginou que enquanto ela dormia Leandro tinha vasculhado seus bolsos, a bolsa e provavelmente todas as gavetas do quarto.

— Está melhor? — perguntou Leandro sem tirar os olhos do texto.

— Sim — disse Alicia.

O despertar sempre vinha acompanhado de uma estranha lucidez e uma sensação de gelatina fria em suas veias. Leandro a cobrira com uma manta. Apalpou o próprio corpo e viu que ainda estava com a roupa do dia. Ergueu-se um pouco e se sentou encostada na cabeceira da cama. A dor era uma simples pulsação fraca e surda enterrada no frio. Leandro se inclinou e lhe entregou um copo. Ela bebeu dois goles. Não parecia água.

— O que é isto?

— Beba.

Alicia ingeriu o líquido. Leandro fechou o livro e deixou-o sobre a mesa.

— Nunca entendi seus gostos literários, Alicia.

— Eu o encontrei escondido na mesa do escritório de Valls.

— E acha que pode ter alguma relação com o nosso caso?

— Por enquanto não descarto nenhuma possibilidade.

Leandro fez um gesto de aprovação com a cabeça.

— Está começando a soar como Gil de Partera. Que tal seu novo parceiro?

— Vargas? Parece eficiente.

— De confiança?

Alicia deu de ombros.

— Vindo de quem não confia nem na própria sombra, não sei se encaro sua dúvida como um sinal de que está se convertendo à fé no regime.

— Encare como quiser — replicou ela.

— Continuamos em guerra?

Alicia suspirou, negando.

— Esta não é uma visita de cortesia, Alicia. Tenho coisas a fazer e gente me esperando no Palace para jantar há um bom tempo. O que tem para me contar?

A jovem resumiu sucintamente os acontecimentos do dia e deixou que Leandro digerisse em silêncio o resumo dos fatos, como era seu costume. Ele se levantou e foi para a janela. Alicia observou a silhueta imóvel perfilada contra as luzes da Gran Vía. Os braços e pernas magros unidos a um torso desproporcional lhe davam um ar de aranha pendurada em sua teia. Alicia não interrompeu a reflexão. Tinha aprendido que Leandro gostava de ter um tempo para tramar e conjecturar, saboreando cada informação e calculando como aproveitá-la para causar o maior dano possível.

— Imagino que você não disse à secretária de Valls que encontrou este livro e que ia levá-lo — comentou afinal.

— Não. Só Vargas sabe que está comigo.

— Seria preferível que continuasse assim. Você acha que pode convencê-lo a não dizer nada aos superiores?

— Sim. Pelo menos por alguns dias.

Leandro suspirou, ligeiramente contrariado. Saiu da janela e voltou sem nenhuma pressa para a poltrona. Sentou-se, cruzou as pernas e ficou alguns segundos examinando Alicia com olhos de legista.

— Gostaria que o dr. Vallejo examinasse você.

— Já falamos disso.

— É o melhor especialista do país.

— Não.

— Deixe eu marcar uma hora. Uma consulta sem compromisso.

— Não.

— Se você vai continuar falando com monossílabos, use pelo menos alguma variação.

— Certo — replicou Alicia.

Leandro apanhou de novo o livro que estava na mesa e folheou-o, sorrindo para si mesmo.

— Acha engraçado?

Leandro negou lentamente com a cabeça.

— Não. Na verdade me deixa arrepiado. Só estava pensando que parece ter sido feito sob medida para você.

Leandro passava os olhos pelas páginas do livro, parando aqui e ali com uma expressão cética. Depois lhe devolveu o volume e observou a jovem. Tinha um olhar jesuítico, desses que farejam os pecados antes que se formem no pensamento e dão a penitência com um simples piscar de olhos.

— Esse jantar tão importante no Palace deve estar esfriando — insinuou Alicia.

Leandro lhe concedeu seu assentimento ecumênico.

— Não se levante e descanse. Deixei dez frascos de cem no armário do banheiro.

Alicia apertou os lábios com raiva, mas ficou em silêncio. Leandro assentiu e se dirigiu para a porta. Antes de sair do quarto, parou e lhe apontou o indicador.

— Não faça bobagem — advertiu.

Alicia juntou as mãos em um gesto de prece e sorriu.

17

Livre da presença de Leandro e de sua aura de chefia que a seguia por toda parte, Alicia trancou a porta, entrou no chuveiro e se entregou ao vapor e às agulhas de água quente durante quase quarenta minutos. Não se preocupou em acender a luz, permaneceu na claridade tênue que se filtrava pela janela do banheiro, deixando que a água arrancasse o dia do seu corpo. As caldeiras do Hispania provavelmente estavam enterradas em algum ponto do inferno e a trepidação metálica do encanamento atrás das paredes destilava uma música hipnótica. Quando achou que sua pele ia começar a se soltar em tiras, fechou a água e ficou ali mais alguns minutos, escutando o chuveiro pingar e o som de tráfego na Gran Vía.

Mais tarde, enrolada em uma toalha e em companhia de uma taça de vinho branco cheia até em cima, se deitou na cama com o dossiê que Gil de Partera lhe entregara naquela manhã e a pasta com as supostas cartas de Sebastián Salgado, ou do incertamente falecido David Martín, ao ministro Valls.

Começou a ler o dossiê, cotejando o que tinha descoberto durante o dia com a versão oficial da Chefatura. Como muitos relatórios policiais, o que dizia era o de menos; a única coisa que realmente interessava era o que deixava de fora. O documento sobre o suposto atentado contra o ministro no Círculo de Belas-Artes era uma obra-prima no gênero da conjectura inconsistente e extravagante. Só havia ali uma refutação inconclusiva das palavras de Valls, que alegava ter visto no meio do público presente alguém que tinha a intenção de atentar contra a sua vida. O mais interessante era a menção de uma das supostas testemunhas da suposta trama em relação a um suposto indivíduo que supostamente fora visto nos bastidores usando uma espécie de máscara ou coisa parecida que cobria parte do seu rosto. Alicia soltou um suspiro de fastio.

— Só nos faltava o Zorro — murmurou para si mesma.

Pouco depois, cansada de percorrer documentos que pareciam ter sido manipulados para dar um caráter expeditivo ao dossiê, deixou a pasta de lado e foi dar uma olhada nas cartas.

Contou uma dúzia de missivas, todas elas em folhas de papel amarelento salpicado com uma caligrafia cheia de caprichos. A mais extensa só oferecia dois parágrafos concisos. O traço parecia ter sido feito por uma caneta gasta que soltava tinta de forma irregular e fazia linhas saturadas ao lado de outras que se limitavam, e com muita dificuldade, a arranhar o papel. O pulso do autor raramente ligava uma letra à seguinte, dando a impressão de que o texto era composto caractere por caractere. A temática era recorrente e insistia nos mesmos pontos, carta após carta. O autor mencionava várias vezes "a verdade" e "os filhos da morte" e a expressão "na entrada do labirinto". Valls tinha recebido aquelas mensagens durante anos, mas só no final aconteceu alguma coisa que o fez tomar uma atitude.

— O quê? — sussurrou Alicia.

A resposta quase sempre está no passado. Essa foi uma das primeiras lições de Leandro. Certa vez, ao sair do enterro de um dos principais comandantes da Brigada de Investigação Social em Barcelona, à qual Leandro a obrigara a comparecer junto com ele (como parte de sua educação, sentenciou), seu mentor disse a frase. A tese de Leandro sustentava que o futuro de um homem, a partir de certo momento da vida, está invariavelmente no seu passado.

— Isto não é uma obviedade? — perguntou Alicia.

— Acho surpreendente como sempre procuramos no presente ou no futuro as respostas que estão no passado.

Leandro tinha certa propensão a aforismos didáticos. Naquele momento Alicia pensou que estava falando do defunto, ou talvez até de si mesmo e da maré de sombras que parecia tê-lo deixado à margem do poder, como tantos outros homens honrados que tinham escalado a lúgubre arquitetura do regime. Os escolhidos, como acabou por chamá-los. Os que sempre boiam nas águas turvas, como a escória. Uma plêiade de campeões que, mais que nascidos de pai e mãe, parecem ter sido engendrados pelo manto de podridão que se arrasta nas ruas daquela terra baldia, como um rio de sangue brotando dos bueiros. Alicia notou que ele tinha tomado de empréstimo essa imagem do livro que encontrou no escritório de Valls. Sangue que brota dos bueiros e inunda lentamente as ruas. *O labirinto*.

Alicia deixou as cartas caírem no chão e fechou os olhos. O frio nas veias daquele remédio venenoso sempre abria o subsolo escuro da sua mente. Era o preço que pagava para silenciar a dor. Leandro sabia. Sabia que, quando ela passava, debaixo daquele manto gelado onde não existia dor nem consciência, seus olhos eram capazes de ver através da escuridão, de ouvir e sentir aquilo que os demais não podiam nem imaginar, de rastrear os segredos que os outros julgavam ter enterrado. Leandro sabia que, toda vez que Alicia mergulhava naquelas águas negras e voltava com um troféu na mão, deixava lá parte da sua pele e da sua alma. E que ela o odiava por isso. E o odiava com uma raiva que só uma criatura que conhece seu criador e seu inventário de misérias pode sentir.

De repente a jovem se levantou e se dirigiu ao banheiro. Abriu o pequeno armário atrás do espelho e achou os frascos perfeitamente alinhados que Leandro tinha deixado. Seu prêmio. Pegou-os com as duas mãos e soltou com força na pia. O líquido transparente se desvaneceu entre os cacos de vidro.

— Filho da puta — murmurou.

Pouco depois o telefone no quarto tocou. Alicia ficou olhando o próprio reflexo no espelho do banheiro por alguns instantes e deixou tocar. Já esperava a ligação. Voltou para o quarto e levantou o fone. Escutou sem dizer nada.

— Encontraram o carro de Valls — disse Leandro do outro lado.

Ela ficou em silêncio.

— Em Barcelona — disse afinal.

— Sim — confirmou Leandro.

— E sem pistas de Valls.

— Nem do segurança.

Alicia se sentou na cama, com o olhar perdido nas luzes que sangravam pela janela.

— Alicia? Você está aí?

— Vou pegar o primeiro trem da manhã. Acho que sai de Atocha às sete.

Ouviu Leandro suspirar e imaginou-o deitado na cama da sua suíte no Palace.

— Não sei se é uma boa ideia, Alicia.

— Prefere deixar nas mãos da polícia?

— Fico preocupado com sua permanência em Barcelona sozinha, sabe. Não é bom para você.

— Não vai acontecer nada.

— Onde vai ficar?

— Onde poderia ser?

— O apartamento de Aviñón... — suspirou Leandro. — Por que não um bom hotel?

— Porque é a minha casa.

— Sua casa é aqui.

Alicia passou os olhos pelo quarto à sua volta, sua prisão nos últimos anos. Só Leandro podia pensar que aquele sarcófago pudesse ser um lar.

— Vargas sabe?
— A notícia veio da Chefatura. Se não sabe vai saber amanhã de manhã cedo.
— Mais alguma coisa?
Ouviu Leandro respirar fundo.
— Quero que me telefone todos os dias sem falta.
— Certo.
— Sem falta.
— Já disse que sim. Boa noite.
Já estava desligando quando a voz de Leandro soou no fone. Levou-o de novo ao ouvido.
— Alicia?
— Sim.
— Tome cuidado.

18

Ela sempre soube que algum dia voltaria a Barcelona. O fato de ser no seu último serviço para Leandro cobria a ocasião com um manto de ironia que não podia ter escapado ao seu mentor. Imaginou-o rodando em sua suíte, pensativo, olhando o telefone. Com a tentação de pegar o aparelho e ligar de novo mandando que ela ficasse em Madri. Leandro não gostava que suas marionetes tentassem cortar os fios. Mais de uma tinha tentado e descobriu que aquela profissão não era para amantes de finais felizes. Mas Alicia sempre foi diferente. Ela era sua preferida. Sua obra-prima.

Encheu outra taça de vinho branco e foi se deitar à espera do telefonema. A tentação de desligar o aparelho passou pela sua cabeça. Na última vez que fez isso, dois fantoches dele apareceram em sua porta para escoltá-la até o vestíbulo, onde se deparou com um Leandro como ela nunca tinha visto, desprovido do seu aspecto sereno e consumido pela ansiedade. Nessa ocasião olhou para ela com uma mistura de desconfiança e ansiedade, como se estivesse hesitando entre abraçá-la e ordenar aos seus homens que a destroçassem ali mesmo a golpes de culatra. "Nunca mais volte a me fazer uma coisa dessas", disse ele então. Já fazia dois anos dessa noite.

Esperou o telefonema de Leandro até altas horas, mas ele nunca chegou. Devia querer muito encontrar Valls e agradar as altas instâncias do Estado para abrir assim a porta da sua gaiola. Sabendo que nenhum dos dois iria pregar o olho nessa noite, Alicia decidiu se refugiar no único lugar do mundo onde Leandro nunca conseguira chegar até ela. As páginas de um livro. Pegou na mesa o volume preto que tinha encontrado no escritório de Valls e abriu-o, disposta a entrar na mente de Víctor Mataix.

Assim que terminou o primeiro parágrafo esqueceu que o que estava nas suas mãos era um elemento da investigação. Deixou-se embalar pelo perfume das palavras e pouco depois se perdeu nas páginas do livro, mergulhando no caudal de imagens e cadências que manava do relato das aventuras de Ariadna em sua descida às profundezas daquela Barcelona enfeitiçada. Cada parágrafo, cada frase, parecia composto em padrões de métrica musical. A narrativa encadeava as palavras em laços de ourivesaria e arrastava os olhos em uma leitura de timbres e cores que desenhava na mente um teatro de sombras. Leu durante duas horas sem parar, saboreando cada frase e temendo que chegasse ao final. Quando, ao virar a última página, se deparou com a ilustração de um pano de fundo que se abatia sobre um cenário onde o texto evaporava como pó de sombras, Alicia fechou o livro sobre o peito e se deitou na escuridão, com o olhar ainda perdido nas aventuras de Ariadna em seu labirinto.

Tomada pelo sortilégio daquela história, fechou os olhos e tentou conciliar o sono. Imaginou Valls no seu escritório, escondendo aquele livro debaixo do fundo de uma gaveta e fechando-a a chave. De tudo o que ele poderia ter escondido, escolheu aquele livro antes de sumir. Lentamente a fadiga começou a gotejar sobre o seu corpo. Tirou a toalha e escorregou nua para baixo do lençol. Deitou-se de lado, dobrada sobre si mesma e com as mãos entrelaçadas entre as coxas. Pensou que com toda certeza seria a última noite que ia passar naquele quarto que havia sido sua cela durante anos. Ficou ali, esperando, escutando os rumores e lamentos do edifício que já intuía a sua ausência.

Levantou-se pouco antes do amanhecer, a tempo de colocar o que era imprescindível em uma mala e deixar o resto como doação de despedida para os inquilinos invisíveis do hotel. Olhou sua pequena cidade de livros empilhada contra as paredes e sorriu com tristeza. Maura ia saber o que fazer com os seus amigos.

Estava amanhecendo quando atravessou o vestíbulo sem intenção de se despedir das almas perdidas do Hispania. Caminhando em direção à porta ouviu a voz de Maura às suas costas.

— Então era verdade — disse o porteiro. — A senhora vai mesmo embora.

Alicia parou e virou. Maura a observava apoiado em uma vassoura que parecia quase tão velha quanto ele. Sorriu para não chorar, com o olhar perdido em uma tristeza infinita.

— Vou para casa, Maura.

O porteiro fez que sim várias vezes.

— Faz bem.

— Deixei meus livros lá em cima. São para você.

— Vou cuidar deles.

— E a roupa também. Deve servir para alguém do edifício.

— Vou levar para a Cáritas, porque aqui tem muito marmanjo babão e eu não gostaria nada de encontrar o espertinho do Valenzuela metendo o nariz onde não deve.

Alicia foi até o homenzinho e abraçou-o.

— Obrigado por tudo, Maura — sussurrou em seu ouvido. — Vou sentir sua falta.

Maura deixou o cabo da vassoura cair no chão e enlaçou a moça com os braços trêmulos.

— Esqueça de nós assim que chegar em casa — disse com a voz entrecortada.

Ia lhe dar um beijo de despedida, mas Maura, cavalheiro de triste figura e da velha guarda, lhe estendeu a mão. Alicia apertou-a.

— É possível que um tal Vargas telefone perguntando por mim...

— Não se preocupe. Eu me livro dele. Tudo certo, agora pode ir embora.

Ela entrou em um táxi que estava parado na porta e disse ao motorista que a levasse à estação de Atocha. Um manto cor de chumbo cobria a cidade, e os vidros do carro estavam embaçados por causa da geada. O motorista, que parecia ter passado a noite, ou a semana inteira, no volante, preso ao mundo apenas pela ponta de cigarro que pendia dos seus lábios, a observava pelo retrovisor.

— Indo ou voltando? — perguntou.

— Não sei — replicou Alicia.

Ao chegar à estação viu que Leandro tinha se adiantado. Já a esperava, sentado a uma mesa em um dos cafés que havia ao lado das bilheterias, lendo um jornal e brincando com a colherzinha do café. Dois dos seus cérberos estavam encostados em colunas a poucos metros. Quando a viu, Leandro dobrou o jornal e sorriu com um ar paternal.

— Quem tem pressa acaba comendo cru — disse Alicia.

— Os ditados não são o seu forte, Alicia. Sente-se. Já tomou café?

Ela negou com a cabeça e puxou uma cadeira. A última coisa que queria era contrariar Leandro logo agora que estava prestes a estabelecer seiscentos quilômetros de distância entre os dois.

— Existem hábitos comuns entre os mortais, como tomar café da manhã ou ter amigos, que lhe fariam muito bem, Alicia.

— Você tem muitos amigos, Leandro?

Alicia notou um brilho acerado nos olhos do seu chefe, uma insinuação de advertência, e abaixou a vista. Aceitou submissa o pão doce e a xícara de café com leite que o garçom lhe serviu a pedido de Leandro e sorveu algumas gotas sob o seu olhar atento.

O homem tirou um envelope do bolso do sobretudo e lhe entregou.

— Reservei uma cabine só para você na primeira classe. Espero que não se oponha. Aí também tem algum dinheiro. Deposito o resto ainda hoje na conta do Hispano. Se precisar de mais, avise.

— Obrigada.

Mordiscou o pãozinho, seco e áspero ao paladar, e teve dificuldade de engolir. Leandro não tirava os olhos dela. Alicia espiou disfarçadamente o relógio pendurado no teto.

— Faltam dez minutos — disse o seu mentor. — Pode ficar tranquila.

Grupos de passageiros começavam a desfilar em direção à plataforma. Alicia segurou a xícara com as duas mãos para ocupá-las de algum jeito. O silêncio entre eles doía.

— Obrigada por vir se despedir — aventurou.

— É isso o que estamos fazendo? Estamos nos despedindo?

Alicia negou com a cabeça. Ficaram ali sentados sem trocar palavra durante uns minutos. Finalmente, quando Alicia já estava pensando que ia espatifar a xícara que apertava entre os dedos, Leandro se levantou, abotoou o sobretudo e pôs o cachecol no pescoço com calma. Vestiu umas luvas de couro e, sorrindo com benevolência, se inclinou para dar um beijo em seu rosto. Seus lábios estavam frios e seu hálito tinha cheiro de hortelã. Alicia ficou imóvel, quase sem coragem de respirar.

— Quero que você me telefone todo dia. Sem falta. Começando esta noite, quando chegar, para que eu saiba que foi tudo bem.

Ela não disse nada.

— Alicia?

— Todo dia, sem falta — recitou.

— A gracinha é totalmente dispensável.

— Desculpe.

— Como está a dor?

— Bem. Melhor. Muito melhor.

Leandro tirou um frasco do bolso do casaco e lhe deu.

— Sei que você não gosta de tomar nada, mas vai me agradecer por isto. É menos forte que o injetável. Uma pílula, é só isso. Mas não use de estômago vazio e muito menos com álcool.

Alicia aceitou o frasco e enfiou-o na bolsa. Não ia começar uma discussão agora.

— Obrigada.

Leandro balançou a cabeça e se dirigiu à saída cercado por seus homens.

O trem já estava esperando sob a abóbada da estação. Um funcionário que não devia ter mais de vinte anos lhe pediu a passagem ao entrar na plataforma e guiou-a até o vagão da primeira classe, que ficava na parte da frente do trem e estava vazio. Ao notar que mancava ligeiramente, o rapaz ajudou-a a subir e acompanhou-a até a cabine, onde pôs sua mala no bagageiro e levantou a cortina da janela. Como o vidro estava embaçado, limpou-o com a manga do paletó. Um balé de passageiros deslizava pela plataforma que o bafo úmido da madrugada tinha transformado em um espelho. Alicia deu uma gorjeta ao rapaz e ele fez uma mesura antes de fechar a porta da cabine atrás de si.

A jovem desabou na poltrona contemplando ausente as luzes da estação. Pouco depois, o trem começou a se arrastar e Alicia se entregou ao suave balanço do vagão enquanto imaginava as primeiras luzes despontando em uma Madri ancorada na névoa. Foi nesse momento que o viu. Vargas correndo pela plataforma na tentativa de alcançar o trem. Sua corrida em vão quase o deixou tocar com os dedos no vagão e encontrar o olhar impenetrável de Alicia, que o observava pela janela sem expressão alguma. No fim, Vargas desistiu com as mãos apoiadas nos joelhos e um riso amargo, sem fôlego, nos lábios.

A cidade foi sumindo na distância e pouco depois o trem se internou em uma planície sem horizonte que se estendia infinita. Alicia sentiu que, atrás daquele muro de escuridão, Barcelona já tinha farejado o seu rastro no vento. E quando a imaginou se abrindo como uma rosa negra, por um instante foi invadida por aquela serenidade do inevitável que consola os malditos, ou vai ver, pensou, era só o cansaço. Não tinha mais importância. Fechou os olhos e se rendeu ao sono enquanto o trem, abrindo as sombras, deslizava rumo ao labirinto dos espíritos.

A CIDADE DOS ESPELHOS

BARCELONA
DEZEMBRO DE 1959

1

Frio. Um frio que morde a pele, corta a carne e perfura os ossos. Um frio úmido que aperta os músculos e queima as vísceras. Frio. Nesse primeiro instante de consciência, é a única coisa em que consegue pensar.

A escuridão é quase absoluta. Só uma réstia de claridade se filtra lá no alto. É um sopro de luz mortiça que se adere às sombras como um pó brilhante e insinua os limites do espaço em que ele está. Suas pupilas se dilatam e consegue divisar uma câmara do tamanho de um pequeno quarto. As paredes são de pedra nua. Exalam uma umidade que brilha na penumbra, como se um choro escuro descesse por elas. O piso é de rocha e está alagado com algo que não parece água. O fedor que paira no ar é intenso. À frente se veem uma fileira de barras grossas e enferrujadas e, mais adiante, uns degraus que sobem na escuridão.

Está em uma cela.

Valls tenta se levantar, mas as pernas fraquejam. A duras penas consegue dar um passo mas seus joelhos se dobram e ele cai de lado. Bate com o rosto no chão e xinga. Tenta recuperar o fôlego. Fica abatido ali por alguns minutos, com o rosto colado na película viscosa que cobre o chão e exala um cheiro metálico e adocicado. Sente a boca seca, como se tivesse comido terra, e os lábios rachados. Tenta apalpá-los com a mão direita, mas se dá conta de que não a sente, como se não houvesse nada abaixo do cotovelo.

Consegue sentar-se tomando impulso com o braço esquerdo. Ergue a mão direita em frente ao rosto e a olha na contraluz do véu de claridade amarelada que tinge o ar. Está tremendo. Vê a mão tremer, mas não a sente. Tenta abrir e fechar o punho, mas os músculos não respondem. Só então percebe que lhe faltam dois dedos, o indicador e o médio. No lugar deles vê duas manchas escuras com umas tiras de pele e carne penduradas. Quer gritar, mas não tem voz e só consegue articular um gemido oco. Valls se deixa cair de costas e fecha os olhos. Começa a respirar pela boca para evitar o fedor intenso que envenena o ar. Enquanto o faz, uma recordação da infância lhe vem à memória, a lembrança de um verão longínquo no sítio que seus pais tinham nos arredores de Segóvia e de um cachorro velho que se refugiou no porão para morrer. Valls lembra que aquele fedor nauseabundo que tomou conta da casa era semelhante ao que agora está queimando sua garganta. Mas este é muito pior, quase não o deixa pensar. Pouco depois, minutos ou talvez horas, é vencido pelo cansaço e cai em um torpor nebuloso entre a vigília e o sono.

Sonha que está viajando em um trem onde não há outro passageiro além dele mesmo. A locomotiva cavalga furiosa entre nuvens de vapor preto rumo a uma labiríntica cidadela de construções catedralescas, torres afiadas e um emaranhado de pontes e telhados conjugados em um enxame de ângulos impossíveis sob um céu sangrento. Pouco antes de entrar em um túnel que parece não ter fim, Valls põe a cabeça para fora da janela e vê que a entrada é escoltada pelas estátuas de dois grandes anjos com as asas abertas e uns dentes afiados aparecendo entre os lábios. Um cartaz caindo aos pedaços sobre o dintel diz:

Barcelona

O trem submerge no túnel com um estrondo infernal e, quando surge do outro lado, a silhueta da montanha de Montjuic se eleva à sua frente, com o castelo perfilado no topo cercado por uma aura de luz carmesim. Valls sente um nó nas tripas. Um fiscal, torto como o tronco de uma árvore velha açoitada pela ventania, vem andando pelo corredor e para na frente do seu compartimento. Tem um crachá no uniforme que diz Salgado.

— Sua estação, senhor diretor...

O trem sobe a estrada sinuosa que ele lembra tão bem e adentra o terreno da prisão. Para em uma espécie de corredor escuro, e ele desce. A locomotiva volta a partir e some na escuridão. Valls se vira e descobre que está preso em uma das celas da prisão. Uma silhueta escura o observa do outro lado da grade. Quando Valls quer lhe explicar que aquilo é um engano, que está do lado errado e que ele é o diretor da prisão, sua voz não chega aos lábios.

A dor vem mais tarde e o arranca do sonho como se fosse uma corrente elétrica.

O cheiro de carniça, a escuridão e o frio continuam ali, mas agora ele nem repara. A única coisa em que consegue pensar é na dor. Uma dor como nunca sentiu antes.

Como jamais poderia imaginar. Sua mão direita está ardendo. Sente como se a tivesse enfiado em uma fogueira e não conseguisse mais tirar. Ergue o seu braço direito com a mão esquerda. Mesmo na escuridão, pode ver que as duas manchas escuras no lugar onde deveriam estar seus dois dedos supuram algo que parece um líquido espesso e sanguinolento. Grita em silêncio.

A dor o ajuda a lembrar.

As imagens do que ocorreu começam a se desenhar em seu pensamento. Rememora o instante em que a silhueta de Barcelona se forma ao longe sob o crepúsculo. Valls a vê se elevando como um grande cenário de espetáculo mambembe pelo para-brisa do carro e lembra como odeia aquele lugar. Seu fiel segurança Vicente vai dirigindo em silêncio, concentrado no tráfego. Se está com medo, não demonstra. Atravessam avenidas e ruas onde se vê gente muito agasalhada apertando o passo sob uma cortina de neve que flutua no ar como névoa de cristal. Percorrem uma avenida que vai à parte alta da cidade e depois pegam uma estrada que sobe desenhando mil curvas pela cornija de Vallvidrera. Valls reconhece aquela estranha cidadela com fachadas penduradas no céu. Barcelona vai ficando aos seus pés, um tapete de trevas que se funde no mar. O funicular sobe a encosta riscando uma serpentina de luz dourada que perfila as grandes mansões modernistas que escoram a montanha. Ali, metida entre as árvores, desponta a silhueta do velho casarão. Valls engole em seco. Vicente o olha, e ele faz um gesto afirmativo. Tudo vai terminar muito em breve. Valls puxa o cão do revólver que está na sua mão. Já anoiteceu quando chegam à entrada da mansão. O portão está aberto. O carro entra no jardim invadido pelo mato e contorna o chafariz, seco e coberto de hera. Vicente para o carro em frente à escada de acesso. Desliga o motor e pega o revólver. Vicente nunca usa pistola, só revólver. Um revólver, diz, nunca trava.

— Que horas são? — pergunta Valls com um fiapo de voz.

Vicente não chega a responder. Tudo acontece muito rápido. Assim que o segurança tira a chave do contato, Valls percebe uma silhueta no outro lado da janela. Não a viu chegar. Vicente, sem dizer uma palavra, o empurra para tirá-lo da frente e atira. O vidro da janela estoura a poucos centímetros do seu rosto. Valls sente um sopro de lascas de vidro na cara. O estrondo do tiro o deixa surdo, com os ouvidos apunhalados por um silvo ensurdecedor. Antes que se desvaneça a nuvem de pólvora que flutua no carro, a porta do motorista se abre de repente. Vicente se vira, de revólver em punho, mas sem tempo de dar um segundo tiro porque antes disso algo atravessa sua garganta. Segura o pescoço com as duas mãos. O sangue, escuro, brota entre seus dedos. Por um instante seus olhares se encontram, o de Vicente embruxado pela incredulidade. Um segundo depois, o segurança cai sobre o volante e aciona a buzina. Valls tenta segurá-lo, mas o outro se inclina para um lado e metade do seu corpo fica pendendo para fora do carro. Valls empunha o revólver com as duas mãos e aponta em direção ao negrume para além da porta aberta do motorista. Então ouve uma respiração às suas costas e quando se vira para atirar sua única sensação é um choque seco e gelado na mão. Sente o metal no osso e tem uma tonteira que lhe nubla a visão. O revólver cai no seu colo, vê o sangue fluindo pelo braço. A silhueta se aproxima com a lâmina da faca ensanguentada na mão, pingando. Tenta abrir a porta do carro, mas o primeiro tiro deve ter travado a fechadura. As mãos o agarram pelo pescoço e puxam com raiva. Valls sente que o arrancam do veículo através do vão da janela e o arrastam pelo caminho de cascalho até os degraus de mármore quebrado. Ouve uns passos se aproximando de leve. O luar desenha em seu delírio algo que julga ser um anjo e depois imagina que é a morte. Valls enfrenta esse olhar e percebe o seu engano.

— De que está rindo, desgraçado? — pergunta a voz.

Valls sorri.

— Você parece tanto... — murmura.

Valls fecha os olhos e espera o tiro de misericórdia, que não chega. Sente o anjo cuspir no seu rosto. Seus passos se afastam. Deus, ou o diabo, tem piedade dele, e em algum momento depois o homem perde a consciência.

Não consegue lembrar se tudo aquilo aconteceu há horas, dias ou semanas. Nesta cela o tempo deixou de existir. Tudo agora é frio, dor e escuridão. Ele é tomado por um súbito ataque de ira. Vai se arrastando em direção às grades e bate no metal gelado até arrancar a pele. Ainda está ali quando se abre no alto uma fresta de luz desenhando a escada que desce até a cela. Valls ouve passos e ergue um olhar esperançoso. Põe a mão para fora, implorando. Seu carcereiro o observa na penumbra, imóvel. Seu rosto está coberto por algo que o faz pensar na expressão congelada de um manequim na vitrine de um dos magazines da Gran Vía.

— Martín? É você? — pergunta Valls.

Não há resposta. O carcereiro se limita a observá-lo sem dizer nada. Valls afinal assente com a cabeça, como querendo dar a entender que percebe os termos do jogo.

— Água, por favor — geme.

Por um longo momento o carcereiro não faz gesto algum. Depois, quando Valls já pensa que imaginou tudo e que a presença dele não passa de um fiapo do delírio provocado pela dor e a infecção que o estão comendo vivo, o carcereiro se adianta alguns passos. Valls sorri, submisso.

— Água — implora.

O jato de urina salpica seu rosto e faz arder todos os cortes que o cobrem. Valls solta um uivo e recua. Vai se arrastando até sentir suas costas tocarem na parede e ali se encolhe, enrolado como um novelo. O carcereiro se vai escada acima e a luz se desvanece depois do eco de um portão se fechando.

É então que percebe que não está sozinho na cela. Vicente, seu fiel segurança, está sentado com as costas apoiadas em um canto da parede. Não se mexe. Só se vê o contorno das suas pernas. E as mãos. As palmas e os dedos estão inchados e têm um tom púrpura.

— Vicente?

Valls se arrasta até lá, mas para ao sentir a proximidade do fedor. Vai se refugiar no canto oposto e se dobra sobre si mesmo, abraçando os joelhos e enterrando o rosto entre as pernas para fugir do cheiro. Tenta invocar a imagem da sua filha Mercedes. Imagina a garota brincando no jardim, em sua casa de bonecas, viajando no trem particular. Ele a imagina ainda pequena, com aquele olhar preso no seu que perdoava tudo e que iluminava onde nunca houvera luz.

Pouco depois se rende ao frio, à dor e ao cansaço e sente que está perdendo a consciência de novo. Quem sabe é a morte, pensa esperançoso.

2

Fermín Romero de Torres acordou traiçoeiramente. Com o coração bombeando em ritmo de metralhadora, foi tomado pela sensação de que uma soprano wagneriana tinha sentado no seu peito. Abriu os olhos para uma penumbra feita de veludo e tentou recuperar o fôlego. Os ponteiros do despertador confirmaram o que já desconfiava. Não era sequer meia-noite. Não tinha conseguido cochilar nem uma hora antes que a insônia o atropelasse mais uma vez como um bonde descontrolado. Ao seu lado, a Bernarda roncava feito um bezerrinho, sorrindo bendita nos braços de Morfeu.

— *Fermín, acho que você vai ser pai.*

A gravidez a deixara mais apetitosa que nunca, com os seus encantos em flor e toda ela um festim de curvas no qual ele cairia de boca de bom grado naquele mesmo instante. E estava disposto a arrematar essa tarefa com seu característico "expresso da meia-noite", mas não teve coragem de acordá-la e quebrar aquela paz celestial que o seu rosto emanava. Sabia que se a acordasse havia duas possibilidades: ou explodiria a bomba H de hormônios que manavam dos seus poros e a Bernarda se transformaria em uma tigresa selvagem que o cortaria em pedacinhos, ou a investida acabaria chamuscada e sua santa esposa sentiria todos os medos, inclusive o de que uma tentativa de desembarque em suas partes baixas fosse um perigo para o bebê. Fermín não a culpava. A Bernarda tinha perdido o primeiro filho que eles conceberam pouco antes de se casarem. Foi tanta sua tristeza que

Fermín receou perdê-la para sempre. Com o passar do tempo, tal como o médico tinha prometido, a Bernarda voltou ao estado de boa esperança e à vida. Mas agora vivia com o pavor constante de perder o bebê de novo e às vezes parecia que tinha medo até de respirar.

— *Amor da minha vida, o médico disse que não tem problema.*
— *Esse médico é um sem-vergonha. Igual a você.*

Homem sábio é aquele que não desperta vulcões, revoluções nem fêmeas prenhes. Fermín deixou silenciosamente o leito conjugal e foi na ponta dos pés até a sala de jantar do modesto apartamento na rua Joaquín Costa onde se instalaram depois da viagem de lua de mel. Pretendia afogar as mágoas e a luxúria com uma bala Sugus, mas uma olhada superficial na despensa revelou que seu estoque estava a zero. Ele sentiu seu ânimo cair até as pantufas. Aquilo era grave. Lembrou então que sempre havia no vestíbulo da Estação de Francia um camelô de guloseimas e cigarros que trabalhava até meia-noite, o Cego Diego, que normalmente estava bem sortido de balas e de piadas sujas. A imagem de uma Sugus de limão o fez salivar antecipadamente e não levou nem um segundo para tirar o pijama e vestir agasalhos suficientes para cortejar o sarampo em uma noite siberiana. Assim equipado, saiu de casa para satisfazer os baixos instintos e chutar a insônia para longe.

O Raval é a segunda pátria do insone porque, embora também não durma, convida a esquecer, e, apesar de todos os nossos pesares, basta dar uns passos por lá para esbarrar em alguém ou em algo que nos faz lembrar que no jogo da vida sempre há gente que recebeu cartas piores. Nessa noite de destinos cruzados, um miasma amarelado cheio de urina, lampiões de gás e ecos em sépia flutuava naquele novelo de ruelas como feitiço ou como advertência, segundo o gosto de cada qual.

Perambulou entre algazarras, fedores e demais emanações da ralé que animavam uns becos mais escuros e tortos que as fantasias de um bispo. Por fim emergiu ao pé da estátua de Colombo. Uma conjuração de gaivotas a tingira de branco guano, em uma duvidosa homenagem à dieta mediterrânea. Fermín enveredou pela avenida em direção à Estação de Francia, sem coragem de olhar para trás e divisar a silhueta sinistra do castelo de Montjuic no alto da montanha, à espreita.

Hordas de marinheiros americanos vagavam nas imediações do porto, atrás de farra e oportunidades de intercâmbio cultural com damas de virtude fácil dispostas a ensinar-lhes o vocabulário básico e três ou quatro macetes ao gosto do litoral. Voltou à sua memória Rociito, distração de tantas noites escusas da sua juventude e alma branca de peito generoso que mais de uma vez o salvara da solidão. Imaginou-a com o seu pretendente, o próspero comerciante de Reus que a tinha retirado do serviço ativo no ano anterior, agora viajando pelo mundo como a senhora que sempre foi e talvez sentindo, pela única vez, que a vida lhe sorria.

Pensando em Rociito e em uma espécie em perigo permanente de extinção, as pessoas de bom coração, Fermín chegou à estação. Avistou o Cego Diego, que já se preparava para levantar âncoras, e correu até ele.

— Caramba, Fermín, pensei que a estas horas você devia estar matraqueando com a patroa — disse Diego. — Estoque baixo de Sugus?

— Abaixo do mínimo.

— Tenho limão, abacaxi e morango.

— Pode ser limão. Cinco pacotes.

— E um de cortesia da casa.

Fermín pagou e deixou o troco. Diego meteu as moedas sem contar em uma bolsa de couro que usava pendurada no cinto como os cobradores de bonde. Fermín nunca entendeu como o Cego Diego fazia para saber se o enganavam ou não, mas sempre sabia. E além do mais, percebia de longe. Tinha nascido sem visão e com um azar digno de cadete da infantaria. Morava sozinho em um quarto sem janelas de uma pensão na rua Princesa, e seu melhor amigo era um rádio transistor no qual escutava o futebol e as notícias que tanto o faziam rir.

— Veio ver os trens, hein?

— Velhos hábitos — disse Fermín.

Viu o Cego Diego sair dali rumo à sua pensão, onde nem sequer os percevejos o esperavam, e pensou na Bernarda, dormindo em sua cama e cheirando a água de rosas. Ia voltar para casa, mas decidiu passar pela grande nave da estação, aquela catedral de vapor e ferro por onde voltara a Barcelona em uma distante noite de 1941. Sempre tinha pensado que o destino, além da sua mania de atropelar os inocentes pelas costas e se possível sem avisar, também gostava de se aninhar em estações de trem nas suas pausas para descanso. Ali começavam ou terminavam tragédias e romances, fugas e regressos, traições e ausências. A vida, pensava, é uma estação de trem onde quase sempre a gente sobe, ou é subido, no vagão errado.

Esses pensamentos com a profundidade de uma xícara de café normalmente o assaltavam durante a madrugada, quando seu corpo já estava cansado de tanta azáfama mas a cabeça continuava rodando feito um pião. Decidido a trocar a filosofia barata pelo austero conforto de um banco de madeira, Fermín ingressou na abóbada curva da estação, uma clara indicação por parte do astuto arquiteto de que o porvir em Barcelona nasce torto.

Sentou-se em um banco, desembrulhou uma Sugus e a pôs na boca. Absorto em seu nirvana de confeitaria, deixou a vista perambular pela fuga de vias férreas que se perdiam na noite. Pouco depois sentiu o chão tremer debaixo dos seus pés e viu a luz de uma locomotiva abrindo a meia-noite. Dois minutos depois, o trem despontou na entrada da estação cavalgando uma nuvem de vapor.

Um véu de neblina que vinha do mar varria as plataformas inserindo em uma miragem os passageiros que desembarcavam dos vagões depois da sua longa travessia. Rostos felizes eram poucos. Fermín os observava enquanto passavam, esquadrinhando seus gestos cansados e seus atavios, especulando sobre as vicissitudes e as circunstâncias que os traziam à cidade. Já estava começando a gostar daquela sua nova faceta de biógrafo apressado do cidadão anônimo quando a viu.

Desceu do vagão envolta em um véu de vapor branco como aqueles em que Fermín imaginava a sua querida Marlene Dietrich em uma estação de Berlim, Paris ou algum outro lugar que nunca existiu naquele glorioso século xx em branco e preto nas sessões matinais do cinema Capitol. A mulher — porque Fermín, embora não lhe desse nem trinta anos, nunca a descreveria como garota, mocinha ou algum sucedâneo assim — mancava ligeiramente ao andar, o que lhe dava um toque intrigante e vulnerável.

Tinha um rosto e uma presença afiados que exalavam luz e sombra ao mesmo tempo. Se fosse descrever o aspecto dela ao seu amigo Daniel, diria que lembrava um anjo espectral de meia-noite daqueles que às vezes surgiam nas páginas dos romances do seu antigo colega de prisão no castelo de Montjuic, David Martín, em especial a inefável Chloe, que tantas histórias de decoro duvidoso protagonizou na sinistra série *A cidade dos malditos* e que tanto sono lhe roubou nas longas sessões de leitura febril em que adquiriu conhecimentos enciclopédicos sobre a arte do envenenamento, as obscuras paixões das mentes criminosas e a ciência e o acervo da confecção e uso da roupa de baixo feminina. Talvez já fosse hora de reler aqueles febris romances góticos, pensou, antes que seu espírito e a gônada se apergaminhassem para sempre.

Fermín a observou quando se aproximava e cruzou um olhar com ela. Foi apenas um instante fugaz, um gesto acidental que consertou com rapidez abaixando a vista e deixando-a passar. Depois enfiou o rosto no casaco e levantou a cabeça. Os passageiros já se afastavam em direção à saída, e a mulher junto com eles. Fermín ficou ali parado, quase tremendo, até que o chefe da estação veio lhe dizer:

— Escute, esta noite não vão chegar mais trens e não se pode dormir aqui...

Fermín concordou e saiu dali arrastando os pés. Quando chegou ao vestíbulo deu uma boa olhada, mas não havia sinais dela. Foi apressado para a rua, onde soprava uma brisa fria que o devolveu à realidade do inverno.

— Alicia? — perguntou ao vento. — É você?

Fermín suspirou e começou a andar à sombra das ruas, dizendo para si mesmo que não era possível, que esses olhos em que caiu não eram os mesmos que ele deixara naquela distante noite de fogo durante a guerra e que a menina que não conseguiu salvar, Alicia, devia ter morrido naquela noite junto com tantos outros. Nem mesmo sua Nêmesis, o destino, podia ter um senso de humor tão negro.

"Talvez seja um espectro que voltou do mundo dos mortos para fazer você lembrar que quem deixa uma criança morrer não merece trazer descendência a este mundo. As indiretas do Altíssimo são insondáveis, como dizem os padres", especulou.

— Isto deve ter uma explicação científica — pensou em voz alta. — Como a ereção *matinal*.

Fermín se aferrou a esse princípio empírico e, metendo os dentes em duas Sugus ao mesmo tempo, começou a andar de volta para a cama quente onde a Bernarda o esperava com a convicção de que nada acontece por acaso neste mundo e que desvelaria aquele mistério mais cedo ou mais tarde, ou então aquele mistério o desvelaria para sempre.

3

Enquanto andava em direção à saída, Alicia reparou naquela figura, sentada em um banco na entrada da plataforma, que a observava de esguelha. Era um homenzinho magro cujo semblante gravitava em torno de um nariz maiúsculo. Tinha um aspecto ligeiramente goyesco. Com um sobretudo que ficava grande, lembrava um caramujo carregando a sua casca. Alicia podia jurar que havia jornais dobrados embaixo da peça de roupa que usava à guisa de agasalho ou de sabe-se lá o quê, uma prática que não via desde os primeiros anos do pós-guerra.

Teria sido mais simples esquecê-lo e pensar que era mais um excêntrico anônimo no meio da maré de deserdados que, quase vinte anos depois do fim da guerra, continuava flutuando nas partes sombrias das grandes cidades, à espera de que a história se lembrasse da Espanha e a resgatasse do esquecimento. Teria sido mais simples pensar que Barcelona lhe daria pelo menos algumas horas de trégua antes de confrontá-la com seu destino. Alicia continuou andando rumo à saída sem olhar para trás, pedindo aos infernos que ele não a tivesse reconhecido. Haviam passado vinte anos desde aquela noite, ela era uma criança naquela época.

Ao lado da estação pegou um táxi e disse ao motorista que a levasse à rua Aviñón número doze. Sua voz tremia ao pronunciar essas palavras. O carro entrou na avenida Isabel II rumo à Vía Layetana tentando se desviar de um baile de bondes que acendiam a neblina com a pulsação de eletricidade azul faiscando nos cabos. Alicia observava pela janela o perfil sombrio de Barcelona, os arcos e as torres, os becos que penetravam na cidade velha e as luzes distantes do castelo de Montjuic lá no alto. *Lar, escuro lar*, pensou.

Àquela hora da madrugada quase não havia tráfego, e em cinco minutos chegaram ao destino. O motorista deixou-a na porta do número doze da rua Aviñón e, agradecendo a gorjeta que era o dobro do valor da corrida, seguiu rua abaixo em direção ao porto. Alicia se deixou envolver pela brisa fria que lhe trazia um cheiro de bairro, de Barcelona velha, que nem mesmo a chuva conseguia arrancar. Ficou surpresa ao perceber que estava sorrindo. Com o tempo, até as lembranças ruins se vestem de branco.

Sua antiga residência ficava poucos passos depois da esquina com a rua Fernando, em frente ao antigo Gran Café. Alicia estava procurando as chaves no bolso do casaco quando ouviu o portão se abrir. Ergueu os olhos e se deparou com a cara risonha de Jesusa, a porteira.

— Jesus, Maria e José! — exclamou ela, visivelmente emocionada.

Antes que Alicia pudesse responder, Jesusa apertou-a com seu abraço de jiboia e cobriu seu rosto de beijos com cheiro de anis.

— Deixe eu olhar bem para você — disse a porteira libertando-a.

Alicia sorriu.

— Não venha dizer que estou magra demais.

— Isto é o que os homens vão falar e pela primeira vez na vida com toda razão.

— Você não sabe como senti a sua falta, Jesusa.

— Sua bajuladora, mas que sem-vergonha você é. Deixe eu lhe dar outro beijo que aliás você nem merece, tanto tempo rodando por aí sem aparecer nem telefonar nem escrever nem nada de nada...

Jesusa Labordeta era dessas viúvas de guerra com espírito e brio para umas nove vidas que nunca puderam, nem poderiam, viver. Fazia quinze anos que trabalhava como porteira naquele prédio, onde ocupava um diminuto apartamento de dois cômodos no fundo do vestíbulo, que dividia com um aparelho de rádio, cujo dial vivia parado em uma estação de novelas românticas, e um vira-lata moribundo que ela havia trazido da rua e batizado de *Napoleão*, embora quase não conseguisse mais sequer conquistar a esquina a tempo de cumprir seus ofícios urinários à primeira hora da manhã e na metade das vezes acabava soltando a carga sob as caixas de correio da entrada. Jesusa complementava o seu mísero salário fazendo remendos e consertando a roupa velha de metade do bairro. As más línguas, e naquele tempo quase todas eram, costumavam dizer que Jesusa gostava mais da bebida de anis que dos marinheiros de calças apertadas e que algumas vezes, quando exagerava na dose, a ouviam chorar e gritar, trancada em sua minúscula habitação, enquanto o pobre Napoleão uivava assustado.

— Vamos, entre, está fazendo um frio danado.

Alicia seguiu-a para dentro.

— O sr. Leandro telefonou esta manhã avisando que você ia voltar.

— Sempre tão atencioso o sr. Leandro.

— Um cavalheiro — afirmou Jesusa, que o colocava em um altar. — Fala tão bonito...

O prédio não tinha elevador e a escada parecia ter sido colocada pelo arquiteto como elemento dissuasivo. Jesusa subiu na frente e Alicia foi atrás dela como pôde, arrastando sua mala degrau por degrau.

— Arejei bem e arrumei um pouco a casa, que estava precisando. Fernandito me ajudou, espero que você não se importe. Quando ele soube que vinha não descansou até eu deixá-lo fazer alguma coisa...

Fernandito era o sobrinho da sra. Jesusa. Alma pura da qual até um santo podia se aproveitar, Fernandito sofria do mal do adolescente apaixonado em estado crônico. Para completar o quadro, a mãe natureza quis se divertir dando-lhe uma cara de boboca. Morava com a mãe na casa ao lado e trabalhava eventualmente fazendo entregas para um armazém, mas o grosso dos seus esforços e talentos era consagrado à composição de poemas de grande força lírica dedicados a Alicia, em quem via um irresistível cruzamento da Dama das Camélias com a rainha má da Branca de Neve, mas em versão apimentada. Pouco antes de Alicia partir de Barcelona, três anos antes, Fernandito lhe havia declarado seu amor eterno, sua disposição para gerar uma descendência de não menos de cinco filhos, com a graça de Deus, e a promessa de que seu corpo, sua alma e seus demais acessórios seriam sempre dela, tudo isso em troca de um beijo de despedida.

— Fernandito, nós temos dez anos de diferença. Não está certo você pensar essas coisas — respondeu Alicia nesse dia, enxugando suas lágrimas.

— Por que não gosta de mim, Alicia? Não sou homem o suficiente para você?

— Fernandito, você é homem de sobra para afundar a Invencível Armada, mas o que tem que fazer é arranjar uma namorada da sua idade. Daqui a alguns anos você vai ver como eu tinha razão. Só posso lhe oferecer a minha amizade.

O orgulho de Fernandito era como um aspirante a pugilista com mais disposição que qualidades: não importava quanto apanhasse, sempre voltava para mais.

— Ninguém jamais vai gostar de você como eu, Alicia. Ninguém.

No dia em que ela embarcou em um trem para Madri, Fernandito, que de tanto ouvir boleros no rádio já tinha melodrama no sangue, estava à sua espera na estação com o terno de domingo, sapatos engraxados e um improvável ar de Carlitos Gardel em miniatura. Levou-lhe um buquê de rosas vermelhas que possivelmente tinha custado o que ele ganhava em um mês e estava determinado a lhe entregar uma carta de amor e paixão que derreteria lady Chatterley de constrangimento mas que só fez Alicia chorar, e não da maneira pela qual o pobre Fernandito ansiava. Antes que Alicia pudesse subir no trem e se livrar do aspirante a Casanova, Fernandito se armou de toda a força e a coragem que tinha engarrafado desde o assalto da puberdade e lhe deu um beijo maiúsculo desses que só se dá aos quinze anos e que fazem a gente acreditar, ainda que seja por um momento, que há esperança no mundo.

— Você destrói a minha vida, Alicia — afirmou soluçando. — Vou morrer de tanto chorar. Li que às vezes isso acontece. A secura dos canais lacrimais acaba arrebentando a aorta. Disseram outro dia no rádio. Vão lhe mandar a notícia, para ficar com a consciência pesada.

— Fernandito, há mais vida em uma lágrima sua do que eu jamais poderia viver mesmo que morresse aos cem anos.

— Isso parece tirado de um livro.

— Não há livro que faça jus a você, Fernandito, só um tratado de biologia.

— Vá embora daqui com sua perfídia e seu coração de pedra. Um dia, quando se sentir totalmente sozinha, vai sentir falta de mim.

Alicia deu-lhe um beijo na testa. Teria dado nos lábios, mas ele podia morrer.

— Já estou sentindo sua falta. Cuide-se, Fernandito. E tente me esquecer.

Afinal chegaram à cobertura e Alicia, ao se ver na porta da sua antiga residência, saiu do transe. Jesusa abriu a porta e acendeu a luz.

— Não se preocupe — disse a porteira, como se tivesse lido seus pensamentos —, o garoto arranjou uma namorada bonita e ficou espertíssimo. Vamos, entre.

Alicia deixou a mala no chão e entrou na casa. Jesusa esperou na porta. Havia flores frescas em um vaso perto da entrada e a casa cheirava a limpo. Percorreu lentamente os quartos e os corredores, como se visitasse o apartamento pela primeira vez.

Ouviu atrás de si Jesusa deixando as chaves na mesa e voltou para a sala. A porteira olhava para ela com um esboço de sorriso.

— É como se não tivessem passado três anos, não é mesmo?

— É como se tivessem passado trinta — replicou Alicia.

— Quanto tempo vai ficar?

— Ainda não sei.

Jesusa balançou a cabeça.

— Bem, você deve estar cansada. Na cozinha vai encontrar algo para jantar. Fernandito encheu a despensa. Qualquer coisa, você sabe onde estou.

— Obrigada, Jesusa.

A porteira desviou o olhar.

— Estou contente de ver você em casa de novo.

— Eu também.

Jesusa fechou a porta e Alicia ouviu seus passos se desvanecendo escada abaixo. Abriu as cortinas e as janelas para se debruçar sobre a rua. O oceano de terraços da Barcelona velha se estendia aos seus pés e as torres da catedral e de Santa María del Mar se erguiam à distância. Esquadrinhou o traçado da rua Aviñón e detectou uma figura desaparecendo nas sombras do portal da La Manual Alpargatera, do outro lado da rua. Quem quer que fosse, estava fumando, e a fumaça subia em espirais de prata pela fachada do edifício. Alicia fixou o olhar por uns instantes naquele ponto, mas afinal desistiu. Era cedo demais para começar a imaginar sombras espreitando. Haveria tempo para isso.

Fechou as janelas e mesmo sem muito apetite sentou-se à mesa da cozinha e comeu um pedaço de pão com queijo e frutas secas. Depois abriu uma garrafa de vinho branco com um laço vermelho no gargalo que havia encontrado em cima da mesa. Esse detalhe tinha todo o jeito de ser obra de Fernandito, que ainda se lembrava de suas fraquezas. Serviu uma taça e bebeu de olhos fechados.

— Tomara que não esteja envenenado — disse. — À sua saúde, Fernandito.

O vinho era delicioso. Encheu uma segunda taça e se refugiou na poltrona do salão. Verificou que o rádio estava funcionando. Saboreou sem pressa o vinho, um Panadés de boa colheita, e pouco depois, entediada com o noticiário que lembrava aos ouvintes, se eventualmente tivessem esquecido, que a Espanha era a luz e a inveja de todas as nações do mundo, desligou o rádio e foi abrir a mala que tinha trazido. Arrastou-a para o centro da sala e deixou-a no chão. Olhando o conteúdo se perguntou para que tinha se preocupado em carregar roupa e restos de outra vida que na realidade não pretendia voltar a usar. Sentiu a tentação de fechá-la e pedir a Jesusa que a desse no dia seguinte às Irmãs da Caridade como donativo. A única coisa que tirou da bagagem foi um revólver e dois pacotes de balas. Era um presente que Leandro lhe dera no seu segundo ano de serviço, e Alicia desconfiava que tinha um histórico prévio que seu mentor preferia não lhe revelar.

— *O que é isto? O canhão do grande capitão?*

— *Se você preferir arranjo uma pistola de senhorita, com cabo de marfim e dois canos dourados.*

— *E o que faço com ela, além de praticar tiro ao caniche?*

— *Tentar impedir que pratiquem com você.*

Afinal, Alicia aceitou aquele trambolho como tinha feito com tantas outras coisas de Leandro, em um acordo tácito de submissão e aparências no qual o inominável era selado com um sorriso frio de cortesia e um véu de silêncio que lhe permitia olhar-se no espelho e mentir por mais um dia sobre o propósito da sua vida. Pegou a arma nas mãos e examinou-a. Abriu o tambor e viu que estava descarregado. Esvaziou no chão uma das caixas de munição e foi introduzindo as seis balas com parcimônia. Ela se levantou e foi até a estante cheia de livros que cobria uma das paredes. Jesusa e seu exército de espanadores tinham passado por lá e não havia vestígios de poeira nem sinais da sua ausência de três anos. Pegou o exemplar da Bíblia com capa de couro que estava ao lado de uma tradução ao francês de *Doctor Faustus* e abriu. As páginas tinham sido recortadas a faca por dentro e ofereciam um estojo perfeito para a sua artilharia particular. Escondeu a arma na Bíblia e devolveu o volume à prateleira.

"Amém", entoou com seus botões.

Fechou a mala e foi para o quarto. Os lençóis recém-passados e perfumados a acolheram, e o cansaço do trem e o calor do vinho no sangue fizeram o resto. Fechou os olhos e ouviu o rumor da cidade sussurrando em seu ouvido.

Nessa noite Alicia voltou a sonhar que chovia fogo. Ela pulava sobre os telhados do Raval fugindo do estrondo das bombas, enquanto os edifícios desabavam ao seu redor em colunas de fogo e fumaça negra. Enxames de aviões se arrastavam em voo rasante metralhando os que tentavam escapar para os refúgios pelos becos. Ao se debruçar na cornija da rua do Arco do Teatro viu uma mulher e quatro crianças fugindo para as Ramblas tomadas de pânico. Uma rajada de balas varreu o beco e seus corpos explodiram em poças de sangue e vísceras enquanto corriam. Alicia fechou os olhos, e foi nesse momento que a explosão aconteceu. Ela a sentiu antes de ouvir, como se um trem a tivesse atropelado na escuridão. Uma pontada de dor incendiou seu flanco e as chamas a levantaram no ar e a jogaram contra uma claraboia, que atravessou entre lâminas de vidro em brasa. Precipitou-se no vazio.

Poucos segundos depois algo interrompeu sua queda. Tinha ido parar ao lado de uma balaustrada de madeira pendurada no topo de uma grande estrutura. Foi se arrastando até a extremidade e quando olhou para baixo vislumbrou nas trevas o contorno de uma armação forjada em espiral. Esfregou os olhos e esquadrinhou a penumbra sob o alento do resplendor avermelhado que as nuvens refletiam. Aos seus pés havia uma cidadela feita de livros e de arquitetura impossível. Pouco depois ouviu passos se aproximando por uma das escadarias do labirinto e divisou a silhueta de um homem de cabelo ralo que se ajoelhou ao seu lado e examinou as feridas que cobriam seu corpo. Pegou-a nos braços e a levou por túneis, escadas e pontes até chegar à base da estrutura. Lá deixou-a em um leito e tratou de suas feridas, segurando-a no umbral da morte sem soltar enquanto as bombas continuavam caindo com fúria. A luz de fogo se filtrava no alto da cúpula e permitia divisar imagens intermitentes daquele lugar, o lugar mais maravilhoso que já tinha visto na vida. Uma basílica feita de livros escondida em um palácio que nunca tinha existido, um lugar ao qual só poderia voltar em sonhos. Porque aquilo só podia pertencer ao outro lado, ao lugar onde sua mãe, Lucía, a estava esperando e onde sua alma tinha ficado aprisionada.

Ao amanhecer, o homem de cabelo ralo a pegava no colo outra vez e percorriam juntos as ruas de uma Barcelona cheia de sangue e chamas até chegarem a um asilo onde um médico coberto de cinzas os olhava e balançava a cabeça.

— Essa boneca está quebrada — dizia, virando as costas para eles.

E era então que, como havia sonhado tantas vezes, Alicia olhava o próprio corpo e reconhecia nele aquela marionete de madeira chamuscada e fumegante da qual pendiam uns fios cortados. As enfermeiras sem olhos se soltavam das paredes, arrancavam a boneca das mãos do bom samaritano e a arrastavam para um hangar infinito onde havia uma montanha colossal de peças e restos de centenas, milhares de bonecas como ela. Então a jogavam na pilha e iam embora, rindo.

4

Acordou com o sol acerado de inverno despontando entre os telhados. Alicia abriu os olhos e pensou que aquele seria o seu primeiro e último dia de liberdade em Barcelona. Provavelmente naquela mesma noite Vargas apareceria por lá. Decidiu que a sua primeira visita do dia seria à livraria de Gustavo Barceló, que ficava bem perto dali, na rua Fernando. Lembrando os conselhos de Virgilio sobre o livreiro e sua predileção por senhoritas de presença sugestiva, Alicia decidiu vestir-se para a ocasião. Diante do seu velho armário viu que Jesusa, antecipando a sua chegada, tinha lavado e passado toda a roupa, que cheirava a lavanda. Acariciou com os dedos suas cores velhas de guerra, avaliando pelo tato figurinos à altura do seu propósito. Aproveitando que durante a sua ausência tinham instalado uma nova caldeira no edifício, tomou um banho que inundou o apartamento de vapor.

Enrolada em uma toalha na qual ainda brilhava o anagrama do hotel Windsor, foi ligar o rádio da sala, sintonizando a orquestra de Count Basie. Qualquer civilização capaz de produzir um som assim deveria ter futuro. Voltando ao quarto, tirou a toalha e pôs umas meias com costura que comprara em uma das suas expedições de autopremiação à La Perla Gris. Calçou sapatos do salto médio que certamente seriam desaprovados por Leandro e deslizou sobre si um vestido preto de lã que nunca tinha chegado a usar e que desenhava com exatidão o perfil de seu corpo. Depois se pintou sem nenhuma pressa, acariciando os lábios de carmim sangue. A cereja do bolo foi seu casaco vermelho. Então, como fazia quase todas as manhãs quando morava na cidade, desceu para tomar café da manhã no Gran Café.

Miquel, garçom veterano e fisionomista oficial do bairro, reconheceu-a assim que ela passou pela porta e a cumprimentou do balcão como se não houvessem transcorrido três anos desde a sua última visita. Alicia se sentou a uma das mesas perto da janela grande e contemplou o velho bar, deserto àquela hora da manhã. Sem precisar pedir, Miquel veio com uma bandeja e serviu o de sempre: café com leite, duas torradas com geleia de morango e manteiga e um exemplar do *La Vanguardia* ainda com cheiro de tinta.

— Estou vendo que não esqueceu, Miquel.

— Fazia tempo que não aparecia por aqui, mas nem tanto, dona Alicia. Bem-vinda a casa.

Alicia tomou o café da manhã calmamente enquanto folheava o jornal. Tinha esquecido como gostava de começar o dia observando as mudanças de cenografia no presépio em movimento da vida pública de Barcelona refletidas no espelho do *La Vanguardia,* enquanto se deleitava com a geleia de morango e derramava meia hora como se tivesse tempo de sobra.

Terminado o ritual, foi até o balcão onde Miquel polia as taças de vinho sob a luz morna da manhã.

— Quanto é, Miquel?

— Eu ponho na conta. Até amanhã à mesma hora?

— Se Deus quiser.

— Está muito elegante. Visita de gala?

— Melhor que isso. De livros.

5

Foi recebida por uma manhã invernal de Barcelona daquelas que amanhecem pingando sol em pó e convidam à arte do passeio. A livraria de Gustavo Barceló ficava em frente aos arcos da Plaza Real, a poucos minutos do Gran Café. Alicia se dirigiu para lá escoltada por uma brigada de garis que, munidos de vassouras e mangueiras, iam deixando as ruas brilhantes. As calçadas da rua Fernando eram ladeadas por lojas que, mais que casas comerciais, pareciam santuários: confeitarias com jeito de ourivesaria, alfaiatarias com cenografia de ópera e, no caso da livraria de Barceló, um museu que, mais que entrar para bisbilhotar, dava vontade de morar. Antes de passar pela porta, Alicia parou um instante para saborear o espetáculo de expositores e estantes caprichosamente articulados que se divisava atrás da vitrine. Quando entrou, cravou os olhos na silhueta de um jovem vendedor de avental azul encarapitado em uma escada, tirando a poeira dos locais altos. Alicia fingiu que não tinha reparado nele e entrou na loja.

— Bom dia! — cumprimentou o vendedor.

Alicia se virou e lhe presenteou com um sorriso que poderia abrir uma caixa-forte.

O rapaz desceu com rapidez e se postou atrás do balcão, pendurando o pano no ombro.

— Como posso lhe ajudar, senhora?

— Senhorita — especificou Alicia, tirando as luvas devagar.

O rapaz assentiu deslumbrado. A simplicidade dessas ocasiões nunca deixava de surpreendê-la. Bendita a bobeira dos homens de boa vontade na Terra.

— Posso falar com dom Gustavo Barceló, por favor?

— O sr. Barceló não se encontra no momento...

— E sabe me dizer quando posso encontrá-lo?

— Vejamos... Dom Gustavo na verdade quase já não passa mais na loja, a menos que tenha marcado com um cliente. Dom Felipe, o gerente, foi avaliar uma coleção em Pedralbes, mas ao meio-dia estará de volta.

— Como você se chama?

— Benito, às suas ordens.

— Escute, Benito, estou vendo que você tem cara de inteligente e com certeza vai poder me ajudar.

— Pode dizer.

— Sabe, é um problema delicado. Tenho urgência de falar com o sr. Barceló porque acontece que um parente próximo meu, um grande colecionador, conseguiu recentemente uma peça única e está interessado em vender. Ele gostaria que dom Gustavo atuasse como intermediário e assessor na operação para manter o anonimato.

— Entendi — balbuciou o jovem.

— A obra em questão é um exemplar em perfeito estado de um dos livros de *O labirinto dos espíritos*, de um tal Víctor Mataix.

O jovem arregalou os olhos.

— Você disse Mataix?

Alicia confirmou.

— Já ouviu falar?

— Se a senhorita fizer a gentileza de esperar um minuto, vou tentar localizar dom Gustavo agora mesmo.

Alicia sorriu docilmente. O vendedor desapareceu nos fundos da loja e poucos segundos depois a jovem ouviu o som de um telefone discando um número. A voz do vendedor chegou acelerada e soterrada de trás da cortininha.

— Dom Gustavo, desculpe lhe... Sim, eu sei que horas são... Não, não virei... Sim, senhor, sim, senhor, por favor... Não, eu lhe peço... Claro que gosto do meu trabalho... Não, por favor... Um segundo, só um segundo... Obrigado.

O rapaz recuperou o fôlego e voltou ao debate com seu patrão.

— Há uma senhorita aqui dizendo ter um Víctor Mataix em perfeito estado para vender.

Um longo silêncio.

— Não, não estou inventando. Como? Não. Não sei quem é. Não, não, nunca a tinha visto. Não sei. Jovem, muito elegante... Sim, é bastante... Não, nem todas me parecem... Sim, senhor, agora mesmo, senhor...

O jovem apareceu na porta de trás, todo sorrisos.

— Dom Gustavo pergunta quando gostaria de encontrá-lo.

— Esta tarde à primeira hora? — propôs Alicia.

O jovem fez que sim e desapareceu de novo.

— Disse que esta tarde. É. Não sei. Eu lhe pergunto... Então não lhe pergunto... Como o senhor quiser, dom Gustavo. Sim, senhor. Agora mesmo. Não tenha dúvida. Sim, senhor. O senhor também.

Quando o vendedor reapareceu, parecia um pouco mais aliviado.

— Tudo certo, Benito? — inquiriu Alicia.

— Melhor impossível. Desculpe o mau jeito. Dom Gustavo é um santo homem, mas tem lá suas particularidades.

— Compreendo.

— Ele me disse que será um prazer recebê-la esta tarde no Círculo Equestre, se for do seu agrado. Ele vai almoçar lá e fica a tarde toda. Sabe onde é? A Casa Pérez Samanillo, na esquina da Balmes com a Diagonal?

— Conheço. Direi a dom Gustavo que você foi de grande ajuda.

— Agradeço.

Alicia já ia sair quando o rapaz, talvez desejando prolongar sua visita por mais uns instantes, contornou o balcão e se ofereceu solícito para acompanhá-la até a porta.

— Veja como são as coisas — improvisou, nervoso. — Tantos anos sem ninguém encontrar um único exemplar de *O labirinto* e só neste mês já vieram duas pessoas à livraria com essa história de Mataix...

Alicia parou.

— Ah, é? E quem foi a outra pessoa?

Benito fez um semblante sério, como se tivesse falado demais. Alicia pôs a mão no braço do jovem e apertou de forma afetuosa.

— Não se preocupe, ficará só entre nós. É por simples curiosidade.

O vendedor hesitou. Alicia se inclinou ligeiramente em sua direção.

— Era um senhor de Madri, com pinta de policial. Ele me mostrou uma carteira de alguma coisa — disse Benito.

— Será que ele não disse o nome?

Benito ergueu os ombros.

— Agora não sei mais... Eu me lembro bem dele porque tinha um corte no rosto.

Alicia sorriu de um jeito que deixou Benito mais desconcertado do que já estava.

— Na bochecha direita? A cicatriz?

O garoto ficou pálido.

— Por acaso o nome dele não era Lomana? — perguntou Alicia. — Ricardo Lomana?

— Pode ser... Não tenho certeza, mas...

— Obrigada, Benito. Você é um doce.

Alicia já caminhava rua acima quando o vendedor apareceu na porta e a chamou.

— Senhorita? Não me disse como se chama...

Alicia se virou e soprou para Benito um sorriso que lhe durou o dia todo e parte da noite.

6

Depois de sua visita à livraria de Barceló, Alicia deixou-se tentar por antigas rotas e navegou sem pressa pelos meandros do bairro gótico, rumo à segunda escala de sua jornada. Caminhava pouco a pouco, com a mente fixa em Ricardo Lomana e seu estranho desaparecimento. No fundo não se surpreendia por já ter esbarrado com seu rastro. Os anos lhe mostraram que era frequente Lomana e ela pisarem nos calcanhares um do outro seguindo uma mesma pista. Nove em cada dez vezes era ela quem chegava primeiro. A única coisa notável nesse caso era o fato de Lomana, que havia começado a investigar o caso das cartas anônimas enviadas a Valls, como explicou Gil de Partera quando lhes deu a missão, ter perguntado sobre os livros de Víctor Mataix poucas semanas antes. Lomana podia ser muitas coisas, mas não era um néscio. A notícia boa em tudo aquilo era que, como Lomana tinha chegado por conta própria aos livros de *O labirinto*, Alicia podia considerar o fato uma confirmação de que seu instinto não estava errado. A má era que, cedo ou tarde, iria esbarrar com ele por aí. E seus encontros raramente acabavam bem.

Ricardo Lomana, segundo rumores que corriam na unidade, era um antigo discípulo do infausto inspetor Fumero na Brigada Social de Barcelona e o mais sinistro dos fantoches que Leandro havia recrutado ao longo dos anos, que a essa altura já eram muitos. Nos anos que passou a serviço de Leandro, Alicia teve mais de uma rixa com Ricardo Lomana. A mais recente fora dois ou três anos antes, quando Lomana, ébrio de licor e de rancor por Alicia ter resolvido um caso no qual ele passara meses patinando sem sair do lugar, uma noite a seguiu até seu quarto no Hispania e lhe prometeu que algum dia, quando Leandro não estivesse por perto para protegê-la, acharia a hora e o lugar adequados para pendurá-la no teto e passar um tempinho com ela e uma caixa de ferramentas.

— *Você não é a primeira nem a última puta de luxo que Leandro arranja, belezinha, e quando ele se cansar eu estarei lá esperando. E juro que vai ser de dar medo, principalmente em você, que já tem carne feita para o ferro...*

Nesse encontro Lomana ganhou uma joelhada nos orgulhos que o deixou duas semanas fora de combate, um braço com fratura dupla e um corte na bochecha que exigiu uma sutura de dezoito pontos. Para Alicia o saldo do encontro foi duas semanas de insônia olhando para a porta do seu quarto às escuras, com o revólver na mesinha de cabeceira e um pressentimento obscuro de que o pior ainda estava à sua espera no jogo do returno.

Decidiu tirar Lomana da cabeça e aproveitar aquela primeira manhã nas ruas de Barcelona. Continuou o seu passeio sob o sol sem pressa, medindo cada passo e parando em alguma vitrine ante o menor indício de pressão no quadril. Com o tempo tinha aprendido a ler os sinais e descobrir como evitar, ou pelo menos atrasar, o inevitável. A dor e ela já eram velhos adversários, veteranos que se conhecem bem, que se exploram mutuamente e se atêm às regras do jogo. E, mesmo assim, aquele primeiro passeio sem o arnês preso ao corpo bem valia o preço que sabia que ia pagar. Mais tarde ela teria tempo para se arrepender.

Ainda não eram dez da manhã quando entrou na Puerta del Ángel e, virando a esquina da rua Santa Ana, viu a vitrine da velha livraria Sempere & Filhos. No outro lado da rua havia um pequeno café. Alicia resolveu entrar e sentar-se a uma das mesas ao lado da janela. Um descanso cairia bem.

— O que vai querer, senhorita? — pergunta um garçom com jeito de não ter saído dali pelo menos nos últimos vinte anos.

— Um café preto. E um copo d'água.

— Água da casa ou mineral engarrafada?

— O que me recomenda?

— Depende de como estiver de cálcio no sangue.

— Pode ser de garrafa. E sem gelo, por favor.

— Saindo.

Alguns cafés e meia hora mais tarde, Alicia tinha constatado que ninguém parara para sequer contemplar a vitrine da livraria. Os livros de contabilidade da Sempere & Filhos deviam criar teias de aranha na velocidade do tempo. A tentação de atravessar a rua, entrar naquele bazar encantado e gastar uma fortuna a consumia por dentro, mas Alicia sabia que não era o momento adequado. O que precisava fazer agora era observar. Passou mais meia hora e, por falta de acontecimentos, Alicia já estava começando a debater consigo mesma se não devia levantar âncoras quando o viu. Vinha andando distraído, com a cabeça nas nuvens, meio sorriso nos lábios e o jeito sereno de quem se dá ao luxo de não saber como funciona o mundo. Nunca tinha visto nem uma fotografia sua, mas soube quem era antes de vê-lo chegar à porta da livraria.

Daniel.

Alicia sorriu sem perceber. Quando Daniel Sempere ia entrar no estabelecimento, a porta se abriu para fora e uma moça, que não devia ter mais que vinte anos, saiu ao seu encontro. Tinha uma beleza limpa, dessas que os autores de radionovelas diriam que parecem vir de dentro e que arrancam suspiros dos bobos apaixonados afeitos a fábulas de anjinhos com coração de ouro. Tinha um toque de inocência, ou de pudor, típico de menina de boa família e se vestia como se imaginasse o tipo de chassi que havia embaixo da sua roupa mas não se atrevesse a reconhecê-lo. *A famosa Beatriz*, pensou, *uma Branca de Neve perfumada de inocência no país dos anõezinhos.*

Beatriz subiu nas pontas dos pés e beijou os lábios do marido. Foi um beijo casto, de lábios unidos e toque leve. Alicia não pôde deixar de reparar que Beatriz era dessas mulheres que fecham os olhos quando beijam, embora fosse o seu legítimo maridinho, e se deixam enlaçar pela cintura. Daniel, por sua vez, ainda tinha um beijo de colegial, e o casamento precoce ainda não lhe havia ensinado como segurar uma mulher, onde pôr as mãos e o que se faz com os lábios. Claramente, ninguém lhe havia ensinado. Alicia sentiu seu sorriso se apagar e um laivo de malícia invadir as suas tripas.

— Pode me trazer uma taça de vinho branco? — pediu ao garçom.

Do outro lado da rua, Daniel Sempere se despediu da esposa e entrou na livraria. Beatriz, vestida com bom gosto mas orçamento parco, seguiu no meio da multidão em direção à Puerta del Ángel. Alicia estudou sua aparência e o desenho que seus quadris faziam.

— Ah, se eu fosse vestir você, minha princesa — murmurou.

— Disse alguma coisa, senhorita?

Alicia se virou e deu de cara com o garçom, brandindo sua taça de vinho branco e olhando-a com uma mistura de deslumbramento e apreensão.

— Como você se chama? — perguntou ela.

— Eu?

Alicia olhou para um lado e para o outro do bar, confirmando que estavam sozinhos.

— Está vendo mais alguém aqui?
— Marcelino.
— Por que não se senta comigo, Marcelino? Não gosto de beber sozinha. Bem, não é exatamente isso. Mas gosto menos.

O garçom engoliu em seco.

— Se você quiser, eu lhe ofereço alguma coisa — propôs Alicia. — Uma cervejinha?

Marcelino olhava para ela, enlevado.

— Sente-se, Marcelino, que eu não mordo.

O rapaz fez que sim com a cabeça e se sentou do outro lado da mesa. Alicia sorriu com doçura.

— Você tem namorada, Marcelino?

O garçom negou.

— Tem gente que não sabe o que está perdendo. Mas me diga uma coisa. Este bar tem alguma outra saída que não seja a entrada principal?

— Como?

— Perguntei se aqui tem uma saída de fundos que dê para um beco, ou para a escada ao lado...

— Tem uma que dá para o pátio que termina na Bertrellans. Por quê?

— É porque há uma pessoa me seguindo.

Marcelino deu uma espiada na rua, alarmado.

— Quer que eu chame a polícia?

Alicia pôs a mão sobre a do garçom, que quase se transformou em estátua de sal.

— Não precisa. Não é nada sério. Mas eu preferiria usar uma saída mais discreta, se não houver problema para você.

Marcelino negou com a cabeça.

— Você é um doce. Então, quanto eu devo?
— É por conta da casa.
— Tem certeza?

Marcelino fez um gesto afirmativo.

— É o que eu digo. Tem mulheres que não sabem o que há de bom por aí... Mas me diga, aqui tem telefone?

— Atrás do balcão.
— Posso fazer uma ligação? É longa distância, mas isso eu vou pagar, hein?
— Quantas quiser...

Alicia foi até o balcão e encontrou um velho telefone preso na parede. Marcelino, que tinha ficado paralisado na mesa, a observava. Acenou para ele enquanto discava o número.

— Chame o Vargas, por favor.

— Você é a Gris, não é? — perguntou uma voz com sarcasmo do outro lado da linha. — O capitão estava esperando sua ligação. Vou chamar.

Ouviu que ele deixava o fone na mesa e chamava o colega.

— Vargas, é dona Inés... — ouviu um dos agentes dizer enquanto outro cantava o estribilho de "Aqueles olhos verdes".

— É o Vargas. Como vai? Já está dançando *sardanas*?

— Quem é dona Inés?

— Você. Aqui já nos puseram apelidos. Eu sou Dom Juan...

— Que criativos seus colegas.

— Você não faz ideia. Há talento de sobra aqui. O que tem para me contar?

— Pensei que ia sentir minha falta.

— Já fui abandonado por partidos melhores e sobrevivi.

— É bom saber que você encara a coisa tão bem. Pensei que já estava vindo para cá.

— Por mim você ficaria aí sozinha até se aposentar.

— E os seus superiores, o que dizem?

— Que eu pegue um carro e dirija o dia todo e parte da noite para amanhã estar aí com você.

— Por falar nisso, alguma novidade sobre o carro de Valls?

— Nada de novo. Foi encontrado abandonado em..., deixe eu ver a anotação, na estrada das Águas, em Vallvidrera. Isso fica em Barcelona?

— Em cima.

— Em cima? Tipo no céu?

— Mais ou menos. Alguma pista de Valls ou do seu motorista, Vicente?

— Gotas de sangue no banco do passageiro. Sinais de violência. Nem sinal de ambos.

— Que mais?

— É isso. E você, o que tem a me dizer?

— Que eu, sim, sinto sua falta — disse Alicia.

— Essa volta a Barcelona está deixando você atordoada. Onde está agora? Fazendo uma peregrinação à Moreneta?

— Quase. Neste momento estou olhando a vitrine de Sempere & Filhos.

— Muito produtivo. Por acaso falou com Leandro?

— Não. Por quê?

— Porque está me perseguindo a manhã toda querendo saber de você. Faça-me o favor de ligar para ele e desejar boas festas, caso contrário não vai me deixar respirar.

Alicia suspirou.

— Vou ligar. Aliás, preciso que você faça uma coisa por mim.
— Esse é o meu novo objetivo na vida, pelo visto.
— É uma questão delicada — explicou Alicia.
— Minha especialidade.
— Preciso que fale com seus contatos na Chefatura e descubra com muita discrição o que andava fazendo um tal de Ricardo Lomana antes de sumir do mapa.
— Lomana? O desaparecido? Mau sujeito.
— Conhece?
— Tenho referências. Nenhuma boa. Vou ver o que posso fazer.
— É só o que lhe peço.
Vargas suspirou do outro lado da linha.
— Calculo que devo chegar aí amanhã de manhã. Podemos tomar café juntos, e eu lhe conto o que descobri do seu amigo Lomana, se conseguir descobrir alguma coisa. Vai se comportar bem e não se meter em confusão até eu chegar?
— Prometo.

7

Marcelino continuava a observá-la de longe, alternando sua mórbida fascinação com olhadas furtivas para a rua em busca do misterioso perseguidor. Alicia piscou o olho e lhe fez um gesto com o indicador.
— Só mais uma ligação e pronto...
Discou o número direto da suíte e esperou. O telefone não chegou a tocar sequer uma vez. Ele devia estar sentado ao lado do aparelho, aguardando, pensou Alicia.
— Sou eu — murmurou.
— Alicia, Alicia, Alicia... — entoou com doçura a voz de Leandro. — Não gosto que se esconda de mim. Você sabe.
— Eu já ia ligar agora mesmo. Não precisava mandar me vigiar.
— Não entendi.
— Não pôs alguém para me seguir?
— Se eu fizesse isso não seria alguém assim tão incompetente que é detectado na primeira manhã. Quem é?
— Ainda não sei. Pensava que era um homem seu.
— Pois não é. Só se foram os nossos amigos da polícia central.
— Então a fonte de talento local deve estar bem seca, para botarem atrás de mim uma figura como essa.

— Não é fácil encontrar gente competente. Eu que o diga. Quer que dê um telefonema e o tire do seu calcanhar?

Alicia pensou.

— Acho que não. Tive uma ideia.

— Não seja má com ele. Não sei quem foi que mandaram, mas provavelmente é o mais novato que havia disponível.

— Sou tão fácil assim?

— Ao contrário. Acho que provavelmente ninguém quis essa tarefa.

— Está insinuando que eu não deixei boas lembranças?

— Sempre lhe disse que é importante manter as aparências. Veja só o que acontece depois. Já falou com Vargas?

— Falei.

— Então já está sabendo do carro. Tudo bem na sua casa?

— Sim. A sra. Jesusa deixou tudo mais brilhante que uma pátena e passou até o meu vestido de primeira comunhão. Obrigada pela iniciativa.

— Não quero que falte nada a você.

— Por isso está mandando Vargas?

— Deve ter sido iniciativa dele mesmo. Ou de Gil de Partera. Já lhe disse que não confiam em nós.

— Por que será?

— Que planos você tem para hoje?

— Fui a umas livrarias e esta tarde tenho uma reunião com uma pessoa que vai poder me esclarecer algumas coisas sobre Víctor Mataix.

— Então continua pensando naquele livro...

— Nem que seja só para descartar.

— Eu conheço? A pessoa com quem vai se encontrar?

— Não sei. É um livreiro. Gustavo Barceló?

A pausa foi quase imperceptível, mas Alicia a registrou.

— Não me diz nada. Se descobrir qualquer coisa me telefone. E se não, telefone também.

Alicia estava pensando em alguma resposta aguda quando ouviu Leandro desligar. Deixou umas moedas no balcão para pagar a despesa e os dois telefonemas e se despediu de Marcelino com um beijo soprado no ar.

— Tudo isso fica entre nós, hein, Marcelino?

O garçom fez que sim com convicção e guiou Alicia até uma porta traseira que dava para um pátio aberto. Dali se abria um emaranhado de passadiços entre as casas do bloco que terminava em uma viela lúgubre dessas que só existem na Barcelona velha, estreitas e escuras como o rego entre as nádegas de um seminarista.

A viela subia da rua Canuda até a Santa Ana. Alicia contornou o quarteirão e quando virou a esquina parou para observar toda a cena. Uma senhora empurrava um carrinho com uma das mãos e com a outra tentava arrastar uma criança que parecia estar com os sapatos colados no chão. Um janota de terno e cachecol jogava charme em frente à vitrine de uma sapataria olhando de esguelha para duas finas moçoilas com suas meias de costura que passavam ao largo, rindo. Um guarda-civil avançava pelo meio da rua distribuindo olhares de suspeita. E ali, colado na parede de um portão, quase como se fosse um cartaz, Alicia distinguiu a silhueta de um homem de estatura reduzida e uma aparência tão anódina que beirava a invisibilidade. O espécime estava fumando um cigarro e esquadrinhando a porta do café com nervosismo, enquanto consultava o relógio. Não tinha sido mal escolhido, pensou. O aspecto dele era tão insignificante que nem o próprio tédio teria reparado em sua presença. Alicia se aproximou e parou a poucos centímetros do seu pálido pescoço. Então desenhou um O com os lábios e soprou.

O sujeito deu um pulo e quase perdeu o equilíbrio. Virou-se e quando viu Alicia perdeu a pouca cor que lhe restava.

— Como é seu nome, meu bem? — perguntou ela.

Se o homenzinho tinha voz, não a encontrou. Seu olhar deu mais de cem voltas antes de retornar para Alicia.

— Se começar a correr, enfio um punção nas suas tripas. Entendido?

— Sim — disse o sujeito.

— É brincadeira. — Alicia sorriu. — Eu não faço essas coisas.

O pobre coitado vestia um casaco que devia ser emprestado e parecia um roedor encurralado. Que espião valente tinham lhe mandado. Alicia o segurou pela lapela e, firme mas amavelmente, puxou-o até a esquina.

— Como é seu nome?

— Rovira — murmurou.

— Era você ontem à noite na porta da La Manual Alpargatera?

— Como sabe?

— Nunca fume na contraluz de um poste de iluminação.

Rovira fez que sim, amaldiçoando-se em silêncio.

— Diga-me, Rovira, há quanto tempo você está na Corporação?

— Amanhã ia fazer dois meses, mas se souberem na delegacia que me reconheceu...

— Não têm por que saber.

— Não?

— Não. Porque você e eu, Rovira, vamos ajudar um ao outro. Sabe como?

— Não estou entendendo, senhorita.

— Certo, mas me chame de Alicia, porque nós estamos no mesmo lado.

Alicia revistou os bolsos do casaco de Rovira e encontrou um maço de cigarros desses que se vendem em botecos e casam bem com um *carajillo*. Acendeu um e o pôs na boca do homem. Deixou-o dar duas ou três tragadas e sorriu amistosamente.

— Um pouco mais calmo?

Ele fez que sim com a cabeça.

— Diga-me, Rovira, por que foi que mandaram justamente você me seguir?

O sujeito hesitou.

— Não se ofenda, mas é que ninguém mais queria o serviço.

— Como assim?

Rovira encolheu os ombros.

— Não seja tímido, homem. Desabafe.

— Dizem que você trata mal as pessoas e que dá azar.

— Certo. E claro que você não se assustou com isso.

— Sorte pior que a minha é difícil. E também não tinha muita escolha.

— E em que consiste exatamente a sua missão?

— Segui-la de longe e informar onde está e o que faz sem que você me note. E veja só como estou me saindo. Eu já disse que isso não é para mim.

— E por que entrou na polícia?

— Eu ia trabalhar com artes gráficas, mas meu sogro é capitão na central.

— Certo. E a patroa gosta de uniforme, não é?

Alicia pôs a mão no ombro de Rovira em um gesto maternal.

— Rovira, há momentos em que um homem precisa ter colhões e, sou obrigada a dizer, mostrar ao mundo que nasceu para urinar em pé. E para você ver que é muito mais capaz do que pensa vou lhe dar uma oportunidade de demonstrar isso. A mim, ao Comando Superior da Polícia, ao seu sogro e à senhora sua esposa, que quando vir o macho que tem em casa vai precisar de muito Aromas de Montserrat para se recuperar do sufoco.

Rovira olhava para ela quase tendo uma vertigem.

— A partir de agora você vai me seguir como mandaram, mas nunca a menos de cem metros e procurando que eu não o veja. E quando lhe perguntarem onde estive e o que eu fiz, vai dizer o que eu lhe pedir que diga.

— Mas... isso é legal?

— Rovira, você é a polícia. É legal o que você disser que é legal.

— Não sei...

— Claro que sabe. E sabe muito bem. O que precisa ter é confiança em si mesmo.

Rovira piscou várias vezes, atordoado.

— E se eu disser que não?

— Não faça isso, homem, logo agora que estamos começando a ficar amigos. Porque, se você disser que não, vou ter que ir falar com seu sogro, o capitão, e contar que encontrei você em cima do muro do colégio das Teresianas batendo punheta na hora do recreio.

— Não vai ser capaz de fazer isso.

Alicia olhou fixamente nos seus olhos.

— Rovira, você não tem a menor ideia do que sou capaz de fazer.

O homem deixou escapar um gemido.

— Você é má.

Alicia apertou os lábios quase fazendo um muxoxo.

— Quando eu resolver ser má, você vai notar na hora. Amanhã cedo quero que esteja em frente ao Gran Café e lá vou lhe dizer qual é o seu plano do dia. Entendido?

Rovira parecia ter encolhido vários centímetros durante a conversa e lhe deu um olhar de súplica.

— Tudo isto é brincadeira, não é? Você está caçoando de mim porque sou novato...

Alicia fez sua melhor imitação de Leandro e pegou emprestado seu olhar gélido. Negou com a cabeça devagar.

— Não é brincadeira; é uma ordem. Não me decepcione. A Espanha e eu contamos com você.

8

No começo do século xx, quando o dinheiro ainda cheirava a perfume e as grandes fortunas, mais que herdadas, eram encenadas, um palácio modernista nascido do nebuloso romance entre o sonho de grandes artesãos e a vaidade de um potentado despencou do céu e ficou encaixado para sempre no mais improvável enclave da belle époque barcelonesa.

A assim chamada Casa Pérez Samanillo vinha ocupando havia meio século a esquina da avenida Balmes com a Diagonal quase como uma miragem, ou talvez uma advertência. Construído originalmente para ser residência familiar em uma época em que quase todas as famílias de estirpe se desfaziam dos seus palacetes, aquele poema à abundância mantinha seu aspecto de calçada parisiense iluminando de cobre as ruas pelas suas janelas e exibindo aos mortais sem pudor algum suas escadarias, salões e lustres de cristal. Alicia sempre o encarou como uma espécie de aquário onde podia observar organismos e formas de vida exóticos e insuspeitados através das placas de vidro.

Fazia anos que aquele opulento fóssil não hospedava família nenhuma e em tempos recentes tinha passado a ser sede do Círculo Equestre de Barcelona, uma instituição inexpugnável e elegante dessas que fermentam em toda grande urbe para que as pessoas de bom sobrenome possam se proteger do cheiro de suor daqueles sobre cujas costas seus ilustres ancestrais construíram a fortuna da família. Leandro, fino observador dessas coisas, costumava dizer que, depois de solucionar a alimentação e a moradia, a primeira necessidade do ser humano é a busca de motivos e recursos para sentir-se diferente e superior aos seus semelhantes. A sede do Círculo Equestre parecia ter sido formulada expressamente para esse fim, e Alicia desconfiava que, se Leandro não tivesse se transferido para Madri anos antes, aqueles salões de madeiras nobres e disposição requintada seriam o cenário perfeito para o seu mentor se instalar e tratar dos seus obscuros assuntos com luvas brancas.

Um lacaio uniformizado até as orelhas tomava conta da entrada e abriu o solene portão de ferro. No vestíbulo havia um atril iluminado atrás do qual estava um indivíduo de terno com um semblante apergaminhado que a olhou de cima a baixo algumas vezes antes de esboçar uma expressão dócil.

— Boa tarde — disse Alicia. — Marquei com o sr. Gustavo Barceló aqui.

O funcionário abaixou o olhar até o caderno que estava no atril e fingiu estudá-lo por uns instantes, dando seriedade ao ritual.

— E seu nome é...?

— Verônica Larraz.

— Tenha a bondade de me seguir...

O recepcionista conduziu-a através do suntuoso interior do palacete. Quando passavam, os sócios da entidade interrompiam suas conversas para fazer cara de surpresa e em alguns casos quase de escândalo. Claramente, aquele não era um lugar habituado a receber visitas do gênero feminino, e mais de um caixa-alta daqueles parecia interpretar a presença de Alicia como uma afronta à sua rançosa masculinidade. Ela se limitou a corresponder às suas atenções com um sorriso cortês. Por fim chegaram a uma sala de leitura situada em frente a uma grande janela que dava para a avenida Diagonal. Ali, sentado em uma poltrona imperial e saboreando uma taça de brandy do tamanho de um aquário, repousava um cavalheiro de traços e bigodes majestáticos envergando um terno com direito a colete arrematado por sapatos de dândi. O recepcionista parou a dois metros dele e se desfez em um sorriso pusilânime.

— Dom Gustavo? A visita que esperava...

Dom Gustavo Barceló, decano honorário do ramo de livreiros de Barcelona e estudioso de tudo o que se relaciona com o eterno feminino e seus mais finos adereços, se levantou para recebê-la com uma mesura calorosa e gentil.

— Gustavo Barceló, seu criado.

Alicia lhe estendeu a mão, que o livreiro beijou como se beija a mão de um pontífice, sem pressa e aproveitando a oportunidade para lhe fazer uma vistoria geral que provavelmente revelou até o número das luvas que estava usando.

— Verônica Larraz — apresentou-se Alicia. — Muito prazer.

— Larraz é o sobrenome do seu parente colecionador?

Alicia imaginou que o funcionário, Benito, tinha ligado para Barceló assim que ela saiu da livraria passando-lhe um informe do encontro com todos os detalhes.

— Não. Larraz é meu sobrenome de casada.

— Entendi. Discrição acima de tudo. Estou de acordo. Por favor, sente-se.

Alicia se acomodou na poltrona em frente a Barceló e saboreou o clima aristocrático e excludente que a decoração destilava.

— Bem-vinda à antiga estirpe dos novos-ricos e das famílias arruinadas que casam seus descendentes com eles para perpetuar a casta — comentou Barceló, acompanhando seu olhar.

— O senhor não é sócio efetivo da casa?

— Resisti durante muitos anos por uma questão de higiene, mas com o tempo as circunstâncias me levaram a sucumbir às realidades da cidade e decidi parar de nadar contra a correnteza.

— Certamente tem suas vantagens.

— Sem dúvida. Aqui é possível conhecer gente que está precisando gastar seu patrimônio herdado com coisas que não entende nem necessita e se curar de qualquer sonho romântico sobre as autoproclamadas elites do país, e o brandy é insuperável. Além disso, este é um lugar magnífico para fazer arqueologia social. Mais de um milhão de pessoas moram em Barcelona, mas na hora da verdade são apenas umas quatrocentas que têm as chaves de todas as portas. E esta é uma cidade cheia de portas fechadas onde tudo depende de quem tem a chave, para quem se abre a porta e de que lado se fica. Mas duvido que isto seja novidade para a senhora. Posso lhe oferecer alguma coisa, além de discursos e lições de moral de um velho livreiro?

Alicia negou com a cabeça.

— Claro. Vamos direto ao ponto, certo?

— Se o senhor não se incomoda.

— Muito pelo contrário. Trouxe o livro?

Alicia tirou da bolsa o exemplar de *Ariadna e o Príncipe Escarlate* embrulhado em um lenço de seda e lhe deu. Barceló o recebeu com as duas mãos, e assim que seus dedos tocaram na capa seus olhos se iluminaram e um sorriso de gozo se espalhou em seus lábios.

— *O labirinto dos espíritos*... — murmurou. — Imagino que não vai me dizer como o conseguiu.

— O proprietário preferiria manter isso em segredo.

— Entendo. Com sua licença...

Dom Gustavo abriu o livro e começou a folhear lentamente, saboreando aquele encontro com a expressão de um gourmet que se deleita com uma dádiva única e exclusiva. Alicia já estava começando a desconfiar que o veterano livreiro tinha se esquecido dela e se perdera nas páginas do volume quando ele interrompeu o exame e lhe deu um olhar inquisitivo.

— Desculpe a ousadia, sra. Larraz, mas confesso que não consigo entender por que alguém, neste caso o colecionador que a senhora representa, quer se desfazer de uma peça assim...

— Acha que seria difícil encontrar um comprador?

— Em absoluto. Traga um telefone aqui e em vinte minutos lhe apresento no mínimo cinco ofertas em ordem crescente, menos minha comissão de dez por cento. A questão não é esta.

— E qual é a questão, dom Gustavo, posso perguntar?

Barceló terminou sua taça de brandy.

— A questão é saber se realmente quer vender esta peça, sra. *Larraz*... — replicou Barceló, arrastando o sobrenome fictício com ironia.

Alicia se limitou a sorrir timidamente. Barceló fez que sim.

— Não precisa responder, tampouco me dizer seu nome verdadeiro.

— Meu nome é Alicia.

— Sabia que o personagem central da série *O labirinto dos espíritos*, Ariadna, é uma homenagem a outra Alicia, a de Lewis Carroll e seu País, neste caso Barcelona, das Maravilhas?

Alicia fingiu surpresa, negando suavemente com a cabeça.

— No primeiro volume da série, Ariadna encontra um livro de encantamentos no sótão do casarão em Vallvidrera onde mora com seus pais até eles desaparecerem misteriosamente em uma noite de temporal. Pensando que se conjurasse um espírito das sombras talvez pudesse encontrá-los, Ariadna abre sem querer um portal entre a Barcelona real e o seu reverso, um reflexo maldito da cidade. A Cidade dos Espelhos... No chão, uma fenda se abre aos seus pés, e Ariadna cai por uma interminável escada em caracol nas trevas até chegar a essa outra Barcelona, o labirinto dos espíritos, onde é condenada a ficar vagando pelos círculos do inferno que o Príncipe Escarlate construiu e onde vai encontrando almas amaldiçoadas que tenta salvar enquanto procura seus pais desaparecidos...

— E Ariadna consegue encontrar os pais e salvar alguma dessas almas?

— Infelizmente não. Mas se esforça. À sua maneira, ela é uma heroína, mas seus devaneios com o Príncipe Escarlate pouco a pouco a vão transformando também em um reflexo obscuro e perverso de si mesma, em um anjo caído, por assim dizer...

— Parece uma história exemplar.

— E é. Diga-me uma coisa, *Alicia*, é isso que você faz, descer aos infernos em busca de problemas?

— Por que eu iria querer mais problemas?

— Porque, como o idiota do Benito já deve ter lhe contado, recentemente apareceu na livraria um sujeito com cara de carniceiro da polícia secreta fazendo perguntas parecidas com as suas, e tenho a sensação de que vocês dois se conhecem...

— Esse sujeito se chama Ricardo Lomana e o senhor não está no caminho errado.

— Eu nunca estou, senhorita. O problema são os caminhos em que me meto às vezes.

— O que Lomana lhe perguntou exatamente?

— Queria saber se alguém havia comprado algum livro de Víctor Mataix, nos últimos tempos, seja em leilões, em transações particulares ou no mercado internacional.

— Não perguntou nada a respeito de Víctor Mataix?

— O sr. Lomana não convencia muito como rato de biblioteca, mas tive a impressão de que sobre Mataix ele sabia tudo o que precisava saber.

— E o que o senhor lhe disse?

— Dei a ele os contatos do colecionador que há sete anos tem comprado todos os exemplares de *O labirinto dos espíritos* que não foram destruídos em 1939.

— Todos os livros de Mataix que existiam no mercado foram comprados pela mesma pessoa?

Barceló confirmou.

— Todos menos o seu.

— E quem é esse colecionador?

— Não sei.

— Mas acabou de me dizer que deu os contatos dele a Lomana.

— Dei os contatos do advogado que o representa e faz todas as transações em seu nome, um tal de Brians. Fernando Brians.

— O senhor falou com o advogado Brians, dom Gustavo?

— Devo ter falado com ele uma ou duas vezes no máximo. Pelo telefone. Um homem sério.

— Sobre assuntos relacionados com os livros de Mataix?

Barceló fez um gesto afirmativo.

— O que pode me dizer de Víctor Mataix, dom Gustavo?

— Muito pouco. Sei que trabalhava muito como ilustrador, que tinha publicado vários romances com aqueles sem-vergonhas da Barrido & Escobillas antes de começar a trabalhar nos livros do *Labirinto* e que vivia isolado em uma casa na estrada de Las Aguas, entre Vallvidrera e o observatório Fabra, porque sua esposa sofria de uma doença rara e ele não podia, ou não queria, deixá-la sozinha. Mais nada. E que desapareceu em 1939, depois que os nacionalistas entraram em Barcelona.

— E onde posso descobrir mais alguma coisa sobre ele?

— É difícil. A única pessoa que talvez possa ajudá-la é Vilajuana, Sergio Vilajuana, um jornalista e escritor que conheceu Mataix. Ele é cliente habitual da livraria e o maior especialista no assunto. Ouvi dizer que andava trabalhando em um livro sobre Mataix e toda a geração de escritores malditos da Barcelona que se dissolveu depois da guerra...

— Existem outros?

— Escritores malditos? É uma especialidade local, como o *allioli*.

— E onde posso encontrar o sr. Vilajuana?

— Tente na redação do *La Vanguardia*. Mas, se me permite um conselho, é melhor levar uma história mais bem preparada que a do seu colecionador secreto. Vilajuana não é bobo.

— O que me recomenda?

— Uma tentação.

Alicia sorriu com malícia.

— Com o livro. Se ele continua interessado em Mataix, não creio que resista a dar uma olhada neste exemplar. Hoje em dia é quase tão difícil encontrar um Mataix quanto encontrar uma pessoa decente em uma posição de prestígio.

— Obrigada, dom Gustavo. O senhor me deu uma grande ajuda. Posso lhe pedir que mantenha esta conversa em segredo?

— Não se preocupe. Guardar segredos é o que me mantém jovem. Além de brandy caro.

Alicia voltou a embrulhar o livro com o lenço e o guardou na bolsa. Aproveitou para pegar o batom e desenhar o seu sorriso como se estivesse sozinha, espetáculo que Barceló contemplou com fascinação e uma vaga inquietude.

— Que tal? — perguntou Alicia.

— Notável.

Ela se levantou e vestiu o casaco.

— Quem é você, Alicia?

— Um anjo caído — disse ela, dando-lhe a mão e piscando um olho.

— Pois veio ao lugar certo.

Dom Gustavo Barceló apertou sua mão e ficou observando-a enquanto ela se dirigia para a saída. Voltou ao refúgio da sua poltrona e se perdeu na taça de brandy quase vazia, pensativo. Pouco depois viu-a passar pela janela. O entardecer tinha espalhado um manto de nuvens avermelhadas sobre Barcelona e o sol do poente perfilava as silhuetas dos transeuntes que percorriam as calçadas da Diagonal e dos carros que brilhavam como lágrimas de metal incandescente. Barceló fixou os olhos naquele casaco vermelho que ia se afastando até o instante em que Alicia evaporou entre as sombras da cidade.

9

Naquela tarde, depois de deixar Barceló entregue ao brandy e às suas suspeitas, Alicia enveredou pela Rambla de Catalunha de volta para casa, revisitando aquele desfile de lojas de luxo que já iam acendendo as luzes das suas vitrines. Lembrou os dias em que aprendeu a observar aqueles empórios e seus respeitáveis e empetecados frequentadores com cobiça e desconfiança.

Lembrou as lojas onde entrou para roubar e tudo o que levou, os gritos do gerente e dos clientes às suas costas, o fogo nas veias ao se ver perseguida e o doce sabor da vingança, da justiça, ao sentir que tinha arrancado das mãos deles algo que julgavam possuir por direito divino. Lembrou o dia em que sua carreira de pilhagens terminou, em um aposento úmido e escuro situado no subsolo da delegacia central na Vía Layetana. Era um porão sem janelas, só tinha uma mesa de metal cravada no chão e duas cadeiras. No centro do cômodo havia um escoamento e o chão ainda estava úmido. Tudo cheirava a merda, sangue e água sanitária. Os dois policiais que a prenderam algemaram seus pés e suas mãos à cadeira e a deixaram ali trancada durante horas para que tivesse a oportunidade de imaginar tudo o que iriam lhe fazer.

— Fumero vai adorar saber que temos aqui uma vagabunda bem jovenzinha. Vai deixar você nova em folha.

Alicia tinha ouvido falar de Fumero. Nas ruas se contavam histórias sobre ele e sobre o que acontecia com os infelizes que acabavam em uma masmorra como aquela no porão da delegacia. Não sabia se estava tremendo de frio ou de medo, e quando horas depois a porta metálica se abriu e ela ouviu vozes e passos, fechou os olhos e sentiu a urina escorrendo entre suas coxas e resvalando pelas pernas.

— Abra os olhos — disse a voz.

O rosto de um homem com uma estatura média e jeito de escrivão provinciano lhe sorriu de modo afável através das lágrimas. Não havia mais ninguém no aposento. O sujeito, trajado com esmero e exalando um aroma de colônia cítrica, olhou-a em silêncio por alguns instantes e depois contornou a mesa lentamente e parou às suas costas. Alicia apertou os lábios para sufocar o gemido de terror que incendiou sua garganta quando sentiu aquelas mãos em seus ombros e a boca quase tocando em seu ouvido esquerdo.

— Não tenha medo, Alicia.

Ela começou a se sacudir com força, balançando na cadeira onde estava presa. Notou que as mãos do homem desciam pelas suas costas e, quando sentiu que a força que pressionava seus pulsos havia cedido, demorou alguns segundos para entender que seu captor tinha retirado as algemas. Pouco a pouco a circulação voltou às suas extremidades, e com ela a dor. O homem pegou seus braços e os pôs com cuidado sobre a mesa. Sentou-se ao seu lado e começou a massagear os pulsos da menina.

— Meu nome é Leandro — disse. — Está melhor?

Alicia fez que sim com a cabeça. Leandro sorriu e libertou suas mãos.

— Agora vou tirar os grilhões dos tornozelos. Também vai doer um pouco. Mas antes preciso ter certeza de que você não vai fazer nenhuma bobagem.

Ela negou.

— Ninguém vai machucar você — disse Leandro enquanto tirava os grilhões.

Quando se viu livre, Alicia levantou-se da cadeira e foi buscar a proteção de um canto do aposento. Os olhos do homem notaram a poça de urina embaixo da cadeira.

— Sinto muito, Alicia.

— O que você quer?

— Quero conversar. Só isso.

— Sobre quê?

— Sobre o homem para quem você trabalhou nestes últimos dois anos, Baltasar Ruano.

— Não lhe devo nada.

— Sei disso. Quero que você saiba que Ruano foi preso, junto com a maioria dos seus comparsas.

Alicia olhou para ele com desconfiança.

— O que vai acontecer com ele?

Leandro deu de ombros.

— Ruano está perdido. Confessou tudo depois de um longo interrogatório. Agora vai para o garrote. Em questão de dias. É uma boa notícia para você.

Alicia engoliu em seco.

— E os outros?

— Todos uns pirralhos. Reformatório ou prisão. Os que tiverem sorte. Já aqueles que voltarem para a rua estão com os dias contados.

— E eu?
— Isso depende.
— De quê?
— De você.
— Não estou entendendo.
— Quero que trabalhe para mim.

Alicia encarou-o em silêncio. Leandro se ajeitou na cadeira e olhou sorridente para ela.

— Faz tempo que venho observando você, Alicia. Acho que tem aptidão.
— Para quê?
— Para aprender.
— Aprender o quê?
— A sobreviver. E também a utilizar seu talento para algo mais que encher os bolsos de um gatuno de terceira como Ruano.
— E você, quem é?
— Sou Leandro.
— É da polícia?
— Algo assim. Pense em mim como um amigo.
— Eu não tenho amigos.
— Todo mundo tem amigos. É uma questão de saber encontrá-los. O que estou lhe propondo é que trabalhe para mim durante os próximos doze meses. Terá um alojamento digno e um salário. Com liberdade para ir embora quando quiser.
— E se eu quiser ir agora?

Leandro apontou para a porta.

— Se é isso o que quer, pode ir. Volte para a rua.

Alicia fixou os olhos na porta. Leandro se levantou e foi abri-la. Depois voltou para sua cadeira e deixou o caminho desimpedido.

— Ninguém vai interferir se você resolver sair por esta porta, Alicia. Mas a oportunidade que estou lhe oferecendo fica aqui.

Ela deu uns passos em direção à saída. Leandro não fez o menor gesto para detê-la.

— E se eu ficar com você?
— Se decidir me dar um voto de confiança vamos começar com um banho quente, roupa nova e um jantar no Las Siete Puertas. Já esteve lá alguma vez?
— Não.
— Servem um arroz negro excelente.

Alicia sentiu as tripas rangendo de fome.

— E depois?

— Depois você vai para o seu novo lar, onde terá um quarto e um banheiro só seus, para descansar e dormir em sua própria cama com lençóis limpos e novos. E amanhã, sem pressa, vou levá-la ao meu escritório para começar a lhe explicar o que faço.

— E por que não explica agora?

— Digamos que me dedico a solucionar problemas e tirar de circulação criminosos como Baltasar Ruano, e outros muito piores, para que não possam mais prejudicar ninguém. Mas o que faço de mais importante é descobrir pessoas excepcionais que, como você, não sabem que são excepcionais e lhes ensinar a desenvolver o seu talento para que possam fazer o bem.

— Fazer o bem — repetiu Alicia com frieza.

— O mundo não é o lugar amoral que você conheceu até agora, Alicia. O mundo é simplesmente um espelho daqueles que o formam e não é nem mais nem menos que aquilo que todos nós fazemos dele. Por isso as pessoas que, como você e eu, nascem com um dom têm a responsabilidade de utilizá-lo para o bem de todos. Meu dom é saber reconhecer o talento em outros e guiá-los para que, quando chegar o momento, tomem a decisão adequada.

— Eu não tenho nenhum talento. Nenhum dom...

— Claro que tem. Confie em mim. E, principalmente, confie em si mesma, Alicia. Porque hoje, se você quiser, pode ser o primeiro dia da sua vida que foi roubada e que eu, se me der a oportunidade, vou lhe devolver.

Leandro sorriu com doçura e Alicia sentiu uma obscura e dolorosa vontade de abraçá-lo. O homem lhe estendeu a mão. Passo a passo, Alicia atravessou o aposento até ele. Deu a mão àquele estranho e se perdeu no seu olhar.

— Obrigado, Alicia. Juro que não vai se arrepender.

O eco dessas palavras tão distantes no tempo se desvaneceu pouco a pouco. A dor começava a mostrar as garras e Alicia resolveu andar mais devagar. Sabia que alguém a estava seguindo desde que saíra do Círculo Equestre. Podia sentir sua presença e os olhos acariciando de longe a sua silhueta e esperando. Ao chegar ao sinal da Rosellón parou e se virou um pouco, vasculhando a rua atrás de si com um olhar casual e examinando aquelas dezenas de transeuntes que tinham ido ali para dar uma volta, exibir o uniforme e ver e ser vistos nos lugares certos. Desejou que fosse o pobre Rovira, mas não podia deixar de se perguntar se entre eles, habilmente escondido a vinte ou trinta metros em algum portão ou atrás de um grupo de gente que ocultasse a sua presença, não estaria Lomana. Observando-a, quase pisando nos seus calcanhares e acariciando com ânsia no bolso do casaco a navalha que fazia tempo estava reservada para ela. Um quarteirão abaixo se deparou com as vitrines da confeitaria Mauri, cheias de delícias expostas com mestria para adoçar a melancolia outonal de senhoras nascidas em berço de ouro. Voltou a esquadrinhar o que havia atrás de si e decidiu se refugiar lá dentro por uns minutos.

Uma jovem de rosto sério e virginal levou-a para uma mesa ao lado da janela. Sempre tinha considerado a confeitaria Mauri um opulento fumadouro de açúcar refinado onde damas de certa idade e posição se recluíam para conspirar com o apoio de refinadas camomilas e doces a um passo do pecado. Nessa tarde a paróquia ali congregada confirmava seu diagnóstico, e Alicia, tentada a sentir-se uma entre as eleitas, decidiu pedir café com leite e um *massini* de creme que tinha visto na entrada com seu nome escrito em cima. Enquanto esperava, respondeu com um sorriso ausente aos olhares que lhe davam das outras mesas as matronas enjoiadas e blindadas com suas galas da Modas Santa Eulalia, lendo em seus lábios os comentários *sotto voce* que sua presença inspirava. *Se pudessem arrancar a minha pele em tiras e fazer uma máscara com ela, não hesitariam*, pensou.

Quando o doce chegou à mesa Alicia devorou a metade com avidez e poucos segundos depois sentiu o açúcar no sangue. Tirou da bolsa e abriu o frasco que Leandro lhe entregara quando se despediram na estação de Atocha. Pegou um dos comprimidos e o examinou por alguns segundos na palma da mão antes de levá-lo à boca. Uma nova fisgada de dor no quadril acabou por convencê-la. Engoliu o comprimido com um longo gole de café com leite e comeu o resto do doce, mais para forrar o estômago que qualquer outra coisa. Ficou ali sentada por cerca de meia hora, observando as pessoas que passavam e esperando o remédio fazer efeito. Assim que sentiu a dor ser abafada naquele véu turvo de sonolência que se espalhava pelo seu corpo, se levantou e pagou a conta no caixa.

Parou um táxi na porta da confeitaria e disse seu endereço. O motorista estava com vontade de conversar e lhe ofereceu um longo monólogo, com o qual Alicia se limitou a concordar vagamente. À medida que o narcótico gelava seu sangue, as luzes da cidade pareciam se desvanecer em um manto aquoso como se fossem manchas de aquarela resvalando sobre uma tela. O barulho do trânsito chegava distante.

— Você está bem? — perguntou o motorista quando parou em frente ao edifício da rua Aviñón.

Ela fez que sim e pagou a corrida sem esperar o troco. O motorista, não totalmente convencido de suas boas condições, esperou até que ela conseguisse enfiar a chave da porta na fechadura. Alicia desejou não encontrar Jesusa nem nenhum vizinho ávido por reencontros e conversas de corredor. Foi tateando pela escada em um passo ligeiro e, após uma subida entre sombras e vertigens que lhe parecia interminável, chegou à porta do seu apartamento e milagrosamente conseguiu encontrar a chave e entrar.

Lá dentro, pegou de novo o frasco e com os dedos trêmulos separou mais dois comprimidos. Deixou a bolsa cair aos seus pés e foi até a mesa da sala. A garrafa de vinho branco que Fernandito lhe trouxera de presente continuava lá. Encheu a taça até transbordar e, segurando-se na mesa com uma das mãos, pôs os dois comprimidos na boca e bebeu o conteúdo em um gole só, erguendo a taça vazia em homenagem a Leandro e ao seu *E sobretudo nunca com álcool.*

Cambaleou pelo corredor que dava no quarto largando a roupa por onde passava. Sem se incomodar em acender a luz, desabou na cama. Com muita dificuldade conseguiu puxar o cobertor para si. Os sinos da catedral bateram ao longe e Alicia, exausta, fechou os olhos.

10

No sonho, o estranho não tinha rosto. Desenhava uma silhueta preta que parecia ter se soltado das sombras líquidas que pingavam do teto do quarto. A princípio pensou que o tinha visto imóvel olhando-a ao pé do leito, mas depois se deu conta de que havia se sentado na beira da cama e estava puxando os lençóis que a cobriam. Sentiu frio. O estranho tirava as luvas negras sem pressa. Seus dedos estavam gelados quando Alicia sentiu que tocavam em seu ventre nu e procuravam a cicatriz que se espalhava pelo quadril direito. As mãos do estranho exploraram as dobras da ferida e seus lábios tocaram em seu corpo. O contato caloroso da língua acariciando a crista daquela marca lhe deu náuseas. Só quando ouviu os passos se afastando pelo corredor entendeu que não estava sozinha no apartamento.

Apalpou na penumbra até encontrar o interruptor e acendeu o abajur da mesa de cabeceira. A luz a cegou, obrigando-a a tapar os olhos. Ouviu passos na sala e o barulho de uma porta se fechando. Voltou a abrir os olhos e viu seu corpo nu deitado na cama. Os lençóis estavam empilhados no chão. Levantou-se lentamente, segurando a cabeça. Foi tomada por uma sensação de vertigem e por um momento pensou que ia desmaiar.

— Jesusa? — chamou com a voz entrecortada.

Apanhou um lençol no chão e se enrolou nele. Conseguiu atravessar o corredor buscando as paredes com as mãos, apalpando às cegas. O rastro de roupas que ela deixara no corredor horas antes tinha desaparecido. A sala estava mergulhada em uma penumbra acerada, com o contorno dos móveis e estantes se insinuando na trama de azul que penetrava pela janela. Encontrou o interruptor e acendeu a luminária pendurada no teto. Pouco a pouco seus olhos se ajustaram à claridade. Assim que entendeu o que estava vendo, o medo clareou seu pensamento e a cena entrou em seu campo visual como se até então ela estivesse olhando tudo através de uma lente desfocada.

Sua roupa estava na mesa da sala. O casaco vermelho descansava em uma das cadeiras. Seu vestido tinha sido disposto com esmero em cima da mesa e dobrado com a perícia de um profissional. As meias estavam delicadamente esticadas com a costura de lado. A roupa de baixo, estendida sobre a mesa, parecia preparada para o balcão de uma loja de lingerie. Alicia voltou a sentir um início de enjoo. Foi à estante e pegou a Bíblia. Abriu o volume e tirou a arma que guardava ali. Nesse movimento, o livro, oco, escorregou das suas mãos e caiu a seus pés. Não fez menção de apanhá-lo. Destravou o cão e segurou o revólver com as duas mãos.

Só então reparou na sua bolsa, pendurada no encosto de uma cadeira. Lembrava que tinha caído no chão quando entrou. Foi até ela. Estava fechada. Quando abriu sentiu um frio na espinha. Deixou a bolsa cair de novo no chão, amaldiçoando-se. O livro de Mataix não estava mais lá.

Passou o resto da noite na penumbra, enrolada como um novelo em um canto do sofá, com a arma nas mãos e os olhos fixos na porta, escutando os mil e um gemidos que a estrutura do velho edifício emitia como se fosse um barco à deriva. O amanhecer a surpreendeu quando suas pálpebras já estavam começando a despencar. Levantou-se e olhou o próprio reflexo na janela. Mais à frente, um manto púrpura se espalhava no céu desenhando um desfile de sombras entre os terraços e os edifícios da cidade. Alicia se debruçou na janela e viu que as luzes do Gran Café já salpicavam nos paralelepípedos da rua. Barcelona só tinha lhe concedido um dia de trégua.

Bem-vinda de volta, pensou.

11

Vargas a esperava no salão do Gran Café acariciando uma xícara fumegante e ensaiando um sorriso de armistício para recebê-la. Alicia o viu de longe, sua silhueta desenhava um reflexo duplo na vidraça do café. O policial tinha se instalado na mesma mesa que ela escolhera na manhã anterior e estava rodeado de restos do que devia ter sido um opíparo café da manhã e dois ou três jornais. Alicia atravessou a rua em direção à entrada e respirou fundo antes de abrir a porta. Quando a viu entrar, Vargas se levantou e acenou nervosamente. Alicia devolveu a saudação e rumou para a mesa fazendo um gesto a Miquel de que lhe trouxesse seu café da manhã habitual. O garçom assentiu com a cabeça.

— Como foi a viagem? — disse Alicia.

— Longa.

Vargas esperou que ela se sentasse para fazer o mesmo. Os dois se olharam nos olhos em silêncio. Ele a observava com o cenho franzido, confuso.

— O que foi? — perguntou Alicia.

— Eu esperava uma maldição ou uma recepção mais na sua linha — improvisou Vargas.

Alicia deu de ombros.

— Se eu fosse um pouco mais bobo até diria que gostou de me ver — prosseguiu Vargas.

Ela esboçou um sorriso.

— Não precisa exagerar.

— Você está me assustando, Alicia. Aconteceu alguma coisa?

Miquel se aproximou da mesa com cautela trazendo as torradas de Alicia e sua xícara de café com leite. Ela lhe fez um sinal e o garçom se afastou veloz e sumiu discretamente atrás do balcão. Alicia pegou uma das torradas e a mordeu sem vontade. Vargas olhava para ela com certa preocupação.

— E então? — perguntou afinal, impaciente.

Alicia resumiu suas aventuras do dia e da noite anterior. À medida que ia desfiando o relato, o rosto de Vargas adquiria uma expressão sombria. Quando terminou de contar como tinha passado as horas até o amanhecer com o revólver na mão esperando que a porta do apartamento voltasse a ser aberta, Vargas balançou a cabeça.

— Tem uma coisa que eu não entendo. Você diz que um homem entrou enquanto estava dormindo e levou o livro.

— E qual é a parte que você não entende?

— Como sabe que era um homem?

— Porque sei.

— Então não estava dormindo.

— Estava sob efeito da medicação. Eu já disse.

— Qual é a parte que não me contou?

— A que não lhe interessa.

— Ele lhe fez alguma coisa?

— Não.

Vargas a olhava com incredulidade.

— Enquanto eu estava aqui esperando, seu amigo Miquel me ofereceu uma água-furtada que eles têm aqui em cima, praticamente com vista para a sua casa. Vou pagar duas semanas adiantado e pedir que leve a minha mala para cima.

— Você não precisa ficar aqui, Vargas. Vá para um bom hotel. Leandro paga.

— Ou isto aqui, ou senão vou me instalar no seu sofá. Você escolhe.

Alicia suspirou, sem ânimo para começar outra batalha.

— Nunca me disse que tinha uma arma — observou Vargas.

— Você nunca perguntou.

— E sabe usar?

Alicia o fulminou com o olhar.

— Eu imaginava que você era mais chegada a corte e costura — disse o policial. — Vai me fazer o favor de estar sempre com ela ao alcance da mão? Dentro e fora de casa.

— Sim, senhor. Conseguiu descobrir alguma coisa sobre Lomana?

— No Ministério do Interior ninguém dá um pio. Tenho a impressão de que eles não sabiam de nada. Na polícia, a versão que corre é a que você já deve ter ouvido. Foi transferido da sua unidade há cerca de um ano para colaborar no caso das cartas anônimas enviadas a Valls. Andou investigando por conta própria. A princípio devia se reportar a Gil de Partera. Em determinado momento parou de fazê-lo. Sumiu do mapa. Que história você tem com ele?

— Nenhuma.

Vargas franziu o cenho.

— Não está pensando que foi ele quem entrou na sua casa esta noite para roubar o livro e fazer o que não quer me contar?

— Você já disse tudo.

Vargas a olhava de esguelha.

— Essa medicação é para a ferida que sofreu?

— Não, tomo para me divertir. Que idade você tem, Vargas?

Ele ergueu as sobrancelhas, surpreso.

— Provavelmente o dobro que você, mas prefiro não pensar nisso. Por quê?

— Não está achando que é meu pai ou algo assim, certo?

— Não tenha ilusões.

— Que pena — disse Alicia.

— Não se enterneça. Não combina com você.

— É o que diz Leandro.

— E deve ter seus motivos. Se já terminamos o intervalo sentimental, por que não me diz quais são os planos para hoje?

Alicia terminou sua xícara de café com leite e fez um gesto a Miquel pedindo que lhe servisse outro.

— Você sabia que, além de cafeína e de cigarro, o corpo também precisa de carboidratos, proteínas e coisas assim?

— Prometo que hoje vamos almoçar na Casa Leopoldo e você paga.

— Que alívio. E antes?

— Antes vamos nos reunir com meu espião particular, o simpático Rovira.

— Rovira?

Alicia lhe fez um breve resumo do seu encontro com Rovira na véspera.

— Deve estar aí fora, morrendo de frio.

— Que se dane — disse Vargas. — E depois de passar as instruções do dia ao seu aprendiz?

— Pensei que podíamos visitar um advogado. Fernando Brians.

Vargas concordou, não muito convencido.

— Quem é?

— Brians representa um colecionador que está comprando há anos todos os exemplares dos romances de Víctor Mataix.

— Lá vem você com essa história do livro. Não me leve a mal, mas não seria mais sensato ver o que o pessoal da delegacia tem a nos contar sobre o carro que Valls usou para sair de Madri? Só para dar um exemplo de algo realmente relacionado com o nosso caso.

— Teremos tempo para isso.

— Desculpe a pergunta, Alicia, mas ainda estamos tentando encontrar o ministro Valls enquanto ainda existem possibilidades de que esteja vivo?

— O carro é uma perda de tempo — sentenciou Alicia.

— Do meu ou do seu?

— De Valls. Mas se você fica mais tranquilo, tudo bem. Você venceu. Vamos ver o carro dele.

— Obrigado.

12

Fiel à sua promessa, Rovira estava na rua tiritando de frio e parecendo amaldiçoar o dia em que nasceu e todos os que se seguiram. O aprendiz de espião parecia ter encolhido uns dez centímetros desde a véspera. Seu rosto delatava um ricto angustiado que sugeria um princípio incipiente de úlcera. Vargas o identificou sem que Alicia precisasse apontá-lo.

— Esse aí é o rei das tramas?

— O próprio.

Rovira levantou os olhos quando ouviu os passos. Quando registrou a presença de Vargas engoliu em seco e puxou um maço de cigarros com a mão trêmula. Alicia e Vargas se colocaram cada um a um lado de Rovira.

— Pensei que viria sozinha — balbuciou Rovira.

— Você é um romântico, Rovira.

Ele emitiu um ensaio de riso nervoso. Alicia lhe arrancou o cigarro dos lábios e jogou longe.

— Espere... — protestou Rovira.

Vargas se inclinou levemente sobre ele e Rovira se encolheu ainda mais que antes.

— Só fale com a senhorita quando ela perguntar. Combinado?

O outro fez que sim com a cabeça.

— Rovira, hoje é o seu dia de sorte — disse Alicia. — Acabou o frio. Agora você vai ao cinema. No Capitol as sessões matinais começam às dez e está passando um ciclo de filmes da macaca Chita que você vai adorar.

— Dignos de um Oscar — corroborou Vargas.

— Desculpe, dona Alicia, mas antes que o seu colega aqui quebre o meu pescoço eu queria lhe pedir, se não for muito incômodo e agradecendo de antemão a sua generosidade, que me ajude só um pouquinho. O que eu peço é quase nada. Não me mande ir ao cinema. Bem que eu gostaria, mas se o pessoal da Chefatura me pegar vou perder os últimos fios de cabelo. Deixe eu segui-la. Bem de longe. Se quiser, pode me dizer antes aonde vai e assim eu quase não incomodo. Garanto que não vai nem me enxergar. Mas no final do dia tenho que passar um relatório dizendo onde esteve e o que fez, senão me dão uma dura. A senhora não sabe como é essa gente. Seu colega que o diga...

Vargas olhou aquele pobre-diabo com uma certa simpatia. Em toda delegacia de polícia havia um infeliz como esse, o capacho onde todos limpam a lama dos sapatos e que até as faxineiras tratam com desdém.

— A senhora me diz quais lugares posso informar e quais não. E todos nós saímos ganhando. Eu lhe peço de joelhos...

Antes que Alicia pudesse dizer alguma coisa, Vargas apontou o indicador para Rovira e tomou a palavra.

— Olhe aqui, frangote, você me faz lembrar o Carlitos e por isso gostei de você. Eu lhe proponho o seguinte: vai nos seguir de longe, de muito longe. Mais ou menos da Rioja à Peñón. Se eu vir, cheirar ou imaginar sua presença a menos de duzentos metros, nós dois vamos ter uma conversinha corpo a corpo, e acho que não vão apreciar muito na Chefatura se você aparecer por lá com o focinho mais amassado que uma hóstia bendita.

Rovira pareceu ter perdido a respiração por alguns segundos.

— Concorda ou quer uma prévia? — arrematou Vargas.

— Duzentos metros. É pouco. Melhor duzentos e cinquenta, cortesia da casa. Muitíssimo obrigado por sua generosidade e compreensão. O senhor não vai se arrepender. Ninguém pode dizer que Rovira não cumpre o...

— Vá embora daqui já, porque a sua presença me irrita — sentenciou Vargas em seu tom de voz mais funesto.

Rovira fez um ensaio fugaz de cumprimento e saiu rapidamente. Vargas o viu desaparecer no meio da multidão e sorriu.

— Você é um sentimental — murmurou Alicia.

— E você, um anjinho. Preciso telefonar a Linares para saber se podemos ver o carro esta manhã.

— Quem é Linares?

— É dos bons. Nós começamos juntos, e continua sendo um grande amigo. De quanta gente se pode dizer o mesmo depois de vinte anos na polícia?

Voltaram a entrar no café e Miquel trouxe o telefone. Vargas ligou para a delegacia central da Vía Layetana e mergulhou em uma valsa conversacional de camaradagem viril, piadas de gosto duvidoso e conluio bem estudado com seu colega Linares a fim de conseguir autorização para ir bisbilhotar um pouco e dar uma olhada no carro supostamente usado por Mauricio Valls e o seu motorista, pistoleiro e menino de recados para viajar de Madri a Barcelona. Alicia acompanhou a conversa como se ouvisse uma comédia de salão, saboreando a métrica hábil e o talento de Vargas para cativar seus colegas e recitar parágrafos grandiloquentes desprovidos de qualquer conteúdo.

— Tudo resolvido — concluiu depois de desligar.

— Tem certeza? Não pensou que o tal Linares talvez estivesse interessado em saber que eu também vou?

— Claro que pensei. Por isso nem mencionei.

— E o que vai dizer quando me virem?

— Que somos namorados. Sei lá. Qualquer coisa.

Pegaram um táxi em frente à prefeitura e partiram justamente quando o tráfego na Vía Layetana começava a ficar pesado na marcha lenta tortuosa das primeiras horas da manhã. Vargas admirava pensativo o desfile de fachadas monumentais que emergiam como navios na bruma da manhã. O motorista de vez em quando dava umas olhadas furtivas pelo espelho, provavelmente especulando sobre o estranho casal que eles formavam, mas suas inquietações e reflexões foram amansadas pela irrupção de uma vigorosa conversa radiofônica de cunho esportivo em que se debatia com veemência se o campeonato de futebol já estava perdido ou se, pelo contrário, ainda havia razões para continuar vivendo.

13

Era conhecido como O Museu das Lágrimas. O imenso pavilhão se erguia em uma terra de ninguém localizada entre o jardim zoológico e a praia. À sua volta se espalhava uma cidadela de fábricas e galpões tramada de costas para o mar e presidida pela grande Torre das Águas, uma espécie de castelo circular suspenso no céu. O Museu das Lágrimas era uma relíquia, uma ruína salva da demolição que arrasou quase todas as estruturas construídas para a Grande Exposição Universal de 1888. Depois de anos de abandono, o pavilhão foi destinado pelo município à Chefatura Superior de Polícia, que o usava como depósito e catacumba de uso permanente. Lá se empilhavam, em um infinito arquivo judicial, décadas de sumários, provas, butins, objetos confiscados, armas e todo tipo de artefatos, memorandos e tesouros acumulados em mais de setenta anos de poeira, crime e castigo na cidade de Barcelona.

O prédio tinha uma abóbada similar à vizinha Estação de Francia. Seu teto laminado filtrava lâminas de luz que atravessavam a névoa e se derramavam em um emaranhado de corredores de centenas de metros que superavam em altura a maioria dos edifícios do Ensanche. Um complexo sistema de escadas e passarelas pendia das alturas como uma tramoia fantasmal para dar acesso aos níveis mais altos, onde se aninhavam os documentos e objetos que registravam a história secreta de Barcelona a partir do ocaso do século XIX. Nas suas sete décadas de atividade, artefatos de todo tipo ficaram presos nesse limbo. De carroças e automóveis antediluvianos utilizados em crimes até um enciclopédico arsenal de armas e venenos. O prédio tinha um número de obras de arte incluídas no inventário de inquéritos insolúveis suficiente para abrir vários museus. Entre os estudiosos, tinha fama particular uma macabra coleção de cadáveres dissecados encontrada nos porões da mansão de um magnata retornado, no bairro de San Gervasio, que em seus anos de fortuna e glória em Cuba tinha adquirido gosto pela caça e pelo martírio de escravos e, ao voltar, deixara um rastro de desaparecimentos nunca solucionados entre a ralé que frequentava os salões e os cafés do Paralelo.

Havia uma galeria inteira dedicada a armazenar frascos de vidro com uma fauna variada de inquilinos permanentes flutuando em formol amarelento. O palácio contava com um formidável arsenal de punhais, estiletes e um sem-fim de instrumentos cortantes que deixariam de cabelo em pé o mais experiente carniceiro. Uma das alas mais célebres era o pavilhão fechado a sete chaves onde só se entrava com autorização das mais altas autoridades e que abrigava material e documentação confiscados em investigações de crimes e em casos de cunho religioso e ocultista. Dizia-se que esse arquivo continha suculentos dossiês sobre vários membros da alta sociedade barcelonesa relacionados ao caso da chamada Vampira da rua Poniente, assim como correspondência e minutas do caso dos exorcismos de Mossèn Cinto Verdaguer em um apartamento próximo à rua Princesa que nunca tinham vindo à luz, nem viriam.

Os espaços que servem de morada perpétua para uma galeria de calamidades desse porte costumam destilar uma teia de escuridões que inspira no visitante o desejo de sair às pressas, sob pena de ficar preso lá dentro e passar a fazer parte da coleção permanente. O Museu das Lágrimas não era exceção, e, embora os expedientes policiais só o mencionassem usando seu nome verdadeiro, Seção Treze, a reputação que tinha e a acumulação espectral de desgraças que entesourava lhe renderam o apelido pelo qual todo mundo o conhecia.

Quando o táxi os deixou na entrada da Seção Treze, o homem que parecia ter sido designado como cão de guarda do lugar já os esperava na soleira com um molho de chaves preso no cinto e um semblante que podia ganhar o prêmio em um concurso de coveiros.

— Este deve ser Florencio — comentou Vargas em voz baixa antes de abrir a porta do carro. — Deixe eu falar.

— É todo seu — disse Alicia.

Quando saltaram do táxi Vargas estendeu a mão para o guarda.

— Bom dia, sou Juan Manuel Vargas, da Chefatura Central. Falei com Linares há poucos minutos. Ele me disse que ia telefonar avisando que eu vinha para cá.

Florencio fez que sim.

— Mas o capitão Linares não me avisou que vinha acompanhado.

— Esta senhorita é a minha sobrinha Margarita, que está fazendo a gentileza de me servir de guia e secretária durante estes dias na Cidade Condal. Não lhe disseram nada?

Florencio negou, buscando Alicia com o olhar.

— Margarita, venha cumprimentar dom Florencio; é Florencio, certo? Autoridade absoluta da Seção Treze.

Alicia avançou alguns passos e lhe estendeu timidamente a mão. Florencio franziu o cenho, mas preferiu não dizer nada.

— Venham.

O guarda os levou ao portão principal e por ali entraram.

— Está aqui há muito tempo, Florencio? — perguntou Vargas.

— Uns dois anos. Antes passei dez no depósito.

Vargas olhou-o, confuso.

— De cadáveres — esclareceu o outro. — Façam a gentileza de me seguir, o que vocês querem está no pavilhão nove. Deixei tudo preparado.

Aquilo que por fora parecia uma grande estação de trem abandonada se revelava por dentro uma vasta basílica que se perdia no infinito. Um sistema de iluminação elétrica com guirlandas de lâmpadas penduradas dava um tom dourado à penumbra. Florencio os guiou através de inúmeras galerias repletas de todo tipo de artefatos, caixas e baús. Alicia vislumbrou de relance desde uma coleção de animais dissecados a um batalhão de manequins. Móveis, bicicletas, armas, quadros, estátuas religiosas e até mesmo um recinto espectral habitado exclusivamente por uns autômatos de quermesse ou coisa parecida.

Florencio deve ter notado o olhar de assombro de Alicia enquanto ia absorvendo a atmosfera do lugar. Aproximou-se dela e apontou para algo que parecia uma barraca de feira.

— São inacreditáveis as coisas que nós temos aqui. Às vezes nem eu mesmo acredito.

À medida que adentravam a retícula de corredores foram percebendo no ar uma estranha ladainha que parecia feita de sons de animais. Alicia pensou por um instante que estavam se aventurando em uma selva cheia de aves tropicais e felinos à espreita. Florencio se deleitou com a perplexidade que se lia em seus rostos e deixou escapar uma gargalhada infantil.

— Não, vocês não ficaram loucos, embora este lugar seja capaz de fazer qualquer um perder o juízo sem perceber — explicou. — É por causa do zoológico, que fica bem ali atrás. Daqui se ouve tudo. Elefantes, leões e cacatuas. De noite as panteras começam a rugir e nos deixam de cabelo em pé. Mas o pior são as macacas. Igual gente, mas sem todo o teatrinho. Por aqui, por favor. Já estamos quase chegando...

O carro estava coberto por uma lona fina que desenhava o seu contorno. Florencio retirou e dobrou o tecido com destreza. Já tinha preparado dois focos montados em tripés que colocou aos dois lados do carro. Uma vez ligados a uma extensão que descia da rede de iluminação, projetaram dois fortes feixes amarelos que transformaram o veículo em uma escultura de metal reluzente. Satisfeito com o resultado da sua cenografia, Florencio foi abrir as quatro portas do automóvel e depois se afastou alguns passos fazendo uma reverência.

— Aí está — entoou.

— Você tem à mão o relatório da perícia? — perguntou Vargas.

Florencio fez que sim com a cabeça.

— Está no escritório. Vou trazer agora mesmo.

O guarda saiu apressado para buscar o relatório quase levitando a um palmo do chão.

— Você no lado do passageiro — ordenou Vargas.

— Sim, querido tio.

A primeira coisa que Alicia notou foi o cheiro. Ergueu os olhos para Vargas, que confirmou.

— Pólvora — disse.

O policial apontou para as manchas escuras de sangue seco salpicadas no banco do passageiro.

— É pouco sangue para uma ferida de bala — estimou Alicia. — Talvez um arranhão...

Vargas negou lentamente com a cabeça.

— Um tiro dentro do carro deixaria uma ferida com orifício de saída, e a bala estaria alojada na carroceria ou nos bancos. Tão pouco sangue provavelmente vem de outro tipo de ferida, talvez de arma branca. Ou uma pancada.

Vargas apalpou o halo de pequenas marcas de perfuração no encosto do banco.

— Queimado — murmurou. — O tiro foi de dentro para fora.

Alicia se afastou do banco do carro e buscou a manivela da janela. Ao acioná-la, só apareceu na borda uma fileira de arestas de vidro. Embaixo da janela se viam fragmentos de vidro pulverizado.

— Está vendo?

Passaram alguns minutos revistando o carro de cima a baixo, em silêncio. A polícia local tinha vasculhado o veículo a fundo e não deixara nada de interessante para eles além de um maço de mapas rodoviários antigos no porta-luvas e um caderno de espiral sem capa. Alicia folheou as páginas.

— Alguma coisa? — perguntou Vargas.

— Em branco.

Florencio, que tinha voltado sigilosamente com o relatório da perícia, os observava na penumbra.

— Mais limpo que uma pátena de igreja, não é? — disse.

— Havia alguma coisa no carro quando o trouxeram?

Florencio lhes entregou o relatório da perícia.

— Já estava assim quando o trouxeram.

Vargas pegou o relatório e começou a verificar o inventário de artigos descritos.

— Isso é normal? — inquiriu Alicia.

— Como? — replicou Florencio, solícito.

— Perguntei se é normal um carro não ser vistoriado aqui.

— Depende. O mais habitual é haver uma primeira revista no lugar dos acontecimentos e depois outra mais profunda aqui.

— E foi feita?

— Não, que eu saiba.

— Aqui no relatório diz que o carro foi encontrado na estrada de Las Aguas. É uma via com muito trânsito? — quis saber Vargas.

— Não. É uma estradinha de terra de vários quilômetros que contorna a encosta da montanha — disse Florencio. — Lá não tem águas nem estrada propriamente dita.

A explicação era dirigida a Vargas, mas Florencio piscou um olho para Alicia enquanto a formulava. Ela sorriu com o gracejo.

— Os investigadores acham que o carro foi deixado lá a posteriori, mas o incidente aconteceu em outro lugar — acrescentou Florencio.

— Alguma ideia?

— Encontraram restos de cascalho fino entre os sulcos dos pneus. Pedra calcária. Não do mesmo tipo que cobre a estrada de Las Aguas.

— E então?

— Se for perguntar aos investigadores, eles vão dizer que existem dúzias de lugares onde se pode encontrar isso.

— E se perguntarmos a você, Florencio? — disse Alicia.

— Um espaço ajardinado. Talvez um parque. É possível que seja o pátio de uma residência particular.

Vargas apontou para o relatório.

— Estou vendo que vocês dois já resolveram o caso — interrompeu Vargas —, mas será muito abuso se eu pedir uma cópia?

— Esta já é uma cópia. Pode ficar com ela. Mais alguma coisa em que possa ajudar?

— Se puder nos fazer a gentileza de chamar um táxi...

14

Já no carro, Vargas não abriu a boca e ficou com os olhos presos na janela; seu mau humor se espalhava como veneno no ar. Alicia lhe deu um toquezinho com o joelho.

— Não fique com essa cara, homem, porque agora vamos à Casa Leopoldo.

— Estão nos fazendo perder tempo — murmurou Vargas.

— E isso é surpresa?

Ele a encarou enfurecido. Alicia sorria placidamente.

— Bem-vindo a Barcelona.

— Não sei o que você acha tão engraçado.

Alicia abriu a bolsa e tirou o caderno de anotações que tinha encontrado no carro de Valls. Vargas suspirou.

— Diga-me que isto não é o que acho que é.

— Já está começando a ter apetite?

— Sem mencionar o fato de que tirar provas de um inquérito já é uma infração grave em si mesmo, só o que estou vendo aí é uma caderneta com todas as páginas em branco.

Alicia enfiou a unha entre os aros da espiral metálica que fixava a lombada do caderno e puxou duas tirinhas de papel que tinham ficado presas lá dentro.

— E daí?

— Páginas arrancadas — disse ela.

— De grande utilidade, sem dúvida.

Alicia pressionou a primeira página do caderno contra a janela do táxi. O sol na contraluz perfilou o relevo dos traços marcados no papel. Vargas se inclinou e forçou a vista.

— Números?

Alicia confirmou.

— São duas colunas. A primeira é formada por uma sequência de números e letras. A segunda, só por números. Sequências de cinco a sete algarismos. Olhe bem.

— Já vi. E daí?

— Daí que os números são consecutivos. Começam em quarenta mil trezentos e pouco e acabam em quarenta mil quatrocentos e sete ou oito.

O olhar de Vargas se iluminou, ainda que uma sombra de dúvida pairasse em seu rosto.

— Pode ser qualquer coisa — disse.

— Mercedes, a filha de Valls, lembrava que na noite anterior ao seu desaparecimento o pai tinha mencionado ao seu segurança algo a respeito de uma lista. Uma lista com números...

— Não sei, Alicia. O mais provável é que não seja nada.

— Talvez — admitiu ela. — Como andamos de apetite?

Vargas afinal sorriu, vencido.

— Se é um convite seu, vamos fazer o possível.

A visita ao Museu das Lágrimas e a promessa — que provavelmente nunca passaria de um desejo — de que aquela improvável pista encontrada no relevo de uma página em branco pudesse levá-los a algum lugar tinham levantado o ânimo de Alicia. Farejar uma pista nova era sempre um prazer secreto: o aroma do futuro, como Leandro gostava de dizer. Confundindo bom humor com apetite, Alicia encarou o menu da Casa Leopoldo com espírito de cossaco e pediu pelos dois, e para mais dois. Vargas não discordou nem reclamou, e quando começou o desfile ininterrupto de pratos deliciosos e Alicia penou para enfrentá-lo, o veterano policial se limitou a murmurar enquanto dava cabo da sua parte e de algumas outras mais.

— Na mesa nós também formamos uma grande equipe — comentou enquanto desfiava uma rabada com um aroma prodigioso. — Você pede e eu devoro.

Alicia mordiscava seu prato como se fosse um passarinho, sorridente.

— Não quero ser desmancha-prazeres, mas não tenha muita esperança — disse Vargas. — Esses números talvez sejam simplesmente referências do motorista para a manutenção ou sabe-se lá o quê.

— É muita manutenção. Que tal a rabada?

— De primeira. Igual a uma que comi em Córdoba na primavera de 1949 e com o qual ainda sonho.

— Sozinho ou acompanhado?

— Está me investigando, Alicia?

— Simples curiosidade. Você tem família?

— Todo mundo tem família.

— Eu não tenho — cortou ela.

— Desculpe, não...

— Não há nada a desculpar. O que foi que Leandro lhe contou a meu respeito?

Vargas pareceu surpreso com a pergunta.

— Ele deve ter dito alguma coisa. Ou você lhe perguntou.

— Eu não perguntei. E ele não disse grandes coisas.

Alicia sorriu com frieza.

— Cá entre nós. Vamos. O que ele contou de mim?

— Olhe aqui, Alicia, o jogo entre vocês dois não é assunto meu.

— Nossa, então ele contou mais do que você admite.

Vargas a encarou, irritado.

— Disse que você é órfã. Que perdeu seus pais na guerra.

— E o que mais?

— Que tem uma ferida que lhe causa uma dor crônica. E que isso afeta sua personalidade.

— Minha personalidade.

— Deixe para lá.

— O que mais?

— Que você é uma pessoa solitária e tem dificuldade para criar laços afetivos.

Alicia riu a contragosto.

— Disse isso? Com essas palavras?

— Não me lembro exatamente. Podemos mudar de assunto?

— Certo. Vamos falar dos meus laços afetivos.

Vargas revirou os olhos.

— Você acha que eu tenho dificuldade para criar laços afetivos?

— Não sei nem me interessa.

— Leandro nunca pronunciaria uma frase assim, cheia de lugares-comuns. Até diria que parece tirada do consultório sentimental de uma revista de moda.

— Devo ter sido eu, então, que assino várias.

— O que ele disse exatamente?
— Por que faz isso com você, Alicia?
— Faço o quê?
— Ficar se martirizando.
— É assim que me vê? Como uma mártir?

Vargas olhou para ela em silêncio, negando afinal com a cabeça.

— O que foi que Leandro disse? Prometo que se me contar a verdade nunca mais pergunto.

Vargas avaliou a alternativa.

— Disse que você não acredita que possa ser amada porque não gosta de si mesma e acha que ninguém jamais gostou. E que não perdoa o mundo por isso.

Alicia abaixou a vista e forçou um riso tênue. Vargas notou que estava com os olhos vítreos e pigarreou.

— Pensei que queria que eu falasse da minha família — disse.

Alicia deu de ombros.

— Meus pais eram de um povoado de...
— Queria saber se tem mulher e filhos — cortou ela.

Vargas olhou-a, com os olhos vazios de qualquer expressão.

— Não — disse depois de uma pausa.
— Não queria ser inconveniente. Desculpe.

Vargas sorriu sem ânimo.

— Não está sendo. E você?
— Se tenho mulher e filhos? — perguntou Alicia.
— Ou o que for.
— Acho que não — respondeu ela.

Vargas ergueu a taça de vinho fazendo um brinde.

— Pelas almas solitárias.

Alicia levantou a sua e tocou na de Vargas, evitando seu olhar.

— Leandro é um idiota — opinou o policial após uma pausa.

Alicia negou lentamente com a cabeça.

— Não. É simplesmente cruel.

O resto do almoço transcorreu em silêncio.

15

Valls acorda na escuridão. O corpo de Vicente não está mais lá. Martín deve ter tirado enquanto ele dormia. Só aquele desgraçado poderia pensar em trancá-lo junto com um cadáver. Uma mancha viscosa desenha no chão o contorno do corpo. Em seu lugar há uma pilha de roupa velha mas seca e um balde pequeno cheio d'água. Tem gosto de metal e cheiro de sujo, mas quando Valls molha os lábios e consegue beber um gole tem a impressão de que é o manjar mais delicioso que provou em toda a vida. Bebe até saciar uma sede que julgava insaciável, até o estômago e a garganta doerem. Depois se livra dos farrapos ensanguentados e imundos que cobrem seu corpo e veste as roupas que encontra na pilha. Têm cheiro de poeira e de desinfetante. A dor na mão direita adormeceu e em seu lugar sente uma surda pulsação. A princípio não tem coragem de olhar a mão, mas quando olha vê que a mancha preta se estendeu e chega até o punho, como se a houvesse mergulhado em um balde de alcatrão. Sente o cheiro da infecção e percebe que seu próprio corpo está apodrecendo vivo.

— É a gangrena — diz a voz na escuridão.

Seu coração dá um pulo e Valls se vira e descobre o carcereiro sentado ao pé da escada, observando-o. Valls se pergunta há quanto tempo deve estar ali.

— Vai perder a mão. Ou a vida. Depende de você.

— Por favor me ajude. Dou tudo o que me pedir.

O carcereiro o olha, impassível.

— Há quanto tempo estou aqui?

— Pouco.

— Você trabalha para Martín? Onde ele está? Por que não vem me ver?

O carcereiro se levanta. O sopro de luz que se filtra do alto da escada toca em seu rosto. Agora Valls pode ver claramente a máscara, uma peça de porcelana que cobre metade do rosto. Pintada em cor de carne. O olho está sempre aberto e não pisca. O carcereiro se aproxima das barras para que ele possa vê-lo melhor.

— Não se lembra, não é mesmo?

Valls nega devagar com a cabeça.

— Já vai lembrar. Temos tempo.

Quando se vira e já vai subir de novo a escada, Valls estende a mão esquerda através das barras em sinal de súplica. O carcereiro para.

— Por favor — implora Valls. — Preciso de um médico.

O carcereiro tira um pacote do bolso do casaco e o joga dentro da cela.

— Você decide se quer viver ou apodrecer pouco a pouco, como deixou acontecer com tantos inocentes.

Antes de sair, acende uma vela e a deixa em um pequeno vão escavado na parede em forma de edícula.

— Por favor, não vá embora...

Valls ouve os passos se apagando e a porta se fechando. Então se ajoelha e apanha no chão o pacote embrulhado em papel pardo. Abre com a mão esquerda.

A princípio não consegue decifrar o que é. Só reconhece quando pega o objeto e o olha à luz da vela.

Uma serra de marcenaria.

16

Barcelona, mãe de labirintos, abriga no mais sombrio de seu coração um novelo de becos entrelaçados em um caminho de ruínas presentes e futuras onde viajantes intrépidos e espíritos extraviados de todas as condições são capturados para sempre em um distrito que, por falta de uma advertência mais certeira, algum bendito cartógrafo houve por bem batizar de Raval. Quando eles saíram da Casa Leopoldo, uma retícula de ruelas cheias de antros, prostíbulos e um arsenal de lojas onde mercadores de todo tipo ofereciam artigos de legalidade duvidosa os recebeu em todo seu tenebroso esplendor.

A comilança tinha deixado Vargas com um ligeiro soluço que ele tentava domar soprando e batendo no peito com os nós dos dedos.

— É nisso que dá ser *golafre* — sentenciou Alicia.

— Que abusada. Primeiro me empanturra e depois debocha.

Uma mulher da vida cheia de encantos rotundos e de intenções rapinantes os observava, com um interesse estritamente comercial, encostada em um portão atrás do qual um transistor dava à luz uma rumba catalã em toda a sua glória mestiça.

— Não quer dar uma rapidinha a três com a sua magrela e uma mulher de verdade, meu *amô*? — propôs a dama do crepúsculo.

Vargas negou com a cabeça, vagamente sobressaltado, e apertou o passo. Alicia sorriu e o seguiu, trocando um olhar com a mulherona da porta, que ao ver a presa se afastar encolheu os ombros e a inspecionou da cabeça aos pés como que perguntando se aquilo ali era o que os cavalheiros de boa posição estavam usando agora.

— Este bairro é uma calamidade social — disse Vargas.

— Quer ficar aqui sozinho por uns minutos para ver se resolve? — perguntou Alicia. — Acho que você acabou de fazer uma amiga que pode acabar com esse soluço em um piscar de olhos.

— Não me cutuque, que já estou quase estourando.

— Quer uma sobremesa?

— Uma lupa. Se possível, de uso industrial.

— Pensei que não tinha fé em números.

— A gente tem fé no que pode, não no que quer. A menos que você seja um cretino. Nesse caso os termos se invertem.

— Não sabia que fica assim filosófico quando se empanturra.

— Tem muitas coisas que você não sabe, Alicia.
— Por isso todo dia aprendo alguma coisa nova.
Alicia pegou seu braço.
— Não tenha ilusões — advertiu Vargas.
— Já me disse isso antes.
— É o melhor conselho que se pode dar a alguém nesta vida.
— Que pensamento mais triste, Vargas.

O policial olhou para ela e Alicia pôde ver em seus olhos que estava falando sério. O sorriso se apagou dos seus lábios e, sem pensar, ela ficou na ponta dos pés e lhe estampou um beijo na bochecha. Era um beijo casto, de carinho e amizade, um beijo que não esperava nada e pedia ainda menos.

— Não faça isso — disse Vargas já começando a andar.

Alicia viu que a prostituta continuava observando-a no portão e tinha presenciado aquela cena. As duas se olharam brevemente e a mais velha balançou a cabeça, sorrindo com amargura.

17

A tarde tinha sido toldada por nuvens baixas que filtravam um halo esverdeado e davam ao Raval o aspecto de uma aldeia submersa nas águas de um pântano. Enveredaram pela rua Hospital em direção às Ramblas e lá chegando Alicia guiou Vargas por entre a multidão que desfilava rumo à Plaza Real.

— Aonde vamos? — perguntou ele.
— Em busca da lupa que você queria.

Atravessaram a praça e se dirigiram à galeria que a rodeava sob os arcos. Ali, Alicia parou na frente de uma loja toda envidraçada em cujo interior se vislumbrava uma pequena selva de animais selvagens congelados em um momento de fúria que contemplavam a eternidade com olhos de vidro. Vargas ergueu a vista para o cartaz na porta e, mais abaixo, para as letras estampadas na porta de vidro:

MUSEU
Viúva de L. Soler Pujol
Telefone 404451

— O que é isto?
— O pessoal chama de museu das feras, mas na verdade é um centro de taxidermia.

Quando entraram na loja, Vargas pôde admirar a riqueza da coleção de animais dissecados que havia no local. Tigres, aves, lobos, símios e uma grande variedade de espécies exóticas habitavam aquele improvisado museu de ciências naturais que seria um deleite, ou um pesadelo, para mais de um estudioso da fauna exótica dos cinco continentes. Vargas passeou pelas vitrines, apreciando a mestria que se revelava naquelas peças de taxidermia.

— Agora sim o soluço passou — comentou Alicia.

Ouviram passos se aproximando por trás deles e quando se viraram deram com uma senhorita mais magra que um lápis olhando para eles com as mãos juntas diante do peito. Vargas pensou que tinha a aparência e o olhar de um louva-a-deus.

— Boa tarde. O que desejam?

— Boa tarde. Queria falar com Matías, se for possível — disse Alicia.

A louva-a-deus duplicou a dose de desconfiança que tingia seu olhar.

— Qual seria o assunto...?

— Uma consulta técnica.

— E posso saber por parte de quem?

— Alicia Gris.

A louva-a-deus fez uma minuciosa inspeção ocular em ambos e, depois de enrugar o focinho em um gesto de desaprovação, se dirigiu sem pressa para os fundos da loja.

— Você está me apresentando uma Barcelona bem hospitaleira — murmurou Vargas. — Estou quase me mudando para cá.

— Não tem glórias dissecadas suficientes lá na capital?

— Quem me dera. O que mais tem por lá é gente viva, muito viva. Quem é esse Matías? Um ex-namorado?

— Eu diria aspirante a tal.

— Peso pesado?

— Mais para peso-pena. Matías é um dos técnicos da casa. Aqui têm as melhores lupas da cidade e Matías, os melhores olhos.

— E essa bruxa?

— Acho que se chama Serafina. Foi noiva dele anos atrás. Agora deve ser a mulher.

— Já pensou se um dia destes ele a disseca e põe aí nessa prateleira, junto com os leões, para completar o museu do terror...

— Alicia! — A voz de Matías chegou eufórica.

O taxidermista os recebeu com um sorriso caloroso. Matías era um homem miúdo e de gesticulação nervosa que chegou com um jaleco branco e uns óculos redondos que aumentavam seus olhos e lhe davam um jeito meio cômico.

— Quanto tempo — disse, visivelmente animado com o reencontro. — Pensei que não morava mais em Barcelona. Quando voltou?

Serafina ficou vigiando, semiescondida atrás da cortina dos fundos, com seus olhos negros como alcatrão e um ar pouco amigável.

— Matías, este é o meu colega Juan Manuel Vargas.

Matías apertou a mão do policial ao mesmo tempo que o estudava.

— O senhor tem uma coleção impressionante aqui, dom Matías.

— Ah, a maioria das peças é do sr. Soler, o fundador da casa. Meu professor.

— Matías é muito modesto — interveio Alicia. — Conte a ele do touro.

O dito-cujo negou com modéstia.

— Não me diga que também disseca touros bravos? — perguntou Vargas.

— Não existe serviço impossível para ele — interveio Alicia. — Há alguns anos apareceu aqui um célebre *matador* pedindo a Matías que dissecasse um bicho de mais de quinhentos quilos que ele tinha toureado naquela tarde, na Monumental, para dar de presente a uma estrela de cinema por quem estava perdidamente apaixonado... Não era Ava Gardner, Matías?

— Cada coisa que nós fazemos pelas mulheres, não é mesmo? — acrescentou Matías, que claramente preferia não entrar no assunto.

Serafina tossiu ameaçadora em seu posto de vigilância, e Matías se aprumou e perdeu o sorriso.

— E o que posso fazer por vocês? Têm algum animal para imortalizar? Um bicho de estimação ou alguma peça de caça memorável?

— Na verdade temos um pedido meio incomum — começou Alicia.

— O incomum aqui é o mais comum. Há poucos meses dom Salvador Dalí em pessoa entrou por esta porta perguntando se podíamos dissecar duzentas mil formigas para ele. Sem brincadeira. Quando eu disse que não seria possível ele se ofereceu para retratar minha Serafina em um retábulo com insetos e cardeais. Coisas de gênio. Podem ver que aqui não existe tédio...

Alicia tirou da bolsa a página do caderno e desdobrou-a.

— O que viemos lhe pedir é se pode nos ajudar com suas lentes a decifrar o texto em relevo que aparece nesta página.

Matías pegou o papel com delicadeza e o estudou na contraluz.

— Alicia, sempre com seus mistérios, hein? Vamos para a oficina. Vamos ver o que se pode fazer.

A oficina e laboratório do taxidermista era uma pequena caverna de alquimia e prodígios. Havia um complexo alambique de lentes e lâmpadas pendurado no teto com cabos de metal. As paredes eram cobertas por armários com portas de vidro nos quais havia uma infinidade de frascos e soluções químicas. Grandes painéis de atlas anatômicos em cor sépia ladeavam a sala, oferecendo imagens de vísceras, esqueletos e músculos de criaturas de todas as variedades. Duas grandes bancadas de mármore presidiam o centro da oficina, que tinha um aspecto de sala de cirurgia concebida para espécimes de outro mundo, ao lado de umas mesinhas metálicas forradas com um pano carmesim exibindo a coleção de instrumentos cirúrgicos mais extravagante que Vargas já tinha visto.

— Não liguem para o cheiro — avisou o taxidermista. — Depois de alguns minutos a gente se acostuma e nem percebe.

Duvidando de tal exagero, mas sem ânimo para contradizer Matías, Alicia aceitou a cadeira que ele lhe ofereceu ao lado de uma das mesas e sorriu com afeto, consciente da ânsia que emanava do olhar do seu antigo pretendente.

— Serafina nunca entra aqui. Ela diz que tem cheiro de morto. Mas eu acho relaxante. Aqui se veem as coisas como elas são, sem ilusões nem disfarces.

Matías pegou o papel e o abriu sobre uma lâmina de vidro. Com um comando que havia ao lado da bancada de mármore, reduziu a luz ambiente a um mero sopro de claridade e acendeu duas luminárias penduradas no teto. Puxou uma barra sustentada em polias aproximando da mesa um jogo de lentes articulado em braços metálicos.

— Você não se despediu de mim — disse sem levantar os olhos do trabalho.

— Fiquei sabendo pela porteira. Jesusa.

— Foi tudo meio em cima da hora.

— Entendo.

Matías pôs a lâmina de vidro entre uma das luzes e uma lente de ampliação. O feixe luminoso perfilou o contorno dos traços marcados na página.

— Números — comentou.

O taxidermista ajustou o ângulo da lente e voltou a examinar a página com mais atenção.

— Eu poderia aplicar um contraste neste papel, mas isso na certa o danificaria e talvez se perdesse uma parte dos algarismos... — comentou.

Vargas foi a uma escrivaninha que havia em um canto do recinto e pegou umas folhas de papel e um lápis.

— Posso? — perguntou.

— Claro. A casa é sua.

O policial se aproximou da bancada e, fixando a vista na lente, começou a copiar as sequências de números.

— Parecem números de uma série — opinou Matías.

— Por que diz isso? — quis saber Alicia.

— São correlacionados. Observando as três primeiras cifras da coluna da esquerda, dá a impressão de que estão em série. O resto também é sequencial. Os dois últimos algarismos só mudam a cada três ou quatro números.

Matías olhou-os, irônico.

— Suponho que não adianta perguntar o que vocês fazem, não é mesmo?

— Eu só cumpro ordens — respondeu Vargas, que continuava copiando os números.

Matías fez que sim com a cabeça e olhou para Alicia.

— Quis lhe mandar um convite para o casamento, mas não sabia para onde.

— Sinto muito, Matías.

— Não tem importância. O tempo cura tudo, certo?

— É o que dizem.

— E você, tudo bem? Está feliz?

— Mais que castanholas em dia de festa.

Matías riu.

— A Alicia de sempre.

— Infelizmente. Espero que Serafina não se importe de eu ter vindo aqui.

Matías suspirou.

— Bem. Imagino que ela tem uma ideia de quem você é. Isso vai me custar uma pequena contrariedade na hora do jantar, nada mais. Serafina parece um tanto arredia quando se conhece pouco, mas tem um bom coração.

— É bom ver que você encontrou alguém que merece.

Matías olhou-a nos olhos sem dizer nada. Vargas tinha tentado ficar à margem dessa conversa a meia-voz, no papel de convidado de pedra copiando números em um papel quase sem se atrever a respirar. O taxidermista virou-se e bateu em suas costas.

— Já anotou tudo? — perguntou.

— Estou quase acabando.

— Talvez seja possível montar a página em uma lâmina e colocá-la no projetor.

— Acho que já consegui — disse Vargas.

Alicia se levantou da cadeira e foi andar pela sala, examinando os instrumentos como se estivesse passeando nos corredores de um museu. Matías a observava de longe, olhando para baixo.

— Vocês se conhecem há muito tempo? — perguntou o taxidermista.

— Há poucos dias. Estamos trabalhando juntos em um problema administrativo, só isso — respondeu Vargas.

— É uma figura, não é mesmo?

— Como?

— Alicia.

— Tem suas manias, sim.

— Ainda usa o arnês?

— Arnês?

— Fui eu que fiz, sabe? Sob medida. Uma obra-prima, mas não fica bem eu mesmo dizer. Usei osso de baleia e tiras de tungstênio. É o que chamamos de exoesqueleto. Tão fino, leve e articulado que é quase como uma segunda pele. Hoje não está usando. Sei pelo jeito como se move. Lembre a ela que tem que usar. Para o seu próprio bem.

Vargas fez que sim, como se estivesse entendendo do que o taxidermista estava falando, e acabou de anotar os últimos números.

— Obrigado, Matías. Você deu uma grande ajuda.

— Estamos aqui para isso.

O policial se levantou e pigarreou. Alicia virou o rosto e os dois trocaram um olhar. Vargas fez que sim. Ela se aproximou de Matías e lhe ofereceu um sorriso que Vargas pensou que devia doer como uma punhalada.

— Bem — disse Matías, tenso. — Espero que desta vez não passem anos até nos vermos de novo.

— Espero que não.

Alicia o abraçou e sussurrou umas palavras em seu ouvido. Matías concordou, mas manteve os braços para baixo e não enlaçou a cintura de Alicia. Pouco depois ela rumou para a saída sem dizer mais nada. Matías esperou até ouvir que saía e só então se virou. Vargas lhe estendeu a mão e o taxidermista apertou-a.

— Cuide bem dela, Vargas, porque sozinha não vai se cuidar.

— Tentarei.

Matías sorriu sem ânimo e balançou a cabeça; era um homem que parecia jovem até que se olhava nos seus olhos e se via neles uma alma envelhecida pela tristeza e pelo remorso.

Quando Vargas atravessou a sala de exposição com os animais posando no escuro, Serafina veio ao seu encontro. Estava com os olhos acesos de raiva e seus lábios tremiam.

— Nunca mais volte a trazê-la aqui — advertiu.

Vargas saiu e avistou Alicia encostada na beira do chafariz da praça, esfregando o quadril direito com uma expressão de dor no rosto. Foi para lá e sentou-se ao seu lado.

— Por que não vai descansar em casa? Amanhã é outro dia.

Bastou um olhar para ele lhe oferecer um cigarro, que compartilharam em silêncio.

— Você acha que sou uma pessoa má? — perguntou Alicia.

Vargas se levantou e lhe ofereceu o braço.

— Venha, apoie-se em mim.

Alicia se segurou em Vargas e assim, mancando e parando a cada dez ou quinze metros para morder a dor, conseguiram chegar ao portão da sua casa.

Quando tentou tirar as chaves da bolsa, elas caíram no chão. Vargas apanhou-as, abriu a porta e ajudou-a a entrar. Alicia se encostou na parede, gemendo. O policial inspecionou a escada e, sem dizer uma palavra, pegou Alicia nos braços e avançou com ela escada acima.

Quando chegaram ao sótão, a jovem estava com o rosto coberto de lágrimas de dor e de raiva. Vargas a levou para o quarto e a deixou na cama com delicadeza. Tirou seus sapatos e cobriu-a com uma manta. O frasco com os comprimidos estava na mesinha.

— Um ou dois? — perguntou.

— Dois.

— Tem certeza?

Deu os dois comprimidos a ela e serviu um copo d'água da jarra que estava em cima da cômoda. Alicia os engoliu e ficou respirando de forma entrecortada. Vargas pegou sua mão e esperou que se acalmasse. Ela o fitou com os olhos vermelhos e o rosto sulcado de lágrimas.

— Não me deixe sozinha, por favor.

— Não vou a lugar nenhum.

Alicia tentou sorrir. Ele apagou a luz.

— Descanse.

Ficou segurando sua mão na penumbra, ouvindo como engolia as lágrimas e tremia de dor, até que meia hora depois sentiu que Alicia afrouxava a mão e escorregava para um estado entre o delírio e o sonho. Ouviu a jovem murmurar palavras sem sentido até que ela lentamente adormeceu ou perdeu a consciência. A sombra do crepúsculo penetrava pela janela, desenhando o rosto de Alicia no travesseiro. Por um instante, Vargas pensou que parecia morta e verificou seu pulso. Perguntou a si mesmo se aquelas lágrimas eram arrancadas pela ferida no quadril ou se a dor vinha mais de dentro.

Mais tarde, a fadiga começou a assediá-lo também e foi se deitar no sofá da sala. Fechou os olhos e respirou no ar o perfume de Alicia.

— Não acho que você seja uma pessoa má — surpreendeu-se murmurando. — Mas às vezes me dá medo.

18

Já passava de meia-noite quando Vargas abriu os olhos e se deparou com Alicia, enrolada em um cobertor, sentada em uma cadeira ao seu lado e olhando-o fixamente na penumbra.

— Você está parecendo um vampiro — conseguiu articular Vargas. — Há quanto tempo está aí?

— Um tempinho.

— Eu devia ter avisado que ronco.

— Não tem importância. Com o remédio eu não ouviria nem um terremoto.

Vargas se levantou e esfregou o rosto.

— Tenho que lhe dizer que este sofá é uma porcaria.

— Não sou boa para móveis. Vou comprar almofadas novas. Preferência de cor?

— Sendo suas, pretas com desenhos de aranhas ou caveiras.

— Você comeu alguma coisa?

— Eu almocei, lanchei e jantei pela semana inteira. Como está se sentindo?

Alicia encolheu os ombros.

— Envergonhada.

— Não sei de quê. E a dor?

— Melhor. Bem melhor.

— Por que não volta para a cama e dorme mais um pouco?

— Tenho que telefonar para Leandro.

— A esta hora?

— Leandro não dorme.

— Falando em vampiros...

— Se eu não telefono é pior.

— Quer que eu vá para o corredor?

— Não — disse Alicia após uns segundos.

Vargas assentiu.

— Olhe, vou até minha luxuosa residência no outro lado da rua para tomar um banho e trocar de roupa e volto logo.

— Não precisa, Vargas. Você já fez o suficiente por mim esta noite. Vá e descanse um pouco, vamos ter um dia pesado. De manhã nos vemos para tomar café.

Ele a fitava com pouca convicção. Alicia sorriu.

— Vou ficar bem. Prometo.

— O revólver está à mão?

— Vou dormir com ele como se fosse meu novo ursinho de pelúcia.

— Você nunca teve ursinho de pelúcia. Quem sabe um diabinho...

Alicia lhe presenteou um sorriso daqueles que abrem portas e derretem vontades. Vargas abaixou os olhos.

— Muito bem. Certo, então ligue para o príncipe das trevas e troquem seus segredinhos à vontade — disse ele já a caminho da porta. — E feche bem.

— Vargas?

O policial parou na soleira.

— Obrigada.

— Não precisa me agradecer por bobagens.

Esperou até ouvir os passos do policial se perderem escada abaixo e pegou o telefone. Antes de discar respirou fundo e fechou os olhos. A linha direta da suíte não atendeu. Alicia sabia que Leandro também dispunha de outros quartos no hotel Palace, mas nunca quis perguntar para que os usava. Ligou para a recepção. A telefonista noturna já conhecia a voz de Alicia e nem foi preciso dizer com quem queria falar.

— Um instantinho, srta. Gris. Vou passar para o sr. Montalvo — disse sem perder a entonação musical apesar da hora avançada.

Alicia ouviu o aparelho tocar uma vez só do outro lado e depois o fone ser tirado do gancho. Imaginou Leandro sentado às escuras em algum lugar do Palace, contemplando a praça de Netuno aos seus pés e o céu de Madri carregado de nuvens pretas à espera do amanhecer.

— Alicia — disse ele devagar, sem nenhum matiz na voz. — Pensei que não ia ligar mais.

— Desculpe. Tive uma crise.

— Sinto muito. Está melhor?

— Perfeitamente.

— Vargas está com você?

— Estou sozinha.

— Tudo bem com ele?

— Sim. Sem problemas.

— Se quiser que eu o tire daí, posso...

— Não precisa. Melhor tê-lo por perto, por via das dúvidas.

Uma pausa. Nas pausas de Leandro não havia respiração nem som algum.

— Você está diferente, se me permite o comentário. De qualquer modo é bom saber que os dois se deram bem. Pensei que talvez não conseguissem, levando em conta a história dele...

— Que história?

— Nada. Não tem importância.

— Quando você diz isso aí é que me preocupo de verdade.

— Ele não falou nada sobre a família?

— Não falamos de assuntos pessoais.

— Então não serei eu que...

— O que há com a família dele?

Outra pausa de Leandro. Quase podia imaginá-lo sorrindo e lambendo os beiços.

— Vargas perdeu a esposa e a filha em um acidente de trânsito há uns três anos. Estava bêbado ao volante. A filha tinha a sua idade. Passou momentos muito difíceis. Quase foi expulso da Corporação.

Alicia não disse nada. Ouviu a respiração de Leandro sussurrar na linha.

— Ele não lhe contou nada?

— Não.

— Deve preferir não mexer no passado. De qualquer maneira, imagino que não teremos nenhum problema.

— Que problema poderíamos ter?

— Alicia, você sabe que eu nunca me meto na sua vida sentimental, mas juro por Deus que às vezes não consigo entender seus gostos e suas inclinações particulares.

— Não entendo do que está falando.

— Você sabe perfeitamente do que estou falando, Alicia.

Ela mordeu os lábios e engoliu as palavras que estavam queimando a sua boca.

— Não vai haver nenhum problema — disse afinal.

— Ótimo. Agora conte, que novidades tem para mim?

Alicia respirou fundo e cerrou o punho até cravar as unhas nas palmas das mãos. Quando começou o relato, sua voz tinha voltado ao registro dócil e melódico que aprendera a cultivar lidando com Leandro.

Passou vários minutos resumindo os acontecimentos ocorridos desde a última conversa. O relato não tinha cores nem detalhes, Alicia se limitou a descrever seus passos sem fornecer os motivos nem as intuições que a levaram a dá-los. No capítulo das ausências, a mais notável foi o episódio do furto do exemplar do livro de Víctor Mataix da sua casa na noite anterior. Leandro, como de hábito, ouvia com paciência e sem interromper. Quando terminou o relato Alicia permaneceu em silêncio, saboreando a longa pausa que indicava que Leandro estava digerindo suas palavras.

— Por que tenho a sensação de que não me contou tudo?

— Não sei. Não deixei de fora nada relevante, acho.

— Concluindo, o exame do carro supostamente usado para a, digamos assim, fuga não nos fornece qualquer evidência além de uns indícios de violência não fatal e essa suposta lista de números que não conseguimos casar com nada e que é possível que não tenha a menor relação com o caso. Por outro lado, você insiste com a história do livro do tal Mataix, linha que me preocupa porque pode desembocar em uma série de mistérios bibliográficos de extremo interesse mas de utilidade zero para o nosso esforço de encontrar Mauricio Valls.

— Alguma notícia da investigação oficial da polícia? — perguntou Alicia, tentando deslocar o eixo da conversa.

— Nenhuma notícia relevante, nem se espera nada. Basta dizer que muita gente lá não vê com bons olhos que nos tenham convidado para a festa, ainda que entrando pela porta dos fundos.

— É por isso que estão me vigiando?

— Por isso e porque provavelmente não têm muita certeza de que nós, como é natural, ficaremos felizes quando nossos amigos da polícia receberem todo o mérito e as medalhas quando encontrarmos o senhor ministro são e salvo e o entregarmos de bandeja com um laço de fita.

— Se é que o encontramos.

— Essa falta de fé é uma simples afetação ou você tem alguma carta escondida na manga?

— Só quis dizer que é difícil localizar alguém que talvez não queira ser localizado.

— Vamos nos conceder o benefício da dúvida e ignorar os possíveis desejos do senhor ministro. Ou dos nossos colegas da Chefatura. Por isso lhe recomendo um pouco de cautela com Vargas. A lealdade é um hábito que não se muda de um dia para o outro.

— Vargas é de confiança.

— Palavras de uma mulher que não confia nem em si mesma. Não estou dizendo nada que você já não saiba.

— Não se preocupe. Vou tomar cuidado. Mais alguma coisa?

— Não deixe de me telefonar.

Alicia ia lhe desejar boa-noite quando percebeu que Leandro, mais uma vez, já tinha desligado.

19

A luz da vela se extingue em uma poça de cera onde flutua uma pequena chama de um azul pálido. Valls leva a mão que não sente mais até a aura da claridade. A pele está com uma cor violácea, enegrecida. Os dedos estão inchados e as unhas começam a se soltar da pele, destilando um líquido gelatinoso com um fedor indescritível. Valls tenta mexer os dedos mas a mão não responde. É só um pedaço de carne morta presa ao seu corpo que começa a estender umas tiras pretas pelo braço acima. Sente o sangue podre nas veias nublando seu pensamento e arrastando-o para um sono turvo e febril. Sabe que se esperar mais algumas horas irá perder os sentidos definitivamente. E morrer no sono narcótico da gangrena, porque seu corpo não passa de um amontoado de carniça que nunca mais verá a luz do sol.

A serra que o carcereiro deixou na cela continua ali. Considerou-a várias vezes. Experimentou fazer pressão com ela nos dedos que já não lhe pertencem. No começo sentia alguma dor. Agora não sente nada, só náuseas. Está com a garganta em carne viva de tanto gritar, gemer, implorar misericórdia. Sabe que às vezes alguém vem vê-lo. Quando dorme. Quando delira. Costuma ser o homem de máscara, seu carcereiro. Outras vezes é o anjo que tinha visto ao lado da porta do carro antes que uma faca atravessasse a sua mão e ele perdesse os sentidos.

Alguma coisa deu errado. Em algum lugar seus cálculos e hipóteses falharam. Martín não está lá, ou não quis aparecer. Valls sabe, precisa acreditar, que tudo aquilo é obra de David Martín porque só a sua mente doentia poderia pensar em fazer isso com alguém.

— Diga a Martín que eu lamento muito, que peço desculpas... — suplicou mil vezes na presença do carcereiro.

Nunca tem resposta. Martín vai deixá-lo morrer ali, apodrecer centímetro por centímetro sem se dignar a descer uma única vez até ele e cuspir no seu rosto.

Em algum momento volta a perder os sentidos.

Acorda encharcado de sua própria urina e convencido de que é 1942 e está no castelo de Montjuic. O sangue envenenado lhe arrebatou o pouco de razão que ainda lhe restava. Ri. "Estava visitando as celas e adormeci em uma delas", pensa. Nesse momento percebe que uma mão que não é sua está unida ao seu braço. Entra em pânico. Ele viu muitos cadáveres, na guerra e durante seus anos como diretor da prisão, e sabe sem ninguém precisar lhe dizer que aquilo é a mão de um cadáver. Começa a se arrastar pelo chão da cela, achando que a mão vai se desprender, mas ela o segue. Bate com a mão na parede e ela não se solta. Não se dá conta de que está gritando quando pega aquela serra e começa a cortar acima do pulso. A carne cede como se fosse argila molhada, mas quando a lâmina bate no osso Valls sente uma náusea profunda. Não para. Usa todas as suas forças. Seus uivos abafam o som que o osso faz ao se partir sob o metal. Uma poça de sangue preto se espalha aos seus pés. Ele vê que a única coisa que une aquela mão ao seu corpo é um pedaço de pele. A dor vem depois, como uma onda quebrando na praia. Faz lembrar o dia em que, ainda menino, tocou em um fio desencapado com uma lâmpada pendurada no porão da casa dos seus pais. Cai para trás e sente algo subindo por sua garganta. Não consegue respirar. Está sufocando no próprio vômito. Vai ser coisa de um minuto, diz para si mesmo. Pensa em Mercedes e usa toda a força do seu ser para fixar a imagem do rosto dela no pensamento.

* * *

Quase nem nota quando a cela é aberta e o carcereiro se ajoelha ao seu lado. Traz um balde de breu fervendo. Pega seu braço e o mergulha nele. Valls sente o fogo. O carcereiro está olhando dentro dos seus olhos.

— Lembra agora? — pergunta.

Valls faz que sim.

O carcereiro espeta uma agulha no seu braço. O líquido que inunda suas veias é frio e faz Valls pensar em um azul limpo. A segunda injeção é a que lhe traz a paz e um sono sem fundo nem consciência.

20

Foi acordada pelo vento que assobiava entre as frestas das janelas e fazia vibrar os vidros. O relógio na mesinha de cabeceira marcava dois minutos para as cinco da madrugada. Alicia soltou um suspiro. Só então reparou. A penumbra.

Ela se lembrava de ter deixado acesas as luzes da sala e do corredor antes de ir tirar umas horas de sono após sua conversa com Leandro, mas agora o apartamento estava imerso em uma névoa azulada. Procurou o interruptor do abajur e apertou. A lâmpada não acendeu. Julgou então ouvir passos na sala e o som de uma porta se mexendo devagar. Sentiu um frio intenso. Pegou o revólver que tinha passado a noite com ela debaixo dos lençóis e destravou.

— Vargas? — chamou com a voz quebrada. — É você?

O eco da sua voz vagou pelo apartamento sem resposta. Empurrou os lençóis e se levantou. Foi ao corredor, o chão gelado debaixo dos pés descalços. O corredor desenhava uma moldura de sombra em volta de um halo de claridade na entrada da sala. Percorreu-o lentamente com a arma em riste. Sua mão tremia. Chegando à sala apalpou a parede com a mão esquerda em busca do interruptor e apertou-o. Nada. Não havia eletricidade na casa. Examinou as sombras, o contorno dos móveis e os cantos de negrume que cobriam a sala. Um cheiro azedo flutuava no ar. *Odor de cigarro*, pensou. Ou talvez fossem as flores que Jesusa tinha deixado no vaso sobre a mesa, cujas pétalas secas começavam a cair. Não vendo movimentos, foi até a cômoda da sala e abriu a primeira gaveta. Encontrou um pacote de velas e uma caixa de fósforos que deviam estar lá desde antes de Leandro a mandar para Madri. Acendeu uma das velas e a segurou no alto. Avançou devagar pelo apartamento, com a vela em uma das mãos e o revólver na outra. Foi até a porta e verificou que estava fechada. Tentou tirar da cabeça a imagem de Lomana, sorridente e imóvel como uma figura de cera, esperando-a dentro de um armário ou atrás de uma porta com uma faca de açougueiro na mão.

Depois de percorrer todos os cantos e meandros da casa e se certificar de que não havia mais ninguém, Alicia pegou uma das cadeiras da sala e travou a fechadura da entrada com ela. Deixou a vela em cima da mesa e foi até a janela que dava para a rua. O bairro inteiro estava mergulhado na escuridão. O perfil serrilhado dos telhados e pombais se desenhava contra um azul turvo que pressagiava o amanhecer. Encostou o rosto no vidro e esquadrinhou as sombras na rua. Um fiapo de luz despontava sob os arcos da entrada da La Manual Alpargatera. A brasa de um cigarro aceso. Alicia preferiu pensar que era simplesmente o infeliz do Rovira, já em seu posto de vigilância àquela hora da madrugada. Voltou para dentro da sala e apanhou mais duas velas na cômoda. Ainda faltava um bom tempo até poder descer para se encontrar com Vargas no Gran Café e sabia que não ia conseguir conciliar o sono de novo.

Foi até a estante onde guardava alguns dos seus livros mais queridos, a maioria lidos e relidos várias vezes. Fazia quatro anos que Alicia não revisitava o seu favorito, *Jane Eyre*. Tirou-o da prateleira e acariciou a capa. Abriu o volume e sorriu ao ver o carimbo com um diabinho em cima de uma pilha de livros, um antigo ex-libris que dois colegas da unidade lhe deram no seu primeiro ano sob as ordens de Leandro, quando todos ainda a viam como uma jovenzinha misteriosa, mas inofensiva, um capricho do chefe que ainda não tinha despertado ciúmes, invejas e rancores entre os veteranos.

Foram dias de vinho e rosas envenenadas, quando Ricardo Lomana havia decidido de motu proprio considerá-la sua aprendiz pessoal e lhe oferecia flores toda sexta-feira antes de convidá-la a sessões de cinema ou a salões de baile para os quais Alicia sempre arranjava desculpas. Dias em que Lomana a olhava de esguelha quando pensava que ela não estava percebendo para depois soltar indiretas e galanteios que faziam ruborizar até os mais antigos do lugar. "O que começa mal acaba pior", pensara ela. Foi pouco.

Tentou tirar da cabeça o rosto de Lomana e levou o livro para o banheiro. Lá prendeu o cabelo e abriu a água quente até encher a banheira. Acendeu as duas velas, deixou-as em cima de uma prateleirinha que havia na cabeceira e mergulhou na água fumegante de vapor. Deixou o calor do líquido dissipar o frio que tinha se aninhado em seus ossos e fechou os olhos. Pouco depois teve a impressão de ouvir um som que parecia de passos na escada. Perguntou-se se era Vargas, que vinha verificar se continuava viva, ou se estava imaginando coisas de novo. A obscura letargia provocada pelo remédio para a dor sempre lhe deixava uma esteira de pequenas miragens quando acordava, como se os sonhos que não pudera sonhar tentassem abrir passagem depois entre as comissuras da consciência. Ela abriu os olhos e se sentou apoiando o queixo na borda da banheira. Algumas vozes flutuavam no ar. Nenhuma era de Vargas. Estendeu o braço para acariciar com a mão o revólver que tinha deixado em um tamborete ao lado da banheira e ouviu o eco das gotas de água que pingavam da torneira fechada. Esperou vários segundos. As vozes silenciaram. Ou talvez nunca tivessem estado lá. Instantes depois, os passos se afastaram escada abaixo. Provavelmente algum vizinho saindo de casa para o trabalho, pensou.

Pôs o revólver no tamborete de novo e acendeu um cigarro. Observou a fumaça desenhando arabescos entre seus dedos. Deitou na banheira outra vez e pela janela viu um manto azulado de nuvens resvalando sobre a cidade. Pegou o livro e voltou ao primeiro parágrafo. À medida que virava as páginas pouco a pouco a inquietação que a dominou se desmanchava. Logo depois Alicia perdeu a noção do tempo. Nem mesmo Leandro era capaz de segui-la e encontrá-la no bosque de palavras que aquele livro sempre abria ante os seus olhos. Alicia sorriu e voltou ao romance sentindo que voltava para casa. Poderia ficar ali o dia todo. Ou a vida toda.

Quando saiu da banheira foi para o espelho e observou os fios de vapor que subiam por seu corpo. A mancha escura da velha ferida no quadril direito desenhava uma flor envenenada que espalhava suas raízes sob a pele. Apalpou-a com a ponta dos dedos e sentiu uma pontada leve, avisando. Desembaraçou o cabelo e passou nos braços, nas pernas e na barriga um creme de água de rosas que um dia Fernandito lhe dera durante um ataque de ciúme adolescente e que tinha o peculiar nome Péché Originel. Quando se dirigia para o quarto, a luz voltou de repente e todas as lâmpadas que estivera verificando se acenderam ao mesmo tempo. Alicia levou as mãos ao peito, sentindo seu coração disparar de susto. Foi apagando uma por uma, amaldiçoando.

Depois, nua diante do armário, não teve pressa para escolher o que vestiria. Barcelona perdoa muitas coisas, mas nunca o mau gosto. Pôs a roupa de baixo que a sra. Jesusa tinha lavado e perfumado e sorriu ao imaginar a porteira dobrando aquelas peças enquanto se benzia perguntando se era aquilo que as moças modernas da capital usavam agora. Depois, as meias de seda que tinha obrigado Leandro a comprar para quando tinha que se passar por senhorita fina na rua Príncipe de Vergara ou participar de alguma das intrigas urdidas por seu chefe nos salões do Ritz.

— Não serve alguma marca normal? — tinha protestado Leandro quando viu o preço.

— Se quer normal, mande outro fazer o trabalho.

Obrigar Leandro a gastar fortunas comprando luxos e livros era um dos poucos prazeres que aquele emprego lhe proporcionava. Decidida a não desafiar a sorte de novo, nesse dia Alicia optou por usar o arnês. Ajustou a fivela um ponto além do habitual e deu um giro sobre si mesma em frente ao espelho, avaliando o encaixe daquela peça que a seu ver lhe dava um aspecto de boneca perversa, de marionete com uma beleza sombria, com o qual nunca conseguiu se acostumar porque parecia insinuar que, no fundo, Leandro tinha razão e o espelho dizia a verdade.

— Só faltam os fios — pensou.

Para uniforme do dia escolheu um vestido roxo de corte clássico e uns sapatos italianos que na época tinham custado o equivalente ao salário de um mês em uma sapataria fina da Rambla de Catalunha onde a vendedora a chamara de *nena*, menina. Depois se maquiou com cuidado, desenhando a personagem, e terminou delineando os lábios com um borgonha escuro e brilhante que sem dúvida seria desaprovado por Leandro. Não queria que Vargas notasse o menor sinal de fraqueza em seu rosto quando a visse chegar. Anos de ofício lhe haviam ensinado que a modéstia incita o escrutínio. Antes de sair ainda deu uma última conferida no espelho do saguão e se aprovou. *Você partiria o próprio coração*, pensou. *Se tivesse um*.

O dia estava começando a raiar quando Alicia atravessou a rua em direção às portas do Gran Café. Antes de entrar avistou Rovira, já a postos na esquina. Estava com um cachecol que lhe cobria até o nariz e esfregava as mãos. Pensou em ir até lá e estragar seu dia, mas deixou como estava. Rovira a cumprimentou de longe e foi se esconder. Quando entrou no café, viu que Vargas a estava esperando na que parecia ter se tornado sua mesa oficial. O policial devorava um substancioso sanduíche de filé com tomate acompanhado de uma xícara de café enquanto relia a lista de números que tinham obtido com a ajuda do taxidermista. Quando a ouviu chegar, o policial ergueu a vista e olhou-a de cima a baixo. Alicia se sentou sem dizer uma palavra.

— Você está cheirando bem — cumprimentou-a Vargas. — Parece um bom-bocado.

E de imediato voltou às delícias do seu café da manhã e à lista.

— Como consegue comer isso a esta hora da manhã? — perguntou Alicia.

O policial encolheu os ombros e se limitou a lhe oferecer uma mordida do formidável sanduíche. Alicia virou o rosto e Vargas o atacou de novo com uma dentada mestra.

— Sabia que aqui chamam sanduíche de *entrepanes*? — comentou Vargas. — Você não acha engraçado, "entrepães"?

— É de rolar de rir.

— E garrafa, veja só, chamam de *ampolla*. Como se fosse para tomar uma injeção.

— Uns dias em Barcelona e você já virou um poliglota.

Vargas lhe ofereceu um sorriso de tubarão.

— Gostei de ver que já perdeu a doçura de ontem à noite. Sinal de que está melhor. Viu o Grilo Falante se cagando de frio lá fora?

— O nome dele é Rovira.

— Esqueci que você o aprecia tanto.

Miquel se aproximou timidamente da mesa trazendo uma bandeja com torradas, manteiga e uma cafeteira fumegante. Eram sete e meia da manhã e não havia ninguém no estabelecimento além dos dois. Miquel, cultor da discrição, se retirou como sempre para o ponto mais distante do balcão, fingindo fazer alguma coisa. Alicia se serviu uma xícara de café e Vargas voltou à sua lista de números, percorrendo-os um por um como se esperasse que seu sentido lhe fosse revelado por geração espontânea. Os minutos se arrastavam em um silêncio denso.

— Você está muito elegante — disse Vargas enfim. — Vamos a algum lugar chique?

Alicia engoliu em seco e pigarreou. Ele ergueu os olhos.

— Em relação ao que aconteceu ontem à noite... — começou ela.

— Sim?

— Queria lhe pedir desculpas. E agradecer.

— Não há nada a desculpar, e muito menos a agradecer — respondeu Vargas.

Uma sombra de pudor toldava sua expressão severa. Alicia sorriu sem entusiasmo.

— Você é uma boa pessoa.

Vargas abaixou os olhos.

— Não diga isso.

Ela mordiscou sem apetite uma das torradas. Vargas a observava.

— O que foi?

— Nada. Gosto de ver você comer.

Alicia deu uma mordida na torrada e sorriu.

— Qual é seu plano para hoje?

— Ontem dedicamos o dia à questão do carro. Se não se opõe, vamos hoje fazer uma visita ao advogado Brians.

— Como você preferir. Como quer abordar a coisa?

— Pensei que eu posso ser uma herdeira jovem e ingênua que tem nas mãos um exemplar de Víctor Mataix e deseja vendê-lo. Dom Gustavo Barceló me disse que ele representa um colecionador interessado em comprar todos os livros desse autor que houver no mercado etc.

— Você bancando a ingênua. Promete. E eu, quem se supõe que sou? Seu escudeiro?

— Tinha pensado que você poderia ser meu fiel, maduro e amoroso marido.

— Fabuloso. A mulher fatal e o velho capitão, o casal do ano. Acho que o advogado não engole essa história nem que tenha sido o último da turma.

— Não espero que engula. A ideia é que ele fique com a pulga atrás da orelha e dê um passo em falso.
— Entendo. E então o que vamos fazer? Segui-lo?
— Você tem um dom para a telepatia, Vargas.

Um sol de anúncio tinha conseguido abrir passagem e já estava penteando os telhados quando eles começaram a andar rua abaixo. Vargas ia observando as fachadas e meandros que flanqueavam a rua Aviñón com o semblante plácido de um seminarista provinciano em um passeio de fim de semana. Pouco depois notou que Alicia se virava a cada poucos metros para olhar por cima do ombro. Já ia lhe perguntar o que estava acontecendo quando seguiu a linha dos seus olhos e o viu. Rovira tentava sem nenhum sucesso disfarçar a sua presença na porta de um edifício a uns cinquenta metros.

— Vou lá agora mesmo botar os pingos nos is com esse sujeito — murmurou Vargas.

Alicia segurou-o pelo braço.

— Não, é melhor deixar.

A jovem acenou de longe, sorrindo. Rovira olhou para os dois lados, hesitou um pouco, mas vendo-se descoberto devolveu timidamente a saudação.

— Que inútil — cuspiu Vargas.

— Antes ele que outro. Pelo menos este está do nosso lado, por interesse próprio.

— Se você diz.

Vargas lhe fez gestos com as mãos indicando que fosse mais para trás e mantivesse a distância combinada. Rovira assentiu e ergueu a mão com o polegar para cima em sinal de concordância.

— Olhe só para ele. Deve ter visto isso no cinema — disse Vargas.

— Não é no cinema que as pessoas hoje em dia aprendem a viver?

— O mundo está assim.

Deixaram Rovira para trás e continuaram o caminho.

— Não gosto nada de ter esse cretino sempre atrás de mim como uma rabiola — insistiu Vargas. — Não sei por que você confia nele. Sabe-se lá o que está contando na delegacia.

— Na verdade ele me dá um pouco de pena.

— Acho que uns bons cascudos bem dados não lhe fariam mal nenhum. Você não precisa estar presente se não quiser. Vai acabar no estaleiro quando eu o encontrar sozinho por aí.

— Você come proteína demais, Vargas. Altera a sua personalidade.

21

Se o hábito faz o monge, o escritório e um bom endereço fazem, ou desfazem, o causídico. Em uma cidade bem dotada de advogados aboletados em suntuosos escritórios instalados em casas régias e senhoriais da avenida de Gracia e outras vias nobres, dom Fernando Brians tinha optado por um endereço muito mais modesto, quase insólito no protocolo do ramo.

Alicia e Vargas avistaram o prédio de longe, uma construção centenária e incertamente escorada à deriva no cruzamento das ruas Mercé e Aviñón. No térreo havia um bar de *tapas* e drinques com cara de refúgio para toureiros esquecidos e pescadores em dia de pagamento. O taberneiro, um corpúsculo em forma de pião e um bigode rotundo, estava no lado de fora armado de um esfregão e um balde fumegante com fedor de água sanitária. Assobiava uma canção e fazia malabarismos com um palito entre os lábios enquanto pincelava os paralelepípedos e limpava sem pressa as poças de mijo, vômitos etílicos e toda a miscelânea própria daquelas ruelas que vão dar no porto.

Pilhas de caixas e peças de mobiliário empoeirado ladeavam a entrada do edifício. Um trio de rapazes suando em bicas parou ali para recuperar o fôlego e dar cabo de uns sanduíches de onde despontavam pedaços de mortadela.

— É aqui o escritório do advogado Brians? — perguntou Vargas ao taberneiro, que tinha interrompido sua faxina matinal para olhá-los com atenção.

— Na cobertura — disse apontando o indicador para cima. — Mas estão de mudança.

Quando Alicia passou ao seu lado, ele sorriu mostrando sua dentição amarelada.

— Um cafezinho com leite e uma madalena, boneca? Por conta da casa.

— Outro dia. Quando você fizer a barba e cortar esse matagal — replicou Alicia sem parar.

O trio de rapazes aplaudiu o gracejo, que o taberneiro aceitou na esportiva. Vargas a seguiu para a escada, uma espécie de espiral que tinha mais de tubo intestinal que de traçado arquitetônico.

— Aqui não tem elevador? — perguntou Vargas a um dos rapazes.

— Se tem, nunca vimos.

Subiram os cinco andares que formavam o prédio e chegaram a um patamar repleto de caixas, arquivos, cabides, cadeiras e quadros de cenas pastorais que pareciam ter sido comprados no mercado de Los Encantes por três tostões cada um. Alicia espiou dentro do escritório, um apartamento em pé de guerra onde nada parecia permanecer em seu lugar e quase tudo estava em caixas transbordantes ou em trânsito. Vargas tentou a campainha, que não funcionava, e depois bateu na porta com os nós dos dedos.

— Bom dia!

Uma cabeleira de falsa loura espremida em um sólido permanente veio pelo corredor. A senhorita que utilizava aquele portento como capacete estava com um vestido florido e um batom fazendo jogo.

— Bom dia — disse Alicia. — É aqui o escritório do advogado Brians?

A senhorita deu uns passos em direção a eles e fez cara de surpresa.

— É. Ou era. Estamos nos mudando. O que desejam?

— Queríamos falar com o advogado.

— Vocês têm hora marcada?

— Receio que não. O dr. Brians está?

— Costuma chegar um pouco mais tarde. Ele é mimado assim. Se quiserem esperar no bar lá embaixo...

— Se não for incômodo, acho melhor esperar aqui. São muitos andares.

A secretária suspirou, aquiescendo.

— Como vocês quiserem. Já viram que isto aqui está uma bagunça.

— Não há problema — interveio Vargas. — Vamos tentar incomodar o mínimo possível.

O sorriso doce de Alicia e particularmente a pinta de Vargas pareciam ter abrandado a desconfiança da moça.

— Podem me acompanhar, por favor.

A secretária os conduziu por um longo corredor que atravessava o andar. Aos dois lados se abriam aposentos repletos de caixas preparadas para a mudança. A poeira provocada pela movimentação tinha deixado uma neblina de partículas brilhantes que fazia cócegas no olfato. O périplo pelos restos do naufrágio terminou em uma ampla sala de esquina que parecia o último bastião do escritório que ainda estava em pé.

— Por gentileza... — indicou a secretária.

O aposento em si era o pouco que restava da sala de Brians e continha um amontoado de prateleiras e pastas empilhadas em um equilíbrio impossível escorando as paredes. A peça principal era uma escrivaninha de madeira nobre que parecia ter sido salva de um incêndio e, atrás dela, um móvel envidraçado onde descansava a coleção completa de Aranzadi amontoada de qualquer maneira.

Alicia e Vargas se sentaram em uns tamboretes improvisados ao lado de uma janela que dava para uma varanda de onde se via a estátua da Nossa Senhora das Mercês encarapitada na cúpula da basílica, do outro lado da rua.

— Peçam vocês à Nossa Senhora que tenha piedade de nós, porque a mim ela não escuta — comentou a secretária. — E a quem devo anunciar?

— Jaime Valcárcel e senhora — disse Alicia antes que Vargas pudesse pestanejar.

A mulher fez que sim com diligência, mas seu olhar tocou em Vargas com certa malícia, como se quisesse saudar a diferença de idade e dar a entender que de um macho daqueles ela desculpava esse pecadinho por causa do seu rosto bonito.

— Eu me chamo Puri, às suas ordens. O advogado não deve demorar muito. Posso lhes oferecer alguma coisa enquanto esperam? Mariano, o homem do bar, me traz toda manhã umas madalenas e uma garrafa térmica de café com leite, se vocês quiserem...

— Não vou recusar — lançou Vargas.

Puri sorriu satisfeita.

— Vou buscar agora mesmo.

Saiu marcando um mimoso movimento de cadeiras que não escapou aos olhos de Vargas.

— Caramba, esse Mariano e suas madalenas — murmurou Alicia.

— Cada qual conquista com o que tem.

— Como você pode sentir fome se acabou de comer um leitão inteiro?

— Ainda existe no mundo gente com sangue nas veias.

— Quem sabe foi a srta. Puri que despertou seus instintos primitivos.

Antes que Vargas pudesse responder, a dita-cuja voltou portando um prato cheio de madalenas e uma xícara fumegante de café com leite que o policial aceitou de bom grado.

— Desculpe eu servir assim, mas é que já está tudo nas caixas...

— Não se preocupe. Muito obrigado.

— E por que estão se mudando? — perguntou Alicia.

— O proprietário do imóvel quer aumentar o aluguel... Um sovina. Tomara que o prédio fique todo vazio e entregue aos ratos.

— Amém — assentiu Vargas. — E para onde vão agora?

— Isso é o que eu gostaria de saber. Tínhamos um escritório prometido aqui perto, atrás do Correio, mas a reforma que estavam fazendo atrasou e vamos ter que esperar pelo menos mais um mês. Por enquanto tudo isto vai para um guarda-móveis em Pueblo Nuevo que é da família do advogado.

— E onde vocês vão trabalhar enquanto isso?

Puri suspirou.

— Uma tia do advogado, que faleceu recentemente, tinha um apartamento na passagem Mallofré, no bairro de Sarriá, e por ora parece que vamos para lá. Como podem ver, tudo meio bagunçado...

Alicia e Vargas voltaram a passar os olhos pelo fenecido escritório de Brians, absorvendo o ar de bancarrota que se respirava lá. Os olhos de Alicia se detiveram em uma moldura que circundava algo que parecia uma paródia de foto de formatura onde se via o retrato de alguém que imaginou ser o causídico Brians em sua juventude, cercado de gente esfarrapada e presos famintos acorrentados até o pescoço. Sob a ilustração se lia a seguinte legenda:

Fernando Brians
Advogado das Causas Perdidas

Alicia se levantou e foi examinar o quadro de perto. Puri se juntou a ela, sorrindo e balançando a cabeça.

— É ele, o homem mais probo dos tribunais de Barcelona... Isto foi uma brincadeira que os colegas de turma fizeram há muitos anos, quando era jovem. E continua assim. E observe que até acha engraçado e pendura na parede onde os clientes podem ver...

— O advogado não tem clientes mais...?

— Prósperos?

— Solventes.

— Um ou outro, mas basta dom Fernando cruzar na rua com algum pobre-diabo largado por Deus para trazê-lo ao escritório... O homem tem um coração de ouro. E assim estamos.

— Não se preocupe que nós somos bons pagadores — interveio Vargas.

— Deus os abençoe. Como estão as madalenas?

— Antológicas.

Enquanto Vargas oferecia uma demonstração prática de apetite e paladar, para deleite de Puri, ouviu-se um estrondo que parecia uma topada na entrada do escritório seguido de um elaborado tropeço que terminou em uma ruidosa maldição. Puri revirou os olhos.

— O advogado vai atendê-los logo em seguida.

Fernando Brians parecia um professor de escola pública e usava um terno de segunda mão. Trajava uma gravata desbotada cujo nó provavelmente não tinha sido refeito nas últimas semanas, e as solas dos sapatos estavam lisas como pedra de rio. Era uma figura esbelta e nervosa que, apesar da idade, conservava uma bela cabeleira grisalha e uns olhos penetrantes entrincheirados atrás de uns óculos de armação preta como os que se usavam antes da guerra. Tinha tanta pinta de advogado barcelonês como sua secretária Puri de freira de clausura, e Alicia pensou que, apesar da modéstia de toda a cenografia que emoldurava sua vida profissional, Fernando Brians tinha preservado um ar juvenil e vivaz de quem não envelhece porque não foi avisado de que os anos passaram e já é hora de se comportar com certo ar respeitável e repousado.

— Sou todo ouvidos — convidou Brians.

Tinha se sentado em um canto da escrivaninha e olhava para eles com uma mistura de curiosidade e ceticismo. Brians podia manifestar uma fraqueza pelas causas perdidas, mas não parecia ter nada de bobo. Vargas se adiantou e apontou para Alicia.

— Se o senhor não se incomoda, vou deixar minha senhora expor o caso, porque é ela quem manda em casa.

— Como quiser.

— Quer que eu tome notas, dom Fernando? — perguntou Puri, que observava a cena na soleira da porta.

— Não vai ser preciso. Acho melhor cuidar dos homens da mudança, que estão bloqueando a rua com as caixas, e a caminhonete não vai poder entrar.

Puri fez que sim, decepcionada, e foi cumprir sua missão.

— O senhor estava dizendo...? — retomou Brians. — Ou a senhora sua esposa, que é quem manda na casa...

O tom vagamente acerado de Brians fez Alicia se indagar se Gustavo Barceló, o livreiro com quem conversara no Círculo Equestre, não teria avisado Brians da sua possível visita.

— Sr. Brians — começou ela —, uma tia do meu marido Jaime faleceu recentemente e nos deixou de herança uma coleção de obras de arte que inclui uma biblioteca com obras de grande valor.

— Meus pêsames. Precisam talvez de ajuda com a execução do testamento ou...?

— O motivo da nossa visita é que entre os exemplares dessa biblioteca há um livro de um autor chamado Víctor Mataix. Trata-se de um dos volumes de uma série de romances publicados em Barcelona nos anos trinta.

— *O labirinto dos espíritos* — completou Brians.

— Exato. Tivemos notícias de que o senhor representa um colecionador muito interessado em adquirir as obras existentes desse autor e por isso consideramos pertinente...

— Sei — disse Brians, saindo do canto da escrivaninha e buscando refúgio na sua cadeira.

— Talvez o senhor possa fazer a gentileza de nos pôr em contato com seu cliente ou, se preferir, nos dar os contatos dele para nós mesmos...

Brians fazia que sim, mais para si mesmo que para as sugestões de Alicia.

— Infelizmente não posso.

— Como?

— Não posso lhes dar essa informação nem estabelecer um contato com o meu cliente.

Alicia sorriu, conciliadora.

— E pode-se saber por quê?

— Porque não o conheço.

— Desculpe, mas não estou entendendo.

Brians se reclinou no encosto da cadeira e entrelaçou as mãos sobre o peito esfregando os polegares.

— Minha relação com o cliente sempre se deu estritamente por correspondência através de uma secretária. Nunca o vi em pessoa e nem sei o nome dele. Como acontece às vezes com alguns colecionadores, meu cliente prefere manter o anonimato.

— Até para o seu próprio advogado?

Brians sorriu com frieza e encolheu os ombros.

— Enquanto pagar a fatura, não é? — aventurou Vargas.

— Bem, se o senhor se comunica pelo correio com a secretária dele, pelo menos deve ter o nome e o endereço do destinatário — sugeriu Alicia.

— É uma caixa postal cujo número, não preciso nem dizer, não posso lhe informar por uma questão de confidencialidade. Assim como não posso dizer o nome da secretária porque não estou autorizado a divulgar informações sobre meus clientes que eles não queiram tornar públicas. É uma simples formalidade, mas vocês devem entender que eu preciso respeitá-la.

— Não há problema. Ainda assim, como pode então adquirir ou procurar livros para a coleção do seu cliente se não tem como entrar em contato com ele diretamente para oferecer a possibilidade de adquiri-los?

— Acredite, senhora, *Valcárcel*?, se o meu cliente tiver interesse em algum volume que esteja em seu poder ele mesmo me notificará. Eu sou um simples intermediário.

Alicia e Vargas se entreolharam.

— Puxa — improvisou o policial. — Evidentemente nós estávamos enganados, meu bem.

Brians se levantou e contornou a escrivaninha, oferecendo-lhes a mão e um sorriso cordial com claras cores de despedida.

— Lamento muito não poder ajudá-los neste caso e peço desculpas pelo aspecto e pelo estado do meu escritório. Estamos no meio da mudança e eu não esperava receber clientes no dia de hoje...

Apertaram a sua mão e se deixaram guiar para a saída por Brians, que avançava aos pulinhos se esquivando dos obstáculos e mostrando o caminho.

— Se me permitem um conselho desinteressado, em seu lugar eu contrataria os serviços de um bom leiloeiro de livros que fizesse a notícia circular. Se vocês estiverem com um Mataix genuíno, não vão faltar compradores.

— Alguma sugestão?

— Barceló, ao lado da Plaza Real, ou Sempere & Filhos, na rua Santa Ana. Ou então Costa, em Vic. São as três melhores opções.

— Vamos procurá-los. Muito agradecidos.

— Não há de quê.

Alicia não abriu os lábios até chegar ao vestíbulo do prédio. Vargas a seguia a uma distância prudente. Uma vez na porta, Alicia parou para olhar uma das pilhas de caixas deixadas ali pelos rapazes da mudança.

— E agora? — perguntou Vargas.

— Agora esperamos — disse ela.

— O quê?

— Que Brians mova a sua peça.

Alicia se ajoelhou ao lado de uma das caixas fechadas. Deu uma olhada na porta e, não havendo piratas à vista, arrancou do papelão uma etiqueta e guardou-a no bolso.

— Posso saber o que está fazendo? — perguntou Vargas.

Alicia seguiu para a saída sem responder. Quando Vargas chegou à rua viu, para sua surpresa, que ela estava entrando no bar da esquina. Mariano, o taberneiro e bardo das madalenas matutinas, que continuava polindo o piso de esfregão em riste, ficou ainda mais surpreso que Vargas quando a viu entrar em seu estabelecimento e rapidamente deixou a vassoura encostada na parede e seguiu-a solícito, enxugando as mãos em um pano pendurado no cinto. Vargas foi atrás, suspirando.

— Cafezinho com leite e madalenas para a senhorita? — propôs Mariano.

— Uma taça de vinho branco.

— A esta hora?

— A partir de que horas servem vinho branco?

— Para você as vinte e quatro horas do dia. Um Panadés suave?

Alicia aceitou. Vargas se sentou no tamborete contíguo.

— Acha mesmo que seu plano vai funcionar? — perguntou ele.

— Não há nada a perder tentando.

Mariano voltou com uma taça de vinho e um prato de azeitonas como cortesia da casa.

— Cervejinha para o cavalheiro?

Vargas negou com a cabeça. Observou Alicia saboreando o vinho com prazer. Havia algo que iluminava o dia na geometria dos seus lábios acariciando o vidro e no perfil da sua garganta pálida palpitando com a passagem do líquido. Ela notou sua expressão e arqueou uma sobrancelha.

— O que foi?

— Nada.

Alicia levantou a taça.

— Desaprova?

— Deus me livre.

Alicia estava tomando o último gole de vinho quando a silhueta do advogado Brians passou às pressas por trás das vitrines do bar. Alicia e Vargas trocaram um olhar e, deixando umas moedas no balcão, saíram do estabelecimento sem dizer uma palavra.

22

Na Corporação todos sabiam que, no que se refere à arte de seguir e, algumas vezes, perseguir cidadãos isentos ou não de suspeita, Vargas não tinha rival. Quando lhe perguntavam qual era o seu segredo, ele costumava dizer que o mais importante não era a discrição e sim a aplicação dos princípios da ótica. O xis do problema, argumentava ele, não era o que o vigilante podia ver ou intuir mas sim o que estava ao alcance da visão do vigiado. Além de boas pernas. Assim que começaram a seguir o advogado Brians, Vargas percebeu que Alicia não apenas dominava perfeitamente a disciplina mas também chegava a fazer dela uma delicada renda de bilro diante da qual ele só podia sentir admiração. Seu evidente conhecimento de cada recanto do emaranhado de ruelas, becos e passagens que articulavam o arcabouço da cidade velha lhe permitia traçar percursos paralelos e seguir os passos de Brians sem que ele notasse que estava sendo caçado.

Alicia caminhava com mais garbo que no dia anterior, o que levou Vargas a supor que nessa manhã estava usando o arnês que o taxidermista tinha mencionado. O movimento do seu quadril era diferente, o corpo parecia mais ereto. Alicia guiou-o por aquela trama fazendo pausas, buscando proteção em ângulos cegos e traçando a rota que Brians estava percorrendo antes mesmo que ele soubesse qual era. Durante quase vinte minutos, seguiram os passos do advogado pela densa retícula de becos e passagens que subia do porto até o centro da cidade. Mais de uma vez o viram parar em um cruzamento e olhar às suas costas para se certificar de que ninguém o seguia. Seu único erro foi olhar na direção errada. Finalmente, o viram dobrar na rua Canuda rumo às Ramblas e se perder na multidão que já inundava o passeio. Só então Alicia parou por uns segundos e deteve Vargas com o braço.

— Vai para o metrô — murmurou.

Confundindo-se entre a maré humana que cruzava as Ramblas, separados um do outro por uma dezena de metros, Alicia e Vargas seguiram Brians até a entrada do metrô que ficava ao lado da fonte de Canaletas. O advogado avançou escada abaixo e entrou na rede de túneis que desembocam na chamada avenida de La Luz.

Mais uma via de trevas e misérias que uma avenida propriamente dita, aquele extravagante bulevar de ar fantasmal tinha sido projetado por algum iluminado que imaginou com pouca felicidade uma Barcelona subterrânea à luz de gás. O projeto, porém, nunca obteve a glória sonhada. Catacumba inacabada onde se respirava o ar com perfume de carvão e eletricidade que os túneis do metrô cuspiam, a avenida de La Luz acabou sendo um albergue e esconderijo para quem quisesse se proteger da superfície e do sol. Vargas examinou aquela fuga sombria de colunas de mármore falso ladeando lojas ordinárias e cafés com luz de necrotério e virou-se para Alicia.

— A cidade dos vampiros? — perguntou.

— Algo assim.

Brians avançou pelo passeio central. Alicia e Vargas o seguiram, escondidos graças às colunas enfileiradas nos dois lados. O advogado percorreu o bulevar praticamente inteiro sem manifestar interesse por qualquer dos estabelecimentos situados em suas laterais.

— Talvez seja alérgico ao sol — sugeriu Vargas.

Brians passou ao largo das bilheterias da Ferrocarriles Catalanes e se dirigiu ao fundo da grande galeria subterrânea. Só então ficou claro qual era seu destino.

O cinema Avenida de La Luz era uma miragem sinistra encalhada naquela Barcelona subterrânea e estranha. Suas luzes de atração de feira e seus velhos cartazes de reestreia vinham tentando com suas sessões matinais as criaturas dos túneis, amanuenses demitidos, aprendizes de cornudos e proxenetas do baixo clero, desde pouco depois da guerra civil. Brians foi à bilheteria e comprou um ingresso.

— Não me diga que o senhor advogado vai ao cinema no meio da manhã — disse Vargas.

O funcionário da entrada abriu a porta e Brians passou por baixo da marquise que anunciava o programa daquela semana: sessão dupla com *O terceiro homem* e *O estranho*. O sorriso enigmático de um Orson Welles de aspecto diabólico os observava no cartaz circundado por lâmpadas titilantes.

— Pelo menos tem bom gosto — respondeu Alicia.

Quando passaram pela cortina aveludada que guarnecia a entrada foram envolvidos por um aroma de cinema velho e de misérias inconfessáveis. O feixe de luz do projetor atravessava uma nuvem espessa que parecia pairar havia décadas sobre a plateia. Filas de poltronas vazias desciam até a tela, onde o pérfido Harry Lime fugia através da fantasmagoria de túneis dos esgotos de Viena. O clima espectral daquelas imagens lembrou Alicia das cenas que tinha lido no livro de Víctor Mataix.

— Onde está? — murmurou Vargas em seu ouvido.

Ela apontou para o fundo da sala. Brians estava sentado em uma poltrona da fila quatro. Não havia mais de três ou quatro espectadores em todo o cinema. Percorreram o corredor que descia ao lado da plateia, pontilhado por uma fila de cadeiras dispostas de lado contra a parede como se fosse um vagão de metrô. Quando chegou à metade da sala, Alicia entrou em uma das filas e foi se sentar no centro. Vargas se instalou ao seu lado.

— Já viu este filme?

Alicia fez um gesto afirmativo. Tinha visto pelo menos umas seis vezes e o conhecia de cor.

— De que se trata?

— De penicilina. Fique quieto.

A espera foi mais breve que o previsto. O filme ainda não havia terminado quando Alicia divisou por cima do ombro uma silhueta escura andando pelo corredor lateral. Como a essa altura Vargas já parecia embevecido com o filme, teve que lhe dar uma cotovelada. O estranho estava com um casaco escuro e tinha um chapéu na mão. Alicia cerrou os punhos. O visitante parou em frente à fila onde estava o advogado. Olhou a tela sem pressa e um instante depois entrou na fila de trás, onde se sentou em uma poltrona situada em diagonal à de Brians.

— Movimento de cavalo — murmurou Vargas.

Por dois ou três minutos, o advogado não deu sinais de ter reparado na presença do estranho nem este de tentar se comunicar com ele de algum modo. Vargas olhou para Alicia, cético, e ela começou a pensar que talvez aquilo não passasse de uma coincidência. Dois estranhos em um cinema cuja única conexão era uma possível miopia que os faz preferir lugares nas primeiras filas. Foi só quando o som dos tiros que iam acabar com as mil vidas do malvado Harry Lime inundou o cinema que o estranho se debruçou sobre a poltrona da frente e Brians se virou ligeiramente. A trilha sonora abafou suas palavras e Alicia só conseguiu inferir que o advogado dizia algumas frases e dava um pedaço de papel ao estranho. Depois, ignorando-se mutuamente, os dois se reclinaram de novo nas poltronas e continuaram vendo o filme.

— No meu tempo eu prenderia os dois por veadagem — disse Vargas.

— O seu tempo foi a era de ouro do paleolítico espanhol — replicou Alicia.

Quando o projetor inundou a tela com o monumental plano que encerrava o filme, o estranho se levantou. Saiu devagar pelo corredor lateral e, enquanto a heroína desenganada percorria a alameda desolada do velho cemitério de Viena, pôs o chapéu e se encaminhou rumo à saída. Alicia e Vargas não fizeram o gesto de virar o rosto nem deram sinais de ter percebido a presença dele, mas seus olhos não desgrudavam daquela silhueta salpicada pelo halo vaporoso do projetor. A aba do chapéu escurecia o seu rosto, mas não o suficiente para esconder uma estranha textura ebúrnea e brilhante, como o rosto de um manequim. Alicia sentiu um calafrio. Vargas esperou que o estranho desaparecesse atrás do umbral cortinado e se inclinou para ela.

— Sou eu que estou imaginando ou esse indivíduo está com uma máscara?

— Algo assim — confirmou Alicia. — Venha, vamos antes que ele escape...

Nesse instante, sem dar tempo de se levantarem, as luzes da sala se acenderam e o crédito final do filme se desvaneceu na tela. Brians já estava em pé e se dirigia para o corredor lateral. Em poucos segundos ia passar diante deles a caminho da saída e os veria ali sentados.

— E agora? — murmurou Vargas abaixando a cabeça.

Alicia pegou-o pela nuca e trouxe o rosto do policial até o seu.

— Agora você me abraça — sussurrou.

Vargas a circundou entre os braços com a convicção de um colegial iniciante. Alicia puxou-o e os dois ficaram enlaçados em um ensaio de beijo furtivo desses que na época só se viam nas últimas filas dos cinemas de bairro e em portões escuros à meia-noite, com os lábios a apenas um centímetro de distância. Vargas fechou os olhos. Quando Brians já estava fora da sala de projeção, Alicia o empurrou suavemente.

— Vamos andando.

Quando saíram do cinema viram a silhueta de Brians se afastando pelo centro da avenida subterrânea na mesma direção de onde tinha chegado. Não havia nem sinal daquele estranho com cara de manequim. Alicia reparou na escada que ficava a uns vinte metros dali e subia até o cruzamento da rua Balmes com a Pelayo. Apressaram os passos naquela direção. Uma pontada de dor atravessou-lhe a perna direita e ela conteve a respiração. Vargas pegou seu braço.

— Não posso andar mais rápido — sentenciou Alicia. — Vá na frente. Rápido.

Vargas se lançou a toda a velocidade escada acima enquanto ela recuperava o fôlego apoiada na parede. Quando emergiu à luz do dia, o policial encontrou a grande perspectiva da rua Balmes. Olhou em volta, confuso. Não conhecia bem a cidade e estava desorientado. O tráfego àquela hora já era intenso e o centro de Barcelona estava inundado por uma maré de carros, ônibus e bondes. Cortinas de transeuntes trilhavam as calçadas sob uma luz poeirenta que caía do alto. Vargas pôs a mão na testa para se proteger do sol e varreu o cruzamento com o olhar, alheio aos empurrões que a multidão lhe oferecia. Por um instante pensou que mil casacos pretos de chapéu na cabeça estavam desfilando em todas as direções e que nunca iria encontrá-lo.

A textura peculiar do seu rosto o delatou. O estranho já estava no outro lado da rua e se dirigia a um carro estacionado na esquina com a Vergara. Vargas tentou atravessar pelo meio do trânsito mas a matilha de veículos e uma tempestade de buzinas o devolveram à calçada. No outro lado, o estranho entrava no carro. O policial o identificou como um Mercedes Benz, um modelo de pelo menos quinze ou vinte anos. Quando o sinal ficou verde, o carro já começava a se afastar. Vargas correu atrás dele e conseguiu vê-lo bastante bem antes que desaparecesse no rio do trânsito. De volta para a entrada do metrô, cruzou com um guarda-civil que o olhava com ar de reprovação. Vargas supôs que o tinha visto tentar atravessar a rua no vermelho e depois correndo entre os veículos. Então fez que sim, dócil, e levantou a mão em sinal de desculpa. Alicia o esperava na calçada com um olhar de expectativa.

— Como você está? — perguntou Vargas.

Ela ignorou a pergunta e balançou a cabeça com impaciência.

— Consegui vê-lo entrando em um carro. Um Mercedes preto — disse Vargas.

— A placa?

Ele confirmou com a cabeça.

23

Foram se refugiar no bar Nuria e lá ocuparam uma mesa ao lado da janela. Alicia pediu uma taça de vinho branco, a segunda do dia. Acendeu um cigarro e abandonou o olhar entre a multidão que fluía Ramblas abaixo como se aquilo fosse o maior aquário do mundo. Vargas observou-a erguer a taça com os dedos trêmulos e levá-la aos lábios.

— Discurso de advertência? — perguntou Alicia sem tirar os olhos da janela.

— Saúde.

— Você não disse nada sobre o sujeito da máscara. Está pensando o mesmo que eu?

Ele encolheu os ombros, cético.

— O relatório sobre o suposto atentado contra Valls no Círculo de Belas-Artes falava de um homem com o rosto coberto... — disse Alicia.

— Pode ser — concedeu Vargas. — Vou dar uns telefonemas.

Quando se viu sozinha, Alicia deu um suspiro de dor e pôs a mão no quadril. Considerou a possibilidade de tomar meio comprimido, mas desistiu. Aproveitando que Vargas estava falando ao telefone no fundo do bar, fez um sinal ao garçom pedindo que lhe servisse outra taça e levasse a primeira, que esvaziou com um último gole. Vargas voltou quinze minutos depois com sua caderneta na mão e um brilho nos olhos que prometia notícias.

— Tivemos sorte. O carro está em nome da Metrobarna Ltda. Uma sociedade de investimentos imobiliários, ou pelo menos é o que consta no registro. A sede é aqui em Barcelona. Avenida de Gracia, número seis.

— Fica aqui ao lado. Só me dê uns minutos para me recuperar e depois vamos.

— Por que não me deixa cuidar disso e vai para casa descansar um pouco, Alicia? Depois passo lá e lhe conto o que descobri.

— Tem certeza?

— Absoluta. Vá.

Quando chegaram às Ramblas o céu finalmente havia clareado e brilhava o azul elétrico que às vezes enfeitiça os invernos de Barcelona para convencer os incautos de que nada pode dar errado.

— Direto para casa, hein? Sem paradas técnicas, que conheço você — advertiu Vargas.

— Sempre às ordens. Não resolva o caso sem mim — disse Alicia.

— Não se preocupe.

Viu-o seguir em direção à praça da Catalunha e esperou alguns minutos. Fazia anos que Alicia tinha descoberto que exagerar os sintomas da dor e esboçar um rosto lânguido tipo Dama das Camélias lhe permitia manipular a disposição dúctil e infantiloide de qualquer homem com necessidade de pensar que ela precisava da sua proteção e da sua orientação, o que incluía praticamente todo o gênero masculino contabilizado no censo com exceção de Leandro Montalvo, que lhe havia ensinado a maioria dos truques do seu repertório e invariavelmente sentia o cheiro de qualquer outro que ela aprendesse por conta própria. Logo que Alicia teve a certeza de que tinha se livrado de Vargas, mudou de rumo. Voltar para casa podia esperar. Ela precisava de tempo para pensar e observar nas sombras. E, principalmente, havia uma coisa que queria fazer sozinha e do seu jeito.

O escritório da Metrobarna ficava no último andar de um monumental bloco modernista com jeito de castelo de sonhos. O prédio, remoçado com pedra ocre e coroado com mansardas e imponentes torreões, era conhecido como Casa Rocamora e constituía um exemplo dessas peças de ourivesaria matemática e grande melodrama que só podem ser encontradas nas ruas de Barcelona. Vargas parou um instante na esquina para apreciar aquele espetáculo de balcões, galerias e geometrias bizantinas. Um pintor de rua havia estacionado seu cavalete naquela esquina e estava finalizando uma aquarela do edifício em traços impressionistas. Ao perceber a presença de Vargas ao seu lado lhe deu um sorriso cortês.

— Bela imagem — elogiou Vargas.

— Fazemos o possível. Polícia?

— É tão óbvio?

O pintor lhe deu um sorriso amargo. Então Vargas apontou para o quadro.

— Está à venda?

— Estará em menos de meia hora. Interessado no prédio?
— Eventualmente. Cobram para entrar? — perguntou Vargas.
— Não me venha com ideias.

Um elevador roubado dos sonhos de Júlio Verne levou-o às portas de um escritório onde se via uma placa dourada de considerável gramatura que rezava:

> ## METROBARNA
> Sociedade Limitada de Investimentos Imobiliários

Vargas tocou a campainha. Um som de carrilhão acendeu no ar e logo depois a porta se abriu mostrando a figura de uma recepcionista de porte refinado e indumentária mais que formal emoldurada por um saguão suntuoso. Em certas firmas, a opulência era transmitida com antecedência e perfídia.

— Bom dia — soltou Vargas em um tom oficial ao mesmo tempo que mostrava sua identificação. — Vargas, Chefatura Superior da Polícia. Gostaria de falar com o gerente, por favor.

A recepcionista examinou-o, surpresa. Aparentemente o teor das visitas que costumavam receber naquele escritório era de mais prestígio.

— Está se referindo ao sr. Sanchís?

Vargas se limitou a confirmar e avançou alguns passos no vestíbulo, um lugar com paredes forradas de veludo azul e coalhadas de deliciosas aquarelas retratando fachadas e prédios emblemáticos de Barcelona. Vargas reprimiu um sorriso ao reconhecer o estilo do pintor da esquina.

— Posso saber o assunto, agente? — inquiriu a recepcionista às suas costas.
— Capitão — corrigiu Vargas sem se virar.

A recepcionista pigarreou e, não obtendo mais resposta, deu um suspiro.

— O sr. Sanchís está em uma reunião neste momento. Se quiser...

Vargas deu meia-volta e olhou-a com frieza.

— Já vou avisá-lo, capitão.

Vargas concordou com pouco entusiasmo. A recepcionista partiu veloz em busca de reforços. Seguiu-se um rápido desfile de vozes abafadas, sons de portas se abrindo e se fechando e corridinhas pelos corredores do escritório. Um minuto depois voltava, agora com um sorriso manso, pedindo que a seguisse lá para dentro.

— Venha, por obséquio, o senhor diretor vai recebê-lo na sala de reuniões.

Atravessou um longo corredor rodeado de escritórios pomposos onde uma brigada de elegantes advogados de terno e colete exerce os seus misteres com mais solenidade que um experiente agente financeiro. Estátuas, quadros e tapetes de alto padrão ladeavam o trajeto, que o levou a uma ampla sala suspensa em frente a um balcão envidraçado de onde se apreciava toda a avenida de Gracia em vista aérea. Uma imponente mesa de reuniões presidia um conjunto de poltronas, vitrines e molduras de madeiras nobres.

— O sr. Sanchís estará aqui dentro de um instante. Posso lhe oferecer alguma coisa enquanto isso? Um café?

Vargas negou com a cabeça. A recepcionista evaporou assim que pôde e deixou-o sozinho.

O policial avaliou o cenário. O escritório da Metrobarna cheirava, ou fedia, a dinheiro. Provavelmente só o preço do tapete que estava debaixo dos seus pés superava de longe o seu salário de vários anos. Vargas contornou a mesa de reunião acariciando com os dedos o carvalho laqueado e absorvendo o perfume de luxo e pompa do lugar. O cenário e a prosódia das formas exalavam um ar opressivo e excludente típico das instituições dedicadas à alquimia monetária, lembrando permanentemente ao visitante que, ainda que pensasse que está dentro, na verdade sempre estaria fora e do outro lado do proverbial guichê.

A sala era decorada com numerosos retratos de vários tamanhos. Na maioria fotografias, mas também havia óleos e esboços a carvão assinados por uma seleção de retratistas oficiais e de prestígio das últimas décadas. Vargas examinou a coleção. Em todas as imagens aparecia a mesma pessoa, um cavalheiro de cabelos prateados e aspecto aristocrático que observava a câmera, ou o cavalete, com um sorriso sereno e olhos gélidos. O protagonista dessas imagens claramente sabia posar e escolher companhias. Vargas se inclinou para analisar de perto uma foto onde se via o cavalheiro de olhar gelado em companhia de um grupo de figurões ataviados com trajes de caça sorrindo como amigos de infância em volta de um general Franco mais jovem. Vargas reconsiderou o elenco de figuras presentes na sessão e reparou em um dos participantes da caçada. Estava na segunda fila e sorria entusiasmado, como se estivesse se esforçando para ter destaque na cena.

— Valls — murmurou.

A porta da sala se abriu atrás dele e quando se virou viu um homem de meia-idade com uma magreza beirando a fragilidade e um cabelo alourado ralo e fino como o de um bebê. Estava com um terno de alpaca de corte impecável fazendo jogo com seus olhos cinzentos, contidos e penetrantes. O diretor sorriu afavelmente e lhe estendeu a mão.

— Bom dia. Eu sou Ignacio Sanchís, diretor-geral desta casa. Parece, pelo que María Luisa me disse, que o senhor deseja falar comigo. Desculpe por fazê-lo esperar. Estamos preparando a assembleia anual de acionistas, isso nos absorve muito. Em que posso ajudá-lo, capitão?

Sanchís exalava um ar de cordialidade cultivada e profissionalismo de buquê superior. Seus olhos transmitiam doçura e autoridade enquanto o catalogavam minuciosamente. Vargas não teve a menor dúvida de que antes de terminar sua frase de apresentação Sanchís já sabia a marca dos sapatos que ele estava usando e quantos anos tinha o seu terno vagabundo.

— Este rosto me parece familiar — disse o policial apontando para um dos óleos que decoravam a sala.

— É dom Miguel Ángel Ubach — explicou Sanchís, sorrindo com benevolência diante da ignorância ou ingenuidade do interlocutor. — Nosso fundador.

— Do Banco Ubach? — perguntou Vargas. — O Banqueiro da Pólvora?

Sanchís lhe devolveu um sorriso leve e diplomático, mas seu olhar esfriou.

— Dom Miguel Ángel nunca gostou desse apelido, que se me permite não faz jus ao personagem.

— Ouvi dizer que foi o próprio Generalíssimo quem o pôs, pelos serviços prestados — aventurou Vargas.

— Creio que não — corrigiu Sanchís. — Quem pôs o apelido a dom Miguel Ángel foi certa imprensa comunista durante a guerra. O Banco Ubach, junto com outras instituições, ajudou a financiar a campanha da libertação nacional. Um grande homem a quem a Espanha deve muito.

— E que sem dúvida se ressarciu… — murmurou Vargas.

Sanchís ignorou essas palavras sem perder um mínimo de cordialidade.

— E qual é a relação de dom Miguel Ángel com esta companhia? — quis saber Vargas.

Sanchís pigarreou e fez uma expressão paciente e didática.

— Com a morte de dom Miguel Ángel, em 1948, o Banco Ubach se dividiu em três sociedades. Uma delas era o Banco Hipotecário e Industrial da Catalunha, que há oito anos foi absorvido pelo Banco Hispano-Americano de Crédito. A Metrobarna foi criada nessa época para administrar a carteira de valores imobiliários que existia no balanço do banco.

Sanchís pronunciou essas palavras como se as tivesse recitado muitas vezes, com um ar sábio e ausente de guia de museu olhando o relógio de esguelha enquanto fala para um grupo de turistas.

— Mas certamente a história da companhia não é um assunto que tenha grande interesse para o senhor — arrematou. — Em que posso ajudá-lo, capitão?

— É um problema pequeno, provavelmente sem importância, sr. Sanchís, mas sabe como é a rotina destas coisas. Temos que verificar tudo.

— Naturalmente. Pode dizer.

Vargas tirou do bolso a caderneta e fingiu reler umas linhas.

— Pode confirmar se um carro com a placa B-74325 pertence à Metrobarna?

Sanchís olhou-o perplexo.

— Na verdade, não sei… Teria que perguntar a…

— Imagino que a companhia tem uma frota de carros. Estou enganado?
— Não, está certo. Dispomos de quatro ou cinco carros, se...
— Um deles é um Mercedes Benz? Preto? Modelo de uns quinze ou vinte anos atrás?

Uma sombra de inquietação cruzou a face de Sanchís.
— Sim... É o automóvel que o Valentín dirige. Aconteceu alguma coisa?
— Valentín?
— Valentín Morgado, um motorista que trabalha para a empresa.
— Seu motorista particular?
— Sim. Há anos... Posso perguntar o quê...?
— O sr. Morgado está no escritório neste momento?
— Acho que não. Tinha que levar Victoria ao médico bem cedo esta manhã...
— Victoria?
— Victoria é a minha esposa.
— E o sobrenome de sua esposa é...?
— Ubach. Victoria Ubach.

Vargas levantou as sobrancelhas em sinal de surpresa. Sanchís admitiu, vagamente irritado.
— Filha de dom Miguel Ángel, sim.

O policial lhe piscou um olho, como se quisesse dar a entender que admirava aquele golpe do baú que o tinha levado ao topo da companhia.
— Capitão, por favor, peço-lhe que me explique qual é o problema...

Vargas sorriu afável e relaxado.
— Como eu já disse, nada de grande importância. Estamos investigando um atropelamento que aconteceu esta manhã na rua Balmes. O carro do suspeito fugiu. Não se preocupe, não é o seu. Mas duas testemunhas declararam que viram um carro estacionado logo na esquina que coincide com a descrição e a placa do Mercedes preto que é dirigido por...
— Valentín.
— Exato. Na realidade as duas declararam que o motorista do Mercedes estava dentro do carro no momento em que ocorreu o atropelamento. Daí o nosso interesse em localizá-lo, para saber se por acaso viu algo que possa nos ajudar a identificar o motorista que fugiu...

Sanchís fez uma expressão desolada ao ouvir esse relato, mas parecia visivelmente aliviado por saber que seu carro e seu motorista não estavam envolvidos no acidente.
— É horrível. Alguém morreu?
— Infelizmente temos que confirmar uma morte. Uma senhora de idade, que foi levada ao hospital Clínico, mas já chegou morta.

— Lamento muito. Naturalmente, tudo o que pudermos fazer para ajudar...

— Só queria falar com seu funcionário Valentín.

— Claro, sem dúvida.

— Sabe se por acaso o sr. Morgado não levou sua esposa a algum outro lugar esta manhã depois da consulta médica?

— Não tenho certeza. Acho que não. Victoria comentou ontem que ia receber umas visitas em casa hoje ao meio-dia... É possível que Valentín tenha saído para fazer algum serviço. Às vezes entrega documentos ou correspondências do escritório de manhã quando minha esposa e eu não precisamos dele.

Vargas tirou um cartão do bolso e lhe entregou.

— Pode fazer a gentileza de dizer ao sr. Morgado que entre em contato comigo assim que puder?

— Com certeza. Agora mesmo vou mandar que o localizem e deem o recado.

— Provavelmente ele não poderá nos ajudar, mas vai ter que cumprir a formalidade.

— Claro.

— Mais uma coisa. Por acaso o sr. Morgado tem alguma característica física distintiva?

Sanchís confirmou com a cabeça.

— Sim, Valentín sofreu uma ferida durante a guerra. Tem uma parte do rosto desfigurada em decorrência da explosão de um morteiro.

— Trabalha para o senhor há muitos anos?

— Pelo menos uns dez. Valentín já trabalhava para a família da minha esposa e é um homem de confiança nesta casa. Posso garantir.

— Uma das testemunhas mencionou algo sobre uma máscara cobrindo parte do rosto dele, é possível? Só quero me certificar de que se trata da mesma pessoa.

— É ele, sim. Valentín usa uma prótese que cobre toda a mandíbula inferior e o olho esquerdo.

— Não quero lhe tomar mais tempo, sr. Sanchís. Obrigado pela ajuda. Lamento ter interrompido sua reunião.

— Não tem importância. Imagine. É um dever e uma honra para todo espanhol colaborar com as forças de segurança do Estado.

Quando Sanchís o acompanhava até a saída passaram em frente a um portão de madeira lavrada atrás do qual se abria uma biblioteca monumental com vista para a avenida de Gracia. Vargas parou um instante e olhou para dentro. A biblioteca se espalhava por uma galeria versalhesca que parecia ocupar toda a lateral do edifício. O piso e o teto eram revestidos de uma madeira polida tão brilhante que pareciam dois espelhos frente a frente nos quais as colunas de livros se multiplicavam ao infinito.

— Impressionante — disse Vargas. — O senhor é colecionador?

— Modesto — respondeu Sanchís. — A maior parte é da coleção da Fundação Ubach, mas tenho que admitir que os livros são minha fraqueza e o meu refúgio do mundo das finanças.

— Entendo. Eu, na minha modesta escala, faço o mesmo — aventurou Vargas. — Pratico a busca e captura de exemplares estranhos e únicos. Minha mulher diz que é deformação profissional.

Sanchís fez que sim, mantendo uma expressão cortês e paciente embora seus olhos já revelassem um certo fastio e a vontade de se livrar do policial assim que fosse possível.

— Tem interesse em volumes raros, sr. Sanchís?

— A maior parte da coleção é de textos dos séculos XVIII e XIX, espanhóis, franceses e italianos, mas também temos uma excelente seleção de literatura e filosofia alemãs e de poesia inglesa — explicou o diretor. — Imagino que em certos círculos já seria raridade suficiente.

Sanchís apertou seu braço delicada mas firmemente e o guiou de novo para o corredor rumo à saída.

— Eu o invejo, sr. Sanchís. Quem me dera... Meus meios são limitados e tenho que me conformar com peças modestas.

— Não há livros modestos e sim ignorâncias soberbas.

— Sem dúvida. Foi o que eu disse a um livreiro de usados quando lhe encomendei uma série de romances de um autor esquecido. Talvez já tenha ouvido falar dele. Mataix. Víctor Mataix.

Sanchís sustentou seu olhar, impassível, e negou devagar com a cabeça.

— Sinto muito, nunca ouvi falar.

— É o que todo mundo me diz. Um homem consome a vida escrevendo e um tempo depois ninguém lembra mais as suas palavras...

— A literatura é uma amante cruel que esquece com muita facilidade — disse Sanchís, abrindo a porta do patamar da escada.

— É como a justiça. Ainda bem que sempre há gente como o senhor e eu disposta a refrescar a memória das duas...

— Assim é a vida, que se esquece de todos nós antes da hora. Agora, se não há mais nada que possa fazer pelo senhor...

— Não, obrigado de novo por sua ajuda, sr. Sanchís.

24

Ao sair do edifício Vargas avistou o pintor de aquarelas, que já estava guardando seu material e acendendo um cachimbo de velho marinheiro. Sorriu-lhe de longe e foi até ele.

— Ora, é o inspetor Maigret! — exclamou o artista.

— O nome certo é Vargas.

— Dalmau — apresentou-se o pintor.

— E então, mestre Dalmau? Já terminou a obra?

— As obras nunca terminam. O truque é saber quando deixá-las inacabadas. Ainda está interessado?

O artista levantou o pano que cobria a tela e mostrou a aquarela.

— Parece um sonho — disse Vargas.

— O sonho é seu por dez pratas e sua boa vontade.

O policial pegou a carteira. Os olhos do artista brilharam como a brasa do cachimbo. Vargas lhe deu uma nota de cem pesetas.

— É muito.

Vargas negou com a cabeça.

— Considere-me o seu mecenas do dia.

O pintor começou a embrulhar a aquarela com papel pardo e barbante.

— Dá para viver disto? — perguntou Vargas.

— A indústria do cartão-postal tem feito muito estrago, mas ainda existe gente de bom gosto.

— Como o sr. Sanchís?

O artista arqueou uma sobrancelha e olhou-o com cara de suspeita.

— Bem que eu estava achando esquisito. Só falta agora me meter em uma confusão.

— Faz muito tempo que Sanchís é seu cliente?

— Vários anos.

— Vendeu muitos quadros para ele?

— Muitos.

— Ele gosta tanto do seu estilo?

— Compra por pena, acho eu. É um homem muito generoso, ainda mais sendo banqueiro.

— Talvez seja consciência pesada.

— Não deve ser o único. Neste país tem disso para dar e vender.

— Está se referindo a mim?

Dalmau resmungou e dobrou o cavalete.

— Já vai embora? Pensei que ia me contar alguma coisa sobre o sr. Sanchís.

— Olhe, se quiser eu devolvo o seu dinheiro. E pode ficar com o quadro. Pendure em algum calabouço da delegacia.

— O dinheiro é seu, você o ganhou.

O artista hesitou.

— O que quer com Sanchís? — perguntou.

— Nada. Simples curiosidade.

— Foi isso mesmo que disse o outro policial. Vocês são todos iguais.

— Outro policial?

— Sim, isso mesmo. Não precisa fingir que não sabe como é a coisa.

— Pode descrever o meu colega? Talvez eu consiga outra nota igual se me ajudar.

— Não há muito o que descrever. Outro brutamontes, como você. Mas aquele tinha um corte no rosto.

— Disse como se chamava?

— Não chegamos a ficar íntimos.

— Quando foi isso?

— Há umas duas ou três semanas.

— Aqui?

— Sim, aqui. No meu escritório. Já posso ir embora?

— Não precisa ter medo de mim, mestre.

— Não estou com medo. De vocês não me assusto com mais nada. Mas prefiro respirar outros ares, se não se incomodar.

— Esteve preso?

O artista riu com desdém.

— Na Modelo?

— Montjuic. De 1939 a 1943. Vocês não podem me fazer nada que já não tenham feito.

Vargas puxou a carteira, disposto a desembolsar um segundo pagamento, mas o pintor recusou. Tirou do bolso o dinheiro que Vargas lhe dera antes e jogou-o no chão. Depois, pegou o cavalete dobrado e sua maleta de pinturas e se foi mancando dali. Vargas observou-o subir a avenida de Gracia. Depois se ajoelhou para apanhar o dinheiro no chão e saiu andando na direção contrária com o quadro debaixo do braço.

Ignacio Sanchís foi à janela da sala da diretoria e observou o policial falando com o aquarelista da esquina. Alguns minutos depois, o policial saiu em direção à praça de Catalunha sobraçando algo que parecia um quadro que tinha comprado. Sanchís esperou até perdê-lo de vista no meio da multidão. Depois saiu da sala e se dirigiu à recepção.

— Vou estar fora por alguns minutos, María Luisa. Se Lorca, do escritório de Madri, telefonar, passe a ligação para Juanjo.

— Sim, sr. Sanchís.

Não esperou o elevador. Desceu a pé pela escada e chegando à rua sentiu uma brisa que o fez perceber que estava com a testa coberta de suor. Entrou no café que ficava ao lado da Rádio Barcelona, na rua Caspe, e pediu um pingado. Enquanto preparavam, foi ao telefone público que havia no fundo e discou o número que sabia de cor.

— Brians — respondeu a voz do outro lado da linha.

— Um policial que se apresenta como Vargas acabou de me fazer uma visita.

Um longo silêncio.

— Esta linha é do escritório? — perguntou Brians.

— Claro que não — disse Sanchís.

— Também estiveram aqui de manhã. Ele e uma garota. Diziam ter um Mataix para vender.

— Sabe quem são?

— Ele obviamente é da polícia. E não gostei nada dela. Assim que saíram fiz o que você me disse. Telefonei àquele número que me deu e desliguei para avisar Morgado e marcar um encontro no lugar de sempre. Estive com ele há uma hora. Pensei que já tinha lhe avisado.

— Houve um imprevisto. Morgado teve que voltar para casa — disse Sanchís.

— O que o policial perguntou?

— Queria saber de Morgado. Alguma bobagem sobre um acidente. Você deve ter sido seguido.

Sanchís ouviu o advogado suspirar.

— Será que eles têm a lista?

— Não sei. Mas não podemos correr riscos.

— O que quer que eu faça? — perguntou Brians.

— Nenhum encontro com Morgado e nenhum telefonema até segunda ordem. Se for preciso, eu entro em contato. Volte para o escritório normalmente — ordenou Sanchís. — Se eu fosse você sumiria da cidade por uns tempos.

O banqueiro pôs o telefone no gancho. Passou diante do balcão, pálido.

— Chefe. Seu café pingado — disse o garçom.

Sanchís olhou-o como se não soubesse o que estava fazendo ali e saiu do bar.

25

Mauricio Valls viu morrer gente demais para acreditar que exista algo no além. Ressuscita do purgatório de antibióticos, narcóticos e pesadelos sem esperanças. Abre os olhos para a penúria da sua cela e sente que a roupa que estava usando desapareceu. Agora está nu e enrolado em um cobertor. Leva ao rosto a mão que não tem e descobre o coto cauterizado com alcatrão. Examina-o demoradamente, como se quisesse descobrir a quem pertence aquele corpo no qual despertou. Sua memória vai voltando pouco a pouco, imagens e sons pingando. Algum tempo depois se lembra de tudo menos da dor. Afinal de contas talvez exista mesmo um Deus misericordioso, pensa.

— De que está rindo? — pergunta a voz.

A mulher que tinha tomado por anjo no seu delírio o observa atrás das grades. Não há compaixão nem emoção alguma em seu olhar.

— Por que não me deixaram morrer?

— A morte é coisa boa demais para você.

Valls faz que sim. Não tem certeza de com quem está falando, mas há alguma coisa nessa mulher que lhe parece enormemente familiar.

— Onde está Martín? Por que não veio?

A mulher o encara com uma mistura de desprezo e tristeza.

— David Martín está à sua espera.

— Onde?

— No inferno.

— Não acredito no inferno.

— Paciência. Vai acreditar.

A mulher recua para as sombras e começa a subir a escada.

— Espere. Não vá embora. Por favor.

Ela para.

— Não vá embora. Não me deixe aqui sozinho.

— Aí tem roupa limpa. Vista-se — diz ela antes de desaparecer escada acima.

Valls ouve uma comporta se fechar. Encontra a roupa em uma sacola, em um canto da cela. É roupa velha, que fica grande nele, mas está moderadamente limpa apesar do cheiro de poeira. Tira o cobertor e examina seu corpo nu na penumbra. Pode ler ossos e tendões sob a pele onde antes havia um dedo de gordura. Veste-se. Não é fácil se vestir com uma só mão, nem abotoar a calça ou a camisa com apenas cinco dedos. O que mais aprecia são as meias e um par de sapatos para esconder seus pés do frio. No fundo da sacola há algo mais. Um livro. Reconhece imediatamente a capa de couro preta com o perfil de uma escada em caracol gravada em escarlate. Põe o volume no colo e o abre.

O labirinto dos espíritos III
Ariadna e o Teatro das Sombras

🐚

Texto e ilustrações de Victor Mataix

Valls folheia as páginas e para na primeira ilustração. Nela se vê a carcaça de um velho teatro em ruínas em cujo palco há uma menina vestida de branco, de olhar frágil. Mesmo à luz da vela a reconhece.

— Ariadna... — murmura.

Fecha os olhos e se agarra nas grades da cela com a mão única.

Talvez o inferno exista mesmo.

26

Um sol de veludo pintava as ruas de inocência. Alicia ia andando no meio da multidão que percorria o centro da cidade enquanto matutava sobre uma cena que tinha lido nas últimas páginas de *Ariadna e o Príncipe Escarlate*. Nela, Ariadna se encontrava com um vendedor ambulante de máscaras e flores murchas na porta da cidade dos mortos, a grande necrópole do sul. Tinha sido levada até lá por um bonde fantasmal sem motorneiro nem viajantes, com um cartaz na frente que dizia:

Destino

O vendedor era cego mas ouvia Ariadna se aproximar dele e lhe perguntava se queria comprar uma máscara. As máscaras que vendia em sua barraca, explicava, eram feitas com restos de almas amaldiçoadas que residiam no cemitério e serviam para se esquivar da própria sina e, talvez, sobreviver mais um dia. Ariadna lhe confessava que não sabia qual era o seu destino e que achava que o perdera quando caiu naquela Barcelona espectral sob o domínio do Príncipe Escarlate. O vendedor de máscaras sorria e respondia com estas palavras:

A maioria dos mortais nunca chega a conhecer seu verdadeiro destino; simplesmente, somos atropelados por ele. Quando levantamos a cabeça e o vemos se afastar pela estrada já é tarde e temos que trilhar o resto do caminho pela valeta daquilo que os sonhadores chamam de maturidade. A esperança é apenas a crença de que esse momento ainda não chegou, de que conseguiremos ver o nosso verdadeiro destino quando ele se apresentar e poderemos pular a bordo antes que a oportunidade de ser nós mesmos se desvaneça para sempre e nos condene a viver no vazio, com saudade do que devia ter sido e nunca foi.

Alicia lembrava essas palavras como se estivessem gravadas na sua pele. Nada surpreende e assusta mais do que aquilo que já se sabe. Nesse meio-dia, ao pousar a mão na porta da velha livraria Sempere & Filhos, Alicia sentiu o tocar daquela vida por viver e se perguntou se já não seria tarde demais.

Foi recebida pelo tilintar da sineta na entrada, o cheiro de livro exalado por milhares de páginas à espera de uma oportunidade e uma claridade nebulosa que tecia a cena com a textura de um sonho. Tudo era como ela lembrava, do sem-fim de prateleiras de madeira clara até a última poeirinha capturada nos feixes de luz que penetravam pela vitrine. Tudo menos ela.

Entrou naquele lugar como se estivesse voltando a uma lembrança perdida. Por um instante, pensou que aquilo ali poderia ter sido o seu destino se não houvesse estourado uma guerra que lhe arrancou tudo o que tinha, que a mutilou e largou nas ruas de uma terra maldita. Uma guerra que acabou fazendo dela uma simples marionete de um espetáculo do qual sabia que nunca mais poderia escapar. Aquela miragem que pressentia entre as quatro paredes da livraria Sempere & Filhos, compreendeu então, era a vida que lhe haviam roubado.

O olhar de um menino a tirou do devaneio. Não devia ter mais que dois ou três anos e estava em um cercadinho de madeira branca ao lado do balcão da livraria. O menino, coroado por uma moitinha de cabelo louro tão fino e tão brilhante que parecia de ourivesaria, tinha se levantado segurando a borda e estava olhando fixamente para ela, estudando-a como se fosse um espécime exótico. Alicia se rendeu com um sorriso sincero, desses que se desenham na boca sem que percebamos. O garoto parecia estar avaliando essa expressão enquanto brincava com um crocodilo de borracha nas mãos. Depois, em uma notável exibição de acrobacia aeronáutica, arremessou o boneco em uma trajetória parabólica que concluiu aos seus pés. Quando Alicia se ajoelhou para apanhar o crocodilo, escutou a voz.

— Julián, pelo amor de Deus! Será possível que...

Alicia ouviu os passos contornarem o balcão e quando se levantou deu com ela. Beatriz. De perto parecia tão bonita como era pintada nos relatórios de bobos e curiosos, que previsivelmente não tinham conseguido dizer mais nada sobre ela. Era feita com a feminilidade bendita e apressada de quem foi mãe antes dos vinte anos mas tinha o olhar de uma mulher com o dobro dessa idade, penetrante e inquisitivo. Ninguém sabe ler uma mulher tão bem como outra mulher, e no breve instante em que suas mãos se tocaram, quando Alicia lhe entregou o brinquedo do pequeno Julián e os olhos das duas se encontraram, ambas sentiram que estavam diante de uma espécie de espelho através do tempo.

Alicia olhou aquela criatura e pensou que, em outra vida, bem poderia ter sido essa mulherzinha de aspecto sereno e angelical que devia suscitar desejos e suspiros na vizinhança, a imagem viva da esposa perfeita dos anúncios de moda. Beatriz, sem pecado concebida, observou por sua vez aquela estranha que parecia um reflexo obscuro de si mesma, uma Bea que nunca poderia ou se atreveria a ser.

— Desculpe o menino — improvisou Bea. — Ele meteu na cabeça que todo mundo tem que gostar de crocodilos tanto como ele. Não podia gostar de cachorrinhos ou de ursos como as outras crianças, por acaso...

— Sinal de bom gosto — disse Alicia. — As outras crianças são todas bobas, não é mesmo?

O pequeno fez que sim várias vezes, como se finalmente tivesse encontrado uma alma sensata no universo. Bea franziu o cenho. Os traços daquela mulher lembravam as bruxas estilizadas e deliciosamente malvadas das histórias que Julián tanto apreciava. O filho deve ter pensado o mesmo, porque estendeu as mãos para ela como se quisesse que o pegasse no colo.

— Parece que você conquistou alguém — disse Bea. — E não pense que Julián vai com qualquer um...

Alicia olhou o menino. Nunca havia segurado um bebê na vida. Não tinha a menor ideia de como se fazia tal coisa. Bea deve ter intuído sua perplexidade porque pegou Julián no colo.

— Não tem filhos? — perguntou.

A visitante negou.

Provavelmente os come, pensou Bea em um deslize de malícia. Julián continuava olhando para ela cativado.

— Ele se chama Julián?

— Isso.

Alicia se aproximou do menino e inclinou o tronco para que seu olhar estivesse à altura dele. Julián sorriu, encantado. Surpresa com a reação do filho, Bea lhe permitiu estender a mão até o rosto daquela mulher. Julián tocou na sua bochecha e nos lábios. Bea teve a impressão de que a cliente, ao receber essa carícia, ficara com os olhos marejados, ou talvez fosse apenas o reflexo da luz do meio-dia. A mulher se afastou rapidamente e deu meia-volta.

Estava com roupas refinadas e, até onde podia determinar, muito caras. O tipo de roupa que ela às vezes parava para olhar nas vitrines mais seletas de Barcelona e depois seguia em frente, sonhando acordada. Tinha um talhe esbelto e gestos vagamente teatrais. Seus lábios estavam pintados com uma cor e um brilho que ela nunca teria coragem de exibir em público e que em algumas poucas vezes tinha usado só para Daniel, quando a deixava tonta com moscatel e pedia que fizesse o que ele chamava de *um desfile*.

— Gostei dos seus sapatos — disse Bea.

A mulher se virou de novo e sorriu, mostrando os dentes em meio ao batom. Julián fazia tentativas de bater palmas, indicando com clareza que gostava de tudo, dos sapatos de preço insondável aos olhos de veludo que pareciam hipnotizar como uma serpente.

— Está procurando algo em particular?

— Não sei bem. Tive que deixar quase todos os meus livros quando me mudei, e agora, de volta a Barcelona, estou me sentindo como se tivesse naufragado.

— Você é daqui?

— Sou, mas passei uns anos morando fora.

— Em Paris?

— Paris? Não.

— É por causa da roupa. E do jeito. Você tem ar de parisiense.

Alicia trocou um olhar com o pequeno Julián, que continuava fascinado por ela e confirmou com a cabeça como se a ideia dessa ascendência parisiense tivesse sido dele, não da sua mãe.

— Conhece Paris? — perguntou Alicia.

— Não. Bem, só pelos livros. Mas no ano que vem vamos comemorar nosso aniversário de casamento lá.

— Isso é que é marido.

— Ah, ele ainda não sabe.

Bea riu, nervosa. Alguma coisa no olhar daquela mulher soltava a sua língua. Alicia lhe deu uma piscadela cúmplice.

— É melhor assim. Há coisas que são importantes demais para ficarem nas mãos dos homens.

— É a primeira vez que vem à livraria? — perguntou Bea desejando mudar de assunto.

— Não. Na verdade, quando eu era pequena costumava vir com meus pais. Foi aqui que minha mãe comprou o meu primeiro livro... Mas isso foi há muitos anos. Antes da guerra. Mesmo assim tenho ótimas lembranças daqui e pensei que este era o lugar certo para começar a refazer minha biblioteca perdida.

Bea sentiu uma profunda comichão com a promessa implícita de um iminente negócio. Estavam passando por uma longa temporada de seca nas vendas e aquelas palavras lhe soavam como música celestial.

— Estamos à sua inteira disposição, porque o que não tivermos aqui, encontramos em questão de dias ou de horas.

— É ótimo saber disso. Você é a proprietária?

— Eu sou Bea. A livraria é do meu sogro, mas toda a família trabalha aqui...

— Seu marido também trabalha com você? Que sorte...

— Não sei se concordo ou não — brincou Bea. — Você é casada?

— Não.

Bea engoliu em seco. Outra vez soltava a língua. Já eram duas perguntas pessoais que fazia àquela freguesa promissora sem que viesse ao caso. Alicia leu o seu olhar e sorriu.

— Não se preocupe, Bea. Meu nome é Alicia.

Estendeu-lhe a mão e Bea a apertou. Julián, que não perdia uma, também ergueu a sua para ver no que dava. Alicia a apertou também. Bea riu.

— Pois com o jeito que tem, deveria ter filhos.

Assim que emitiu essas palavras mordeu a língua.

"Bea, por favor, cale a boca."

A tal Alicia não parecia ter ouvido e se distraiu admirando as prateleiras repletas de livros, levantando a mão e quase acariciando-os sem tocar. Bea aproveitou que ela estava de costas para examiná-la com mais atenção.

— Também temos preços especiais para coleções...

— Posso vir morar aqui? — perguntou Alicia.

Bea riu de novo, dessa vez com pouca convicção, e olhou para o filho, que claramente já teria dado as chaves àquela estranha.

— Steinbeck... — ouviu-a murmurar.

— Temos uma nova coletânea com vários romances dele. Acabou de chegar...

Alicia pegou um exemplar, abriu-o e leu algumas linhas ao acaso.

— É como ler música em um pentagrama — murmurou Alicia.

Bea achou que a moça estava falando sozinha e que tinha se perdido nos livros, esquecendo-se dela e do menino. Deixou-a em paz e permitiu que andasse à vontade pela livraria. Alicia ia pegando um volume aqui e outro ali e colocando no balcão. Quinze minutos depois havia construído uma respeitável torre de livros.

— Também podemos entregar em domicílio...

— Não se preocupe, Bea. Vou mandar buscar esta tarde. Mas levo este agora. Este cartão que diz *Recomendação de Fermín* me convenceu: As vinhas da ira, *do maroto Juanito Steinbeck, é uma sinfonia de letras indicada para aliviar os casos de casmurrice contumaz e favorecer a profilaxia da meninge em casos de constipação cerebral provocada por uma adesão excessiva ao cânone da basbaquice oficial.*

Bea revirou os olhos e destacou o cartão da capa do livro.

— Desculpe, estes cartões de prescrição são uma das últimas invenções de Fermín. Eu tento localizar e retirar todos antes que os clientes os vejam, mas ele continua escondendo por aí...

Alicia riu. Tinha um riso frio, de cristal.

— Esse Fermín é um dos seus funcionários?

Bea confirmou.

— Algo assim. Ele se define como assessor literário e detetive bibliográfico da Sempere & Filhos.

— Parece uma figura e tanto.

— Você não faz ideia. Não é verdade, Julián, que o tio Fermín é uma peça rara?

O pequeno bateu palmas.

— Feitos um para o outro — explicou Bea. — Não sei qual dos dois tem menos discernimento...

Bea começou a verificar os preços dos diferentes livros e anotá-los no caderno de contas. Alicia notou que o fazia com tanto garbo que não deixava dúvidas a respeito de quem cuidava dos números naquela casa.

— Com o desconto da casa, sai...

— Sem desconto, por favor. Gastar dinheiro em livros é um prazer que não quero ver reduzido.

— Tem certeza?

— Absoluta.

Alicia pagou o total da compra, que Bea começou a preparar para ser retirada naquela tarde.

— Está levando alguns tesouros — disse Bea.

— Espero que sejam os primeiros de uma longa lista.

— Estamos à sua disposição, já sabe.

Alicia lhe ofereceu a mão de novo. Bea apertou-a.

— Foi um prazer. Voltarei em breve.

Bea aquiesceu satisfeita, mas achou que aquilo lhe soava como uma vaga ameaça.

— A casa é sua. Estamos aqui para o que precisar...

Alicia soprou um beijo para Julián, que entrou em transe. Ambos a observaram pôr as luvas com um ar felino e se dirigir para a saída marcando os passos com uns saltos que apunhalavam o chão. Justo nesse momento, quando Alicia já estava saindo, Daniel chegou. Bea viu seu marido, embevecido, segurar a porta para ela e se desmanchar em um sorriso que merecia no mínimo uma boa bofetada. Bea revirou os olhos de novo e suspirou. Julián, ao seu lado, fazia os sons que costumava emitir quando estava encantado com alguma coisa, fosse uma das histórias do seu tio Fermín ou um banho quente.

— Vocês são todos iguais — murmurou.

Quando Daniel entrou na livraria topou com o olhar de Bea, que o perfurava friamente.

— E quem era essa? — perguntou.

27

Não parou até chegar à esquina com a avenida Puerta del Ángel. Só então, escondendo-se no meio da multidão, Alicia se deteve em frente a uma das vitrines da Casa Jorba e enxugou as lágrimas que desciam pelo seu rosto. "Essa é minha vida." Olhou seu reflexo no vidro e deixou que a raiva a queimasse por dentro.

— Estúpida — disse.

Na volta se entregou ao seu percurso favorito de anos atrás e percorreu vinte séculos em vinte minutos. Desceu pela Puerta del Ángel até a catedral e dali entrou na curva da rua de La Paja que contorna os restos da muralha romana e desce até a Aviñón através do bairro judeu do Call. Ela sempre preferiu as ruas que não precisava dividir com bondes e carros. Ali, no coração da Barcelona antiga, onde nem as máquinas nem seus discípulos conseguiam penetrar, Alicia quis acreditar que o tempo transcorria em círculos e que, se não se aventurasse para além daquele labirinto de ruelas onde o sol não se atrevia a entrar nem na ponta dos pés, talvez nunca envelhecesse e pudesse voltar a um tempo escondido para reencontrar o caminho que jamais devia ter abandonado. Talvez seu tempo ainda não tivesse passado. Talvez ainda lhe restasse uma razão para continuar vivendo.

Antes da guerra, quando era menina, Alicia tinha feito muitas vezes aquele mesmo trajeto de mãos dadas com os pais. Lembrava o dia em que passou em frente à vitrine da Sempere & Filhos com sua mãe e parou por um instante para devolver o olhar de um menino de aspecto desvalido que a observava do outro lado do vidro. Daniel, talvez? Lembrava o dia em que sua mãe lhe comprou o primeiro livro que leu na vida, uma coleção de poemas e lendas de Gustavo Adolfo Bécquer. Lembrava as muitas noites que passou em claro pensando que Maese Pérez, o organista, rondava a porta do seu quarto à meia-noite e desejando voltar ao mercado encantado de livros onde estavam à sua espera mil e uma histórias a viver. Talvez nessa outra vida perdida Alicia estivesse agora do outro lado daquele balcão, pondo livros nas mãos desse e daquele, anotando o título e o preço no caderno de contas e sonhando com aquela viagem a Paris com Daniel.

À medida que ia se aproximando da sua casa, começou a iluminar de novo um obscuro sentimento de rancor que a puxava para aquele lugar sombrio da sua alma, sem espelhos nem janelas, onde vivia. Por um instante se imaginou dando meia-volta e regressando à livraria para reencontrar aquela mulherzinha de conto de fadas e seu querubim de sorriso generoso, Beatriz *a pura*. Viu a si mesma apertando-a pela garganta contra a parede, enfiando as unhas em sua pele de veludo e ficando cara a cara com aquela alma branca para que Bea pudesse vislumbrar o abismo que se escondia em seus olhos, enquanto lhe lambia os lábios para descobrir o gosto do mel da felicidade que abençoa a vida daqueles entre os quais Leandro sempre disse que ela nunca poderia se incluir, as *pessoas normais*.

Parou no cruzamento da Aviñón com a rua Fernando, a poucos metros da porta da sua casa, e abaixou os olhos. Foi tomada por uma sensação de vergonha. Quase podia escutar Leandro rindo dela em algum recanto da sua mente. "Minha querida Alicia, criatura das trevas, não se machuque com o sonho de ser a princesinha da casa esperando a volta do campeão e cuidando dos seus adoráveis pimpolhos enquanto dá pulinhos de alegria. Nós dois somos o que somos e quanto menos nos olharmos no espelho, melhor."

— Está se sentindo bem, srta. Alicia?

Abriu os olhos e se deparou com um rosto familiar, um retalho do passado.

— Fernandito?

Um sorriso abençoado se espalhou nos lábios do seu antigo e fiel admirador. Os anos levaram um pobre garoto de mente acalorada e coração palpitante e devolveram um homenzinho com uma certa presença. Apesar de todo o tempo que havia passado, porém, seu olhar continuava tão fascinado como no dia em que foi se despedir dela na Estação de Francia.

— Que alegria vê-la de novo, srta. Alicia. Está igualzinha. Que nada, está até melhor.

— É você que me olha com bons olhos, Fernandito. Quem mudou foi você.

— É o que andam me dizendo por aí — confirmou o rapaz, que parecia satisfeito com a melhora.

— Está musculoso agora — disse Alicia. — Nem sei se ainda posso chamá-lo de Fernandito. Agora parece mais dom Fernando.

Fernandito corou e abaixou os olhos.

— Pode me chamar como quiser, srta. Alicia.

Ela se inclinou e beijou-o na bochecha, que o rapaz já começava a raspar. Fernandito, pasmo, ficou congelado e depois, em um impulso, abraçou-a com força.

— É bom saber que voltou para casa. Nós sentimos muito a sua falta.

— Posso lhe oferecer um...? — improvisou Alicia. — Você ainda gosta de leite batido com creme e açúcar?

— Mudei para o *carajillo* de rum.

— O que a testosterona não faz...

Fernandito riu. Apesar dos seus músculos recentes, sua barba incipiente e sua nova voz grave, continuava rindo como um menino. Alicia pegou seu braço e o arrastou para o Gran Café, onde pediu um *carajillo* com o melhor rum cubano da casa e uma taça de Alella. Brindaram pelos anos de ausência, e Fernandito, embriagado pelo rum e pela presença de Alicia, lhe contou que trabalhava eventualmente fazendo entregas para um armazém do bairro, e que tinha uma namorada, uma garota chamada Candela que tinha conhecido na catequese da paróquia.

— Promissor — aventurou Alicia. — Quando vão se casar?

— Casar? Isso é a imaginação da minha tia Jesusa. A muito custo consegui que a Candela me desse um beijo. Ela acha que sem a presença de um padre é pecado.

— Com a presença de um padre não tem graça.

— É o que eu digo. Além do mais, ganhando tão pouco no armazém não tenho como economizar um tostão para o casamento. E ainda assinei quarenta e oito duplicatas para pagar a Vespa...

— Você tem uma Vespa?

— Uma preciosidade. É de terceira mão, mas mandei pintar e dá gosto ver como ficou. Um dia desses podemos dar uma volta. Mas como me custou caro, e ainda vai me custar. Minha família ficou meio apertada desde que meu pai adoeceu e teve que largar o emprego na La Seda. Aqueles vapores do ácido. Comeram os pulmões do coitado.

— Lamento muito, Fernandito.

— É a vida. Mas por enquanto meu salário é o único dinheiro que entra em casa e vou ter que encontrar algo melhor...

— O que gostaria de fazer?

Ele olhou para Alicia com um sorriso enigmático.

— Sabe o que eu sempre quis fazer? Trabalhar com você.

— Mas você não sabe o que eu faço, Fernandito.

— Não sou tão bobo como pareço, srta. Alicia.

— Nunca pensei que fosse.

— Crédulo sim, e um pouquinho ingênuo, não posso lhe contar nada que você já não tenha vivido na própria carne, mas tenho luzes suficientes para saber que está no negócio dos mistérios e das intrigas.

Ela sorriu.

— Pode ser uma maneira de dizer, acho.

— E não estou falando nada, hein? Eu, bico calado.

Alicia olhou dentro dos seus olhos. Fernandito engoliu em seco. Enfrentar aquele abismo sempre acelerava o seu pulso.

— Você gostaria mesmo de trabalhar comigo? — perguntou ela afinal.

Fernandito arregalou os olhos.

— Nada me deixaria mais feliz no mundo.

— Nem casar com Candelita?

— Não seja má, você às vezes é muito má, srta. Alicia...

Alicia fez que sim, admitindo a acusação.

— Sabe, não quero que você pense que eu tenho esperanças. Sei que nunca mais vou gostar de ninguém como gostei de você, mas isso é problema meu. Faz tempo que entendi que nunca ia me querer.

— Fernandito...

— Deixe eu terminar, porque hoje que eu tomei coragem de falar com franqueza não quero ficar com nada entalado na garganta e também porque acho que nunca mais vou me atrever a lhe dizer o que sinto.

Ela fez um gesto afirmativo.

— O que eu quero lhe dizer, e sei que não é problema meu, e não se zangue comigo por isso, é que tudo bem que não me ame porque eu sou um boboca, mas algum dia você vai ter que amar alguém, porque a vida é curta demais e dura demais para viver assim... Sozinha.

Alicia abaixou os olhos.

— Nós não escolhemos quem amamos, Fernandito. Provavelmente eu não sei amar ninguém nem deixar que alguém me ame.

— Não acredito. E aquele policial grandão que anda por aí com você não é seu namorado?

— Vargas? Não. É só um colega de trabalho. E um bom amigo, acho.

— Quem sabe eu também possa ser.

— Amigo ou colega de trabalho?

— As duas coisas. Se você deixar.

Alicia ficou em silêncio por algum tempo. Fernandito esperava calado, olhando para ela com uma devoção religiosa.

— E se for perigoso? — perguntou Alicia.

— Mais perigoso que subir as escadas deste bairro com caixas cheias de garrafas?

Ela fez que sim.

— Eu sabia que você era um perigo desde que a conheci, srta. Alicia. Só peço que me dê uma oportunidade. Se chegar à conclusão de que eu não sirvo, você me manda embora. Sem condescendência. O que me diz?

Fernandito lhe ofereceu a mão. Alicia segurou-a e, em vez de apertar, beijou-a como se fosse a mão de uma mocinha e depois a levou ao rosto. O rapaz ficou da cor de um pêssego bem maduro.

— Combinado. Uma semana de teste. Se depois de alguns dias você concluir que não dá para isso, cancelamos o contrato.

— Mesmo?

Alicia confirmou.

— Obrigado. Não vou falhar. Juro.

— Sei disso, Fernandito. Não tenho a menor dúvida.

— Vou precisar estar armado? Pergunto porque meu pai ainda tem seu fuzil de miliciano...

— Basta ir armado de prudência.

— E em que consiste a missão?

— Em ser meus olhos.

— Estou às ordens.

— Quanto lhe pagam por mês no armazém?

— Uma miséria.

— Multiplique por quatro e isso vai ser o seu salário-base por semana. Mais prêmios e bonificações. E ainda pago a prestação da Vespa. Para começar. Acha justo?

Fernandito fez que sim, hipnotizado.

— Claro que para você eu trabalharia de graça. Até pagaria, aliás.

Alicia negou com a cabeça.

— O de graça acabou, Fernandito. Bem-vindo ao capitalismo.

— Não dizem que isso é muito ruim?

— Pior ainda. E você vai adorar.

— Quando começo?

— Agora mesmo.

28

Vargas abraçou a barriga como se tivesse acabado de estourar uma úlcera de repente.

— O que você disse àquele pirralho?

— Ele se chama Fernandito. E de pirralho já tem pouco. Tem quase o seu porte. E além do mais tem uma Vespa.

— Nossa Mãe. Como se não bastasse complicar a minha vida você agora tem que meter gente inocente nas suas maquinações?

— Isso mesmo. O que está fazendo falta nesta história é algum inocente.

— Achei que para isso servia o idiota do Rovira, que aliás passou a manhã toda me seguindo. Não estava encarregado de seguir você?

— Talvez não seja tão idiota como parece.

— E esse Fernandito, o que é? Sangue fresco para o seu banho de condessa Báthory?

— Leituras cada vez melhores, Vargas. Mas não, Fernandito não vai derramar uma gota de sangue. Talvez de suor.

— E lágrimas. Pensa que não vi como ele olha para você com cara de cordeiro degolado?

— Quando viu isso?

— Quando você o estava hipnotizando lá embaixo no café. Pareciam uma cobra-real e um coelhinho.

— Pensei que era só Rovira que me espionava.

— Vi vocês passarem quando estava voltando da Metrobarna.

Alicia balançou a cabeça, descartando o assunto enquanto servia vinho branco em uma de suas taças de cristal fino. Degustou um primeiro gole e se encostou na mesa.

— Conte como foi e esqueça um pouco o Fernandito.

Vargas bufou e desabou no sofá.

— Por onde começo?

— Tente começar pelo início.

Vargas resumiu sua visita à Metrobarna e as impressões que teve dela. Alicia ouviu em silêncio, andando pelo apartamento com o vinho na mão e balançando a cabeça de vez em quando. Ao final do relatório, foi à janela, terminou sua taça e virou-se para o policial com uma expressão que o encheu de preocupação.

— Estive pensando, Vargas.

— Deus nos acuda.

— Com tudo isso que você descobriu hoje sobre o bem casado sr. Sanchís e seu motorista, a pista dos livros de Mataix, o advogado Brians e os Sempere...

— Não esqueça o homem invisível, seu ex-colega Lomana.

— Não esqueci. O problema é que nós dois não damos conta de seguir todos esses fios. E o nó está se apertando.

— Em volta do nosso pescoço?

— Você sabe a que me refiro. Todos esses fios estão interligados de algum jeito. Quanto mais os puxarmos, mais perto estaremos de descobrir uma porta de entrada.

— Quando você começa a ficar metafórica eu me perco na hora.

— Estamos esperando um passo em falso, só isso.

— É assim que resolve os casos? Com passos em falso?

— É mais eficiente deixar os outros cometerem erros que confiar em acertar de primeira.

— E se o passo em falso for dado por nós?

— Se tiver um sistema melhor, sou toda ouvidos.

Vargas ergueu as mãos em sinal de trégua.

— E esse Fernandito, o que vai fazer com ele?

— Vai ser nossos olhos onde não pudermos estar presentes. Ninguém sabe quem é ele e ninguém o espera.

— Você está se transformando em um Leandro.

— Vou fingir que não escutei isso, Vargas.

— Pode fingir o que quiser. Como pretende sacrificar o pimpolho?

— Fernandito vai começar seguindo Sanchís. A divisão de tarefas aumenta a produtividade.

— Isso me cheira a cilada. E eu, faço o quê?

— Estou pensando.

— Você está é tentando se livrar de mim outra vez.

— Não diga bobagem. Quando foi que fiz algo assim?

Vargas soltou um grunhido.

— E enquanto pensa, o que mais pretende fazer? — perguntou.

— Dedicar tempo e atenção à família Sempere — replicou Alicia.

Nesse momento ouviu-se um barulho atrás da porta do apartamento, como de algo pesado caindo no chão, e logo depois soou a campainha.

— Está esperando visita? — perguntou o policial.

— Pode abrir para mim?

Vargas se levantou a contragosto e foi abrir a porta. Fernandito, todo suado, estava bufando no umbral.

— Boa tarde — disse. — Trouxe os livros da srta. Alicia.

Fernandito lhe estendeu a mão em um gesto conciliatório, mas Vargas ignorou.

— Alicia, o menino de recados trouxe alguma coisa para você.

— Não seja tão negativo e o deixe entrar.

Alicia se levantou e foi até a porta.

— Entre, Fernandito, não ligue.

Quando a viu, o rosto do menino se iluminou. Levantou do chão a caixa de livros e entrou no apartamento.

— Com licença. Onde os deixo?

— Aqui mesmo, em frente à estante.

Fernandito fez o que ela indicou e respirou fundo, enxugando o suor que escorria por sua testa.

— Você trouxe tudo assim, na mão?

Ele encolheu os ombros.

— Bem, na moto. Mas como o edifício não tem elevador...

— Que entrega a sua, *Fernandito* — disse Vargas. — Pena eu não ter aqui uma medalha de honra ao mérito, porque senão...

Fernandito ignorou o sarcasmo de Vargas e concentrou sua atenção em Alicia.

— Não foi nada, srta. Alicia. Estou acostumado a fazer as entregas do armazém.

— Por isso você ficou tão forte. Vamos, Vargas. Pague a ele.

— Como?

— Um adiantamento pelos serviços prestados. E dê dinheiro também para a gasolina.

— E sou eu quem tem que pagar?

— Do fundo para despesas. Você é o tesoureiro. Não faça essa cara.

— Que cara?

— Cara de quem está com infecção urinária. Vamos, pegue a carteira.

— Escutem, se isto é um problema eu... — interveio Fernandito, que ficara constrangido ao ver o rosto trágico de Vargas.

— Não é nenhum problema — interrompeu Alicia. — Capitão?

Vargas bufou e tirou a carteira do bolso. Contou duas notas e deu a Fernandito.

— Mais — sussurrou Alicia.

— Como?

— Dê pelo menos o dobro.

Vargas pegou mais duas notas e as ofereceu. Fernandito, que nunca devia ter visto tanto dinheiro junto na vida, aceitou maravilhado.

— Não gaste tudo em bobagem — murmurou Vargas.

— Não vai se arrepender, srta. Alicia. Muitíssimo obrigado.

— Olhe, rapaz, quem paga aqui sou eu — disse o policial.

— Posso lhe pedir um favor, Fernandito? — perguntou Alicia.

— Às ordens.

— Desça e me traga um maço de cigarros.

— Cigarro claro americano?

— Você é um doce.

Fernandito desapareceu escada abaixo. A julgar pelo som dos seus passos, desceu aos pulos.

— Veja só o coroinha — comentou Vargas.

— Você está com ciúme — disse Alicia.

— Principalmente.

— E o quadro? — perguntou Alicia apontando para a tela que Vargas havia trazido.

— Achei que ficaria perfeito em cima do seu sofá.

— É do seu novo amigo, o pintor favorito do sr. Sanchís?

O policial confirmou.

— Você acha que Sanchís é o nosso colecionador? — quis saber Alicia.

Vargas encolheu os ombros.

— E o motorista...?

— Morgado. Já liguei para a central pedindo informações sobre ele. Amanhã terei notícias.

— O que está pensando, Vargas?

— Que talvez você esteja certa, tenho que admitir. O nó, ou seja lá o que for, está se apertando.

— Não parece totalmente convencido.

— Não estou. Há alguma coisa que não encaixa.

— O quê?

— Vou saber quando achar essa coisa. Mas tenho a impressão de que estamos olhando o problema de um ângulo errado. Não me peça que eu diga por quê. Sinto nas tripas.

— Eu também acho — concordou Alicia.

— O que vai contar a Leandro?

— Vou ter que lhe dizer alguma coisa.

— Se me permite uma sugestão, deixe Fernandito fora das manchetes.

— Não pretendia incluí-lo.

Pouco depois se ouviram os passos do dito-cujo subindo a escada às pressas.

— Vamos, abra. E seja um pouco mais simpático. Ele precisa de exemplos masculinos sólidos se quiser ser um homem de bem.

Vargas balançou a cabeça e abriu a porta. Fernandito já estava aguardando, ansioso, com o maço de cigarros na mão.

— Entre, frangote. Cleópatra está à sua espera.

Fernandito foi direto entregar o maço. Alicia o abriu sorridente para levar um cigarro aos lábios. O menino se apressou para tirar um isqueiro do bolso e acender.

— Você fuma, Fernandito?

— Não, não... Uso o isqueiro como lanterna, porque metade das escadas aqui do bairro é escura como breu.

— Está vendo, Vargas? Fernandito tem jeito ou não para detetive?

— Parece um Marlowe púbere.

— Não o leve a sério, Fernandito. Quando eles ficam velhos, a personalidade vai azedando. É a quinina dos fios brancos.

— Queratina — interrompeu Vargas.

Alicia fez um gesto a Fernandito indicando que ignorasse Vargas.

— Posso lhe pedir outro favor, Fernandito?

— Estou à sua disposição.

— Este é mais delicado. Sua primeira missão.

— Sou todo ouvidos.

— Você tem que ir à avenida de Gracia, número seis.

Vargas olhou-a com um súbito alarme. Com um gesto, Alicia lhe pediu que não dissesse nada.

— É o escritório de uma companhia que se chama Metrobarna.
— Conheço.
— Ah, é?
— São os donos dos imóveis de metade do bairro. Compram, mandam embora os velhos que moram lá pagando três tostões e depois revendem por dez vezes o preço.
— Que espertalhões. Pois acontece que o diretor-geral da companhia é um tal de Ignacio Sanchís. Quero que você o siga quando sair do escritório e se torne a sombra dele. E depois me conta aonde vai, o que faz, com quem fala... Tudo. Vai conseguir fazer isso com a Vespa?
— É a rainha da estrada. Com ela nem Nuvolari me escapa.
— Amanhã, a esta hora, volte aqui e me conte o que tiver descoberto. Dúvidas?
Vargas levantou a mão.
— Estou perguntando a Fernandito.
— Tudo muito claro, srta. Alicia.
— Então pode ir. E bem-vindo ao mundo da intriga.
— Não vou decepcioná-la. Nem ao senhor, capitão.
Fernandito partiu veloz rumo a uma promissora carreira no mundo da detecção e do mistério. Vargas, boquiaberto, ficou olhando para Alicia, que saboreava seu cigarro com um ar felino.
— Você está maluca?
Ela ignorou a pergunta. Ergueu a vista para a janela e examinou o manto de nuvens que reptava vindo do mar. O sol do poente o tingia de vermelho, mas uma rede de fios pretos, turva e espessa, formava redemoinhos lá dentro. Viu uma faísca elétrica pulsando entre as nuvens, como se tivessem acendido uma grande bengala luminosa.
— A tempestade está chegando — murmurou Vargas atrás dela.
— Estou com fome — declarou Alicia, dando meia-volta.
Ele pareceu mais que surpreso.
— Nunca pensei que ia ouvir você falando isso.
— Há uma primeira vez para tudo. Não quer me convidar para jantar?
— Não sei com que dinheiro. Dei ao seu admirador quase tudo que tinha. Amanhã preciso ir ao banco tirar mais.
— Pelo menos umas *tapas*.
— Pode dizer onde.
— Conhece a Barceloneta?
— Desconfio que a Barcelona normal já é suficiente.
— Gosta de uma boa *bomba*?
— Como assim?

— De pimenta. Não de pólvora.
— E por que tenho a impressão de que isso é mais uma das suas artimanhas?

29

Desceram caminhando até o porto sob um céu tecido por relâmpagos. Um perfil de mastros se entrechocava com o vento que vinha do mar e cheirava a eletricidade.

— Vai cair uma daquelas — previu Vargas.

Contornaram os galpões alinhados em frente à doca do porto, grandes prédios cavernosos que pareciam os mercados de antigamente.

— Meu pai costumava trabalhar aqui, nestes galpões — apontou Alicia.

Vargas ficou em silêncio, esperando para ver se ela dizia algo mais.

— Achei que você era órfã — disse afinal.
— Não nasci órfã.
— Com que idade os perdeu? Os seus pais.

Alicia abotoou a gola do casaco e apertou o passo.

— É melhor andar rápido senão vamos nos molhar — cortou.

Começavam a cair as primeiras gotas de chuva quando chegaram à Barceloneta. Eram gotas grossas e isoladas que pareciam projéteis de água se espatifando contra os paralelepípedos e metralhando os bondes que deslizavam pela avenida à beira dos cais. Vargas viu um bairro variegado à sua frente com ruas estreitas que desenhavam uma retícula em uma península que entrava pelo mar e imitava o traçado de um grande cemitério.

— Parece uma ilha — comentou.
— Não está muito longe disso. Agora é o bairro dos pescadores.
— E antes?
— Quer uma aula de história?
— Como um aperitivo antes das suas *bombas*...
— Séculos atrás tudo isto que estamos vendo era mar — explicou Alicia. — Com o tempo, construíram o princípio de um quebra-mar e depois foi se formando uma ilha com os sedimentos arrastados pela água que chegavam ao dique.
— E como você sabe todas estas coisas?
— Porque leio. Você deveria tentar alguma vez. Durante a Guerra da Sucessão, as tropas de Felipe v derrubaram boa parte do bairro de La Ribera para construir a fortaleza La Ciudadela. Depois da guerra, muita gente que havia perdido sua casa veio morar aqui.
— É por isso que vocês, barceloneses, são tão monarquistas?
— Por isso e para ser do contra, que faz bem para a circulação.

A primeira rajada de chuva os perseguiu com fúria até uma ruazinha estreita. Ali viram o frontão de algo que à primeira vista parecia uma mistura de taberna portuária com bar de estrada e que jamais ganharia algum concurso de belas-artes mas tinha um cheiro que despertava as tripas. LA BOMBETA, dizia o cartaz.

Um grupo de fregueses que se engalfinhavam em um carteado levantou ligeiramente a vista quando os viu entrar. Vargas notou que o tinham identificado como policial desde que pusera os pés no lugar. Um garçom olhou-os do balcão e apontou com rispidez para uma mesa em um canto, afastada da clientela habitual.

— Não parece um lugar frequentado por você, Alicia.

— Não se vem aqui pela vista, e sim pelas *bombas*.

— E desconfio que por alguma coisa mais.

— Bem, fica perto.

— De onde?

Alicia tirou do bolso um pedaço de papel e o pôs em cima da mesa. Vargas reconheceu a etiqueta que ela tinha arrancado naquela mesma manhã de uma das caixas de mudança que estavam no escritório do advogado Brians.

— Do guarda-móveis onde Brians armazenou temporariamente todos os seus papéis e seu arquivo.

Ele revirou os olhos.

— Não seja tão rígido, Vargas. Você não esperava que fossem nos dar tudo prontinho.

— Esperava não ter que infringir a lei.

O garçom de maneiras rudes se postou à frente deles olhando-os com um ar inquisitivo.

— Traga quatro *bombas* e duas cervejas — pediu Alicia, sem tirar os olhos de Vargas.

— Estrella ou de barril?

— Estrella.

— Pão com tomate?

— Duas fatias. Torradas.

O garçom fez que sim e se retirou sem mais cerimônias.

— Sempre quis saber por que vocês passam tomate no pão — disse Vargas.

— E eu, por que ninguém mais passa.

— Que outras surpresas você tem para mim, além da invasão de domicílio?

— Tecnicamente aquilo é um depósito. Não creio que alguém more lá além de ratos e aranhas.

— Como me recusar, então? O que mais está rondando esta sua cabecinha infernal?

— Estava pensando naquele cretino que você foi ver, Cascos. O funcionário de Valls na Editora Ariadna.

— O amante despeitado.

— Pablo Cascos Buendía — recitou Alicia. — Ex-noivo de Beatriz Aguilar. Não sai da minha cabeça. Você não acha estranho?

— O que não é estranho neste caso?

— O todo-poderoso ministro fuçando secretamente a história familiar de uns livreiros de Barcelona...

— Tínhamos concluído que esse interesse era porque ele suspeitava que pudessem saber alguma coisa sobre David Martín, de quem suspeitava por sua vez que estivesse por trás das ameaças e dos atentados contra ele — formulou Vargas.

— Sim, mas o que David Martín tem a ver com os Sempere? Qual é o papel deles em toda a história? — indagou Alicia, que ficou pensativa por uns instantes antes de prosseguir. — Há algo aí. Nesse lugar. Nessa família.

— Por isso decidiu fazer uma visita à Sempere & Filhos sem me avisar?

— Precisava de alguma coisa para ler.

— Devia ter comprado um gibi. Pode ser perigoso chegar perto dos Sempere antes da hora.

— Você tem medo de uma família de livreiros?

— Tenho medo de chamar a atenção antes de saber onde estamos pisando.

— Acho que vale a pena correr o risco.

— Coisa que você decidiu unilateralmente.

— Beatriz Aguilar e eu nos demos muito bem — disse Alicia. — É um amor de garota. Você se apaixonaria à primeira vista.

— Alicia...

Ela sorriu com malícia. As cervejas e o prato com as *bombas* chegaram e interromperam a conversa justamente nesse ponto. Vargas examinou aquele curioso invento, uma espécie de grande bola de batata empanada e recheada com carne picante.

— E como se come isto?

Alicia espetou uma *bomba* com o garfo e lhe fincou uma dentada feroz. Na rua a tempestade caía com força e o garçom tinha ido até a porta para apreciar o aguaceiro. Vargas observou Alicia devorando o festim. Havia algo nela que não tinha percebido antes.

— O crepúsculo faz você reviver...

Alicia tomou um gole de cerveja e olhou-o nos olhos.

— Sou uma criatura noturna.

— Não me diga.

30

O temporal tinha trazido uma névoa que varria as ruas da Barceloneta e brilhava à luz dos postes. Caíam uns pingos isolados quando saíram, o eco da tempestade se afastando ao longe. O endereço que Alicia tinha arrancado naquela manhã de uma das caixas da mudança do escritório de Fernando Brians indicava que o guarda-móveis escolhido pelo advogado para armazenar seu mobiliário, arquivos e o remanescente dos trastes acumulados durante décadas ficava no terreno da Vapor Barcino, uma antiga manufatura de caldeiras e locomotivas que tinha sido abandonada durante a guerra civil. Em poucos minutos a pé através de becos gelados e desertos chegaram às portas da velha fábrica. Os trilhos de uma linha ferroviária se desvaneciam sob os seus pés e penetravam no local. Um grande portão de pedra com a inscrição VAPOR BARCINO presidia a entrada. Mais adiante se abria um terreno baldio de galpões e oficinas dilapidadas esboçando um cemitério de prodígios da era do vapor.

— Tem certeza de que é aqui? — perguntou Vargas.

Alicia fez que sim e entrou. Contornaram uma locomotiva encalhada em uma enorme poça onde afloravam carrinhos de mão, tubos e a carcaça de uma caldeira virada onde um bando de gaivotas tinha construído seus ninhos. As aves, imóveis, os examinaram com uns olhos que brilhavam na penumbra. Uma fileira de postes sustentava um enxame de fios de onde pendiam luminárias projetando uma claridade mortiça. As naves da fábrica tinham sido numeradas e marcadas com cartazes de madeira.

— A nossa é a três — indicou Alicia.

Vargas olhou em volta. Dois gatos esfaimados miavam nas sombras. O ar tinha cheiro de carvão e enxofre. Passaram pela frente de uma guarita deserta.

— Não deveria haver um guarda aqui?

— Parece que o advogado Brians é chegado a soluções econômicas — comentou Alicia.

— Advogado das causas perdidas — lembrou Vargas. — Algumas coisas não mudam nada...

Chegaram à entrada da nave número três. As marcas recentes dos pneus do caminhão de mudança sumiam na lama em frente a um portão de madeira travado com barras de metal que impedia o acesso. Uma porta menor recortada na principal estava trancada com uma corrente e um cadeado enferrujado do tamanho de um punho fechado.

— Como estamos de força bruta? — perguntou Alicia.

— Não vai querer que eu abra isso a dentadas — protestou Vargas.

— Não sei. Faça alguma coisa.

O policial tirou o revólver e pôs o cano diretamente no orifício do cadeado.

— Afaste-se — mandou.

Alicia pôs as mãos nos ouvidos. O tiro ecoou entre as estruturas do lugar. Vargas afastou o revólver do cadeado, que caiu aos seus pés arrastando a corrente, e empurrou a porta com um pontapé.

Lá dentro se abriu uma teia de sombras entre as quais se viam as ruínas de mil e um palácios. Pendurada na abóbada havia uma fiação pontilhada de lâmpadas nuas. Vargas seguiu o circuito pelas paredes até uma caixa de luz que sobressaía em uma delas e apertou o interruptor central. As lâmpadas, uns fiapos de luz amarelada e intermitente, se acenderam em uma lenta sucessão como se aquilo fosse uma feira espectral. A corrente elétrica emitia um zumbido leve, como uma nuvem de insetos revoando na escuridão.

Entraram no passadiço que atravessava a nave. Aos dois lados do corredor havia diferentes compartimentos fechados com um gradeado metálico. Cada um tinha um papel na entrada onde estavam anotados o número do lote, o mês e o ano de vencimento do período de depósito e o sobrenome da pessoa ou o nome da empresa titular do material ali armazenado. Cada uma dessas subdivisões continha um mundo dentro de si. No primeiro compartimento se depararam com uma cidadela formada por centenas de velhas máquinas de escrever, de calcular e caixas registradoras. O seguinte abrigava um enorme repertório de crucifixos, figuras de santos, confessionários e púlpitos.

— Com isto daria para montar um convento — disse Alicia.

— Quem sabe ainda há tempo para você...

Mais à frente deram com um carrossel desmontado atrás do qual se divisavam os restos do naufrágio de uma feira itinerante. Do outro lado do corredor havia uma coleção de ataúdes e parafernália fúnebre ao gosto do século XIX, incluindo um baldaquino com paredes de vidro contendo um leito de seda no qual ainda se via a marca deixada por algum defunto ilustre.

— Meu Deus... De onde saiu tudo isto? — murmurou Vargas.

— A maior parte, de fortunas arruinadas, famílias que já tinham caído em desgraça antes da guerra e empresas que sumiram no buraco dos tempos...

— Tem certeza de que alguém ainda lembra que tudo isto está aqui?

— Alguém continua pagando os aluguéis.

— Eu fico arrepiado, para ser sincero.

— Barcelona é uma casa mal-assombrada, Vargas. O problema é que vocês, turistas, nunca pensam em olhar atrás da cortina. Veja, é aqui.

Alicia parou em frente a uma das divisões e apontou para o cartaz.

FAMÍLIA
BRIANS-LLORAC
Título 28887-BC-56. 9-62

— Tem certeza de que quer mesmo fazer isso?
— Não imaginava que fosse tão fresco, Vargas. Eu assumo a responsabilidade.
— Você é quem sabe. O que estamos procurando exatamente?
— Não sei. Existe alguma coisa que liga Valls, Salgado, David Martín, os Sempere, Brians, sua lista com os números indecifráveis, os livros de Mataix e agora Sanchís e o motorista sem rosto. Se encontrarmos essa peça, encontraremos Valls.
— E você acha que está aqui?
— Enquanto não toparmos com ela não saberemos.

O compartimento estava trancado com um cadeado simples de loja de bairro que cedeu à quinta coronhada. Alicia não perdeu nem um segundo e pulou para dentro.

— Cheira a defunto — disse Vargas.
— É a brisa do mar. Com tantos anos em Madri você perdeu o sentido do olfato.

Vargas soltou uma maldição e foi atrás dela. Um monte de caixotes de madeira cobertos com lonas formava um corredor que desembocava em uma espécie de pátio onde um tornado parecia ter espalhado em seu voo as relíquias de várias gerações da dinastia Brians.

— O advogado deve ser a ovelha negra da família. Não sou antiquário, mas aqui deve haver pelo menos uma fortuna ou duas — especulou Vargas.
— Então espero que o seu pudor legal faça você resistir à tentação de levar para casa algum cinzeiro de prata da vovó Brians...

Vargas apontou para o carrossel de baixelas, espelhos, cadeiras, livros, talhas, baús, armários, consoles, gaveteiros, bicicletas, brinquedos, esquis, sapatos, malas, quadros, vasos e cem mil outros utensílios empilhados uns em cima dos outros formando um mosaico heterogêneo que mais parecia uma catacumba que outra coisa.

— Por qual século quer começar?
— Os arquivos de Brians. Estamos procurando caixas de papelão de tamanho médio. Não deve ser muito difícil. Os rapazes da mudança com certeza devem ter escolhido o lugar disponível mais próximo da entrada para deixar a carga do advogado. Qualquer coisa que não esteja coberta por dois dedos de poeira é um possível candidato. Prefere a direita ou a esquerda? Ou é uma pergunta tola?

Depois de vários minutos vagando por uma selva de trambolhos que certamente estavam lá desde antes do nascimento dos dois, acharam uma pirâmide de caixas que ainda estavam com uma etiqueta igual à que Alicia havia arrancado. Vargas se adiantou e começou a arrumá-las em fila uma por uma enquanto ela ia abrindo e verificando os conteúdos.

— Era isto o que procurava? — perguntou Vargas.

— Ainda não sei.

— Um plano perfeito — murmurou o policial.

Levaram quase meia hora separando as caixas que continham documentos daquelas que estavam cheias de livros e material de escritório. A claridade anêmica que vinha das lâmpadas lá em cima não era suficiente para examinar com cuidado os documentos, e Vargas foi procurar alguma coisa para iluminar melhor. Pouco depois voltou com um velho candelabro de cobre e um punhado de velas grossas que pareciam sem uso.

— Tem certeza de que não são cartuchos de dinamite? — perguntou Alicia.

Vargas deteve a chama do isqueiro a um centímetro da primeira vela e lhe ofereceu.

— Quer fazer as honras?

As velas criaram uma bolha de claridade e Alicia começou a verificar uma por uma todas as lombadas das pastas que despontavam no alto das caixas. Vargas a observava, nervoso.

— O que eu faço?

— Está arrumado por datas. Começando em janeiro de 1934. Eu procuro por data e você por nome. Comece pelos mais recentes e nos encontramos no meio.

— Procurar o quê?

— Sanchís, Metrobarna... Qualquer coisa que nos permita relacionar Brians com...

— Certo — cortou Vargas.

Durante quase vinte minutos os dois examinaram as caixas em silêncio, intercambiando ocasionalmente olhares e negativas.

— Aqui não há nada de Sanchís nem da Metrobarna — disse o policial. — Já conferi cinco anos e não há nada.

— Continue procurando. Talvez esteja como Banco Hipotecário.

— Não há nada de bancos. Todos estes clientes são uns pobres-diabos, para utilizar um tecnicismo legal...

— Continue procurando.

Vargas fez que sim e mergulhou de novo no oceano de papéis e dossiês enquanto as velas iam suando e derramando um cacho de lágrimas de cera que descia pelo candelabro. Pouco depois reparou que Alicia estava calada e tinha parado de procurar. Ergueu a vista e a encontrou imóvel, com os olhos fixos em uma pilha de pastas que havia tirado de uma das caixas.

— O que é? — perguntou Vargas.

Alicia apontou para uma pasta grossa.

— Isabella Gispert... — disse.

— Da Sempere e...?

Ela fez que sim com a cabeça. Depois lhe mostrou outra pasta onde se lia MONTJUIC 39-45. Vargas foi até lá e se ajoelhou ao lado da caixa. Começou a examinar os dossiês e tirou vários.

— Valentín Morgado...

— O motorista de Sanchís.

— Sempere/Martín...

— Deixe eu ver.

Alicia abriu a pasta.

— Este é o nosso David Martín?

— É o que parece...

Vargas parou.

— Alicia?

Ela tirou os olhos do dossiê de David Martín.

— Veja isto — disse Vargas.

A pasta em sua mão tinha pelo menos dois dedos de grossura. Ao ler o nome do dossiê sentiu um calafrio e não conseguiu reprimir um sorriso.

— Víctor Mataix...

— Eu diria que já temos o suficiente — disse Vargas.

Alicia já estava fechando a caixa quando reparou em um envelope amarelado que ficara no fundo. Pegou-o para examinar à luz das velas. O envelope era de tamanho fólio e estava lacrado. Soprou a camada de poeira que o cobria e leu uma palavra escrita a caneta, única anotação que havia no papel.

Isabella

— Vamos levar tudo isto — disse Alicia. — Feche as caixas e tente deixá-las mais ou menos como as encontramos. Podem passar dias, ou semanas, até que Brians consiga um novo escritório e perceba que faltam alguns dossiês...

Vargas fez que sim, mas antes de levantar a primeira caixa do chão parou de repente e se virou. Alicia olhou para ele. Ela também tinha ouvido. Passos. Um eco de pisadas na camada de poeira que cobria o lugar. Alicia soprou as velas. Vargas pegou o revólver. Uma silhueta se desenhou no umbral da porta. Um homem com um uniforme todo puído olhava para eles. Tinha nas mãos um cassetete e uma lanterna cujo treme-treme denunciava que o pobre coitado estava mais assustado que um ratinho de armazém.

— O que estão fazendo aqui? — balbuciou o vigilante. — Não se pode entrar depois das sete...

Alicia levantou-se lentamente e sorriu. Algo em sua expressão deve ter gelado a espinha do vigia porque ele deu um passo para trás e brandiu o cassetete com um gesto ameaçador. Vargas encostou o cano do revólver na sua têmpora.

— A menos que queira usá-lo como supositório, faça-me o favor de soltar o porrete.

O vigilante deixou o cassetete cair no chão e ficou petrificado.

— Quem são vocês? — perguntou.

— Amigos da família — disse Alicia. — É que tínhamos esquecido umas coisas. Há mais alguém aqui com você?

— Sou eu sozinho para todas as naves. Não vai me matar, não é? Tenho mulher e filhos. Olhe a foto aqui na carteira...

Vargas pegou a carteira no bolso dele. Tirou o dinheiro, que deixou cair no chão, e guardou-a no casaco.

— Como você se chama? — perguntou Alicia.

— Bartolomé.

— Gostei do nome. É muito masculino.

O vigia estava tremendo.

— Olhe, Bartolomé, vamos fazer uma coisa. Nós voltamos para casa e você faz o mesmo. Amanhã de manhã, antes de vir para cá, compra um par de cadeados novos e substitui o da entrada e o desta grade. E depois esquece que nos viu. O que acha do trato?

Vargas destravou o revólver. Bartolomé engoliu em seco.

— Acho bom.

— E se por acaso tiver uma crise de consciência, ou alguém lhe perguntar, lembre que isso não vale o salário que lhe pagam e que sua família precisa de você.

Bartolomé assentiu com a cabeça. Vargas tirou o dedo do gatilho e afastou a arma. Alicia sorriu como se fossem velhos amigos.

— Olhe, vá para casa e tome um copo de conhaque bem quentinho. E leve o seu dinheiro.

— Sim, senhora...

Bartolomé se ajoelhou e pegou o pouco dinheiro que havia na carteira.

— Não esqueça o cassetete.

O homem pegou-o e amarrou-o no cinto.

— Posso ir?

— Nada impede.

Bartolomé ainda hesitou alguns instantes, mas logo depois começou a recuar rumo à saída. Antes que sua silhueta desaparecesse na sombra, Alicia o chamou.

— Bartolomé?

Os passos do vigilante se imobilizaram.

— Não esqueça que ficamos com sua carteira e sabemos onde você mora. Não nos obrigue a lhe fazer uma visita. Meu colega aqui tem uns ataques de fúria horrorosos. Boa noite.

Ouviram os passos atropelados do homem se afastando às pressas.

31

Miquel levou ao apartamento duas garrafas térmicas com café recém-coado e, usando suas influências, uma travessa de bolinhos que acabavam de sair do forno da esquina e tinham um aroma glorioso. Dividiram as pastas e sentaram-se no chão um em frente ao outro. Alicia devorou três bolinhos seguidos e encheu uma xícara de café que começou a beber com o olhar absorto na primeira das pastas tiradas do arquivo de Brians. Pouco depois, levantou a vista e percebeu que Vargas a estava olhando com uma expressão constrangida.

— O que foi? — perguntou.

Ele apontou para a saia, que Alicia havia subido para poder sentar-se encostada no sofá.

— Não seja criança. Não é nada que nunca tenha visto antes, espero. Preste atenção no que interessa.

Vargas não respondeu, mas mudou o ângulo da sua posição para evitar a imagem daquela linha na costura das meias que o impedia de se concentrar na apaixonante prosa dos expedientes legais e das anotações que o advogado das causas perdidas fizera para o inquérito.

Entraram pela madrugada em silêncio à base de cafeína, açúcar e da paisagem com figuras que começava a surgir da documentação. Alicia trouxera um bloco de papel de grandes dimensões e foi desenhando nele uma espécie de mapa com observações, datas, nomes, flechas e círculos. De vez em quando Vargas encontrava alguma coisa relevante e lhe entregava. Não precisava dizer nada. Ela dava uma olhada e assentia em silêncio. Parecia ter uma habilidade sobrenatural para estabelecer conexões e laços, como se o seu cérebro girasse cem vezes mais rápido que o do resto dos mortais. Vargas começava a intuir qual era o processo que governava a cabeça da sua colega e, em vez de questioná-lo ou tentar entender sua lógica interna, se limitava a servir de filtro e ir fornecendo mais dados com os quais ela ia construindo seu mapa, peça por peça.

— Não sei você, mas eu não me aguento mais em pé — disse Vargas às duas e meia.

Tinha verificado todas as pastas que lhe couberam na divisão de tarefas e sentia que a cafeína que havia substituído o sangue nas suas veias já estava perdendo efeito e seus olhos não aguentavam mais.

— Vá dormir — sugeriu Alicia. — Já é tarde.
— E você?
— Não estou com sono.
— Como é possível?
— A noite e eu, você sabe.
— Não se incomoda se eu me deitar um pouco no sofá?
— É todo seu, mas não garanto que eu não vá fazer um pouco de barulho.
— Nem a banda municipal me acordaria.

Foi acordado pelos sinos da catedral. Abriu os olhos para uma névoa espessa que pairava no ar e cheirava a café e a tabaco claro. O céu que despontava sobre os telhados tinha uma cor de vinho jovem. Alicia continuava sentada no chão. Tinha um cigarro nos lábios e havia tirado a saia e a blusa. Estava usando apenas uma espécie de camisola ou combinação preta que convidava a tudo menos à quietude. Vargas se arrastou como pôde até o banheiro, molhou a cabeça embaixo da torneira e depois se olhou no espelho. Encontrou um robe de seda azul pendurado na porta do banheiro e o trouxe para Alicia.

— Cubra-se.

Ela o pegou no ar. Levantou-se, espreguiçando, e o vestiu.

— Vou abrir a janela antes que os bombeiros tenham que vir nos tirar daqui — advertiu Vargas.

Uma lufada de ar fresco penetrou na sala e o redemoinho de fumaça fugiu como um espectro preso em um feitiço. Vargas observou os restos das duas garrafas térmicas de café, a travessa de bolinhos reduzida a pó de açúcar e os dois cinzeiros transbordando de guimbas de cigarro, que haviam sido aspirados com afinco.

— Diga-me que tudo isto valeu a pena — pediu.

Além dos restos da batalha, Alicia tinha espalhado no chão uma dúzia de folhas de desenho. Pegou-as e começou a fixá-las cuidadosamente na parede até formar uma espécie de círculo. Vargas se aproximou. Ela estava lambendo os lábios como um gato satisfeito.

O policial balançou as garrafas térmicas para ver se tinha sobrado alguma coisa e conseguiu encher meia xícara. Pôs uma cadeira em frente ao diagrama de Alicia e fez que sim com a cabeça.

— Impressione-me.

Ela amarrou o robe de seda e prendeu o cabelo com um nó.

— Quer a versão comprida ou a curta?

— Comece pelo sumário e depois veremos.

Alicia se posicionou em frente ao mural como se fosse uma professora primária, uma professora com pinta de gueixa vitoriana com hábitos noturnos um tanto suspeitos.

— Castelo de Montjuic, entre os anos 1939 e 1944 — começou. — Mauricio Valls é diretor da prisão depois de se casar com Elena Sarmento, filha e herdeira de um próspero industrial próximo ao regime e pertencente a uma espécie de sociedade secreta de banqueiros, empresários e nobres que alguém batizou de Cruzados de Franco e que em boa medida financia as arcas dos nacionalistas. Entre esses homens está dom Miguel Ángel Ubach, fundador e principal acionista do Banco Hipotecário, de onde surge a sociedade de investimentos Metrobarna que você visitou ontem.

— Isso está aí?

— Nas anotações do advogado Brians, sim.

— Continue.

— Durante os anos em que Valls é diretor da prisão de Montjuic, coincidem como prisioneiros e como clientes representados por Fernando Brians, em um momento ou em outro, os seguintes indivíduos: primeiro, Sebastián Salgado, suposto autor das ameaças enviadas pelo correio a Valls durante anos e beneficiário recente de um perdão concedido pelo ministro, que o tira da prisão. Sobrevive no mundo exterior por aproximadamente seis semanas. Segundo, Valentín Morgado, ex-sargento do exército republicano incluído em uma anistia de 1945 graças a um ato heroico na prisão, quando, segundo as anotações de Brians, salvou um capitão do próprio regimento do castelo de morrer em um acidente durante a reconstrução de uma das muralhas. Quando saiu da prisão, graças a um programa de perdão e reconciliação patrocinado por uma sociedade de figurões com peso na consciência, Morgado foi contratado como ajudante na garagem da família Ubach e, com o passar dos anos, foi promovido a motorista. Com a morte do banqueiro Ubach, passou a servir sua filha Vitória, que se casou com seu amigo Sanchís, diretor-geral da Metrobarna.

— Mais alguma coisa?

— Só estou começando. Terceiro, David Martín. Escritor maldito acusado de uma série de estranhos crimes cometidos antes da guerra civil. Martín tinha conseguido fugir da polícia em 1930, aparentemente para a França. Por motivos não esclarecidos, volta incógnito a Barcelona, mas é preso na localidade de Puigcerdá, nos Pireneus, pouco depois de ter atravessado a fronteira da Espanha em 1939.

— Que relação tem David Martín com a história, além de ter estado na cadeia durante esses anos?

— Aí é que a coisa fica interessante. Martín é o único desses presos que não foi cliente direto de Brians. O advogado assumiu a defesa dele a pedido de Isabella Gispert.
— Da Sempere & Filhos?
— Mãe de Daniel Sempere, sim. Gispert era o seu nome de solteira. Morreu de cólera, supostamente, pouco depois do final da guerra em 1939.
— Supostamente?
— Segundo as anotações pessoais de Brians, há razões para acreditar que Isabella Sempere foi assassinada. Envenenada, concretamente.
— Não me diga...
— Exato, por Mauricio Valls. Fruto de uma obsessão doentia e um desejo não correspondido, supõe Brians, que evidentemente não pode ou não se atreve a provar nada.
— E Martín?
— David Martín é alvo de outra das obsessões doentias de Valls, segundo as mesmas anotações.
— O ministro tem obsessões de outro tipo?
— Ao que parece, Valls pretendia forçar Martín a escrever livros na prisão que o futuro ministro publicaria depois com o próprio nome para satisfazer sua vaidade e sua ânsia de glória literária, ou o que fosse. Por azar, David Martín, segundo Brians, é um homem doente que perdeu a razão, que ouve vozes e acredita estar em contato com um personagem diabólico que inventou, um tal de Corelli. Na prisão, seus delírios, junto ao fato de Valls ter decidido trancá-lo durante o seu último ano de vida em uma solitária no alto de uma torre do castelo, fizeram os internos o apelidarem de Prisioneiro do Céu.
— Isso está começando a soar muito seu, Alicia.
— Em 1941, vendo que o plano de manipular o escritor não funcionava, Valls teria ordenado a dois empregados seus que levassem David Martín a um casarão ao lado do parque Güell e o assassinassem. Mas lá aconteceu algo inesperado e Martín conseguiu escapar com vida.
— Então David Martín está vivo?
— Não sabemos. Ou melhor, Brians não sabe.
— Mas desconfia.
— E provavelmente Valls também...
— ... e deve estar pensando que foi ele que andou mandando as ameaças e tentando assassiná-lo. Para se vingar.
— É o que eu suponho — confirmou Alicia. — Mas é uma simples hipótese.
— Ainda tem mais alguma coisa?
— Deixei o melhor para o final — sorriu ela.
— Mande.

— Quarto: Víctor Mataix, autor da série de livros *O labirinto dos espíritos*, da qual nós encontramos escondido no escritório de Valls um exemplar que, como lembra sua filha Mercedes sobre a noite em que ele desapareceu, teria sido o último documento consultado pelo ministro antes de evaporar da face da terra.

— Que relação há entre Mataix e os outros três?

— Ao que parece, Mataix tinha sido amigo e colega de David Martín nos anos trinta, quando os dois escreviam sob pseudônimos uns romances em fascículos pagos por uma editora chamada Barrido & Escobillas. As anotações de Brians indicam que Mataix também pode ter sido vítima de um plano similar ao de Martín por parte de Valls. Sei lá, talvez Valls estivesse tentando recrutar ghost-writers para acumular uma obra que lhe permitisse ficar famoso e ganhar reputação no mundo das letras. É evidente que Valls detestava ficar relegado ao seu papel de carcereiro do regime, que obteve graças a um golpe do baú, e aspirava a muito mais.

— Deve haver mais alguma coisa. O que aconteceu com Mataix?

— Mataix entrou na prisão em 1941, transferido da penitenciária Modelo. Um ano depois, se quisermos acreditar no relatório oficial, teria se suicidado na cela. O mais provável é que o tenham fuzilado e jogado o corpo em uma fossa comum sem deixar registro dos fatos.

— E a obsessão doentia neste caso é...?

Alicia encolheu os ombros.

— Neste caso Brians não faz suposições, mas me permito lembrar que a editora que Mauricio Valls criou em 1947 foi batizada de Ariadna, o nome da protagonista dos livros da série *O labirinto dos espíritos*...

Vargas suspirou e esfregou os olhos, tentando processar tudo o que Alicia havia acabado de contar.

— Muitas coincidências — disse por fim.

— Concordo — admitiu Alicia.

— Vamos ver se estou entendendo. Se todas essas conexões existem e nós, ou melhor, você conseguiu descobri-las em três dias, como é possível que a polícia e as altas esferas do Estado, depois de várias semanas de investigação, ainda estejam em ponto morto?

Alicia mordeu o lábio de baixo.

— Isso é o que me preocupa.

— Acha que não querem encontrar Valls?

Ela avaliou a pergunta.

— Não creio que possam se dar esse luxo. Valls não é uma pessoa que possa desaparecer assim.

— E então?

— Talvez só queiram saber onde está. E talvez não tenham interesse em que venham à luz os verdadeiros motivos do seu desaparecimento.

Vargas sacudiu a cabeça e esfregou os olhos.

— Você acha mesmo que Morgado, Salgado e Martín, três ex-prisioneiros sob o jugo de Valls, podem ter arquitetado um plano para se vingar dele e ainda vingar o seu companheiro morto, Víctor Mataix? É isto o que está pensando?

Alicia encolheu os ombros.

— Talvez não seja Morgado, o motorista. Talvez seja seu chefe o envolvido. Sanchís.

— Por que Sanchís iria fazer algo assim? É um homem do regime, casado com a herdeira de uma das maiores fortunas do país... Um pequeno Valls em potência. Por que alguém assim iria se meter em tal confusão?

— Não sei.

— E a lista de números que encontramos no carro de Valls?

— Pode ser qualquer coisa. Ou não ter nenhuma relação com o caso. Uma coincidência. Você mesmo disse, lembra?

— Mais uma? Em vinte anos de polícia encontrei menos coincidências reais que gente dizendo a verdade.

— Não sei, Vargas. Não sei o que significam esses números.

— Sabe o que eu realmente não entendo em tudo isso?

Alicia fez que sim de novo, como se lesse o seu pensamento.

— Valls — disse.

— Valls — confirmou Vargas. — Sem entrar nas tramas obscuras dos seus anos em Montjuic e o que for que ele tenha feito, seja envenenar Isabella Gispert, seja assassinar ou tentar assassinar David Martín, Mataix e sabe Deus mais quem... no fundo estamos falando de um carniceiro de baixo escalão, um carcereiro com conexões aos quadros médios do regime. Iguais a ele existem milhares. Você cruza com essa gente todo dia pela rua. Bem relacionados, com amigos e conhecidos nos lugares que interessam, sim, mas no fundo uns lambe-botas. Lacaios e pretendentes a lacaios. Como pode um indivíduo assim subir em tão poucos anos do esgoto do regime até o patamar mais alto?

— Boa pergunta, não? — disse Alicia.

— Se você conseguir fazer sua cabecinha privilegiada achar a resposta, vai encontrar a peça que nos falta para que toda essa barafunda ganhe algum sentido.

— E não vai me ajudar?

— Estou começando a me perguntar se devo. Algo me diz que pode ser muito mais perigoso encontrar a solução dos seus quebra-cabeças que não fazê-lo, e eu pretendia me aposentar com salário integral daqui a poucos anos e me dedicar a ler as comédias de Lope de Vega, da primeira à última.

Alicia desabou no sofá, com o entusiasmo em retirada. Vargas terminou de tomar o café frio e suspirou. Foi à janela e respirou fundo. Os sinos da catedral repicaram de novo ao longe e o policial observou o sol começando a estender seus fios de luz entre pombais e campanários.

— Só me faça um favor — pediu ele. — Por enquanto não diga nem uma palavra de tudo isso a Leandro nem a ninguém.

— Não sou louca — cortou Alicia.

Vargas fechou a janela e se aproximou dela, que começava a dar sinais de cansaço.

— Já não é hora de você ir entrando em seu ataúde? — perguntou. — Vamos.

Pegou a mão dela e levou-a para o quarto. Puxou o cobertor e fez um gesto indicando que se metesse debaixo. Alicia deixou o roupão cair aos seus pés e se esgueirou entre os lençóis. Ele a cobriu até o queixo e olhou-a com um sorriso.

— Não vai ler uma história para mim?

— Vá plantar batata.

Vargas se agachou para apanhar o roupão e se encaminhou para a porta.

— Você acha que prepararam uma armadilha para nós? — perguntou Alicia.

Ele avaliou suas palavras.

— Por que está perguntando isto?

— Não sei.

— Quem monta as armadilhas somos nós mesmos. E só sei que agora você precisa descansar.

Vargas puxou a porta.

— Vai ficar aí fora?

Ele fez um gesto afirmativo.

— Bom dia, Alicia — disse já fechando a porta do quarto.

32

Valls perdeu a noção do tempo. Não sabe se está há dias ou semanas nesta cela. Não vê a luz do sol desde um entardecer longínquo, quando estava subindo a estrada de Vallvidrera de carro com Vicente ao seu lado. Sua mão dói e quando a busca para esfregá-la não a encontra. Sente pontadas em dedos que não existem mais e uma dor aguda nos nós, como se estivessem cravando farpas de ferro nos seus ossos. Há dias, ou horas, que o quadril o incomoda. Não consegue ver a cor da urina que cai no balde de latão, mas acha que está mais escura que o normal e tingida de sangue. Ela não voltou e Martín continua sem aparecer. Não consegue entender. Não é exatamente o que queria? Vê-lo apodrecer vivo dentro de uma cela?

O carcereiro sem nome nem rosto aparece uma vez por dia, ou pelo menos é a impressão que tem. Começou a medir os dias por suas visitas. Ele traz água e comida. A comida é sempre a mesma: pão, leite rançoso e às vezes atum seco que tem muita dificuldade para mastigar porque está com alguns dentes soltos. Já caíram dois. Às vezes passa a língua nas gengivas e saboreia seu próprio sangue, sentindo que os dentes cedem com a pressão.

— Preciso de um médico — diz quando o carcereiro chega com a comida. Ele quase nunca fala. Só o olha.

— Há quanto tempo estou aqui? — pergunta Valls.

O carcereiro ignora suas perguntas.

— Diga a ela que eu quero falar. Contar a verdade.

Um dia acorda e descobre que há mais alguém na cela. É o carcereiro, com alguma coisa que brilha na mão. Talvez seja uma faca. Valls não faz nenhum gesto para se proteger. Sente a espetada na nádega e o frio. É só outra injeção.

— Por quanto tempo vai me manter vivo?

O carcereiro se levanta e se encaminha para a saída da cela. Valls segura a sua perna. Um pontapé no estômago o deixa sem ar. Passa horas encolhido como um novelo, gemendo de dor.

Nesta noite volta a sonhar com sua filha Mercedes, quando era menina. Estão na casa de Somosaguas, no jardim. Valls se distrai falando com um dos empregados e a perde de vista. Quando vai buscá-la encontra suas pegadas no caminho da casa de bonecas. Valls se interna na penumbra e chama a filha. Só encontra a roupa e um rastro de sangue.

As bonecas, que estão se lambendo como gatos, a tinham devorado.

33

Quando Vargas abriu os olhos de novo, a luz do sol a pino escorria pelas janelas. O relógio da parede, um artefato com ares de século XIX que Alicia devia ter resgatado de algum bazar de antiguidades, marcava quase meio-dia. Ouviu os passos femininos repicando pela sala e esfregou as pálpebras.

— Por que não me acordou antes?

— Gosto de ouvir você roncar. É como ter um ursinho.

Vargas se ergueu e ficou sentado na beira do sofá. Pôs as mãos nos rins e massageou a região lombar. Era como se um caminhão tivesse passado por cima de sua coluna.

— Quer um conselho? Não envelheça. Não traz nenhuma vantagem.

— Já tinha pensado nisso — replicou Alicia.

O policial se levantou, combatendo os rangidos e as pontadas. Alicia estava em frente ao espelho da cômoda, delineando os lábios com batom e determinação. Estava usando um casaco de lã preta ajustado com um cinto, meias também pretas com costura atrás e uns saltos de dar vertigem.

— Vai a algum lugar?

Ela deu uma volta completa sobre si mesma, como se estivesse em um desfile, e olhou-o sorridente.

— Estou bonita?

— Quem pretende matar?

— Tenho uma reunião com Sergio Vilajuana, o jornalista do *La Vanguardia* que o livreiro Barceló mencionou.

— O especialista em Víctor Mataix?

— E em outras coisas, espero.

— E posso saber como o engabelou?

— Disse que tinha um livro de Mataix e queria mostrar a ele.

— *Tinha* é o tempo verbal correto. Não esqueça que roubaram o livro e você não tem nada.

— Isso é tecnicismo. Algumas coisas não mudam nada, como você diz. E, além do mais, tenho a mim.

— Nossa Senhora...

Alicia arrematou sua indumentária pondo um chapéu com uma redinha cobrindo parte do rosto e deu uma última olhada no espelho.

— Pode-se saber de que está vestida?

— De Balenciaga.

— Não estou me referindo a isso.

— Eu sei. Volto logo — disse já a caminho da porta.

— Posso usar seu banheiro?

— Desde que não deixe pelos na banheira.

Marcar o encontro com Vilajuana não tinha sido tão fácil como ela contara a Vargas. Na verdade, Alicia teve que lutar primeiramente com uma secretária de redação do jornal que não era idiota e por um triz não a mandou passear. Vários subterfúgios mais tarde, conseguiu falar com Vilajuana, que pelo telefone parecia mais cético que um matemático em um lanche de bispos.

— E a senhora diz que tem um livro de Mataix? Da série *O labirinto*?

— *Ariadna e o Príncipe Escarlate*.

— Eu pensava que só restavam três cópias.

— A minha deve ser a quarta.

— E diz que foi mandada por Gustavo Barceló?

— Sim. Ele me disse que é grande amigo seu.

Vilajuana riu. Alicia podia ouvir o bulício da redação do outro lado da linha.

— A partir de meio-dia vou estar na biblioteca da Real Academia de Boas Letras de Barcelona — disse por fim. — Conhece?

— De ouvir falar.

— Pergunte por mim na secretaria. E leve o livro.

34

Perdido em uma praça escondida pela sombra da catedral se ergue um pórtico de pedra sobre cujo arco se vê a legenda:

REAL ACADEMIA DE BOAS LETRAS DE BARCELONA

Alicia já tinha ouvido falar daquele lugar mas, como a maioria dos seus concidadãos, quase nada sabia da instituição que os muros daquele palácio acolhiam, relíquia de uma Barcelona medieval. Sabia, ou intuía, que a academia era integrada por uma plêiade de sábios, escribas e amantes das letras, conjurados pela proteção do conhecimento e da palavra escrita, que vinham se reunindo desde o final do século XVIII empenhados em ignorar que a cada ano o mundo externo reforça mais sua resistência e seu desapego a tais extravagâncias. O ritual ali era uma mistura entre o saber arcano e o cenáculo literário, uma ilustração a portas fechadas da qual só participavam e podiam dar fé alguns poucos escolhidos.

O perfume das pedras e uma obrigatória aura de mistério a acompanharam quando atravessou a soleira da porta que dava para um pátio interno onde uma escada levava a um aposento que fazia as vezes de recepção. Foi interceptada por um indivíduo com ar de incunábulo e jeito de estar ali desde o alvorecer do século anterior, que a olhou com desconfiança e lhe perguntou se era a *srta*. Gris.

— Ela mesma.

— Foi o que pensei. O sr. Vilajuana está na biblioteca — disse apontando para dentro. — Nós solicitamos aos visitantes que guardem silêncio.

— Não se preocupe, fiz meu voto esta manhã mesmo — respondeu Alicia.

O cão de guarda não revelou qualquer intenção de rir da brincadeira e ela optou por manifestar seu agradecimento e partir em busca da biblioteca como se soubesse onde ficava. Era sempre o método mais eficaz para penetrar em um lugar de acesso controlado: agir como quem sabe aonde vai e não pede licença nem orientação. O jogo da infiltração é similar ao da sedução: quem pede licença já perdeu antes de começar.

Alicia perambulou à vontade, bisbilhotando em salões repletos de estátuas e corredores palacianos até topar com uma criatura de perfil bibliófilo e disposição afável que se identificou como Polonio e se ofereceu para guiá-la até a biblioteca.

— Nunca a vi por aqui — comentou Polonio, que dava a impressão de não ter vivido nenhuma experiência com o gênero feminino fora dos versos de Petrarca.

— Então hoje é seu dia de sorte.

Encontrou Sergio Vilajuana em companhia das musas e dos aproximadamente cinquenta mil livros que compunham o acervo da biblioteca da academia. O jornalista estava instalado em uma das mesas do lugar e enfrentava uma pequena cidadela de laudas repletas de anotações e rabiscos enquanto mordiscava a tampa de uma caneta e murmurava alguma coisa, domando a métrica de uma frase que não pousava na página ao seu gosto. Vilajuana tinha o garbo meditativo e fleumático de um erudito britânico convertido à bonança mediterrânea. Estava com um terno de lã cinza, gravata com uns desenhos dourados de penas de caneta e um cachecol cor de açafrão nos ombros. Alicia entrou na sala deixando que o eco dos seus passos anunciasse a sua presença. Vilajuana emergiu do sonho e lhe dirigiu um olhar que oscilava entre diplomático e penetrante.

— Srta. Gris, suponho — disse, ajustando a tampa na caneta e se levantando gentilmente.

— Pode me chamar de Alicia, por favor.

Alicia lhe ofereceu a mão, que Vilajuana apertou com um sorriso cortês e alguma reserva. Indicou com um gesto que se sentasse. Seus olhos, pequenos e perspicazes, a observavam com uma mistura de desconfiança e curiosidade. Alicia apontou para os papéis que salpicavam a mesa, alguns ainda com a tinta fresca.

— Interrompi?

— Na verdade me resgatou — replicou Vilajuana.

— Uma pesquisa bibliográfica?

— Meu discurso de ingresso nesta casa.

— Felicidades.

— Obrigado. Não quero parecer rude, srta. Gris, Alicia, mas eu a estava esperando há alguns dias e acho que podemos pular o capítulo de generalidades e cortesias.

— Quer dizer então que dom Gustavo Barceló lhe falou de mim?

— Com bastantes detalhes, eu ousaria dizer. Digamos que você lhe causou uma impressão profunda.

— É uma das minhas especialidades.

— Já deu para ver. Na verdade alguns dos seus velhos amigos na polícia central também lhe mandam lembranças. Não fique surpresa. Nós jornalistas somos assim. Fazemos perguntas. É um vício que se adquire com o passar dos anos.

Vilajuana tinha deixado de lado qualquer projeto de sorriso e agora a encarava fixamente.

— Quem é você? — perguntou sem rodeios.

Alicia considerou a possibilidade de mentir, um pouco ou até pelos cotovelos, mas havia alguma coisa naquele olhar dizendo que seria um grave erro tático.

— Alguém que quer descobrir a verdade sobre Víctor Mataix.

— Um clube que ultimamente parece que ganha adeptos todos os dias. Posso lhe perguntar por quê?

— Infelizmente não posso responder à sua pergunta.

— Sem mentir, quer dizer.

Alicia assentiu com a cabeça.

— Coisa que por respeito não vou fazer.

O sorriso de Vilajuana aflorou de novo, dessa vez transbordando de ironia.

— E acha que me adular será mais rentável que mentir?

Ela piscou algumas vezes e fez a expressão mais doce que tinha.

— Não pode me censurar por fazer uma tentativa pelo menos.

— Estou vendo que Barceló não estava enganado. Se não pode me dizer a verdade, pelo menos diga por quê.

— Porque se dissesse eu o colocaria em perigo.

— Ou seja, está me protegendo.

— De certo modo, sim.

— E por isso eu deveria me sentir grato e ajudá-la. É essa a ideia?

— É bom ver que está começando a enxergar as coisas do meu jeito.

— Acho que vou precisar de um pouco mais de motivação. E não cosmética. A carne é fraca, mas depois de entrar na meia-idade o senso comum recupera o terreno.

— É o que dizem. Que tal uma sociedade de conveniência mútua? Barceló me disse que você estava trabalhando em um livro sobre Mataix e a geração perdida daqueles anos.

— Falar em geração talvez seja um tanto exagerado, e em perdida, uma licença poética a confirmar.

— Estou falando de Mataix, David Martín e outros...

Vilajuana levantou as sobrancelhas.

— O que sabe de David Martín?

— Coisas que com certeza podem lhe interessar.

— Como por exemplo?

— Como por exemplo detalhes das fichas de Martín, Mataix e outros prisioneiros supostamente desaparecidos na prisão de Montjuic entre 1940 e 1945.

Vilajuana sustentou o olhar nela. Seus olhos brilhavam.

— Já falou com o advogado Brians?

Alicia se limitou a confirmar com a cabeça.

— Sei que ele não abre o bico — disse Vilajuana.

— Há outras formas de descobrir a verdade — insinuou Alicia.

— Na polícia dizem que essa é outra das suas habilidades.

— Que coisa feia, a inveja — replicou ela.

— O esporte nacional — confirmou Vilajuana, que apesar de tudo parecia estar gostando daquele pequeno duelo dialético.

— Mesmo assim, não creio que seja uma boa ideia telefonar para a delegacia perguntando por mim, muito menos agora. Digo isso pelo seu bem.

— Não sou tão tosco, senhorita. Não fui eu que liguei, e além disso o meu nome não foi sequer mencionado. Como vê, eu também faço o possível para me cuidar.

— Folgo em saber. Atualmente toda precaução é pouca.

— Mas todos parecem concordar que você não é confiável.

— Em certos lugares e em certos momentos, essa é a melhor das recomendações.

— Não posso negar. Mas me diga uma coisa, Alicia, isso por acaso não tem a ver com o nosso inefável ministro dom Mauricio Valls e seu cuidadosamente esquecido passado como carcereiro? — perguntou.

— O que o faz pensar isso?

— A cara que você fez quando eu mencionei.

Ela hesitou um instante e Vilajuana balançou a cabeça, confirmando sua própria suspeita.

— E se for o caso? — inquiriu Alicia.

— Digamos que contribuiria para que eu estivesse um pouco mais interessado. Que tipo de intercâmbio tem em mente?

— Estritamente de boas letras — replicou Alicia. — Você me diz o que sabe de Mataix e eu lhe prometo acesso a toda informação de que dispuser quando houver solucionado o caso em que estou trabalhando.

— E até lá?

— Meu eterno agradecimento e a satisfação de saber que fez a coisa certa ajudando uma pobre moça em apuros.

— Bem. Sou obrigado a reconhecer que pelo menos você é mais convincente que o seu, tomo a liberdade de supor, colega — explicou Vilajuana.

— Como assim?

— Estou falando do homem que veio me visitar há duas ou três semanas e que aliás não voltei a ver — disse o jornalista. — Vocês não trocam informações na hora do recreio? Ou é um concorrente?

— Não lembra o nome dele? Lomana?
— Pode ser. Não guardei. É a idade, como já lhe disse.
— Que aparência ele tinha? — perguntou Alicia.
— Muito menos tentadora que a sua.
— Tinha uma cicatriz no rosto?
Vilajuana fez que sim e afiou o olhar.
— Feita por você, talvez?
— Não, ele se cortou fazendo a barba. Sempre foi estabanado. O que você disse a Lomana?
— Nada que ele já não soubesse — respondeu Vilajuana.
— Mencionou Valls?
— Não explicitamente, mas dava para ver que estava interessado no período que Mataix passou no castelo de Montjuic e em sua amizade com David Martín. Não é preciso ser um lince para ligar as coisas.
— E não voltou mais a vê-lo ou a falar com ele?
Vilajuana negou com a cabeça.
— Lomana pode ser muito insistente — disse Alicia. — Como se livrou dele?
— Disse o que ele queria ouvir. Ou o que pensava que queria ouvir.
— Que era...?
— Parecia estar muito interessado na casa onde Víctor Mataix e sua família moravam, na estrada de Las Aguas, ao pé de Vallvidrera, até ele ser preso em 1941.
— Por que a casa?
— Ele me perguntou que sentido tinha a expressão "a entrada do labirinto". Queria saber se se referia a um lugar concreto — disse Vilajuana.
— E...?
— Eu lhe disse que nos romances do *Labirinto* a "entrada", o lugar por onde Ariadna "cai" no mundo subterrâneo dessa outra Barcelona, é a casa onde ela mora com seus pais, que é a mesma casa onde os Mataix moravam. Dei o endereço e lhe expliquei como chegar. Nada que ele não pudesse descobrir passando uma hora no Registro de Propriedades. Talvez esperasse achar um tesouro, ou coisa ainda melhor. Estou indo bem?
— Lomana disse para quem trabalhava? — perguntou Alicia.
— Mostrou um distintivo. Como nos filmes. Não entendo dessas coisas, mas parecia legítima. Você também tem um assim?
Ela negou.
— Pena. Uma mulher fatal a serviço do regime é algo que eu pensava que só podia acontecer em um romance de Julián Carax.
— Você é leitor de Carax?

— Claro! O santo padroeiro de todos os romancistas malditos de Barcelona. Deveriam se conhecer. Você parece praticamente uma criação dele.

Alicia suspirou.

— Isto é importante, meu caro Vilajuana. A vida de várias pessoas está em jogo.

— Diga uma delas. Com nome e sobrenome, se for possível. Assim, quem sabe eu consigo levar tudo isso um pouco mais a sério.

— Não posso — disse Alicia.

— Claro. Para minha própria segurança, imagino.

Ela assentiu com a cabeça.

— Embora você não acredite.

O jornalista então cruzou as mãos sobre o peito e se reclinou para trás, pensativo. Alicia sentiu que o estava perdendo. Era o momento de pôr mais iscas no anzol.

— Há quanto tempo não vê o ministro Valls em público? — disparou.

Vilajuana separou as mãos, seu interesse ressuscitado e aceso.

— Continue.

— Vamos devagar. O trato é que você me diz o que sabe de Mataix e Martín e eu assim que for possível lhe digo tudo o que puder. Que é muito. Dou minha palavra.

Vilajuana riu em voz baixa mas fez que sim lentamente.

— Valls inclusive?

— Valls inclusive — mentiu Alicia.

— Imagino que é inútil lhe pedir que me mostre o livro.

Alicia deslizou o mais doce de todos os seus sorrisos.

— Também mentiu para mim sobre isso?

— Só em parte. Eu estava com o livro até dois dias atrás, mas perdi.

— Minha intuição diz que não o esqueceu no bonde.

Alicia negou com a cabeça.

— O trato, se me permite a *emenda*, é o seguinte — disse Vilajuana: — você me diz onde encontrou o livro e eu lhe conto o que quer saber.

Alicia ia abrir a boca quando o jornalista levantou o indicador em sinal de advertência.

— Se ouvir mais uma menção à minha segurança pessoal vou ter que lhe desejar boa sorte e um bom-dia. Partindo do pressuposto de que tudo o que me disser vai ficar só entre nós...

Ela refletiu demoradamente.

— Dá a sua palavra?

Vilajuana pousou a mão sobre as laudas em que estava trabalhando.

— Juro pelo meu discurso de ingresso na Real Academia de Boas Letras de Barcelona.

Alicia então concordou. Olhou em volta e se certificou de que estavam a sós na biblioteca. O jornalista a observava com expectativa.

— Encontrei o livro há uma semana escondido na escrivaninha pessoal de Mauricio Valls, no escritório da residência dele.

— E posso saber o que você estava fazendo lá?

Alicia se inclinou para a frente.

— Investigando o desaparecimento dele.

O olhar de Vilajuana se acendeu como um rojão.

— Jure que vou ter a exclusividade desta história e suas derivações.

— Juro pelo seu discurso de ingresso nesta casa.

Vilajuana olhava fixamente em seus olhos. Alicia nem piscou. O jornalista pegou na mesa uma resma de papel em branco e lhe ofereceu, junto com sua caneta.

— Pegue — disse. — Acho que vai ter interesse em tomar algumas notas...

35

— Conheci Víctor Mataix há uns trinta anos, concretamente no outono de 1928. Naquele tempo eu estava começando no ofício e trabalhava na redação do *La Voz de la Industria* tapando buracos e fazendo um pouco de tudo. Na época Víctor Mataix escrevia romances em fascículos sob diferentes pseudônimos para uma editora de propriedade de dois sem-vergonhas, Barrido & Escobillas, que tinham fama de dar calote em todo mundo, dos seus autores até os fornecedores de papel e tinta. Essa editora também publicava David Martín, Ladislao Bayona, Enrique Marqués e toda aquela geração de autores jovens e famintos da Barcelona de antes da guerra. Quando os adiantamentos da Barrido & Escobillas não davam para fechar o mês, o que era frequente, Mataix escrevia textos sob encomenda para vários jornais, inclusive *La Voz de la Industria*, desde relatos curtos até umas magníficas crônicas de viagens a lugares onde nunca havia estado. Lembro de um texto intitulado "Os mistérios de Bizâncio" que na época me pareceu uma obra-prima e que Mataix inventou de fio a pavio sem qualquer documentação além de uma lâmina de postais antigos de Istambul.

— E eu que acredito em tudo o que leio nos jornais — suspirou Alicia.

— Você tem mesmo cara, sabe. Mas eram outros tempos, quando as penas que escreviam mentiras na imprensa faziam isso com graça. O caso é que mais de uma vez tive que cortar textos de Mataix no fechamento para entrarem na página quando tínhamos que abrir espaço para um anúncio de última hora ou as colunas intempestivas de algum amigo do editor. Um dia Mataix foi à redação para receber o seu pagamento pelas colaborações e veio falar comigo. Pensei que ia me dar uma bronca mas se limitou a dar a mão, apresentar-se como se eu não soubesse quem era e me agradecer por ser eu e não algum outro quem metia a tesoura nos seus textos quando não havia outro remédio. "Você tem bom olho, Vilajuana. Espero que não o estraguem por aqui", disse ele.

— Mataix tinha o dom da elegância. Não estou falando de indumentária, embora ele sempre estivesse impecável com seu terno de três peças e uns óculos redondos de armação fina que lhe davam um ar proustiano mas sem as madalenas, e sim das suas maneiras, da forma como se dirigia às pessoas, do jeito que falava. Era o que um redator-chefe piegas chama de avis rara. Também era um homem generoso, que fazia favores sem que lhe pedissem nada e sem esperar nada em troca. Aliás, foi ele quem me recomendou, pouco depois, para uma vaga na redação do La Vanguardia; foi graças à sua ajuda que consegui sair do La Voz de la Industria. Nessa época Mataix quase não escrevia mais na imprensa. Nunca gostou, para ele era apenas uma forma de aumentar sua renda em tempos de vacas magras. Uma das séries que escrevia para a Barrido & Escobillas, *A Cidade dos Espelhos*, era bastante popular na época. Acho que David Martín e ele sustentavam a esquadra inteira da Barrido & Escobillas e trabalhavam sem parar. Martín, especialmente, consumiu a pouca saúde e a prudência que ainda tinha queimando a mufa em frente à máquina de escrever. Mataix, por uma questão de família, tinha uma situação mais folgada.

— Vinha de boa família?

— Não exatamente, mas teve um golpe de sorte, ou não, dependendo da perspectiva, ao herdar a propriedade de um tio, um personagem um tanto extravagante chamado Ernesto, também conhecido como Imperador da Cana. Mataix era seu sobrinho favorito, ou pelo menos o único membro da família que ele não detestava. Assim, pouco tempo depois de casado, Víctor Mataix pôde se mudar para um casarão imponente na estrada de Las Aguas, na ladeira de Vallvidrera, que tio Ernesto lhe deixara junto com algumas ações da companhia de importação de alimentos de ultramar que fundou quando voltou de Cuba.

— Tio Ernesto era um retornado?

— Típico, desses de manual. Ele saiu de Barcelona aos dezessete anos com uma mão na frente, outra atrás e uma outra no bolso do próximo. Estava sendo procurado pela Guarda Civil que queria quebrar suas pernas, e quase por milagre conseguiu entrar como clandestino em um navio mercante que zarpava para Havana.

— E como as Américas o trataram?

— Bem melhor que ele a elas. Quando tio Ernesto voltou para Barcelona no seu próprio navio, vestido de branco e com uma esposa escandinava trinta anos mais nova que ele recém-adquirida por correio, tinham se passado mais de quatro décadas. Em todo esse tempo o Imperador da Cana havia ganhado e perdido fortunas, próprias e alheias, em negócios com açúcar e com armas. Graças a um sortido batalhão de amantes e concubinas havia gerado bastardos suficientes para povoar todas as ilhas do Caribe e cometeu tropelias que, se houvesse um Deus de plantão e um pouco de justiça, lhe garantiriam pouso e pensão no inferno por dez mil anos.

— Se houvesse — disse Alicia.

— Em todo caso, cabe dizer que, se não justiça, houve pelo menos uma ponta de ironia. O céu é assim. Contam que pouco depois de voltar de Cuba o Imperador da Cana começou a perder a razão devido a um veneno que lhe foi ministrado em seu último jantar tropical por uma despeitada cozinheira prenhe de malícia e de Deus sabe o que mais. O retornado acabou estourando os próprios miolos no sótão da sua recém-estreada mansão, convicto de que havia alguma coisa naquela casa, algo que se arrastava pelas paredes e pelo teto e fedia como um ninho de serpente... Algo que toda noite se esgueirava no seu quarto e se aconchegava com ele na cama para sugar sua alma.

— Impressionante — replicou Alicia. — A dramaturgia é sua?

— Peguei emprestada de Mataix, que incluiu esse episódio, com algum retoque operístico, em um dos romances de *O labirinto*.

— Que pena.

— A realidade nunca supera a ficção, pelo menos não a de qualidade.

— E neste caso a realidade era...?

— Muito provavelmente mais mundana. A teoria mais confiável circulou no próprio dia do enterro do retornado Ernesto, um evento multitudinário que se deu na catedral com a presença do bispo, do prefeito e de todo o presépio vivo do consistório cidadão. Para não falar de todos aqueles a quem tio Ernesto tinha emprestado dinheiro e estavam lá para se certificar de que ele havia morrido de verdade e que não teriam que pagar. Mas, como ia dizendo, o boato do dia foi que aquilo que se esgueirava entre os lençóis do falecido magnata do açúcar era na verdade a filha da governanta, uma moça de dezessete anos cheia de audácia que tempos depois fez fama e fortuna no cabaré Paralelo com o nome artístico de Doris Laplace, e que o que ela lhe sugava toda noite não era exatamente a alma.

— E então, o suicídio...?

— Pelo visto, assistido. Tudo parece indicar que a sofrida nova esposa do retornado, e depois não me venham dizer que as nórdicas são frias, perdeu a paciência depois de aguentar anos de casamento e de cornadura e em uma noite de São João decidiu desfechar-lhe um tiro na cara com a espingarda de caça que o homem deixava ao lado da cama para se defender caso chegassem os anarquistas.

— Uma história exemplar.

— Vidas de santos e pecadores, um gênero muito barcelonês. Seja qual for a versão mais fidedigna dos acontecimentos, o fato é que o casarão ficou abandonado durante vários anos e a fama de maldições e feitiços que adquiriu desde o momento em que o retornado pôs a primeira pedra não desapareceu quando Mataix e sua esposa Susana, recém-casados, foram se instalar lá. Posso dizer que a casa era singular. Em uma das vezes em que estive lá Mataix me ofereceu um *tour de luxe* e o lugar é de arrepiar, pelo menos a mim, que sou mais chegado a comédias musicais e romances leves. Havia escadas que não levavam a lugar nenhum, um corredor de espelhos dispostos de tal maneira que quando se passava parecia haver sempre alguém seguindo, e um porão onde o retornado mandou construir uma piscina com um fundo de mosaico formando a cara da sua primeira esposa em Cuba, Leonor, uma moça de dezenove primaveras que se suicidou enfiando um prendedor de cabelo no coração porque tinha plena convicção de que estava grávida de uma cobra.

— Tocante. E foi para lá que você mandou Lomana?

Vilajuana fez que sim com um sorriso malicioso.

— Contou a ele toda essa história dos espíritos pérfidos do além e das esquisitices da casa? Lomana pode ser bastante supersticioso e apreensivo com essas coisas...

— Não fica bem eu dizer, mas foi essa a impressão que ele me deu, e, dada a pouca simpatia que o personagem me despertou, preferi não lhe fornecer informação não solicitada a fim de não estragar a surpresa.

— Acredita nessas coisas? Feitiços e maldições?

— Acredito na literatura. E às vezes na arte da gastronomia, principalmente se houver um bom arroz no cardápio. O resto são embustes ou panos quentes, conforme o ponto de vista. Tenho a sensação de que você e eu nos parecemos nisso. Na literatura, quero dizer, não na gastronomia.

— E o que aconteceu então? — perguntou Alicia, querendo voltar ao relato de Mataix.

— A pura verdade é que nunca ouvi Mataix se queixar de interferências do além ou de nada parecido. Eu diria que ele acreditava em todas essas besteiras ainda menos que nas arengas políticas que já tinham transformado este país em um frenesi de galináceas. Ele tinha acabado de se casar com Susana, por quem estava perdidamente apaixonado, e trabalhava sem interrupções em um escritório com uma vista de toda Barcelona aos seus pés. Susana era uma criatura frágil e de saúde delicada. Tinha uma pele quase transparente e quando alguém a abraçava dava a sensação de que ia quebrar. Também se cansava com muita facilidade e às vezes precisava passar o dia inteiro na cama porque se sentia fraca demais para se levantar. Mataix sempre estava preocupado com Susana, mas a amava com loucura e creio que ela correspondia. Eu os visitei algumas vezes e, embora de fato a casa fosse, como estou contando, um pouquinho sinistra para o meu gosto, achei que apesar de tudo eram felizes. Pelo menos no começo. Quando Mataix descia para a cidade, como ele gostava de dizer, muitas vezes aparecia na redação do *La Vanguardia* e nós íamos almoçar juntos ou tomar um café. Ele sempre falava do romance que estava escrevendo e me dava algumas páginas para ler e ouvir minha opinião, ainda que depois não levasse os meus comentários muito em conta. Ele me usava de cobaia, por assim dizer. Naquele tempo Mataix ainda era um mercenário. Escrevia sob não sei quantos pseudônimos a preço fixo por palavra. A saúde de Susana exigia medicamentos e uma atenção médica permanente, e Mataix só permitia que os melhores especialistas a examinassem. Pouco lhe importava que para isso tivesse que consumir a própria saúde trabalhando até a estafa. Susana sonhava em engravidar. Os médicos já lhe haviam dito que ia ser complicado. E caro.

— Mas o milagre aconteceu.

— Sim. Depois de vários abortos e anos de sofrimento, Susana ficou grávida em 1931. Mataix teve muito receio de que ela perdesse de novo o bebê e talvez a vida. Mas dessa vez tudo deu certo. Susana sempre quis ter uma filha para dar a ela o nome de uma irmã que tinha perdido na infância.

— Ariadna.

— Durante os anos em que tentaram conceber uma criança, Susana pediu a Mataix que começasse a escrever um livro novo, diferente de todos os que tinha criado até então. Um livro que seria exclusivamente para essa menina com que ela sonhava. Literalmente. Susana dizia que a tinha visto em sonhos e falado com ela.

— Foi essa a origem dos livros de *O labirinto*?

— Sim. Mataix começou a escrever o primeiro volume da série com as aventuras de Ariadna em uma Barcelona mágica. Acho que também escrevia para si mesmo, não só para Ariadna. Sempre tive a impressão de que os livros de *O labirinto* eram, de algum modo, um aviso.

— Aviso de quê?

— Do que estava nos esperando. Você devia ser muito pequena na época, uma menina, mas nos anos anteriores à guerra a coisa aqui já estava feia. Dava para sentir o cheiro. Estava no ar...

— Um bom título para o seu livro.

Vilajuana sorriu.

— Você acha que Mataix já imaginava o que ia acontecer?

— Ele e muitos outros. Só um cego não veria. Falava disso com frequência. Mais de uma vez o ouvi dizer que estava pensando em morar fora do país, mas

Susana, sua mulher, não queria sair de Barcelona. Achava que nunca mais ficaria grávida se o fizessem. Depois, já era tarde.

— Fale de David Martín. Você o conhecia?

Vilajuana revirou os olhos.

— Martín? Um pouco. Estive com ele duas ou três vezes. Mataix nos apresentou em um dia em que tínhamos marcado no bar Canaletas. Os dois eram muito amigos desde jovens, antes de Martín entrar em parafuso, e Mataix continuava tendo muita estima por ele. Eu, para dizer a verdade, o achei a pessoa mais estranha que tinha conhecido em toda a minha vida.

— Em que sentido?

Vilajuana hesitou um pouco antes de responder.

— David Martín era um homem brilhante, provavelmente até brilhante demais para o seu próprio bem. Mas na minha modesta opinião estava completamente fora do ar.

— Fora do ar?

— Doido. De pedra.

— Por que afirma isso?

— Pode chamar de intuição. Martín ouvia vozes... E não estou falando das vozes das musas.

— Então quer dizer que era esquizofrênico?

— A conferir. O que eu sei é que Mataix estava preocupado com ele. E muito. Mataix era assim, ele se preocupava com todo mundo menos consigo mesmo. Aparentemente Martín tinha se metido em não sei que confusão e os dois quase não se viam mais. Martín fugia das pessoas.

— Não tinha família que pudesse ajudá-lo?

— Não tinha ninguém. E quando tinha, acabava afastando a pessoa. Sua única conexão com o mundo real era uma mocinha que tinha contratado como aprendiz, uma tal de Isabella. Mataix achava que Isabella era a única pessoa que o mantinha vivo e tentava protegê-lo de si mesmo. Costumava dizer que o único demônio de verdade era a sua mente, que o estava comendo vivo.

— Único demônio? Havia outros?

Vilajuana encolheu os ombros.

— Não sei como explicar sem fazer você rir.

— Tente.

— Pois o caso é que Mataix me contou uma vez que David Martín pensava que tinha assinado um contrato com um editor misterioso para escrever uma espécie de texto sagrado, algo assim como a bíblia de uma nova religião. Não faça esta cara. Segundo Mataix, Martín se reunia de vez em quando com esse personagem, um tal de Andreas Corelli, para receber suas instruções de além-túmulo ou coisa parecida.

— E Mataix, naturalmente, duvidava da existência do tal Corelli.

— Duvidava é pouco. Já o tinha posto na sua lista de coisas improváveis junto com o coelho da Páscoa e a terra das fadas. Mataix me pediu que fizesse umas sondagens no meio editorial para ver se localizávamos o suposto editor. E eu fiz. Vasculhei o céu, a terra e tudo o que havia no meio.

— E?

— O único Corelli que encontrei foi um compositor barroco chamado Arcangelo Corelli, que você talvez conheça.

— E quem era então o Corelli para quem Martín trabalhava, ou imaginava estar trabalhando?

— Martín achava que era um outro tipo de *arcangelo*, ou de *arcanjo*, um anjo caído.

O jornalista pôs dois dedos na testa à guisa de chifres e sorriu com ironia.

— O diabo?

— Com rabo e pezinhos. Um Mefistófeles de terno caro que viera dos infernos tentá-lo com um pacto fáustico para criar um livro maldito como base de uma religião que iria incendiar o mundo. Como eu dizia, doido de pedra. Acabou como acabou.

— Está se referindo à prisão de Montjuic?

— Isso foi um pouco mais tarde. No começo dos anos trinta, em decorrência dos seus delírios e dessa estranha aliança com sua fantasia de diabinho coxo, David Martín teve que fugir a pé de Barcelona quando a polícia o acusou de ter cometido uma série de crimes que nunca foram solucionados. Parece que conseguiu sair do país milagrosamente. Mas devia estar tão perturbado que não teve ideia melhor que voltar para a Espanha em tempos de guerra. Foi preso em Puigcerdá, pouco depois de cruzar os Pireneus, e acabou no castelo de Montjuic. Como tantos outros. E como Mataix, um tempinho depois. Lá se reencontraram após vários anos sem notícias... Um final triste como poucos.

— Sabe por que voltou? Mesmo que Martín não estivesse no seu mais perfeito juízo, devia saber que se voltasse a Barcelona mais cedo ou mais tarde seria capturado...

Vilajuana encolheu os ombros.

— Por que fazemos as maiores bobagens nesta vida?

— Por amor, por dinheiro, por despeito...

— No fundo você é romântica, eu já sabia.

— Por amor, então?

— Talvez. Não sei que outra coisa ele esperava achar em um lugar onde metade do país estava assassinando a outra metade em nome de uns pedaços de pano coloridos...

— A tal Isabella?
— Não sei... Ainda não encontrei essa parte do quebra-cabeça.
— Essa Isabella era a mesma que pouco depois se casou com o livreiro Sempere?

Vilajuana olhou-a com certa surpresa.
— Como sabe disso?
— Digamos que tenho minhas fontes.
— Que deveria compartilhar comigo.
— Assim que puder. Dou minha palavra. Isabella era então a mesma pessoa?
— Sim. Era a mesma. Isabella Gispert, filha dos donos do armazém Gispert que até hoje fica atrás da igreja de Santa María del Mar, destinada a se tornar Isabella de Sempere.
— Você acha que Isabella estava apaixonada por David Martín?
— Lembre-se de que se casou com o livreiro Sempere, não com ele.
— Isso não prova nada — replicou Alicia.
— Acho que não.
— Você a conheceu? Isabella?

Vilajuana assentiu com a cabeça.
— Fui ao casamento.
— Achou que ela estava feliz?
— Todas as noivas estão felizes no dia do casamento.

Desta vez foi ela quem sorriu com malícia.
— E como era?

O homem abaixou a vista.
— Só falei com ela uma ou duas vezes.
— Mas deve ter lhe causado alguma impressão.
— Sim. Isabella causava impressão.
— E?
— E pareceu uma das pouquíssimas pessoas que fazem deste mundo cão um lugar que vale a pena visitar.
— Você foi ao enterro?

Vilajuana fez que sim lentamente.
— É verdade que ela morreu de cólera?

Uma sombra se estendeu pelo olhar do jornalista.
— Foi o que disseram.
— Mas você não acredita.

O jornalista negou com a cabeça.
— Então por que não me conta o resto da história?
— Na verdade é uma história muito triste que eu gostaria de esquecer.

— Por isso está escrevendo há tantos anos um livro sobre ela? Um livro que imagino que sabe que nunca vai poder publicar, pelo menos neste país...

Vilajuana sorriu com tristeza.

— Sabe o que David Martín me disse na última vez que o vi? Foi em uma noite em que nós três, Mataix, ele e eu, tínhamos bebido um pouco demais no El Xampanyet para comemorar que Víctor havia terminado o primeiro livro de *O labirinto*.

Alicia fez que não.

— Não sei por que a conversa caiu no velho lugar-comum sobre os escritores e o álcool. Martín, que podia ingerir uma banheira de bebida sem perder a lucidez, me disse naquela noite uma coisa que nunca esqueci: "As pessoas bebem para lembrar e escrevem para esquecer".

— Talvez não estivesse tão louco como parecia.

Vilajuana concordou em silêncio, com o olhar embargado por causa das lembranças.

— Então me conte o que está tentando esquecer há tantos anos — disse Alicia.

— Depois não vá dizer que não avisei — advertiu.

Fragmento de

OS ESQUECIDOS:
VÍCTOR MATAIX E O FIM DA GERAÇÃO PERDIDA DE BARCELONA
de Sergio Vilajuana
(Ediciones Destino, Barcelona, 1989)

Assim reza o primeiro parágrafo de um divertimento transbordante de ironia intitulado *Tinta e enxofre* escrito por Víctor Mataix em 1933, presumivelmente inspirado nas desventuras do seu amigo e colega David Martín:

Não é preciso ser Goethe para saber que mais cedo ou mais tarde qualquer escritor que mereça esse qualificativo esbarra em seu Mefistófeles. Os de bom coração, se existirem, lhe entregam a alma. O resto vende a dos incautos que se interpõem no seu caminho.

Víctor Mataix, que merecia o qualificativo e o havia conquistado com o próprio esforço, encontrou seu Mefistófeles em um dia do outono de 1937.

Se até aquele momento viver da literatura já era um ato de equilibrismo, a eclosão da guerra arrasou o que restava da precária maquinaria editorial em que Mataix tinha encontrado seu propósito e seu sustento. Continuava-se escrevendo e publicando, mas o novo gênero rei era a propaganda, o panfleto e o proselitismo a serviço de causas grandiosas encharcadas de barulho e de sangue. Em poucos meses Mataix ficou, como tanta gente, sem outros meios de ganhar a vida além da caridade alheia e o acaso, que na época estavam em baixa.

Seus últimos editores, aos quais tinha confiado a série de romances de *O labirinto dos espíritos*, eram um duo de sagazes cavalheiros chamados Revells e Badens. Badens, notável gourmand e connaisseur dos pratos finos e dos produtos da terra, tinha se retirado temporariamente para sua casa de campo em Ampurdán disposto a criar tomates e observar os segredos da trufa, esperando que a loucura dos tempos encontrasse sua hora de moderação. Badens era um otimista nato a quem os conflitos davam náuseas e que queria acreditar que a guerra não duraria mais de dois ou três meses, depois dos quais a Espanha voltaria ao seu estado natural de caos e grotesco no qual sempre havia espaço para a literatura, a boa comida e os negócios. Revells, fino estudioso dos malabarismos do poder e do teatro político, optou por ficar em Barcelona e manter o escritório aberto, nem que fosse com uma estrutura mínima. A publicação de literatura havia passado por um limbo incerto e o grosso do negócio se concentrava agora na impressão de manifestos, panfletos e epopeias exemplares para incrementar a glória dos heróis do momento, que mudavam de semana em semana graças às lutas internas e à ameaça, no lado republicano, de uma guerra civil soterrada dentro da guerra civil declarada. Menos otimista que seu sócio, que constantemente lhe mandava caixas de esplêndidos tomates e hortaliças, Revells desconfiava que a coisa iria longe e acabaria pior que mal.

Revells e Badens, porém, continuavam pagando do próprio bolso um pequeno salário a Mataix como adiantamento por obras futuras. Mataix, apesar de suas reservas, aceitava a contragosto. Revells ignorava suas objeções e sempre insistia. Quando a discussão caía indevidamente em escrúpulos ou no que o editor chamava de *frescura de quem ainda não começou a passar fome de verdade*, ele dava um sorriso malicioso e afirmava:

"Víctor, não lamente por nós porque vou me encarregar de que algum dia você compense tudo o que estamos lhe adiantando."

Graças à ajuda dos seus editores, Mataix sempre conseguia ter algo na mesa para sua família, o que começava a ser um privilégio. A maioria dos seus colegas estava em uma situação bastante mais precária e de prognóstico vertiginoso. Alguns tinham se unido às tropas em um arrebatamento de paixão e romantismo. "Vamos exterminar os ratos fascistas em sua toca fedorenta", cantavam. Vários o recriminaram por não se unir a eles. Era uma época em que muita gente tinha como credo e consciência os cartazes de propaganda que cobriam as paredes da cidade. "Quem não está disposto a lutar por sua liberdade não a merece", vinham lhe dizer. Mataix, que desconfiava que tinham razão, quase morria de remorsos. Será que devia deixar Susana e sua filha Ariadna sozinhas no casarão da colina e ir ao encontro das tropas nacionalistas? "Não sei de que nação estão falando, mas não é a minha"; disse um amigo de quem foi se despedir na estação "e nem a sua, mesmo que você não tenha a coragem de defendê-la." Mataix voltou para casa com vergonha de si mesmo. Ao chegar, Susana o abraçou e começou a chorar, tremendo. "Não nos deixe", implorou. "Sua pátria somos Ariadna e eu."

À medida que a luta avançava, Mataix descobriu que não conseguia mais escrever. Passava horas e horas sentado diante da máquina com o olhar perdido no horizonte atrás da janela. Com o passar do tempo começou a ir à cidade quase todos os dias, em busca de oportunidades, pensava, ou para fugir de si mesmo. Na época, a maioria dos seus conhecidos mendigava favores no escuso mercado negro de vassalagens e servidões que se espalhava à sombra da guerra. Havia corrido o boato entre os esfaimados amantes das letras de que Mataix recebia um salário a fundo perdido de Revells e Badens. Seu velho amigo Martín já lhe avisara: "A inveja é a gangrena dos escritores, ela nos apodrece em vida até que o esquecimento nos ceifa sem contemplação". Em poucos meses seus conhecidos já não o conheciam mais. Quando o viam de longe, trocavam de calçada e murmuravam algo entre si, rindo o seu desprezo. Outros passavam ao lado dele e abaixavam os olhos.

Os meses iniciais da luta mergulharam Barcelona em uma estranha letargia de temores e escaramuças internas. A rebelião fascista havia fracassado na cidade logo nos primeiros dias depois do golpe, e alguns quiseram acreditar que a guerra tinha ficado para trás, que aquilo era mais uma bravata de uns generais curtos de estatura e de vergonha e que em poucas semanas a coisa voltaria à anormalidade exaltada que caracterizava a vida pública do país.

Mataix não acreditava mais nisso. E tinha medo. Sabia que uma guerra civil nunca é só uma, é um amontoado de pequenas ou grandes lutas enquistadas entre si. Sua memória oficial é sempre a memória dos cronistas entrincheirados no lado vencedor ou no lado perdedor, mas nunca a dos que ficaram imprensados entre ambos e que raramente acenderam a fogueira. Martín costumava dizer que na Espanha se despreza o adversário mas se odeia quem segue a própria cabeça e não comunga com nenhum dos lados. Na época Mataix não acreditou nisso, mas agora estava começando a achar que o único pecado sem perdão na Espanha é não tomar partido e se negar a aderir a um rebanho ou ao outro. E onde há rebanhos de cordeiros sempre aparecem lobos famintos. Mataix tinha aprendido tudo isso a contragosto e começava a sentir cheiro de sangue no ar. Depois haveria tempo para esconder os mortos e cuidar da fábula. Agora era hora de tirar as facas e coroar mesquinhezas. As guerras sujam tudo, mas limpam a memória.

    Naquele fatídico dia de 1937 em que seu destino iria mudar, Mataix foi à cidade para se encontrar com Revells. Sempre que se viam o editor o convidava para almoçar no bar Velódromo, que ficava perto do escritório da Editora Orbe, na Diagonal, e lhe passava discretamente um envelope com algum dinheiro para sustentar a família por mais duas ou três semanas. Nesse dia, pela primeira vez, Mataix se negou a aceitar. Ele descreve a cena em *Memória de trevas*, uma espécie de crônica romanceada da guerra e dos anos que o levaram à prisão, que nunca chegou a ser publicada, na qual ele é um personagem entre outros, visto por um narrador onisciente que pode ou não ser a parca.

O paredão envidraçado do grande bar Velódromo ficava onde a rua Muntaner perde sua ladeira nobre, a poucos passos da Diagonal. Lá, uma luz de aquário e um teto de catedral civil davam asilo e salão para tomar café de chicória aos que ainda queriam acreditar que a vida continuava e que amanhã, ou depois, seria outro dia. Revells sempre escolhia uma mesa de canto de onde podia ver todo o bar e detectar quem entrava e saía.

— Não, Revells. Não posso mais aceitar sua esmola.

— Não é esmola, é investimento. Fique sabendo que Badens e eu estamos convictos de que dentro de dez ou vinte anos você vai ser um dos escritores mais lidos de toda a Europa. Senão, eu viro padre e Badens troca as trufas por mortadela. Juro por este prato de mariscos *a la llauna*.

— Você tem cada ideia.

— Pegue o dinheiro, faça o favor.

— Não.

— Milhões de espanhóis, e fui topar logo com o único que não pega dinheiro por baixo da mesa.

— O que sua bola de cristal diz sobre isso?

— Olhe, Víctor, eu aceitaria de bom grado um livro em troca desse adiantamento, mas agora nós não podemos publicar. Você sabe.

— Então vou ter que esperar.

— Podem passar anos. Neste país tem muita gente que não vai parar até todos se massacrarem uns aos outros. Aqui, quando as pessoas perdem o juízo, o que é frequente, são capazes de dar um tiro no próprio pé se pensarem que com isso vão deixar manco o vizinho. Ainda vai durar muito. Escute o que estou dizendo.

— Então é melhor morrer de fome que ficar vivo para ver isso.

— Muito heroico. Desculpe por não jorrarem lágrimas de emoção dos meus olhos. É isso o que você quer para sua mulher e sua filha?

Mataix fechava os olhos e afundava em sua miséria.

— Não diga isto.

— Pois não fale bobagem você. Pegue o dinheiro.

— Vou devolver tudo. Até o último tostão.

— Nunca duvidei disso. Vamos, coma alguma coisa, que ainda não provou nada. E leve este pão para casa. Aliás, depois passe na editora que Badens mandou uma caixa de hortaliças finas de Ampurdán. Faça-me o favor de pegar um pouco, porque o escritório está começando a parecer uma quitanda.

— Já vai embora?

— Tenho umas coisas a fazer. Cuide-se, Víctor. E escreva, porque algum dia vamos voltar a publicar, com toda certeza, e você tem que nos deixar ricos.

O editor se foi e o deixou sozinho na mesa. Mataix sabia que ele tinha ido só para lhe entregar o dinheiro e que, uma vez cumprida a missão, preferiu se retirar para poupá-lo da vergonha e da humilhação de sentir-se incapaz de manter sua família sem essa caridade. Mataix já estava terminando o prato e começando a guardar no bolso os pedaços de pão que sobraram quando uma sombra se estendeu sobre a mesa. Levantou os olhos e se deparou com um homem jovem usando os restos de um terno muito puído e sobraçando uma pasta dessas que se empilham em tribunais e cartórios. O indivíduo tinha um ar frágil e carente demais para ser um comissário político que estivesse atrás dele.

— Não se incomoda se me sentar?

Mataix negou com a cabeça.

— Meu nome é Brians. Fernando Brians. Sou advogado, embora não pareça.

— Víctor Mataix, escritor, embora também não pareça.

— Que tempos, não é mesmo? Quem é alguém não parece, e quem não era ninguém até dois dias atrás agora se parece demais a si mesmo.

— Advogado e filósofo, pelo visto.

— E tudo a um preço muito competitivo — admitiu Brians.

— Eu adoraria contratá-lo para defender o meu amor-próprio, mas lamento estar sofrendo uma escassez de recursos.

— Não precisa lamentar. Já tenho um cliente.

— E então quem sou eu nessa história? — perguntou Mataix.

— Um artista venturoso que foi selecionado para um trabalho muito lucrativo.

— Ah, é? E quem é seu cliente, posso perguntar?

— Um homem zeloso de sua intimidade.

— E quem não é?

— Quem não tem.

— Esqueça um pouco o filósofo e chame o advogado — cortou Mataix. — Em que posso ajudá-lo, a você ou ao seu cliente?

— Meu cliente é um homem de grande importância e fortuna ainda maior. É desses homens de quem se costuma dizer que têm tudo.

— São esses que sempre querem mais.

— Neste caso esse *mais* inclui os seus serviços — explicou Brians.

— Que serviços um romancista pode prestar em tempos de guerra? Meus leitores não querem ler, querem matar-se uns aos outros.

— Nunca pensou em escrever uma biografia? — perguntou o advogado.

— Não. Escrevo ficção.

— Muita gente argumentaria que não há gênero mais fictício que a biografia.

— Com a possível exceção da autobiografia — concordou Mataix.

— Exatamente. Como romancista, você há de admitir que na hora da verdade uma história é uma história.

— Como romancista só admito adiantamentos. De preferência em dinheiro.

— Já chegaremos a isso. Mas, só para debater teoricamente, uma crônica é feita de palavras, de linguagem. Não é?

Mataix suspirou.

— Tudo é feito de palavras e de linguagem — replicou. — Inclusive os sofismas de um advogado.

— E o que é um escritor senão um trabalhador da linguagem? — expôs Brians.

— Um indivíduo sem perspectivas profissionais quando as pessoas deixam de usar o cérebro e pensam com o intestino baixo, para não dizer outra coisa.

— Está vendo? Até para o sarcasmo você tem um toque de elegância.

— Por que não vai direto ao assunto, sr. Brians?

— Meu cliente não diria isto de maneira melhor.

— Já no terreno do sarcasmo, se o seu cliente é tão importante e poderoso, não acha que é um advogado um tanto sóbrio demais para representá-lo? Não se ofenda.

— Não me ofendo. De fato você tem muitíssima razão. Meu representado é por via indireta.

— Explique melhor — disse Mataix.

— Meus serviços foram solicitados por um escritório de prestígio que é quem representa esse cliente.

— Que sorte a sua. E por que um membro dessa firma de tanta estirpe não passa por aqui?

— Porque ela fica no setor dos nacionalistas. Tecnicamente falando, é claro. Pessoalmente o cliente está na Suíça, creio.

— Como assim?

— Meu cliente e seus advogados se encontram sob os auspícios e a proteção do general Franco — explicou Brians.

Mataix olhou receoso para as mesas em volta. Ninguém parecia escutar ou prestar atenção, mas eram tempos de desconfiança e até as paredes estavam com os ouvidos afiados.

— Isso deve ser brincadeira — disse Mataix abaixando a voz.

— Pode ter certeza de que não é.

— Faça o favor de se levantar e sair daqui. Vou fingir que não o vi nem escutei nada.

— Acredite que o entendo perfeitamente, sr. Mataix. Mas não posso fazer isso.

— Por que não?

— Porque se eu sair por esta porta sem ter contratado seus serviços não creio que amanhã ainda esteja vivo. E você e sua família também não.

Houve um longo silêncio. Mataix segurou as lapelas do advogado Brians, que o olhava com uma tristeza infinita.

— Está dizendo a verdade... — murmurou, dirigindo-se mais a si mesmo que ao interlocutor.

Brians fez que sim. Mataix o soltou.

— Por que eu?

— A esposa do cliente é leitora assídua sua. Diz que gosta de seu estilo. Principalmente as histórias de amor. As outras, nem tanto.

O escritor pôs as mãos no rosto.

— Se lhe serve de consolo, o salário é irrecusável — acrescentou Brians.

Mataix olhou Brians por entre os dedos.

— E você, quanto ganha?

— Vão me deixar continuar respirando e assumem minhas dívidas, que não são poucas. Desde que você diga sim.

— E se eu disser não?

Brians encolheu os ombros.

— Dizem que hoje em dia sai barato contratar assassinos de aluguel em Barcelona.

— Como posso saber... como *você* pode saber que essas ameaças são a sério?

Brians abaixou os olhos.

— Quando fiz essa pergunta me mandaram um embrulho com a orelha esquerda do meu sócio no escritório, Jusid. E disseram que cada dia que passar sem receberem uma resposta enviarão outros embrulhos. Já lhe expliquei que essa mão de obra sinistra está barata na cidade.

— Como se chama o seu cliente? — perguntou Mataix.

— Não sei.

— E então o que é que sabe?
— Que o pessoal que trabalha para ele não brinca em serviço.
— E ele?
— Sei que é um banqueiro. Importante. Sei, ou intuo, que é um dos dois ou três banqueiros que estão financiando o exército do general Franco. Sei, ou me deram a entender, que é um homem vaidoso e muito sensível ao julgamento que a história vai fazer dele e que sua esposa, que, como eu já disse, é uma grande leitora e seguidora de sua obra, convenceu o marido de que ele precisa de uma biografia para materializar suas conquistas, sua grandeza e sua prodigiosa contribuição para o bem da Espanha e do mundo.

— Todo filho da puta precisa de uma biografia, o gênero mais mentiroso de qualquer catálogo — sentenciou Mataix.

— Não entrarei nesse debate, sr. Mataix. Quer ouvir a parte boa?

— Refere-se ao fato de continuar vivo?

— Cem mil pesetas depositadas em uma conta em seu nome no Banco Nacional da Suíça quando aceitar o trabalho e mais cem mil após a publicação da obra.

Mataix olhou-o atônito.

— Enquanto digere essa cifra, deixe-me explicar o procedimento. Ao aceitar e assinar o contrato, você começa a receber uma remuneração quinzenal através do meu escritório que vai durar enquanto estiver desenvolvendo o trabalho, sem prejuízo do montante global dos seus honorários. Posteriormente vai receber, também por meu intermédio, um documento que aparentemente já existe e que contém uma primeira versão da biografia do meu cliente.

— Então não sou o primeiro?

Brians encolheu os ombros de novo.

— O que houve com meu antecessor? — perguntou Mataix. — Também foi despachado em embrulhos?

— Não sei. Tive a impressão de que a esposa do cliente considerou que seu trabalho não tinha estilo, classe nem savoir-faire.

— Não sei como pode brincar com coisas assim.

— É melhor que me jogar debaixo do metrô. Em todo caso, esse documento, que pelo que me disseram está em estado muito rudimentar, vai lhe servir de documentação e base. Sua tarefa é escrever uma biografia exemplar do personagem a partir das informações que vierem nessas páginas. Para isso tem o prazo de um ano. Depois de rever as observações do cliente, vai dispor de mais seis meses para incorporar as alterações solicitadas, polir o texto e preparar um manuscrito publicável. E, se me permite o comentário, o melhor da história é que não precisa assinar o livro e ninguém precisa saber que foi você que o escreveu. Na verdade, o seu silêncio e o meu são requisitos indispensáveis para a transação.

— Como assim?

— Provavelmente eu deveria ter dito desde o começo que o livro na verdade é uma autobiografia. Você escreve em primeira pessoa e meu cliente assina.

— Imagino que já tem título.

— Provisório. *Eu, XXXXXX. Memórias de um financista espanhol*. Creio que aceitam sugestões alternativas.

Nesse momento Mataix fez algo que nem ele nem Brians esperavam. Começou a rir. Riu até que brotaram lágrimas nos seus olhos e as pessoas que estavam no local se viraram para olhar de soslaio e perguntar como é que alguém ainda podia ter ânimo para gargalhar daquele jeito em meio àquela situação que só piorava. Quando recuperou a compostura, Mataix respirou fundo e olhou para Brians.

— Posso entender que isto é um sim? — perguntou o advogado, esperançoso.

— Existe alternativa?

— A alternativa é amanhã ou depois eu e você levarmos um tiro na cabeça em via pública e logo, logo fazerem o mesmo com a sua família e com a minha.

— Onde assino?

Dias depois, após um catálogo de insônias, pesares e maquinações, Mataix não aguentou mais e foi falar com seu editor na Editora Orbe. Revells não tinha mentido: as instalações exalavam o aroma da fina horta de Ampurdán. Caixas inteiras do santuário de hortaliças de Badens se alinhavam nos corredores entre pilhas de livros e boletos de faturas a pagar. Revells ouviu com atenção seu relato dos acontecimentos enquanto cheirava um esplendoroso tomate que trouxera jogueteando entre as mãos.

— O que acha? — perguntou Mataix ao terminar o relato.

— Divino. O simples cheiro já me abre o apetite — disse Revells.

— Sobre o meu dilema — insistiu Mataix.

Revells deixou o tomate na mesa.

— Acho que não tinha alternativa senão aceitar — declarou.

— Você diz isso porque sabe que é o que eu quero ouvir.

— Digo isso porque gosto de saber que você está vivo e porque nos deve um dinheiro que pretendemos recuperar algum dia. Já recebeu a papelada?

— Parte.

— E...?

— É de vomitar.

— Esperava receber os sonetos de Shakespeare?

— Nem sei o que esperava.

— Pelo menos já deve ter começado a fazer suas conjecturas e já sabe de quem se trata.

— Tenho uma ideia — disse Mataix.

Os olhos de Revells brilharam por antecedência.

— Conte...

— Pelo que li desconfio que se trata de Ubach.

— Miguel Ángel Ubach? Meu Deus do céu. O Banqueiro da Pólvora?

— Parece que ele não gosta de ser chamado assim.

— Que se dane. Se não gosta, que financie uma entidade social e não uma guerra.

— O que sabe dele, você que sabe tudo de todo mundo? — inquiriu Mataix.

— Só dos que interessam — precisou Revells.

— Eu sei que o mundo dos pobres-diabos e dos degenerados não tem muita graça para você.

Revells ignorou o sarcasmo, fascinado como estava com aquele enredo de alto nível. Foi à porta da sala e chamou uma de suas pessoas de confiança, Laura Franconi.

— Laura, venha cá um instantinho se puder...

Enquanto esperavam, Revells perambulava inquieto pelo escritório. Pouco depois, esquivando-se de umas caixas de cebola e alho-poró, apareceu na porta Laura Franconi, que sorriu ao ver Mataix e foi lhe dar um beijo. Miúda e cheia de vivacidade, Laura era um dos cérebros ativos que faziam funcionar aquela casa com mão de seda.

— O que acha do desfile de frutas e verduras? — perguntou. — Separo umas abobrinhas para você?

— Nosso amigo Mataix aqui presente acabou de fazer um pacto com os deuses da guerra — disse o editor.

O dito-cujo suspirou.

— Por que não se debruça na janela e grita com um megafone? — inquiriu Mataix.

Laura Franconi encostou a porta do escritório e olhou-o com um ar preocupado.

— Conte a ela — disse Revells.

Mataix contou a versão resumida dos fatos, mas Laura não precisava de mais nada para preencher o que ficou nas entrelinhas. No final se limitou a pôr a mão no ombro do escritor, consternada.

— E falando nisso, aquele filho da puta do Ubach já tem editor para publicar esse disparate? — perguntou Revells.

Laura lhe dirigiu um olhar cáustico.

— Só estou sinalizando uma oportunidade de negócio — alegou Revells. — Não sei para que tanto escrúpulo nestes tempos de agora.

— Eu agradeceria sua ajuda e seu conselho — lembrou Mataix.

Laura pegou a mão dele e olhou no fundo dos seus olhos.

— Aceite o dinheiro. Escreva para esse fantoche o que ele quiser e saia do país para sempre. Minha recomendação é a Argentina. Terreno de sobra e bifes de cair para trás.

Mataix olhou para Revells.

— Amém — disse o editor. — Eu não poderia ter explicado melhor.

— Alguma sugestão que não implique atravessar o planeta e exilar minha família?

— Veja bem, Mataix. Faça o que fizer, você estará se arriscando. Se o lado de Ubach ganhar, e tem muitos pontos para isso, minha intuição me diz que depois de prestar esses serviços a sua existência será incômoda para eles e uns e outros podem preferir vê-lo desaparecido. E se a República ganhar e alguém souber que você colaborou com um dos agiotas de Franco, já o vejo na gaiola com todas as despesas pagas.

— Fabuloso.

— Nós podemos ajudá-lo a fugir. Badens tem contatos em uma frota mercante e em questão de dias poderíamos deixar você e sua família em Marselha. E lá você decide. Eu seguiria o conselho da srta. Laura e iria para as Américas. Norte ou Sul, tanto faz. Para haver um oceano de distância.

— Vamos lá visitar vocês — afirmou Laura. — Se é que nós todos não vamos acabar sendo seus hóspedes, no ritmo que a coisa vai neste país...

— E levaremos tomates e verduras para acompanhar os churrascos que você vai fazer com as duzentas mil pesetas do butim — sentenciou Revells.

Mataix bufou.

— Minha mulher não quer sair de Barcelona.

— Imagino que você não lhe contou nada disto — disse Revells.

Mataix negou com a cabeça. Revells e Laura Franconi trocaram olhares.

— E eu também não quero ir a lugar nenhum — disse o escritor. — Aqui é a minha casa, para o bem ou para o mal. Está no meu sangue.

— A malária também está no sangue e nem sempre é saudável — lembrou Revells.

— Existe alguma vacina para Barcelona?

— No fundo eu o entendo. Comigo seria igual. Mas conhecer o mundo, e ainda por cima com o bolso bem recheado, eu nunca recusaria. Você não tem que decidir isso agora. Por enquanto dispõe de um ano ou um ano e meio para ir pensando. Enquanto não entregar o livro e a guerra continuar, tudo fica em suspenso. Faça como faz conosco, que nunca cumpre os prazos e nos deixa in albis...

Laura lhe deu uma palmada nas costas em um gesto de apoio. Revells pegou o formidável exemplar da flora silvestre de Ampurdán e lhe ofereceu.

— Um tomatinho?

* * *

Só uma parte do manuscrito de *Memória de trevas* sobreviveu, mas tudo indica que Mataix optou por se render às circunstâncias. Não há indícios de que tenha entregue uma primeira versão da autobiografia de Miguel Ángel Ubach até meados de 1939. Quando a guerra chegou ao fim e as tropas franquistas entraram vitoriosas em Barcelona, Mataix ainda estava trabalhando nas revisões e nas alterações que lhe haviam pedido, a maior parte das quais provavelmente vinda de Federica, esposa de Ubach, que unia sua devoção ao fascismo a uma grande sensibilidade para as artes e as letras. Entregue a versão final do livro, Mataix, que talvez estivesse avaliando a possibilidade de seguir o conselho dos editores e sair do país com sua família e seus honorários, não deu ouvidos à advertência e decidiu ficar. O motivo mais provável dessa decisão que ele ia adiando é que sua esposa estava grávida novamente daquela que viria a ser sua segunda filha.

Na época Ubach já tinha voltado para a Espanha, triunfante e gozando dos níveis mais elevados de glória e gratidão nos altos escalões do regime graças ao seu trabalho como banqueiro da cruzada nacionalista. Eram tempos de vingança mas também de recompensa. Todos os âmbitos da vida espanhola se reorganizavam e muita gente caía no esquecimento, no exílio interno e na miséria enquanto outros acólitos eram promovidos aos cargos de poder e prestígio. Não havia um único recanto da vida pública em que não se fizesse essa depuração com um zelo implacável. A mudança de lado, tradição muito enraizada no solo peninsular, chegava às filigranas. A guerra tinha deixado centenas de milhares de mortos, mas deixou um número ainda maior de esquecidos e malditos. Muitos dos antigos conhecidos e colegas de Mataix que tanto o tinham desprezado agora apareciam desesperados implorando sua ajuda, sua recomendação e sua misericórdia. A maioria ia acabar logo na prisão, onde transcorreriam anos até que o pouco que restava deles se extinguisse para sempre. Alguns foram executados sem contemplação. Outros se suicidaram ou morreram de doença ou de tristeza.

Alguns, previsivelmente os mais pretensiosos e carentes de talento, mudaram de lado e progrediram como favoritos e cortesãos do regime tudo o que não tinham conseguido avançar por méritos próprios. Com muita frequência a política é o refúgio de artistas medíocres e fracassados. Nela podem crescer, adquirir poder para se pavonear e, principalmente, se vingar daqueles que conquistaram com seu trabalho e seu talento tudo aquilo que eles jamais conseguiriam, declarando ao mesmo tempo, com cara de santidade e sacrifício, que tudo o que fazem é para servir à pátria.

No verão de 1941, duas semanas depois do nascimento de Sonia, a segunda filha de Susana e Víctor Mataix, ocorreu um fato insólito. A família estava aproveitando um domingo ensolarado e tranquilo em sua casa na estrada de Las Aguas quando ouviu um cortejo de carros se aproximar. Do primeiro desceram quatro homens armados vestidos de terno. Mataix temeu o pior, mas então viu que se apeou do segundo carro, um Mercedes quase idêntico ao que transportava o Generalíssimo Franco, um cavalheiro de maneiras e gestos refinados na companhia de uma dama loura toda coberta de joias e vestida como se fosse assistir à coroação de uma rainha. Eram Miguel Ángel Ubach e sua esposa, Federica.

Mataix, que nunca tinha revelado à sua esposa a verdade sobre o livro no qual havia enterrado mais de um ano e meio de vida — o livro que tinha salvado a sua —, sentiu o chão afundar sob os seus pés. Susana, confusa, perguntou quem eram aqueles visitantes ilustres que estavam cruzando o jardim. Foi dona Federica que, ao longo daquela longa tarde, se encarregou de falar por ele. Enquanto dom Miguel Ángel se retirava para o escritório de Mataix a fim de conversar assuntos de homens entre brandies e charutos (que ele tinha levado de presente), dona Federica se transformou na melhor amiga daquela pobre plebeia que se mantinha em pé com muita dificuldade, ainda fraca depois do parto da segunda filha. Mesmo assim, dona Federica deixou que se levantasse para ir à cozinha buscar um chá que não se dignou a provar, uns doces ressecados que ela não daria nem aos cachorros, e a observou mancando em companhia daquelas duas meninas, Ariadna e a pequena Sonia, que inexplicavelmente eram as coisas mais lindas que tinha visto em sua vida. Como era possível que duas criaturas tão doces, tão cheias de luz e vida, pudessem ter nascido daqueles dois mortos de fome? Sim, talvez Mataix tivesse algum talento, mas não deixava de ser como todos os artistas, um criado, e além do mais o único livro bom de verdade que tinha escrito era *A casa dos ciprestes*. Todos os outros não eram nada de outro mundo e a decepcionaram com suas tramas ininteligíveis e macabras. Disse isso quando apertou sua mão, decepcionada também por sua presença distante, como se não estivesse contente de vê-la. "Bom de verdade era só o primeiro", comentou. Seu casamento com aquela palerma que não sabia se vestir nem falar confirmava suas suspeitas. Mataix tinha lhe servido para passar o tempo, mas nunca estaria entre os grandes.

Apesar disso, dona Federica suportou com o melhor dos sorrisos a companhia daquela infeliz que se esforçava para agradá-la e não parava de fazer perguntas sobre sua vida, como se pudesse aspirar a compreendê-la. Quase não a escutava. Só tinha olhos para aquelas duas crianças. Ariadna a olhava com receio, como fazem todas as crianças, e quando lhe perguntou "Escute, meu bem, quem você acha mais bonita, sua mamãe ou eu?", foi correndo se esconder atrás da mãe.

Já estava entardecendo quando Ubach e Mataix saíram do escritório, e dom Miguel Ángel deu por terminada a visita *in promptu*. Então abraçou Mataix e beijou a mão de Susana. "Vocês são um casal encantador", declarou. Os Mataix acompanharam os ilustres visitantes até sua Mercedes Benz e os viram se afastar com sua escolta de outros dois veículos sob um céu todo aceso de estrelas que prometia um horizonte de paz e, talvez, de esperança.

Uma semana depois, pouco antes de amanhecer, outros dois carros voltaram à casa dos Mataix. Dessa vez eram carros pretos, sem placa. Desceu do primeiro um homem de capa escura que se identificou como tenente Javier Fumero, da Brigada Social. Com ele vinha outro homem, vestido com muito esmero, de óculos e com um corte de cabelo que lhe dava um ar de burocrata de nível médio, que não desceu do carro e observou a cena sentado no banco do carona.

Mataix saiu para recebê-los. Fumero lhe deu uma pancada com o revólver que partiu sua mandíbula e o derrubou no chão, de onde seus homens o levantaram e arrastaram até um dos carros enquanto ele gritava. Limpando na capa as mãos sujas de sangue, Fumero entrou na casa à procura de Susana e das meninas. Encontrou-as tremendo e chorando escondidas no fundo de um armário. Quando Susana se negou a lhe entregar as filhas, Fumero lhe deu um pontapé no estômago. Segurou a pequena Sonia no colo e pegou a mão de Ariadna, que chorava aterrorizada. Fumero já ia saindo do quarto com as crianças quando Susana se jogou nas suas costas e lhe cravou as unhas no rosto. Sem se alterar, ele entregou as meninas a um dos seus homens, que observava a cena na porta, e se virou. Pegou Susana pelo pescoço e jogou-a no chão. Depois se ajoelhou sobre ela esmagando seu tórax e olhou-a nos olhos. Susana, quase sem respirar, olhou para aquele estranho que a observava sorrindo. Viu-o tirar do bolso uma navalha de barbear e abri-la. "Vou cortar suas tripas e usá-las como colar, sua puta de merda", disse com serenidade.

Fumero já tinha arrancado a roupa da mulher e estava começando a brincar com a navalha quando o homem que tinha ficado no carro, o burocrata de ar gelado, pôs a mão em seu ombro e o interrompeu.

"Não temos tempo", advertiu.

Os homens a deixaram lá e se foram. Susana se arrastou sangrando escada abaixo e escutou o barulho dos veículos se afastando entre as árvores até perder os sentidos.

OS ESQUECIDOS

1

Quando Vilajuana terminou seu relato estava com os olhos marejados e a voz seca. Alicia abaixou a vista e ficou em silêncio. Pouco depois, o jornalista pigarreou e lhe deu um sorriso cansado.

— Susana nunca mais voltou a ver o marido nem as filhas. Passou dois meses percorrendo delegacias, hospitais e casas de caridade atrás deles. Ninguém sabia de nada. Um dia, desesperada, decidiu telefonar para dona Federica Ubach. O criado que a atendeu passou a ligação para um secretário. Susana lhe contou o que tinha acontecido e disse que a patroa era a única que podia ajudá-la. "É minha amiga", disse.

— Coitadinha — murmurou Alicia.

— Dias depois a pegaram na rua e levaram para um manicômio de mulheres. Lá permaneceu vários anos. Disseram que fugiu tempos depois. Ninguém sabe. Susana sumiu para sempre.

Houve um longo silêncio.

— E Víctor Mataix? — perguntou Alicia.

— O advogado Brians, que algum tempo antes tinha sido contratado por Isabella Gispert para tentar ajudar David Martín, soube por este último que Mataix também tinha acabado no castelo de Montjuic. Ficava isolado em uma cela separada por ordem expressa do diretor da prisão, dom Mauricio Valls, e não lhe permitiam ficar no pátio com outros presos, receber visitas nem se comunicar com ninguém. Martín, que mais de uma vez também esteve em uma das celas da solitária, foi o único que conseguiu falar com ele, trocando algumas palavras através do corredor. Foi assim que Brians soube o que tinha acontecido. Imagino que na época o advogado estava com a consciência pesada e se sentia parcialmente culpado e decidiu ajudar todos aqueles pobres-diabos presos lá. Martín, Mataix...

— O advogado das causas perdidas... — disse Alicia.

— Não conseguiu salvá-los, naturalmente. Martín foi assassinado por ordem de Valls, ou pelo menos foi o que disseram. De Mataix nunca mais se soube nada. Sua morte continua sendo um mistério. E Isabella, por quem acho que o pobre Brians se apaixonou, como acontecia com todos os que a conheciam, tinha falecido antes, também em circunstâncias muito suspeitas. Brians nunca mais se recuperou depois de tudo aquilo. É um homem bom, mas está assustado e no fundo também não pode fazer nada.

— Você acha que Mataix continua lá?

— No castelo? Espero que Deus não seja tão cruel e o tenha levado a tempo.

Alicia concordou, tentando assimilar tudo o que ouvira.

— E você? — perguntou Vilajuana. — O que pretende fazer?

— Como assim?

— Vai ficar assim tranquila depois de tudo o que lhe contei?

— Estou de mãos tão atadas como Brians — respondeu Alicia. — Ou mais.

— Muito conveniente.

— Com todo o respeito, você não sabe nada de mim.

— Então me conte. Ajude-me a completar a história. Diga o que eu posso fazer.

— Você tem família, Vilajuana?

— Mulher e quatro filhos.

— E os ama?

— Mais que tudo no mundo. O que isso tem a ver?

— Quer que eu lhe diga o que deve fazer? Mesmo?

Vilajuana fez que sim com a cabeça.

— Termine o seu discurso. E se esqueça de Mataix. De Martín. De Valls e tudo o que me contou. E se esqueça de mim, eu nunca estive aqui.

— Não era esse o trato — protestou Vilajuana. — Você me enganou...

— Bem-vindo ao clube — disse Alicia, já a caminho da saída.

2

Pouco depois de sair da Academia, no palácio Recasens, Alicia teve que parar no fundo de um beco para vomitar. Apoiou-se na pedra fria do muro e fechou os olhos, sentindo a bílis nos lábios. Tentou respirar fundo e recuperar a compostura, mas a náusea a atacou de novo e ela quase desabou de joelhos no chão. Só não caiu porque alguém a segurou. Quando Alicia se virou encontrou o rosto solícito e angustiado de Rovira, o aprendiz de espião, que a observava desolado.

— Está se sentindo bem, srta. Gris?

Ela tratou de recuperar o fôlego.

— Pode-se saber o que está fazendo aqui, Rovira?

— Bem... Eu a vi cambaleando de longe e... Desculpe.

— Eu estou bem. Vá embora.

— Mas está chorando, senhorita.

Alicia levantou a voz e empurrou-o com força usando as duas mãos.

— Dê o fora daqui, imbecil — ralhou.

Rovira se encolheu e saiu dali às pressas com um olhar magoado. Alicia se encostou na parede. Enxugou as lágrimas com as mãos e, apertando raivosamente os lábios, começou a andar.

Na volta para casa viu um vendedor ambulante e comprou uma bala de eucalipto para tirar o gosto amargo da boca. Subiu a escada devagar e quando chegou à sua porta ouviu vozes lá dentro. Pensou que talvez Fernandito tivesse vindo buscar novas ordens ou prestar contas da sua missão e fizera as pazes com Vargas. Abriu a porta e viu que Vargas estava em pé ao lado da janela. Sentado no sofá, com uma xícara de chá na mão e sorrindo tranquilamente, Leandro Montalvo. Alicia parou lívida no umbral.

— E eu que achava que você ficaria alegre quando me visse, Alicia — disse Leandro se levantando.

Alicia deu uns passos para dentro da casa, tirando o casaco e trocando um olhar com Vargas.

— Não... eu não sabia que você vinha — murmurou. — Se soubesse...

— Foi tudo meio de última hora — continuou Leandro. — Cheguei ontem à noite, bem tarde, mas para dizer a verdade não poderia ter escolhido melhor momento.

— Quer tomar alguma coisa? — improvisou Alicia.

Leandro mostrou sua xícara de chá.

— O capitão Vargas foi muito gentil e me preparou um excelente chá.

— O sr. Montalvo e eu estávamos comentando os detalhes do caso — disse Vargas.

— Que ótimo...

— Venha cá, me dê um beijo, Alicia, que não nos vemos há vários dias.

Ela se aproximou e encostou os lábios em sua bochecha. Um brilho nos olhos de Leandro lhe revelou que tinha detectado a bílis no seu hálito.

— Tudo bem? — perguntou Leandro.

— Sim. Com o estômago um pouco embrulhado. Só isso.

— Você tem que se cuidar melhor. Se não estou por perto para vigiar, você se esquece.

Alicia concordou e sorriu submissa.

— Vamos, venha se sentar aqui. Conte-me. O capitão me disse que você teve uma manhã ocupada. Visitando um jornalista, parece.

— No fim das contas ele me deu um bolo. Provavelmente não tinha nada a dizer.

— Neste país não existe seriedade.

— É o que Vargas sempre diz — comentou Alicia.

— Felizmente ainda há quem trabalhe, e bem. Como vocês, que praticamente já resolveram o caso.

— Ah, é?

Alicia olhou para Vargas, que abaixou a vista.

— Bem, toda essa história da Metrobarna, o motorista e o tal Sanchís. Eu diria que estão a um passo, como se diz. A pista é muito sólida.

— É somente circunstancial. Mais nada.

Leandro riu, benevolente.

— Está vendo o que eu disse, Vargas? Alicia nunca está satisfeita consigo mesma. É uma perfeccionista.

— Filha de peixe... — comentou Vargas.

Alicia ia perguntar o que ele estava fazendo em Barcelona quando a porta do apartamento se abriu de chofre e Fernandito, bufando depois de subir a escada correndo, invadiu a sala.

— Srta. Alicia, notícias frescas! Adivinhe o que eu descobri!

— Espero que seja o meu pedido, que na certa foi entregue por engano ali na frente — interrompeu Alicia, cravando os olhos em Fernandito.

— Caramba — disse Leandro. — Quem é este cavalheiro tão solícito? Não vai me apresentar?

— É Fernandito. O rapaz do armazém.

O garoto engoliu em seco e assentiu com a cabeça.

— Então? Não me trouxe nada? — perguntou Alicia em um tom azedo.

Fernandito olhou-a, mudo.

— Eu disse ovos, leite, pão e duas garrafas de Perelada branco. E também azeite de oliva. Qual foi a parte que não entendeu?

Fernandito leu a urgência nos olhos de Alicia e voltou a assentir constrangido.

— Desculpe, srta. Alicia. Foi um baita erro. Manolo mandou lhe dizer que já está tudo preparado e pediu desculpas. Não vai acontecer de novo.

Alicia estalou os dedos várias vezes.

— Então vá andando. O que está esperando?

Fernandito fez que sim outra vez e bateu em retirada.

— Eles não acertam uma — provocou Alicia.

— É por isso que eu moro em um hotel de luxo — disse Leandro. — Tudo se resolve com um telefonema.

Alicia vestiu um sorriso sereno e voltou para perto de Leandro.

— E a que devemos a honra de você trocar o conforto do Palace pela minha humilde morada?

— Eu poderia responder que senti falta do seu sarcasmo, mas na verdade tenho notícias boas e notícias ruins.

Alicia trocou um olhar com Vargas, que se limitou a assentir com a cabeça.

— Sente-se aqui, por favor. Você não vai gostar, Alicia, mas quero que saiba que a ideia não foi minha e que eu não pude fazer nada para evitar.

Ela notou que Vargas se encolhia todo.

— Evitar o quê? — perguntou.

Leandro deixou a xícara na mesa e fez uma pausa, como se estivesse reunindo forças para lhe comunicar as notícias que trazia.

— A investigação da polícia revelou há três dias que dom Mauricio Valls fez contato telefônico com o sr. Ignacio Sanchís, diretor-geral da Metrobarna, em três ocasiões diferentes no mês passado. Nessa mesma madrugada, durante uma diligência no escritório da empresa em Madri, foram encontrados documentos indicando que tinham sido realizadas várias operações de compra e venda de ações do Banco Hipotecário, companhia controladora da Metrobarna, entre o seu executivo, o sr. Ignacio Sanchís, e dom Mauricio Valls. Essas operações, segundo a área técnica da polícia, apresentavam notáveis irregularidades administrativas e não havia comprovação de que tivessem sido devidamente informadas ao Banco da Espanha. Quando perguntaram a um dos funcionários do escritório, ele negou ter conhecimento ou qualquer registro dessas transações.

— Por que não nos informou de tudo isso? — perguntou Alicia. — Eu achava que nós fazíamos parte da investigação.

— Não culpe Gil de Partera nem a polícia. A decisão foi minha. Naquela altura eu não sabia que a investigação de vocês ia levá-los a Sanchís por outro caminho. Não me olhe assim. Quando Gil de Partera me informou essas coisas, achei preferível esperar que a polícia confirmasse se era mesmo um fato relevante para o caso ou se não passava de simples irregularidade comercial, o que estaria fora da nossa alçada. Se as linhas tivessem se cruzado em algum momento, é claro que eu iria informá-los. Mas vocês se adiantaram.

— Não consigo entender o que há por trás dessa história... Ações? — perguntou Alicia.

Leandro fez um gesto pedindo paciência e continuou o relato.

— A polícia prosseguiu a investigação e encontrou outros indícios de transações questionáveis entre Sanchís e Mauricio Valls. A maioria delas era de compra e venda de participações e promissórias do Banco Hipotecário, realizadas ao longo de quase quinze anos às escondidas do conselho e dos órgãos administrativos da instituição. Estamos falando de quantias muito grandes. Milhões de pesetas. A pedido, ou melhor, por ordem de Gil de Partera, vim ontem à noite para Barcelona, onde a polícia estava pronta para prender e interrogar Sanchís entre hoje e amanhã, à espera da confirmação de que os recursos obtidos em uma venda fraudulenta de papéis da dívida do Banco Hipotecário foram usados por Valls para saldar um empréstimo que contraiu para a aquisição do terreno e a construção da Vila Mercedes, sua residência particular em Somosaguas. O relatório técnico da polícia indica que Valls estaria chantageando Sanchís há anos para auferir recursos ilícitos subtraídos do balanço do banco e suas sociedades. Recursos que Sanchís teria maquiado com transações fictícias entre empresas obscuras para esconder a identidade dos verdadeiros destinatários desses pagamentos.

— Você diz que Valls estaria chantageando Sanchís. Com o quê?

— É o que estamos tentando descobrir neste momento.

— Você está me dizendo que tudo isso é questão de dinheiro?

— Não é assim quase sempre? — replicou Leandro. — Naturalmente, tudo se precipitou hoje de manhã quando o capitão Vargas me relatou o resultado de suas investigações.

Alicia lançou outro olhar a Vargas.

— Falei de imediato com Gil de Partera e comparamos as descobertas de vocês com as da polícia. Imediatamente foram tomadas as medidas adequadas. Lamento que tudo isso tenha acontecido enquanto você estava ausente, mas não podíamos perder tempo.

Alicia alternava seus olhares de fúria entre Leandro e Vargas.

— Vargas fez o que tinha que fazer, Alicia — disse Leandro. — E mais, fico sentido porque não me manteve a par da sua investigação, como tínhamos combinado, mas já a conheço e sei que não foi de má-fé e que você não gosta de abrir o jogo até ter certeza. Eu também não. Por isso não falei nada sobre o assunto até ficar claro que tinha relação com o nosso caso. Francamente, também fiquei surpreso com tudo isso. Não sabia que vocês iriam seguir o rastro de Sanchís. Tanto como você, eu esperava outra coisa. Em circunstâncias diferentes gostaria de ter mais alguns dias para chegar ao fundo da questão antes de agir. Mas neste caso, infelizmente, não podemos nos permitir usar o tempo que quisermos.

— O que fizeram com Sanchís?

— Neste momento Ignacio Sanchís está sendo interrogado na delegacia, onde presta depoimento há algumas horas.

Alicia pôs as mãos nas têmporas e fechou os olhos. Vargas se levantou e foi buscar uma taça de vinho branco que ofereceu a uma Alicia mais pálida que uma lápide.

— Gil de Partera e toda a equipe manifestaram sua gratidão a vocês dois e me pediram explicitamente que lhes transmita os parabéns pelo excelente trabalho que fizeram e pelos serviços prestados à pátria — informou Leandro.

— Mas...

— Alicia, por favor. Não.

Ela terminou sua taça de vinho e apoiou a cabeça na parede.

— Você falou que também tinha boas notícias — disse afinal.

— As boas notícias eram essas — matizou Leandro. — As ruins são que você e Vargas foram afastados do caso e agora a investigação ficará exclusivamente nas mãos de um novo responsável designado pelo Ministério do Interior.

— Quem?

Leandro apertou os lábios. Vargas, que havia permanecido em silêncio até então, encheu sua própria taça de vinho e fitou Alicia com tristeza.

— Hendaya — disse.

Alicia olhou para os dois, perplexa.

— Afinal quem é esse Hendaya?

3

A cela fedia a urina e a eletricidade. Sanchís nunca tinha notado que eletricidade tinha cheiro. Um cheiro adocicado e metálico, como o de sangue derramado. O ar viciado da cela estava embebido daquele cheiro que revirava o estômago. O zumbido do gerador localizado em um canto fazia vibrar a lâmpada que balançava no teto e projetava uma claridade leitosa nas paredes úmidas e cheias de arranhões que pareciam feitos a unha. Sanchís fez um esforço para manter os olhos abertos. Quase não sentia mais os braços nem as pernas, amarrados à cadeira de metal com um arame tão apertado que cortava a pele.

— O que vocês fizeram com a minha mulher?

— Sua mulher está em casa. Em perfeito estado de saúde. O que pensa que somos?

— Não sei quem são vocês.

A voz adquiriu um rosto e Sanchís viu pela primeira vez aquele olhar cristalino e acerado com umas pupilas tão azuis que pareciam líquidas. O rosto era anguloso, mas tinha feições agradáveis. Seu interlocutor tinha traços de galã de sessão da tarde, desses homens bem-apessoados que as senhoras de boa família olham de esguelha na rua e sentem um rubor entre as pernas. Estava vestido com uma elegância incomum. Os punhos da camisa, recém-recebida da tinturaria, eram arrematados com duas abotoaduras de ouro perfilando a águia do escudo nacional.

— Nós somos a lei — disse o seu interlocutor, sorrindo como se fossem grandes amigos.

— Então me soltem. Eu não fiz nada.

O homem, que tinha trazido uma cadeira e estava sentado em frente a Sanchís, assentiu com um gesto compreensivo. Sanchís viu que havia pelo menos mais duas pessoas na cela, encostadas na sombra contra a parede.

— Meu nome é Hendaya. Lamento termos que nos conhecer nestas circunstâncias, mas com certeza vamos ser bons amigos, porque os amigos se respeitam e não têm segredos um para o outro.

Hendaya fez um gesto com a cabeça e dois dos seus homens se aproximaram da cadeira e começaram a cortar em tiras a roupa de Sanchís com umas tesouras.

— Quase tudo o que eu sei aprendi com um grande homem. O tenente Francisco Javier Fumero, em cuja homenagem há uma placa neste prédio. Fumero era desse tipo de homens que às vezes não são valorizados como merecem. Acredito que você, amigo Sanchís, pode entendê-lo melhor do que ninguém, porque isso também lhe aconteceu, não foi?

Sanchís, que tinha começado a tremer quando viu como as tesouradas o despiam, balbuciou:

— Não sei o que...

Hendaya ergueu a mão, como se não precisasse de explicações.

— Nós estamos entre amigos, Sanchís. Isso mesmo. Não temos por que guardar segredos. O bom espanhol não tem segredos. E você é um bom espanhol. O problema é que às vezes as pessoas são maliciosas. É preciso reconhecer isso. Somos o melhor país do mundo, ninguém duvida, mas às vezes a inveja nos trai. E você sabe muito bem disso. Que se casou com a filha do chefe, que o golpe do baú, que não merecia a direção geral, que isso, que aquilo... Eu o entendo perfeitamente. E também entendo que, quando a honra e o valor de um homem são questionados, ele fique zangado. Porque um homem que tem colhões se zanga. E você tem. Olhe, estão aí. Um belo par de colhões.

— Por favor, não me machuquem, não...

A voz de Sanchís se afogou em um uivo quando o operador da máquina fechou as pinças sobre os seus testículos.

— Não chore, homem, que ainda não fizemos nada. Vamos, olhe para mim. Nos olhos. Olhe.

Chorando como uma criança, Sanchís ergueu a vista. Hendaya sorria para ele.

— Veja, Sanchís. Eu sou seu amigo. Isto é só entre nós dois. Sem segredos. Você me ajuda e eu o deixo voltar para casa e para a sua mulher, que é onde deve estar. Não chore, homem. Eu não gosto de ver um espanhol chorando, porra. Aqui só chora quem tem coisas a esconder. Mas nós dois não temos nada a esconder, certo? Aqui não existem segredos. Porque somos amigos. E eu sei que você pegou o Mauricio Valls. E entendo perfeitamente. Valls é um safado. É, sim. Não tenho nenhum problema em dizer isto. Vi os papéis. Sei que Valls estava forçando você a violar a lei. A vender ações que não existiam. Eu não entendo dessas coisas. Sou leigo em finanças. Mas até um ignorante como eu pode ver que Valls estava obrigando você a roubar em seu nome. Vou ser bem claro: esse sujeito, ministro ou não, é um sem-vergonha. Pode acreditar, porque disso eu entendo bem, tenho que ver essas coisas todos os dias. Mas sabe como é este país. A gente vale pelos amigos que tem. É assim mesmo. E Valls tem muitos amigos. Amigos desses que mandam. Mas tudo tem um limite. Chega uma hora em que é preciso dizer chega. Você quis fazer justiça com as próprias mãos. Olhe, eu entendo. Mas é um erro. É para isso que nós servimos. É o nosso trabalho. A única coisa que queremos agora é encontrar o bandido do Valls para esclarecer tudo. Para você poder voltar para casa e ficar com a sua esposa. Para que Valls seja preso e pague pelo que fez. E para que eu possa tirar minhas férias, que já passou da hora. E não se fala mais nisso. Você me entende, não é?

Sanchís tentou dizer alguma coisa, mas seus dentes rangiam tanto que não se distinguiam as palavras.

— O que está falando, Sanchís? Se não parar essa tremedeira eu não consigo entender nada.

— Que ações? — conseguiu articular.

Hendaya suspirou.

— Você está me decepcionando, Sanchís. Eu pensei que éramos amigos. E não se ofende os próprios amigos. Assim não vamos bem. Estou facilitando as coisas porque no fundo eu entendo o que você fez. Outros talvez não entendam, mas eu sim. Porque sei o que é ter que lutar com essa gentinha que se acha acima de tudo. Por isso vou lhe dar outra oportunidade. Porque gostei de você. Mas escute um conselho de amigo: é preciso saber quando não vale mais a pena bancar o valente.

— Não sei de que ações está falando — balbuciou Sanchís.

— Não me venha com choramingo, porra. Não está vendo que assim me deixa em uma situação delicada? Tenho que sair desta sala com resultados. Simples assim. Você me entende. No fundo a coisa é bem clara. Quando a vida te fode por trás, o mais sábio é virar veado. E você, meu amigo, está prestes a ser bem fodido pela vida. Não piore as coisas. Nesta cadeira estiveram sentados homens cem vezes mais fortes que você e não aguentaram nem quinze minutos. Você é um cavalheiro. Não me force a fazer o que eu não quero. Pela última vez: fale onde ele está, e estamos conversados. Esta noite você está de volta em casa, com a sua esposa, intacto.

— Por favor... Não façam nada com minha mulher... Ela não está muito bem de saúde — implorou Sanchís.

Hendaya suspirou e foi se aproximando pouco a pouco até que seu rosto ficou a poucos centímetros do de Sanchís.

— Olhe aqui, seu desgraçado — disse, com uma voz infinitamente mais fria que a que vinha usando até então. — Se não me disser onde está Valls vou fritar suas bolas até você cagar na própria mãe e depois ainda pego sua mulherzinha e arranco a carne dos ossos dela com um alicate quente, sem pressa, para que saiba que a culpa do que está acontecendo é da menina chorona com quem se casou.

Sanchís fechou os olhos e gemeu. Hendaya encolheu os ombros e foi até o gerador.

— Você é quem sabe.

O banqueiro aspirou de novo aquele cheiro metálico e sentiu o chão vibrar sob as solas dos pés. A lâmpada piscou duas vezes. Depois, tudo era fogo.

4

Leandro segurava o telefone no ouvido e assentia com a cabeça. Estava no aparelho havia quarenta e cinco minutos. Vargas e Alicia o observavam. Os dois tinham tomado a garrafa de vinho inteira. Quando Alicia se levantou para buscar outra, Vargas parou-a, negando em silêncio. Ela começou a acender um cigarro atrás do outro, com o olhar fixo em Leandro, que ouvia e concordava lentamente com a cabeça.

— Entendo. Não, claro que não. Entendi. Sim, senhor. Vou dizer. Ao senhor.

Leandro desligou o telefone e olhou para eles com um olhar lânguido que transmitia o mesmo teor de alívio e de consternação.

— Era Gil de Partera. Sanchís confessou — disse afinal.

— Confessou? O quê? — perguntou Alicia.

— Todas as peças começam a encaixar. Está confirmado que essa história vinha de longe. Aparentemente Valls e Miguel Ángel Ubach, o financista, se conheceram pouco depois da guerra. Na época Valls era uma estrela em ascensão no regime, depois de provar sua lealdade e confiabilidade no comando da prisão de Montjuic, uma tarefa ingrata. Pelo visto, Ubach, por intermédio de um consórcio criado para recompensar indivíduos cuja contribuição à causa nacionalista tivesse sido excepcional, deu a Valls um pacote de ações do reconstituído Banco Hipotecário, que agrupava diversas instituições financeiras dissolvidas depois da guerra.

— Você está falando de espólio e partilha do butim de guerra — cortou Alicia.

Leandro suspirou, paciente.

— Cuidado, Alicia. Nem todo mundo é tão aberto e tolerante como eu.

Ela se conteve. Leandro esperou até ver seu olhar submisso antes de prosseguir.

— Em janeiro de 1949 Valls iria receber outro pacote de ações. Era esse o acordo, de natureza verbal. Mas quando Ubach morreu inesperadamente em um acidente no ano anterior...

— Que acidente? — cortou Alicia.

— Um incêndio em sua casa no qual faleceu junto com a esposa enquanto dormiam. Não me interrompa, Alicia, por favor. Como eu dizia, quando Ubach morreu surgiram certas discrepâncias em relação ao testamento, que aparentemente não fazia referência ao tal acordo. O caso se complicou por Ubach ter nomeado como testamenteiro um jovem advogado do escritório que o representava.

— Ignacio Sanchís — disse Alicia.

Leandro lhe deu um olhar de advertência.

— Sim, Ignacio Sanchís. Como testamenteiro, Sanchís também passou a ser tutor legal de Victoria Ubach, a filha do casal, até sua maioridade. E, sim, antes que você me interrompa outra vez, se casou com ela quando fez dezenove anos, o que provocou não poucos falatórios e certo escândalo. Parece que se dizia que, ainda adolescente, Victoria e o seu futuro marido já mantinham uma relação ilícita. Também se dizia que Ignacio Sanchís não passava de um arrivista ambicioso, já que o testamento deixava a maior parte do patrimônio dos Ubach para Victoria, com quem ele tinha uma diferença de idade considerável. Victoria Ubach, além do mais, apresentava um histórico de certa instabilidade emocional. Dizem que quando era adolescente fugiu de casa e ficou seis meses desaparecida. Mas tudo isso são boatos. O essencial do caso é que, ao assumir a responsabilidade pelos acionistas do Banco Ubach, Sanchís negou a Valls o que ele afirmava que lhe era devido e que fora prometido pelo falecido. Naquele momento Valls teve que engolir o sapo, como se diz vulgarmente. Foi só anos depois que, sendo nomeado ministro e tendo uma dose de poder considerável, decidiu forçar Sanchís a lhe dar o que ele considerava que lhe era devido, e ainda mais. Para isso o ameaçou com a acusação de estar envolvido no *desaparecimento* de Victoria em 1948, para esconder uma gravidez da menor, e de tê-la escondido em uma clínica da Costa Brava, suponho que perto da localidade de San Feliu de Guíxols, onde a Guarda Civil a encontrou cinco ou seis meses depois, perambulando pela praia desorientada e com sintomas de desnutrição. Tudo indica que Sanchís cedeu. Mediante uma série de operações ilícitas, ele entregou a Valls uma quantia considerável em forma de ações e títulos negociáveis do Banco Hipotecário. Boa parte do patrimônio de Valls seria proveniente daí, e não do seu sogro, como às vezes se diz. Mas Valls queria mais. Continuava pressionando Sanchís, que nunca o perdoou por envolver sua esposa Victoria no caso e mexer com a reputação dela e com o episódio da sua escapada de adolescente para atingir seus objetivos. Foi protestar em diversas instâncias, mas lhe fecharam as portas em toda parte dizendo que

Valls era um homem poderoso demais, próximo demais à cúpula do regime, e que não podia ser tocado. Além do mais, isso implicaria remexer no caso do consórcio e das recompensas distribuídas no final da guerra, coisa que ninguém desejava. Sanchís foi advertido muito seriamente para que esquecesse o assunto.

— Coisa que não fez.

— É evidente que não. Não só não esqueceu como também decidiu se vingar. E foi aí que errou feio. Contratou investigadores para fuçar o passado de Valls. Foi assim que encontraram um meliante que ainda estava apodrecendo na prisão de Montjuic, Sebastián Salgado, e uma série de incidentes obscuros e abusos cometidos por Valls contra diversos presos e seus familiares durante os anos que passou como diretor da penitenciária. Portanto, havia uma longa lista de candidatos a protagonizar uma suposta vingança contra Valls. Só faltava uma narrativa convincente. Sanchís idealizou então uma trama para se vingar dele e encobrir sua manobra com a aparência de uma vendeta política ou pessoal nascida no passado obscuro do ministro. Começou a lhe enviar cartas ameaçadoras por intermédio de Salgado, com quem tinha entrado em contato e a quem destinou uma quantia que deveria receber logo depois do indulto que estavam maquinando em troca de sua cumplicidade ao servir, digamos, de isca. Sanchís sabia que as cartas iriam ser rastreadas e que o rastro levaria a Salgado. Contratou também um antigo preso do castelo, um tal de Valentín Morgado, que tinha motivos de sobra para não sentir o menor apreço por Valls. Morgado tinha sido libertado em 1947, mas culpava Valls pela doença e pela morte da sua mulher enquanto ele estava preso. Morgado foi contratado como motorista da família. E foi ele, com a ajuda de um antigo guarda da prisão, um tal de Bebo, a quem Sanchís pagou uma soma considerável e disponibilizou uma moradia com aluguel muito vantajoso no Pueblo Seco, de propriedade da Metrobarna, que proporcionou ao seu benfeitor informação a respeito de vários dos presos mais castigados por Valls em Montjuic. Um deles, David Martín, um escritor com sérios problemas mentais que os internos apelidaram de Prisioneiro do Céu, era o candidato ideal para a trama que Sanchís estava urdindo. Martín teria desaparecido em circunstâncias estranhas quando Valls mandou dois dos seus homens o levarem para um casarão próximo ao parque Güell e o assassinarem ali. Martín teria conseguido escapar, e Valls sempre teve receio de que algum dia esse homem, que supostamente acabou perdendo a razão confinado em uma solitária em uma das torres do castelo, voltasse para se vingar dele porque o culpava pelo assassinato de uma mulher chamada Isabella Gispert. Está claro?

Alicia fez que sim.

— O plano de Sanchís era convencer Valls de que havia uma conspiração para divulgar os seus abusos e os crimes cometidos por ordem sua contra os presos. A mão negra por trás de tudo seria a de Martín e outros ex-prisioneiros. Queriam que ele ficasse nervoso, saísse da bolha de segurança que seu cargo lhe proporcionava e fosse enfrentá-los pessoalmente. Seria a única forma de silenciá-los. Destruí-los antes que o destruíssem.

— Mas era só um plano para que ele caísse na armadilha — observou Alicia.

— Um plano perfeito, porque quando a polícia fosse investigar só encontraria tramas relativas a uma vingança pessoal e a um problema de dinheiro que o próprio Valls teria se encarregado de abafar. Salgado era o chamariz perfeito porque podia ser facilmente vinculado a outros presos, especialmente a David Martín, a suposta mão negra nas sombras. Mesmo assim Valls manteve o sangue-frio durante anos. Mas depois do suposto atentado de 1956 no Círculo de Belas-Artes de Madri, cometido por Morgado, Valls começou a perder o controle dos nervos. Permitiu que Salgado fosse libertado para seguir sua pista, na esperança de que o levasse até Martín; mas Salgado foi eliminado quando ia recuperar um antigo butim que tinha escondido em um guarda-volumes da Estação do Norte pouco antes da sua detenção em 1939. Ele não era mais útil, e silenciá-lo deixaria uma pista vazia. Além do mais, Valls também cometeu erros e deslizes importantes que criaram pistas falsas. Forçou Pablo Cascos, funcionário da Editora Ariadna, uma de suas empresas, a entrar em contato com membros da família Sempere, com os quais teria mantido alguma relação, concretamente com Beatriz Aguilar. Os Sempere são donos de um sebo onde Valls achava que Martín podia estar refugiado e podem até ter sido cúmplices, porque ele teve alguma relação com Isabella Gispert, falecida esposa do dono da livraria e mãe do atual gerente e marido de Beatriz, Daniel Sempere. E, sim, agora você pode me interromper de novo, senão já vi que vai ter um troço.

— E os livros de Mataix? Como se explica a presença do exemplar que encontrei na escrivaninha dele e que, como me disse sua filha Mercedes, foi o último livro que ele esteve folheando antes de desaparecer?

— Parte da mesma estratégia. Mataix tinha sido amigo e colega de David Martín e também esteve preso no castelo de Montjuic. Pouco a pouco a pressão, as ameaças e a ilusão de uma conspiração abalaram Valls, que decidiu ir pessoalmente a Barcelona com seu homem de confiança, Vicente, para se defrontar com aquele que julgava ser sua Nêmesis, David Martín. A polícia supõe, e eu concordo, que Valls deve ter pensado que ia a um encontro clandestino com Martín com a intenção de se livrar dele para sempre.

— Mas Martín estava morto fazia anos, como Mataix.

— Exato. Na verdade quem estava à sua espera eram Sanchís e Morgado.

— Não teria sido mais fácil deixar que a polícia se encarregasse de David Martín?

— Sim, mas existia o perigo de que Martín, que ele julgava estar vivo, ao ser preso, revelasse informações sobre a morte de Isabella Gispert e outros casos que destruiriam a reputação de Valls.

— Faz sentido, acho eu. E então?

— Depois de capturá-lo, Sanchís e Morgado transportaram Valls para a velha fábrica Castells do Pueblo Nuevo, que está fechada há anos mas é propriedade do consórcio imobiliário da Metrobarna. Sanchís confessou que o torturaram durante horas e depois se desfizeram do corpo em um dos fornos da fábrica. Enquanto eu falava com Gil de Partera chegou a confirmação de que a polícia encontrou nesse local restos de ossos que podem ser de Valls. Pediram radiografias dentais de Valls para comprovar se os restos são mesmo do ministro, coisa que imagino que saberemos esta noite ou amanhã.

— Então o caso está fechado?

Leandro fez que sim.

— A parte que nos cabe, sim. Falta determinar se houve outros cúmplices e até onde chegavam as implicações da trama urdida por Ignacio Sanchís.

— E isso vai ser informado à imprensa?

Leandro sorriu.

— Claro que não. Neste momento está havendo uma reunião no Ministério do Interior para decidir o que e como será anunciado. Não tenho mais detalhes.

Reinou um longo silêncio interrompido apenas pelos goles de chá de Leandro, que não tirava os olhos de Alicia.

— Tudo isso é um erro — murmurou ela por fim.

Leandro encolheu os ombros.

— Talvez, mas não está mais nas nossas mãos. A tarefa para a qual fomos chamados, descobrir alguma pista que levasse ao paradeiro de Valls, foi cumprida. E deu frutos.

— Não é verdade — protestou Alicia.

— É o que opinam vozes com mais autoridade que a minha e, naturalmente, a sua, Alicia. Erro seria não saber o momento de deixar as coisas quietas. Agora só nos resta manter a discrição e permitir que o caso siga seu curso natural.

— O sr. Montalvo tem razão, Alicia — disse Vargas. — Não há mais nada que possamos fazer.

— Parece que já fizemos o suficiente — respondeu Alicia com frieza.

Leandro sacudiu a cabeça em sinal de desaprovação.

— Capitão, não se importaria de nos dar uns minutos? — perguntou Leandro.

Vargas se levantou.

— Claro. Na verdade vou até meu quarto no outro lado da rua para telefonar à Chefatura e receber minhas ordens.

— Acho uma excelente ideia.

Vargas evitou olhar para Alicia quando passou à sua frente. Estendeu a mão para Leandro, que a apertou afetuosamente.

— Muito obrigado pela sua ajuda, capitão. E por cuidar tão bem da minha Alicia. Fico com uma dívida de gratidão. Não hesite em bater na minha porta quando precisar.

Vargas fez que sim e se retirou discretamente. Uma vez a sós, Leandro indicou a Alicia que se sentasse ao seu lado no sofá. Ela obedeceu a contragosto.

— Grande homem, esse Vargas.

— E com uma boca ainda maior.

— Não seja injusta. Demonstrou ser um bom policial. Gostei dele.

— Acho que está solteiro.

— Alicia, Alicia...

Leandro passou o braço pelos seus ombros com um ar paternal, em um gesto de abraço.

— Vamos, bote logo para fora antes que você estoure — convidou. — Desabafe.

— Tudo isso é uma montanha de merda.

Leandro apertou-a contra si com carinho.

— Concordo. É um trabalho grosseiro. Não é a forma como você e eu fazemos as coisas, mas estavam todos ficando muito nervosos no ministério. E o palácio de El Pardo disse que nós ficamos por aqui. Melhor assim. Não quero que comecem a pensar ou a dizer que éramos nós que não estávamos conseguindo resultados.

— E Lomana? Reapareceu?

— Por enquanto não.

— É estranho.

— Estranho mesmo. Mas essa é uma das peças soltas que certamente serão encaixadas nos próximos dias.

— Muitas peças faltando — comentou Alicia.

— Nem tantas. O caso de Sanchís é sólido. Uma história documentada, com muito dinheiro envolvido e uma traição pessoal. Temos uma confissão e provas que a sustentam. Tudo fecha.

— Aparentemente.

— Gil de Partera, o ministro do Interior e El Pardo acham que o caso está resolvido.

Alicia ia dizer alguma coisa mas ficou calada.

— Alicia, isso é o que você queria. Não está vendo?

— O que eu queria?

Leandro olhou nos seus olhos com tristeza.

— Sua liberdade. Ficar livre de mim, do pérfido Leandro, para sempre. Desaparecer.

Ela o olhou fixamente.

— Está falando sério?

— Eu dei minha palavra. O trato era esse. O último caso. E depois, sua liberdade. Por que acha que eu quis vir a Barcelona? Poderia ter resolvido tudo isso pelo telefone sem sair do Palace. Você sabe que eu não sou muito de viajar.

— Por que veio então?

— Para ver isso na sua cara. E para lhe dizer que sou seu amigo e sempre serei.

Leandro pegou a mão dela e sorriu.

— Você é livre, Alicia. Livre para sempre.

Os olhos dela se encheram de lágrimas. Meio a contragosto, abraçou Leandro.

— Aconteça o que acontecer — disse o seu mentor —, faça você o que fizer, quero que saiba que eu sempre vou estar aqui. Para o que precisar. Sem obrigações nem compromissos. O ministério me autorizou a lhe fazer uma transferência de dinheiro no valor de cento e cinquenta mil pesetas que estarão em sua conta no final desta semana. Sei que não vai precisar nem sentir falta de mim, mas, se não for pedir demais, de vez em quando, nem que seja só no Natal, me telefone. Vai fazer isso?

Alicia fez que sim. Leandro a beijou na testa e se levantou.

— Meu trem sai dentro de uma hora. É melhor ir andando para a estação. Não venha se despedir. De jeito nenhum. Eu não gosto de cenas, você sabe.

Ela o acompanhou até a porta. Na hora de sair, Leandro se virou e sentiu pela primeira vez em sua vida que a timidez e a vergonha o dominavam.

— Eu nunca lhe disse o que vou dizer agora, porque não sabia se tinha esse direito, mas agora acho que posso. Amei e amo você como se fosse uma filha, Alicia. Talvez eu não tenha sabido ser o melhor pai do mundo, mas você foi a maior alegria da minha vida. Desejo que seja feliz. E esta, de verdade, é minha última ordem.

5

Queria acreditar nele. Queria acreditar nele com a ansiedade provocada pela suspeita de que a verdade faz mal e que os covardes vivem mais e melhor, mesmo que seja na prisão de suas próprias mentiras. Debruçou-se na janela para ver Leandro andando até o carro que o esperava na esquina. Um motorista de óculos escuros estava segurando a porta aberta. Era um automóvel preto e imponente, um verdadeiro tanque de vidros escuros e chapa críptica desses que às vezes sulcavam o tráfego como carros fúnebres e dos quais todo mundo se afastava porque se sabia, sem necessidade de perguntar, que não levavam a bordo gente normal e que era melhor que passassem. Antes de entrar no carro, Leandro se virou um instante e levantou os olhos para a sua janela. Acenou com a mão, e quando Alicia foi pigarrear viu que estava com a boca seca. Queria acreditar nele.

Passou uma hora acendendo um cigarro atrás do outro e rodando pelo apartamento como um animal enjaulado. Mais de uma vez, e mais de dez, foi à janela para olhar o outro lado da rua na esperança de avistar Vargas em seu quarto em cima do Gran Café. Não se via nem sombra dele. Já tivera tempo suficiente para telefonar a Madri e receber suas *ordens*. Provavelmente devia ter saído para caminhar um pouco e arejar a cabeça naquela Barcelona da qual ia se despedir muito em breve. A última coisa que devia querer naquele momento era a companhia de Alicia para que ela lhe arrancasse os olhos por ele ter contado tudo a Leandro. *Não tinha opção*. Também gostaria de acreditar nisso.

Assim que Leandro se foi ela começou a sentir uma fisgada no quadril. A princípio ignorou, mas agora podia notar uma dor surda pulsando ao compasso dos seus batimentos. Era como se alguém quisesse enfiar um anzol no seu quadril batendo suavemente com um martelo. Podia imaginar a ponta de metal arranhando o osso e penetrando pouco a pouco. Tomou meio comprimido com outra taça de vinho e se deitou no sofá para esperar que a química fizesse efeito. Sabia que estava bebendo muito. Não precisava do olhar de Vargas ou de Leandro para se lembrar disso. Sentia no sangue e no hálito, mas era a única coisa que serenava a sua ansiedade.

Fechou os olhos e começou a esmiuçar o relato de Leandro. Ele mesmo tinha lhe ensinado quando ela ainda era menina a escutar e a ler sempre com um pé atrás. "A eloquência de uma exposição é diretamente proporcional à inteligência de quem a formula, do mesmo modo que sua credibilidade é proporcional à estupidez de quem a recebe", disse ele.

A confissão de Sanchís, na versão narrada por Gil de Partera a Leandro, era aparentemente perfeita, principalmente porque não parecia ser. Explicava quase tudo o que havia acontecido mas deixava alguns fios soltos, como sempre acontece com as explicações mais verossímeis. A verdade nunca é perfeita e nunca combina com todas as expectativas. A verdade sempre traz dúvidas e perguntas. Só a mentira é cem por cento verossímil, porque não tem que justificar a realidade mas simplesmente nos dizer o que queremos ouvir.

O remédio começou a fazer efeito em quinze minutos e a dor diminuiu de forma paulatina até ficar reduzida a um formigamento agudo que ela costumava ignorar. Esticou o braço por baixo do sofá e puxou a caixa com a documentação que havia trazido do guarda-móveis do advogado Brians. Não conseguiu reprimir um sorriso quando pensou que Leandro sem saber tinha passado a manhã toda descansando suas augustas nádegas em cima daquela informação. Deu uma olhada nas pastas que havia dentro da caixa. Boa parte de tudo aquilo, a parte que interessava, já tinha sido incorporada à narrativa oficial do caso. Lá no fundo, porém, recuperou um envelope que tinha a palavra Isabella escrita à mão sem qualquer outra indicação. Abriu-o e tirou um caderno de anotações. Da primeira página escorregou um pedaço de papelão fino. Era uma fotografia antiga que começava a se desvanecer nas beiradas. A imagem mostrava uma jovem de cabelo claro e olhar vivaz sorrindo para a câmera com a vida inteira pela frente. Alguma coisa naquele rosto lhe lembrou o rapaz com quem tinha cruzado ao sair da livraria Sempere & Filhos. Virou a foto e reconheceu a caligrafia do advogado Brians:

Isabella

A letra em si e o fato de Brians ter dispensado o sobrenome falavam de uma devoção íntima. O advogado das causas perdidas não era assediado somente por sua consciência, mas também pelo desejo. Deixou a fotografia em cima da mesa e folheou o caderno. Todas as páginas estavam escritas à mão, com um traço limpo e cristalino que era claramente feminino. Só as mulheres escrevem assim, de forma clara e sem se esconder atrás de fiorituras absurdas. Pelo menos quando escrevem para si mesmas e mais ninguém. Alicia voltou à primeira página e começou a ler.

Meu nome é Isabella Gispert e nasci em Barcelona no ano de 1917. Tenho vinte e dois anos e sei que nunca vou completar vinte e três. Escrevo estas linhas com a certeza de que me restam poucos dias de vida e de que em breve abandonarei aqueles a quem mais devo neste mundo: meu filho Daniel e meu marido Juan Sempere, o homem mais bondoso que conheci, que me entregou uma confiança, um amor e uma devoção que vou morrer sem ter merecido. Escrevo para mim mesma, contando-me segredos que não me pertencem e sabendo que ninguém jamais vai ler estas páginas. Escrevo para rememorar e para me aferrar à vida. Minha única ambição é poder recordar e entender quem fui e por que fiz o que fiz enquanto ainda tenho capacidade de fazê-lo e antes que a consciência, que já sinto enfraquecida, me abandone. Escrevo ainda que me doa, porque são a perda e a dor que ainda me mantêm viva e me dão medo de morrer. Escrevo para contar a estas páginas o que não posso contar àqueles que mais amo para não os magoar e pôr sua vida em perigo. Escrevo porque enquanto for capaz de lembrar estarei mais um minuto com eles...

* * *

Alicia se perdeu nas páginas daquele caderno durante uma hora, alheia ao mundo, à dor e à incerteza que a visita de Leandro lhe trouxera. Durante uma hora só existiu a história que aquelas palavras narravam e que ela, já antes de chegar à última página, soube que nunca mais poderia esquecer. Quando chegou ao final e fechou sobre o peito a confissão de Isabella, estava com os olhos toldados de lágrimas e teve que sufocar um grito com a mão sobre os lábios.

Foi assim que pouco depois Fernandito a encontrou quando, depois de bater na porta várias vezes e não ter resposta, abriu e a encontrou encolhida no chão, chorando como nunca antes tinha visto alguém chorar. Só pensou em se ajoelhar junto a ela e abraçá-la enquanto Alicia gemia de dor como se alguém a estivesse queimando por dentro.

6

Tem gente que nasce sem sorte, dizem. Anos sonhando com ela nos seus braços, e quando afinal conseguiu a cena era a mais triste que Fernandito poderia imaginar. Ficou acariciando com suavidade a cabeça de Alicia enquanto ela se acalmava. Fernandito não sabia o que mais podia fazer nem dizer. Nunca a tinha visto assim. Aliás, nunca a tinha imaginado assim. Na fantasia que o garoto consagrava no altar particular dos seus anseios adolescentes, Alicia Gris era indestrutível e dura como um diamante, que tudo corta. Quando finalmente ela parou de soluçar e levantou o rosto, Fernandito se deparou com uma Alicia alquebrada, com os olhos vermelhos e um sorriso tão fraco que parecia que ia se partir em mil pedaços naquele instante.

— Está melhor? — murmurou.

Alicia olhou no fundo dos seus olhos e, sem nenhum aviso, lhe deu um beijo na boca. Fernandito, que sentiu fogos e ardências se acendendo em diversas áreas da sua anatomia e um aturdimento geral tomando conta do seu cérebro, parou-a.

— Srta. Alicia, acho que não é isto o que quer fazer agora. Ainda está confusa.

Ela abaixou o rosto e lambeu os lábios. Fernandito soube que ia se lembrar daquela imagem até o dia do seu enterro.

— Desculpe, Fernandito — disse Alicia já se levantando.

O garoto também se levantou e lhe ofereceu uma cadeira, que ela aceitou.

— Isso fica entre nós dois, está bem?

— Claro — disse ele, pensando que mesmo se quisesse tentar não saberia o que contar nem para quem.

Alicia olhou em volta e pousou a vista em uma caixa com garrafas e comestíveis ancorada no meio da sala.

— É o pedido — explicou Fernandito. — Achei que era melhor voltar com as compras para o caso de ainda encontrar aquele senhor aqui.

Alicia sorriu e concordou.

— Quanto é?

— É por conta da casa. Não tinham Peralada, mas trouxe um Priorato que o Manolo recomendou. De vinho eu não entendo nada. Mas se me permite uma sugestão...

— Eu não deveria beber tanto. Já sei. Obrigada, Fernandito.

— Posso lhe perguntar o que aconteceu?

Alicia encolheu os ombros.

— Não tenho certeza.

— Mas está melhor, não é? Diga que sim.

— Muito melhor. Graças a você.

Fernandito, duvidando dessas palavras, se limitou a assentir com a cabeça.

— Na verdade eu tinha vindo lhe contar o que descobri — disse.

Alicia, confusa, olhou para ele de forma inquisitiva.

— Sobre aquele sujeito que me pediu que seguisse — esclareceu. — Sanchís.

— Tinha esquecido isso. Infelizmente acho que chegamos tarde.

— Por causa da prisão?

— Você viu quando o prenderam?

Fernandito fez um gesto afirmativo.

— Esta manhã, bem cedo, fui para a frente do escritório dele na avenida de Gracia, como você me disse. Havia por lá um velhinho simpático, um pintor de rua, que quando me viu vigiando a entrada mandou lembranças para o capitão Vargas. Também trabalha para você?

— É uma operação independente. Artistas. E o que aconteceu?

— Reconheci Sanchís porque estava muito bem vestido quando saiu, e o pintor me confirmou que de fato se tratava do sujeito em questão. Entrou em um táxi, e eu o segui na Vespa até Bonanova. Ele mora na rua Iradier, em uma casa dessas de cair para trás. Deve ter faro para os negócios, porque o bairro é muito chique e a casa...

— Tem faro para casamentos — disse Alicia.

— Certo. Quem me dera. O caso é que pouco depois chegaram um carro e uma caminhonete da polícia com uma verdadeira tropa. No mínimo eram sete ou oito. Primeiro cercaram a casa e depois um deles, vestido feito um dândi, tocou a campainha.

— E enquanto isso onde você estava?

— Bem protegido. Do outro lado da rua há um casarão em obras onde é fácil se esconder. Eu tomo as minhas precauções, como pode ver.

— E então?

— Poucos minutos depois tiraram Sanchís da casa algemado e em mangas de camisa. Ele protestava, mas um dos policiais bateu com um cassetete atrás dos seus joelhos e o arrastaram para a caminhonete. Eu ia segui-los, mas tive a impressão de que um dos agentes, o que estava bem vestido, olhou para o casarão e me viu. A caminhonete se foi a toda a velocidade, mas o carro ficou estacionado a uns vinte metros de distância, perto da esquina com a rua Margenat, para que não pudesse ser visto da casa. Por via das dúvidas decidi ficar ali, escondido.

— Fez bem. Em situações assim, nunca se exponha. Se for perder a pista, perca. É melhor isso que a vida.

— Foi o que eu pensei. Meu pai sempre diz que se começa perdendo a paciência e se acaba perdendo a cabeça.

— Sábias palavras.

— O caso é que eu estava começando a ficar nervoso e pensando em sair dali quando um segundo carro parou na porta da casa. Um Mercedes imponente. Desceu um sujeito muito estranho.

— Estranho?

— Estava usando uma espécie de máscara, como se não tivesse metade do rosto ou algo assim.

— Morgado.

— Conhece?

— É o motorista de Sanchís.

Fernandito fez que sim, outra vez entusiasmado com os mistérios da sua adorada Alicia.

— Bem que eu achei. A roupa dele era desse tipo. O fato é que desceu do carro e entrou na casa. Pouco depois saiu de novo, agora na companhia de uma mulher.

— Como era essa mulher?

— Jovem. Como você.

— Eu pareço jovem?

Fernandito engoliu em seco.

— Não me deixe confuso. Era jovem, como eu disse. Não passava de trinta anos, mas estava vestida como se fosse mais velha. De madame rica. Como eu não sabia quem era, batizei-a com um apelido técnico: Mariona Rebull.

— Você não estava errado. O nome dela é Victoria Ubach, ou Sanchís. É a esposa do banqueiro preso.

— Tinha pinta, sim. Esses facínoras sempre se casam com mulheres muito mais jovens e mais ricas.

— Então já sabe o que tem que fazer.

— Eu não sirvo para isso. Voltando aos fatos: os dois entraram no Mercedes. A mulher se sentou na frente, ao lado do motorista, e eu achei isso estranho. Assim que arrancaram, o outro carro da polícia começou a segui-los.

— E você atrás.

— Claro.

— Até onde os seguiu?

— Não muito longe dali. O Mercedes passou por um bocado de ruazinhas estreitas e senhoris, dessas que têm cheiro de eucalipto e onde só se veem nas calçadas babás e jardineiros, até chegar à rua Cuatro Caminos e depois à avenida de Tibidabo, onde só não fui atropelado pelo bonde azul porque Deus não deixou.

— Devia usar capacete.

— Tenho um de soldado americano que comprei no mercado de Los Encantes. Fica perfeito em mim. Eu escrevi nele com um marcador grosso *Private Fernandito*, que em inglês não quer dizer privado e sim...

— Vamos ao que interessa, Fernandito.

— Desculpe. Eu os segui pela avenida de Tibidabo acima, até onde acaba a linha do bonde.

— Iam para a estação do funicular?

— Não. O motorista e a senhora... Ubach seguiram pela rua que a contorna e entraram de carro na casa que fica no morrinho bem em cima da avenida, aquela que parece um castelo de conto de fadas e se vê de quase todos os lados. Deve ser a casa mais bonita de Barcelona.

— E é. Se chama El Pinar — disse Alicia, que lembrava que a tinha visto mil vezes quando criança, na saída do Patronato Ribas aos domingos, e sempre se imaginava morando lá na companhia de uma biblioteca infinita e tendo aos seus pés uma vista noturna da cidade que parecia um tapete encantado de luzes. — E a polícia?

— No carro da polícia vinham dois valentões de carreira fazendo cara de cachorro pointer. Um deles se postou na porta da casa e o outro foi telefonar no restaurante La Venta. Fiquei esperando lá quase uma hora e não houve nenhum movimento. Afinal, quando um dos policiais me olhou de um jeito que não me agradou muito, decidi vir lhe contar o que tinha acontecido e ouvir suas ordens.

— Você fez um trabalho formidável, Fernandito. Tem jeito para a coisa.

— Acha mesmo?

— Vou promover você de *private* Fernandito a *corporal*.

— E o que significa isso?

— Olhe no dicionário, Fernandito. Quem não aprende idiomas fica com o cérebro cheio de purê de couve-flor.

— Você sabe tudo... Quais são minhas instruções então?

Alicia pensou por alguns segundos.

— Quero que troque de roupa e ponha um boné na cabeça. Depois volte para lá e fique vigiando. Mas deixe a moto estacionada bem longe, para que o policial que o viu não o reconheça.

— Vou deixar a moto ao lado do edifício La Rotonda e subir de bonde.

— Boa ideia. Depois tente ver o que está acontecendo dentro da casa, mas sem correr nenhum risco. Nenhum. Se desconfiar que alguém o reconheceu ou está olhando para você além da conta, vá embora rápido. Entendeu?

— Perfeitamente.

— Volte aqui em duas ou três horas para me contar.

Fernandito se levantou, pronto para se reintegrar ao dever.

— E enquanto isso vai fazer o quê? — perguntou.

Alicia gesticulou dando a entender que ia fazer um monte de coisas ou nenhuma.

— Não vai cometer nenhuma bobagem, certo? — perguntou Fernandito.

— Por que está dizendo isso?

O garoto olhou-a da porta com uma certa consternação.

— Sei lá.

Dessa vez Fernandito desceu a escada em ritmo normal, como se cada degrau tivesse um gosto de remorso. Quando se viu sozinha, Alicia guardou o caderno de Isabella na caixa, embaixo do sofá. Foi ao banheiro e lavou o rosto com água fria. Tirou a roupa que estava usando e abriu o armário.

Escolheu um vestido preto que, como diria Fernandito, parecia ter sido o traje de Mariona Rebull em uma noite no camarote do Liceo. Quando Alicia fez vinte e três anos, a idade em que Isabella Gispert tinha morrido, Leandro disse a ela que lhe daria de presente o que quisesse. Ela pediu aquele vestido, que vinha admirando fazia dois meses em uma butique da rua Rosellón, e um sapato francês de camurça combinando. Leandro gastou uma fortuna sem protestar. A vendedora, que não sabia nem ousava lhe perguntar se Alicia era filha ou amante dele, disse que poucas mulheres podiam vestir uma peça assim. Quando saíram da loja, Leandro levou-a para jantar no La Puñalada, onde quase todas as mesas estavam ocupadas por aquilo que caritativamente se denomina homens de negócios, os quais lamberam os beiços como gatos famintos ao vê-la passar e depois olharam com inveja para Leandro.

— Estão olhando assim porque acham que você é uma puta de luxo — disse Leandro antes de brindar à sua saúde.

Nunca mais tinha usado esse vestido, até aquela tarde. Enquanto desenhava seu personagem em frente ao espelho, delineando os olhos e acariciando a boca com o batom, Alicia sorriu. *Isso é o que você é, afinal de contas*, pensou. *Uma puta de luxo.*

Quando se viu na rua decidiu passear sem rumo, mas no fundo sabia que Fernandito tinha razão e que na verdade ia, provavelmente, fazer uma bobagem.

7

Nessa tarde, não dando ouvidos ao bom senso, Alicia desceu de casa já desconfiando aonde seus passos a levariam. As lojas da rua Fernando já tinham acendido as luzes e desenhavam linhas coloridas nos paralelepípedos. Um halo escarlate se desvanecia no céu perfilando lá em cima as cornijas e os telhados. As pessoas iam e vinham em suas vidas buscando o metrô, as compras ou o esquecimento. Alicia se incorporou ao fluxo de transeuntes e chegou à praça da Prefeitura, onde cruzou com um esquadrão de freiras desfilando em perfeita formação como se fosse uma migração de pinguins. Alicia sorriu e uma delas, ao vê-la, se benzeu. Seguiu o rio de caminhantes pela rua do Obispo até topar com um grupo de turistas, perplexos, atrás de um guia que lhes falava em um estranho vernáculo que tinha tantos pontos em comum com o inglês como o canto dos morcegos.

— Senhor, *is this where they used to have the running of the bulls in times of the Romans?*

— *Iess, dis is di cazidral, mileidi, bat it is ounli oupeng after di flamenco xou.*

Alicia deixou os visitantes para trás e passou por baixo da venerável ponte gótica de papel machê até ser envolvida como eles no encanto daquela cidadela de feitio medieval, de cuja cenografia boa parte tinha apenas dez anos mais que ela. Como é piedosa a ilusão, e como é caloroso o abraço da ignorância! Depois da ponte, um fotógrafo caçador de sombras tinha montado uma formidável Hasselblad em um tripé e estudava o enquadramento e a exposição perfeitos para aquela imagem de conto de fadas. Era um indivíduo de aspecto severo e olhar astuto, entrincheirado atrás de uns enormes óculos quadrados que lhe davam um certo ar de cágado sábio e paciente.

O fotógrafo notou sua presença e observou-a com curiosidade.

— Gostaria de olhar pela objetiva, mademoiselle? — convidou.

Ela fez que sim timidamente. O fotógrafo lhe mostrou como devia fazer. Alicia assumiu os olhos do artista e riu com a perfeição do artifício de sombras e perspectivas que ele havia tramado, reinventando um lugar por onde ela já havia passado centenas ou milhares de vezes na vida.

— O olho vê; a câmera observa — explicou o fotógrafo. — O que achou?

— Uma maravilha — admitiu Alicia.

— Isto é só composição e perspectiva. O segredo está na luz. Você tem que olhar pensando que a luminosidade será líquida. A sombra vai aparecer coberta com uma ligeira camada evanescente, como se tivesse chovido luz...

O fotógrafo dava sinais evidentes de ser profissional, e Alicia se perguntou qual seria o destino daquela imagem. O cágado da luz mágica leu seu pensamento.

— É para um livro — explicou. — Como se chama?

— Alicia.

— Não se assuste, mas eu gostaria de fotografá-la, Alicia.

— Eu? Por quê?

— Porque você é uma criatura de luz e sombra, como esta cidade. O que acha?

— Agora? Aqui?

— Não. Agora não. Hoje você está com alguma coisa pesando demais, que não a deixa ser você. E a câmera capta essas coisas. Pelo menos a minha. Quero fotografar você quando tirar esse peso das costas e a luz vier encontrá-la como é, não como a fizeram ser.

Alicia se ruborizou pela primeira e última vez na vida. Nunca tinha se sentido tão nua como ali diante dos olhos daquele personagem peculiar.

— Pense nisso — disse o fotógrafo.

Tirou um cartão do bolso do paletó e lhe entregou sorridente.

> **FRANCESC CATALÁ-ROCA**
> Estúdio Fotográfico desde 1947
>
> Rua Provenza, 366. Bajos. Barcelona

Alicia guardou o cartão e se afastou dali apressada, deixando o mestre sozinho com a sua arte e o seu olho clínico. Misturou-se com a multidão que inundava os arredores da catedral e apertou o passo. Entrou na avenida Puerta del Ángel e não parou até chegar à esquina com a Santa Ana e avistar a vitrine da livraria Sempere & Filhos.

"Ainda há tempo de não estragar tudo. Passe em frente e continue andando."

Foi se colocar no outro lado da rua, protegida por uma porta de onde podia ver o interior do estabelecimento. Caía o entardecer azul e sombrio do inverno de Barcelona, que incita a desafiar o frio e sair flanando pelas ruas.

"Vá embora daqui. O que está pensando que pode fazer?"

Viu Bea atendendo um cliente. Ao lado dela havia um cavalheiro maduro. Alicia intuiu que devia ser seu sogro, o sr. Sempere. O pequeno Julián estava sentado no balcão, encostado na caixa registradora, absorto com um livro quase maior que ele apoiado em seus joelhos. Alicia sorriu. De repente Daniel emergiu dos fundos trazendo uma pilha de livros que pôs sobre o balcão. Julián levantou a vista e olhou para o pai, que despenteou seu cabelo. O menino disse alguma coisa e Daniel riu. Depois se inclinou e lhe deu um beijo na testa.

"Você não tem o direito de estar aqui. Esta não é sua vida, nem esta a sua família. Vá embora e se esconda no buraco de onde saiu."

Observou Daniel arrumando os livros que tinha deixado no balcão. Ia separando os volumes em três montes, quase acariciando-os ao tirar a poeira da capa e enfileirá-los com precisão. Perguntou-se como devia ser o toque na pele daquelas mãos e daqueles lábios. Depois se forçou a desviar os olhos e se afastou um pouco. Por acaso ela tinha o dever, ou o direito, de revelar o que sabia a pessoas que com certeza viveriam mais felizes e mais seguras na ignorância? A felicidade, ou a coisa mais próxima dela a que qualquer criatura pensante pode aspirar, a paz de espírito, é aquilo que se evapora no caminho entre o acreditar e o saber.

"Uma última olhada. Para dizer adeus. Adeus para sempre."

Sem perceber, Alicia tinha voltado para diante da vitrine da livraria. Já ia saindo dali quando viu que o pequeno Julián, como se tivesse pressentido sua presença, estava olhando para ela. Alicia ficou parada no meio da calçada, os transeuntes se desviando dela como se fosse uma estátua. Julián, com uma habilidade considerável, desceu do balcão usando um tamborete como degrau. Sem que Daniel, que estava fazendo pacotes com os livros, e Bea, que continuava atendendo o cliente junto com seu sogro, notassem, Julián atravessou a livraria, andou até a porta e abriu-a. Ficou na soleira olhando para ela e sorrindo de orelha a orelha. Alicia fez que não com a cabeça. Julián começou a andar em sua direção. A essa altura Daniel já tinha visto o que estava acontecendo e seus lábios desenharam o nome do filho. Bea se virou e correu para a rua. Julián tinha chegado aos pés de Alicia e a tinha abraçado. Ela o pegou no colo e foi assim que Bea e Daniel os encontraram.

— Srta. Gris? — perguntou Bea, indecisa entre a surpresa e o susto.

Toda a gentileza e a bondade que sentiu nela no dia em que a conheceu pareciam ter evaporado nesse momento ao ver aquela mulher estranha com seu filho no colo. Alicia lhe passou o menino e engoliu em seco. Bea abraçou Julián com força e respirou fundo. Daniel, que a observava com uma mistura de fascinação e hostilidade, deu um passo à frente e se interpôs entre ela e sua família.

— Quem é você?

— É a srta. Alicia Gris — explicou Bea atrás dele. — Cliente da casa.

Daniel assentiu, com uma sombra de dúvida no rosto.

— Sinto muito. Eu não queria assustá-los assim. O menino deve ter me reconhecido e...

Julián continuava olhando para ela, encantado, alheio à inquietação dos seus pais. Para complicar mais as coisas, o sr. Sempere chegou à porta da livraria.

— Perdi alguma coisa?

— Nada, papai, Julián fugiu...

— A culpa é minha — disse Alicia.

— E você é...?

— Alicia Gris.

— A moça do pedido? Ora, por favor, vamos entrar que está fazendo frio na rua.

— Na verdade eu já ia embora...

— De maneira nenhuma. Além do mais, estou vendo que fez amizade com meu neto. Não pense que ele se dá com qualquer um. Muito pelo contrário.

O sr. Sempere manteve a porta aberta e convidou-a a entrar. Alicia trocou um olhar com Daniel, que fez que sim, agora mais tranquilo.

— Entre, Alicia — concordou Bea.

Julián lhe estendeu o braço.

— Está vendo, você não tem alternativa — disse o vovô Sempere.

Alicia fez um gesto afirmativo e entrou na livraria. O aroma dos livros a envolveu. Bea tinha deixado Julián no chão. O menino pegou sua mão e a guiou até o balcão.

— Está apaixonado por você — observou o avô. — Diga-me uma coisa, nós já nos conhecemos?

— Eu vinha muito aqui quando era menina, com meu pai.

Sempere a olhou fixamente.

— Gris? Juan Antonio Gris?

Alicia confirmou.

— Santo Deus! Não dá para acreditar... Há quantos anos não o vejo, nem ele nem a esposa? Os dois passavam por aqui quase toda semana... Diga-me, como estão eles?

Alicia sentiu a boca seca.

— Morreram. Durante a guerra.

Vovô Sempere suspirou.

— Sinto muito. Não sabia.

Alicia tentou sorrir.

— Ficou sem família, então?

Alicia confirmou. Daniel reparou no brilho que inundava os olhos da jovem.

— Papai, não interrogue a moça.

Vovô Sempere parecia abatido.

— Seu pai era um grande homem. E um bom amigo.

349

— Obrigada — murmurou Alicia com um fio de voz.

Fez-se um silêncio excessivamente prolongado, e Daniel quis salvar a situação.

— Aceita uma taça? Hoje é o aniversário do meu pai e estamos oferecendo a todos os clientes uma bebida de autoria do nosso Fermín.

— Não recomendo — sussurrou Bea às suas costas.

— Aliás, onde se meteu Fermín? Não deveria ter voltado já? — perguntou o avô.

— Deveria — disse Bea. — Pedi que fosse comprar champanhe para o jantar, mas como ele se recusa a comprar no armazém de dom Dionisio foi a não sei que espelunca para o lado do Borne dizendo que Dionisio engarrafa vinho de missa azedo misturado com refrigerante e umas gotas de mijo de gato para dar cor. E eu já estou cansada de discutir com ele.

— Não se assuste — disse o vovô dirigindo-se a Alicia. — O nosso Fermín é assim mesmo. Dionisio foi falangista quando era jovem e Fermín não deixa passar uma. Prefere morrer de sede a comprar dele uma garrafa de qualquer coisa.

— Feliz aniversário. — Alicia sorriu.

— Escute, sei que você vai dizer que não, mas... Por que não fica para jantar conosco? Vamos ter um grupo grande, e... para mim seria uma honra que a filha de Juan Antonio Gris estivesse conosco esta noite.

Alicia olhou para Daniel, que lhe devolveu um sorriso amarelo.

— Muitíssimo obrigada, mas...

Julián pegou sua mão com força.

— Está vendo como meu neto insiste. Vamos, anime-se. Estaremos em família.

Alicia abaixou os olhos, negando devagar com a cabeça. Sentiu nas costas a mão de Bea e ouviu-a murmurar:

— Fique.

— Nem sei o que dizer...

— Não diga nada. Julián, por que não mostra o seu primeiro livro à srta. Alicia? Você vai ver, vai ver...

O menino, sem pensar duas vezes, foi correndo buscar um caderno onde havia rabiscado desenhos, garatujas e inscrições incompreensíveis. Mostrou-o entusiasmado.

— O primeiro romance dele — disse Daniel.

Julián a olhava com expectativa.

— Parece ótimo...

O pequeno bateu palmas, contente com a reação da crítica. Vovô Sempere, que devia ter a idade do seu pai se estivesse vivo, dirigiu a Alicia o olhar triste que parecia acompanhá-lo durante toda a sua vida.

— Bem-vinda à família Sempere, Alicia.

8

O bonde azul subia devagar, uma pequena balsa de luz dourada abrindo passagem como um barco através da névoa noturna. Fernandito estava na parte de trás. Tinha deixado a Vespa estacionada ao lado do edifício La Rotonda, tal como Alicia lhe dissera. Viu-a desaparecer ao longe e se debruçou para observar a longa avenida de palácios que ladeava o trajeto, uns castelos enfeitiçados e desertos guarnecidos por arvoredos, fontes e jardins com estátuas onde nunca se via ninguém. As grandes fortunas nunca estão em casa.

No alto da avenida se via a silhueta de El Pinar. Seu perfil catedralesco sobressaía entre fiapos de nuvens baixas. A construção desenhava um sortilégio de torres, ângulos e mansardas serrilhadas em cima de um morrinho, qual um santuário, de onde se podia ver toda Barcelona e boa parte da costa em direção ao norte e ao sul da cidade. Daquele promontório, em dias de céu aberto provavelmente se podia vislumbrar a silhueta da ilha de Maiorca, pensou Fernandito. Nessa noite, porém, um manto de escuridão espessa cercava o prédio.

Fernandito engoliu em seco. A missão que Alicia lhe havia encomendado começava a deixá-lo preocupado. A gente só é herói quando começa a ter medo, dizia sempre o seu tio que tinha perdido um braço e um olho na guerra. Quem se aventura no perigo sem ter medo não passa de um tolo. Não sabia se o que Alicia esperava dele era que fosse um herói ou um bobalhão. Talvez uma sutil combinação de ambos, concluiu. O salário era imbatível, certo, mas a imagem de Alicia chorando desconsolada em seus braços bastaria para fazê-lo entrar no inferno de mansinho, e ainda pagando.

O bonde deixou-o no alto da avenida e se perdeu de novo na névoa, suas luzes se desvanecendo costa abaixo em uma miragem de vapor. A pracinha estava deserta àquela hora. A luz de um poste solitário desenhava borrosamente as silhuetas de dois carros pretos estacionados em frente ao restaurante La Venta. *Polícia*, pensou Fernandito. Ouviu então o som de um veículo se aproximando e foi procurar às pressas algum canto escuro junto à estação do funicular. Pouco depois avistou as luzes de um carro cortando a noite. O automóvel, que catalogou como um Ford, parou a poucos metros do lugar onde estava escondido.

Dele desceu um dos sujeitos que tinha visto naquela mesma manhã prendendo o banqueiro Sanchís em sua casa na rua Iradier. Alguma coisa o tornava diferente dos outros. Transpirava um ar fidalgo, de bom berço e gestos refinados. Estava vestido como um cavalheiro de salão, com o tipo de roupas caras que se viam nas vitrines da Gales ou da Gonzalo Comella e que não combinavam com o vestuário mais modesto e utilitário dos outros agentes à paisana que o acompanhavam. Os punhos da camisa, arrematados por abotoaduras que brilhavam na penumbra, pareciam passados a ferro em alguma tinturaria fina. Só quando o homem atravessou o halo de luz Fernandito viu que estavam salpicados de manchas escuras. Sangue.

O policial parou e se virou para o carro. Por um instante, Fernandito achou que tinha notado sua presença e sentiu o estômago encolher até ficar do tamanho de uma bola de gude. O homem se dirigiu ao motorista sorrindo gentilmente.

— Luis, tenho que ficar algum tempo aqui. Se quiser pode ir embora. Não se esqueça de limpar o banco de trás. Eu aviso quando precisar de você.

— Às suas ordens, capitão Hendaya.

Hendaya pegou um cigarro e acendeu. Saboreou-o com calma e observou o carro se afastar avenida abaixo. Parecia estar impregnado de uma estranha serenidade, como se não existisse preocupação ou obstáculo no mundo que pudesse macular aquele momento a sós consigo mesmo. Fernandito o observava enterrado na sombra, com medo até de respirar. O tal Hendaya fumava como um galã de cinema, fazendo disso um exercício de estilo e presença. Deu as costas e foi para o mirante de onde se via a cidade. Pouco depois, sem pressa, deixou a ponta do cigarro cair no chão, esmagou-a secamente com o bico do seu sapato de verniz e rumou para a entrada da casa.

Ao ver que Hendaya enveredava pela rua que contornava El Pinar e desaparecia, Fernandito saiu do seu esconderijo. Estava com a testa encharcada de suor frio. Que herói mais corajoso tinha arranjado dona Alicia. Apressou o passo atrás de Hendaya, que tinha entrado na casa por um arco aberto no muro que delimitava a propriedade. O portão, protegido por grades metálicas, tinha a legenda El Pinar escrita no dintel e se abria para algo que parecia uma trilha de escadas que atravessava o jardim até a casa. Fernandito se debruçou e viu a silhueta de Hendaya subindo as escadas sem pressa e deixando um rastro de fumaça azul atrás de si.

Esperou até vê-lo chegar ao alto do caminho. Dois agentes vieram ao seu encontro e pareciam estar fazendo um relatório dos acontecimentos. Depois de uma breve troca de palavras, Hendaya entrou na casa, seguido por um deles. O outro ficou parado ao pé da escada, controlando o acesso. Fernandito avaliou suas opções. Não podia chegar por aquele caminho sem ser visto. A imagem do sangue nos punhos de Hendaya não o estimulava a se expor um centímetro a mais que o necessário. Recuou alguns passos e estudou o muro que rodeava a propriedade. O caminho, uma estradinha estreita que ia serpenteando pela subida da colina, estava deserto. Fernandito a percorreu até divisar o que parecia a fachada traseira da casa e se encarapitou no muro com cautela. Dali pôde alcançar um galho que lhe serviu de alavanca para chegar à parte baixa do jardim da mansão. Pensou então que talvez houvesse cachorros que o detectariam em questão de segundos, mas após alguns instantes confirmou uma coisa mais inquietante. Não havia nenhum som. Nenhuma folha das árvores se mexia, não se ouvia o sussurro de pássaros ou insetos. Aquele lugar estava morto.

A posição elevada do casarão em cima da colina projetava a ilusão de que a estrutura ficava mais perto da rua do que estava na realidade. Teve que subir a encosta por entre as árvores e umas trilhas cheias de arbustos até chegar ao caminho empedrado que vinha da entrada principal. Uma vez lá, seguiu por ele até a parte traseira da casa. Todas as janelas estavam às escuras exceto duas pequenas vidraças, em uma curva escondida entre a casa e a parte mais elevada da colina, que se abriam para o que ele intuiu que devia ser a cozinha. Fernandito reptou até lá e, escondendo o rosto da claridade que a janela emitia, olhou para dentro. E a reconheceu em seguida. Era a mulher que ele tinha visto sair da casa do banqueiro Sanchís com o motorista. Estava prostrada em uma cadeira, estranhamente imóvel, com o rosto inclinado, como se estivesse inconsciente. No entanto seus olhos permaneciam abertos.

Só então notou que ela estava com os pés e as mãos amarrados à cadeira. Uma sombra cruzou à sua frente e o garoto percebeu que Hendaya e o outro policial tinham entrado. Hendaya pegou uma cadeira e se sentou em frente à mulher que Fernandito supôs ser a esposa do banqueiro Sanchís. Falou com ela durante alguns minutos, mas a sra. Sanchís não deu sinais de ter ouvido. Manteve o olhar distante e se comportou como se Hendaya não estivesse ali. Pouco depois o policial encolheu os ombros. Pôs os dedos no queixo da esposa do banqueiro e orientou o rosto com delicadeza na direção do seu. Hendaya estava falando de novo quando a mulher cuspiu em sua cara. Imediatamente o homem lhe deu uma bofetada que a derrubou no chão, onde ficou prostrada, amarrada na cadeira. O agente que acompanhava Hendaya e um outro que Fernandito não havia notado porque devia estar encostado na parede da janela de onde ele espiava a cena foram até lá e levantaram a cadeira. Hendaya limpou a saliva do rosto com a mão e depois na blusa da esposa de Sanchís.

Obedecendo a um sinal de Hendaya, os dois agentes saíram da cozinha. Pouco depois voltaram trazendo algemado o motorista que Fernandito tinha visto naquela manhã buscando a mulher do banqueiro. Hendaya fez que sim e os dois homens o deitaram à força em cima de uma mesa de madeira que ocupava o centro da cozinha. Amarraram seus membros aos quatro pés da mesa. Enquanto isso, Hendaya tirou o paletó e deixou-o cuidadosamente dobrado na cadeira. Foi até a mesa e se inclinou sobre o motorista, arrancando a máscara que cobria parte do seu rosto. Debaixo dela se ocultava uma terrível ferida que tinha desfigurado a cara do homem do queixo até a testa deixando à mostra parte da estrutura óssea da mandíbula, e a maçã do rosto tinha desaparecido. Uma vez imobilizado o motorista, os dois agentes puxaram para perto da mesa a cadeira em que a esposa de Sanchís estava amarrada. Um deles segurou a cabeça da mulher com as mãos para que ela não pudesse desviar o olhar. Fernandito sentiu a náusea se apoderando dele e um gosto de bílis na boca.

Hendaya se ajoelhou junto à mulher do banqueiro e sussurrou algo em seu ouvido. Ela não mexeu os lábios, com o rosto imóvel em uma expressão de raiva. O policial se levantou. Estendeu a mão aberta para um dos agentes, que lhe deu uma arma. Ele então inseriu uma bala na antecâmara e pôs o cano bem sobre o joelho direito do motorista. Olhou por um segundo para a mulher, expectante, e por fim voltou a encolher os ombros.

O estrondo do tiro e o berro do motorista atravessaram o vidro e as paredes de pedra. Uma neblina de sangue e ossos pulverizados salpicou o rosto da mulher, que começou a gritar. O corpo do motorista se agitava como se uma corrente elétrica o estivesse sacudindo. Hendaya contornou a mesa, pôs outra bala no tambor e encostou o cano da pistola na rótula do outro joelho. Uma poça de sangue e urina se espalhou pela mesa, pingando no chão. Hendaya olhou para a mulher por um instante. Fernandito fechou os olhos e ouviu o segundo tiro. Ao ouvir os alaridos foi vencido pela náusea e se dobrou sobre si mesmo. O vômito subiu por sua garganta e se derramou no peito.

Estava tremendo quando soou o terceiro tiro. O motorista não gritava mais. A mulher na cadeira estava com o rosto coberto de lágrimas e de sangue. Balbuciava. Hendaya se ajoelhou outra vez junto a ela e escutou o que dizia enquanto acariciava seu rosto e assentia com a cabeça. Quando pareceu ter ouvido o que desejava, levantou-se e, sem nem lhe dar uma última olhada, disparou na cabeça do motorista. Devolveu a pistola ao agente e foi até uma pia que ficava em um canto para lavar as mãos. Depois vestiu o paletó e o sobretudo. Fernandito conteve as ânsias e se afastou da janela, deslizando para os arbustos. Tentou encontrar o caminho de volta pelo morrinho até a árvore que lhe servira para pular o muro. Estava suando como nunca antes tinha suado, um líquido frio que fazia a pele arder. As mãos e pernas estavam tremendo enquanto subia no muro. Ao pular para o outro lado caiu de bruços e vomitou de novo. Quando achou que não tinha mais nada nas tripas, cambaleou rua abaixo. Atravessou em frente ao acesso pelo qual tinha visto Hendaya entrar e ouviu vozes se aproximando. Apertou o passo e correu até a pracinha.

Um bonde estava no ponto, um oásis de luz na escuridão. Não havia passageiros, só se deparou com o cobrador e o motorneiro conversando e partilhando uma garrafa térmica de café para combater o frio. Fernandito subiu, ignorando o olhar do cobrador.

— Moço?

Fernandito revirou o bolso do paletó e lhe deu umas moedas. O cobrador lhe entregou a passagem.

— Não vai vomitar aqui, certo?

O rapaz negou com a cabeça. Sentou-se na frente, ao lado de uma janela, e fechou os olhos. Tentou respirar fundo e invocar a imagem da Vespa branca que estava à sua espera na avenida. Ouviu uma voz conversando com o cobrador. O bonde balançou levemente quando um segundo passageiro subiu. Fernandito ouviu seus passos se aproximando. Apertou os dentes. Então sentiu o toque. Uma mão pousando em seu joelho. Abriu os olhos.

Hendaya olhava para ele com um sorriso cordial.

— Está se sentindo bem?

Fernandito ficou mudo. Tentou manter o olhar afastado dos pontos vermelhos que salpicavam o colarinho da camisa de Hendaya. Assentiu com a cabeça.

— Tem certeza?

— Acho que bebi demais.

Hendaya sorriu, compreensivo. O bonde começou a descer.

— Um pouquinho de bicarbonato com o suco de meio limão. Quando eu era jovem, era esse o meu segredo. E depois, dormir.

— Obrigado. Vou fazer isso assim que chegar em casa — disse Fernandito.

O bonde deslizava em uma lentidão infinita, acariciando a curva em forma de anzol que coroava a avenida. Hendaya se recostou no assento em frente a Fernandito e sustentou o sorriso.

— Mora longe?

O garoto negou.

— Não. A vinte minutos de metrô.

Hendaya apalpou o sobretudo e tirou de um bolso interno algo que parecia um pequeno envelope de papel.

— Quer uma bala de eucalipto?

— Não precisa, obrigado.

— Vamos, pegue uma — animou-o Hendaya. — Vai lhe cair bem.

Fernandito aceitou uma bala e começou a desembrulhá-la com os dedos trêmulos.

— Como você se chama?

— Alberto. Alberto García.

Fernandito pôs a bala na boca. Não tinha saliva, e ela ficou colada na língua. Forçou um sorriso satisfeito.

— Gostou? — perguntou Hendaya.
— Muito boa, obrigado. Realmente cai bem.
— Foi o que eu disse. Escute, Alberto García, posso ver seu documento?
— Como?
— Os documentos.

Fernandito engoliu em seco a saliva que não tinha e começou a remexer nos bolsos.

— Sei lá... Acho que devo ter deixado em casa.
— Não sabe que é proibido andar na rua sem documentos?
— Sim, senhor. Meu pai sempre me lembra disso. Eu sou um pouco distraído.
— Não se preocupe. Eu entendo. Mas não se esqueça outra vez. É pelo seu bem.
— Não vai acontecer de novo.

O bonde estava entrando agora no trecho que ia até o ponto final. Fernandito avistou a cúpula do hotel La Rotonda e um ponto branco que brilhava diante dos faróis do bonde. A Vespa.

— Escute, Alberto. O que está fazendo por aqui a esta hora da noite?
— Fui visitar meu tio. Está muito doente, coitado. Os médicos dizem que não vai durar muito tempo.
— Eu sinto muito.

Hendaya tirou outro cigarro do maço.

— Não se incomoda, não é mesmo?

Fernandito negou, oferecendo-lhe seu melhor sorriso. Hendaya acendeu o cigarro. A brasa de fumo tingiu suas pupilas de cobre. O rapaz sentiu que aqueles olhos se cravavam em sua mente como agulhas. "Diga alguma coisa."

— E o senhor? — perguntou de repente. — O que faz por aqui a esta hora?

Hendaya deixou a fumaça se filtrar entre seus lábios. Tinha um sorriso de chacal.

— Vim trabalhar — disse.

Percorreram os últimos metros do trajeto em silêncio. Quando o bonde parou, Fernandito se levantou e, depois de se despedir cordialmente de Hendaya, se dirigiu para a parte de trás. Desceu do bonde e se encaminhou sem pressa até a Vespa. Ajoelhou-se para abrir o cadeado. Hendaya o observava com frieza no estribo do bonde.

— Pensei que ia voltar para casa de metrô — disse.
— Bem, o que eu quis dizer é que fica perto. A poucas estações.

Fernandito pôs o capacete, como Alicia tinha recomendado, e fixou-o com a correia. *Devagar*, pensou. Desceu a Vespa do cavalete com um empurrãozinho e percorreu na calçada o metro que o separava do meio-fio. A sombra de Hendaya se desenhou à sua frente e Fernandito sentiu que a mão do policial pousava em seu ombro. Virou-se. Hendaya estava sorrindo com um gesto paternal.

— Vamos, desça e me dê as chaves.

Quase não se deu conta de que concordava e entregava as chaves da moto ao policial com a mão trêmula.

— Acho que é melhor vir comigo à delegacia, *Alberto*.

9

Vovô Sempere morava em um pequeno apartamento em cima da livraria que dava para a rua Santa Ana. Até onde chegava a memória da família, os Sempere sempre tinham residido naquele prédio. Daniel nasceu e cresceu naquele apartamento antes de mudar para a cobertura quando se casou com Bea. Algum dia Julián provavelmente se instalaria em outro apartamento servido pela mesma escada. Os Sempere viajavam através dos livros, não dos mapas. A residência do vovô Sempere esboçava um lar modesto e enfeitiçado por lembranças. Como tantas outras casas na cidade velha, aquela era vagamente lúgubre e insistia em manter o mobiliário tão barcelonês estilo século XIX que protege os inocentes das ilusões do presente.

Observando a cena, e com suas palavras ainda frescas na memória, Alicia não pôde deixar de sentir a presença de Isabella Gispert naquele mesmo aposento. Podia ver a mulher pisando os mesmos ladrilhos e partilhando o leito com o sr. Sempere naquele quarto diminuto que se entrevia ao passar pelo corredor. Alicia parou um instante em frente à porta entreaberta para imaginar Isabella dando à luz Daniel naquela cama e morrendo envenenada nela quatro anos depois.

— Vamos, entre, Alicia, quero apresentá-la aos outros — apressou-a Bea atrás dela encostando a porta do quarto.

Unindo duas mesas que cruzavam a sala de ponta a ponta e invadiam parte do corredor, Bea tinha conseguido o milagre de instalar os onze comensais convocados para comemorar o aniversário do patriarca. Daniel ficou fechando a livraria enquanto seu pai, Julián e Bea acompanhavam Alicia escada acima. Lá encontraram a Bernarda, esposa de Fermín, que tinha servido a mesa e estava dando os últimos toques em um guisado que cheirava a um paraíso e meio.

— Bernarda, venha cá, quero lhe apresentar a srta. Alicia Gris.

A Bernarda limpou as mãos no avental e lhe deu um abraço.

— Sabe quando Fermín vai chegar? — perguntou Bea.

— Ai, sra. Bea, aquele sem-vergonha já me cansou com essa história do vinho espumante de mijo, como diz ele. Desculpe, srta. Alicia, mas o meu marido é mais teimoso que touro de arena e só fala barbaridades. Não lhe dê ouvidos.

— Já me vejo brindando com água da torneira se ele demorar muito — disse Bea.

— Nada disso — proclamou com dicção teatral uma voz na entrada da sala.

O dono daquele instrumento sonoro era um vizinho da casa e amigo da família chamado dom Anacleto, catedrático do instituto e, segundo Bea, poeta nas horas vagas. Dom Anacleto beijou a mão de Alicia com um cerimonial que já seria considerado defasado no casamento do Kaiser Guilherme.

— Aos seus pés, bela desconhecida — saudou.

— Dom Anacleto, não perturbe as visitas — cortou Bea. — Trouxe mesmo algo para beber?

Dom Anacleto mostrou duas garrafas embrulhadas em papel pardo.

— Um homem prevenido vale por dois — opinou. — Como fiquei sensibilizado com a polêmica suscitada entre Fermín e esse comerciante de secos e molhados devoto do fascismo mais rançoso, decidi vir munido de dois garrafões de Anis del Simio com o fito de superar alguma eventual escassez momentânea de bebidas espirituosas.

— Não é coisa de cristão brindar com anisete — aduziu a Bernarda.

Dom Anacleto, que só tinha olhos para Alicia, sorriu com ares de homem do mundo dando a entender que tais considerações só preocupavam gente da província.

— Sob a influência de Vênus, o brinde então será pagão — argumentou o catedrático piscando o olho para Alicia. — E me diga, moçoila de formidável presença, não me dá a honra de sentar-se ao meu lado?

Bea empurrou o catedrático para a outra ponta e livrou Alicia do embaraço.

— Dom Anacleto, vá em frente e não fique perturbando Alicia com sua prosódia — advertiu. — Sente-se lá no fundo. E comporte-se bem, que de criança já temos o Julián.

Dom Anacleto encolheu os ombros e foi levar seus parabéns ao homenageado enquanto entravam pela porta mais dois convidados. Um deles era um cavalheiro de boa aparência, vestido e perfilado como um manequim, que se apresentou como dom Federico Flaviá, relojoeiro do bairro. Tinha modos de grande precisão.

— Adorei seus sapatos — declarou. — Você tem que me dizer de onde são.

— Calçados Summun, na avenida de Gracia — respondeu Alicia.

— Claro. Não podia ser outra loja. Com licença, que agora vou cumprimentar o amigo Sempere.

Dom Federico viera em companhia de uma jovem risonha chamada Merceditas que de forma clara e visivelmente ingênua estava apaixonada pelo elegante relojoeiro. Quando lhe apresentaram Alicia, a garota a olhou de cima a baixo, avaliando-a alarmada, e após elogiar sua beleza, elegância e estilo foi correndo se postar ao lado de dom Federico para mantê-lo tão afastado dela quanto fosse humanamente possível naquele espaço limitado. Se a sala já parecia abarrotada, quando Daniel entrou pela porta e teve que se espremer para passar entre os convidados a manobra adquiriu laivos de perigo. A última a chegar foi uma garota que não devia ter sequer vinte anos e irradiava a luminosidade e a beleza fácil dos muito jovens.

— Esta é Sofía, prima de Daniel — explicou Bea.

— *Piacere, signorina* — disse a jovem.

— Em espanhol, Sofía — corrigiu Bea.

A mulher de Daniel explicou que a garota era natural de Nápoles e estava morando na casa do tio enquanto estudava na Universidade de Barcelona.

— Sofía é sobrinha da mãe de Daniel, que já morreu há muitos anos — murmurou Bea, que claramente não queria mencionar Isabella.

Alicia notou que vovô Sempere abraçava a garota com uma devoção e uma cara de melancolia que davam pena. Não demorou a localizar uma fotografia emoldurada na cristaleira da sala onde reconheceu Isabella, vestida de noiva, ao lado de um sr. Sempere um milhão de anos mais jovem. Sofía era o retrato vivo de Isabella. Olhando de soslaio, Alicia observou que Sempere fitava a garota com tal adoração e tristeza que teve que desviar o olhar. Bea, percebendo que Alicia tinha feito a conexão ao ver o retrato de casamento dos Sempere, negou com a cabeça.

— Não lhe faz bem nenhum — disse. — Ela é uma ótima garota, mas não vejo a hora de que volte para Nápoles.

Alicia se limitou a assentir.

— Por que não começam a se sentar? — ordenou a Bernarda da cozinha. — Sofía, meu bem, você venha aqui e me ajude, porque estou precisando de um pouco de juventude.

— Daniel, e o bolo? — perguntou Bea.

Este bufou e revirou os olhos.

— Esqueci... Vou buscar agora.

Alicia detectou que dom Anacleto tentava escorregar de maneira procelosa para o seu canto da sala e imediatamente maquinou uma estratégia. Quando Daniel passou à sua frente em direção à porta, o seguiu.

— Vou também. O bolo é por minha conta.

— Mas...

— Eu insisto.

Bea os viu desaparecer pela porta e ficou com o olhar parado e o cenho franzido.

— Tudo bem? — perguntou ao seu lado a Bernarda.

— Tudo bem, claro...

— Certamente ela é uma santa — murmurou a Bernarda —, mas não a quero sentada ao lado do meu Fermín. E se me permite a observação, tampouco de Danielito, que é um pedaço de pão.

— Não fale bobagem, Bernarda. Temos que sentá-la em algum lugar.

— Olha que eu sei o que estou dizendo.

Desceram a escada em silêncio. Daniel na frente. Chegando ao térreo, ele se adiantou e lhe abriu a porta da rua.

— A padaria fica aqui mesmo, quase na esquina — disse, como se não fosse óbvio e o anúncio luminoso da loja não estivesse a poucos passos dali.

Quando entraram a encarregada levantou as mãos para o céu em sinal de alívio.

— Ainda bem. Já pensava que você não vinha mais e que nós íamos ter que comer o bolo.

Sua voz se desvaneceu ao detectar a presença de Alicia.

— O que deseja, senhorita?

— Estamos juntos, obrigada — disse Alicia.

Tal afirmação conseguiu catapultar as sobrancelhas da confeiteira até o meio da testa e arrancar dela um olhar transbordante de malícia ao qual fizeram coro as duas funcionárias que tinham surgido atrás do balcão especialmente para a ocasião.

— Nossa, com o Danielito — murmurou uma delas com um ar bajulador. — E ele parecia um boboca.

— Glória, feche o bico e traga o bolo do sr. Sempere — interrompeu a chefe, dando a entender que lá até o exercício da maledicência obedecia à ordem hierárquica.

A outra funcionária, uma criatura de ar felino e uma consistência roliça que parecia resultado da ingestão do excedente de pão de mel e de creme do estabelecimento, a observava deleitada saboreando o seu aturdimento.

— Felisa, você não tem nada melhor para fazer? — perguntou a chefe.

— Não.

A essa altura Daniel já estava com uma coloração de groselha madura e não via a hora de sair dali, com ou sem bolo. A dupla de confeiteiras não parava de disparar em direção a Alicia e a Daniel uns olhares que poderiam fritar rabanadas no ar. Glória finalmente apareceu com o bolo, uma peça de concurso que a trindade de confeiteiras começou a proteger com arquivoltas de tiras de papelão para consagrá-lo depois a uma grande caixa cor-de-rosa.

— Creme, morango e muito chocolate — disse a boleira. — As velas estão dentro.

— Meu pai adora chocolate — explicou Daniel a Alicia, como se fosse preciso elucidar.

— Cuidado com o chocolate, deixa a gente ruborizado, Daniel — atiçou Glória, maliciosa.

— E dá brio — arrematou Felisa.

— Quanto é?

Alicia se adiantou e pôs uma nota de vinte e cinco pesetas em cima do balcão.

— E além do mais paga... — murmurou Glória.

A confeiteira-chefe contou lentamente o troco e foi dando moeda a moeda a Alicia. Daniel apanhou a caixa do bolo e se dirigiu à porta.

— Lembranças a Bea — lançou Glória.

As risadas das confeiteiras os acompanharam enquanto saíam, seus olhos cravados neles como fruta macerada em uma rosca de Páscoa.

— Amanhã você vai ser famosa no bairro todo — previu Daniel.

— Espero que não tenha metido você em uma confusão.

— Não se preocupe. Geralmente eu me meto em confusões sozinho. Não ligue para esse trio de medusas. Fermín diz que o merengue lhes subiu à cabeça.

Dessa vez Daniel lhe cedeu a dianteira na escada e deixou que Alicia percorresse um lance inteiro de degraus antes de segui-la. Claramente não tinha qualquer interesse em subir dois andares com os olhos presos no seu movimento de cadeiras.

A chegada do bolo foi festejada com aplausos e vivas próprios de uma grande vitória esportiva. Daniel exibiu ao respeitável público a caixa acima da cabeça como se fosse uma medalha olímpica e a levou para a cozinha. Alicia percebeu que Bea tinha lhe reservado uma cadeira entre Sofía e o pequeno Julián, que estava ao lado do avô. Foi se sentar lá, consciente de que todos a olhavam de esguelha. Quando Daniel voltou da cozinha, foi se sentar na outra ponta da mesa, ao lado de Bea.

— Sirvo a sopa já ou esperamos Fermín? — perguntou a Bernarda.

— O sopão dos pobres não espera heróis — proclamou dom Anacleto.

A Bernarda começava a encher os pratos fundos quando se ouviram um estrondo atrás da porta e o som de vários vasilhames de vidro aterrissando com contundência. Poucos segundos depois se materializou um Fermín triunfante com duas garrafas de champanhe em cada mão, que tinham se salvado milagrosamente.

— Fermín, você nos deixou aqui com um moscatel rançoso... — reclamou dom Anacleto.

— Joguem fora vossas mercês essa vil beberagem que macula vossas taças, pois acabou de chegar o astro dos vinhedos para fazer jus ao paladar com uns sumos que vos farão urinar flores — proferiu Fermín.

— Fermín! — advertiu a Bernarda. — Cuidado com a língua!

— Mas, meu docinho de coco, aqui nestes pagos urinar a sotavento é tão natural e prazeroso como o...

A loquacidade e a rapsódia de Fermín se congelaram imediatamente. Petrificado, ele olhava para Alicia como se estivesse vendo um espectro retornado de além-túmulo. Daniel o pegou pelo braço e o fez sentar-se à força.

— Venha, vamos jantar — sugeriu o sr. Sempere, a quem o lapso de Fermín tampouco passara despercebido.

O balé de taças, risos e pilhérias foi dominando o jantar. Fermín, com a colher vazia na mão e sem parar de olhar para Alicia, ficou calado como um túmulo. Alicia fingia não estar notando, mas até Bea começou a ficar desconfortável. Daniel deu uma cotovelada em Fermín e lhe sussurrou algo de maneira enfática. Ele tomou uma colherada de sopa, tenso. Felizmente, embora o verbo do assessor bibliográfico da Sempere & Filhos tenha amainado ante a presença de Alicia, o de dom Anacleto estava vivendo uma segunda juventude graças ao champanhe, e rapidamente todos os presentes foram brindados com sua habitual análise da atualidade do país.

O catedrático, que se via como herdeiro sentimental e portador da chama eterna de dom Miguel de Unamuno, com quem partilhava certa semelhança física e um amplo pedigree salamanquense, começou a glosar um panorama de cunho apocalíptico que, como de costume, anunciava o iminente afundamento da península Ibérica nos oceanos da mais negra ignomínia. Fermín, que geralmente discordava dele por esporte e gostava de sabotar seus improvisados debates e tertúlias com dardos envenenados do tipo "o índice de tertulianismo de uma sociedade é inversamente proporcional ao de sua solvência intelectual: quando se fala por falar, pouco se pensa e menos ainda se faz", andava tão taciturno que o catedrático, sem rivais nem contestadores, tentou provocá-lo.

— Os dirigentes deste país não sabem mais o que fazer para lavar o cérebro das pessoas. Não acha, Fermín?

O dito-cujo deu de ombros.

— Não sei para que se dão esse trabalho. Na maioria dos casos, um ligeiro enxague é mais que suficiente.

— Lá vem o anarquista — pulou Merceditas.

Dom Anacleto sorriu satisfeito vendo que finalmente havia acendido a faísca do debate, seu passatempo preferido. Fermín bufou.

— Sabe, Merceditas, como parece que todo dia você começa e termina a leitura do jornal pelo horóscopo e hoje comemoramos a efeméride natalícia do prócer da casa...

— Fermín, quer me passar o pão, por favor? — interrompeu Bea para manter a festa em paz.

Fermín fez que sim e bateu em retirada. Dom Federico, o relojoeiro, quis quebrar o tenso silêncio.

— Então nos conte, Alicia, qual é sua profissão?

Merceditas, que não via com bons olhos a deferência e a atenção que todos dedicavam à convidada surpresa, entrou em campo.

— E por que uma mulher tem que ter profissão? Será que não é suficiente cuidar da casa, do marido e dos filhos como os nossos pais nos ensinaram que devia ser?

Fermín ia dizer alguma coisa, mas a Bernarda apertou seu punho e ele se conteve.

— Bem, mas a srta. Alicia é solteira. Certo? — insistiu dom Federico.

Alicia confirmou decorosamente.

— Nem sequer um namorado? — perguntou dom Anacleto, incrédulo.

Ela sorriu, modesta, negando.

— Isso é o fim do mundo! Prova indelével de que não há mais mancebos neste país que valham a pena. Se eu tivesse vinte anos a menos... — disse dom Anacleto.

— Mais para cinquenta — precisou Fermín.

— A virilidade não tem idade — replicou dom Anacleto.

— Não vamos misturar épica com urologia.

— Fermín, há menores na mesa — advertiu o sr. Sempere.

— Se é por causa da Merceditas...

— Você vai ter que lavar a boca e o pensamento com água sanitária, para não acabar no inferno — condenou Merceditas.

— Assim economizo na calefação.

Dom Federico levantou as mãos para silenciar o debate.

— Esperem... assim não estão deixando Alicia falar.

Voltaram à calma e todos olharam para ela.

— Então — exortou novamente dom Federico —, você ia nos contar o que faz...

Alicia observou a audiência, todos esperando as suas palavras.

— Na verdade hoje foi o meu último dia de trabalho. E não sei o que vou fazer a partir de agora.

— Mas já deve ter pensado em alguma coisa — disse o sr. Sempere.

Ela abaixou o rosto.

— Eu pensei que gostaria de escrever. Ou pelo menos tentar.

— Bravo! — aplaudiu o livreiro. — Você vai ser a nossa Laforet.

— Melhor, vai ser a nossa Pardo Bazán — interveio dom Anacleto, que partilhava o profundo sentimento nacional de que um literato vivo, a menos que esteja nos seus últimos estertores e não aguente mais o peso das próprias pestanas, não merece qualquer apreço. — Concorda, Fermín?

Ele os olhou um por um e depois pousou a vista em Alicia.

— Concordaria, querido amigo, não fosse porque tenho a impressão de que a Pardo Bazán se via no espelho com cara de pointer enquanto a nossa *srta. Gris* aqui presente possui um aspecto que está mais para heroína das trevas e porque não tenho muita certeza de que se reflita totalmente no espelho.

Fez-se um profundo silêncio.

— E o que se supõe que isso significa, sabichão? — cobrou Merceditas.

Daniel pegou Fermín pelo braço e o arrastou para a cozinha.

— Significa que se os homens tivessem um cérebro da metade do tamanho das suas línguas, para não dizer outra coisa, este mundo funcionaria bem melhor — soltou Sofía, que até então parecia estar no mundo da lua ou no turvo país dos pensamentos que é habitado pelos muito jovens e pelos iluminados.

O sr. Sempere voltou os olhos para aquela sobrinha que a vida tinha lhe mandado para abençoar ou martirizar seus anos dourados e, como tantas outras vezes, por um instante pensou estar vendo e ouvindo a sua Isabella através do oceano do tempo.

— É isso que ensinam agora na faculdade de letras? — perguntou dom Anacleto.

Sofía encolheu os ombros, voltando ao seu limbo.

— Valha-me Deus, que mundo nos espera — vaticinou o catedrático.

— Não se precipite, dom Anacleto. O mundo é sempre o mesmo — tranquilizou-o o sr. Sempere. — E o fato é que não espera ninguém e segue em frente sem perguntar. Que tal um brinde ao passado, ao futuro e a nós que estamos entre um e outro?

O pequeno Julián levantou seu copo de leite com entusiasmo, apoiando a proposta.

Enquanto isso Daniel havia encurralado Fermín em um canto da cozinha, longe da vista e dos ouvidos dos comensais.

— Posso saber que bicho mordeu você, Fermín? Porque deve ter sido no mínimo do tamanho de um elefante.

— Esta mulher não é o que diz, Daniel. Neste mato tem cachorro.

— E o que ela é, pode-se saber?

— Não sei, mas vou descobrir que truque sujo ela está armando. Sinto o cheiro daqui, como sinto esse perfume barato que Merceditas pôs para atordoar o relojoeiro e tentar fazê-lo atravessar a ponte.

— E como pretende descobrir?

— Com a sua ajuda.

— Nem pensar. Não me meta nisso.

— Não se deixe inebriar com esses eflúvios da vampiresa. Tenho tanta certeza de que ela é uma trapaceira como de que me chamo Fermín.

— Não esqueça que no dia de hoje a trapaceira é a convidada de honra do meu pai.

— Aaaah...! E você não se perguntou como se deu essa conveniente coincidência?

— Não sei. Nem me interessa. Não se questionam coincidências.

— Quem diz isso é o seu parco intelecto ou as suas glândulas pós-púberes?

— É o meu bom senso, porque o seu deve ter sido extirpado no mesmo dia que a vergonha.

Fermín riu com sarcasmo.

— Notável — sentenciou. — Ela conquistou o pai e o filho ao mesmo tempo, e ainda por cima com a senhora sua esposa de corpo garboso e presente.

— Pare de falar bobagens, que vão nos ouvir.

— Podem ouvir! — exclamou Fermín subindo o tom. — Em voz alta e clara.

— Fermín, por favor. Vamos passar o aniversário do meu pai em paz.

Fermín franziu as sobrancelhas e os lábios.

— Com uma condição.

— Certo. Qual?

— Você vai me ajudar a desmascará-la.

Daniel revirou os olhos e suspirou.

— E como pretende fazer isso? Com mais versos alexandrinos?

Fermín abaixou a voz.

— Tenho um plano...

Fiel à sua promessa, Fermín teve um comportamento exemplar durante o resto do jantar. Riu dos gracejos de dom Anacleto, tratou Merceditas como se fosse madame Curie e de vez em quando mandava uns olhares de coroinha em direção a Alicia. Na hora dos brindes e de cortar o bolo, Fermín soltou a inflamada arenga que tinha preparado como glosa do personagem do dia, conquistando aplausos e um comovido abraço do homenageado.

— Meu neto vai me ajudar a soprar as velas, não vai, Julián? — anunciou o livreiro.

Bea apagou as luzes da sala, e por alguns instantes ficaram todos entregues à claridade bruxuleante das velas.

— Pense em um desejo, meu amigo — lembrou dom Anacleto. — Se possível em forma de viúva roliça e cheia de vitalidade.

A Bernarda retirou sutilmente a taça de champanhe do catedrático e a substituiu por um copo de água mineral, trocando um olhar com Bea, que aprovou com a cabeça.

Alicia assistia quase em transe a esse espetáculo. Fingia uma serenidade gentil, mas seu coração batia com força. Nunca estivera em uma reunião como aquela. Quase todos os seus aniversários que lembrava tinha passado com Leandro ou sozinha, geralmente enfurnada em um cinema, o mesmo onde se isolava nas noites de fim de ano amaldiçoando a mania que tinham de interromper o filme à meia-noite e acender as luzes durante dez minutos antes de reiniciar a projeção. Como se não fosse escárnio suficiente passar a noite ali, em uma esplanada de poltronas vazias junto com mais seis ou sete almas solitárias que ninguém esperava em lugar algum, ainda tinham que jogar isso em sua cara. Aquela sensação de camaradagem, de pertencimento e de carinho que ia além das brincadeiras e das discussões era uma coisa que ela não sabia como digerir. Julián estava segurando sua mão por baixo da mesa e a apertava com força, como se dentre todos os presentes só aquele menino pequeno pudesse entender como ela se sentia. Não fosse por ele, começaria a chorar.

Após os últimos brindes, quando a Bernarda ofereceu café e chá e dom Anacleto começou a distribuir charutos, Alicia se levantou. Todos a fitaram, surpresos.

— Queria agradecer a todos vocês por sua hospitalidade e gentileza. E muito especialmente ao senhor, dom Sempere. Meu pai sempre teve grande apreço pelo senhor e sei que ficaria muito feliz sabendo que pude compartilhar com vocês esta noite tão especial. Muito obrigada.

Teve a impressão de que todos a olhavam com pena, ou talvez só estivesse vendo nos olhos dos outros aquilo que ela mesma sentia por dentro. Deu um beijo no pequeno Julián e se dirigiu para a saída. Bea se levantou da mesa e a seguiu com o guardanapo ainda na mão.

— Vou levá-la até a porta, Alicia...

— Não, por favor. Fique com sua família.

Antes de sair passou em frente à cristaleira e deu uma última olhada na fotografia de Isabella. Soltou um suspiro de alívio e desapareceu escada abaixo. Precisava sair dali antes que começasse a achar que aquele lugar podia chegar a ser o seu.

A saída de Alicia propiciou uma onda de murmúrios entre os comensais. Vovô Sempere estava com Julián sentado no colo e o observava.

— Já está apaixonado? — perguntou ao menino.

— Acho que já está na hora de o nosso pequeno Casanova ir dormir — disse Bea.

— E de seguir o exemplo dele — acrescentou dom Anacleto se levantando da mesa. — Vocês, jovens, fiquem na farra, que a vida é curta...

Daniel ia suspirar aliviado quando Fermín o pegou pelo braço e se levantou.

— Puxa, Daniel, esquecemos de buscar aquelas caixas no porão.

— Que caixas?

— Aquelas.

Os dois se esgueiraram até a porta sob um olhar entre sonolento e surpreso do livreiro Sempere.

— Cada vez entendo menos esta família — disse ele.

— Pensava que era só eu — murmurou Sofía.

Quando saiu pelo portão, Fermín deu uma espiada no corredor azul que as luzes dos postes projetavam na rua Santa Ana e indicou a Daniel que o seguisse.

— Aonde você acha que vamos a esta hora da noite?

— À caça da vampiresa — respondeu Fermín.

— Nem pensar.

— Vamos, não fique aí molengando que ela escapole...

Sem esperar a resposta, Fermín partiu veloz rumo à esquina da Puerta del Ángel. Lá se refugiou debaixo da marquise da Casa Jorba e examinou a penumbra noturna pontilhada de nuvens baixas reptando entre os terraços. Daniel se juntou a ele.

— Ali está ela, como a serpente do paraíso.

— Pelo amor de Deus, Fermín, não me faça isso.

— Escute, eu me comportei direito. Afinal você é um homem de palavra ou um bundão?

Daniel amaldiçoou a própria sorte, e os dois, voltando aos seus tempos já perdidos de detetives de segunda, começaram a seguir o rastro de Alicia Gris.

10

Foram atrás dela margeando o perfil de portões e marquises que leva à avenida da Catedral. Lá se descortinava a ágora em perspectiva que se formara em frente ao templo quando os bombardeios da guerra demoliram o antigo subúrbio que havia ali. Uma lua líquida salpicava os paralelepípedos e a silhueta de Alicia deixava uma esteira de sombras no ar.

— Já reparou? — perguntou Fermín enquanto a viam entrar na rua de La Paja.

— O quê?

— Que estão nos seguindo.

Daniel se virou para examinar a penumbra prateada que pintava as ruas.

— Ali. Debaixo do portal da loja de brinquedos. Está vendo?

— Não vejo nada.

— A brasa de um charuto.

— E...?

— Está nos seguindo desde que saímos.

— E para que iria nos seguir?

— Talvez não esteja seguindo a nós. Talvez seja a ela.

— Isso cada vez tem menos sentido, Fermín.

— Pelo contrário. Cada vez fica mais claro que aqui há segredos para dar e vender.

Acompanharam os passos de Alicia pela rua Baños Nuevos, um estreito vale de edifícios centenários que pareciam convergir em um traçado serpeante para um abraço de trevas.

— Aonde ela vai? — murmurou Daniel.

Não demoraram muito a descobrir a resposta. Alicia parou em frente a um portão na rua Aviñón, em frente ao Gran Café. Depois a viram entrar na casa. Passaram por ela sem parar e encontraram um refúgio dois portões adiante.

— E agora?

Como resposta Fermín apontou para o térreo da La Manual Alpargatera. Daniel viu que seu amigo tinha razão. Estavam sendo seguidos, eles ou Alicia. Escondida debaixo dos arcos da entrada da loja de alpargatas se distinguia uma silhueta miúda com um sobretudo e um chapéu-coco desses comprados em feiras.

— Pelo menos parece franzino — estimou Fermín.

— E o que isso tem a ver?

— É uma vantagem caso você tenha que sair no tapa com ele.

— Que beleza. E por que tenho que ser eu?

— Porque você é mais jovem e em uma refrega o que conta é a força bruta. Eu contribuo com a visão estratégica.

— Não tenho intenção de brigar com ninguém.

— Não sei por que tanto melindre, Daniel. Afinal você já demonstrou seu ardor guerreiro uma vez quando quebrou a cara do bundão do Cascos Buendía no hotel Ritz. Não pense que eu esqueci.

— Não foi o meu melhor momento — admitiu Daniel.

— Não precisa se desculpar. Não esqueça que aquele porco estava mandando cartas de amor à senhora sua esposa para conquistá-la por ordem daquele verme do Valls. Sim, sim, o mesmo verme que você está pesquisando na hemeroteca do Ateneu desde a primavera passada e pensa que eu não sei de nada.

Daniel abaixou os olhos, abatido.

— Mais algum segredo que você não saiba?

— Você nunca se perguntou por que será que há algum tempo Valls não é visto em lugar nenhum?

— Todo dia — admitiu Daniel.

— Ou onde foi parar o butim que Salgado escondeu na Estação do Norte?

Daniel fez que sim.

— Quem garante que esta sacana não trabalha para Valls também?

Daniel fechou os olhos.
— Você ganhou, Fermín. O que fazemos?

Chegando à sua casa, Alicia viu uma linha de luz por baixo da porta e reconheceu o cheiro do cigarro de Vargas no ar. Entrou sem dizer nada e deixou a bolsa e o casaco na mesa da sala. Vargas, em frente à janela e de costas para a porta, estava fumando em silêncio. Ela serviu uma taça de vinho branco e sentou-se. Na sua ausência, Vargas tinha resgatado de baixo do sofá a caixa com os documentos tirados do depósito do advogado Brians. O caderno de Isabella Gispert estava em cima da mesa.

— Onde você se meteu o dia todo? — perguntou Alicia afinal.
— Andando por aí — respondeu Vargas. — Tentando esfriar a cabeça.
— E conseguiu?
Ele se virou e a olhou com uma expressão de receio.
— Vai me desculpar por ter contado tudo a Leandro?
Alicia saboreou um gole de vinho e deu de ombros.
— Se está precisando de um confessor, há uma igreja antes de chegar às Ramblas. Acho que fica aberta até meia-noite.
Vargas abaixou os olhos.
— Se lhe serve de consolo, tive a impressão de que Leandro já sabia da maior parte das coisas que lhe contei. Só precisava de confirmação.
— Isso sempre acontece com Leandro — disse Alicia. — A gente nunca lhe revela nada, só esclarece algum detalhe.
Vargas suspirou antes de prosseguir.
— Não tive escolha. Ele já desconfiava de alguma coisa. Se eu não tivesse contado o que descobrimos você ficaria em má situação.
— Não precisa me dar explicações, Vargas. O que está feito está feito.
O silêncio foi ficando espesso.
— E Fernandito? — perguntou Alicia. — Ainda não voltou?
— Pensei que estava com você.
— O que mais não está me contando, Vargas?
— Sanchís...
— Diga.
— Está morto. Uma parada cardíaca enquanto era transportado da Chefatura para o hospital Clínico. É o que diz o relatório.
— Filhos da puta... — murmurou Alicia.
O policial desabou no sofá ao seu lado. Os dois se entreolharam em silêncio. Ela encheu de novo a taça de vinho e lhe ofereceu. Vargas bebeu tudo em um só gole.
— Quando você tem que voltar para Madri?

— Ganhei cinco dias de licença — disse Vargas. — E um bônus de cinco mil pesetas.

— Parabéns. Podíamos torrar tudo em uma excursão a Montserrat. Quem não tocou na Moreneta não sabe o que está perdendo.

Vargas sorriu com tristeza.

— Vou sentir sua falta, Alicia. Por mais que você não acredite.

— Claro que acredito. Mas não tenha ilusões, eu não vou sentir a sua.

Vargas sorriu para si mesmo.

— E você onde esteve?

— Fui à casa dos Sempere.

— Como assim?

— Uma festa de aniversário. É uma história comprida.

Vargas fez um gesto afirmativo, como se aquilo tivesse todo o sentido do mundo. Alicia apontou para o caderno de Isabella.

— Estava lendo enquanto me esperava?

Vargas confirmou.

— Isabella Gispert morreu sabendo que aquele desgraçado do Valls a tinha envenenado — disse Alicia.

Ele passou as mãos no rosto e alisou o cabelo para trás. Parecia que cada um dos anos que tinha vivido estava pesando em sua alma.

— Estou cansado — murmurou. — Estou cansado desta merda.

— Por que não volta para casa? — perguntou Alicia. — Dê essa alegria a eles. Pegue a aposentadoria e vá ler Lope de Vega no seu pomar em Toledo. Não era esse o plano?

— E fazer igual a você? Viver de literatura?

— Metade do país vive de histórias. Mais dois não vão fazer diferença.

— Como são os Sempere? — quis saber Vargas.

— Boa gente.

— Certo. E você não está acostumada, não é?

— Não.

— Isso também acontecia comigo. Depois passa. O que vai fazer com o caderno de Isabella? Entregar a eles?

— Não sei — admitiu Alicia. — O que você faria?

Vargas avaliou a questão.

— Eu destruiria — sentenciou. — A verdade não vai fazer bem a ninguém. E seria um perigo para eles.

Alicia fez que sim.

— A menos que...

— Pense bem antes de falar, Alicia.

— Creio que já pensei.
— Achei que íamos deixar tudo como está e ser felizes — disse ele.
— Nós dois nunca vamos ser felizes, Vargas.
— Caramba, falando assim, como vou discordar.
— Não tem obrigação de me ajudar. Esse problema é meu.

Vargas sorriu.

— Você é um problema meu, Alicia. Ou a minha salvação, por mais que você ache essa ideia engraçada.
— Eu nunca salvei ninguém.
— Nunca é tarde para começar.

Ele se levantou, apanhou o casaco de Alicia e o entregou a ela.

— O que acha? Ferramos as nossas vidas para sempre, ou prefere deixar os anos passarem até descobrir que não tem talento para a literatura e eu entender que Lope deve ser apreciado no palco?

Alicia vestiu o casaco.

— Por onde quer começar? — perguntou Vargas.
— Pela entrada do labirinto...

Daniel, que estava tiritando de frio ali escondido no portão, notou que Fermín, um belo esqueleto magro feito um varapau e de essência cartilaginosa destilada, parecia sentir-se às mil maravilhas e se distraía cantarolando um *son montuno* enquanto mexia ligeiramente os quadris de um jeito tropical.

— Não entendo como você não congela, Fermín. Está fazendo um frio de rachar.

Fermín abriu dois botões e mostrou o forro de jornal que tinha debaixo da roupa.

— Ciência aplicada — explicou. — Isso e umas recordações bem escolhidas da minha namoradinha lá em Havana quando eu era jovem. É a famosa corrente do Golfo.

— Minha mãe do céu...

Daniel já ia se aventurar em direção às portas do Gran Café e pedir uma xícara de café com leite bem quente com uma boa dose de conhaque quando se ouviu um rangido no portão de Alicia e a viram sair em companhia de um homem bastante robusto com pinta de militar.

— Veja só o Tarzan que a sem-vergonha foi arranjar — disse Fermín.
— Pare de falar assim. Ela se chama Alicia.
— Seria bom você superar a puberdade um dia destes, agora que já é pai de família. Vamos andando.

— E o que fazemos com o outro?

— O espião? Não tenha pressa. Neste exato momento estou formulando um plano magistral...

Alicia e o homenzarrão, que claramente era um integrante das forças de ordem pública, entraram pela rua Fernando em direção às Ramblas. Fermín e Daniel, seguindo o plano, atravessaram na frente do espião, que tinha mergulhado nas sombras da esquina sem registrar sua presença. Àquela hora a rua estava mais animada que de costume graças a um contingente de marinheiros britânicos em busca de intercâmbios culturais e algum ou outro boêmio da cidade alta que tinha descido aos intestinos da cidade em busca de flora para digerir seus inconfessáveis anseios de alcova. Fermín e Daniel usaram as camadas de transeuntes como cortina até chegarem aos arcos que davam acesso à Plaza Real.

— Olhe, Daniel, foi aqui que nos conhecemos. Lembra? Os anos passam e o lugar continua com cheiro de mijo. É a Barcelona eterna, que não se desvanece...

— Não comece a ficar romântico.

Alicia e o policial estavam atravessando a rua na direção da saída para as Ramblas.

— Vão pegar um táxi — deduziu Fermín. — É hora de facilitar a nossa vida.

Quando se viraram deram de cara com o espião surgindo entre os arcos da praça.

— E o que sugere fazer? — perguntou Daniel.

— Posso ir até lá e desferir uma joelhada nas partes moles dele. É pequenino e com certeza não vai resistir.

— Algum plano alternativo?

Fermín suspirou, exasperado. Reparou então na presença de um guarda que patrulhava o lugar com muita pachorra enquanto contemplava absorto o generoso decote de duas vadias postadas na porta da hospedaria Ambos os Mundos.

— Fique atento para não perder de vista o seu anjinho do coração e o brutamontes — disse Fermín.

— E o que você vai fazer?

— Observe e aprenda com o professor.

Fermín saiu decidido ao encontro do guarda, e fez uma saudação militar com muita cerimônia.

— Meu comandante — disse. — Tenho a penosa obrigação de denunciar um crime contra o decoro e a decência.

— E que crime é esse?

— Observa sua excelência aquele magano raquítico e procelosamente oculto em um sobretudo de liquidação da Sepu? Aquele ali, fingindo que não é com ele.

— Aquele garoto?

— Garoto nada. Lamento ter que lhe informar que está pelado sob o casaco e ficou mostrando o pinto ereto para umas senhoras e falando cada porcaria que eu não me atreveria a repetir nem para um magote de meretrizes.

O guarda apertou o cassetete com força.

— O que está dizendo?

— Isso mesmo. Ali está ele, um perfeito depravado atrás de novas oportunidades para delinquir.

— Pois ele vai aprender o que é bom para a tosse.

O guarda tirou o apito do bolso e apontou com o cassetete para o suspeito.

— Você! Parado aí!

O espião, vendo a encrenca em que estava metido, saiu correndo com o guarda atrás. Fermín, satisfeito com a manobra de distração, deixou o guardião da segurança e dos bons costumes caçando o ilustre espião e foi correndo se juntar a Daniel, que o esperava no ponto de táxi.

— Onde estão?

— Acabaram de pegar um táxi. Lá vão eles.

Fermín empurrou Daniel para dentro do próximo táxi. O motorista, um malabarista com um palito na boca, os olhou pelo retrovisor.

— A Pueblo Nuevo eu não vou — advertiu.

— Pois não sabe o que está perdendo. Vê aquele táxi que vai ali?

— O do Cipriano?

— Esse mesmo. Pode segui-lo e não o perca de vista. É caso de vida ou morte, e de uma boa gorjeta.

O motorista abaixou a bandeira e sorriu com ironia.

— Eu achava que estas coisas só acontecem em filme americano.

— Suas preces foram ouvidas. Pise fundo, mas com discrição.

11

Os vinte minutos que levaram para chegar à delegacia pareceram vinte anos. Fernandito ia no banco de trás ao lado de Hendaya, que fumava em silêncio e de vez em quando lhe dirigia um sorriso sereno e um "Calma, não se preocupe" que gelava seu sangue. Dois dos homens de Hendaya iam na frente. Nenhum dos dois abriu a boca em todo o trajeto. Fazia frio, mas Fernandito, apesar de o interior do carro estar quase congelando, sentiu o suor escorrendo pelo seu flanco. Olhava a cidade desfilando atrás das janelas como uma miragem distante à qual nunca mais iria voltar. Transeuntes e veículos passavam a poucos metros dele, inalcançáveis. Ao chegarem ao cruzamento da Balmes com a Gran Vía, aproveitando o sinal vermelho, teve o impulso de abrir a porta e sair correndo, mas seu corpo não respondeu. Segundos depois, quando o carro voltou a andar, constatou que as portas estavam travadas. Hendaya tocou amistosamente em seu joelho.

— Calma, Alberto, vai ser só um minutinho.

Quando o veículo parou na frente da delegacia, dois policiais fardados que guardavam a entrada se aproximaram e, depois de abrir a porta de Hendaya e acatar suas ordens sussurradas, puxaram Fernandito pelos braços e o levaram para dentro. O homem que ia no banco da frente, que não desceu do carro, olhou para ele enquanto o levavam e o garoto viu que dizia alguma coisa sorrindo ao seu colega do volante.

Ele nunca tinha entrado na central de polícia da Vía Layetana. Fernandito era um dos muitos barceloneses que, se por acaso estivessem pelo bairro e precisassem passar em frente ao funesto prédio, atravessavam a rua e apressavam o passo. O interior da central era tão escuro e cavernoso como ele tinha imaginado. Assim que a luz da rua se perdeu às suas costas, começou a sentir um vago cheiro de amônia. Os dois agentes o puxavam pelos braços enquanto seus pés respondiam com um passo lento e arrastado. Os corredores e passadiços se multiplicavam, e Fernandito sentiu uma fera faminta absorver seu trato intestinal. Um som de vozes e pisadas flutuava no ar, uma penumbra cinza e gélida permeava tudo. Olhares furtivos pousavam nele por um instante e logo a seguir o abandonavam com desinteresse. Quando o arrastaram por umas escadas, Fernandito não sabia se estava subindo ou descendo. As lâmpadas penduradas no teto vez por outra piscavam, como se a eletricidade lhes chegasse a conta-gotas. Passaram pela soleira de uma porta onde se lia BRIGADA DE INVESTIGAÇÃO SOCIAL gravado no vidro fosco.

— Aonde vamos? — balbuciou.

Os dois agentes ignoraram suas palavras da mesma forma que tinham ignorado a sua pessoa ao longo de todo o trajeto, como se o que estivessem transportando fosse um fardo. Levaram-no através de uma sala lúgubre cheia de mesas de metal cujo único ocupante era uma luminária flexível que estendia uma borbulha de luz amarelada sobre cada uma delas. No fundo havia um escritório com paredes de vidro. Lá dentro, uma mesa de madeira nobre com duas cadeiras na frente. Um dos agentes abriu a porta e lhe indicou que entrasse.

— Sente-se aí — disse sem olhar em seus olhos. — E fique quietinho.

Fernandito aventurou alguns passos. A porta se fechou às suas costas. Dócil, sentou-se em uma das cadeiras e respirou fundo. Olhou por cima do ombro e constatou que os dois agentes estavam sentados diante de uma das mesas da sala. Um deles ofereceu um cigarro ao outro. Estavam sorrindo. "Pelo menos você não está em uma cela", disse para si mesmo.

* * *

Transcorreu uma boa hora durante a qual a maior demonstração de coragem que se permitiu foi, após quarenta minutos de desespero, passar de uma cadeira para a outra. Incapaz de continuar mais um segundo ancorado naqueles assentos que pareciam encolher a cada minuto que ficava neles, Fernandito se levantou e, armado de algo que não chegava a ser coragem e estava mais próximo do pânico, já ia bater na parede de vidro para explicar sua inocência e as circunstâncias equívocas que o levaram até lá e exigir dos policiais que o vigiavam que o deixassem ir embora quando uma porta foi aberta às suas costas e a figura de Hendaya se recortou na contraluz.

— Desculpe a demora, Alberto. Um pequeno problema de intendência me atrasou. Já lhe ofereceram um café?

Fernandito, que se pudesse engolir em seco já o teria feito há muito tempo mas estava com a boca totalmente arenosa, sentou-se de novo sem esperar a ordem.

— Por que estou aqui? — questionou. — Eu não fiz nada.

Hendaya sorriu com tranquilidade, como se o medo do rapaz lhe inspirasse uma certa ternura.

— Ninguém está dizendo que fez nada de mau, Alberto. Não quer mesmo um café?

— O que eu quero é poder ir para a minha casa.

— Certo. Já, já.

Hendaya puxou um telefone que estava em cima da escrivaninha. Pegou o aparelho e lhe entregou.

— Vamos, Alberto, ligue para o seu pai pedindo que ele venha aqui buscá-lo e traga o seu documento. Sua família com certeza está preocupada.

12

Uma coroa de nuvens em trânsito deslizava pela encosta da montanha. Os faróis do táxi revelavam as silhuetas de uns casarões senhoriais em meio ao arvoredo que ladeava o caminho de subida para Vallvidrera.

— Pela estrada de Las Aguas não se pode mais passar — advertiu o taxista. — Desde o ano passado restringiram o acesso aos moradores e a veículos da prefeitura. É só botar o nariz por lá que aparece um guarda escondido atrás das moitas com um caderno de multas na mão pronto para lhe dar um autógrafo. Mas posso deixar vocês na entrada...

Vargas lhe mostrou uma nota de cinquenta pesetas. Os olhos do taxista pousaram naquela visão como moscas no mel.

— Olhe, eu não tenho troco para isto...

— Se nos esperar não vai precisar dar troco. E a prefeitura que se lasque.

O taxista bufou, mas cedeu à lógica monetária.

— Digo amém — concluiu.

Chegando ao acesso da estrada, uma simples faixa sem asfalto contornando o anfiteatro de montanhas que custodiava Barcelona, o taxista entrou com cautela.

— Vocês têm certeza de que é por aqui?

— Siga em frente.

A antiga casa dos Mataix ficava a uns trezentos metros do início do caminho. Logo em seguida os faróis do táxi acariciaram uma grade de barras de ferro entreaberta em um dos lados da estrada. Mais à frente se vislumbrava um perfil serrilhado de mansardas e torreões despontando entre as ruínas de um jardim abandonado à própria sorte durante muito tempo.

— É aqui — disse Alicia.

O motorista deu uma rápida olhada no lugar e os fitou pelo espelho com pouco entusiasmo.

— Sabe, dá a impressão de que não mora mais ninguém aqui...

Alicia ignorou essas palavras e desceu do carro.

— Será que não temos uma lanterna? — perguntou Vargas.

— Os extras não estão inclusos na bandeirada. Ainda estamos falando de cinquenta?

Vargas pegou de novo a nota e mostrou.

— Como é seu nome?

O efeito hipnótico da pecúnia em estado puro deslumbrou o olhar do taxista.

— Cipriano Ridruejo Cabezas, às suas ordens e às do sindicato dos *tásis*.

— Cipriano, esta é a sua noite de sorte. Será que não arranja uma lanterna para a senhorita, evitando assim o perigo de ela tropeçar e torcer o tornozelo?

O homem se dobrou para mergulhar no porta-luvas e emergiu com uma lanterna em barra de envergadura considerável. Vargas a pegou e saiu do táxi, não sem antes cortar em duas a nota de cinquenta e dar uma das metades ao taxista.

— A outra na volta.

Cipriano suspirou, examinando a nota rasgada no meio como se fosse um bilhete de loteria com o prazo vencido.

— Se voltarem — murmurou.

Alicia já tinha se esgueirado pelo vão estreito da grade. Sua silhueta avançava no capim alto por um caminho enluarado. Vargas, que era duas ou três vezes maior que ela, teve que lutar com as hastes enferrujadas da grade para poder segui-la. Do outro lado começava um caminho de pedras que rodeava a casa e chegava à entrada principal, situada na parte da frente. Sob os seus pés, os paralelepípedos estavam cobertos de folhas de árvore. Vargas seguiu os passos de Alicia através do jardim até chegar a uma balaustrada suspensa sobre a encosta de onde se podia apreciar toda Barcelona. Mais à frente, o mar se iluminava com o clarão da lua e desenhava uma balsa de prata incandescente.

    Alicia observou a fachada do casarão. As imagens que tinha evocado quando ouviu o relato de Vilajuana se materializaram diante dos seus olhos. Imaginou aquela casa em tempos melhores, o sol acariciando a pedra ocre dos muros e salpicando o laguinho do chafariz que agora jazia seco e todo rachado. Imaginou as filhas dos Mataix brincando naquele jardim e o escritor e sua esposa olhando pelo janelão da sala. O lar dos Mataix ficara reduzido a um mausoléu abandonado, os postigos das janelas balançando ao vento.

    — Uma caixa do melhor vinho branco para deixar isto para amanhã e voltar agora à luz do dia — propôs Vargas. — Duas, se você fizer questão.

    Alicia tirou a lanterna das mãos dele e se dirigiu à entrada. A porta estava aberta. Vestígios de um cadeado enferrujado descansavam na soleira. Alicia apontou o feixe da lanterna para os pedaços de metal e se ajoelhou para examiná-los. Pegou uma peça que parecia ter sido parte do corpo principal do cadeado e a examinou de perto. O metal parecia arrebentado por dentro.

    — Um tiro no cilindro — opinou Vargas às suas costas. — Ladrões de alto calibre.

    — Se é que eram ladrões.

    Alicia deixou o pedaço de metal cair no chão e se levantou.

    — Está sentindo o mesmo cheiro que eu? — perguntou o policial. Ela se limitou a confirmar. Entrou no vestíbulo e parou ao pé de uma escadaria de mármore branco que subia pelas trevas. O feixe de luz acariciou a penumbra que se perdia degraus acima. O esqueleto de um antigo lustre de cristal balançava no alto.

    — Eu não confiaria nesta escada — advertiu Vargas.

    Subiram devagar, degrau por degrau. O alcance da lanterna abria as sombras quatro ou cinco metros à frente antes de se esfumar em um halo pálido que mergulhava na escuridão. O fedor que tinham sentido ao entrar continuava presente, mas à medida que subiam a escada uma brisa fria e úmida que parecia vir do andar superior acariciava o rosto dos dois.

    Chegando ao patamar de cima se depararam com uma galeria de comunicação que dava em um amplo corredor arrematado por uma fileira de janelas internas por onde se filtrava a claridade do luar. A maioria das portas tinha sido arrancada e os quartos estavam despidos de mobiliário ou cortinas. Percorreram o corredor inspecionando aqueles espaços mortos. O chão estava totalmente coberto por uma camada de poeira, um tapete de cinzas que rangia aos pés. Alicia apontou a lanterna para um rastro de pegadas que se perdia na sombra.

— É recente — murmurou.

— Provavelmente um mendigo, ou algum gatuno que entrou para ver se ainda havia alguma coisa para levar — disse Vargas.

Alicia ignorou as palavras e seguiu os rastros. Rodearam o andar atrás daqueles passos até atingir o ângulo sudeste do casarão. A pista se desvanecia ali. Alicia parou em frente à entrada do aposento que claramente devia ter sido o quarto principal, o dormitório do casal Mataix. Não sobrava um único móvel, os ladrões tinham arrancado até o papel de parede. O teto estava começando a ceder e parte do velho ornamento desenhava uma espécie de fole distendido traçando uma falsa perspectiva e criando a ilusão de que o aposento parecia mais profundo do que era na realidade. Ao fundo se distinguia o vão escuro do armário onde a esposa de Mataix se escondera para tentar proteger suas filhas. Alicia sentiu um começo de enjoo.

— Não sobrou nada aqui — disse Vargas.

Alicia voltou para a galeria por onde tinham chegado àquele andar no alto da escada. Ali se sentia mais claramente o fedor que tinha notado quando entrou. Era um cheiro putrefato que parecia subir das entranhas da casa. Desceu a escada devagar, ouvindo os passos de Vargas atrás de si. Já estava se dirigindo para a saída quando percebeu um movimento à sua direita e parou. Foi até a entrada de um salão de janelas amplas. Uma parte das tábuas de madeira do piso tinha sido arrancada e os restos de uma fogueira improvisada mostravam pedaços carbonizados de cadeiras e lombadas enegrecidas de livros.

No fundo desse lugar ainda se mexia uma lâmina de madeira atrás da qual se abria um poço de negrume. Vargas parou ao lado e puxou o revólver. Os dois se aproximaram da porta devagar, cada um por um lado. Chegando à parede, Vargas abriu a lingueta encaixada no batente e fez que sim com a cabeça. Alicia apontou a luz da lanterna para dentro. Uma longa escada descia até o porão da casa. A jovem sentiu uma corrente de ar vindo lá do fundo, impregnada com um fedor de carniça. Cobriu a boca e o nariz com a mão. Vargas fez que sim de novo e foi na frente. Desceram lentamente, apalpando as paredes e testando cada degrau antes de pisar para não dar um passo em falso e cair no vazio.

Quando chegaram à base da escada deram com algo que à primeira vista parecia uma grande abóbada ocupando toda a superfície da estrutura. A abóbada era ladeada por uma fileira de janelas horizontais por onde penetravam umas agulhas de luz mortiça que imergiam em um miasma vaporoso que subia do chão. Alicia ia dar um passo à frente quando Vargas a deteve. Só então percebeu que aquilo que achou ser um piso de ladrilho na realidade era água. A piscina subterrânea do retornado tinha perdido seu verde-esmeralda e agora era um espelho negro. Foram até a borda e Alicia varreu a superfície com a luz da lanterna. Uma teia de algas verdosas oscilava sob a água. O fedor vinha dali. Alicia apontou para o fundo da piscina.

— Tem algo lá embaixo — disse.

Aproximou a lanterna da superfície. A água adquiriu uma claridade espectral.

— Está vendo? — perguntou Alicia.

Uma massa negrusca balançava no fundo, movendo-se muito lentamente. Vargas olhou em volta e viu o cabo de algo que parecia um rastelo ou um escovão de limpar a piscina. Todos os filamentos tinham se soltado fazia muitos anos, mas o gancho de metal que os fixava continuava preso na ponta. Vargas enfiou o cabo na água e tentou chegar àquela forma escura. Ao ser tocada, girou sobre si mesma e começou a se desdobrar com extrema lentidão.

— Cuidado — avisou Vargas.

Sentiu que o gancho de metal fazia contato com algo firme e puxou com força. A sombra do fundo da piscina começou a subir. Alicia recuou alguns passos. Vargas foi o primeiro a entender o que era aquilo.

— Afaste-se — murmurou.

Primeiro Alicia reconheceu o terno, porque ela estava ao seu lado quando o comprou em uma alfaiataria da Gran Vía. O rosto que surgiu na superfície era branco como gesso e os olhos pareciam dois óvalos de mármore polido com uns sulcos de linhas escuras formando uma rede de capilares em volta das pupilas. A cicatriz na bochecha que ela mesma tinha feito era agora um sinal de cor púrpura que parecia marcado a fogo. A cabeça se inclinou, expondo o profundo talho aberto na garganta.

Alicia fechou os olhos e deixou escapar um soluço. Sentiu a mão de Vargas no seu ombro.

— É Lomana — conseguiu articular.

Quando abriu os olhos o corpo estava começando a afundar de novo, até que ficou boiando debaixo d'água, girando sobre si mesmo com os braços abertos em cruz. Alicia se voltou para Vargas, que a olhava consternado.

— Vilajuana me disse que o mandou para cá — lembrou Alicia. — Na certa alguém o seguiu.

— Ou talvez tenha encontrado alguma coisa que não esperava.

— Não podemos deixá-lo aqui neste lugar. Assim.

Vargas negou com a cabeça.

— Eu me encarrego disso. Mas agora vamos sair daqui.

O policial a levou suavemente pelo braço em direção à escada.

— Alicia, este corpo está aqui há duas ou três semanas pelo menos. Desde antes de você chegar a Barcelona.

Ela fechou os olhos e concordou.

— Isso significa que quem entrou na sua casa e roubou o livro não foi Lomana — completou Vargas.

— Eu sei.

Já iam começar a subir quando Vargas ficou imóvel e a reteve. O som de passos rangendo no andar de cima reverberou com o eco da abóbada. Seguiram o rastro das pisadas com a vista. O policial escutava com uma expressão impenetrável.

— Há mais de uma pessoa — opinou com um fio de voz.

Por um instante parecia que os passos iam parar e depois se afastar dali. Alicia já ia se debruçar na escada quando detectou um som lá em cima. Ouviram a escada ranger e o timbre de uma voz, e se entreolharam. Alicia apagou a lanterna. Cada um se posicionou em um lado da porta, ocultos pela sombra. Vargas apontou o cano da arma para a saída da escada e a destravou. Os passos se aproximavam. Segundos depois surgiu uma silhueta na soleira. Antes que pudesse dar mais um passo, Vargas encostou o cano do revólver na têmpora do estranho, pronto para lhe estourar a cabeça em mil pedaços.

13

O contato do cano de uma arma de fogo com sua pele era como pudim instantâneo, uma coisa a que Fermín, apesar de ter experimentado inúmeras vezes, nunca conseguira se acostumar.

— Antes de mais nada saibam que viemos em missão de paz — articulou, fechando os olhos e levantando as mãos em sinal de rendição incondicional.

— Fermín, é você? — perguntou Alicia, atônita.

Antes que o dito-cujo pudesse responder, Daniel apareceu na porta e ficou petrificado ao ver a arma que Vargas continuava apontando para a cabeça do seu amigo. O policial bufou e abaixou o revólver. Fermín deu um suspiro angustiado.

— Posso saber que diabo estão fazendo aqui? — perguntou Alicia.

— Não sei como conseguiu ler meu pensamento — respondeu Fermín.

Alicia enfrentou os olhares acusadores de Daniel e Fermín e avaliou as próprias opções.

— É o que eu dizia, Daniel — disse Fermín. — Olhe para ela, sempre a maquinar crueldades sendo a pérfida lâmia que é.

— O que é lâmia? — perguntou Vargas.

— Não se ofenda, artilheiro, mas se recorresse menos à pistola e mais ao dicionário talvez não tivesse que perguntar — replicou Fermín.

Vargas deu um passo à frente, e Fermín, cinco em retirada. Alicia ergueu as mãos em sinal de trégua.

— Acho que você nos deve uma explicação, Alicia — disse Daniel.

Ela encarou fixamente os seus olhos e concordou fazendo um olhar doce capaz de varrer qualquer suspeita do mundo. Fermín deu uma cotovelada em Daniel.

— Daniel, mantenha a irrigação sanguínea acima do pescoço e não se deixe ludibriar.

— Ninguém quer ludibriar ninguém aqui, Fermín — disse Alicia.

— Diga isto ao nosso presunto flutuante aqui — murmurou Fermín apontando para as águas turvas da piscina. — Conhecido seu?

— Tudo isto tem uma explicação — começou Alicia.

— Alicia... — advertiu Vargas.

Ela fez um gesto de conciliação e se aproximou de Fermín e Daniel.

— Infelizmente não é uma explicação simples.

— Dê-nos uma oportunidade. Nós somos bem menos bobos do que parecemos, pelo menos este seu criado, porque aqui ao meu costado o amigo Daniel ainda está lutando para superar a problemática da acne juvenil.

— Deixe ela falar, Fermín — interrompeu Daniel.

— Já vi línguas menos venenosas nas cobras que ficam no zoológico.

— Por que não saímos daqui e vamos a algum lugar onde possamos conversar com calma? — propôs Alicia.

Vargas negou com a cabeça, indicando claramente sua desaprovação à ideia.

— Como sabemos que não é uma armadilha? — perguntou Fermín.

— Porque vocês escolhem o lugar — disse Alicia.

Daniel e Fermín trocaram olhares.

Atravessaram o jardim e voltaram para o táxi onde Cipriano estava imerso em uma nuvem de baforadas de Celta curto e um programa radiofônico de profunda importância sobre as questões-chave que realmente interessavam à população: o campeonato de futebol e a evolução de um joanete no pé esquerdo de Kubala em função do Real Madrid x Barcelona do domingo seguinte. Vargas, por um imperativo volumétrico, sentou-se no banco da frente, e os outros se comprimiram tanto quanto possível no de trás.

— Vocês não eram dois? — perguntou o taxista, já se questionando se não teria exagerado no número de Celtas.

Vargas respondeu com um grunhido. Alicia estava ensimesmada em seus mistérios, talvez tramando o vasto embuste que ia tentar fazê-los engolir, como suspeitou Fermín. Seu amigo Daniel parecia aturdido demais pelo contato que a coxa da astuta fêmea estabelecia com sua perna direita para articular algum pensamento ou palavra. Visto que só ele conservava o controle de suas faculdades mentais e o discernimento, Fermín assumiu a voz de comando e deu as instruções de navegação.

— Olhe, chefe, tenha a bondade de nos levar ao Raval e nos deixar na porta do Can Lluís.

A simples menção do seu restaurante predileto em todo o universo conhecido e refúgio espiritual em momentos de aflição devolveu a energia vital a Fermín, porque os contatos com agentes da ordem dispostos a lhe estourar os miolos sempre lhe inspiravam uma fome feroz. Cipriano deu marcha a ré até o início da estrada de Vallvidrera e empreendeu o regresso a uma Barcelona que os esperava espalhada aos pés da colina. Enquanto deslizavam morro abaixo rumo ao subúrbio de Sarriá, Fermín estudou sigilosamente o cangote do personagem sentado à sua frente que Alicia havia arranjado como escolta e força bruta. Tudo nele cheirava a policial, e de alto calibre. Vargas deve ter sentido o aguilhão dos olhos de Fermín porque se virou e lhe devolveu um olhar daqueles que soltavam o intestino dos infelizes que iam acabar no calabouço. Aquele homenzinho que Alicia chamava de Fermín parecia ter fugido de algum romance apócrifo do *Lazarillo de Tormes*.

— Não confie na minha compleição raquítica — advertiu Fermín. — Tudo o que está vendo aqui é músculo e instinto de combate. Pense em mim como um ninja à paisana.

Quando pensava que já tinha visto de tudo na sua profissão, Deus Nosso Senhor resolve lhe mandar um presentinho surpresa.

— Fermín, não é?
— Quem pergunta?
— Pode me chamar de Vargas.
— Tenente?
— Capitão.
— Espero que sua excelência não tenha objeções de tipo religioso à boa comida e à cozinha catalã — disse Fermín.
— Nenhuma. E para dizer a verdade estou com bastante fome. É bom esse Can Lluís?
— Sublime — replicou Fermín. — Como uma coxa de Rita Hayworth com meia arrastão.

Vargas sorriu.

— Esses dois já ficaram amigos — disse Alicia. — Os ditames do estômago e as vergonhas unem os homens.

— Não lhe dê ouvidos, Fermín. Alicia não come nunca, pelo menos sólidos — explicou Vargas. — Ela se nutre sorvendo a alma dos incautos.

Fermín e Vargas, meio a contragosto, trocaram um sorriso de cumplicidade.

— Ouviu, Daniel? — soltou o primeiro. — Confirmado pela Direção Geral da Polícia em grau de capitania.

Alicia se virou e deu com Daniel olhando-a de soslaio.

— Diante de palavras tolas, melhor fazer ouvidos de mercador — disse ela.

— Não se preocupe, não creio que ele tenha escutado nada depois da parte do sorver — assinalou Fermín.

— Por que não calam a boca e fazemos a viagem em paz? — sugeriu Daniel.

— São os hormônios — desculpou-se Fermín. — O rapaz ainda está crescendo.

E assim, cada qual em seu silêncio e à mercê do rádio e seu relato épico do campeonato, chegaram à porta do Can Lluís.

14

Fermín desembarcou do táxi como um náufrago faminto chegando à costa depois de passar semanas agarrado a um pedaço de madeira. O dono do Can Lluís, seu velho amigo, o recebeu com um abraço e cumprimentou Daniel calorosamente. Ao ver Vargas e Alicia os olhou de lado, mas Fermín sussurrou alguma coisa em seu ouvido e ele fez que sim, convidando-os a entrar.

— Hoje mesmo estava falando de você com o professor Alburquerque, que veio almoçar aqui; perguntávamos em que novas aventuras estaria metido.

— Nada, intrigas domésticas de pouca monta. Eu já não sou mais o mesmo — disse Fermín.

— Se vocês quiserem lhes dou uma mesinha lá no fundo e assim ficam mais sossegados...

Foram se instalar em um canto do salão, Vargas escolhendo por instinto uma cadeira com vista para a entrada.

— O que vão querer? — perguntou o garçom.

— Queremos que nos surpreenda, amigo. Eu já jantei, mas depois de tantas emoções não recusaria uma ceia, e o capitão aqui está com uma cara de apetite carcerário. Para os jovens pode trazer dois refrigerantes e já está muito bom, para deixarem de ser chatos — disse Fermín.

— Para mim uma taça de vinho branco, por favor — pediu Alicia.

— Tenho um Panadés excelente.

Ela aceitou.

— Então vou trazer alguma coisinha para beliscar, e se quiserem algo mais é só dizer.

— Moção aprovada por unanimidade — declarou Fermín.

O garçom saiu com o pedido rumo à cozinha e os deixou na companhia apenas de um espesso silêncio.

— E então, Alicia? — convidou Fermín.

— O que vou contar tem que ficar entre nós — advertiu ela.

Daniel e Fermín a olharam fixamente.

— Vão ter que me dar sua palavra — insistiu Alicia.

— Só se dá a palavra a quem tem palavra — disse Fermín. — E você, com todo o respeito, por ora não nos ofereceu prova alguma de que seja o caso.

— Pois vão ter que confiar em mim.

Fermín trocou um olhar com Vargas. O policial encolheu os ombros.

— Não olhe para mim — explicou. — Ela me disse a mesma coisa há alguns dias e cá estou eu.

Pouco depois apareceu um garçom com uma bandeja e dispôs na mesa vários pratinhos e um pouco de pão. Fermín e Vargas atacaram a oferenda sem fazer cerimônia enquanto Alicia saboreava lentamente a sua taça de vinho branco com um cigarro entre os dedos. Daniel não tirava os olhos da mesa.

— O que achou do repasto? — perguntou Fermín.

— Tremendo — admitiu Vargas. — De levantar defunto.

— Pois então prove, meu capitão, um pouco deste fricandó e vai sair daqui cantando o *Virolai*.

Daniel assistiu àquelas duas estranhas figuras, que não podiam ser mais diferentes entre si, devorarem tudo o que tinham servido na mesa como se fossem leões em uma caçada.

— Quantas vezes você consegue jantar, Fermín?

— Todas as que puder — replicou ele. — Estes jovens que não viveram a guerra na primeira fila não conseguem entender isso, meu capitão.

Vargas concordou, chupando os dedos. Alicia, que assistia ao espetáculo com o olhar lânguido de quem espera a chuva amainar, fez um gesto ao garçom pedindo que lhe servisse uma segunda taça de vinho branco.

— Isso não lhe sobe à cabeça sem comer alguma coisa sólida? — perguntou Fermín, limpando o prato com um pedaço de pão.

— Não me incomoda que suba — replicou Alicia. — Para mim basta que não desça.

Já servidos os cafés e uma bateria de doses, Fermín e Vargas se reclinaram em suas cadeiras com ar satisfeito e Alicia apagou o cigarro no cinzeiro.

— Não sei vocês, mas eu sou todo ouvidos — disse Fermín.

Alicia se inclinou para a frente e abaixou a voz.

— Parto do princípio de que vocês sabem quem é o ministro Mauricio Valls.

— O amigo Daniel aqui, só de ouvir falar — indicou Fermín sorrindo com malícia. — Eu já esbarrei com ele.

— Então devem ter percebido, se é que prestaram atenção, que de uns tempos para cá Valls quase não é visto em público.

— Agora que você está dizendo... — assentiu Fermín. — Mas aqui o especialista em Valls é Daniel, que nas horas livres vai à hemeroteca do Ateneu pesquisar sobre a vida e os milagres desse grande homem, velho conhecido da sua família.

Alicia trocou um olhar com Sempere.

— Há umas três semanas, Mauricio Valls desapareceu da sua casa em Somosaguas sem deixar rastro. Saiu ao amanhecer em companhia do seu principal segurança em um carro que foi encontrado dias depois abandonado em Barcelona. Ninguém o viu depois disso.

Alicia estudou a obscura corrente de emoções que acendia o olhar de Daniel.

— A investigação da polícia indica que Valls teria sido vítima de uma conspiração para vingar uns supostos negócios fraudulentos com ações de uma instituição bancária.

Daniel olhava para ela com perplexidade e uma crescente indignação.

— Quando você diz "investigação" — interveio Fermín —, a quem se refere?

— À Direção Geral da Polícia e outras forças de ordem pública.

— Posso visualizar o capitão Vargas nessa função, mas você, para dizer a verdade...

— Eu trabalho, ou melhor, trabalhava para um dos serviços que deram apoio à polícia nessa investigação.

— Esse serviço tem um nome? — perguntou Fermín, cético. — Porque você não tem muita pinta de guarda-civil.

— Não.

— Entendo. E o defunto que tivemos o prazer de ver boiando esta noite?

— Ex-colega meu.

— Então suponho que foi a tristeza que tirou seu apetite...

— Tudo isso é um monte de mentiras — cortou Daniel.

— Daniel — disse Alicia, pousando a mão sobre a dele em um gesto de conciliação.

O rapaz tirou a mão e a encarou.

— E para que você vem então se fazer de velha amiga da família, visitando a livraria, minha esposa, meu filho, e se insinuando na minha casa?

— Daniel, é complicado, deixe eu...

— Alicia é o seu nome de verdade? Ou tirou de alguma velha recordação do meu pai?

Agora era Fermín quem a olhava fixamente, como se estivesse encarando um fantasma do seu passado.

— É sim. Meu nome é Alicia Gris. E não menti sobre quem sou.

— Só sobre todo o resto — replicou Daniel.

Vargas permanecia em silêncio, deixando Alicia assumir as rédeas da conversa. Ela suspirou, revelando uma convincente turbação e uma aura de culpa que Vargas nem por um segundo acreditou que fossem genuínas.

— Durante a investigação encontramos indícios de que Mauricio Valls teve contatos com sua mãe, dona Isabella, e com um antigo detento da penitenciária de Montjuic chamado David Martín. Precisei envolver vocês na história porque tinha que eliminar algumas suspeitas e me certificar de que a família Sempere não teve nada a ver com...

Daniel deu uma risada amarga e olhou para Alicia com profundo desprezo.

— Você deve pensar que eu sou imbecil. E devo ser mesmo, porque até agora não tinha me dado conta do que você é, Alicia ou como diabos se chame.

— Daniel, por favor...

— Não me toque.

Daniel se levantou e se dirigiu para a saída. Alicia suspirou e escondeu o rosto entre as mãos. Procurou o olhar de Fermín em busca de cumplicidade, mas o homenzinho a observava como se ela fosse uma punguista surpreendida *in fraganti*.

— Essa primeira tentativa foi bastante fraca — sentenciou ele. — Acho que você continua nos devendo uma explicação, e agora ainda mais, tendo em vista a lorota que quis nos fazer engolir. E sem contar a que você deve a mim. Se você for realmente Alicia Gris.

Ela sorriu, abatida.

— Não se lembra de mim, Fermín?

O homenzinho a olhava como se fosse uma aparição.

— Não sei mais do que me lembro. Você voltou do mundo dos mortos?

— Poderia dizer que sim.

— E para quê?

— Só estou tentando protegê-los.

— Ninguém diria...

Alicia se levantou e olhou para Vargas, que fez um gesto afirmativo.

— Vá atrás dele — disse o policial. — Eu me encarrego de Lomana e dou notícias assim que puder.

Alicia concordou e saiu em busca de Daniel. Fermín e Vargas ficaram sozinhos, se olhando em silêncio.

— Acho que você é muito duro com ela — disse o último.

— Há quanto tempo a conhece? — perguntou Fermín.

— Uns dias.
— Então tem condições de atestar que é um ser vivo e não um fantasma?
— Acho que só parece — disse Vargas.
— Beber, bebe como uma esponja, isso é verdade — observou Fermín.
— Você não faz ideia.
— Um cafezinho com uísque antes de voltar para a casa do terror? — ofereceu Fermín.

Vargas aceitou.

— Precisa de companhia e apoio logístico para resgatar o presunto?
— Agradeço, Fermín, mas é melhor eu fazer isso sozinho.
— Então me diga uma coisa, e por favor não minta, porque você e eu já enfrentamos touradas demais para ficar de bandarilheiros. Será ideia minha, ou esta história é pior do que parece?

Vargas hesitou.

— Muito pior — concordou.
— Certo. E aquele excremento bípede do Valls continua vivo ou já bateu as botas?

Vargas, que parecia ter sentido de chofre o cansaço acumulado de todos aqueles dias, olhou-o com ar de derrota.

— Isso, meu amigo, acho que já é o de menos...

15

A figura de Daniel se desenhava ao longe, uma sombra ao abrigo dos postes e dos becos do Raval. Alicia apertou o passo o máximo que pôde. Pouco depois começou a sentir que a dor no quadril havia acordado. À medida que lutava para reduzir a distância que a separava de Daniel, ia ficando sem fôlego e um estilete se infiltrava em seus ossos. Chegando às Ramblas, ele se virou e fez cara de raiva quando a viu.

— Daniel, por favor, espere — chamou Alicia, segurando-se em um poste.

Ele a ignorou e se afastou em passos ligeiros. Alicia se arrastou como pôde atrás dele. Estava com a testa molhada de suor e todo o seu flanco era agora uma ferida aberta a fogo.

Chegando à esquina da rua Santa Ana, Daniel olhou de novo por cima do ombro. Alicia continuava lá, mancando de uma forma que o desconcertou. Parou um pouco para observá-la e viu que levantava a mão, tentando captar sua atenção. Daniel negou com a cabeça. Já ia se encaminhar de volta para casa quando a viu cair no chão, como se algo tivesse se quebrado nela. Esperou alguns segundos, mas Alicia não se ergueu. Hesitou, depois se aproximou dela e viu que estava se contorcendo no chão. Avistou seu rosto à luz do poste e percebeu que estava molhado de suor e tomado por uma careta de dor. Sentiu um impulso de deixá-la entregue à própria sorte, mas avançou alguns passos e se ajoelhou ao seu lado. Alicia olhava para ele com o rosto coberto de lágrimas.

— Não está fazendo teatro? — perguntou Daniel.

Alicia lhe estendeu a mão e ele a pegou e a ajudou a levantar. O corpo de Alicia tremia de dor sob as suas mãos, e Daniel sentiu uma ponta de remorso.

— O que houve?

— É uma velha ferida — disse Alicia ofegante. — Preciso me sentar, por favor.

Daniel a pegou pela cintura e a guiou na direção de um café no começo da rua Santa Ana que sempre fechava tarde. O garçom o conhecia, e Daniel soube que no dia seguinte o bairro todo ia ter notícias minuciosas do seu aparecimento quase à meia-noite carregando nos braços uma moçoila de insondáveis encantos. Levou Alicia para uma mesa na entrada e a ajudou a sentar-se.

— Água — sussurrou ela.

Daniel foi até o balcão e se dirigiu ao garçom.

— Uma água, Manuel.

— Só água? — perguntou o homem, piscando o olho com cumplicidade.

Daniel não se deteve dando explicações e voltou à mesa com uma garrafa de água e um copo. Alicia estava com uma caixinha de metal nas mãos, tentando abri-la. Ele a pegou e abriu. Alicia tirou dois comprimidos e os tomou com um gole d'água que escorreu pelo seu queixo e desceu pelo pescoço. Daniel a observava preocupado, sem saber o que mais podia fazer. Ela abriu os olhos e o fitou, tentando sorrir.

— Vou ficar bem logo — disse.

— Quem sabe comendo alguma coisa faz efeito mais rápido...

Alicia fez que não com a cabeça.

— Uma taça de vinho branco, por favor...

— Você acha que é boa ideia misturar álcool com esses...?

Ela fez um gesto afirmativo e Daniel foi providenciar o vinho.

— Manuel. Traga um vinho branco e alguma coisa para beliscar.

— Tenho uns croquetinhos de presunto de lamber os beiços.

— O que você tiver.

De volta à mesa, Daniel tanto insistiu que Alicia comeu um croquete e meio para rebater o vinho e a substância que tinha ingerido sob a forma daqueles comprimidos brancos. Pouco a pouco, parecia ir recuperando o controle de si mesma e conseguiu sorrir como se nada tivesse acontecido.

— Lamento que tenha que me ver assim — disse.

— Está melhor?

Alicia fez que sim, mas seus olhos tinham adquirido um verniz vítreo e líquido que fazia pensar que parte dela ainda estava muito longe dali.

— Isso não muda nada — avisou Daniel.

— Entendo.

Daniel notou que Alicia falava lentamente, arrastando as palavras.

— Por que mentiu para nós?

— Eu não menti.

— Chame como quiser. Você só me contou uma parte da verdade, o que é o mesmo que mentir.

— Nem eu conheço a verdade, Daniel. Ainda não. Mesmo que quisesse, não teria o que contar.

Um pouco a contragosto, o rapaz sentiu-se tentado a acreditar. Ainda ia acabar sendo mais bobo do que Fermín desconfiava.

— Mas vou descobrir — disse Alicia. — Vou chegar ao fundo desta história e juro que não lhe escondo nada.

— Então me deixe ajudar. Pela parte que me cabe.

Alicia negou com a cabeça.

— Sei que Mauricio Valls assassinou a minha mãe — disse Daniel. — Tenho todo o direito do mundo de olhar na cara dele e perguntar por quê. Mais do que você e Vargas.

— É verdade.

— Então me deixe ajudar.

Alicia sorriu com ternura e Daniel desviou o olhar.

— Pode me ajudar mantendo você e sua família a salvo. Não somos somente Vargas e eu que estamos seguindo esse rastro. Há outros. Gente muito perigosa.

— Não tenho medo.

— É isso que me preocupa, Daniel. Tenha medo. Muito medo. E me deixe fazer o que eu sei fazer.

Alicia procurou o seu olhar e pegou sua mão.

— Juro pela minha vida que vou encontrar Valls e garantir que você e sua família fiquem em segurança.

— Eu não quero ficar em segurança. Desejo saber a verdade.

— O que você deseja, Daniel, é vingança.

— Isso é coisa minha. E se você não me contar o que realmente está acontecendo, vou descobrir por minha conta. Estou falando sério.

— Sei disso. Posso lhe pedir um favor?

Daniel deu de ombros.

— Quero que me dê vinte e quatro horas. Se eu não tiver resolvido este caso em vinte e quatro horas, juro pelo que você quiser que lhe conto tudo o que sei.

Ele a olhou com desconfiança.

— Vinte e quatro horas — concedeu afinal. — E eu também tenho um favor a lhe pedir em troca.

— Pode dizer.

— Conte-me por que o Fermín diz que você lhe deve uma explicação. Uma explicação sobre quê?

Alicia abaixou os olhos.

— Há muitos anos, quando eu era criança, Fermín salvou minha vida. Foi durante a guerra.

— Ele sabe?

— Se não sabe, desconfia. Ele me dava como morta.

— A ferida que você tem é dessa época?

— Sim — respondeu de um jeito que o fez pensar que aquela era apenas uma das muitas feridas que Alicia escondia.

— Fermín também me salvou — disse Daniel. — Muitas vezes.

Ela sorriu.

— Às vezes a vida nos dá de presente um anjo da guarda.

Alicia fez menção de se levantar. Daniel contornou a mesa para ajudá-la, mas ela não deixou.

— Eu consigo sozinha, obrigada.

— Tem certeza de que esses comprimidos não deixam você um pouco...?

— Não se preocupe. Já sou grandinha. Vamos, eu o acompanho até seu portão. É o meu caminho.

Andaram até a porta da velha livraria. Daniel tirou a chave do bolso. Os dois se olharam em silêncio.

— Tenho a sua palavra — disse Daniel.

Ela fez que sim.

— Boa noite, Alicia.

Ela permaneceu ali, observando-o imóvel com um olhar vítreo que Daniel não sabia se atribuía ao fármaco ou ao poço sem fundo que se vislumbrava atrás daqueles olhos verdes. Quando ele fez menção de ir embora, Alicia se ergueu nas pontas dos pés em busca dos seus lábios. Daniel virou o rosto e o beijo tocou em sua bochecha. Sem dizer uma palavra, Alicia deu meia-volta e se afastou, com sua silhueta evaporando nas sombras.

Bea tinha observado tudo pela janela. Ela os vira sair de um café mais abaixo na rua e chegar ao portão quando as badaladas da meia-noite repicaram sobre os telhados da cidade. Quando Alicia se aproximou de Daniel e ele ficou ali parado, perdido em seu olhar, Bea sentiu o estômago encolher. Viu a moça se erguer nas pontas dos pés e se dispor a beijá-lo na boca. Então parou de olhar.

Voltou para o quarto muito devagar. Parou um instante em frente à porta de Julián, que dormia profundamente. Encostou-a e foi para o seu quarto. Deitou-se na cama e esperou até ouvir a porta. Os passos de Daniel atravessaram o corredor em silêncio. Bea ficou ali, deitada na penumbra com o olhar preso no teto. Ouviu Daniel tirar a roupa ao pé da cama e vestir o pijama que ela deixara em cima da cadeira. Sentiu seu corpo deslizar entre os lençóis. Quando girou os olhos viu que Daniel lhe dava as costas.

— Onde você estava? — perguntou.
— Com Fermín.

16

Hendaya lhe ofereceu um cigarro, mas Fernandito recusou.
— Não fumo, obrigado.
— Homem sábio. Por isso eu não consigo entender por que não liga para o seu pai pedindo que venha com os documentos e tudo isso fica esclarecido. Ou será que está escondendo alguma coisa?

O garoto fez que não. Hendaya sorriu amistosamente e Fernandito lembrou como o tinha visto arrebentar os joelhos do motorista a tiros duas ou três horas antes. A mancha escura no colarinho da camisa continuava lá.
— Não estou escondendo nada, senhor.
— Então...?

Hendaya empurrou o telefone em sua direção.
— Uma ligação, e você está livre.

Fernandito engoliu em seco.
— Queria lhe pedir que não me obrigue a fazer essa ligação. Por um bom motivo.
— Bom motivo? E qual é, amigo Alberto?
— É o meu pai, que está doente.
— Ah, é?
— Do coração. Teve um infarto poucos meses atrás e passou várias semanas no Clínico. Agora está em casa, se recuperando, mas o estado dele ainda é muito delicado.
— Lamento.
— Meu pai é um bom homem, senhor. Herói de guerra.
— Herói de guerra?

— Entrou em Barcelona com as tropas nacionais. Saiu uma foto dele, desfilando pela Diagonal, na capa do *La Vanguardia*. Está emoldurada na sala lá em casa. Ele é o terceiro à direita. O senhor precisava ver. Está na primeira fila, por causa do seu comportamento heroico na batalha do Ebro. Ele era cabo.

— Vocês devem estar todos muito orgulhosos dele.

— Estamos, sim, mas o coitado não voltou a ser o mesmo depois da minha mãe.

— Sua mãe?

— Morreu há quatro anos.

— Meus pêsames.

— Obrigado, senhor. Sabe qual foi a última coisa que minha mãe me disse antes de morrer?

— Não.

— Cuide do seu pai e não lhe dê desgostos.

— E você fez isso?

Fernandito abaixou os olhos, compungido. Negou com a cabeça.

— Na verdade eu não fui o filho que minha mãe queria nem o que meu pai merece. Sempre fui um trapalhão.

— E eu achando que era um bom rapaz.

— Nada disso. Um caso perdido, isso é o que eu sou. Não paro de criar problemas para o meu pobre pai, como se ele já não tivesse sofrimento suficiente. Em um dia em que por acaso não me mandam embora do trabalho, eu saio por aí e esqueço os documentos. Veja só. Um pai herói de guerra, e o filho degenerado.

Hendaya o estudou com cautela.

— Então tudo isso quer dizer que se você telefonar para seu pai dizendo que está retido aqui na delegacia por falta de documentos ele vai ter outro desgosto?

— O último, acho. Se um vizinho tiver que trazê-lo na cadeira de rodas para me buscar aqui acho que ele morre de vergonha e de tristeza pelo péssimo filho que tem.

Hendaya refletiu sobre o assunto.

— Entendo, Alberto, mas entenda o meu lado também. Assim você me deixa em uma situação difícil.

— Sim, senhor, e o senhor já teve bastante paciência comigo, que aliás nem mereço. Se fosse só por mim, eu lhe diria que me mande para uma cela junto com a pior escória para aprender a lição. Mas lhe imploro que reconsidere por causa do meu pobre pai. Eu lhe escrevo aqui meu nome, sobrenome e endereço, e pode vir amanhã e perguntar a qualquer vizinho, se possível de manhã que é quando meu pai dorme, por causa da medicação.

Hendaya pegou o papel que Fernandito lhe deu.

— Alberto García Santamaría. Rua Comércio, trinta e sete, quinto andar, primeira porta — recitou. — E se uns agentes forem agora com você?

— Se o meu pai, que passa as noites em claro olhando pela janela e ouvindo rádio, me vê chegar com a polícia, me manda embora de casa, o que aliás seria bem merecido, e depois tem um ataque.

— E não queremos que isso aconteça.

— Não, senhor.

— E como posso saber que se eu deixar você sair não vai aprontar mais alguma?

Fernandito se virou solene para olhar o retrato oficial de Franco pendurado na parede.

— Porque juro diante de Deus e diante do Generalíssimo, e se não for verdade que eu caia morto agora mesmo.

Hendaya o observou com curiosidade e um pingo de simpatia por alguns instantes.

— Vejo que continua em pé, então deve estar dizendo a verdade.

— Sim, senhor.

— Olhe, Alberto. Você me parece simpático e para dizer a verdade já é tarde e eu estou cansado. Vou lhe dar uma oportunidade. Não deveria fazer isso, porque regulamento é regulamento, mas eu também fui filho, e nem sempre o melhor. Pode ir.

Fernandito olhou para a porta do gabinete com incredulidade.

— Vamos, antes que eu mude de ideia.

— Muito obrigado, senhor.

— Agradeça ao seu pai. E que não se repita.

Sem pensar duas vezes, Fernandito se levantou e saiu do gabinete enxugando o suor da testa. Atravessou sem pressa a sala comprida da Brigada Social e quando passou pelos dois agentes que o olhavam em silêncio devolveu seu cumprimento.

— Muito boa noite.

Quando chegou ao corredor apertou o passo e se dirigiu à escadaria que levava ao térreo. Só quando atravessou a soleira da porta e pisou na Via Layetana Fernandito se permitiu respirar fundo e abençoar o céu, o inferno e tudo o que há entre ambos pela sua boa sorte.

Hendaya observou Fernandito atravessando a Vía Layetana e andando rua abaixo. Ouviu atrás de si os passos dos dois agentes que o tinham vigiado.

— Quero saber quem é, onde mora e quem são seus amigos — disse sem olhar para trás.

17

Nas ruas de Vallvidrera, uma névoa deixava marcas de umidade na roupa quando Vargas desembarcou do táxi e se dirigiu para as luzes do bar que havia ao lado da estação do funicular. O lugar estava deserto àquela hora da noite e havia um cartaz de FECHADO pendurado na porta. Vargas olhou pelo vidro e conferiu o interior. Um garçom estava limpando os copos com um pano atrás do balcão na companhia apenas de um rádio e de um vira-lata meio caolho no qual uma pulga não tocaria nem por dinheiro. Vargas bateu no vidro com os dedos dobrados. O garçom levantou os olhos do seu tédio. Deu um breve olhar na direção dele e negou com a cabeça lentamente. Vargas tirou do bolso a sua identificação e bateu de novo com mais força. O garçom suspirou, contornou o balcão e foi até a porta. O cachorro, ressuscitando do seu torpor, o seguiu mancando como escolta.

— Polícia — disse Vargas. — Preciso usar seu telefone.

O garçom abriu a porta, o deixou entrar e apontou para o aparelho que havia perto da entrada do balcão.

— Já que está aqui, vai querer alguma coisa?

— Um café pingado, se não for muito trabalho.

Enquanto o garçom preparava a cafeteira, Vargas pegou o telefone e discou o número da central da polícia. O cachorro se postou ao seu lado e ficou observando o policial com uns olhos sonolentos e o rabo balançando em baixa voltagem.

— *Chusco*, não incomode — advertiu o garçom.

Enquanto Vargas esperava, ele e *Chusco* se avaliaram mutuamente, comparando os respectivos graus de veteranice e de desgaste.

— Que idade tem o cachorro? — perguntou o policial.

O garçom encolheu os ombros.

— Quando me passaram o bar ele já estava aqui e não segurava nem os peidos. E isso foi há dez anos.

— Que raça é esta?

— *Tutti frutti*.

Chusco se deitou de lado mostrando uma pança rosada e sem pelos. Uma voz pigarreou na linha.

— Chame o Linares. É o Vargas, da Chefatura Central.

Pouco depois ouviu um estalo na linha e a voz de Linares, com um certo toque de ironia.

— Pensei que você já estava em Madri, Vargas, recebendo medalhas.

— Fiquei mais uns dias para assistir a algum desfile daqueles bonecos gigantes.

— Não se habitue porque já reservamos todos os lugares aqui. O que está querendo a esta hora da noite? Não me diga que tem más notícias.

— Depende. Estou em Vallvidrera, no bar ao lado da estação do funicular.

— A melhor vista de toda Barcelona.

—Pode-se dizer que sim. Eu acabei de ver um cadáver há poucos minutos em uma casa na estrada de Las Aguas.

Vargas saboreou o bufido de Linares.

— Puta que pariu — bufou Linares. — Precisava disso?

— Não vai me perguntar quem é o defunto?

— Você não iria me dizer.

— Eu diria se soubesse.

— Talvez possa me dizer o que fazia a estas horas explorando casarões lá em cima. Turismo de montanha?

— Ligando uns detalhes soltos. Você sabe como são essas coisas.

— Sei. E suponho que espera que eu tire um juiz da cama agora para poder remover o corpo.

— Se não é pedir demais.

Linares bufou de novo. Vargas o ouviu vociferar.

— Preciso de uma hora, uma hora e meia. E faça o favor de não encontrar mais presuntos, se não for incômodo.

— Às suas ordens.

Vargas desligou o telefone e acendeu um cigarro. Um pingado fumegante o esperava no balcão. O garçom o olhava com uma vaga curiosidade.

— Você não ouviu nada — advertiu-o.

— Não se preocupe, estou mais surdo que o *Chusco*.

— Posso fazer outra ligação? — perguntou o policial.

O garçom encolheu os ombros. Vargas discou o número do apartamento da rua Aviñón. Teve que esperar vários minutos até atenderem. Finalmente ouviu alguém levantar o fone e o murmúrio de uma respiração do outro lado.

— Sou eu, Alicia. Vargas.

— Vargas?

— Não me diga que já me esqueceu.

Uma longa pausa. A voz de Alicia soava como se viesse de dentro de um aquário.

— Pensei que era Leandro — disse afinal, arrastando as palavras.

— Sua voz está estranha. Você bebeu?

— Quando bebo minha voz não fica estranha, Vargas.

— O que tomou?

— Um copo de leite quente antes de fazer minhas orações e ir dormir.

— Onde tinha se metido? — perguntou ele.

— Estava tomando um drinque com Daniel Sempere.

Vargas manteve um longo silêncio.

— Sei o que estou fazendo, Vargas.

— Se você diz.

— Onde está?

— Em Vallvidrera, esperando a polícia e o juiz para remover o cadáver.

— O que contou a eles?

— Que fui à casa de Mataix para tentar entender uns detalhes do caso e me deparei com essa surpresa.

— E acreditaram?

— Não, mas ainda tenho bons amigos na Chefatura.

— E sobre o corpo, o que vai dizer?

— Que não o reconheço porque nunca o tinha visto antes. O que tecnicamente é verdade.

— Seus amigos sabem que você foi afastado do caso?

— É provável que tenham sabido antes que eu. Lá quem dorme no ponto perde a vez.

— Assim que identificarem o corpo a notícia vai chegar a Madri. E a Leandro.

— O que nos dá algumas horas de margem — estimou Vargas. — Com sorte.

— Fermín lhe disse alguma coisa? — perguntou Alicia.

— Pérolas e anexins. E que vocês dois têm uma conversa pendente.

— Eu sei. Falou sobre o quê?

— Ficamos próximos, mas não chegamos a tanta intimidade. Tenho a impressão de que Fermín toma você por alguém do próprio passado.

— E o que vai acontecer agora?

— Quando o juiz autorizar, vou junto com o corpo para o necrotério com a desculpa de que pode fazer parte da minha investigação. Conheço o legista desde o tempo que passei em Leganés. É um bom sujeito. Vou ver o que posso descobrir.

— Você vai ficar aí pelo menos até o sol nascer.

— Pelo menos. Vou tirar uma soneca no necrotério. Com certeza me emprestam uma mesa de autópsia — gracejou Vargas sem muito ânimo. — Os legistas são todos muito brincalhões.

— Tenha cuidado. E me telefone quando souber alguma coisa.

— Não se preocupe. Tente dormir um pouco e descansar.

Vargas desligou e foi para o balcão. Pegou o café pingado, já morno, e bebeu tudo em um gole.

— Quer outro?

— Acho que estou mais para um café com leite.

— Um croissant para acompanhar? Por conta da casa. Amanhã já não vão prestar mais.

— Então pode trazer.

Vargas arrancou uma ponta do croissant endurecido e a examinou contra a luz, debatendo consigo mesmo se a ingestão de um petardo daqueles era uma boa ideia. *Chusco*, com os limitados escrúpulos alimentares próprios da sua espécie, o observava com olhar fixo e já se lambia antecipadamente. Vargas deixou o pedaço de croissant cair e *Chusco* o capturou no ar. O cachorro procedeu a devorar com avidez aquele prêmio e a arfar em sinal de gratidão eterna.

— Cuidado que depois não se livra mais dele — advertiu o garçom.

Vargas trocou outro olhar com seu novo melhor amigo. Deu-lhe o resto do croissant e *Chusco* o engoliu de uma vez só. *Neste mundo cão*, pensou, *quando você fica velho e sente dores até no bom senso, uma côdea de amabilidade, ou de pena, é um manjar dos deuses.*

Os noventa minutos prometidos por Linares se transformaram em duas longas horas. Quando avistou as luzes do carro da polícia e do rabecão do necrotério cortando a névoa ao subir pela estrada, Vargas pagou a despesa acrescentando uma generosa gorjeta e foi esperar na rua com um cigarro na mão. Linares não saltou. Abriu a janela e indicou a Vargas com um gesto que entrasse no carro e se acomodasse ao seu lado no banco de trás. Um dos seus homens estava ao volante. No banco ao lado ia um indivíduo rechonchudo envergando um sobretudo e uma expressão saturnina.

— Excelência — cumprimentou Vargas.

O juiz não se dignou a responder nem a reconhecer sua presença. Linares lhe dirigiu um olhar ácido e sorriu, dando de ombros.

— Aonde vamos? — perguntou.

— Aqui perto. À estrada de Las Aguas.

Enquanto desciam rumo à estrada, Vargas olhou de soslaio o seu velho companheiro. Os vinte anos na corporação tinham feito o que quiseram com Linares, e muito mais.

— Você está com bom aspecto — mentiu.

Linares riu baixinho. Vargas esbarrou no olhar do juiz pelo espelho retrovisor.

— Velhos amigos? — inquiriu este.

— Vargas não tem amigos — disse Linares.

— Homem sábio — sentenciou o juiz.

Vargas orientou o motorista através da trilha de sombras que a estrada delineava até que os faróis do carro perfilaram a grade da casa dos Mataix. O rabecão os seguia a pouca distância. Desceram do carro e o juiz se adiantou alguns passos para examinar a silhueta do casarão entre as árvores.

— O corpo está no porão — indicou Vargas. — Em uma piscina. Deve estar aí há duas ou três semanas.

— Puta merda — opinou um dos rapazes do necrotério, que parecia novato.

O juiz se aproximou de Vargas e olhou nos seus olhos.

— Segundo Linares, você descobriu o corpo durante uma investigação?

— Isso mesmo, excelência.

— E não conseguiu identificá-lo?

— Não, excelência.

O juiz olhou para Linares, que estava esfregando as mãos para combater o frio. O outro rapaz do necrotério, mais experiente e com uma expressão impenetrável, se aproximou do cortejo e procurou o olhar de Vargas.

— Uma ou várias peças?

— Como?

— O finado.

— Uma. Acho.

O rapaz fez que sim.

— Manolo, o saco grande, o croque e duas pás — ordenou ao seu aprendiz.

Meia hora depois, enquanto os rapazes botavam o cadáver no rabecão e o juiz preenchia a documentação em cima do capô do carro sob a luz de uma lanterna que o ajudante de Linares segurava, Vargas percebeu ao seu lado a presença do ex-colega. Observaram em silêncio os funcionários do necrotério penando para erguer o cadáver, mais pesado do que tinham calculado, e metê-lo no furgão. Nesse esforço propiciaram mais de uma cacetada onde parecia estar a cabeça, enquanto discutiam e se xingavam em voz baixa.

— Não somos nada — murmurou Linares. — É um dos nossos?

Vargas se certificou de que o juiz estava fora do alcance da sua voz.

— Algo assim. Vou precisar de um pouco de tempo.

Linares abaixou os olhos.

— Doze horas, no máximo. Não posso dar mais.

— Hendaya... — disse Vargas.

Linares fez que sim.

— Manero está no necrotério?

— À sua espera. Já disse a ele que você foi para lá.

Vargas sorriu em agradecimento.

— Há algo que eu deva saber? — perguntou Linares.

O outro negou.

— Como vai Manuela?

— Gorda feito um barril, igual à mãe.

— Como você gosta.

Linares fez que sim, solene.

— Não deve se lembrar mais de mim — aventurou Vargas.

— Do nome não, mas ela continua chamando você de *o filho da puta*. Com carinho.

Vargas ofereceu um cigarro ao amigo, que recusou.

— O que aconteceu com a gente, Linares?

Este ergueu os ombros.

— A Espanha, suponho.

— Podia ser pior. Podíamos estar dentro do saco.

— É uma questão de tempo.

18

Soube que estava na mira sem necessidade de olhar para trás. Ao dobrar a esquina e entrar na avenida da Catedral, Fernandito deu uma espiada por cima do ombro e os viu. Duas silhuetas o estavam seguindo desde que saíra da delegacia. Apertou o passo e adequou o rumo se espremendo nas sombras dos portões até atingir o extremo da esplanada. Lá parou um instante sob a marquise de um café fechado e verificou que os dois esbirros de Hendaya não haviam perdido seu rastro. Como ele não tinha a menor intenção de levá-los à sua casa, nem muito menos a Alicia, optou por atraí-los para um roteiro turístico pela Barcelona noturna na esperança de que perdessem a sua pista, fosse por sorte, por cansaço ou até por um golpe de engenho.

Começou a andar pelo meio da rua rumo a Puertaferrisa, visível como um alvo em um campo de tiro. A rua estava praticamente deserta àquela hora da noite e Fernandito desfilou sem pressa, cruzando com algum crápula ocasional, um vigia noturno de plantão e o habitual contingente de almas perdidas que sempre patrulhavam as ruas de Barcelona até alta madrugada. Cada vez que olhava para trás os cães de caça de Hendaya estavam lá, sempre à mesma distância quer caminhasse depressa, quer mais lentamente.

Ao chegar às Ramblas cogitou em sair correndo e tentar sumir pelas ruelas do Raval, mas concluiu que essa jogada o delataria e que, com a perícia dos seus perseguidores, as perspectivas de sucesso eram mínimas. Decidiu prosseguir Ramblas abaixo até chegar à entrada do mercado da Boquería. Um cortejo de caminhonetes estava congregado na porta. Um nutrido grupo de estivadores trabalhava sob a guirlanda de lâmpadas acesas no interior do mercado, descarregando caixas e abastecendo as prateleiras para o dia seguinte. Sem pensar duas vezes, esgueirou-se entre as colunas de caixas. Sua silhueta se fundiu com as de dúzias de trabalhadores que percorriam os passadiços do mercado. Assim que se sentiu a salvo do olhar dos seus perseguidores, Fernandito saiu voando em direção à parte de trás do recinto. À medida que passava, a imensa abóbada do mercado se abria como uma catedral consagrada à arte das finas iguarias onde todos os odores e todas as cores do universo se conjugavam em um grande bazar destinado a aplacar os apetites da cidade.

Esquivou-se das pilhas de frutas e verduras, montículos de especiarias e conservas, caixas cheias de gelo e criaturas gelatinosas ainda se mexendo. Desviou-se de cadáveres sanguinolentos pendurados em ganchos de ferro e recebeu maldições e empurrões de açougueiros, ajudantes e verdureiras usando botas de borracha. Chegando ao extremo do pavilhão encontrou uma praça cheia de pilhas de caixas de madeira vazias. Correu para se esconder atrás de uma coluna de caixas e apurou a vista para explorar a saída traseira do mercado. Passaram quase trinta segundos sem sinal dos dois agentes. Fernandito respirou fundo e se permitiu um sorriso de alívio. Mas sua pausa de sossego só durou um instante. Os dois policiais apareceram na porta do mercado e se detiveram ali para estudar a praça. Fernandito se enfiou nas sombras. Enveredou rapidamente por um beco que rodeava o antigo hospital da Santa Cruz em direção à rua Del Carmen.

Deu com ela assim que virou a esquina: loura oxigenada, saia apertada a ponto de explodir, um rosto de madona com as piedades perdidas e um batom carmim infernal.

— Olá, docinho — entoou, lisonjeira. — Você não deveria estar preparando o achocolatado para ir à escola?

Fernandito estudou a dona e, principalmente, a promessa de refúgio que se abria no portão atrás dela. O aspecto daquele lugar convidava a qualquer coisa menos a entrar. Um sujeito de pele citrina fazia as vezes de recepcionista e ocupava uma guarita do tamanho de um confessionário.

— Quanto é? — improvisou Fernandito, esquadrinhando o acesso ao beco.

— Depende do serviço. Hoje tenho uma oferta especial para coroinhas e crianças de peito, porque quanto a peito...

— Certo — cortou o garoto.

A dona deu por concluída sua apresentação de vendas e o pegou pelo braço, já puxando em direção à escada. Ao dar o terceiro passo o cliente parou e olhou para trás, talvez alertado pelo radar timorato que todo palerma tem dentro de si ou pelos aromas que vinham do interior do imóvel. Temendo uma perda na contabilidade de uma noite que já estava sendo uma noite de seca, a puta lhe deu um fogoso apertão e sussurrou no seu ouvido com o hálito úmido e uma prosódia de excelsa safadeza que sempre dava ótimos resultados com a garotada de disposição flácida.

— Vem cá, meu pombinho, vem cá que te dou uma formatura que vai ficar de queixo caído — prometeu.

Passaram em frente à guarita onde, sem precisarem parar, o recepcionista lhes entregou o equipamento logístico, que incluía sabão, camisinhas e demais utensílios do ofício. Fernandito seguiu a Vênus de aluguel sem tirar os olhos da entrada. Uma vez ultrapassado o ângulo da escada, e chegando ao primeiro andar que insinuava um corredor cavernoso de quartos com cheiro de cloro, a dona olhou para ele com preocupação.

— Você parece muito apressado — disse.

Fernandito suspirou, e ela procurou seus olhos inquietos. A rua dá diploma de psicologia a passos largos, e a experiência de campo lhe havia ensinado que se um cliente não entrava no clima com a simples promessa de uma boa rebolada e o seu porte frondoso era esperável que recuasse ao entrar no quarto encardido que usava como escritório. Ou, pior, que desistisse antes de tirar a cueca e batesse em retirada sem atender às expectativas e nem aos honorários.

— Olhe aqui, coração, a pressa não é boa conselheira para essas coisas, muito menos na sua idade, porque vários se derramaram todos com uma simples roçadinha aqui nesta bela peitaria. Essas coisas são para saborear que nem um bombom. Pedacinho por pedacinho.

Fernandito balbuciou algo que a dona optou por tomar como capitulação ante a irrebatível argumentação de suas carnes morenas. O quarto ficava no final do corredor. No caminho, o garoto teve oportunidade de apreciar o murmúrio de arquejos e sacudidas que se filtrava através das portas. Alguma coisa em seu rosto deve ter denunciado a sua limitada bagagem cultural.

— Primeira vez? — perguntou a dona, abrindo a porta e cedendo a passagem.

O garoto fez que sim, angustiado.

— Não se preocupe, os novatos são a minha especialidade. Metade dos rapazes de boa família de Barcelona passou aqui pelo meu consultório e aprendeu comigo a trocar sozinho as fraldas. Pode entrar.

Fernando deu uma espiada no seu refúgio temporário. Era pior do que esperava.

O aposento descrevia um catálogo de misérias e fedores emoldurados em uma tinta verde bastante deteriorada por umidades de origem incerta. Um quase banheiro, aberto para o quarto, tinha uma privada sem tampa, uma pia de coloração ocre e uma janelinha por onde entrava uma claridade plúmbea. Os canos sussurravam uma estranha melodia de borbotões e um gotejamento que inspirava qualquer coisa menos os eflúvios do desejo. Uma bacia de dimensões consideráveis ao pé do leito insinuava mistérios que era preferível não desvendar. A cama consistia em uma estrutura de metal, um colchão que tinha sido branco uns quinze anos antes e travesseiros de altíssima quilometragem.

— Estou pensando que é melhor eu ir para casa — argumentou Fernandito.

— Calma, garoto, porque agora é que começa a parte boa. Quando você tirar as calças isto aqui vai parecer a suíte nupcial do Ritz.

A dona levou Fernandito até o catre e o ajudou a se sentar com uns empurrões. Com o cliente rendido às suas ofertas, ela se ajoelhou então diante dele e sorriu com uma ternura que desmentia a maquiagem e a tristeza que seu olhar destilava. Mas um verniz mercantil em seu rosto estragou o toque de poesia plebeia que Fernandito havia querido imaginar. A prostituta olhava para ele com expectativa.

— Sem grana não tem paraíso, meu bem.

Fernandito fez que sim. Procurou nos bolsos e achou a carteira. Os olhos da dona se acenderam de ânsia. Ele pegou o dinheiro que tinha e entregou à mulher sem contar.

— É o que eu tenho. Dá?

A meretriz deixou o dinheiro na mesinha e olhou em seus olhos com uma doçura estudada.

— Meu nome é Matilde, mas pode me chamar como quiser.

— Como os outros chamam?

— Depende do gosto. Piranha, puta, vaca ou o nome da mulher ou da mãe... Uma vez um seminarista arrependido me chamou de *mater*. Eu pensei que queria dizer *váter*, feito a privada, mas era mãe em latim.

— O meu é Fernando, mas todo mundo me chama de Fernandito.

— Escute, Fernando, você já esteve alguma vez com uma mulher?

Ele fez que sim com uma convicção raquítica. Mau sinal.

— Sabe o que tem que fazer?

— Para dizer a verdade eu só queria ficar aqui por um tempo. Não precisamos fazer nada.

Matilde franziu o cenho. Os complicados eram os piores. Decidida a resolver a situação, começou a desabotoar o cinto e a baixar-lhe as calças. Fernandito a interrompeu.

— Não tenha medo, meu bem.

— Não tenho medo de você, Matilde — disse Fernandito.

Ela parou e o olhou fixamente.

— Você está sendo seguido?

Fernandito fez que sim.

— Certo. Polícia?

— Acho que sim.

A mulher se levantou e sentou-se ao seu lado.

— Tem certeza de que não quer fazer nada?

— Só quero ficar por um tempo aqui. Se não for incômodo.
— Não gostou de mim?
— Não quis dizer isso. Você é muito atraente.
Matilde riu baixinho.
— Você está gostando de uma garota?
Fernando não respondeu.
— Com certeza está. Vamos, conte, como se chama sua namorada?
— Não é minha namorada.
Matilde o olhava, inquisitiva.
— Ela se chama Alicia — disse Fernandito.
A mão da mulher pousou na sua coxa.
— Na certa eu sei fazer coisas que a sua Alicia não sabe.

Fernandito se deu conta de que não tinha a menor ideia das coisas que Alicia sabia ou não sabia fazer, e não por falta de especulação. Matilde olhava para ele com curiosidade. Deitou-se na cama e pegou sua mão. Quando ele a olhou à luz daquela lâmpada anêmica que lhe dava um tom amarelado, entendeu que Matilde era muito mais jovem do que tinha suposto e que era possível que tivesse apenas quatro ou cinco anos a mais que ele.

— Se quiser posso lhe ensinar a acariciar uma garota.

Fernandito se engasgou com a própria saliva.

— Eu já sei como se faz — articulou com pouquíssimo brio.

— Nenhum homem sabe acariciar uma garota, coração. Acredite em mim. Até o mais experiente tem dedos que mais parecem espiga de milho. Venha se deitar aqui ao meu lado.

Fernandito hesitou.

— Tire a minha roupa. Devagarzinho. Quanto mais devagar você despe uma garota mais rápido a conquista. Imagine que sou Alicia. Na certa até me pareço um pouco com ela.

Como um ovo parece uma castanha, pensou Fernandito. Mas, ainda assim, a imagem de Alicia deitada no leito à sua frente com os braços para cima dos ombros nublou suas retinas. Fernandito apertou o punho para conter a tremedeira.

— Alicia não precisa saber. Eu guardo o segredo. Venha.

19

Enterrado em uma esquina escura onde a rua Hospital perdia o seu doce nome havia um prédio sombrio que parecia nunca ter sido tocado pela luz do sol. Um portão de ferro impedia a entrada e não havia nenhum cartaz ou indicação que permitisse adivinhar o que se ocultava lá dentro. O carro da polícia parou em frente. Vargas e Linares desceram.

— Será que esse infeliz continua aqui? — perguntou Vargas.

— Não creio que lhe chovam ofertas para outro lugar — disse Linares tocando a campainha.

Esperaram cerca de um minuto até que a porta se abriu para dentro. Foram recebidos pelo olhar réptil de um indivíduo de inglória feitura que os recebeu com uma expressão pouco amigável.

— Pensei que você estava morto — cumprimentou ao reconhecer Vargas.

— Eu também senti sua falta, Braulio.

Todos os mais antigos conheciam Braulio, homúnculo de pele curtida em formol e passo alquebrado que cumpria as funções de ordenança, assistente do legista e alma penada oficial do lugar. As línguas maledicentes diziam que ele morava no porão do necrotério fazendo da sujeira uma arte e envelhecendo de mau jeito em um catre cheio de percevejos e com uma única muda de roupa, que já estava usando quando entrou na instituição, em circunstâncias desafortunadas, quando completou dezesseis anos.

— O doutor está esperando vocês.

Vargas e Linares o seguiram através da confusão de corredores úmidos e tingidos da penumbra esverdeada que levavam às entranhas do necrotério. A lenda negra contava que Braulio havia chegado àquele lugar trinta anos antes depois de ser atropelado por um bonde em frente ao mercado de Santo Antônio fugindo da cena de um furto menor, leia-se o frustrado roubo de uma galinha esquálida ou de umas anáguas, segundo a versão. O motorista da ambulância que o levou, ao ver aquele amontoado de membros enlaçados de um jeito impossível, de imediato o declarou morto e, jogando-o no veículo como se fosse um saco de escombros, parou na rua Comercio para degustar uns vinhos com os amigos em uma tasca antes de ir entregar a sofrida mistela de ossos sanguinolentos no necrotério da polícia no Raval, que ficava mais perto que o do hospital Clínico. Quando o legista residente já ia lhe enfiar o bisturi e abri-lo ao meio, o moribundo arregalou os olhos e reviveu com um pulo. Esse acontecimento foi declarado um milagre do sistema sanitário nacional e recebeu uma ampla cobertura da imprensa local porque era pleno verão e os jornais gostavam de publicar curiosidades e disparates peso-pena para amenizar a canícula. "Infeliz revive a um passo da morte em um passe de mágica", estampou na capa *El Noticiero Universal*.

Entretanto, a fama e a glória de Braulio foram efêmeras e conformes à frivolidade dos tempos, porque transpirou que o defunto era feio como poucos e sofria de flatulência crônica, pois seu intestino grosso tinha ficado mais trançado que uma travessa de cabelo, de maneira que o público leitor foi obrigado a esquecê-lo com urgência para voltar a concentrar sua atenção na vida de cantoras e astros de futebol. O pobre Braulio, após saborear os méis da fama, não assimilou bem a volta ao mais ignominioso dos anonimatos. Tentou acabar com a própria vida mediante a ingestão desmesurada de bolinhos de quaresma passados, mas, em um momento de misticismo que lhe ocorreu sentado na privada devido ao severo ataque de colite resultante, viu a luz e compreendeu que o Senhor, em seus labirínticos desígnios, reservara para ele uma existência nas trevas a serviço do rigor mortis e suas cercanias.

Com o tempo e o tédio, a mística popular da delegacia criou um folhetim que gira em torno da figura, das aventuras e dos milagres de Braulio, que em sua passagem interrompida entre os dois mundos teria sido adotado por uma alma malévola que resistia a descer para o inferno, mais à vontade naquela Barcelona dos anos trinta que, segundo os entendidos, era o que mais se parecia a ele.

— E continua sem namorada, Braulio? — perguntou Linares. — Com este seu cheirinho de chouriço rançoso você deve arrasar.

— Namoradas tenho de sobra — replicou Braulio, piscando um olho com a pálpebra tão abatida e roxa que parecia um emplastro. — Todas aí bem quietinhas.

— Pare de falar essas bobagens e traga o corpo, Braulio — ordenou uma voz vinda das trevas.

Ao ouvir a voz do seu amo Braulio se retirou rapidamente e Vargas avistou a silhueta do dr. Andrés Manero, legista e velho companheiro de batalha. Manero avançou e lhe ofereceu a mão.

— Tem gente que só se vê nos enterros, mas nós dois nem isso: só em autópsias e outras festas importantes — disse o médico.

— Sinal de que continuamos vivos.

— Só se for você, Vargas, que está parecendo um touro. Quanto tempo faz desde a última vez que nos vimos?

— Uns cinco ou seis anos pelo menos.

Manero confirmou sorrindo. Mesmo sob a luz mortiça que flutuava na sala, Vargas notou que seu amigo tinha envelhecido além do imprescindível. Pouco depois ouviu-se o passo castigado de Braulio empurrando a maca. O corpo estava coberto com um pano que tinha colado na pele do cadáver e começava a ficar transparente em contato com a umidade. Manero foi até a maca e levantou a parte do sudário que cobria o rosto. Sua expressão não se alterou, mas por um instante desviou os olhos em direção a Vargas.

— Braulio, nos deixe sós.

O ajudante, contrariado, arqueou as sobrancelhas.

— Não precisa de mim, doutor?
— Não.
— Mas eu pensei que ia ajudar na...
— Pensou errado. Saia um pouco e vá fumar um cigarro lá fora.

Braulio lançou um olhar hostil a Vargas, porque não lhe restavam dúvidas de que era ele o culpado por não poder participar do festim. Vargas lhe devolveu o gesto e apontou para a saída.

— Para fora, Braulio — ordenou Linares. — Você ouviu o doutor. E tome um banho bem quente, se possível raspando com força as partes pudendas com água sanitária e pedra-pomes, porque um banho anual não faz nenhum mal. Ah! E a rima vai de brinde.

Braulio, visivelmente irritado, saiu de lá mancando e mastigando maldições. Uma vez livre da sua presença, Manero retirou o sudário inteiro e acendeu a luminária de lâmpadas reguláveis pendurada no teto. Uma luz pálida, de vapor e gelo, esculpiu o contorno do corpo. Linares se adiantou e, depois de dar uma olhada superficial no cadáver, soltou um suspiro.

— Meu Deus...

Linares desviou a vista e se aproximou de Vargas.

— É quem parece? — murmurou.

Vargas sustentou o olhar no amigo sem responder.

— Não vou poder abafar isto — disse Linares.
— Entendo.

Linares abaixou a cabeça, negando para si mesmo.

— Há algo mais que eu possa fazer por você? — perguntou.
— Bem que podia tirar aquele sanguessuga que grudou em mim.
— Não entendi.
— Alguém está atrás de mim. Um dos seus homens.

Linares o olhou fixamente, com o sorriso em retirada.

— Não pus ninguém seguindo você.
— Deve ser gente lá de cima, então.

Linares negou.

— Se alguém estivesse fazendo isso eu saberia. Sendo meu homem ou não.
— É um cara jovem, bem fraco. Um baixinho. Novato. O nome dele é Rovira.
— O único Rovira que trabalha na Chefatura fica no arquivo, tem sessenta anos e chumbo nas pernas suficiente para abrir uma loja de ferragens. O coitado não conseguiria seguir a própria sombra, nem que lhe pagassem.

Vargas franziu o cenho. O rosto de Linares exalava decepção.

— Eu posso ser várias coisas, Vargas, mas não sou do tipo que apunhala um amigo pelas costas — disse.

O outro ia responder, mas Linares levantou a mão para silenciá-lo. O mal estava feito.

— Você tem até o meio da manhã. Depois eu preciso informar. Isso vai ter repercussão, você sabe — disse, já se encaminhando para a saída. — Boa noite, doutor.

Ancorado nas sombras da ruela que ladeava o necrotério, Braulio viu a silhueta de Linares se afastando noite adentro. *Vou pegar você, sacana*, pensou. Mais cedo ou mais tarde, todos esses galinhos de briga que vieram ao mundo só para lhe faltar ao respeito acabavam como os outros, um pedaço de carne tumefacta estendida em um pedaço de mármore à mercê do aço bem afiado e do capricho de quem sabe usá-lo. E lá estava ele para lhes dar a despedida que mereciam. Não era a primeira vez, nem seria a última. Quem pensa que a morte é a indignidade final que a vida proporciona está muito enganado. Depois que o pano desce ainda há um amplo catálogo de escárnios e humilhações nos bastidores, e o grande Braulio sempre estava lá para pegar uma ou duas lembrancinhas para a sua galeria de troféus e garantir que cada um entrasse na eternidade com sua justa recompensa. Já havia marcado Linares fazia tempo. E do seu amiguinho Vargas tampouco tinha esquecido. Nada conserva melhor a memória que o ressentimento.

— Vou desossar seu corpo feito um presunto e fazer um chaveiro com as suas bolas, imbecil — murmurou. — Antes do que você imagina.

Habituado, mas não cansado de se escutar, Braulio sorriu satisfeito e decidiu festejar seu engenho afortunado fumando um cigarro para atenuar o frio que permeava a rua Hospital àquela hora da madrugada. Apalpou os bolsos do casaco, herança de um defunto de inclinação subversiva que tinha passado para os arquivos semanas antes em condições que atestavam que ainda havia artistas com colhões na Chefatura. O maço de Celtas estava vazio. Braulio enfiou as mãos nos bolsos e observou seu hálito desenhando volutas no ar. Com o que Hendaya ia lhe pagar quando contasse o que tinha acabado de ver poderia comprar vários pacotes de Celtas e até um frasco de vaselina fina, daquela perfumada que vendiam na loja do Genaro Chinês. Porque alguns clientes tinham que ser tratados com classe.

O som de passos na escuridão o despertou dos seus devaneios. Aguçou a vista e viu que uma silhueta se formava entre as dobras da neblina e avançava em sua direção. Braulio deu um passo atrás e esbarrou na porta da entrada. O visitante não parecia muito mais alto que ele, mas transmitia uma estranha calma e uma determinação que arrepiaram os poucos fios de cabelo que pendiam da sua nuca. O sujeito parou na frente de Braulio e lhe ofereceu um maço de cigarros aberto.

— O senhor deve ser dom Braulio — disse.

Ninguém o tinha chamado nem de senhor nem de dom em toda a sua vida, e Braulio descobriu que não gostava do som desse tratamento nos lábios daquele estranho.

— E você, quem é? Foi Hendaya que o mandou?

O visitante se limitou a sorrir e levantou o maço de cigarros até a altura do rosto de Braulio, que aceitou um. Depois pegou um isqueiro a fluido e lhe ofereceu a chama.

— Obrigado — murmurou ele.

— Não há de quê. Mas me diga, dom Braulio, quem está lá dentro?

— Um monte de presuntos, quem pode estar...

— Estou me referindo aos vivos.

Braulio hesitou.

— Então foi Hendaya que o enviou, não foi?

O estranho se limitou a olhá-lo fixamente sem deixar de sorrir. Braulio engoliu em seco.

— O legista e um policial de Madri.

— Vargas?

Braulio confirmou.

— Gostou?

— Como?

— O cigarro. Gostou?

— Muito fino. Importado?

— Como tudo o que é bom. O senhor tem as chaves, não é mesmo, dom Braulio?

— Chaves?

— Do depósito. Acho que vou precisar delas.

— Hendaya não disse nada sobre entregar as chaves a alguém.

O estranho encolheu os ombros.

— Mudança de planos — afirmou enquanto vestia calmamente um par de luvas.

— Escute, o que é isso?

O brilho do aço só durou um instante. Braulio sentiu que a lâmina da faca, o frio mais cortante que havia conhecido em toda a sua miserável existência, entrava em suas vísceras. A princípio quase não sentiu dor, só a percepção de uma claridade extrema e de fraqueza à medida que a lâmina lhe cortava as tripas. Depois, quando o estranho voltou a enfiar a faca até o cabo no seu baixo-ventre e puxou com força para cima, Braulio sentiu que aquele frio virava fogo. Uma garra de ferro incandescente abriu caminho até o coração. Sua garganta se inundou de sangue e sufocou os gritos enquanto o estranho o arrastava para o beco e pegava o molho de chaves que estava preso no seu cinto.

20

Atravessou os passadiços em penumbra até entrar no corredor que levava à sala de autópsia. Um halo esverdeado se filtrava pelas frestas da porta. Dali se ouviam as vozes dos dois homens. Conversavam como velhos amigos, fazendo silêncios que não requeriam desculpas e pilheriando para concluir a tarefa manual. Subiu até o círculo de vidro pintado que coroava a porta. Estudou as silhuetas de Vargas, sentado em uma das placas de mármore, e do legista, inclinado sobre o cadáver. Ouviu o médico descrever com todos os detalhes o resultado do seu trabalho. Não pôde deixar de sorrir ante o engenho com que ele desvendava os detalhes dos últimos instantes de Lomana sem omitir a finura do corte, a precisão com que tinha fatiado as artérias e a traqueia daquele boçal para vê-lo morrer ajoelhado com pânico nos olhos e sangue jorrando aos borbotões em suas mãos. Entre os mestres, reconhecer um trabalho bem-feito é coisa de cavalheiros.

O legista também descreveu as punhaladas que ele desferira no torso quando Lomana se agarrou em suas pernas tentando em vão evitar que o empurrasse para a beira da piscina. Não havia água em seus pulmões, explicou, só sangue. Lomana tinha se afogado no próprio sangue antes de afundar nas águas putrefatas. O legista era um homem experiente, um profissional que conhecia o ofício e cujo magistério lhe inspirava respeito e admiração. Não havia muitos como ele. Só por isso, decidiu, lhe perdoaria a vida.

Vargas, raposa velha, soltava umas perguntas aqui e ali com notável perspicácia, não podia negar isso. Mas era óbvio que estava atirando às cegas e que, além dos detalhes da agonia final de Lomana, pouco poderia descobrir em sua visita ao necrotério. Enquanto os escutava, cogitou a possibilidade de se retirar e ir descansar algumas horas ou arranjar uma mulher que esquentasse seus pés até o amanhecer. Parecia claro que a investigação de Vargas estava em ponto morto e ele não ia precisar intervir. Eram estas as ordens, afinal de contas. Não mover nenhuma peça a menos que não tivesse outro remédio. No fundo ele lamentava isso. Seria interessante enfrentar o velho policial e ver se ainda tinha colhões para se agarrar à vida. Os que resistiam ao inevitável eram os seus preferidos. E quanto à deliciosa Alicia, reservava para ela a honra final. Com ela, sim, poderia perder tempo e saborear a recompensa por todos os seus esforços. Sabia que Alicia não ia decepcioná-lo.

Esperou mais meia hora até que o legista terminou o exame e ofereceu a Vargas um copinho de uma bebida que guardava no armário de instrumentos. A conversa descambou para os lugares-comuns de praxe entre velhos amigos cujos caminhos se separaram, panegíricos de pouquíssima originalidade sobre o devir do tempo, os que caíram pelo caminho e outras banalidades do envelhecer. Entediado, ele já estava a ponto de ir embora e deixar lá Vargas e o legista vagando à deriva para lugar nenhum quando viu o policial tirar do bolso um pedaço de papel e examiná-lo debaixo das luzes penduradas no teto. As vozes se reduziram a um murmúrio e ele teve que encostar o ouvido na porta para discernir as palavras.

O dr. Manero notou que a porta da sala se mexeu ligeiramente.

— Braulio, é você?

Não tendo resposta, o legista suspirou e balançou a cabeça.

— Quando não o deixo ficar, às vezes se esconde atrás das portas para ouvir — explicou.

— Não sei como você o tolera — disse Vargas.

— Acho melhor ele ficar aqui do que rodando por este mundo. Pelo menos assim está sob controle. Boa esta bebidinha, não?

— O que é? Líquido de embalsamar?

— Isso eu guardo para quando tenho que levar alguma coisa para casamentos e comunhões na família da minha mulher. Você não vai me contar nada sobre o caso? O que fazia o desgraçado do Lomana na piscina de um casarão abandonado em Vallvidrera?

Vargas encolheu os ombros.

— Não sei.

— Então vou tentar com os vivos. O que você está fazendo em Barcelona? Se não me engano, tinha prometido nunca mais voltar.

— Uma promessa que não se quebra não merece esse nome.

— E isso aí? Eu pensava que você era mais chegado às letras.

Manero apontou para a lista de números que Vargas tinha na mão.

— Sei lá. Está no meu bolso há dias e não sei nem o que significa.

— Posso ver um instante?

Vargas lhe entregou o papel e o legista deu uma espiada enquanto saboreava a bebida.

— Estava pensando que talvez sejam números de contas — sugeriu o policial.

O legista negou.

— Os da coluna da direita não sei dizer a que correspondem, mas os números da esquerda são quase com certeza certidões — disse.

— Certidões?

— De óbito.

Vargas o olhou sem entender. Manero apontou para a coluna da esquerda.

— Está vendo a numeração? Estes aqui seguem o sistema antigo. A nova numeração mudou há anos. Mas eles ainda têm o número do expediente, livro e página.

Estes últimos são acrescentados depois, mas nós aqui geramos números como estes todos os dias. Até seu amigo Lomana vai ter um para o resto da eternidade.

Vargas terminou o copo com um último gole e examinou de novo a lista como se fosse um quebra-cabeça que estivesse tentando resolver há anos e que, subitamente, começava a ganhar sentido.

— E os da coluna da direita? Parece que estão correlacionados, mas a sequência da numeração é diferente. Podem ser certidões também?

Manero aguçou a vista e levantou os ombros.

— Parecem, mas não são do meu departamento.

Vargas deu um suspiro.

— Isso ajuda em alguma coisa? — perguntou o legista intrigado.

O policial fez um gesto afirmativo.

— E onde eu posso encontrar os expedientes que correspondem a esses números de certidão?

— Onde pode ser? Onde tudo nesta vida começa e termina: o Registro Civil.

21

O fio de luz que vinha da janelinha do banheiro lhe indicou que estava começando a clarear. Fernandito se sentou na cama e deu uma olhada em Matilde, que havia adormecido ao seu lado. Acariciou com a vista o perfil do seu corpo nu e sorriu. Ela abriu os olhos e o fitou com uma expressão serena.

— O que foi, artista? Um pouco mais tranquilo?

— Será que já foram embora? — perguntou o garoto.

Matilde se espreguiçou e procurou suas roupas espalhadas ao pé da cama.

— Por via das dúvidas, saia pela claraboia do lado do beco. Ele vai dar em uma das entradas do mercado.

— Obrigado.

— Eu é que agradeço, querido. Você gostou um pouquinho?

Fernandito corou, mas fez que sim enquanto se vestia na penumbra. Matilde esticou o braço até o maço de cigarros que havia deixado na mesinha, tirou um e acendeu. Observou Fernandito enfiar a roupa às pressas, com o pudor e a timidez quase intactos apesar da sessão didática que tinha acabado de receber. Quando ficou pronto, olhou-a e apontou para a janelinha.

— Por aqui?

Matilde confirmou.

— Mas tenha cuidado, não vá quebrar a cabeça. Quero que esteja inteiro quando vier me ver. Porque você vai voltar, não vai?

— Claro — mentiu Fernandito. — Assim que receber o pagamento.

O garoto pôs a cabeça para fora da janela e estudou o pátio interno com saída para a passagem estreita que Matilde mencionara.

— Não confie na escada, que está um pouco solta. É melhor dar um pulo, você que é novo.

— Obrigado. E até logo.

— Até logo, coração. Boa sorte.

— Boa sorte — respondeu Fernandito.

Já ia se introduzindo na janelinha quando a voz de Matilde o chamou atrás das suas costas.

— Fernando?

— Sim.

— Trate bem a moça. A sua namorada, sei lá como se chama. Trate bem a moça.

Quando saiu das dependências do necrotério, Vargas sentiu que estava revivendo depois de um longo interlúdio no purgatório. A bebida servida pelo dr. Manero e, principalmente, a revelação do significado da metade dos números daquela lista tinham levantado o seu ânimo. Quase conseguiu esquecer que não havia pregado o olho durante tantas horas. Seu corpo denunciava o cansaço, e se tivesse parado para pensar notaria que seus ossos estavam doendo, e até sua memória, mas a esperança de que aquele fiapo de informação recém-desenterrada pudesse esclarecer alguma coisa o manteve em pé e com passo firme. Por um instante pensou em ir até a casa de Alicia para compartilhar a novidade, mas como não tinha certeza de que a lista com os números de certidões de óbito que Valls trouxera em sua viagem secreta vindo de Madri pudesse fornecer uma pista concreta, decidiu se certificar primeiro. Foi para a praça de Medinaceli, um oásis de palmeiras e jardins recortado entre palácios decrépitos e brumas que sopravam das docas do porto, onde em breve o Registro Civil de Barcelona abriria suas portas.

No caminho, Vargas parou na hospedaria Ambos os Mundos, na Plaza Real, que já estava servindo desjejuns e lanches aos filhos da noite que paravam lá para uma última refeição. Ele se sentou em frente ao balcão, fez um sinal para um garçom que era só costeletas e barba e pediu um sanduíche de presunto serrano, uma cerveja e um café duplo com um pouquinho de conhaque.

— Conhaque só tenho do caro — advertiu o garçom.

— Então que seja duplo — replicou Vargas.

— Se está comemorando alguma coisa, talvez queira um charuto Romeo y Julieta depois. Direto de Cuba. Papa-fina, desses que as mulheres enrolam nas coxas...

— Não posso recusar.

Vargas sempre tinha ouvido falar que o café da manhã era a refeição mais importante do dia, pelo menos até que chegasse a hora do almoço. Arrematá-lo com um bom charuto só podia trazer boa sorte. Exalando um halo de fumaça caribenha, de barriga cheia e com a consciência em estado de promessa, prosseguiu a caminhada. O céu se tingiu de âmbar e a luz de vapor que escorria pelas fachadas fez Vargas pensar que aquele seria um daqueles dias, raros, em que toparia com a verdade, ou com algo bastante parecido com ela. Como iria cantar, em anos vindouros, um poeta que brotou naquelas ruas, aquele podia ser um grande dia.

Cinquenta metros atrás dele, protegido por um ângulo de sombra projetado pelas cornijas de um edifício em ruínas, o olhar do observador o seguia sem trégua. Com um charuto nos lábios, a pança cheia e o ânimo embebido de falsas esperanças, Vargas lhe pareceu mais acabado do que nunca. O pouco respeito que havia conseguido sentir por ele estava evaporando como a camada de neblina que ainda reptava pelo pavimento aos seus pés.

Pensou que ele nunca ia ser assim, jamais permitiria que a bebida e a complacência embotassem o seu juízo nem que seu corpo se tornasse um saco de ossos sem coragem. Sempre teve nojo de velhos. Se as pessoas não tinham a dignidade de pular de uma janela ou se jogar embaixo do metrô ao chegarem à decrepitude, alguém deveria dar um tiro de misericórdia e tirá-las de circulação como cães sarnentos em benefício do bem público. O observador sorriu, nunca alheio à graça dos próprios pensamentos. Ele sempre seria jovem, porque era mais inteligente que os outros. Não ia cometer os erros que faziam um homem com certo potencial, como Vargas, acabar se transformando em um triste reflexo do que podia ter sido. Como aquele boçal do Lomana, que viveu de quatro e morreu ajoelhado segurando o pescoço com duas mãos enquanto ele contemplava os capilares dos seus olhos estourando sob a córnea e as pupilas se dilatando em um espelho negro. Outro despojo humano que não soube se retirar a tempo.

Não tinha medo dele. Não tinha medo do que ele pudesse, ou pensasse que iria, descobrir. Conteve-se para não rir. Já faltava muito pouco. E quando não houvesse mais necessidade de seguir os passos dele e aquela história estivesse terminada, finalmente poderia saborear sua recompensa: Alicia. Os dois sozinhos, sem pressa, tal como o mestre lhe havia prometido. Com tempo e arte suficientes para ensinar àquela piranha de veludo que não tinha mais nada o que aprender com ela e que, antes de despachá-la para o esquecimento do qual nunca devia ter saído, ia trabalhar firme nela e lhe ensinar o que era a dor de verdade.

* * *

Quando Alicia abriu os olhos, a luz da alvorada iluminava as janelas. Virou a cabeça e enfiou o rosto na almofada do sofá. Ainda estava com a roupa da véspera e a boca envenenada com o gosto de amêndoa amarga provocado pelos comprimidos regados a álcool. Alguma coisa martelava em seus ouvidos. Entreabriu os olhos outra vez e viu o vidro de pílulas na mesa junto com o resto de uma taça de vinho branco morno que bebeu em um gole. Quando quis enchê-la de novo descobriu que a garrafa estava vazia. Só quando já avançava sem muita firmeza para a cozinha em busca de outra percebeu que aquelas marteladas que sentia nas têmporas não eram do seu pulso nem o rescaldo da enxaqueca causada pelo remédio, e sim batidas na porta. Apoiou-se em uma cadeira da sala e esfregou os olhos. Uma voz do outro lado repetia seu nome com insistência. Ela se arrastou até a entrada e abriu. Fernandito, com um aspecto de ter ido ao fim do mundo e voltado, olhava para ela com uma expressão mais de alarme que de alívio.

— Que horas são? — perguntou Alicia.

— Cedo. Você está bem?

Alicia fez que sim com os olhos ainda meio fechados e voltou cambaleando para o sofá. Fernandito fechou a porta e antes que ela caísse pelo caminho a segurou e ajudou a aterrissar nas almofadas sã e salva.

— O que é isto que você está tomando? — quis saber, examinando o vidro de pílulas.

— Aspirina.

— Devem ser de cavalo.

— O que você está fazendo aqui tão cedo?

— Estive ontem à noite em El Pinar. Tenho coisas para contar.

Alicia apalpou a mesa em busca de cigarros. Fernandito afastou-os sem que ela chegasse a perceber.

— Sou toda ouvidos.

— Não parece. Por que não toma um banho enquanto eu faço café?

— Estou cheirando mal?

— Não. Mas acho que vai lhe fazer bem. Vamos, eu ajudo.

Antes que Alicia pudesse protestar, Fernandito a levantou do sofá e levou para o banheiro, onde a sentou na borda da banheira e abriu a água, sentindo a temperatura com uma das mãos enquanto com a outra impedia que ela caísse.

— Não sou um bebê — alegou Alicia.

— Às vezes parece. Vamos, para a água. Você tira a roupa sozinha ou eu ajudo?

— Bem que você queria.

Alicia o empurrou para fora do banheiro e fechou a porta. Deixou a roupa cair no chão peça por peça, como se estivesse se desprendendo de escamas mortas, e olhou-se no espelho.

— Meu Deus — murmurou.

Segundos depois, um choque de água fria mordeu sua pele sem dó e a devolveu ao mundo dos vivos. Fernandito, enquanto preparava um café bem forte na cozinha, não conseguiu conter um sorriso quando ouviu o grito que vinha do banheiro.

Quinze minutos depois, Alicia ouviu o relato dos acontecimentos da noite anterior usando um roupão grande demais para ela e com o cabelo enrolado em uma toalha. Enquanto deixava que Fernandito contasse o que havia acontecido, ia bebendo goles de café preto em uma caneca que segurava com as duas mãos. Quando o garoto terminou a explicação, bebeu o resto do café em um só gole e olhou nos olhos dele.

— Eu não devia ter exposto você ao perigo desta forma, Fernandito.

— Isso é o de menos. Esse cara, Hendaya, não tem a menor ideia de quem eu sou. Mas tenho certeza de que sabe quem é você, Alicia. Você é que está em perigo.

— Onde você ficou depois de despistar os dois policiais?

— Encontrei uma espécie de pensão, atrás do mercado da Boquería, e esperei lá.

— Uma espécie de pensão?

— Os detalhes escabrosos ficam para outro dia. O que vamos fazer agora?

Alicia se levantou.

— Você, nada. Já fez o suficiente.

— Como assim, nada? Depois do que aconteceu?

Ela se aproximou. Havia alguma coisa diferente no garoto, na forma como a olhava e se comportava. Optou por não metê-lo em mais encrencas e esperar uma ocasião mais propícia.

— Você vai esperar aqui até Vargas voltar e então vai lhe contar exatamente o que me contou. Com todos os detalhes.

— E você, aonde vai?

Alicia tirou um revólver da bolsa que deixara sobre a mesa e verificou que estava carregado. Ao ver a arma nas mãos dela, Fernandito voltou ao seu estado natural de pasmo.

— Espere aí...

22

Em algum momento do seu cativeiro, Mauricio Valls havia começado a pensar na luz como prelúdio da dor. Nas sombras podia imaginar que as grades enferrujadas não o estavam confinando e que as paredes da cela não porejavam aquela película de umidade encardida que escorria pela rocha como um mel preto formando uma poça gelatinosa aos seus pés. E, sobretudo, nas sombras ele não podia se ver.

A penumbra em que vivia só se quebrava um pouco quando, uma vez por dia, um braço de claridade se abria no alto da escada e Valls conseguia distinguir aquela silhueta recortada que lhe trazia o tacho de água suja e um pedaço de pão que devorava em segundos. Havia mudado o carcereiro, mas não o tratamento. Seu novo guardião nunca olhava sua cara nem lhe dirigia a palavra. Ignorava as suas perguntas, súplicas, insultos ou maldições. Limitava-se a deixar a comida e a bebida ao lado da grade e sumia de novo. Na primeira vez em que desceu, o novo carcereiro vomitou ao sentir o fedor da cela e do prisioneiro. A partir de então quase sempre chegava com um lenço cobrindo a boca e só ficava o tempo imprescindível. Valls já não notava o cheiro, assim como não notava a dor no seu braço nem o batimento surdo daquelas linhas púrpuras que subiam do coto como uma trama de veias negras. Estavam deixando-o apodrecer vivo, e ele já não se importava.

Tinha começado a pensar que um dia ninguém mais desceria por aqueles degraus, que aquela porta ficaria fechada para sempre e que ia passar o resto da pouca vida que lhe restava na escuridão, sentindo seu corpo apodrecer pedaço por pedaço, devorando a si mesmo. Tinha presenciado esse ritual muitas vezes quando era diretor da prisão de Montjuic. Com sorte, seria questão de dias. Tinha começado a fantasiar com o estado de fraqueza e delírio que tomaria conta dele quando a agonia inicial da fome já tivesse queimado todas as pontes. O mais cruel era a ausência de água. Talvez, quando o desespero e o tormento mordessem com mais força e ele começasse a lamber as águas fecais que aquelas paredes supuravam, seu coração parasse de bater. Um dos médicos subordinados a ele no castelo vinte anos antes sempre dizia que Deus se compadece primeiro dos filhos da puta. Até nisso a vida era uma grandessíssima rameira. Talvez, no último momento, Deus tivesse piedade dele também e a infecção que avançava pelas suas veias o poupasse do pior momento.

Sonhava que já tinha morrido e estava em um saco de lona dos que se usavam para retirar os cadáveres das celas no castelo de Montjuic quando ouviu a comporta lá em cima se abrir de novo. Despertou do torpor e descobriu que sua língua estava inchada e dolorida. Levou os dedos à boca e sentiu que as gengivas estavam sangrando e os dentes se moviam ao tocar neles como se estivessem fincados em argila mole.

— Estou com sede! — bradou. — Por favor, água...

Passos mais pesados que de costume desciam pela escada. Lá embaixo o som era muito mais confiável que a luz. O mundo tinha se reduzido à dor, à lenta decomposição do seu corpo e aos sons de pisadas e das tubulações que sussurravam dentro daquelas paredes. Uma luz se acendeu em um estrondo de som branco. Valls acompanhou com o ouvido a trajetória dos passos que se aproximavam. Vislumbrou uma silhueta parada ao pé da escada.

— Água, por favor — suplicou.

Arrastou-se até as grades e forçou a vista. Um feixe de luz cegante queimou suas retinas. Uma lanterna. Valls recuou e cobriu os olhos com a mão que lhe restava. Ainda assim sentiu a luz percorrer seu rosto e seu corpo coberto de excrementos, sangue ressecado e farrapos.

— Olhe para mim — disse a voz afinal.

Valls tirou a mão dos olhos e os abriu muito devagar. Suas pupilas demoraram um pouco a se adaptar à claridade. O rosto do outro lado das grades era diferente, mas lhe parecia estranhamente familiar.

— Já falei para olhar para mim.

Valls obedeceu. Depois que se perdia a dignidade isso era muito mais fácil que dar ordens. O visitante se aproximou das grades e o examinou com atenção, passando a luz da lanterna pelos seus membros e pelo seu corpo consumido. Só então Valls entendeu por que as feições daquele rosto que o olhava do outro lado das grades lhe pareciam familiares.

— Hendaya? — balbuciou. — Hendaya, é você?

Hendaya fez que sim. Valls sentiu que o céu se abria e que estava respirando pela primeira vez em muitos dias ou semanas. Devia ser outro sonho. Às vezes, encalhado no meio das trevas, ele mantinha conversas com salvadores que chegavam para resgatá-lo. Forçou os olhos de novo e riu. Era Hendaya. Em carne e osso.

— Graças a Deus, graças a Deus — soluçou. — Sou eu, Mauricio Valls. O ministro Valls... Sou eu...

Estendeu o braço para o policial, chorando de gratidão, alheio à vergonha de que o visse daquele jeito, seminu, mutilado e todo coberto de merda e de urina. Hendaya deu um passo à frente.

— Há quanto tempo estou aqui? — perguntou Valls.

Hendaya não respondeu.

— Minha filha Mercedes está bem?

Hendaya não lhe deu resposta. Valls se levantou penosamente agarrando-se nas grades até ficar à altura do olhar dele. O policial o observava sem nenhuma expressão no rosto. Estaria sonhando de novo?

— Hendaya?

Este pegou um cigarro e acendeu. Valls sentiu o cheiro de tabaco, a primeira vez no que lhe pareciam anos. Era o aroma mais delicioso que já havia sentido. Pensou que o cigarro era para ele, até ver que Hendaya o levava aos lábios e dava uma longa tragada.

— Hendaya, me tire daqui — suplicou.

Os olhos do policial brilharam entre as espirais de fumaça que saíam dos seus dedos.

— Hendaya, é uma ordem, me tire daqui.

O outro sorriu e deu mais duas tragadas.

— Você tem maus amigos — disse.

— Onde está minha filha? O que fizeram com ela?

— Nada, ainda.

Valls ouviu uma voz que se levantava em um berro desesperado e não entendeu que era a sua. Hendaya jogou o cigarro aos pés de Valls na cela. O policial não se alterou quando o prisioneiro, vendo-o subir a escada, começou a gritar e a bater nas grades com as últimas forças que ainda lhe restavam até cair de joelhos, exânime. A comporta lá no alto foi selada como um sepulcro, e a escuridão se fechou de novo sobre ele, mais fria do que nunca.

23

Entre as muitas aventuras que o coração de Barcelona esconde existem lugares inexpugnáveis, abismos recônditos e, para os corajosos, ainda há o Registro Civil. Vargas viu de longe a fachada antiga remoçada a carvão e suspirou. Tanto as janelas hermeticamente fechadas do prédio como seu aspecto de mausoléu ufano de suas estátuas já pareciam advertir ao incauto que nem pensasse em chegar perto. Depois de ultrapassar o portão de carvalho que mantinha os mortais à distância, encontrou um balcão amuralhado atrás do qual um homenzinho com cara de coruja contemplava a vida passar sem lhe dar qualquer sinal de boas-vindas.

— Bom dia — ofereceu Vargas em tom de paz.

— Seria bom se estivéssemos em horário de atendimento ao público. Como diz o cartaz na rua, de 11 às 13 horas, de terça a sexta-feira. E hoje é segunda e são 8h13. Não sabe ler?

Vargas, avezado na arte de lutar contra o pequeno tirano que muitos funcionários com timbre e carimbo oficial têm dentro de si, deixou o rosto gentil cair no chão e estampou sua identificação a dois centímetros do nariz do recepcionista. O indivíduo engoliu em seco.

— Você, sim, deve saber ler.

O recepcionista teve que engolir a secura de um mês no deserto junto com a sua má vontade.

— Às suas ordens, capitão. Desculpe o mal-entendido. Em que posso ajudar?

— Quero falar com quem manda aqui, se possível não um cretino como você.

O recepcionista imediatamente pegou o telefone e invocou uma tal sra. Luisa.

— Não interessa — murmurou ao aparelho. — Diga a ela que venha agora mesmo.

Desligou, ajeitou a roupa e, com a figura recomposta, olhou para Vargas.

— A secretária do diretor vem atendê-lo agora mesmo — anunciou.

Vargas se sentou em um banco de madeira sem tirar os olhos do recepcionista. Dois minutos depois apareceu uma mulher miúda, com o cabelo preso, óculos sem armação e um olhar penetrante que arqueou uma sobrancelha e deduziu na hora o que tinha acabado de acontecer sem necessidade de explicações.

— Não se zangue com o Carmona, ele é assim mesmo. Eu me chamo Luisa Alcaine. Em que posso ajudá-lo?

— Meu nome é Vargas. Chefatura Superior de Madri. Preciso conferir alguns números de certidões. É importante.

— Não diga que também é urgente, porque dá azar nesta casa. Deixe-me ver esses números.

O policial lhe entregou a lista. Dona Luisa deu uma olhada rápida e fez que sim com a cabeça.

— As de entrada ou as de saída?

— Como assim?

— Estas aqui são certidões de óbito e estas outras são de nascimento.

— Tem certeza?

— Eu sempre tenho certeza. Minha baixa estatura é só para despistar.

Luisa tinha um sorriso de gata ardilosa.

— Então gostaria de ver os dois, se for possível.

— Tudo é possível no prodigioso mundo da burocracia espanhola. Venha comigo, por gentileza, coronel — convidou Luisa abrindo uma porta atrás do balcão.

— Só capitão.

— Que pena. Depois do susto que deu no Carmona eu imaginava que tinha graduação maior, sabe. Vocês não concedem seus títulos nobiliários por ordem de altura?

— Eu estou encolhendo há algum tempo. É a quilometragem.

— Pode acreditar que eu o entendo bem. Entrei aqui com pinta de bailarina e veja só como estou.

Vargas a seguiu por um corredor com perspectivas infinitas.

— É impressão minha ou este edifício parece maior por dentro que por fora? — perguntou.

— Você não é o primeiro a notar. Toda noite cresce um pouco. Dizem que se alimenta dos funcionários em excesso e dos estagiários que vêm consultar expedientes e adormecem na sala de pesquisa. Se eu fosse você não baixaria a guarda.

Quando chegaram ao fundo do corredor, Luisa parou em frente a uma grande porta catedralesca. Alguém havia pendurado na moldura um papel que dizia:

Abandone toda a paciência quem se aventurar além desta porta...

Luisa empurrou a porta e piscou um olho.

— Bem-vindo ao mundo mágico do papel timbrado e do formulário de duas pesetas.

Uma vertiginosa colmeia de prateleiras, escadas e arquivos se abria em perspectiva florentina sob uma abóbada de arcos ogivais, e um artefato com várias lâmpadas emitia uma luz poeirenta que caía como uma cortina puída.

— Nossa Senhora — murmurou Vargas. — Como é que se pode encontrar alguma coisa aqui?

— A ideia é não encontrar, mas com algum engenho, uma vara e a experiência de uma servidora aqui se encontra até a pedra filosofal. Deixe eu ver esta lista.

Vargas a seguiu até uma parede cheia de pastas numeradas que subia aos céus. Luisa estalou os dedos e logo apareceram dois funcionários de aspecto diligente.

— Vou precisar que desçam os livros das seções 1 a 8B entre 1939 e 1943 e 6C a 14 do mesmo período.

Os dois beleguins foram buscar a escada e Luisa levou Vargas para sentar-se a uma das mesas de consultas que havia no centro do salão.

— Mil novecentos e trinta e nove? — perguntou o policial.

— Todos esses expedientes ainda têm a numeração antiga. O sistema mudou em 1944, quando foi criado o documento nacional de identidade. Você está com sorte, porque muitos dos arquivos anteriores à guerra se perderam, mas o período entre 1939 e 1944 está todo em uma seção à parte que acabou de ser organizada há uns dois anos.

— Quer dizer que todas essas certidões são de pouco depois da guerra civil?

Luisa confirmou.

— Conferindo o passado, hein? — insinuou a funcionária. — Admiro a sua coragem, mas não sei se também a prudência. Não existe muita gente com interesse ou vontade de fuçar nessas coisas.

Enquanto esperavam a volta dos dois funcionários com os livros pedidos, Luisa aproveitou para examinar Vargas com uma curiosidade clínica.

— Há quantas horas você não prega o olho?

Ele consultou o relógio.

— Um pouco mais de vinte e quatro.

— Aceita um cafezinho? Isto aqui pode levar um tempo.

Duas horas e meia depois, Luisa e seus dois ajudantes tinham navegado por oceanos de papel e completado a travessia deixando na frente de Vargas, que quase já não conseguia mais se manter em pé, uma pequena ilha de volumes. O policial avaliou a tarefa e suspirou.

— Não quer fazer as honras da casa, dona Luisa?

— Com todo o prazer.

Enquanto Vargas ingeria sua terceira xícara de café, Luisa mandou os ajudantes se retirarem e começou a organizar os livros de registro, formando duas pilhas que foram crescendo lentamente.

— Não vai me perguntar de que se trata tudo isto? — inquiriu Vargas.

— Deveria?

Ele sorriu. Pouco depois Luisa deixou escapar um suspiro de alívio.

— Bem, deve estar tudo aqui. Vamos verificar a lista outra vez. Vejamos.

Cotejando os números, foi selecionando volume a volume. À medida que ela os examinava, Vargas notou que franzia o cenho.

— O que foi? — perguntou ele.

— Tem certeza de que estes números estão corretos?

— São os que tenho... Por quê?

Luisa levantou a vista das páginas e olhou para ele com uma expressão de estranheza.

— Por nada. São todos menores.

— Menores?

— Crianças. Olhe.

Luisa pôs os livros de registro diante de Vargas e foi comparando os números um por um.

— Vê as datas?

Vargas tentou decifrar aquele galimatias. Luisa o guiava com a ponta de um lápis.

— Estão em pares. Para cada certidão de óbito há uma de nascimento. Emitidas no mesmo dia, pelo mesmo funcionário, na mesma repartição e à mesma hora.

— Como sabe?
— Pelo código de controle. Vê?
— E o que significa isso?
— Não sei.
— É normal que o mesmo funcionário crie dois expedientes simultaneamente?
— Não. E muito menos de dois departamentos diferentes.
— Qual pode ter sido a causa disso?
— Não faz parte do procedimento. Antes as certidões eram registradas por distrito. Estas foram todas emitidas na central.
— E isso é irregular?
— Bastante. É não é só: estes expedientes, se é verdade o que consta aqui, foram todos criados no mesmo dia.
— E isso é estranho.
— Mais que um cachorro verde. Mas é só o começo.
Vargas olhou para ela.
— Todos os falecimentos foram registrados no hospital Militar. Quantas crianças morrem em um hospital militar?
— E os nascimentos?
— No hospital do Sagrado Coração. Todos, sem exceção.
— Pode ser coincidência?
— Se você é um homem de fé... E olhe aqui as idades das crianças. Também estão em pares, como pode ver.
Vargas forçou a vista, mas o cansaço estava comendo o seu entendimento.
— Para cada expediente de óbito há um de nascimento — explicou Luisa.
— Não entendo.
— As crianças. Cada uma delas nasceu no mesmo dia que uma das falecidas.
— Posso levar tudo isto emprestado?
— Os originais não podem sair daqui. Tenho que pedir cópias e levaria pelo menos um mês, mexendo todos os pauzinhos.
— Não pode haver uma maneira mais rápida?
— E mais discreta? — completou Luisa.
— Também.
— Espere aí.
Durante uma boa meia hora, Luisa pegou papel e caneta e foi anotando em umas laudas um resumo com os nomes, as datas, os números das certidões e o código de cada expediente. Vargas seguia com os olhos sua caligrafia elegante e magistral, tentando encontrar a chave que lhe explicasse o que significava tudo aquilo. Só então, quando sua vista já derrapava no sem-fim de palavras e números, reparou nos nomes que a funcionária tinha acabado de escrever.

— Um minuto — interrompeu.

Luisa se afastou. Vargas procurou entre as certidões e encontrou o que buscava.

— Mataix — murmurou.

Luisa se debruçou sobre os documentos que o policial estava examinando.

— Duas meninas. Falecidas no mesmo dia... Isto lhe diz alguma coisa? — perguntou ela.

Os olhos de Vargas deslizaram até o pé das certidões.

— O que é isto?

— A assinatura do funcionário que certificou o documento.

O traço era limpo e elegante, caligrafia de alguém que entendia de aparências e de protocolo. Vargas silenciosamente formou o nome nos lábios e sentiu seu sangue gelar.

24

O apartamento tinha cheiro de Alicia. Cheirava ao seu perfume, à sua presença e àquele aroma que o contato com sua pele deixava. Fernandito estava sentado no sofá havia uma eternidade e meia sem outra companhia além daquela fragrância e uma angústia que começava a comê-lo vivo. Alicia e sua pistola tinham partido quinze minutos antes, mas a espera parecia interminável. Incapaz de ficar parado por mais um segundo, o garoto se levantou e foi abrir as janelas que davam para a rua Aviñón para entrar ar fresco. Com um pouco de sorte aquele aroma perturbador sairia dali em busca de outra vítima. Deixou que a brisa gelada clareasse a sua consciência e voltou para dentro determinado a esperar, como Alicia tinha pedido. Essa nobre resolução sobreviveu por uns cinco minutos. Logo depois começou a rodar pela sala, lendo os títulos dos livros nas prateleiras, acariciando os móveis com os dedos quando passava por eles, estudando objetos que não havia notado em visitas anteriores, e imaginou Alicia fazendo aquele mesmo trajeto e tocando naquelas mesmas coisas. *Assim vamos mal, Fernandito*, pensou. *Sente-se.*

As cadeiras se esquivavam dele. Quando achou que já não era mais possível descobrir novos caminhos pela sala, se aventurou por um corredor no fundo do qual se viam duas portas. Uma dava para o banheiro. A outra devia ser a do quarto. Foi tomado por um rubor que misturava recato, inquietação e vergonha, e voltou para a sala antes de chegar à porta do banheiro. Sentou-se em uma cadeira e esperou. Minutos de gelatina escorreram sem outro consolo além do tique-taque de um relógio na parede. O tempo, entendeu, sempre flui em uma velocidade inversa à necessidade de quem o vive.

Voltou a se levantar e foi até a janela. Nem sinal de Vargas. O mundo transcorria distante e banal cinco andares abaixo. Sem saber como, se viu de novo no corredor. Em frente à porta do banheiro. Entrou e observou seu reflexo no espelho. Um batom destampado repousava em uma prateleira. Fernandito o pegou e examinou. Vermelho sangue. Deixou-o de novo no mesmo lugar e saiu, ruborizado. Do outro lado era a porta do quarto. Da entrada se via que a cama estava arrumada. Alicia não tinha dormido lá. Mil ideias o assaltaram, e exterminou uma por uma antes que elas pudessem abrir a boca.

Avançou alguns passos e contemplou a cama. Imaginou-a ali estendida e desviou a vista. Perguntou-se quantos homens teriam estado lá, deitados ao seu lado, percorrendo seu corpo com as mãos e os lábios. Foi até o armário e abriu. Na penumbra se vislumbrava a roupa de Alicia. Roçou a ponta dos dedos nos vestidos que estavam pendurados e fechou a porta. Em frente à cama havia um gaveteiro de madeira. Abriu a primeira gaveta e encontrou um arsenal de peças de roupa sedosas e de renda perfeitamente dobradas. Preto, vermelho e branco. Levou alguns segundos para entender o que estava vendo. Era a roupa de baixo de Alicia. Engoliu em seco. Seus dedos se detiveram a dois centímetros do tecido. Retirou a mão como se aquela renda queimasse e fechou a gaveta.

— Você é um imbecil — disse para si mesmo.

Imbecil ou não, abriu a segunda gaveta. Continha meias de seda e um ou outro desses artefatos com tiras que pareciam desenhados para prendê-las e que lhe deram vertigem. Balançou a cabeça devagar e começou a fechar a gaveta. Bem nesse instante o telefone começou a tocar com tamanha fúria que Fernandito pensou que seu coração ia se desprender das vísceras, sair voando pela boca e se espatifar contra a parede. Fechou a gaveta com força e voltou correndo para a sala quase sem ar. O telefone insistia, acusador, como um alarme de incêndio.

Fernandito foi até o aparelho e ficou olhando como ele vibrava sem saber o que podia fazer. Tocou sem parar durante um minuto ou talvez mais. Quando o garoto finalmente pôs a mão trêmula no fone e o levantou, a campainha parou. Ele soltou o aparelho e respirou fundo. Sentou-se e fechou os olhos. Havia algo martelando no seu peito. Era seu coração, que palpitava e parecia estar entalado na garganta. Riu de si mesmo, encontrando algum consolo no seu comportamento ridículo. Se Alicia o visse...

Ele não servia para aquilo, pensou. Quanto mais cedo se rendesse a essa evidência, melhor. Os acontecimentos daquela noite e sua breve experiência a serviço de Alicia tinham demonstrado que seu caminho não era o mundo das intrigas e sim o do comércio e serviços ao público. Assim que Alicia voltasse ele pediria demissão. Aquela visita ao santuário de objetos íntimos da sua chefe, melhor esquecer. *Homens de mais coragem já se arruinaram por muito menos*, pensou.

* * *

Estava recuperando a firmeza embalado por esses pensamentos edificantes quando o telefone explodiu de novo ao seu lado e dessa vez, em um ato reflexo, pegou-o e atendeu com um fio de voz.

— Quem fala? — trovejou uma voz do outro lado da linha.

Era Vargas.

— É Fernandito — respondeu.

— Passe para Alicia.

— A srta. Alicia saiu.

— Aonde foi?

— Não sei.

Vargas amaldiçoou em voz baixa.

— E o que você está fazendo aí?

— A srta. Alicia me mandou esperá-lo aqui e lhe explicar o que aconteceu essa noite.

— O que aconteceu?

— Acho melhor contar pessoalmente. Onde está?

— No Registro Civil. Alicia disse quando ia voltar?

— Não disse nada. Pegou uma pistola e saiu.

— Uma pistola?

— Bem, tecnicamente era um revólver, desses com tambor que...

— Eu sei o que é — cortou Vargas.

— Você vem para cá?

— Daqui a pouco. Vou passar um minuto no meu quarto para tomar um banho e trocar de roupa, porque estou fedendo, e depois vou para o apartamento.

— Estou aqui esperando.

— É bom mesmo. Ah, e Fernandito...

— Diga.

— Que eu não saiba que você mexeu em alguma coisa indevida.

O bonde azul deslizava à velocidade do tédio. Alicia tinha chegado à parada bem a tempo de pular a bordo quando o motorneiro já se preparava para dar início à subida pela avenida do Tibidabo. O vagão estava totalmente lotado com um grupo de colegiais, evidentemente saindo de um internato. Eles estavam sob os cuidados de dois padres de expressão severa fazendo o que Alicia intuiu que era uma excursão ao templo no alto da montanha. Ela era a única fêmea entre todos os passageiros. Assim que se sentou no lugar que um aluno lhe cedeu por indicação de um dos padres, o burburinho da rapaziada silenciou e se tornaram audíveis os rangidos das tripas daquele pelotão, ou talvez fossem simplesmente seus hormônios cavalgando desembestados pelas veias. Alicia decidiu abaixar a vista e fazer de conta que estava sozinha no bonde. Os internos, que calculou que deviam ter uns treze ou catorze anos, a olhavam de esguelha como se nunca tivessem visto uma criatura como aquela. Um deles, um garoto ruivo crivado de sardas e com mais cara de bobo que o normal, estava sentado bem à sua frente e parecia hipnotizado por sua presença. Seus olhos ficaram presos em um vaivém constante entre os joelhos e o rosto de Alicia. Ela levantou a vista e olhou-o por alguns segundos. O infeliz parecia estar se engasgando até que um dos padres lhe desferiu um pescoção.

— Manolito, não vamos ter aborrecimentos agora — advertiu o clérigo.

O resto do trajeto transcorreu entre silêncios, espiadas furtivas e um ou outro risinho sufocado. *O espetáculo pletórico da adolescência é a vacina mais eficaz contra a nostalgia*, pensou Alicia.

Quando chegaram ao final da linha, ela preferiu ficar sentada enquanto os dois padres tocavam os internos como se fossem gado. Observou como desfilavam em bando rumo à estação do funicular trocando empurrões e gargalhadas soezes. Os mais exaltados se viravam para olhá-la e fazer comentários com os colegas. Alicia esperou até os padres entrarem com eles na estação do funicular como se fosse um curral e se apeou. Atravessou a pracinha com os olhos grudados na imponente fachada de El Pinar coroando o morrinho à sua frente. Dois carros pretos estavam estacionados na porta do restaurante que ficava a poucos metros da parada do bonde, La Venta. Alicia o conhecia bem porque era o restaurante predileto de Leandro em Barcelona, e mais de uma vez ele a levara lá para lhe ensinar as maneiras e o protocolo da boa mesa. "Uma senhorita de classe não segura os talheres, acaricia." Alicia enfiou a mão na bolsa, apalpou o revólver e destravou a arma.

O vasto casarão de El Pinar tinha duas entradas. A principal, por onde ingressavam os veículos, ficava na rua Manuel Arnús, a pouco mais de cem metros da praça pelo caminho que rodeia a colina em direção ao extremo norte da estrada de Las Aguas. A segunda, um portão de ferro que dava para um caminho de escadas atravessando o jardim, ficava a poucos passos da parada do bonde. Alicia passou em frente a esse portão e constatou que, como havia imaginado, estava fechado. Continuou bordeando o muro em direção à entrada principal. Lá viu uma segunda casa, presumivelmente a antiga residência dos guardas da propriedade, que, intuiu, devia estar sendo vigiada. Ao rodear a colina avistou pelo menos uma silhueta lá no alto, observando as redondezas. Era possível que Hendaya tivesse mais homens espalhados dentro e fora da casa. Parou no meio do caminho, em um ângulo onde não podia ser vista da entrada principal, e estudou o muro. Não levou muito tempo para deduzir o lugar por onde Fernandito havia entrado na noite anterior. Não parecia viável à plena luz do dia. Era evidente que ia precisar de ajuda. Voltou à praça, onde o bonde já iniciava seu percurso de volta. Dirigiu-se ao La Venta e entrou no restaurante, que estava deserto àquela hora e só abriria a cozinha horas depois. Foi até o balcão do bar e se sentou em um tamborete. Um garçom saiu de trás de uma cortina e se aproximou com um sorriso cortês.

— Uma taça de vinho branco, por favor.
— Alguma preferência?
— Surpreenda-me.

O garçom fez que sim e de imediato apanhou uma taça com destreza sem cruzar os olhos com ela.

— Posso usar o telefone?
— Claro, senhorita. Está ali atrás, no final do balcão.

Alicia esperou o garçom desaparecer de novo atrás da cortina, bebeu um gole de vinho e se dirigiu ao telefone.

Fernandito estava debruçado na janela tentando vislumbrar a figura de Vargas entre os transeuntes que vinham pela rua Aviñón quando o telefone tocou de novo às suas costas. Dessa vez tampouco teve dúvidas e atendeu.

— Onde você se meteu? Não estava vindo?
— Quem estava vindo? — perguntou Alicia no outro lado da linha.
— Desculpe, pensei que era o capitão Vargas.
— Você estava com ele?
— Telefonou e disse que vinha para cá.
— Há quanto tempo?
— Uns quinze minutos, mais ou menos. Disse que estava no Registro Civil.

Alicia deixou passar um silêncio que Fernandito interpretou como de perplexidade.

— Disse o que foi fazer lá?
— Não. Você está bem?
— Estou bem, Fernandito. Quando Vargas chegar, primeiro você lhe conta tudo o que me contou e depois diz que estou esperando por ele no bar ao lado da estação do funicular do Tibidabo.

— Fica ao lado de El Pinar...
— Diga a ele que não perca tempo.
— Está precisando de ajuda? Quer que eu vá?

— Nem pense nisso. Preciso que você fique aí até Vargas chegar e depois faça o que eu já disse. Entendeu?

— Sim... Srta. Alicia?

Alicia tinha desligado. Fernandito ainda estava olhando para o telefone quando percebeu algo com o rabo do olho. Detectou movimentos nas janelas do quarto de Vargas, do outro lado da rua. Imaginou que o policial devia ter subido enquanto ele estava falando ao telefone com Alicia. O garoto foi olhar pela janela para se certificar e então avistou Vargas na rua se aproximando da entrada do Gran Café.

— Capitão! Vargas! — chamou aos gritos.

O policial desapareceu pela porta. Fernandito olhou de novo as janelas do outro lado da rua, bem a tempo de vislumbrar uma silhueta fechando as cortinas. Ia ligar para o número que Alicia tinha lhe dado quando foi invadido por uma obscura inquietação. Foi para a porta, saiu e começou a descer a escada, cada vez mais rápido.

25

Quando Vargas introduziu a chave do seu quarto na fechadura, notou imediatamente. A chave entrou com dificuldade, como se tivesse esbarrado em arestas no mecanismo, e quando girou o policial sentiu que a mola quase não oferecia resistência. A fechadura tinha sido forçada. Puxou a arma e empurrou suavemente a porta para dentro com o pé. O interior do apartamento, dois cômodos separados por uma cortina de contas, estava na penumbra. As cortinas, fechadas. Lembrava que as tinha deixado abertas. Vargas puxou o cão. A silhueta esperava imóvel no canto. Vargas levantou a arma e apontou.

— Por favor, não atire! Sou eu!

Vargas avançou alguns passos e a silhueta se adiantou de braços para cima.

— Rovira? Que diabo está fazendo aqui? Por um triz não estourei sua cabeça.

O pequeno espião, ainda envergando seu sobretudo ordinário, olhava trêmulo para ele.

— Abaixe as mãos — disse Vargas.

Rovira fez que sim várias vezes e obedeceu.

— Desculpe, capitão. Eu não sabia o que fazer. Queria esperar o senhor lá embaixo, na rua, mas estavam me seguindo, tenho certeza, e então pensei...

— Pare aí, Rovira. Do que está falando?

Rovira respirou fundo e gesticulou com as mãos, como se não soubesse por onde começar. Vargas fechou a porta e o levou para uma poltrona.

— Pode se sentar.

— Sim, senhor.

Vargas puxou uma cadeira e se sentou em frente a Rovira.

— Comece pelo princípio.

O outro engoliu em seco.

— Trouxe um recado do delegado Linares.

— Linares?

Rovira fez um gesto afirmativo.

— Foi ele que me mandou seguir o senhor e a srta. Alicia. Mas juro que obedeci suas instruções e me mantive longe para não incomodar. E também contei a eles o mínimo possível, só para cumprir o protocolo.

— Que recado? — cortou Vargas.

— O delegado Linares, quando chegou à Chefatura, recebeu uma ligação. Alguém de Madri. Muito lá de cima. Ele mandou lhe dizer que vocês estão em perigo, que é melhor irem embora da cidade. O senhor e a srta. Alicia. Disse que eu fosse ao necrotério e lhe avisasse. No necrotério me informaram que já tinha ido para o Registro.

— Continue.

— Descobriu alguma coisa interessante lá? — perguntou Rovira.

— Nada que seja da sua alçada. O que mais?

— Bem, então fui ao Registro, mas me disseram que também já tinha ido embora, e então vim correndo esperá-lo aqui. E foi nesse momento que percebi que o senhor está sendo seguido.

— Não era esse o seu trabalho?

— Alguém mais além de mim.

— Quem?

— Não sei.

— E como entrou aqui?

— Encontrei a porta já aberta. Acho que arrombaram a fechadura. Verifiquei que não havia ninguém escondido, fechei a porta e puxei as cortinas para que ninguém visse que eu estava aqui à sua espera.

Vargas o olhou em silêncio, prolongadamente.

— Fiz alguma coisa errada? — perguntou Rovira, temeroso.

— Por que Linares não telefonou para o necrotério?

— O delegado disse que os telefones da Chefatura não eram seguros.

— E por que não veio pessoalmente?

— Está reunido com o oficial que o ministério mandou. Um tal de Alaya ou coisa assim.

— Hendaya.

Rovira confirmou.

— Esse.

O sujeito continuava tremendo como um cachorrinho.

— Pode me dar um copo d'água, por favor? — implorou.

Vargas hesitou um instante. Foi até a cômoda e encheu um copo com uma jarra que estava pela metade.

— E a srta. Alicia? — inquiriu Rovira às suas costas. — Não está com o senhor?

Vargas notou que a voz de Rovira estava perto demais e quando se virou com o copo na mão o encontrou a um palmo dele. Não estava mais tremendo e sua expressão assustadiça tinha se fundido em uma máscara impenetrável.

Nunca chegou a ver a lâmina da faca.

Sentiu uma pontada brutal no flanco, como se alguém tivesse batido com um martelo em suas costelas, e percebeu que a lâmina tinha penetrado fundo e perfurado o pulmão. Teve a impressão de que Rovira sorria e quando quis pegar o revólver recebeu a segunda facada. A lâmina se enterrou até o cabo em seu pescoço, e Vargas cambaleou. Sua visão ficou nublada e ele teve que se segurar na cômoda. Uma terceira facada o atingiu no estômago. Desabou no chão e ficou ali estendido. Uma sombra se abateu sobre ele. Enquanto seu corpo se rendia em convulsões, Rovira pegou sua arma, a estudou com pouco interesse e a largou no chão.

— Quinquilharia — disse.

Vargas se perdeu naqueles olhos sem fundo. Rovira esperou alguns segundos e lhe desferiu mais duas punhaladas no estômago, torcendo a lâmina enquanto o fazia. O policial cuspiu um borbotão de sangue e tentou golpear Rovira, ou quem quer que fosse aquela criatura que o estava despedaçando. Seus punhos nem chegaram ao rosto do outro. Rovira puxou a faca impregnada com seu sangue e a mostrou.

— Filho da puta — balbuciou Vargas.

— Olha bem para mim, seu velho de merda. Quero que morra sabendo que não vou ser tão misericordioso com ela. Vou deixá-la durar bastante e juro que ela vai te amaldiçoar por ter falhado assim enquanto eu vou lhe mostrando tudo o que sei fazer.

Vargas sentiu um frio intenso se apoderar dele e paralisar seus membros. O coração batia rápido, quase não conseguia respirar. Uma superfície morna e viscosa se espalhava debaixo do seu corpo. Seus olhos se encheram de lágrimas, e um medo como nunca havia sentido o invadiu. O assassino limpou a lâmina da faca nas suas lapelas e guardou-a. Ficou ali, de cócoras, olhando nos seus olhos e saboreando sua agonia.

— Já dá para sentir? — perguntou. — Como é?

Vargas fechou os olhos e invocou a imagem de Alicia. Faleceu com um sorriso nos lábios, e quando o homem que ele havia conhecido como Rovira viu isso teve tamanho ataque de raiva que, mesmo sabendo que estava morto, começou a esmurrar seu rosto até os nós dos dedos ficarem em carne viva.

Fernandito ouviu tudo escondido na soleira. Tinha subido a escada correndo e quando chegou à porta de Vargas parou um instante antes de bater. O som de golpes secos do outro lado o deteve. Uma voz entrecortada soltava berros de fúria enquanto se ouviam uns murros terríveis desfechados contra algo que parecia carne e osso. Fernandito tentou forçar a porta, mas estava fechada. Pouco depois os golpes pararam e ele ouviu passos lá dentro se aproximando da porta. O medo foi mais forte e, engolindo a vergonha, subiu a escada correndo para se esconder. Grudou-se na parede do patamar de cima e ouviu a porta se abrir. Uns passos começaram a descer. Fernandito se debruçou no vão da escada e viu aquele homem de baixa estatura usando um sobretudo preto. Hesitou alguns segundos e desceu em silêncio até a porta de Vargas. Estava entreaberta. Meteu a cabeça e viu o corpo do policial deitado em cima de uma superfície preta que parecia um espelho líquido. Não percebeu o que era até pisar. Escorregou e caiu de bruços ao lado do corpo. Vargas, branco como uma estátua de mármore, estava morto. Fernandito ficou um instante sem saber o que fazer. Depois, ao ver a arma do policial no chão, pegou-a e se precipitou escada abaixo.

26

Um sudário de nuvens se espalhava rapidamente a partir do mar, sepultando Barcelona. Alicia, sentada em frente ao balcão, se virou quando ouviu o barulho do primeiro trovão. Observou aquela linha de sombras que avançava inexorável sobre a cidade. Um espasmo elétrico iluminou o redemoinho de nuvens e, logo depois, as primeiras gotas de chuva bateram nos vidros da janela. Em poucos minutos o aguaceiro começou a cair e o mundo submergiu em uma escuridão cinza e impenetrável.

O estrondo do temporal acompanhou-a enquanto deixava o restaurante e voltava para o muro de pedra que rodeava a casa de El Pinar. A cortina de água apagava todos os contornos a poucos metros de distância e oferecia um manto que ocultava seus movimentos. Quando atravessou de novo em frente à entrada do jardim, viu que dali quase não se distinguia a fachada da casa. Contornou a propriedade pela segunda vez e subiu no muro pelo ponto que havia escolhido antes. Pulou para o outro lado e aterrissou em cima de uma grossa camada de folhagem que já começava a amolecer com a chuva e amorteceu a sua queda.

Atravessou o jardim com a proteção do arvoredo até atingir o caminho principal. Avançou por ele e chegou aos fundos do casarão, onde viu as janelas da cozinha que Fernandito tinha descrito em seu relato. A chuva açoitava com fúria e escorria pela fachada da casa. Alicia se debruçou em uma das janelas e observou o interior. Reconheceu a mesa de madeira onde Fernandito tinha visto Valentín Morgado morrer, coberta de manchas escuras. Não havia ninguém à vista. O estrondo da tempestade fazia a estrutura da construção retumbar. Alicia bateu com a culatra do revólver na janela e o vidro se estilhaçou. Um segundo depois estava dentro.

Fernandito o seguia de perto. O estranho caminhava com calma, como se não tivesse matado um homem a sangue-frio poucos momentos antes e sim decidido sair sozinho para dar um passeio. O primeiro relâmpago iluminou as ruas e os transeuntes correram para se proteger da chuva sob os arcos da Plaza Real. O assassino não apertou o passo nem fez menção de procurar algum refúgio. Continuou andando devagar em direção às Ramblas. Quando chegou lá parou bem na beira da calçada. Fernandito foi se aproximando e verificou que as roupas dele estavam encharcadas. Por um instante sentiu vontade de pegar a arma de Vargas, que estava no seu bolso, e alvejar o assassino pelas costas. O homem permaneceu ali, imóvel, como se pressentisse sua presença e estivesse à sua espera. Em seguida, de chofre, recomeçou a andar e cruzou as Ramblas até a entrada da rua Conde del Asalto em direção ao coração do Raval.

Fernandito o seguiu deixando que se adiantasse um pouco. Viu-o dobrar à esquerda na esquina com a rua Lancaster. O garoto correu para lá, bem a tempo de ver o estranho desaparecer em um portão na metade do quarteirão. Esperou alguns segundos e avançou devagar, encostado nas paredes. A água suja que caía das cornijas salpicava no seu rosto e penetrava pela gola do casaco. Parou em frente ao ponto onde tinha visto o assassino entrar. De longe havia pensado que era o início de uma escada, mas constatou que se tratava do andar térreo de um estabelecimento comercial. Uma porta de enrolar meio enferrujada selava o espaço. Uma portinhola menor, recortada no metal, estava ligeiramente entreaberta. Em cima do dintel um cartaz desbotado anunciava:

FÁBRICA DE MANEQUINS
IRMÃOS CORTÉS
**ARTIGOS DE ALFAIATARIA
E OFICINA DE CONFECÇÃO
Fundada em 1909**

A oficina sem dúvida estava fechada havia anos e parecia abandonada. Fernandito hesitou. Tudo lhe gritava que saísse dali e fosse buscar ajuda. Já havia recuado quase até a esquina quando a imagem do corpo abatido de Vargas e seu rosto drenado de sangue o reteve. Virou-se e voltou para a porta da oficina. Enfiou os dedos pela borda da portinhola e a abriu alguns centímetros.

Lá dentro a escuridão era absoluta. Abriu totalmente a porta e deixou a luz mortiça que se filtrava pela chuva desenhar um umbral de penumbra no interior. Observou os contornos daquilo que lhe pareceu uma loja igual às que lembrava de quando era criança. Balcões de madeira, vitrines de vidro e umas cadeiras derrubadas. Tudo estava revestido por algo que a princípio pensou que eram peças de seda transparente e só depois de alguns segundos de perplexidade percebeu que eram teias de aranha. Dois manequins nus estavam em um canto unidos em seu abraço, como se um inseto gigante os tivesse arrastado até lá para devorá-los.

Fernandito ouviu um eco metálico que emanava das entranhas do lugar. Forçou a vista e percebeu que atrás do balcão coberto de poeira havia uma cortina que dava para os fundos. Ainda estava balançando lentamente. Foi até lá, quase sem fôlego, e puxou apenas um palmo da cortina. Um longo corredor se abriu à sua frente. De repente notou que a claridade às suas costas se extinguia e se virou bem a tempo de ver que o vento, ou possivelmente uma mão estranha, empurrava a portinhola e pouco a pouco a fechava.

Alicia avançava pela cozinha com o olhar fixo em uma porta atrás da qual se ouvia um rumor de vozes abafado pelo martelar da chuva. Escutou passos do outro lado e a pancada seca de uma porta pesada batendo. Parou e esperou. Enquanto isso aproveitou para examinar o contorno da cozinha. A bateria de fogões, fornos e grelhas dava a impressão de estar fora de uso havia muito tempo. Na parede se viam frigideiras, panelas, facas e outros utensílios pendurados em trilhos. O metal tinha adquirido um tom escuro. Havia uma grande pia de mármore cheia de escombros. O centro do cômodo era ocupado pela mesa de madeira. Alicia reparou nas correntes e correias presas nos pés da mesa e no sangue seco que cobria o tampo. Perguntou-se o que tinham feito com o corpo do motorista de Sanchís e se sua esposa, Victoria, ainda estava viva.

Foi até a porta e colou o ouvido. As vozes pareciam vir de uma sala próxima. Ia abrir alguns centímetros para dar uma espiada quando voltou a ouvir algo que antes havia pensado ser o impacto da chuva nas janelas. Era um repenique que parecia sair das entranhas da casa. Conteve a respiração e escutou de novo. Algo ou alguém estava batendo em uma parede ou em um cano conectado à cozinha em algum ponto. Foi até o vão de um elevador de carga e de lá pôde ouvir com mais clareza. O som vinha de baixo. Havia algo sob a cozinha.

Alicia percorreu todo o perímetro do lugar apalpando e batendo nas paredes com os nós dos dedos. Todas pareciam sólidas. Viu uma comporta metálica em um canto. Acionou a alavanca de comando e abriu-a. Do outro lado encontrou um aposento de uns seis metros quadrados com as paredes cobertas de estantes empoeiradas, possivelmente uma antiga despensa. Ali o som metálico se distinguia com mais clareza. Deu alguns passos e sentiu uma vibração nos pés. Então notou: uma linha escura semelhante a uma fenda vertical na parede do fundo da despensa. Foi até lá e apalpou a parede. Pressionou com as mãos e esta cedeu para o outro lado. Um intenso fedor animal, de podridão e excremento, veio de lá. Alicia sentiu náuseas e cobriu o rosto com a mão.

À sua frente se abria um túnel perfurado na pedra que descia em um ângulo de quarenta e cinco graus. Uma escada com degraus irregulares se perdia na penumbra. De repente o som parou. Alicia avançou até o primeiro degrau e escutou. Teve a impressão de ouvir o sussurro de uma respiração. Apontou o revólver para a frente e desceu outro degrau.

De um lado, pendurado em um gancho metálico na parede, havia um objeto alongado. Uma lanterna. Alicia pegou-a e acendeu girando o cabo. Um feixe de luz branca penetrou na penumbra espessa e úmida que subia do poço.

— Hendaya? É você? Não me deixe aqui...

A voz vinha do fundo do túnel. Estava tão alquebrada que quase não parecia humana. Alicia desceu os degraus pouco a pouco até avistar as grades. Ergueu o feixe de luz e varreu o interior da cela. Quando entendeu o que estava vendo seu sangue gelou.

Parecia um animal ferido, coberto de imundície e farrapos. O cabelo frisado de sujeira e uma espessa barba escondiam seu rosto amarelado e cheio de arranhões. Aquela criatura se arrastou até as grades e estendeu o braço em sinal de súplica. Alicia abaixou a arma e o olhou, atônita. O prisioneiro apoiou o outro braço entre as grades e ela viu que faltava a mão. Havia sido brutalmente amputada na altura do punho, e o coto estava coberto de alcatrão seco. A pele do seu braço tinha um aspecto violáceo. Alicia lutou para vencer a náusea e se aproximou das grades.

— Valls? — perguntou, incrédula. — Você é Mauricio Valls?

O prisioneiro abriu a boca como se tentasse articular uma palavra, mas a única coisa que saiu dos seus lábios foi um gemido assustador. Alicia examinou a fechadura da cela. Um cadeado de ferro forjado travava um anel de correntes em volta das grades. Ouviu um rumor de passos viajando pelas paredes e entendeu que não tinha muito tempo. Valls, do outro lado das grades, olhava para ela com uns olhos afogados em desespero. Alicia sabia que não podia tirá-lo dali. Mesmo que conseguisse arrebentar aquele cadeado a tiros, calculava que Hendaya devia ter deixado pelo menos dois ou três homens na casa. Ia ter que deixar Valls naquela cela e ir buscar Vargas. O prisioneiro pareceu ter lido seu pensamento. Estendeu o braço e tentou segurá-la, mas quase não tinha mais forças.

— Não me deixe aqui — disse em um tom meio de súplica, meio de ordem.
— Eu vou voltar com ajuda — murmurou Alicia.
— Não! — gritou Valls.

Ela segurou sua mão, ignorando a repugnância que lhe causava o contato com aquele saco de ossos que alguém havia decidido deixar apodrecer vivo naquele buraco.

— Preciso que não diga a ninguém que eu estive aqui.
— Se você tentar ir embora eu começo a gritar, sua puta de merda, e vai acabar ficando aqui comigo — ameaçou Valls.

Alicia olhou nos seus olhos e por um instante viu o verdadeiro Valls, ou o pouco que restava dele, naquele cadáver vivente.

— Se fizer isso nunca mais voltará a ver sua filha.

O rosto de Valls se desmanchou, toda a fúria e o desespero dissolvidos em um segundo.

— Prometi a Mercedes que ia achar você — disse Alicia.
— Ela está viva?

Alicia confirmou.

Valls encostou a testa na grade e chorou.

— Não deixe que a encontrem e a machuquem — suplicou.
— Quem? Quem poderia machucar Mercedes?
— Por favor...

Alicia ouviu passos outra vez acima daquela cavidade e se levantou. Valls lhe dirigiu um último olhar, impregnado de resignação e esperança.

— Corra — gemeu.

27

Fernandito cravou os olhos na porta, que ia se fechando lentamente com o impulso do vento. A escuridão se solidificou à sua volta. A silhueta dos manequins e as vitrines de vidro se desvaneceram na penumbra. Quando a abertura da porta se reduziu a uma fresta de claridade mortiça, Fernandito respirou fundo e pensou que tinha seguido aquele sujeito até sua guarita com um objetivo. Alicia contava com ele. Apertou com força o revólver e se virou em direção ao corredor de sombras que se perdia para dentro da oficina.

— Não tenho medo — murmurou.

Um leve rumor chegou aos seus ouvidos. Podia jurar que era a risada de uma criança. Muito perto. A poucos metros de onde estava. Ouviu passos se arrastando rapidamente pelas trevas em sua direção e foi tomado de pânico. Fernandito levantou a arma e, sem saber muito bem o que estava fazendo, apertou o gatilho. Um estrondo ensurdecedor golpeou seus tímpanos, seus braços foram puxados para cima como se alguém lhe houvesse dado uma martelada nos pulsos. Um espasmo de luz de enxofre iluminou o corredor por um centésimo de segundo, e Fernandito o viu. Vinha em sua direção de faca em riste e olhar aceso, com o rosto oculto por algo que imaginou ser uma máscara que parecia feita de pele.

Fernandito voltou a atirar várias vezes até que o revólver escorregou das suas mãos e ele caiu de costas no chão. Pensou por um instante que aquela silhueta demoníaca que tinha visto avançar contra ele estava ali ao seu lado e que ia sentir o aço frio na pele antes de conseguir recuperar o fôlego. Foi se arrastando para trás e, quando conseguiu recuperar o equilíbrio, correu em direção à portinhola, que abriu com uma pancada e foi cair de bruços na rua molhada. Levantou-se e, sem olhar para trás, começou a fugir como o diabo foge da cruz.

Todos o chamavam de Bernal. Não era o seu nome verdadeiro, mas ele não se preocupou em corrigir. Estava havia poucos dias sob as ordens de Hendaya naquele casarão de arrepiar, mas já tinha visto o suficiente. Suficiente para saber que quanto menos aquele magarefe e sua quadrilha de carniceiros soubessem a respeito dele melhor. Só lhe faltavam dois meses para se dissolver na aposentadoria com uma pensão miserável como recompensa por sua vida inteira queimada na Chefatura Superior de Polícia. Àquela altura da farsa, seu grande sonho era morrer sozinho e esquecido em um quarto de pensão escuro e úmido na rua Joaquín Costa. Preferia falecer como uma puta velha a vestir galas de herói e ostentar honrarias como aqueles bonitões que o Ministério do Interior lhes mandava. Os novos centuriões, todos eles cortados pelo mesmo molde, todos eles dispostos a limpar as ruas de Barcelona dos infelizes e dos comunas de meia-pataca que quase não conseguiam mais mijar em pé depois de passarem metade da vida escondidos ou emparedados em prisões superlotadas como colmeias. Há épocas em que é mais honroso morrer no esquecimento que viver na glória.

O assim chamado Bernal estava perdido nesses pensamentos quando abriu a porta da cozinha. Hendaya insistia que fizessem rondas de vigilância pela casa, e ele cumpria as ordens ao pé da letra. Era a sua especialidade. Bastou dar três passos para perceber que alguma coisa estava fora do lugar. Um sopro de ar úmido acariciou seu rosto. Levantou a vista em direção ao outro extremo da cozinha. O brilho de um relâmpago desenhou o contorno denteado do vidro partido. Foi até aquele canto e se ajoelhou em frente aos pedaços de vidro que haviam caído da janela. Um rastro de pegadas se perdia na poeira. Pés leves e solas mínimas com a batida do salto completando. Uma mulher. O falso Bernal avaliou a evidência. Levantou-se e foi para o quarto da despensa. Pressionou a parede do fundo e abriu o acesso ao túnel. Desceu alguns passos até que o fedor que vinha de lá o aconselhou a parar. Virou-se e já ia fechar a entrada quando reparou na lanterna pendurada no gancho. Estava balançando ligeiramente. O agente fechou a porta e voltou para a cozinha. Deu uma olhada superficial e, depois de pensar por uns instantes, apagou com o pé o rastro de pegadas e empurrou os pedaços de vidro para um canto na sombra. Não seria ele quem ia dizer a Hendaya quando voltasse que alguém tinha feito uma visita surpresa à casa. O último infeliz que dera más notícias a Hendaya terminou com a mandíbula quebrada. E era um dos seus homens de confiança. Que não contassem com ele. Com um pouco de sorte, em sete semanas receberia uma medalhinha que pretendia empenhar para pagar os serviços de uma mulher-dama de pedigree para uma despedida do plano terrestre. E, se sobrevivesse a essa prova, teria toda uma velhice cinzenta e maldita para esquecer o que tinha presenciado naqueles últimos dias em El Pinar e se convencer de que tudo o que fizera em nome do dever era coisa daquele Bernal que nunca havia sido, nem nunca seria, ele.

Escondida no jardim, do outro lado da janela, Alicia observou o policial percorrendo a cozinha com calma, verificando a entrada do túnel e depois, incompreensivelmente, apagando o rastro das pegadas que ela tinha deixado atrás de si. O policial deu uma última olhada e se dirigiu de novo para a porta. Aproveitando que a chuva ainda caía com força, e sem saber se aquele agente iria informar o que tinha descoberto aos seus superiores, Alicia optou por se arriscar a atravessar o jardim a toda a velocidade, descer pela encosta e pular o muro. Nos sessenta segundos que levou para fazer isso não parou de esperar um tiro entre as escápulas que nunca chegou. Saltou na rua e correu de volta para a praça, onde o bonde azul iniciava sua descida sob a chuva. Subiu no vagão em movimento e, ignorando o olhar de censura do cobrador, se deixou desmoronar em um dos assentos, toda encharcada e tremendo, não sabia se de frio ou de alívio.

Ela o encontrou sentado na chuva, de cócoras no degrau do portão. Alicia chegou atravessando as poças que alagavam a rua Aviñón e parou à sua frente. Entendeu tudo sem ele precisar dizer uma palavra. Fernandito ergueu a vista e fitou-a com lágrimas nos olhos.

— Onde está Vargas? — perguntou Alicia.

Fernandito abaixou a cabeça.

— Não suba — murmurou.

Alicia subiu os degraus de dois em dois, ignorando a dor que lhe perfurava o quadril e intumescia o flanco. Chegando ao patamar do quarto andar parou em frente à porta entreaberta dos aposentos de Vargas. Um cheiro adocicado e metálico flutuava no ar. Empurrou a porta e viu o corpo caído na sala, em cima de uma lâmina escura e brilhante. Invadida por um frio que a deixou sem respiração, Alicia se apoiou na moldura da porta. Suas pernas tremiam quando se aproximou do cadáver. Vargas estava de olhos abertos. Seu rosto era uma máscara de cera destroçada a golpes que ela quase não reconheceu. Ajoelhou-se ao lado dele. Acariciou-lhe a bochecha. Estava frio. Com lágrimas de raiva nublando sua vista, sufocou um gemido.

Ao lado do cadáver havia uma cadeira derrubada. Alicia levantou-a e se sentou nela para observar o corpo em silêncio. O fogo no quadril avançava pelos seus ossos. Deu um soco na velha ferida, com força, e por alguns segundos a dor a cegou e ela quase caiu no chão. Continuou batendo até que Fernandito, que estava na porta presenciando a cena, segurou seus braços e a deteve, imobilizando-a com um abraço. Deixou que ela uivasse de dor até ficar sem fôlego.

— A culpa não é sua — repetia sem parar.

Quando Alicia parou de tremer, Fernandito cobriu o corpo com uma manta que estava em uma poltrona.

— Reviste os bolsos — ordenou Alicia.

O garoto revistou o sobretudo e o paletó do policial. Encontrou a carteira, umas moedas, um pedaço de papel com uma lista de números e um cartão de visita que rezava:

> **María Luisa Alcaine**
> Secretária adjunta
> Direção de Arquivos e Documentação
>
> Registro Civil de Barcelona

Entregou-lhe o que tinha encontrado e Alicia examinou. Guardou a lista e o cartão. Devolveu o resto, indicando que pusesse tudo no mesmo lugar onde havia achado. Alicia mantinha o olhar fixo na silhueta de Vargas, que se adivinhava sob a manta. Fernandito esperou alguns minutos antes de se aproximar dela de novo.

— Não podemos ficar aqui — disse afinal.

Alicia olhou para ele como se não entendesse o que estava dizendo ou não conseguisse ouvi-lo.

— Dê aqui a sua mão.

Ela declinou a oferta de ajuda e tentou se levantar por conta própria. Fernandito viu o ricto de dor no seu rosto. Rodeou Alicia com os braços e ajudou-a a se levantar. Uma vez em pé, Alicia deu alguns passos tentando disfarçar que estava mancando.

— Eu consigo sozinha — disse.

Sua voz tinha adquirido um tom gelado. O olhar era impenetrável e não revelava mais nenhuma emoção, tampouco quando se virou em direção a Vargas pela última vez. *Fechou as portas e trancou todos os ferrolhos*, pensou Fernandito.

— Vamos — murmurou ela, mancando em direção à saída.

Fernandito a pegou pelo braço e se dirigiu à escada.

Foram se instalar em uma mesa de canto no fundo do Gran Café. Fernandito pediu duas xícaras de café com leite e um copo de conhaque, que derramou em uma das xícaras antes de dar a Alicia.

— Beba. Para aquecer.

Alicia aceitou e bebeu devagar. A chuva arranhava a janela e desenhava regueiras que ocultavam o manto cinza que havia desabado sobre a cidade. Quando Alicia recuperou a cor, Fernandito lhe contou tudo o que havia acontecido.

— Você não deveria ter seguido o sujeito até esse lugar — disse ela.

— Não ia deixá-lo escapar — replicou.

— Tem certeza de que está morto?

— Não sei. Atirei duas ou três vezes com a arma do capitão Vargas. Ele não podia estar a mais de dois metros. Estava muito escuro...

Alicia pousou a mão sobre a de Fernandito e sorriu vagamente para ele.

— Estou bem — mentiu ele.

— Você ficou com a arma?

Fernandito negou.

— Caiu quando eu fugi de lá. O que vamos fazer agora?

Alicia ficou em silêncio por alguns instantes, o olhar perdido no vidro. Sentia a dor no quadril latejar ao ritmo do seu coração.

— Você não deveria tomar um daqueles seus comprimidos? — perguntou Fernandito.

— Depois.

— Depois de quê?

Alicia o olhou nos olhos.

— Preciso que você faça mais uma coisa para mim.

Fernandito aquiesceu.

— Qualquer coisa.

Ela apalpou os bolsos e lhe deu uma chave.

— É a chave da minha casa. Pegue.

— Não entendi.

— Quero que vá ao meu apartamento. Antes de entrar observe se não tem ninguém lá. Se a porta estiver aberta ou a fechadura apresentar sinais de ter sido forçada, comece a correr e não pare até chegar à sua casa.

— Você não vem comigo?

— Quando estiver na sala, olhe debaixo do sofá. Vai encontrar lá uma caixa com documentos e papéis. Nessa caixa há um envelope contendo um caderno. No envelope está escrito "Isabella". Entendeu?

Ele fez um gesto afirmativo.

— *Isabella*.

— Quero que você pegue essa caixa e a tire de lá. Guarde-a. Em um lugar onde ninguém a encontre. Pode fazer isso por mim?

— Sim. Não se preocupe. Mas...

— Sem mas. Se me acontecer alguma coisa...

— Não diga isso.

— Se me acontecer alguma coisa — insistiu Alicia —, você não pode recorrer nem mesmo à polícia. Se eu não voltar para buscar esses documentos, deixe passar alguns dias e os leve à livraria Sempere & Filhos, na rua Santa Ana. Sabe onde é?

— Conheço...

— Antes de entrar, certifique-se de que ninguém está vigiando a livraria. Se alguma coisa lhe despertar qualquer desconfiança, siga em frente e volte em outra hora. Quando estiver lá pergunte por Fermín Romero de Torres. Repita o nome.

— Fermín Romero de Torres.

— Não confie em mais ninguém. Você não pode confiar em mais ninguém.

— Está me assustando, srta. Alicia.

— Se me acontecer alguma coisa, entregue esses documentos a ele. Diga que fui eu que mandei. Conte a Fermín o que aconteceu. Explique a ele que um desses documentos é o diário de Isabella Gispert, a mãe de Daniel.

— Quem é Daniel?

— Diga a Fermín que ele vai ter que ler e decidir se deve entregar a Daniel ou não. Ele será o juiz.

Fernandito assentiu. Alicia sorriu com tristeza. Pegou a mão do garoto e apertou com força. Ele levou sua mão aos lábios e beijou-a.

— Sinto muito por ter metido você nisso, Fernandito. E por lhe dar essa responsabilidade... Eu não tinha esse direito.

— Fico contente por você ter feito isso. Não vou falhar.

— Eu sei... Uma última coisa. Se eu não voltar...

— Você vai voltar.

— Se eu não voltar não pergunte por mim em hospitais nem em delegacias nem em qualquer outro lugar. Aceite a ideia de que nunca me conheceu. E se esqueça de mim.

— Eu nunca vou me esquecer de você, srta. Alicia. Sou bobo desse jeito...

Ela se levantou. Era evidente que a dor a estava torturando, mas sorriu para Fernandito como se não passasse de um incômodo passageiro.

— Você vai atrás desse homem, não é mesmo?

Alicia não respondeu.

— Quem é ele? — perguntou Fernandito.

Alicia evocou a descrição do assassino de Vargas que o rapaz havia pintado.

— Diz que se chama Rovira — disse. — Mas não sei quem é.

— Seja quem for, se ainda estiver vivo é muito perigoso.

Fernandito se levantou, disposto a escoltá-la. Alicia negou, balançando a cabeça.

— O que eu preciso é que vá à minha casa e faça o que lhe pedi.

— Mas...

— Não discuta. E jure que vai fazer exatamente o que eu disse.

Fernandito suspirou.

— Juro.

Alicia lhe deu um dos seus sorrisos devastadores, daqueles que tantas vezes haviam nublado o pouco bom senso que Deus concedera ao garoto, e se dirigiu mancando para a saída. Ele a observou se afastando na chuva, mais frágil do que nunca. Esperou até ela desaparecer rua acima e, deixando umas moedas na mesa, saiu, atravessou a rua e chegou à escada de Alicia. Logo no patamar encontrou a porteira, sua tia Jesusa, tentando conter a chuva que tinha alagado o chão do prédio com um pano enrolado na ponta de uma vassoura. Quando o viu passar com a chave na mão, Jesusa fez cara de desaprovação. Fernandito entendeu que a porteira, que tinha olho clínico para a fofoca e olho de falcão para tudo o que não lhe concernia, devia ter presenciado a cena completa no Gran Café do outro lado da rua, inclusive o beija-mão.

— Você não aprende nunca, hein, Fernandito?

— Não é o que parece, tia.

— O que parece é melhor nem dizer, mas, como sua tia e única pessoa que parece ter bom senso na família, tenho que repetir o que já disse mil vezes.

— Que a srta. Alicia não é mulher para mim — recitou de cor Fernandito.

— E que um dia vai partir o seu coração, como dizem no rádio — completou Jesusa.

Esse dia já tinha ficado para trás anos antes, mas Fernandito preferiu não tocar no assunto. Jesusa se aproximou dele e sorriu com ternura, apertando suas bochechas como se ainda tivesse dez anos.

— Eu só não quero que você sofra. A srta. Alicia, e olhe que gosto dela como se fosse da família, é uma bomba-relógio: no dia menos esperado vai explodir e levar junto tudo o que estiver por perto, e Deus que me perdoe por dizer isso.

— Eu sei, tia. Eu sei. Não se preocupe que eu sei o que faço.

— Foi o que disse seu tio no dia em que se afogou.

Fernandito se inclinou para beijar sua testa e desapareceu escada acima. Entrou no apartamento de Alicia e deixou a porta entreaberta enquanto seguia as instruções que tinha recebido. Encontrou sob o sofá da sala o que ela havia descrito. Abriu a caixa e deu uma olhada na pilha de documentos, entre os quais havia um envelope que dizia:

Isabella

Não se atreveu a abri-lo. Fechou a caixa e se perguntou quem seria o tal Fermín Romero de Torres que merecia toda a confiança de Alicia e que ela indicava como última salvação. Imaginou que, na confusão das coisas, havia muitos outros personagens na vida de Alicia que ele não conhecia e que desempenhavam um papel imensamente mais importante que o dele.

"Até parece que você se achava o único..."

Pegou a caixa e voltou para a porta. Antes de sair e fechar olhou pela última vez o apartamento de Alicia, convencido de que nunca mais voltaria a pôr os pés lá. Chegando ao vestíbulo viu que sua tia continuava tentando controlar a golpes de vassoura a chuva que se filtrava pelo portão. Parou um instante.

— Que covarde — murmurou para si mesmo. — Você não devia ter deixado que ela fosse lá.

Jesusa interrompeu os seus esforços e o olhou intrigada.

— O que você falou, garoto?

Fernandito suspirou.

— Tia? Posso lhe pedir um favor? — inquiriu.

— Claro. Pode dizer com essa boquinha de galã.

— Preciso que guarde esta caixa em um lugar onde ninguém possa encontrá-la. É muito importante. Não diga a ninguém que está aqui. Nem à polícia, se vierem perguntar. Ninguém.

O rosto de Jesusa ficou sombrio. A porteira deu uma espiada na caixa e se benzeu.

— Ai ai ai... Em que confusão vocês se meteram?
— Nada que não se possa resolver.
— É o que o seu tio sempre dizia.
— Sei disso. Vai me fazer esse favor? É muito importante.

Jesusa concordou, solene.

— Eu volto logo.
— Jura?
— Claro.

Saiu do prédio fugindo do olhar angustiado da sua tia Jesusa e enfrentou a chuva com tanto medo no corpo que quase nem notou o frio que impregnava seus ossos. Rumo ao que bem poderia ser o último dia da sua curta existência, pensou que graças a Alicia tinha aprendido pelo menos duas coisas úteis que iam lhe servir para sempre, se é que sobreviveria para contar a história. A primeira era mentir. A segunda, a qual ainda sentia em carne viva, era que os juramentos são um pouco como os corações: depois de quebrado o primeiro, os outros são mamão com açúcar.

28

Alicia parou na esquina da rua Lancaster e durante alguns minutos ficou observando a entrada da velha fábrica de manequins. A portinhola pela qual Fernandito tinha passado continuava entreaberta. O prédio que abrigava a oficina era uma construção em pedra escura de dois andares coberta por um telhado abaulado. As janelas do andar de cima estavam tapadas com tábuas de madeira e pedras envernizadas de sujeira. Uma caixa de luz rachada sobressaía na parede da frente e um nó de fios telefônicos saía por dois orifícios feitos na pedra com furadeira. Tirando esse detalhe, o lugar desprendia um ar de abandono, como a maioria das velhas oficinas industriais que restavam naquela área do Raval.

Alicia se aproximou costeando a fachada para não ser vista da entrada. Com o aguaceiro, as ruas estavam desertas e não houve problema para tirar a arma e chegar à entrada já apontando para dentro. Empurrou a portinhola até abri-la por completo e auscultou o túnel de claridade que se projetava no vestíbulo. Entrou segurando a arma em riste com as duas mãos. Uma leve corrente de ar fluía do interior, impregnada com o cheiro de canos velhos e de algo que parecia querosene ou algum tipo de combustível.

A entrada devia ter sido uma área comercial da oficina. Havia ali um balcão, um jogo de vitrines vazias e dois manequins envoltos em um manto esbranquiçado e translúcido. Alicia contornou o balcão e foi para a entrada dos fundos, que estava tapada por uma cortina de contas de madeira. Já ia atravessá-la quando tocou com o pé em um objeto metálico. Sem abaixar o revólver, deu uma rápida olhada no chão e avistou a arma de Vargas. Apanhou-a e guardou no bolso esquerdo do casaco. Afastou a cortina de contas e viu um passadiço que se perdia nas vísceras do prédio. Um cheiro de pólvora ainda flutuava no ar. Um rastro de reflexos tênues oscilava do teto. Alicia apalpou as paredes até encontrar um interruptor. Girou o botão e uma guirlanda de lâmpadas de baixa voltagem penduradas em um fio se acendeu ao longo do passadiço. A penumbra avermelhada que elas projetavam revelou um corredor estreito que descia em um ângulo suave. A poucos metros da entrada a parede estava salpicada de manchas escuras, como se uma rajada de tinta vermelha a tivesse varrido. Pelo menos uma das balas que Fernandito disparou havia atingido seu objetivo. Possivelmente mais de uma. O rastro de sangue continuava pelo chão e se perdia no passadiço. Um pouco mais à frente encontrou a faca com que Rovira tentara atacar Fernandito. A lâmina estava manchada de sangue e Alicia entendeu que era o sangue de Vargas. Seguiu em frente e não parou até vislumbrar um halo de luz espectral que vinha do final do túnel.

— Rovira? — chamou.

Um baile de sombras e o sussurro de algo se arrastando na escuridão se agitaram no fundo do corredor. Alicia quis engolir saliva, mas sua boca estava seca. Nem percebeu que desde que entrara naquele passadiço não sentia mais a dor no quadril nem o frio da roupa molhada. Só sentia medo.

Percorreu a distância que havia até a extremidade do corredor, ignorando o barulho que as solas dos seus sapatos faziam ao pisar no chão úmido e viscoso.

— Rovira, sei que você está ferido. Saia e vamos conversar.

O som da própria voz lhe pareceu frágil e temeroso, mas a direção em que o eco viajava lhe servia de guia. Chegando ao final do túnel, Alicia parou. Uma grande sala de pé-direito alto se abria em perspectiva. Observou os restos das mesas de trabalho, as ferramentas e a maquinaria em volta da nave. Uma claraboia de vidro esmerilhado no fundo da oficina injetava uma fantasmagoria pálida.

Estavam presos no teto, pendurados em cordas que lhes davam um aspecto de cadáveres enforcados e suspensos a meio metro do chão. Homens, mulheres e crianças, manequins adornados com galas de outros tempos balançando na penumbra como almas capturadas em um purgatório secreto. Havia dúzias deles. Alguns tinham rostos sorridentes e olhares de vidro, outros estavam inacabados. Alicia sentiu seu coração pulsar na garganta. Respirou fundo e se introduziu por entre a matilha de figuras penduradas. Braços e mãos acariciaram seu cabelo e seu rosto enquanto ela avançava lentamente. As figuras suspensas balançavam e se agitavam quando passava.

O som dos toques entre os corpos de madeira se espalhava pela nave. Por trás dele se ouvia um rumor mecânico. Um cheiro de querosene ganhava intensidade à medida que Alicia se aproximava do fundo da oficina. Ela deixou para trás o bosque de corpos pendurados e avistou um equipamento industrial vibrando e soltando halos de vapor. Um gerador. Ao seu lado havia uma pilha de restos e partes descartadas. Cabeças, mãos e torsos desmembrados se fundiam em uma massa que lhe trouxe à memória os corpos amontoados que vira nas ruas depois dos bombardeios aéreos durante a guerra.

— Rovira? — chamou de novo, mais para ouvir sua própria voz que esperando uma resposta.

Tinha certeza de que ele a estava observando de algum ponto nas sombras. Perscrutou a nave com o olhar, tentando ler os relevos que se intuíam na penumbra. Não detectou movimento algum. Atrás da pilha de restos de corpos se vislumbrava uma porta por baixo da qual se introduziam os fios conectados ao gerador. Um sopro de luz elétrica perfilava o batente da porta. Alicia implorou que o corpo exânime de Rovira estivesse lá dentro, estendido no chão. Foi até a porta e abriu-a com um chute.

29

O lugar era um cômodo retangular com paredes pretas sem janelas que tinha cheiro de umidade e parecia uma cripta. O teto era rodeado por uma fileira de lâmpadas nuas que destilavam uma luz amarelada e faziam um zumbido leve e faiscante, como se um enxame de insetos estivesse reptando pelas paredes. Alicia examinou cada centímetro do lugar antes de entrar. Não havia sinais de Rovira.

Um catre de metal estava encostado a um canto com dois cobertores velhos em cima. Ao lado, uma caixa de madeira fazia as vezes de mesa de cabeceira. Sobre ela havia um telefone preto, velas e um frasco de vidro cheio de moedas. Debaixo do colchão viu uma mala velha, um par de sapatos e um balde. Ao lado da cama havia um guarda-roupa de madeira lavrada de grandes dimensões, uma peça de antiquário que se esperaria encontrar em uma residência de certa pompa e não em uma oficina industrial. As portas do armário, quase fechadas, deixavam uma abertura de dois ou três centímetros. Alicia se aproximou de lá pouco a pouco, pronta para descarregar o revólver. Por um segundo imaginou Rovira sorrindo lá dentro e esperando que ela abaixasse a guarda ao abrir o armário.

Alicia segurou firme a arma com as duas mãos e deu um pontapé na porta, que se abriu devagar ao bater na moldura. O armário estava vazio. Uma barra sustentava uma dúzia de cabides vazios. Ao pé do armário encontrou uma caixa de papelão em que se lia uma única palavra:

SALGADO

Puxou a caixa e o conteúdo se esparramou aos seus pés. Joias, relógios e outros objetos de valor. Maços de notas que pareciam fora de circulação legal amarrados com barbante. Lingotes dourados, forjados às pressas e sem precisão. Alicia se ajoelhou e olhou aquele butim, uma pequena fortuna, e imaginou que devia ser o tesouro que Sebastián Salgado — antigo prisioneiro da penitenciária de Montjuic e primeiro suspeito a ser mencionado depois do desaparecimento de Valls — teria ocultado nos guarda-volumes da Estação do Norte e sonhado em recuperar quando o ministro obteve seu indulto e sua libertação duas décadas depois. Salgado não conseguiu recuperar o fruto dos seus crimes e pilhagens. Quando abriu o compartimento encontrou uma mala vazia e morreu sabendo que era um ladrão roubado. Alguém tinha se adiantado. Alguém que conhecia o butim e a trama das cartas anônimas que Valls recebera durante anos. Alguém que estava manipulando os fios daquela história desde muito antes que o ministro desaparecesse.

As luzes piscaram por um instante e Alicia se virou sobressaltada. Foi então que viu. Ocupava uma parede inteira, do chão até o teto. Foi se aproximando devagar e, quando entendeu o que estava olhando, sentiu os joelhos fraquejarem e deixou os braços caírem.

O mosaico era formado por dúzias, centenas de fotografias, recortes e anotações. Tinha sido confeccionado com uma precisão extraordinária e um empenho de ourives. Todas as imagens, sem exceção, eram de Alicia. Reconheceu instantâneos da sua primeira época na unidade ao lado de fotografias antigas, de quando ainda era menina, dos seus tempos de orfanato no Patronato Ribas. A coleção incluía dezenas de instantâneos tirados à distância nos quais aparecia andando pelas ruas de Madri ou Barcelona, na entrada do hotel Palace, sentada em um café com um livro na mão, descendo os degraus da Biblioteca Nacional, fazendo compras em lojas da capital e até passeando perto do Palácio de Cristal, no parque do Retiro. Uma das fotos mostrava a porta do seu quarto no Hispania.

Encontrou recortes de jornais detalhando casos de cuja solução ela havia participado mas que, naturalmente, nunca era mencionada, assim como a unidade, e todo o mérito era atribuído à polícia ou à Guarda Civil. Embaixo do mosaico havia uma mesa arrumada como um altar sobre a qual identificou todo tipo de objetos relacionados a ela: cardápios de restaurantes nos quais lembrava ter estado, guardanapos de papel em que havia anotado alguma coisa, bilhetes assinados de próprio punho, uma taça de vinho com uma marca de batom na borda, uma guimba de cigarro, os restos da sua passagem de trem entre Madri e Barcelona...

Em uma ponta da mesa havia uma vasilha de vidro na qual, expostas como relíquias, se viam algumas peças de roupa de baixo cuja falta sentia desde a noite em que alguém, ou alguma coisa, entrou na sua casa enquanto ela estava sob os efeitos dos fármacos. Um par de meias-calças suas estava sobre a mesa muito bem esticado e preso com alfinetes. Ao lado, descansava o exemplar do livro *O labirinto dos espíritos*, de Víctor Mataix, que tinha sido subtraído da sua casa. Alicia foi invadida pela necessidade de fugir daquele lugar de pesadelo.

Nunca chegou a ver a figura que, às suas costas, se levantava devagar dentre a pilha de corpos desmembrados que estava do outro lado da porta e vinha em sua direção.

30

Quando entendeu o que tinha acontecido já era tarde. Ouviu uma respiração entrecortada atrás de si e quando se virou não teve mais tempo de apontar o revólver. Um impacto brutal sacudiu as suas vísceras. A perfuração cortou sua respiração e a fez cair de joelhos. Só então pôde vê-lo com clareza e entendeu por que não o havia detectado quando entrou. Ele usava uma máscara branca cobrindo o rosto. Estava nu e empunhava um objeto que parecia algum tipo de punção industrial.

Alicia tentou atirar, mas Rovira furou sua mão com o estilete de metal. O revólver caiu no chão. O homem então a agarrou pelo pescoço e arrastou até o catre. Jogou-a lá e se sentou sobre as suas pernas, imobilizando-as. Pegou sua mão direita, que tinha perfurado com o estilete, e se inclinou para prendê-la com arame nas grades da cama. Nesse momento a máscara escorregou e Alicia viu o rosto transtornado de Rovira a dois centímetros do seu. Estava com os olhos vítreos e a pele de um lado da cara salpicada com as queimaduras de um tiro à queima-roupa. Um dos seus ouvidos sangrava, e ele sorria como um menino pronto para arrancar as asas de um inseto e se deleitar com sua agonia.

— Quem é você? — perguntou Alicia.

Rovira olhou-a, desfrutando a situação.

— Você que se acha tão esperta ainda não entendeu? Eu sou você. Tudo o que você deveria ter sido. No começo eu a admirava. Mas depois fui percebendo como é fraca e vi que eu não tenho mais nada a aprender com você. Sou melhor do que você. Sou melhor do que o que você nunca poderia chegar a ser...

Rovira tinha deixado o estilete em cima da cama. Alicia calculou que se o distraísse por um segundo talvez pudesse pegá-lo com a mão esquerda, que estava livre, e enfiá-lo no pescoço ou nos olhos dele.

— Não me machuque — implorou. — Faço o que você quiser...
Rovira riu.
— Querida, o que eu quero é justamente machucar você. Muito. Conquistei isso...
E então a prendeu pelo cabelo de encontro ao catre e lambeu seus lábios e o rosto. Alicia fechou os olhos, apalpando o cobertor em busca do estilete. As mãos de Rovira percorreram seu torso e pararam em cima da velha ferida no flanco. Alicia já tinha chegado a tocar no cabo quando Rovira sussurrou no seu ouvido:
— Abra os olhos, puta. Quero ver bem a sua cara quando sentir.
Ela abriu os olhos, sabendo o que viria depois e implorando para perder os sentidos na primeira pancada. Rovira se levantou, ergueu o braço e soltou o punho com toda a força em sua ferida. Alicia deu um uivo ensurdecedor. Rovira, o lugar, a luz e o frio que sentia nas entranhas, tudo se apagou. Só existia a dor percorrendo seus ossos como uma corrente elétrica que a fez esquecer quem era e onde estava.
Rovira riu vendo seu corpo se tensionar como um cabo esticado e seus olhos ficarem brancos. Levantou sua saia até deixar visível aquela cicatriz que se espalhava pelo quadril como uma teia preta, explorando sua pele com a ponta dos dedos. Inclinou-se para beijar a ferida e depois deu socos em cima dela, até machucar o punho contra os ossos do quadril. Finalmente, quando já não saía mais nenhum som da garganta de Alicia, parou. Ela, imersa em um poço de agonia e escuridão, estava tendo seguidas convulsões. Rovira pegou o estilete e com a ponta percorreu a rede de capilares escuros que se vislumbravam sob a pele pálida do quadril de Alicia.
— Olhe para mim — ordenou. — Eu sou o seu substituto. Serei muito melhor que você. A partir de agora, o favorito sou eu.
Alicia o encarou desafiante. Rovira piscou o olho.
— Esta é minha Alicia — disse.
Morreu sorrindo. Não chegou a ver que Alicia tinha sacado o revólver que estava guardado no bolso esquerdo do seu casaco. Quando ele começou a tocar na ferida com o estilete, ela já tinha encostado o cano da arma no seu queixo.
— Garota esperta — murmurou.
Um instante depois, o rosto de Rovira foi pulverizado em uma nuvem de osso e sangue. O segundo disparo, à queima-roupa, o derrubou para trás. O corpo nu caiu de costas ao lado do catre com um orifício fumegante no peito e o estilete ainda na mão. Alicia soltou o revólver e pelejou para soltar sua mão direita amarrada no catre. A adrenalina tinha jogado um véu sobre a dor, mas ela sabia que isso era momentâneo e que quando a dor voltasse, o que aconteceria mais cedo ou mais tarde, iria perder os sentidos. Precisava sair daquele lugar o quanto antes.
Conseguiu se erguer e sentar no catre. Tentou se levantar, mas teve que esperar uns minutos porque suas pernas fraquejavam e estava com uma debilidade que

não conseguia entender. Sentiu frio. Muito frio. Finalmente conseguiu se levantar, quase tiritando, e conseguiu ficar em pé se apoiando na parede. Seu corpo e sua roupa estavam manchados do sangue de Rovira. Não sentia a mão direita, só um latejar surdo. Examinou a ferida que o estilete lhe fizera. Não tinha boa cara.

Nesse exato momento tocou o telefone que estava ao lado da cama. Alicia abafou um grito.

Deixou-o tocar quase um minuto, olhando para o aparelho como se fosse uma bomba que podia explodir a qualquer momento. Finalmente pegou-o e pôs no ouvido. Escutou, contendo a respiração. Houve um longo silêncio na linha e, após o zumbido leve de interurbano, uma respiração pausada.

— Você está aí? — disse a voz.

Alicia sentiu o telefone tremer nas suas mãos. Era a voz de Leandro.

O aparelho escorregou da sua mão. Foi até a porta cambaleando. Quando passou pelo santuário que Rovira tinha criado, parou. A raiva lhe deu forças para ir até a oficina, pegar um dos garrafões de querosene que havia ao lado do gerador e derramar o conteúdo no chão. A lâmina de líquido viscoso se estendeu pelo aposento, rodeando o cadáver de Rovira e espalhando um espelho negro de onde subiam volutas de vapor irisado. Ao passar pelo gerador arrancou um dos fios e o deixou cair no chão. Enquanto andava entre os manequins pendurados no teto em direção ao corredor de saída, ouviu um som de fagulhas atrás de si. Uma súbita corrente de ar sacudiu as figuras à sua volta quando se acendeu a labareda. Um resplendor âmbar a acompanhou enquanto atravessava o corredor. Avançou oscilando, esbarrando nas paredes para se manter em pé. Nunca tinha sentido tanto frio.

Implorou ao céu ou ao inferno que não a deixasse morrer naquele túnel, que conseguisse chegar ao umbral de claridade que se vislumbrava ao fundo. A fuga parecia interminável. Sentia que estava escalando o intestino de uma fera que a tinha engolido e subia de volta até a goela tentando escapar de ser devorada. O calor das chamas que vinha pelo túnel às suas costas não conseguiu superar o abraço gelado que a envolvia. Não parou até atravessar o vestíbulo e se ver de novo na rua. Então voltou a respirar e sentiu a chuva acariciando sua pele. Uma figura se aproximava pela rua a toda a velocidade.

Caiu nos braços de Fernandito, que a abraçou. Sorriu para ele, mas o rapaz a olhava apavorado. Levou a mão à barriga, ao lugar onde tinha sentido aquele primeiro golpe. O sangue morno escorria entre seus dedos e se desvanecia na chuva. Não estava mais sentindo dor, só frio, um frio que lhe sussurrava que se deixasse levar, que fechasse as pálpebras e se entregasse a um sono eterno que prometia paz e verdade. Olhou nos olhos de Fernandito e sorriu.

— Não me deixe morrer aqui — murmurou.

31

A tempestade tinha varrido as ruas de transeuntes e deixado a livraria órfã de clientes. Em vista do dilúvio em curso, Fermín optou por dedicar o dia a tarefas burocráticas e afazeres contemplativos. Alheio ao fragor dos relâmpagos e ao desafio da chuva, que parecia decidida a derrubar a vitrine, Fermín ligou o rádio. Com paciência, como se estivesse seduzindo a fechadura de uma caixa-forte, foi girando o dial até esbarrar no som de uma grande orquestra que atacava os compassos iniciais de *Siboney*. Quando ouviu o primeiro rufo de timbal, Fermín começou a gingar em ritmo caribenho e se dispôs a reiniciar os trabalhos de restauração e acabamento de uma edição em seis volumes de *Os mistérios de Paris*, de Eugène Sue, tendo Daniel como faz-tudo e ajudante.

— Na mocidade eu dançava isto com a minha namoradinha no Tropicana de Havana, quando ainda tinha molejo na cintura. Quantas recordações me traz... Se em vez desta pinta de galã eu tivesse talento para a literatura, teria escrito *Os mistérios de Havana* — proclamou.

— Ganhou Eros e perdeu o Parnaso — sentenciou Bea.

Fermín se aproximou dela de braços abertos, marcando os passos e rebolando em ritmo de *clave*.

— Sra. Bea, vamos, eu lhe ensino os passos básicos do *son montuno*, porque o seu marido aqui presente dança como se estivesse com um tamanco de cimento e não conhece o frenesi do *tempo* afro-cubano. *A gosar...*

Bea foi correndo se refugiar nos fundos para acabar de conferir o livro de contas e tomar distância dos cânticos e requebros de Fermín.

— Sabe, às vezes a sua mulher é mais insípida que as minutas do cadastro municipal.

— Eu que o diga — replicou Daniel.

— Estou ouvindo tudo — advertiu a voz de Bea nos fundos da loja.

Os dois continuavam animados quando se ouviu uma freada no piso molhado da rua. Ergueram os olhos e viram que um táxi tinha acabado de parar, debaixo do aguaceiro, em frente à vitrine da Sempere & Filhos. Um relâmpago explodiu no alto e, por um instante, o carro pareceu uma carruagem de chumbo incandescente fumegando na chuva.

— Como diz a velha história, *tinha que ser um taxista* — replicou Fermín.

O resto aconteceu com a velocidade de um desastre. Um rapaz molhado até os ossos e com a cara transtornada de terror desceu do táxi e, ao se deparar com o cartaz de FECHADO na porta, começou a bater com os punhos no vidro. Fermín e Daniel trocaram um olhar.

— E depois não me venham dizer que neste país as pessoas não querem comprar livros.

Daniel foi até a porta e abriu. O rapaz, que parecia prestes a cair desfalecido, levou a mão ao peito, respirou fundo e perguntou quase aos berros:

— Quem de vocês é Fermín Romero de Torres?

Fermín levantou a mão.

— Aqui, o dos músculos.

Fernandito pulou para se apoderar do seu braço e o puxou.

— Preciso de você — implorou.

— Olhe aqui, frangote, não me leve a mal, mas fêmeas imponentes já me disseram a mesma coisa várias vezes e eu soube resistir.

— É Alicia — disse Fernandito ofegante. — Acho que está morrendo...

O rosto de Fermín empalideceu. Dirigiu um olhar alarmado a Daniel e, sem dizer uma palavra, se deixou arrastar para a rua e para dentro do táxi, que arrancou às pressas.

Bea, que tinha acabado de voltar de trás da cortina dos fundos e havia presenciado a cena, olhou perplexa para Daniel.

— O que foi isso?

Seu marido suspirou com pesar.

— Más notícias — murmurou.

Quando aterrissou dentro do carro, Fermín se deparou com o olhar do motorista.

— Era só o que me faltava. Aonde vamos agora?

Fermín tentou entender a situação. Levou alguns segundos para perceber que aquela figura com uma pele branca como cera e o olhar perdido que jazia no banco de trás do táxi era Alicia. Fernandito segurava sua cabeça com as mãos e se esforçava para conter as lágrimas de pânico.

— Motorista, vá em frente — ordenou Fermín.

— Para onde?

— Por enquanto, vamos em frente. E pé na tábua.

Fermín procurou o olhar de Fernandito.

— Eu não sabia o que fazer — balbuciou o rapaz. — Ela não me deixou levá-la para um hospital ou um médico e...

Alicia, em um breve momento de lucidez, olhou para Fermín e sorriu com doçura.

— Fermín, você sempre querendo me salvar.

Ao ouvir sua voz abatida, Fermín sentiu o estômago e todas as vísceras contíguas encolherem, o que, considerando que havia comido no café da manhã um saco inteiro de *carquinyolis*, foi triplamente doloroso. Como Alicia flutuava entre a consciência e o abismo, Fermín optou por ouvir o depoimento do rapaz, que parecia o mais assustado dos três.

— Você, como se chama?

— Fernandito.

— Posso saber o que aconteceu?

Fernandito tentou resumir os fatos das últimas vinte e quatro horas, mas com tanto atropelo e confusão de detalhes que Fermín interrompeu e preferiu estabelecer prioridades práticas. Apalpou a barriga de Alicia e examinou seus dedos cheios de sangue.

— Timoneiro — ordenou ao taxista. — Vamos para o hospital Nuestra Señora del Mar. Voando.

— Devia ter parado um balão. Olhe como está o trânsito.

— Se não chegarmos lá em menos de dez minutos eu queimo esta carroça. Palavra de honra.

O motorista rosnou e pisou no acelerador. Seu olhar desconfiado se encontrou com o de Fermín no espelho retrovisor.

— Escute, você não é o mesmo cara da outra vez? Não foi você que quase morreu aqui no táxi em outra ocasião, anos atrás?

— Exceto pelo fedor que impera aqui, não vejo como eu poderia ou quereria morrer neste lugar. Prefiro me jogar da ponte de Vallcarca com *La Regenta* amarrada no pescoço.

— Por mim...

— Não briguem — repreendeu Fernandito. — A srta. Alicia está indo embora.

— Que o pariu — amaldiçoou o taxista, vencendo o trânsito da Vía Layetana rumo à Barceloneta.

Fermín tirou um lenço do bolso e deu a Fernandito.

— Ponha o lenço para fora da janela — ordenou.

Fernandito assentiu com a cabeça e fez o que ele disse. Fermín levantou a blusa de Alicia com cuidado e encontrou o orifício que o estilete tinha feito na barriga. O sangue manava aos borbotões.

— Jesus, Maria e José...

Pressionou a ferida com a mão e avaliou o trânsito. O motorista, mesmo resmungando, fazia malabarismos entre carros, ônibus e transeuntes em uma velocidade de dar vertigem. Mais de uma vez Fermín sentiu seu café da manhã subindo pela garganta.

— Se possível, a ideia é chegarmos vivos ao hospital. Uma moribunda já é mais que suficiente.

— Milagre é com os Reis Magos. E se preferir pode assumir o volante — replicou o motorista. — Como estamos aí atrás?

— Poderíamos estar melhor.

Fermín acariciou o rosto de Alicia e tentou reanimá-la com umas palmadinhas. Ela abriu os olhos. Estava com as córneas cheias de sangue devido aos golpes que recebera.

— Você não pode dormir agora, Alicia. Faça um esforço e fique acordada. Faça isso por mim. Se quiser eu conto umas piadas sujas ou canto os sucessos de Antonio Machín.

Alicia lhe ofereceu um sorriso moribundo. Pelo menos ainda ouvia.

— Pense no Generalíssimo vestido para caçar, com o gorrinho e as botas, que isso sempre me dá pesadelo e não me deixa dormir.

— Estou com frio — murmurou ela com um fio de voz.

— Já chegamos...

Fernandito olhava consternado para Alicia.

— A culpa é minha. Ela não parava de pedir que não a levasse ao hospital e eu fiquei com medo — disse. — Disse que iam procurá-la lá...

— É o hospital ou o cemitério — cortou Fermín.

Fernandito recebeu a severidade dessa resposta como um bofetão. Fermín então lembrou que ele era um garoto e com toda certeza estava mais atemorizado que qualquer outro dos que vinham a bordo do táxi.

— Não se preocupe, Fernando. Você fez o que tinha que fazer. Em momentos assim qualquer um acaba dando um nó de marinheiro na cueca.

Fernandito suspirou, com a culpa corroendo por dentro.

— Se acontecer alguma coisa com a srta. Alicia eu morro...

Pegou a mão dele e apertou sem fazer força.

— E se esse homem a encontrar... Hendaya? — sussurrou Fernandito.

— Não vai encontrar, nem ele nem a puta que o pariu — disse Fermín. — Disso eu me encarrego.

Alicia, de olhos entreabertos, tentava acompanhar a conversa.

— Para onde vamos? — perguntou.

— Ao Can Solé, onde fazem um camarão no alho de levantar defunto. Você vai ver que delícia.

— Não me leve para o hospital, Fermín...

— E quem falou em hospital? É aí que as pessoas mais morrem. Os hospitais são os lugares estatisticamente mais perigosos do mundo. Pode ficar tranquila, que eu não levaria para um hospital nem um rebanho de chatos na virilha.

O taxista, tentando evitar o trânsito solidificado no trecho mais baixo da Vía Layetana, entrou na contramão. Fermín viu um ônibus passar a dois centímetros da janela.

— Pai, é você? — chamou a voz de Alicia. — Pai, não me deixe...

Fernandito olhou para Fermín, apavorado.

— Não se preocupe, rapaz. A coitada está delirando e tendo alucinações. É comum no temperamento espanhol. Chefe, como andam as coisas aí na frente?

— Ou chegamos todos vivos ou ficamos no caminho — disse o motorista.

— Isso. Espírito de equipe.

Fermín viu que estavam se aproximando da avenida Colón a uma velocidade de cruzeiro. Uma muralha de bondes, carros e humanidade se erguia cinco segundos à frente. O taxista pegou com força o volante e resmungou um impropério. Fermín se encomendou à deusa Fortuna ou à que estivesse de plantão na hora e sorriu sem firmeza para Fernandito.

— Segure-se, pirralho.

Nunca antes um objeto de quatro rodas tinha cortado o trânsito da avenida Colón com tanta imprudência. A travessia foi alvo de um estrondo de buzinadas, impropérios e maldições. Depois de cruzar a avenida, o táxi mergulhou em direção à Barceloneta, onde entrou por uma ruazinha mais estreita que um túnel de esgoto e quase destruiu meia frota de motocicletas estacionadas junto ao meio-fio.

— Toureiro — bradou Fermín.

Por fim avistaram a praia e um Mediterrâneo tingido de púrpura. O táxi encontrou a entrada do hospital e parou à frente de duas ambulâncias, soltando um profundo gemido mecânico, de capitulação e desmanche. Um véu de vapor brotou das comissuras do capô.

— Você é um artista — declarou Fermín, batendo no ombro do chofer. — Fernandito, anote o nome e a placa do campeão aqui, porque vamos lhe mandar uma cesta de Natal completa com presunto e torrones.

— Para mim é mais que suficiente vocês não entrarem nunca mais no meu táxi.

Vinte segundos depois, um esquadrão de enfermeiros tirou Alicia do carro, a deitou em uma maca e a levou às pressas para a sala de cirurgia enquanto Fermín corria ao lado pressionando a ferida com as mãos.

— Vocês vão precisar de vários hectolitros de sangue — avisou. — Podem tirar quanto quiserem do meu, porque eu pareço carente de carnes mas tenho mais reservas naturais que o aquífero de Aigüestortes.

— O senhor é da família da paciente? — perguntou um auxiliar que veio ao seu encontro na entrada do setor de cirurgia.

— Pai putativo em grau de tentativa — replicou Fermín.

— E o que significa isso?

— Que saia da frente ou terei a dolorosa necessidade de catapultar sua bolsa escrotal até o cangote com uma joelhada. Combinado?

O auxiliar abriu passagem e Fermín acompanhou Alicia até que ela foi arrebatada das suas mãos e aterrissou em uma mesa de cirurgia, transparente como um espectro. As enfermeiras cortavam a roupa com tesouras até que seu corpo sofrido, cheio de machucados, arranhões e cortes, ficou exposto revelando aquela ferida que manava sangue sem parar. Fermín viu a marca escura que torturava um dos seus quadris e se espalhava pela sua anatomia como uma rede que queria devorá-la. E então apertou os punhos para evitar que suas mãos tremessem.

Alicia o buscava com os olhos embaçados de lágrimas e um sorriso morno nos lábios. Fermín suplicou ao diabinho coxo, a quem sempre encomendava os seus desejos impossíveis, que não a levasse ainda.

— Qual é o seu tipo sanguíneo? — perguntou uma voz ao seu lado.

Fermín, olhando fixamente para Alicia, estendeu um dos braços.

— O negativo, universal e *pata negra*.

32

Naquele tempo, a ciência ainda não tinha elucidado o enigma de por que nos hospitais o tempo transcorre em uma fração da sua velocidade de cruzeiro. Depois de Fermín verter o que, a olho nu, lhe pareceu um barril de sangue, Fernandito e ele acamparam em uma sala de espera com vista para a praia. Da janela se via a cidadela de barracos de Somorrostro quieta entre um mar e um céu toldados de nuvens de chumbo. Mais adiante se avistava o mosaico de cruzes, anjos e panteões do cemitério de Pueblo Nuevo, que oferecia um funesto lembrete às almas que padeciam longas esperas nas filas de cadeiras desenhadas especialmente para provocar lesões lombares em parentes e amigos, gerando assim uma nova clientela entre os visitantes. Fernandito contemplava o panorama com cara de condenado enquanto Fermín, mais prosaico, devorava um sanduíche colossal de linguiça que havia obtido na cantina regado com uma cerveja Moritz.

— Não sei como você consegue comer agora, Fermín.

— Tendo doado oitenta por cento do meu caudal sanguíneo e provavelmente o montante total dos meus fígados, preciso recuperar as forças. Tal como Prometeu, mas sem os abutres.

— Prometeu?

— Você tem que ler mais, Fernandito, a adolescência não é só bater punheta feito um macaco. Além do mais, como homem de ação que sou tenho um metabolismo ágil e preciso ingerir por semana o triplo do meu peso em bons quitutes para manter em perfeita forma este corpo bem-proporcionado.

— A srta. Alicia não come quase nada — aventurou Fernandito. — Beber já são outros quinhentos...

— Cada qual luta com os seus apetites — sentenciou Fermín. — Eu, por exemplo, desde a guerra estou sempre com fome. Você é jovem e não pode entender.

Resignado, Fernandito o assistiu devorando seu festim. Pouco depois, um indivíduo com pinta de procurador provinciano apareceu na entrada da sala com uma pasta na mão e pigarreou chamando a atenção para a sua presença.

— Vocês são familiares da paciente?

Fernandito procurou o olhar de Fermín, que se limitou a pousar a mão em seu ombro dando a entender que, dali por diante, o papel de porta-voz seria exercido de forma exclusiva por sua pessoa.

— A palavra *familiar* não está à altura do vínculo que nos une a ela — disse Fermín sacudindo os farelos do paletó.

— E que palavra empregaria para defini-lo, posso saber?

Fernandito pensava que já tinha começado a assimilar a ciência e a arte de tecer embustes até que foi testemunha do recital que o mestre, Fermín Romero de Torres, houve por bem oferecer ali enquanto Alicia descia para as névoas da cirurgia. Quando o sujeito se apresentou como emissário da direção do hospital e manifestou sua intenção de indagar o que havia acontecido e pedir os documentos da paciente, Fermín lhe mandou uma rapsódia confeccionada com tanta renda e firula que deixou o homem boquiaberto. Começou se identificando como homem de confiança do governador civil de Barcelona, o queridinho do regime na província.

— Toda discrição é pouca no que tange ao que tenho que referir a vosselência — entoou.

— Os ferimentos sofridos pela senhorita são de extraordinária gravidade e de natureza claramente violenta. Sou obrigado por lei a informar à polícia...

— Não lhe aconselho, a menos que queira começar amanhã mesmo no cargo de auxiliar de recepcionista no posto de saúde que fica na estrada atrás do matadouro de Castellfollit.

— Não entendi.

— É simples. Sente-se aí e assimile.

E Fermín começou a desfiar um relato no qual Alicia, rebatizada na ficção como Violeta LeBlanc, era uma meretriz de alto nível cujos serviços tinham sido requeridos pelo governador e uns amiguinhos da federação das indústrias para uma farra financiada pelas mensalidades do Sindicato Vertical.

— Você sabe como são essas coisas. Uns copinhos de brandy, uma anágua de seda e qualquer um se transforma em uma criatura sem discernimento. O macho ibérico é sempre muito macho, e ainda mais na região da costa mediterrânea.

Fermín declarou que o grande homem tinha se excedido durante umas brincadeiras de caráter floral e erótico e a doce Violeta acabara gravemente ferida.

— É que essas putas de hoje em dia não aguentam nada — concluiu.

— Mas...

— Cá entre nós, não preciso nem dizer o escândalo que haveria se transpirasse por aí um deslize como esse. Não se esqueça de que o senhor governador tem uma santa esposa, oito filhos, cinco vice-presidências em cooperativas de crédito e é acionista majoritário de três empreiteiras integradas por genros, primos e amigos de famílias com altos cargos na nossa excelsa administração, como manda o cânone desta pátria tão querida.

— Eu entendo, mas lei é lei e eu devo obediência...

— Você deve obediência à Espanha e ao bom nome dos seus melhores homens, como eu e como o meu escudeiro Miguelito, que está aí sentado com cara de ter se cagado de medo e que simplesmente é afilhado de segundo grau de ninguém menos que do marquês de Villaverde. Miguelito, diga se é verdade.

Fernandito fez que sim várias vezes com a cabeça.

— E o que quer que eu faça? — protestou o funcionário.

— Olhe, em casos assim, e pode crer que eu tenho prática, o que sempre faço é preencher os formulários com nomes tirados das obras do ilustre Ramón María del Valle Inclán, porque está claro que tão fina pluma tem pouca presença na lista de leituras recomendadas pela Chefatura Superior da Polícia e destarte ninguém percebe a troca.

— Mas como vou fazer um absurdo desses?

— Pode deixar a papelada comigo. Concentre-se nos generosos honorários que vai receber por cumprir como um bravo o seu dever patriótico. É assim que se salva a Espanha, todos os dias um pouquinho. Isto não é como em Roma. Aqui sim se paga aos traidores.

O funcionário da gerência, que tinha adquirido uma cor quase roxa e parecia estar desafiando os níveis razoáveis de pressão arterial, sacudiu a cabeça e fez um magnífico semblante de indignação.

— E você, pode-se saber como se chama?

— Raimundo Lulio, a seu serviço e da Espanha — replicou Fermín.

— Isso é uma vergonha.

Fermín olhou fixamente nos seus olhos e confirmou.

— Exatamente. E o que fazemos aqui com as vergonhas, senão varrê-las para baixo do tapete e fazer caixa com elas?

Uma hora depois, Fermín e Fernandito continuavam ali sentados à espera de notícias do centro cirúrgico. Por insistência de Fermín, o rapaz tinha bebido uma xícara de chocolate quente e começava a reviver e a recuperar uma certa calma.

— Fermín, você acha que engoliram a história que você contou? Será que não exagerou um pouco nos detalhes escabrosos?

— Fernandito, nós plantamos a dúvida, que é o mais importante. Na hora de mentir, o que se deve levar em consideração não é a plausibilidade do embuste, e sim a cobiça, a vaidade e a estupidez do destinatário. Você não mente para as pessoas; elas sozinhas se mentem. Um bom mentiroso dá aos bobos o que eles querem ouvir. Esse é o segredo.

— Isto que você insinua é horrível — objetou Fernandito.

Fermín encolheu os ombros.

— Depende do ponto de vista. Neste teatro cheio de santinhos de pau oco que é o mundo, a falsidade é a argamassa que mantém unidas todas as peças do presépio. Os homens, seja por medo, seja por interesse ou por ingenuidade, se acostumam tanto a mentir e a repetir as mentiras dos outros que acabam mentindo até quando acham que estão dizendo a verdade. É o mal do nosso tempo. A pessoa sincera e honesta é uma espécie em vias de extinção, tal como o plesiossauro e a cantora de cabaré, se é que existiu alguma vez e não é como o unicórnio.

— Não posso concordar com o que está me dizendo. A maioria das pessoas é decente e boa. O problema é que algumas maçãs podres passam a fama para as outras. Não tenho dúvida disso.

Fermín bateu carinhosamente em seu joelho.

— Isso é porque você ainda é bastante verde e meio boboca. Quando a gente é jovem, vê o mundo como ele deveria ser e quando é velho, como é na realidade. Você vai se curar disso.

Fernandito deixou a cabeça pender para a frente, abatido. Enquanto o garoto combatia as chamadas do fatalismo, Fermín escrutou o horizonte e avistou duas enfermeiras de uniforme escuro e constituição saudável se aproximando pelo corredor. Sua feliz arquitetura e o requebro ao andar lhe provocaram uma comichão na parte baixa da alma. Por falta de outra empreitada de maior calado para ocupar a espera, tirou-lhes uma radiografia de especialista. Uma delas, com jeito de noviça e não mais de dezenove anos, quando passou ao seu lado riu e lhe mandou um olhar que indicava que um zé-ninguém como ele não iria provar daquele pitéu nem em mil anos. A outra, que parecia mais acostumada a lidar com o pessoal que ficava ocioso no corredor, lhe deu um olhar de censura.

— Nojento — murmurou a jovem.

— Ai, que banquete os vermes vão comer — disse Fermín.

— Não sei como se pode pensar nessas coisas enquanto a srta. Alicia está entre a vida e a morte.

— Você sempre emprega esses lugares-comuns ou aprendeu prosódia vendo as reportagens no noticiário dos cinemas? — replicou o assessor bibliográfico da Sempere & Filhos.

Houve um longo silêncio até que Fermín, que já estava começando a explorar embaixo do algodão que fixaram com esparadrapo no seu braço após a extração de sangue, percebeu que Fernandito o olhava de lado, com medo de abrir a boca.

— O que foi agora? — perguntou-lhe. — Quer fazer xixi?

— Estava me perguntando se você conhece Alicia há muito tempo.

— Pode-se dizer que somos velhos amigos.

— Pois ela nunca tinha falado de você — explicou Fernandito.

— É porque faz mais de vinte anos que não nos vemos, e cada um pensava que o outro estava morto.

O garoto o olhava, perplexo.

— E você? Apaixonado inocente capturado na teia da rainha-da-noite ou um tartufo voluntarioso?

Fernandito repensou.

— Estou mais para a primeira opção, acho.

— Não se envergonhe, a vida é assim. Aprender a diferença entre por que a gente faz as coisas e por que diz que as faz é o primeiro passo para começar a se conhecer. E daí a deixar de ser cretino ainda há uma distância.

— Você fala como um livro, Fermín.

— Se os livros falassem, não haveria tantos surdos por aí. O que você tem que fazer, Fernandito, é começar a evitar que os outros escrevam o diálogo. Use a cabeça que Deus descansou sobre as suas cervicais e faça o libreto você mesmo, porque a vida está cheia de vigaristas loucos para preencher os miolos do ilustríssimo com as bobagens que são úteis para continuarem em cima do burro com a cenoura em riste. Entendeu?

— Acho que não.

— Pois é, como eu dizia. Mas, bem, aproveitando que você já está mais calmo, quero que me conte de novo tudo o que aconteceu. Mas desta vez desde o começo, na ordem cronológica e sem recursos estilísticos de vanguarda. Acha que é possível?

— Posso tentar.

— Pois vá em frente.

Dessa vez Fernandito não deixou nenhuma vírgula fora do lugar. Fermín ouviu tudo com muita consternação, completando com hipóteses e especulações as peças do quebra-cabeça que começava a se desenhar na sua mente.

— E onde estão agora esses documentos e o diário de Isabella que você mencionou?

— Deixei com minha tia Jesusa. A porteira do prédio onde a srta. Alicia mora. Ela é de toda confiança.

— Não duvido disso, mas vamos ter que encontrar um lugar mais seguro. Na antologia do enredo policial é bem sabido que as portarias de prédios oferecem muitas facilidades, mas o sigilo não é uma delas.

— Como quiser.

— E quero lhe pedir que tudo o que você me contou fique só entre nós dois. Com o sr. Daniel Sempere, nem uma palavra.

— Entendido. Como achar melhor.

— Assim é que eu gosto. Escute, você tem algum dinheiro no bolso?

— Umas moedas, acho...

Fermín lhe mostrou a palma aberta, cobrando os recursos.

— Tenho que fazer uma ligação.

Daniel atendeu após o primeiro toque.

— Pelo amor de Deus, Fermín, onde você se meteu?

— Hospital Del Mar.

— Hospital? O que aconteceu?

— Tentaram assassinar Alicia.

— O quê? Quem? Por quê?

— Faça o favor de se acalmar, Daniel.

— Como vou me acalmar?

— Bea está por aí?

— Claro, mas...

— Quero falar com ela.

Uma pausa, vozes discutindo e finalmente o tom sereno de Bea ao aparelho.

— Pode falar, Fermín.

— Não tenho tempo de entrar em detalhes, mas Alicia quase morreu. Neste momento ela se encontra no centro cirúrgico e estamos esperando que nos deem alguma notícia.

— Estamos?

— Eu e um garoto chamado Fernandito que parece que trabalhava para Alicia como ajudante e leva e traz. Eu sei que não soa bem, mas tenha paciência.

— Do que está precisando, Fermín?

— Eu tentei controlar a situação com muita retórica fina, mas tenho a impressão de que não vamos poder ficar aqui por muito mais tempo. Se Alicia sair desta, não acho que o hospital seja um lugar seguro. Alguém pode tentar concluir o serviço.

— O que você propõe?

— Assim que for possível, levá-la para um lugar onde ninguém possa encontrá-la.

Bea deixou passar um silêncio prolongado.

— Estamos pensando a mesma coisa?

— Os grandes intelectos sempre se encontram nas grandes ideias.

— E como pretende tirá-la do hospital e levar para lá?

— Agora mesmo estou formulando uma estratégia.

— Deus nos ampare e proteja.

— Mulher de pouca fé.

— O que eu tenho que fazer?

— Solicitar os serviços do dr. Soldevila — disse Fermín.

— O dr. Soldevila está aposentado e não exerce há pelo menos uns dois anos. Não seria melhor...?

— Precisamos de alguém de confiança — replicou Fermín. — Além disso, Soldevila é uma eminência e sabe tudo. Na certa vai ficar encantado se você lhe disser que é um pedido meu.

— A última coisa que ouvi dele foi que você é um sem-vergonha, que fica beliscando a bunda das enfermeiras e que ele estava por aqui e não queria mais ver você nem em fotografia.

— Águas passadas. Ele me aprecia muito.

— Se você diz... Do que mais precisa?

— De mantimentos para uma semana no mínimo destinados a uma paciente que acabou de sobreviver a uma punhalada na barriga, outra na mão e uma surra que deixaria um levantador de pesos basco fora de combate.

— Meu Deus... — murmurou Bea.

— Concentre-se, Bea. Mantimentos. O doutor vai dizer o que é necessário.

— Ele não vai gostar nada dessa história toda.

— Aí entram o seu encanto e o seu poder de persuasão — sugeriu Fermín.

— Muito bonito. Imagino que ela vai precisar de roupa limpa e coisas assim.

— Coisas assim. Deixo ao seu judicioso critério. Daniel continua por perto?

— E de orelha em pé. Quer que o mande para aí?

— Não. Que ele fique quietinho e se acalme. Volto a telefonar quando souber mais alguma coisa.

— Estaremos aqui.

— É o que eu sempre digo, se você quer que as coisas saiam bem, ponha uma mulher no comando.

— Não venha puxar meu saco, Fermín, que o conheço bem. Mais alguma coisa?

— Tomem cuidado. Eu não me surpreenderia se a livraria estiver sendo vigiada.

— Era só o que faltava. Entendi. Fermín?

— Diga lá.

— Tem certeza de que essa mulher é de confiança?

— Alicia?

— Se for esse o verdadeiro nome dela...

— É, sim.

— E o resto? Também é verdadeiro?

Fermín suspirou.

— Vamos lhe dar uma chance. Você faz isso por mim, Bea?

— Claro, Fermín. Você manda.

Ele desligou e voltou para a sala de espera. Fernandito o observava, nervoso.

— Com quem estava falando?

— Com o bom senso.

Fermín sentou-se e olhou para aquele garoto que lembrava muito Daniel em seus anos juvenis e começou até a simpatizar com ele.

— Você é um bom rapaz, Fernandito. Alicia vai ficar orgulhosa de você.

— Se sobreviver.

— Vai sobreviver. Eu já a vi voltar do mundo dos mortos uma vez e quem aprende o truque não esquece mais. Falo por experiência própria. Ressuscitar é um pouco como andar de bicicleta ou desabotoar o sutiã de uma garota com uma mão só. Tudo é questão de descobrir o jeito.

Fernandito sorriu vagamente.

— E como se faz isso?

— Não me diga que não sabe andar de bicicleta.

— Estou falando de desabotoar o sutiã com uma mão só — precisou Fernandito.

Fermín lhe deu uma palmada no joelho e uma piscadela de cumplicidade.

— Você e eu temos muito o que conversar...

Quis o destino que, antes de Fermín poder dar a Fernandito a primeira lição do seu curso rápido de verdades da vida, o cirurgião aparecesse na porta da sala e, dando um longo suspiro, caísse em uma das cadeiras, exausto.

33

O cirurgião era desses homens jovens que de tanto pensar começam a perder o cabelo antes dos trinta. Era alto e magro, parecia um lápis, e tinha um olhar inteligente que varria o panorama através de uns óculos que na época eram chamados de Truman, em homenagem ao presidente americano de mão frouxa para soltar bombas atômicas do tamanho de dragões sobre o Império do Sol.

— Conseguimos estabilizá-la, fechar a ferida e controlar a hemorragia. Por enquanto não há infecção, mas está com antibióticos para prevenir. A ferida era mais profunda do que parecia. Não lhe cortou a femoral por milagre, mas a sutura foi muito complicada e no começo ela quase não aguentou. Vai continuar aguentando se a inflamação diminuir, não houver infecção e tivermos sorte. Deus dirá.

— Mas ela vai sair desta, doutor?

O cirurgião encolheu os ombros.

— Tudo depende de como evoluir nas próximas quarenta e oito horas. A paciente é jovem e tem um coração forte. Uma pessoa mais fraca não teria sobrevivido à operação, mas isso não significa que ela esteja fora de perigo nem nada parecido. E se houver infecção...

Fermín fez que sim com a cabeça, absorvendo a informação. Os olhos do cirurgião o observavam com uma curiosidade cirúrgica.

— Posso perguntar a origem da ferida que a paciente tem no quadril direito?

— Um acidente de infância. Durante a guerra.

— Sei... Deve sentir umas dores terríveis.

— Ela é uma pessoa muito sofrida, mas é verdade que às vezes isso afeta sua personalidade.

— Se sair desta eu posso ajudá-la. Hoje existem procedimentos de reconstrução que não se conheciam há vinte anos, talvez aliviem a dor. Ninguém deveria viver assim.

— É a primeira coisa que vou dizer a Violeta quando ela acordar.

— Violeta? — perguntou o médico.

— A paciente — explicou Fermín.

O cirurgião, que tinha pouco cabelo mas bastante bom senso, olhou-o de esguelha.

— Olhe, não é problema meu, e não sei que história vocês contaram ao panaca do Coll, mas alguém espancou brutalmente e quase matou essa mulher. Quem quer que seja...

— Eu sei — atalhou Fermín. — Fique certo de que estou ciente. Quando o senhor acha que vamos poder tirá-la daqui?

O cirurgião ergueu as sobrancelhas, atônito.

— Tirá-la daqui? No melhor dos casos, a paciente tem que ficar um mês em repouso absoluto. Violeta, ou como quer que ela se chame, não vai a lugar algum a menos que você queira lhe encomendar um funeral expresso. Estou falando sério.

Fermín estudou o rosto do médico.

— E transferi-la para outro lugar?

— Tem que ser outro hospital. Mas não aconselho.

Fermín fez que sim com seriedade.

— Obrigado, doutor.

— Não há de quê. Em duas horas, se tudo correr bem, vamos levá-la para o quarto. Até lá vocês não podem vê-la. Se quiserem saiam para respirar um pouco de ar fresco. Ou resolver algum problema, você entende. Por enquanto, como eu já disse, a paciente está estável e o prognóstico é moderadamente otimista.

— Moderadamente?

O cirurgião deu um sorriso ambíguo.

— Se quer saber minha opinião pessoal e não a de cirurgião, essa garota ainda não deseja morrer. Tem gente que sobrevive às vezes de pura raiva.

Fermín fez um gesto afirmativo.

— As mulheres são assim. Metem uma coisa na cabeça e...

Fermín esperou o cirurgião se afastar e saiu para analisar a situação no corredor. Fernandito foi atrás dele. Duas figuras envergando um uniforme pouquíssimo hospitalar avançavam lentamente no fundo do corredor.

— Escute, aquilo ali não são dois tiras?

— Como? — perguntou Fernandito.

— Policiais. Por acaso você não lê gibi, ou o quê?

— Agora que está dizendo, parecem sim...

Fermín rosnou e empurrou Fernandito para dentro da sala de espera outra vez.

— Será que o funcionário avisou à polícia? — perguntou o garoto.

— Isto vai ser mais complicado do que eu pensava. Não há tempo a perder. Fernandito, você vai ter que me dar uma mão.

— Até as duas se for preciso. Quais são as ordens?

— Preciso que volte à livraria Sempere & Filhos e fale com a Bea.

— Bea?

— A mulher de Daniel.

— E como vou saber...?

— Não tem erro. É a mais sagaz de todos os que estiverem presentes e além do mais é uma uva, mas recatada, não vá pensar besteira.

— E o que digo a ela?

— Que vamos ter que fazer o gambito da dama antes do que o previsto.

— Gambito da dama?

— Ela vai entender. E que mande Daniel avisar o Isaac.

— Isaac? Que Isaac?

Fermín bufou, exasperado com a lentidão dos reflexos de Fernandito.

— Se você faz mesmo questão, Isaac Monturiol, o inventor do submarino. Só Isaac. Precisa que eu anote?

— Não, está tudo gravado.

— Pois então sebo nas canelas que já estamos atrasados.

— E você aonde vai?

Fermín piscou um olho.

— Uma guerra não se ganha sem infantaria...

34

O temporal já tinha passado quando Fermín saiu do hospital e foi andando pela praia rumo a Somorrostro. O vento soprava do leste arrastando ondas que quebravam na margem, a poucos metros da cidadela de barracos que se estendia a perder de vista contra os muros do cemitério do Pueblo Nuevo. Até os mortos tinham moradia melhor que aquela multidão de almas sem nome que sobrevivia à beira-mar, pensou Fermín.

Um coro de olhares desconfiados o recebeu no primeiro beco entre os barracos. Crianças esfarrapadas, mulheres grandes com o rosto escurecido pela miséria e homens que envelheceram antes do tempo o observavam ao passar. Pouco depois apareceu um quarteto de jovens com uma expressão hostil no rosto que o cercou e impediu sua passagem.

— Está perdido, forasteiro?

— Vim ver o Armando — disse Fermín sem demonstrar o menor sinal de inquietação nem temor.

Um dos jovens tinha o rosto marcado por uma cicatriz que atravessava a testa e a bochecha. Avançou com um sorriso ameaçador e o encarou, desafiante. Fermín fixou o olhar nele.

— Armando — repetiu. — Sou amigo dele.

O jovem avaliou o oponente, que ele poderia desmontar com um simples tabefe se quisesse, e sorriu afinal.

— Você não era o morto? — perguntou.

— Mudei de ideia na última hora — disse Fermín.

— Na praia — indicou o garoto, apontando com a cabeça.

Fermín fez um gesto de agradecimento e os jovens abriram passagem. Ele continuou andando pelo beco por mais uns cem metros, sua presença já era ignorada pela gente do lugar. Então o caminho virava em direção ao mar e Fermín ouviu vozes e risadas infantis que vinham da praia. Dirigiu-se para lá e pouco depois se deparou com a cena que tinha reunido as crianças na beira da água.

O temporal havia empurrado um velho cargueiro até fazê-lo encalhar a poucos metros da praia. O casco estava escorado a bombordo, e a quilha e as hélices despontavam em meio à espuma. As ondas tinham derrubado boa parte da carga, que boiava ao sabor da maré. Um bando de gaivotas sobrevoava os restos do naufrágio enquanto a tripulação tentava salvar o que podia e as crianças celebravam a festa do desastre. Ao longe se erguia um bosque infinito de chaminés e fábricas sob um céu coalhado de nuvens que chegavam trazendo o som dos trovões e o resplendor da tempestade.

— Fermín — disse uma voz grave e serena ao seu lado.

Ele se virou e encontrou Armando, príncipe dos ciganos e imperador daquele mundo esquecido. Estava usando um terno preto impecável e tinha na mão os seus sapatos de verniz. Havia arregaçado as calças para andar na areia úmida e contemplar as crianças brincando entre as ondas. Apontou para a cena do naufrágio e balançou a cabeça.

— A desgraça de uns é a bonança de outros — sentenciou. — O que o traz por estes pagos, meu amigo, a desgraça ou a bonança?

— O desespero.

— Nunca é um bom conselheiro.

— Mas muito convincente.

Armando sorriu, confirmando com a cabeça. Acendeu um cigarro e ofereceu o maço a Fermín, que declinou.

— Ouvi falar que você foi visto saindo do hospital Del Mar — disse Armando.

— Você tem olhos em todo lugar.

— Mas desconfio que anda precisando de mãos, e não de olhos. Em que posso ajudar?

— Pode me ajudar a salvar uma vida.

— A sua?

— Essa eu já devo a você, Armando. Mas a vida que me trouxe aqui hoje é uma que eu deveria ter salvado muitos anos atrás. O destino a deixou nas minhas mãos e eu falhei.

— O destino nos conhece melhor do que nós mesmos, Fermín. Não acredito que você tenha falhado com ninguém. Mas intuo que há urgência. Conte os detalhes.

— Pode ser complicado. E perigoso.

— Se fosse fácil e seguro, eu sei que você não me insultaria vindo pedir minha ajuda. Como se chama?
— Alicia.
— Um amor?
— Uma dívida.

Hendaya se ajoelhou ao lado do corpo e retirou a manta que o cobria.
— É ele? — perguntou.
Não tendo resposta, se virou. Linares, às suas costas, olhava o cadáver de Vargas como se tivesse acabado de levar um tapa na cara.
— É ou não é? — insistiu Hendaya.
Linares confirmou, fechando brevemente os olhos. Hendaya cobriu de novo o rosto do policial morto e se levantou. Percorreu a sala com calma, examinando as roupas e os objetos espalhados sem prestar muita atenção. Além de Linares, dois dos seus homens também esperavam pacientes e em silêncio.
— Ouvi dizer que antes de voltar para cá Vargas esteve com você no necrotério — disse Hendaya. — Pode me informar o que houve?
— O capitão Vargas tinha encontrado um corpo na noite anterior e me telefonou para comunicar isso.
— Disse em que circunstâncias encontrou o corpo?
— Em uma investigação que estava fazendo. Não falou comigo dos detalhes do caso.
— E você não perguntou?
— Imaginei que Vargas iria me informar os detalhes quando chegasse o momento.
— Confiava nele tanto assim? — quis saber Hendaya.
— Como confio nem em mim mesmo — replicou Linares.
— Analogia interessante. Nada como ter bons amigos na Chefatura. E, diga-me, vocês conseguiram identificar o corpo?
Linares hesitou por uns instantes.
— Vargas achava que se tratava de um tal Ricardo Lomana. Conhece? Era colega seu, se não me engano.
— Meu, não. Mas sim, conheço. Você informou o fato aos setores pertinentes?
— Não.
— Por que não?
— Estava esperando a confirmação do legista.
— Mas ia informar.
— Claro.

— Claro. Enquanto isso, comentou com alguém na delegacia sobre as suspeitas de Vargas quanto à identidade de Lomana?

— Não.

— Não? — insistiu Hendaya. — Nenhum funcionário subalterno?

— Não.

— Alguém mais além do legista, da equipe dele, do juiz e dos policiais que foram com você tem conhecimento da descoberta do cadáver?

— Não. O que está insinuando?

Hendaya lhe piscou um olho.

— Nada. Acredito em você.

— E sabe aonde Vargas foi quando saiu do necrotério?

Linares negou.

— Ao Registro Civil — disse Hendaya.

Linares franziu o cenho.

— Não sabia?

— Não — replicou Linares. — Como iria saber?

— Ele não comentou?

— Não.

— Tem certeza? Vargas não lhe telefonou do registro para fazer uma consulta?

Linares olhou para ele. Hendaya sorria, desfrutando o jogo.

— Não.

— O nome de Rovira lhe diz alguma coisa?

— É um sobrenome bastante comum.

— É comum na delegacia?

— Acho que há uma pessoa com esse sobrenome. Trabalha no arquivo e está prestes a se aposentar.

— Alguém lhe perguntou recentemente por ele?

Linares negou de novo.

— Posso saber do que estamos falando?

— De um crime, amigo Linares. Um crime cometido contra um dos nossos, um dos melhores. Quem pode ter feito algo assim?

— Naturalmente, um profissional.

— Tem certeza? Parece mais obra de um ladrão.

— Ladrão?

Hendaya confirmou com convicção.

— Este bairro não é seguro, e Deus sabe que esses catalães são bem capazes de roubar até as calcinhas da própria mãe ainda quentes no leito de morte. Está no sangue deles.

— Nenhum ladrãozinho vagabundo teria a menor chance com Vargas — argumentou Linares. — Você sabe disso tão bem como eu. Não foi coisa de amador.

Hendaya lhe devolveu um olhar prolongado e sereno.

— Vamos, Linares. Existem ladrões profissionais. Durões, sem escrúpulos. Você sabe. E temos que reconhecer que o seu amigo Vargas não estava mais em forma. Os anos passam.

— Isso tem que ser esclarecido pela investigação.

— Infelizmente não vai haver.

— Só porque você está dizendo que não — provocou Linares.

Hendaya sorriu, satisfeito.

— Não, porque *eu* estou dizendo, não. Eu não sou ninguém. Mas se você sabe o que mais lhe convém, não vai esperar ninguém lhe dizer.

O outro se conteve.

— Não vou aceitar isso. De você nem de ninguém.

— Você tem uma boa carreira, Linares. Não vamos nos iludir. Não chegou aonde chegou brincando de detetive de história em quadrinhos. Os heróis ficam pelo caminho. Não comece a bancar o bobo logo agora, a dois minutos de uma aposentadoria dourada. Os tempos estão mudando. E você sabe que estou falando pelo seu bem.

Linares o olhou com desprezo.

— O que eu sei é que você é um filho da puta e que estou cagando e andando para quem você trabalha — disse. — Isso não vai ficar assim. Pode ligar para quem quiser.

O outro encolheu os ombros. Linares deu meia-volta e se encaminhou para a saída. Hendaya captou o olhar de um dos seus homens e fez que sim. O agente partiu atrás de Linares. Um outro se aproximou de Hendaya, que olhou para ele de forma inquisitiva.

— Alguma pista daquela piranha?

— No depósito só havia um corpo. Nem sombra dela. Revistamos o apartamento do outro lado da rua. Nada. Nenhum vizinho a viu e a porteira diz que esteve com ela pela última vez ontem, quando saiu.

— Ela está dizendo a verdade?

— Acho que sim, mas podemos apertá-la um pouco se quiser.

— Não vai ser preciso. Procurem nos hospitais e prontos-socorros. Se estiver em algum, deve ter se registrado com um nome falso. Não pode ter ido muito longe.

— E se ligarem de Madri?

— Nenhuma palavra até a encontrarmos. O mínimo de barulho possível.

— Sim, senhor.

35

Foi o melhor sonho da sua vida. Alicia acordou em uma sala com paredes brancas e cheiro de cânfora. Um rumor de vozes distantes ia e vinha em uma maré de sussurros. Antes de mais nada percebeu a ausência da dor. Pela primeira vez em vinte anos não a sentia. Tinha desaparecido completamente, levando consigo o mundo em que ela havia habitado durante quase toda a vida. Em seu lugar encontrou um espaço onde a luz viajava pelo ar como um líquido espesso batendo nas partículas de poeira que flutuavam no ambiente formando cintilações irisadas. Alicia riu. Podia respirar e perceber o seu corpo em repouso. Sentia os ossos limpos da agonia e o espírito livre daquele alicate de metal mordente que sempre a havia aprisionado. O rosto de um anjo se inclinou sobre ela e olhou nos seus olhos. O anjo era muito alto, usava um jaleco branco e não tinha asas. Quase não tinha cabelo, mas trazia uma seringa na mão, e quando ela perguntou se estava morta e se aquilo era o inferno o anjo sorriu e disse que isso era questão de ponto de vista, mas que ela não precisava se preocupar. Sentiu uma pequena espetada, e uma corrente de felicidade líquida se espalhou por suas veias, deixando um rastro quente de paz. Depois do anjo apareceu um diabinho magro pendurado em um nariz maiúsculo, um nariz que poderia ter inspirado comédias a Molière e gestas a Cervantes.

— Alicia, vamos para casa — disse o diabinho com uma voz que lhe parecia estranhamente familiar.

Ao seu lado havia um espírito de cabelo de azeviche e feições tão perfeitas que Alicia sentiu vontade de beijar seus lábios, passar os dedos por aquela cabeleira de lenda e se apaixonar por ele ainda que fosse por pouco tempo, o suficiente para pensar que estava acordada e havia esbarrado na felicidade que algum incauto tinha perdido no caminho.

— Posso fazer carinho em você? — perguntou ela.

O príncipe sombrio, porque tinha que ser no mínimo um príncipe, olhou para o diabinho hesitando. Este fez um gesto para indicar que não lhe desse ouvidos.

— Isso é coisa do meu sangue circulando pelas veias dela, que a faz perder a vergonha por uns momentos e a deixa um pouco aturdida. Não dê importância.

Obedecendo a um sinal do príncipe materializou-se ali um bando de anõezinhos, só que não eram anões e estavam todos vestidos de branco. Quatro deles a tiraram da cama levantando os lençóis e a colocaram na maca. O príncipe pegou sua mão e apertou-a. Na certa ele seria um pai magnífico, pensou Alicia. Aquele aperto de mão, aquele toque de veludo confirmava.

— Não gostaria de ter um filho? — inquiriu.

— Já tenho dezessete, meu coração — disse o príncipe.

— Alicia, durma, você está me fazendo passar vergonha — pediu o diabinho.

Mas ela não dormiu. Segurando a mão do seu galã e a bordo da maca mágica, continuou sonhando e percorreu um sem-fim de corredores perfilados por uma crista de luzes brancas. Navegaram por elevadores, túneis e salas embruxadas de lamentos até que Alicia sentiu que o ar esfriava e os tetos pálidos davam lugar a uma abóbada de nuvens avermelhadas pelo contato com um sol de algodão. O diabinho estendeu um cobertor sobre seu corpo e os anões, seguindo as instruções do príncipe, a colocaram em uma carruagem de aspecto incongruente com um conto de fadas porque não tinha corcéis na frente nem volutas de cobre, mas sim uma críptica mensagem na lateral que dizia:

EMBUTIDOS
LA PONDEROSA
Vendas por atacado
e entrega em domicílio

O príncipe estava fechando as comportas da carruagem quando Alicia ouviu vozes e alguém que os mandava parar e proferia ameaças. Durante alguns minutos ficou sozinha enquanto seus campeões enfrentavam uma conjuração de vilania, pois o ar se encheu de sons inconfundíveis de sopapos e cacetadas. Quando o diabinho voltou para perto dela estava com o cabelo arrepiado, o lábio partido e um sorriso vitorioso. O veículo começou seu tremelique e Alicia teve a estranha impressão de sentir cheiro de linguiça barata.

A cavalgada parecia eterna. Sulcaram avenidas e vielas, percorreram o mapa do labirinto, e quando as portas se abriram e os anões, que tinham crescido e já pareciam homens normais, tiraram a maca da carruagem, Alicia percebeu que esta tinha se transformado milagrosamente em caminhonete e estavam em uma rua estreita e escura que traçava uma brecha nas trevas. O diabinho, que de repente tinha no rosto as inconfundíveis feições de Fermín, anunciou que ela estava quase a salvo. Depois a levaram até um portão de carvalho lavrado onde surgiu um homem de cabelo ralo e olhar de rapina que examinou os dois lados da rua e sussurrou um "entrem".

— Aqui eu me despeço — anunciou o príncipe.
— Pelo menos me dê um beijo — murmurou Alicia.
Fermín, revirando os olhos, ameaçou o nobre cavalheiro:
— Dê o beijo que ela pede de uma vez, senão não vamos acabar nunca.
E o príncipe Armando a beijou com toda a sua obscuridade. Tinha lábios de canela e claramente sabia como se beija uma mulher, com arte, têmpera e a longa experiência de um artista que se orgulha do ofício. Alicia deixou um calafrio

percorrer o seu corpo agitando recantos que já tinha esquecido e fechou os olhos, selando as lágrimas.

— Obrigada — murmurou.

— Parece mentira — disse Fermín. — Nem se tivesse quinze anos. Ainda bem que o pai dela não está aqui para ver isso.

Um mecanismo de carrilhão catedralesco fechou o portão. Percorreram um longo corredor palaciano povoado de afrescos com criaturas fabulosas que surgiam e se desvaneciam à medida que o lampião a óleo que o zelador do lugar portava ia passando. O ar cheirava a papel e a magia, e quando o corredor se abriu em uma grande abóbada Alicia vislumbrou a estrutura mais prodigiosa que já tinha visto, ou que talvez recordasse de sonhos.

Um labirinto de traçado delirante subia em direção a uma imensa cúpula de cristal. A luz da lua, decomposta em mil lâminas, se derramava das alturas e perfilava a geometria impossível de um sortilégio concebido a partir de todos os livros, todas as histórias e todos os sonhos do mundo. Alicia reconheceu o lugar com que tantas vezes havia sonhado e estendeu os braços para tocá-lo, temendo que se esfumasse no ar. Ao seu lado apareceram os rostos de Daniel e Bea.

— Onde estou? Que lugar é este?

Isaac Monfort, o zelador que lhe abrira a porta e que Alicia reconheceu depois de tantos anos, se ajoelhou ao seu lado e lhe acariciou o rosto.

— Alicia, bem-vinda de volta ao Cemitério dos Livros Esquecidos.

36

Valls estava começando a suspeitar que havia imaginado. As visões se desvaneciam e não tinha mais certeza se havia sonhado ou se aquela mulher que descera a escada até a porta da cela e perguntara se ele era o ministro Valls era real. Às vezes tinha dúvidas. Talvez tivesse sonhado. Talvez ele fosse apenas mais um despojo humano apodrecendo nas celas do castelo de Montjuic que, no meio do delírio, tinha começado a achar que era o carcereiro e não quem realmente era. Ele se lembrava de um caso parecido. Chamava-se Mitjans. Mitjans, que tinha sido um dramaturgo famoso no tempo da República e que Valls sempre desprezara infinitamente porque a vida lhe dera tudo aquilo que ele próprio ansiava e não conseguia. Mitjans, que, como tantos outros que foram alvo da sua inveja, acabou seus dias no castelo sem saber mais nem quem era, na cela número 19.

Mas Valls sabia quem era porque lembrava. E, como lhe disse uma vez o diabólico David Martín, você é o que lembra. Por isso ele sabia que aquela mulher, fosse quem fosse, tinha estado ali e que algum dia ela voltaria, ou alguém como ela, para libertá-lo e tirá-lo dali. Porque ele não era como Mitjans nem como todos aqueles infelizes que tinham morrido sob sua guarda. Ele, Mauricio Valls, não ia morrer naquele lugar. Devia isso à sua filha Mercedes, porque era ela que o mantinha vivo todo aquele tempo. Talvez por isso, toda vez que ouvia a porta do porão se abrir e passos descerem na penumbra levantava os olhos, cheio de esperança. Porque aquele poderia ser o dia.

Devia ser madrugada, porque tinha aprendido a distinguir as horas do dia em função do frio. Percebeu que havia algo diferente porque nunca tinham descido de madrugada. Ouviu a porta e os passos, pesados. Sem pressa. Uma silhueta se materializou nas trevas. Vinha trazendo uma bandeja que exalava o cheiro mais delicioso que ele já tinha sentido na vida. Hendaya deixou a bandeja no chão e acendeu uma vela que colocou em um candelabro.

— Bom dia, ministro — anunciou. — Trouxe o seu café da manhã.

Hendaya pôs a bandeja ao lado das grades e levantou a tampa de um prato. A miragem tinha o aspecto de um suculento bife regado com molho cremoso de pimenta e guarnecido com batatas ao forno e verduras salteadas. Valls sentiu sua boca se encher de saliva e o estômago dar uma cambalhota.

— Ao ponto — disse Hendaya. — Como o senhor gosta.

Na bandeja havia uma cesta com pãezinhos finos, talheres de prata e guardanapos de linho. A bebida, um Rioja delicioso, vinha em uma taça de cristal de Murano.

— Hoje é um grande dia, ministro. O senhor merece.

Hendaya deslizou a bandeja por baixo das grades. Valls ignorou os talheres e o guardanapo e pegou o pedaço de carne com a mão. Levou-o à sua boca sem dentes e começou a devorá-lo com uma ferocidade que ele não reconhecia em si mesmo. Engoliu a carne, as batatas e o pão. Lambeu o prato até deixá-lo reluzente e bebeu aquele vinho delicioso até não sobrar uma gota. Hendaya o observava com calma, sorrindo afavelmente e saboreando um cigarro.

— Tenho que lhe pedir desculpas, porque encomendei uma sobremesa e não trouxeram.

Valls afastou de si a bandeja vazia e se agarrou nas grades, com os olhos cravados em Hendaya.

— Vejo que está surpreso, ministro. Não sei se por causa deste menu de festa ou porque esperava outra pessoa.

Os prazeres do festim batiam em retirada. Valls se deixou cair de novo no fundo da cela. Hendaya ficou por mais alguns minutos, folheando um jornal e terminando o cigarro. Quando acabou, jogou a guimba no chão e dobrou o jornal. Ao ver que Valls não tirava os olhos do periódico, comentou:

— Talvez queira ler um pouco? Um homem de letras como o senhor deve sentir falta.

— Por favor — implorou Valls.

— Pois não! — disse Hendaya se aproximando das grades.

Valls estendeu a mão que lhe sobrava, com uma súplica no rosto.

— Hoje de fato há boas notícias. Para falar a verdade, foi lendo o jornal esta manhã que pensei que isso merecia uma comemoração como manda o figurino.

Hendaya jogou o jornal dentro da cela e se encaminhou para a escada.

— É todo seu. Pode ficar com a vela.

Valls se atirou sobre o jornal e o apanhou. As páginas tinham saído da ordem quando Hendaya o jogou e foi trabalhoso arrumá-las com uma mão só. Quando conseguiu, aproximou a vela e passou os olhos pela primeira página.

A princípio não conseguia decifrar as letras. Fazia muito tempo que seus olhos estavam confinados naquele lugar. O que reconheceu foi a fotografia na capa. Era um instantâneo tirado no palácio El Pardo em que ele estava diante de um grande mural usando o terno azul-marinho de listras brancas que mandara fazer em Londres três anos antes. Era a última foto oficial que o ministério de Mauricio Valls havia distribuído. As palavras emergiram lentamente, como uma miragem sob as águas.

Última hora

Falece um grande espanhol

MORRE O MINISTRO

MAURICIO VALLS

EM ACIDENTE DE TRÂNSITO

O Generalíssimo decreta três dias de luto oficial.

"Foi uma luz resplandecente no firmamento de uma nova Espanha grande e livre, renascida para a glória das cinzas da guerra. Encarnou os mais altos valores do Movimento e levou as letras e a cultura espanholas ao seu nível mais alto."

(Agências/Redação) Madri, 9 de janeiro de 1960

Hoje a Espanha inteira amanheceu abalada pela notícia da incomensurável perda de um dos seus filhos mais diletos, dom Mauricio Valls y Echevarría, ministro da Educação Nacional. A tragédia ocorreu esta madrugada quando o veículo em que o ministro viajava, em companhia do seu motorista e guarda-costas, colidiu no quilômetro quatro da estrada de Somosaguas quando voltava à sua residência particular depois de uma reunião até altas horas da noite no palácio El Pardo com outros membros do gabinete. Os primeiros relatos indicam que o acidente se deu quando estourou um pneu de um caminhão-tanque que viajava no sentido contrário e o motorista, perdendo o controle, invadiu a outra pista, colidindo com o carro do ministro, que vinha em grande velocidade. O caminhão estava transportando uma carga de combustível e a batida provocou uma grande explosão que despertou a atenção dos moradores da área, que informaram imediatamente às autoridades. O ministro Valls e seu guarda-costas faleceram no ato.

O motorista do caminhão-tanque, Rosendo M. S., natural de Alcobendas, morreu antes que as equipes de socorro pudessem reanimá-lo. Depois do impacto houve um incêndio de grandes proporções, e os corpos do ministro e de seu guarda-costas ficaram carbonizados.

O governo convocou uma reunião de emergência do gabinete para esta mesma manhã e o Chefe de Estado anunciou que ao meio-dia vai emitir uma nota oficial com a manifestação do palácio El Pardo.

Mauricio Valls tinha cinquenta e nove anos, dos quais havia dedicado mais de vinte a servir o regime. Sua perda deixa órfãs as letras e a literatura espanholas, no que se refere tanto ao seu trabalho à frente do ministério como à sua notável carreira de editor, escritor e acadêmico. Altas autoridades de todas as instituições públicas e as mais eminentes figuras das nossas letras e da nossa cultura compareceram esta manhã ao ministério para manifestar sua consternação e expressar a admiração e o respeito que dom Mauricio sempre inspirou a todos aqueles que o conheceram.

Dom Mauricio Valls deixa esposa e filha. Fontes governamentais informam que a câmara-ardente estará aberta ao público que quiser dar seu último adeus a esse espanhol universal, a partir das cinco da tarde de hoje, no palácio do Oriente. A diretoria e os trabalhadores deste jornal também desejam manifestar a profundíssima comoção e tristeza que significa para todos a perda de dom Mauricio Valls, exemplo vivo do mais alto a que pode aspirar um cidadão da nossa nação.

Viva Franco! Viva a Espanha! Dom Mauricio Valls, presente!

AGNUS DEI

JANEIRO DE 1960

1

Victoria Sanchís acordou entre lençóis de linho engomados e perfumados com lavanda. Estava vestindo um pijama de seda do seu tamanho exato. Levou a mão ao rosto e sentiu que sua pele cheirava a sais de banho e que seu cabelo estava limpo embora não se lembrasse de ter lavado. Não se lembrava de nada.

Ergueu-se e se encostou em uma cabeceira aveludada tentando descobrir onde estava. O leito, uma cama grande com uns travesseiros que convidavam à lassidão, presidia um quarto amplo e decorado em um estilo elegante e opulento. Uma luz tênue entrava pela janela e pelas cortinas brancas, revelando uma cômoda sobre a qual havia um vaso com flores frescas. Ao seu lado vislumbrou uma penteadeira em frente a um espelho e uma escrivaninha. As paredes, forradas de um papel com relevo, eram cheias de aquarelas de cenas pastorais emolduradas com certa pompa. Afastou os lençóis e sentou-se na beira da cama. O tapete aos seus pés era de tons pastel minuciosamente combinados com o resto do quarto. O cenário tinha sido montado com gosto profissional e maestria, ao mesmo tempo receptivo e impessoal. Victoria se perguntou se aquilo era o inferno.

Fechou os olhos e tentou entender como tinha chegado lá. A última coisa que lembrava era a casa de El Pinar. As imagens voltaram pouco a pouco. A cozinha. Estava com os pés e as mãos presos a uma cadeira com arame. Hendaya se ajoelhava à sua frente e a interrogava. Ela cuspia no seu rosto. Uma bofetada brutal a derrubava no chão. Um dos homens de Hendaya levantava a cadeira. Outros dois traziam Morgado e o amarravam em uma mesa. Hendaya perguntava de novo. Ela ficava em silêncio. Depois o policial pegava uma arma e destroçava o joelho de Morgado com um tiro à queima-roupa. Os gritos do motorista faziam seu coração encolher. Nunca tinha ouvido um homem uivar de dor daquela maneira. Hendaya voltava a lhe perguntar, tranquilo. Ela tinha emudecido e tremia de terror. Hendaya encolhia os ombros, contornava a mesa e encostava o cano do revólver no outro joelho do motorista. Um dos esbirros do capitão segurava a sua cabeça para que ela não pudesse desviar os olhos. "Olhe o que acontece com quem mexe nos meus colhões, sua puta." Hendaya apertava o gatilho. Uma nuvem de sangue e osso pulverizado salpicava o seu rosto. O corpo de Morgado entrava em convulsão como se estivesse sendo atravessado por uma corrente de alta-tensão, mas agora sua voz não tinha mais som. Victoria fechava os olhos. Pouco depois ouvia um terceiro disparo.

De repente sentiu náuseas e pulou da cama. Uma porta entreaberta dava para um banheiro. Desabou de joelhos em frente ao vaso e vomitou bílis. As ânsias de vômito se sucederam até ela não ter mais uma gota de saliva. Encostou-se na parede, sentada no chão, ofegando. Olhou em volta. O banheiro, uma obra de arte em mármore rosado, estava agradavelmente aquecido. Um alto-falante embutido na parede emitia o murmúrio de uma orquestra de corda interpretando uma versão açucarada de um adágio de Bach.

Victoria recuperou o fôlego e se levantou, se apoiando nas paredes. Sua cabeça estava rodando. Foi até a pia e deixou a água correr. Lavou o rosto e tirou o gosto amargo da boca. Depois se enxugou com uma toalha suave e macia que logo soltou e foi parar aos seus pés. Cambaleou de volta para o quarto e caiu de novo na cama. Tentou apagar da mente aquelas imagens, mas o rosto pontilhado de sangue de Hendaya parecia gravado a fogo em sua retina. Victoria observou aquele estranho lugar onde havia acordado. Não sabia quanto tempo fazia que estava lá. Se aquilo era o inferno, e merecia ser, tinha aspecto de um hotel de luxo. Pouco depois adormeceu de novo, pedindo para nunca mais acordar.

2

Quando abriu os olhos o resplendor do sol atrás das cortinas a cegou. Havia cheiro de café. Victoria se levantou e encontrou ao pé da cama um roupão de seda combinando com seu pijama e um par de pantufas. Ouviu uma voz do outro lado de uma porta que parecia dar para o outro aposento da suíte. Foi até lá e escutou. O tinido suave de uma colherinha em uma xícara de porcelana. Victoria abriu a porta.

Um corredorzinho dava em uma sala oval em cujo centro havia uma mesa para dois onde estava servido um café da manhã que incluía um jarro de suco de laranja, uma cesta de pãezinhos finos, geleias sortidas, creme, manteiga, ovos mexidos, bacon crocante, champignon salteado, chá, café, leite e torrõezinhos de açúcar de duas cores. O aroma que tudo aquilo exalava era delicioso e, a contragosto, ela começou a salivar.

Um homem de meia-idade, meia estatura, meia calvície e meia mediania estava sentado à mesa. Quando a viu entrar se levantou, gentil, sorriu de um jeito afável e lhe ofereceu a cadeira à sua frente. Estava com um terno preto de três peças e tinha a palidez de quem vive entre quatro paredes. Se tivesse passado por ele na rua nem teria reparado, ou teria achado que era um funcionário ministerial de médio escalão ou talvez um escrivão do interior visitando a capital para ir ao Museu do Prado e ao teatro.

Só o observando com mais atenção é que se reparava nos seus olhos claros, penetrantes e cristalinos. Sua expressão parecia estar envolvida em um cálculo perpétuo, e a observava sem piscar atrás de uns óculos que aumentavam o tamanho daqueles olhos emoldurados em uma armação de tartaruga que era grande para o seu rosto e lhe dava um ar vagamente afeminado.

— Bom dia, Ariadna — disse. — Sente-se por favor.

Victoria olhou em volta. Pegou um candelabro que viu em uma prateleira e o empunhou de forma ameaçadora. O homem, sem se alterar, levantou a tampa de uma das travessas e aspirou o perfume.

— Cheiro delicioso. Você na certa deve estar com apetite.

O homem não fez menção de se aproximar dela mas mesmo assim Victoria manteve o candelabro no alto.

— Não creio que vá precisar disso, Ariadna — disse ele com calma.

— Meu nome não é Ariadna. Meu nome é Victoria. Victoria Sanchís.

— Sente-se, por favor. Aqui você está segura e não tem nada a temer.

Victoria se perdeu naquele olhar hipnótico. Sentiu de novo o aroma do café da manhã. Entendeu que aquela dor feroz nas suas tripas era simplesmente fome. Abaixou o candelabro e o deixou na prateleira. Avançou muito lentamente em direção à mesa. Sentou-se sem tirar os olhos do homem, que esperou que ela se acomodasse para lhe servir uma xícara de café com leite.

— Diga-me quantas colherinhas de açúcar. Eu gosto bem doce, apesar de o médico sempre me dizer que não faz bem.

Ela o observou preparando a xícara de café.

— Por que me chamou de Ariadna?

— Porque é o seu nome verdadeiro. Ariadna Mataix. Não é mesmo? Mas se preferir posso chamá-la de Victoria. Eu me chamo Leandro.

Leandro se levantou por um segundo e lhe estendeu a mão. Victoria não a apertou. Ele, cordial, voltou a se sentar.

— Ovos mexidos? Eu já comi e não estão envenenados. Espero.

Victoria desejou que aquele homem parasse de sorrir daquele jeito que a fazia sentir culpa por não corresponder à sua refinada gentileza.

— É brincadeira. Claro que aqui não tem nada envenenado. Ovos e bacon?

Victoria surpreendeu a si mesma aceitando. Leandro sorriu satisfeito e a serviu, jogando uma pitadinha de sal e pimenta na pequena pilha fumegante de ovos. Seu anfitrião tinha a habilidade de um chef.

— Se preferir alguma outra coisa podemos pedir. O serviço de cozinha daqui é excelente.

— Está bem assim, obrigada.

Quase se conteve ao dizer "obrigada". Obrigada por quê? Para quem?

— Os croissants estão ótimos. Experimente. São os melhores da cidade.

— Onde estou?

— No hotel Palace.

Victoria franziu o cenho.

— Em Madri?

Leandro confirmou e lhe passou a cesta de croissants. Ela hesitou.

— Estão quentinhos. Pegue um porque senão eu liquido todos e preciso fazer dieta.

Victoria estendeu o braço para se servir um croissant e ao fazer esse movimento reparou nas marcas de agulha que tinha no antebraço.

— Tivemos que sedá-la, sinto muito. Depois do que aconteceu em El Pinar...

Victoria retirou o braço de repente.

— Como cheguei aqui? Quem é você?

— Sou seu amigo, Ariadna. Não tenha medo. Aqui você está segura. Esse homem, Hendaya, não vai poder machucá-la mais. Nunca mais vão machucar você. Dou a minha palavra.

— Onde está Ignacio, meu marido? O que fizeram com ele?

Leandro a olhou com ternura e sorriu vagamente.

— Vamos, primeiro coma alguma coisa para recuperar as forças. Depois lhe conto tudo o que aconteceu e respondo a todas as suas perguntas. Dou a minha palavra. Confie em mim, pode ficar tranquila.

Leandro tinha uma voz melosa e construía frases de arquitetura relaxante. Escolhia as palavras como um perfumista mistura as fragrâncias para preparar suas fórmulas. Victoria, meio a contragosto, descobriu que estava se acalmando e o medo que a havia atormentado se desvanecia. A comida, quente e deliciosa, o ar tépido que a calefação proporcionava e a presença serena, relaxada e paternal de Leandro a induziam a um estado de calma e abandono. "Quem dera que tudo isto fosse verdade."

— Eu tinha razão ou não tinha? Sobre os croissants, digo.

Victoria fez que sim com timidez. Leandro limpou os lábios com o guardanapo, dobrou-o lentamente e apertou uma campainha que havia sobre a mesa. Na mesma hora se abriu uma porta e apareceu um garçom que tirou a mesa sem olhar uma só vez para Victoria nem pronunciar uma palavra. Quando se viram sozinhos de novo, Leandro fez um rosto consternado, cruzou as mãos sobre o colo e abaixou os olhos.

— Infelizmente tenho más notícias, Ariadna. Seu marido, Ignacio, faleceu. Lamento profundamente. Nós chegamos tarde.

Ariadna sentiu os olhos cheios de lágrimas. Eram lágrimas de raiva, porque ela já sabia que Ignacio estava morto sem necessidade de que ninguém lhe dissesse. Apertou os lábios e olhou para Leandro, que parecia estar avaliando sua força interior.

— Diga-me a verdade — conseguiu articular.

Leandro fez que sim várias vezes.

— Isto não vai ser fácil, mas por favor me escute. Depois pode me perguntar tudo o que quiser. Mas primeiro quero que veja uma coisa.

Leandro se levantou e foi buscar um jornal que estava dobrado em cima de uma mesinha de chá em um canto do salão. Voltou para a mesa e o entregou a Victoria.

— Abra.

Ela pegou o jornal sem compreender. Desdobrou-o e olhou a primeira página.

> # MORRE O MINISTRO
> # MAURICIO VALLS
> ## EM ACIDENTE DE TRÂNSITO

Victoria soltou um grito sufocado. O jornal caiu das suas mãos, e ela começou a soluçar e a gemer de forma descontrolada. Leandro, com muita delicadeza, se aproximou dela e a enlaçou suavemente com os braços. Victoria se deixou abraçar e buscou refúgio naquele estranho, tremendo como uma criança. Leandro permitiu que encostasse a cabeça em seu ombro e lhe acariciou o cabelo enquanto ela derramava as lágrimas e a dor que havia acumulado durante toda a vida.

3

— Fazia bastante tempo que estávamos investigando Valls. Abrimos o caso depois que um relatório da comissão de valores do Banco da Espanha detectou irregularidades nas transações do chamado Consórcio Financeiro de Reagrupamento Nacional, que era presidido por Miguel Ángel Ubach, seu pai... Ou, melhor dizendo, o homem que se fazia passar por seu pai. Nós já desconfiávamos que o consórcio era apenas uma cortina de fumaça com carimbo oficial para que tudo o que foi expropriado, ou simplesmente roubado, durante e depois da guerra fosse distribuído entre uns poucos. A guerra, como todas as guerras, arruinou o país mas enriqueceu alguns que já eram ricos antes dela começar. É para isso que se fazem as guerras. Neste caso, o consórcio também foi utilizado para pagar favores, traições, serviços e comprar silêncios e cumplicidades. Foi um mecanismo de ascensão social para muitos. Entre estes, Mauricio Valls. Nós já sabemos o que Valls fez, Ariadna. O que ele fez com você e sua família. Mas não é suficiente. Precisamos da sua ajuda para chegar ao fundo deste caso.

— Para quê? Valls está morto.

— Para fazer justiça. Valls está morto, sim, mas muitas das centenas de pessoas cujas vidas ele destruiu continuam vivas e merecem justiça.

Victoria o olhava com desconfiança.

— É isso que vocês querem? Justiça?

— Queremos a verdade.

— E quem são vocês, exatamente?

— Somos um grupo de cidadãos que jurou servir ao país para fazer da Espanha um lugar mais justo, mais honesto e mais aberto.

Victoria riu. Leandro a olhava, sério.

— Não espero que você acredite em mim. Ainda não. Mas vou lhe mostrar que somos aqueles que estão tentando mudar as coisas por dentro do regime, porque não há outra forma de mudar, para regenerar este país e devolvê-lo aos seus habitantes. Somos aqueles que arriscam a vida para que nunca mais se repita o que aconteceu com você e com sua irmã, o que aconteceu com seus pais, e para que aqueles que cometeram esses crimes paguem por eles e se conheça a verdade, porque sem verdade não há justiça e sem justiça não há paz. Somos a favor de mudanças e de um salto para o progresso. Somos os que defendem o fim de um Estado que só beneficia um punhado de gente que usou as instituições para blindar seus privilégios às custas do povo trabalhador e desfavorecido. E não porque nós sejamos heróis, mas porque alguém tem que fazer isso. E não há mais ninguém. É por isso que precisamos da sua ajuda. Porque se nós nos unirmos, vai ser possível.

Os dois se olharam durante um longo silêncio.

— E se eu não quiser ajudar?

Leandro encolheu os ombros.

— Ninguém pode obrigá-la. Se você decidir que não quer se unir a nós e não se importa que os outros que sofreram o mesmo destino não tenham justiça, não serei eu quem vai forçar você a fazer o que não quer. Está nas suas mãos. Valls está morto. O caminho mais fácil para uma pessoa na sua situação seria deixar tudo isso para trás e começar uma vida nova. Sei lá, vai ver que no seu lugar eu também faria isso. Mas acho que você não é uma pessoa assim. Acho que no fundo você não está interessada em vingança, e sim na justiça e na verdade. Tão ou mais que nós. Acho que deseja que os culpados paguem pelos seus crimes e que as vítimas possam recuperar suas vidas com a certeza de que os que perderam a vida por eles não o fizeram em vão. Mas está nas suas mãos. Não vou segurá-la. A porta está aí. Pode sair quando quiser. A única razão para trazê-la a este lugar é que aqui você está a salvo e em segurança. Aqui nós podemos protegê-la enquanto tentamos chegar ao fundo desta história. Depende de você.

Victoria dirigiu a vista para a porta do quarto. Leandro se serviu outra xícara de café, dissolveu nela cinco torrões de açúcar e saboreou a bebida com calma.

— No momento em que você pedir, um carro virá buscá-la e levá-la para onde quiser. Nunca mais vai me ver nem saber de nós. Só tem que pedir.

Victoria sentiu um nó nas tripas.

— Não precisa decidir agora. Sei o que você passou e sei que está confusa. E que não confia em mim nem em mais ninguém. E isso é perfeitamente compreensível. Eu também não confiaria, no seu lugar. Mas você não tem nada a perder se nos der uma chance. Mais um dia. Ou algumas horas. A qualquer instante, sem dar explicações a ninguém, você pode ir embora. Mas espero, e lhe peço, que não o faça. E que nos dê essa oportunidade de ajudar outras pessoas.

Victoria percebeu que suas mãos tremiam. Leandro sorriu com uma delicadeza infinita.

— Por favor...

Em algum momento, em meio às lágrimas, ela concordou.

4

Durante uma hora e meia Leandro reconstruiu o que tinham conseguido descobrir.

— Estou tentando recompor os fatos há muito tempo. O que vou fazer agora é resumir tudo o que nós sabemos, ou achamos que sabemos. Você vai ver que há lacunas e certamente estamos errados em algumas coisas. Ou em muitas. É aí que você entra. Minha ideia é ir lhe dizendo o que eu acho que aconteceu e você me corrige onde eu não tiver razão. Tudo bem?

Leandro tinha uma voz que embalava e convidava à rendição. Desejou fechar os olhos e viver durante um tempo abraçada àquela voz, ao contorno aveludado daquelas palavras que adquiriam sentido sem importar o significado.

— Tudo bem — concordou ela. — Vou tentar.

O homem sorriu com tanta gratidão e afetividade que ela se sentiu segura e protegida contra todos os perigos que a espreitavam para além dos muros daquele lugar. Pouco a pouco, sem pressa, foi narrando uma história que ela conhecia muito bem. O relato começava quando, na sua infância, o pai dela, Víctor Mataix, conheceu um homem chamado Miguel Ángel Ubach, um poderoso banqueiro cuja esposa era leitora habitual dos seus livros e que persuadiu o marido a contratá-lo para escrever uma suposta autobiografia sua em troca de uma quantia bastante considerável.

Seu pai, que estava passando dificuldades financeiras, aceitou a encomenda. Terminada a guerra, um dia o banqueiro e sua esposa fizeram uma visita inesperada à casa onde os Mataix moravam, na estrada de Las Aguas, em Vallvidrera. A sra. Ubach, bastante mais jovem que o marido, tinha uma beleza dessas que só se viam nas revistas. Não queria estragar sua magnífica silhueta trazendo um bebê ao mundo, mas gostava de crianças, ou da ideia de tê-las para que os empregados as criassem, quase tanto como de gatinhos domésticos e de vodca martíni. Os Ubach passaram o dia todo com os Mataix. Pouco antes os pais dela lhe haviam dado uma irmã mais nova, Sonia, que ainda era bebê. Ao se despedir, a sra. Ubach beijou as meninas e declarou que eram um tesouro. Dias depois uns homens armados voltaram à casa da família em Vallvidrera. Prenderam seu pai para encarcerá-lo na prisão de Montjuic, levaram ela e a irmã, e deixaram lá a mãe gravemente ferida, pensando que a mulher estava morta.

— Até aqui estou indo bem? — perguntou Leandro.

Victoria fez que sim, enxugando as lágrimas de raiva.

Naquela mesma noite esses homens separaram as irmãs, e ela nunca mais voltou a ver Sonia. Eles lhe disseram que se não queria que matassem sua irmã pequena devia esquecer os pais, porque eram dois criminosos, e que a partir de então seu nome não ia ser mais Ariadna Mataix e sim Victoria Ubach. Também lhe explicaram que seus novos pais eram dom Miguel Ángel Ubach e sua esposa, Federica, e que ela tinha muita sorte. Ia morar com eles na casa mais bonita de Barcelona, uma mansão chamada El Pinar, onde teria criados e tudo o mais que pudesse desejar. Ariadna tinha dez anos.

— A partir daqui a história é confusa — avisou Leandro.

Explicou que descobriram que Víctor Mataix fora fuzilado no castelo de Montjuic, como tantos outros, por ordem do então diretor da prisão, Mauricio

Valls, embora o relatório oficial dissesse que se suicidou. Leandro achava que Valls tinha vendido Ariadna aos Ubach em troca de favores para subir na hierarquia do regime e de um pacote de ações de um banco recém-criado com o espólio do patrimônio de centenas de pessoas presas, expropriadas e em muitos casos executadas pouco depois do fim da guerra.

— Você sabe o que aconteceu com a sua mãe?

Victoria fez um gesto afirmativo, apertando os lábios.

Leandro contou que, até onde sabiam, a mãe dela, Susana, no dia seguinte ao sequestro do marido e das filhas conseguiu reunir forças e cometeu o erro de ir à polícia dar queixa dos fatos. Foi presa no mesmo instante e internada no manicômio de Horta, onde ficou durante cinco anos trancada em uma cela de confinamento e foi submetida a tratamentos de eletrochoque. Depois disso decidiram largá-la em um descampado nos arredores de Barcelona porque já não se lembrava mais nem de qual era o seu nome.

— Pelo menos foi o que pensaram.

Leandro explicou que Susana tinha sobrevivido nas ruas de Barcelona mendigando, dormindo ao relento e roubando no lixo para comer, na esperança de algum dia poder recuperar suas filhas. Foi essa esperança que a manteve viva. Anos depois, Susana encontrou um jornal no meio de escombros em um beco no Raval onde aparecia uma foto de Mauricio Valls com sua família. Nessa época ele já era um homem muito importante e tinha deixado para trás seu passado de carcereiro. Na fotografia Valls posava com uma menina, Mercedes.

— Mercedes era a sua irmã mais nova, Sonia. Sua mãe a reconheceu porque Sonia tinha uma marca de nascença que ela nunca esqueceu.

— Uma mancha em forma de estrela na base do pescoço — Victoria se ouviu dizer.

Leandro sorriu e fez que sim.

— A mulher de Valls sofria de uma doença crônica que a impedia de ter filhos. Valls decidiu ficar com a sua irmã e criá-la como filha dele. Chamou-a de Mercedes, em homenagem à própria mãe. Roubando o que podia, Susana conseguiu juntar dinheiro para viajar de trem a Madri e lá passou vários meses espiando os pátios dos colégios de toda a cidade, na esperança de localizar a filha. Nessa época ela construiu uma nova identidade. Morava em um quarto de pensão miserável no bairro de Chueca e trabalhava de noite como costureira em uma oficina. Durante o dia, percorria os colégios de Madri. E quando já estava quase desistindo, a encontrou. Ao vê-la de longe soube logo que era ela. Começou a voltar todas as manhãs. Ficava junto à grade do pátio e tentava chamar sua atenção. Conseguiu falar algumas vezes com a pequena. Não queria assustá-la. Ao ver que Mercedes... que Sonia não se lembrava mais dela, a mãe pensou seriamente em suicídio. Mas não se rendeu. Continuou indo lá todas as manhãs na esperança de ver a menina nem que fosse por alguns segundos ou de que a garota viesse até a grade e falasse com ela. Um dia decidiu que devia lhe dizer a verdade. Foi apanhada pelos seguranças da escolta de Valls conversando com a sua irmã na grade da escola. Estouraram a cabeça dela com um tiro na frente da menina. Não quer parar um pouco?

Victoria fez que não.

Leandro continuou contando o que sabia sobre a vida de Victoria na prisão de ouro de El Pinar. Depois de um tempo, Miguel Ángel Ubach foi chamado pelo Caudilho para capitanear um grupo de banqueiros e notáveis que tinham financiado seu exército e foi encarregado do projeto da nova estrutura econômica do Estado. Ubach deixou Barcelona para trás e se mudou com a família para a grande casa de Madri que ela sempre detestara e da qual fugira, desaparecendo durante vários meses até ser localizada em circunstâncias estranhas na praia de um povoado a uns cem quilômetros de Barcelona, San Feliu de Guíxols.

— Essa é uma das grandes lacunas da narrativa que fizemos — disse Leandro. — Ninguém sabe onde você esteve durante esses meses, nem com quem. Tudo o que sabemos é que, pouco depois da sua volta a Madri, a casa dos Ubach foi consumida por um terrível incêndio que a reduziu a cinzas em uma noite de 1948, um incêndio no qual morreram o banqueiro e sua esposa Federica.

Leandro buscou seu olhar, mas Victoria não moveu os lábios.

— Entendo que é difícil e doloroso falar disso, mas é importante sabermos o que aconteceu durante esses meses em que você desapareceu.

Ela apertou os lábios e Leandro aquiesceu com a cabeça, paciente.

— Não precisa ser hoje.

Ele continuou seu relato.

Órfã e herdeira de uma grande fortuna, Victoria ficou sob a tutela de um jovem advogado chamado Ignacio Sanchís, que havia sido nomeado testamenteiro dos Ubach. Sanchís era um homem brilhante que Ubach apadrinhara desde bem jovem. Por ser órfão tinha estudado com uma bolsa da Fundação Ubach. Diziam que na verdade era filho ilegítimo do banqueiro, fruto de uma relação ilícita com uma famosa atriz da época.

A pequena Victoria sempre teve uma ligação especial com ele. Ambos estavam rodeados de todos os luxos e privilégios que o império Ubach podia comprar e no entanto se sentiam sós no mundo. Ignacio Sanchís visitava frequentemente a casa da família para se reunir e resolver assuntos com o banqueiro no jardim. Victoria o espiava pela janela do sótão. Um dia que a encontrou tomando banho de piscina, Sanchís lhe contou que não conhecera os próprios pais e tinha crescido em um orfanato em La Navata. A partir desse dia, quando Sanchís ia à mansão, Victoria não se escondia mais e descia para cumprimentá-lo.

A sra. Ubach não gostava de Ignacio e proibia sua filha de falar com ele. É um pobre-diabo, dizia. A matriarca da família matava o tédio se encontrando com seus amantes de vinte anos em hotéis de luxo de Madri ou curtindo ressacas no seu quarto do terceiro andar. Nunca chegou a saber que Victoria e o jovem advogado tinham se tornado bons amigos, compartilhando livros e uma cumplicidade que ninguém no mundo, nem mesmo o sr. Ubach, poderia imaginar.

— Um dia eu disse a ele que éramos iguais — confessou Victoria.

Depois da trágica morte dos Ubach no incêndio que destruiu a casa, Ignacio Sanchís se tornou seu tutor legal e, quando ela chegou à maioridade, seu marido. Houve muito falatório, naturalmente. Alguns definiram esse casamento como o golpe do baú do século. Victoria sorriu com amargura ao ouvir essas palavras.

— Ignacio Sanchís nunca foi um marido para você, pelo menos no sentido que todos pensavam — disse Leandro. — Era um homem bom que descobriu a verdade e se casou com você para protegê-la.

— Eu o amava.

— E ele amava você. Deu a vida por você.

Victoria mergulhou em um longo silêncio.

— Durante muitos anos você tentou fazer justiça com as próprias mãos, com a ajuda de Ignacio e de Valentín Morgado, que havia estado com seu pai na prisão e que seu marido contratou para trabalhar como motorista. Vocês tramaram juntos um plano para montar uma armadilha para Valls e conseguiram capturá-lo. O que você não sabia é que alguém os estava vigiando. Alguém que não podia permitir que a verdade fosse revelada.

— Foi por isso que mataram Valls?

Leandro fez um gesto afirmativo.

— Hendaya? — perguntou Victoria.

Ele negou com a cabeça.

— Hendaya é um simples peão. Queremos a pessoa que manipula os fios dele.

— E quem é? — disse Victoria.

— Eu acho que você sabe quem é.

Victoria negou lentamente, confusa.

— Talvez não tenha consciência disso agora.

— Se eu soubesse, acabaria na mesma cela que Valls.

— Então talvez possamos descobrir juntos. Com a sua ajuda e os nossos recursos. Você já sofreu e se arriscou o suficiente. Agora é a nossa vez. Porque você e sua irmã não foram as únicas. Você sabe disso. Há muitos, muitos outros casos. Muita gente que não tem nem ideia de que a própria vida é uma mentira, de que lhe roubaram tudo...

Ela fez que sim.

— Como vocês souberam? Como chegaram à conclusão de que você e sua irmã não tinham sido as únicas?

— Conseguimos uma lista com os números dos documentos. Números das certidões de nascimento e de óbito falsificados por Valls.

— De quem eram? — perguntou Leandro.

— De filhos de presos que estiveram encarcerados no castelo de Montjuic depois da guerra, quando ele era diretor da prisão. Todos desaparecidos. O que Valls fazia primeiro era prender e assassinar os pais. Depois ficava com os filhos. Emitia uma certidão de óbito e ao mesmo tempo uma de nascimento falsa com uma nova identidade para as crianças e depois as vendia para famílias de boa posição no regime em troca de influências, dinheiro e poder. Era um plano perfeito, porque uma vez que os novos pais ficavam com as crianças roubadas se tornavam seus cúmplices e tinham que permanecer em silêncio para sempre.

— Sabe quantos casos desse tipo aconteceram?

— Não. Ignacio desconfiava de que talvez fossem centenas.

— Estamos falando de uma operação muito complexa. Valls não pode ter feito tudo sozinho...

— Ignacio achava que teve ajuda de um cúmplice, ou vários cúmplices.

— Concordo. E mais, eu arriscaria dizer que é possível que Valls tenha sido um simples instrumento na rede. Tinha o acesso, a oportunidade e a cobiça para agir. Mas acho difícil que ele pudesse arquitetar uma trama de tanta complexidade.

— É o que Ignacio dizia.

— Existe mais alguém, alguém que ainda não descobrimos, que é o cérebro de toda essa operação.

— A mão negra — disse Victoria.

— Como?

Ela sorriu vagamente.

— É de uma história que meu pai me contava quando eu era pequena. A mão negra. O mal que sempre está nas sombras manipulando os fios...

— Você tem que nos ajudar a encontrá-lo, Ariadna.

— Você acha então que Hendaya está sob as ordens do sócio de Valls?

— É o mais provável, sim.

— Isso significa que deve ser alguém de dentro do regime. Alguém poderoso.

Leandro fez que sim.

— Por isso é tão importante não se precipitar e agir com toda a cautela. Se nós queremos capturá-lo, temos que saber primeiro toda a verdade, com nomes, datas e detalhes, descobrir quem conhecia essa história e quem está envolvido nela. Só vamos poder chegar ao cabeça descobrindo quem estava a par de tudo isso.

— O que eu posso fazer?

— Como eu já disse, pode me ajudar a reconstruir a sua história. Tenho certeza de que se juntarmos todas as peças do quebra-cabeça vamos encontrar o cérebro dessa trama. Até lá você não estará segura. Por isso tem que ficar aqui e deixar que nós a protejamos. Vai fazer isso?

Victoria hesitou e no fim assentiu. Leandro se inclinou para a frente e segurou suas mãos.

— Quero que você saiba que lhe agradeço pela sua valentia e pela sua coragem. Sem você, sem a sua luta e o seu sofrimento, nada disto que estamos tentando fazer seria possível.

— Eu só quero que se faça justiça. Só isso. Pensei a vida toda que o que queria era vingança. A vingança não existe. Só me interessa a verdade.

Leandro a beijou na testa. Foi um beijo paternal, de proteção e nobreza, que a fez se sentir menos sozinha, ainda que só por um instante.

— Acho que fizemos bastante por hoje. Você precisa descansar. Temos uma tarefa árdua pela frente.

— Você vai embora? — perguntou Victoria.

— Não tenha medo. Vou estar por perto. E você precisa saber que está sendo vigiada e protegida. Vou lhe pedir licença para trancar esta porta por fora. Não é para deixá-la presa aqui mas para evitar que alguém tente entrar indevidamente. Acha que podemos fazer isso?

— Sim.

— Se precisar de alguma coisa é só tocar esta campainha e em poucos segundos alguém virá. Seja o que for.

— Eu gostaria de ter alguma coisa para ler. Será possível conseguir alguns livros do meu pai?

— Naturalmente. Vou mandar trazer. Agora você precisa tentar descansar e dormir.

— Não sei se vou conseguir dormir.

— Se quiser podemos ajudar nisso...

— Sedação outra vez?

— É só uma ajuda. Você vai se sentir melhor. Mas só se quiser.

— Certo.

— Eu volto amanhã de manhã. Vamos começar a reconstruir pouco a pouco tudo o que aconteceu.

— Quanto tempo vou ter que ficar aqui?

— Não muito. Uns dias. Uma semana no máximo. Até descobrirmos quem está por trás de tudo isso. Enquanto o culpado não for preso, você não estará segura em nenhum outro lugar. Hendaya e seus asseclas estão à sua procura. Conseguimos salvá-la de El Pinar, mas esse homem não vai se render. Nunca se rende.

— Como foi...? Eu não me lembro.

— Você estava aturdida. Dois homens nossos perderam a vida para tirá-la de lá.

— E Valls?

— Já era tarde. Agora não pense mais nisso. Descanse, Ariadna.

— Ariadna — repetiu ela. — Obrigada.

— Eu é que agradeço — disse Leandro se dirigindo à porta.

Quando ela ficou a sós foi invadida por uma aflição e um vazio que não conseguia explicar. Não havia nenhum relógio no quarto, e quando foi abrir as cortinas descobriu que as janelas, travadas, estavam cobertas por fora com um papel branco translúcido que deixava passar a luz mas impedia totalmente a visão.

Começou a vagar sem rumo pelo quarto, lutando para não apertar o botão daquela campainha que Leandro havia deixado na mesa da sala. Por fim, exausta de explorar os limites da suíte, voltou para o dormitório. Sentou-se em frente à penteadeira e examinou o seu reflexo no espelho. Sorriu para si mesma.

— A verdade — ouviu-se murmurar.

5

Leandro estudou o rosto pálido e consternado do outro lado do espelho. Ariadna exalava o aroma das almas partidas que se extraviaram pelo caminho e pensam que estão avançando para algum lugar. Sempre achou fascinante como era possível, sabendo ler a linguagem dos olhares e do tempo, ver em um rosto o semblante da criança que a pessoa havia sido e saborear o momento em que o mundo lhe cravou seu dardo envenenado e seu espírito começou a envelhecer. As pessoas são como marionetes ou brinquedos de corda, todas têm um mecanismo oculto que permite manipular seus fios e fazê-las ir na direção que se deseja. O prazer, ou talvez só o sustento, vem dessa entrega, desse desejo obscuro diante do qual mais cedo ou mais tarde todas sucumbem e se rendem à sua vontade para receber sua bênção e lhe oferecer a alma em troca de um sorriso de aprovação e de um olhar encorajador.

Hendaya, sentado ao seu lado, a olhava com desconfiança.

— Acho que estamos perdendo tempo, senhor — disse. — Se me der uma hora com ela arranco tudo o que sabe.

— Você já teve horas demais. Nem tudo é charcutaria. Faça o seu trabalho que eu faço o meu.

— Sim, senhor.

Pouco depois entrou em cena o doutor. Leandro o escolhera com muito cuidado. Tinha um jeito sereno de médico de família, um sessentão afável munido de óculos e bigode de sábio que poderia ser um tio ou um avô doce feito mel, diante do qual não tinham vergonha de se despir nem sequer as beatas que deixavam suas mãos mornas lhes apalparem as vergonhas enquanto erguiam os olhos para o céu e sussurravam "que mãos o senhor tem, doutor".

O doutor não era médico, mas ninguém imaginaria isso ao vê-lo com seu terno cinza, sua maleta e seu andar manco de veterano. Era químico. E dos melhores. Leandro viu como ele ajudava Ariadna a se deitar na cama, despia seu braço e buscava o pulso. A seringa era pequena e a agulha tão fina que ela nem se alterou. Leandro sorriu para si mesmo ao ver o olhar de Ariadna se desmanchando e seu corpo perdendo a rigidez. Em poucos segundos estava imersa no torpor químico em que se manteria pelo menos por dezesseis horas, possivelmente mais, tratando-se de uma mulher de constituição frágil. Ela flutuaria em uma calma sem sonhos, em um estado de suspensão e de prazer absoluto que pouco a pouco iria enfiando as garras em suas vísceras, veias e cérebro. Dia após dia.

— Isso não vai matá-la? — perguntou Hendaya.

— Não com a dose adequada — disse Leandro. — Pelo menos por enquanto.

O doutor guardou seus instrumentos na maleta, cobriu Ariadna e saiu do quarto. Ao passar em frente ao espelho fez um sinal de assentimento respeitoso e deferencial. Leandro podia ouvir a respiração impaciente de Hendaya atrás de si.

— Mais alguma coisa? — perguntou Leandro.

— Não, senhor.

— Então obrigado por trazê-la sã e salva, mas aqui você não tem mais nada a fazer. Volte para Barcelona e encontre Alicia Gris.

— O mais provável é que ela esteja morta, senhor...

Leandro se virou.

— Alicia está viva.

— Com o devido respeito, como pode saber?

Leandro olhou para ele como se olha uma besta de carga cujo entendimento só chega aonde chega.

— Porque eu sei.

6

Alicia abriu os olhos para a claridade tênue das velas. A primeira coisa que percebeu foi que sentia sede demais para estar morta. A segunda, o rosto de um homem de cabelo e barba grisalhos sentado ao seu lado a observando atrás de uns óculos redondos e diminutos. Suas feições lembravam vagamente a figura de Deus que aparecia em um livro de catecismo dos seus tempos de orfanato.

— Você é do céu? — perguntou Alicia.

— Não se iluda. Sou de Matadepera.

O dr. Soldevila pegou sua mão e apertou o pulso, consultando o relógio.

— Como está se sentindo? — quis saber.

— Com muita sede.

— Eu sei — disse Soldevila, sem fazer qualquer gesto de lhe oferecer algo para beber.

— Onde estou?

— Boa pergunta.

O doutor afastou o lençol e Alicia sentiu suas mãos sobre a pélvis.

— Sente a pressão?

Ela fez que sim.

— Dor?

— Sede.

— Eu sei. Mas você vai ter que esperar.

Antes de cobri-la, o dr. Soldevila pousou os olhos na cicatriz preta que abraçava seu quadril. Alicia pôde ler o horror que seus olhos tentavam disfarçar.

— Vou lhe deixar alguma coisa para isto, mas tenha cuidado. Você ainda está muito fraca.

— Estou acostumada com a dor, doutor.

O dr. Soldevila suspirou e cobriu-a de novo.

— Vou morrer?

— Hoje não. Sei que pode parecer uma bobagem, mas tente relaxar e descansar.

— Como se estivesse de férias.

— Mais ou menos isso. Pelo menos tente.

O dr. Soldevila se levantou e Alicia ouviu que murmurava algumas palavras. Uns passos se aproximaram e apareceu um círculo de figuras em volta do catre. Reconheceu Fermín, Daniel e Bea. Junto com eles havia um homem de cabelo ralo e olhar penetrante que ela tinha a sensação de conhecer desde sempre mas cuja identidade não conseguia determinar. Fermín cochichava com o dr. Soldevila. Daniel sorria, aliviado. Bea, ao seu lado, olhava fixamente nos seus olhos com uma expressão de desconfiança. Fermín se ajoelhou ao lado do catre e pôs a mão em sua testa.

— É a segunda vez que você quase morre comigo e estou começando a ficar cansado. Você está com cara de defunto, é verdade, mas fora isso parece ótima. Como está se sentindo?

— Com sede.

— Não consigo entender. Você absorveu pelo menos oitenta por cento do meu caudal sanguíneo.

— Enquanto não passar totalmente o efeito da anestesia não pode beber nada — disse o dr. Soldevila.

— É mamão com açúcar, você vai ver — afirmou Fermín. — A anestesia é eliminada como os anos passados no seminário: sacudindo um pouco as vergonhas.

O dr. Soldevila lhe dirigiu um olhar sulfúrico.

— Procure não cansar a paciente falando essas grosserias, se não é pedir demais.

— Serei um túmulo — declarou então Fermín, se benzendo.

O dr. Soldevila rosnou.

— Vou estar de volta amanhã cedo. Até lá, é melhor vocês se revezarem. Se houver qualquer sintoma de febre, inflamação ou infecção venham me buscar. À hora que for. Quem vai fazer o primeiro plantão? Você não, Fermín, que eu o conheço bem.

Bea se adiantou.

— Eu fico — disse em um tom de voz que deixava claro que não admitia debate. — Fermín, deixei Julián com Sofía, mas não confio muito porque o menino faz o que bem entende com ela. Chamei a Bernarda para ficar com ele na nossa casa. Podem usar o quarto. Deixei lençóis limpos na cômoda e a Bernarda sabe onde está tudo. Daniel pode dormir no sofá.

Ele dirigiu um olhar à sua mulher, mas não abriu a boca.

— Não se preocupe. Vou fazer o garoto dormir como uma pedra. Um pouquinho de conhaque com mel misturado no leite faz milagres.

— Nem pense em alcoolizar meu filho. E faça-me o favor de não falar de política com ele, que depois repete tudo.

— Às ordens. Blecaute informativo decretado sine die.

— Bea, não esqueça a injeção de antibiótico. A cada quatro horas — disse o doutor.

Fermín dedicou um sorriso largo a Alicia.

— Não tenha medo porque a dona Bea aqui presente, que hoje mais parece um sargento, aplica injeções feito um anjo. Como o senhor seu pai é diabético, e olhe que de doce não tem nada, ela ficou com uma ótima mão para espetar os outros que o mosquito-pantera do Nilo, ou como quer que se chamem os insetos de lá, queria para si. Aprendeu ainda criança, porque na família dela ninguém mais tinha coragem, e agora fura todo mundo, inclusive a mim, e olhe que sou um paciente difícil porque tenho nádegas de aço e dobro as agulhas de tanta tensão muscular.

— Fermín! — clamou Bea.

Ele bateu continência em uma saudação militar e piscou para Alicia.

— Bem, minha querida vampiresa, deixo você em boas mãos. Tente não morder ninguém. Eu volto amanhã. Faça tudo o que a sra. Bea disser e se for possível procure não morrer.

— Vou tentar. Obrigada por tudo, Fermín. Mais uma vez.

— Nem me lembre disso. Vamos andando, Daniel, porque ficar aqui com cara de pasmo não acelera a cicatrização.

Fermín se retirou levando Daniel quase arrastado.

— Tudo entendido então — disse o médico. — Agora, como se sai daqui?

— Eu levo o senhor — ofereceu o zelador.

Ficaram as duas sozinhas. Bea puxou uma cadeira e sentou-se ao lado de Alicia. As duas se olharam em silêncio. Alicia arriscou um sorriso de gratidão. Bea a observava, impenetrável. Pouco depois o zelador apareceu na entrada do quarto onde estavam e avaliou a situação.

— Dona Beatriz, qualquer coisa que precisar já sabe onde estou. Deixei uns cobertores e os remédios com as instruções do doutor na prateleira.

— Obrigada, Isaac. Boa noite.

— Boa noite, então. Boa noite, Alicia — disse o zelador.

Seus passos se afastaram pelo corredor.

— Parece que todo mundo aqui me conhece — disse Alicia.

— Sim, todo mundo parece conhecê-la. Pena ninguém saber muito bem quem é você de verdade.

Alicia fez que sim, oferecendo outro sorriso dócil ao qual Bea tampouco respondeu. Um silêncio espesso e prolongado despencou entre as duas. Alicia passou os olhos pelas paredes, cheias de livros do chão até o teto. Sabia que os olhos de Bea continuavam grudados nela.

— Posso saber de que está rindo? — inquiriu Bea.

— Bobagem. Sonhei que estava beijando um homem muito bonito e não sei quem era.

— Você tem esse costume de beijar estranhos ou é só quando toma anestesia?

O tom de voz era cortante como uma faca, e assim que as palavras saíram dos seus lábios Bea se arrependeu.

— Desculpe — murmurou.

— Não precisa. Eu mereço — disse Alicia.

— Faltam mais de três horas para o próximo antibiótico. Por que não tenta dormir um pouco, como disse o médico?

— Não vou conseguir. Estou com medo.

— Achava que você não tinha medo de nada.

— Disfarço muito bem.

Bea ia lhe dizer alguma coisa mas se conteve.

— Bea?

— O quê?

— Sei que não tenho o direito de lhe pedir desculpas, mas...

— Esqueça isso. Você não tem que se desculpar por coisa nenhuma.

— E se eu pedisse, você me desculparia?

— O seu amigo Fermín costuma dizer que quem quiser perdão que vá ao confessionário ou compre um cachorro. É a única vez, e sem que ele me ouça, que eu lhe dou razão.

— Fermín é um homem sábio.

— Tem seus bons momentos. Mas não conte isso a ele senão vai ficar insuportável. Agora durma.

— Posso segurar sua mão? — perguntou Alicia.

Bea hesitou um instante, mas afinal aceitou a mão de Alicia. Ficaram em silêncio por um longo tempo. Alicia fechou os olhos e começou a respirar lentamente. Bea contemplou aquela estranha criatura que lhe inspirava temor e compaixão ao mesmo tempo. Logo após a sua chegada, quando ela ainda estava delirando, o médico foi examiná-la e Bea ajudou a tirar sua roupa. Ainda tinha gravada na mente a imagem daquela ferida arrepiante que mordia o seu flanco.

— Daniel é um homem de sorte — murmurou Alicia.

— Você está me paquerando?

— Casada e mãe. Nunca me atreveria.

— Achei que já estava dormindo — disse Bea.

— Eu também.

— Dói?

— Está falando da cicatriz?

Bea não respondeu. Alicia continuava de olhos fechados.

— Só um pouco — respondeu. — A anestesia a adormeceu.

— Como aconteceu?

— Foi durante a guerra. Nos bombardeios.

— Lamento muito.

Alicia encolheu os ombros.

— Serve para afugentar os pretendentes.

— Imagino que você deve ter aos montes.

— Nenhum que valha a pena. Os melhores homens se apaixonam por mulheres como você. Só me querem para fantasiar.

— Se está pretendendo que eu sinta pena, nem adianta.

Alicia sorriu.

— Não pense que não fantasiam comigo — aventurou Bea, rindo baixinho.

— Não tenho a menor dúvida.

— Por que são tão bobos às vezes? — perguntou Bea.

— Os homens? Sei lá. Talvez porque a natureza é mãe, ainda que cruel, e os faz abobalhados de nascença. Mas alguns até que se salvam.

— É o que diz a Bernarda — falou Bea.
— E o seu Daniel?
Bea afiou a vista.
— O que há com o meu Daniel?
— Nada. Parece um bom rapaz. Uma alma pura.
— Tem o seu lado obscuro, acredite.
— Por causa do que aconteceu com a mãe dele? Isabella?
— O que você sabe de Isabella?
— Muito pouco.
— Você mente muito melhor sem anestesia.
— Posso confiar em você?
— Não creio que tenha outro remédio. A questão é se eu posso confiar em você.
— Está em dúvida?
— Totalmente.
— Há coisas sobre Isabella, sobre o seu passado... — começou Alicia. — Acho que Daniel tem o direito de saber, mas no fundo fico na dúvida se não é melhor que nunca saiba.
— Alicia?
Ela abriu os olhos e se deparou com o rosto de Bea a um palmo do seu. Sentiu que a mulher lhe apertava a mão com força.
— Sim.
— Quero lhe pedir uma coisa. Só vou dizer uma vez.
— O que você quiser.
— Não ouse machucar Daniel nem a minha família.
Alicia fixou aquele olhar, que foi se tornando tão imponente que ela quase não se atrevia a respirar.
— Jure.
Alicia engoliu em seco.
— Juro.
Bea fez que sim com a cabeça e voltou a se recostar na cadeira. Alicia viu-a entrefechar os olhos.
— Bea?
— O que foi agora?
— Só uma coisa... Na outra noite, quando fui com Daniel até o seu portão...
— Cale-se e durma.

7

A tempestade do dia anterior havia pintado Barcelona de um azul elétrico que só se saboreia em certas manhãs de inverno. O sol mandara as nuvens embora e uma luz limpa flutuava no ar, uma luz líquida e digna de ser engarrafada. O sr. Sempere, que tinha amanhecido com o otimismo à flor da pele e, ignorando os conselhos do médico, tomado uma xícara de café preto com sabor de glória e rebelião, decidiu que aquela seria uma jornada para ficar na memória.

— Hoje vamos fazer mais caixa que o El Molino na quaresma — anunciou. — Vocês vão ver.

Enquanto retirava o cartaz de FECHADO da porta da livraria, viu Fermín e Daniel cochichando em um canto.

— O que vocês andam tramando?

Os dois se viraram e fizeram aquela cara de bobo que sempre denota uma conspiração embrionária. Tinham o aspecto de quem não pregou o olho na última semana e, se a memória do livreiro não falhava, estavam usando exatamente a mesma roupa do dia anterior.

— Estávamos aqui comentando como a cada dia o senhor fica mais jovem e garboso — disse Fermín. — As garotas em idade merecedora devem se jogar aos seus pés.

Antes que o livreiro pudesse replicar ouviu-se o tilintar da sineta pendurada na porta. Um cavalheiro de vestuário impecável e olhar cristalino se aproximou do balcão e sorriu com placidez.

— Bom dia, cavalheiro, em que posso ajudar?

O visitante tirou as luvas sem nenhuma pressa.

— Gostaria que respondessem a algumas perguntas — disse Hendaya. — Polícia.

O livreiro franziu a testa e lançou um olhar em direção a Daniel, que tinha empalidecido até a cor vital do papel-bíblia em que se imprimiam as recopilações das obras completas dos clássicos universais.

— Pode dizer.

Hendaya sorriu com cortesia e tirou do bolso uma foto que pôs em cima do balcão.

— Se puderem fazer a gentileza de se aproximar e dar uma olhada.

Os três se agruparam atrás do balcão e puseram-se a examinar a fotografia. Nela se via uma Alicia Gris uns cinco anos mais jovem, sorrindo para a câmera com um ar de inocência que nem mesmo um lactante engoliria.

— Reconhecem esta senhorita?

O sr. Sempere pegou a foto e a olhou com atenção. Levantou os ombros e passou-a para Daniel, que repetiu o ritual. O último que a inspecionou foi Fermín, que, depois de examiná-la na contraluz como se fosse uma nota falsa, negou com a cabeça e devolveu-a para Hendaya.

— Infelizmente não conhecemos esta pessoa — disse o livreiro.

— Não se pode negar que ela tem uma certa cara de vadia, mas não me faz lembrar de ninguém conhecido — corroborou Fermín.

— Não? Têm certeza?

Os três negaram em uníssono.

— Não têm certeza ou não a viram?

— Sim e não — respondeu Daniel.

— Certo.

— Posso perguntar quem é ela? — inquiriu o livreiro.

Hendaya guardou a foto.

— Seu nome é Alicia Gris, e é uma fugitiva da justiça. Cometeu três assassinatos, até onde sabemos, nos últimos dias. O mais recente, ontem, foi de um capitão da polícia chamado Vargas. Ela é muito perigosa e possivelmente anda armada. Foi vista aqui pelo bairro nos últimos dias, e alguns vizinhos afirmam que entrou na livraria. Uma das vendedoras da padaria da esquina declarou que a viu em companhia de um funcionário deste estabelecimento.

— Deve estar enganada — respondeu o sr. Sempere.

— É possível. Alguém mais trabalha na livraria além de vocês três?

— Minha nora.

— Talvez ela se lembre?

— Vou perguntar.

— Se vocês se lembrarem de alguma coisa, ou sua nora, peço que me telefonem para este número. A qualquer hora. Hendaya.

— Pode deixar.

O policial fez que sim com amabilidade e rumou para a saída.

— Obrigado pela ajuda. Tenham um bom dia.

Os três ficaram em silêncio atrás do balcão observando Hendaya atravessar a rua sem pressa e parar no café em frente. Lá um indivíduo com um casaco preto se aproximou dele e os dois conversaram durante um minuto. O indivíduo fez um gesto afirmativo e Hendaya partiu rua abaixo. O homem de casaco preto deu uma olhada na livraria e entrou no café. Sentou-se a uma mesa ao lado da janela e ali permaneceu, vigilante.

— Posso saber o que está acontecendo? — inquiriu o sr. Sempere.

— É complicado — aventurou Fermín.

Nisso o livreiro avistou sua sobrinha Sofía, que voltava do parque com Julián e sorria de orelha a orelha.

— Quem era esse pedaço de homem que acabou de sair? — disse ainda na porta. — O que houve? Alguém morreu?

O conclave se realizou nos fundos da loja. Fermín assumiu as rédeas da situação sem perder tempo.

— Sofía, eu sei que vocês adolescentes deixam o cérebro em repouso à espera de que o maremoto hormonal amaine, mas se o simpático brutamonte que você acabou de ver saindo da livraria, ou algum outro sujeito, aparecer e perguntar sob qualquer pretexto se você viu, conhece, ouviu falar ou tem alguma ideia da existência da srta. Alicia Gris, você vai ter que mentir com esta graça napolitana que Deus lhe deu e dizer que não, que nunca jamais a viu, e dizer isso com cara de paisagem tal como se estivesse falando com a sua vizinha Merceditas, porque senão juro que vou mandá-la, mesmo não sendo seu pai nem seu tutor legal, para um convento de clausura de onde não vão deixar você sair até começar a achar Gil Robles bonitão. Combinado?

Sofía fez que sim, consternada.

— Agora vá para o balcão e finja que está fazendo algo útil.

Uma vez que se livraram de Sofía, o sr. Sempere encarou seu filho e Fermín.

— Ainda estou esperando que vocês me expliquem que diabo está acontecendo.

— Já tomou seu remédio para a pressão?

— Com o café.

— Ótima ideia. Só falta molhar um cartucho de dinamite na xícara como se fosse pão doce e estamos feitos.

— Não mude de assunto, Fermín.

O assessor bibliográfico apontou para Daniel.

— Eu me encarrego disso. Você vá lá para fora e se comporte como se fosse eu.

— O que significa isso?

— Que não seja bobo. Esses docinhos de coco estão vigiando a loja à espera do nosso primeiro passo em falso.

— Eu ia substituir Bea.

— Substituir Bea? — perguntou o sr. Sempere. — Substituir em quê?

— Assuntos diversos — cortou Fermín. — Daniel, não saia daqui. Eu vou, porque tenho experiência em questões de inteligência militar e me esgueiro por aí como uma enguia. Vamos, ande logo. Para não parecer que estamos aqui conspirando.

Daniel atravessou a contragosto a cortininha dos fundos, deixando-os a sós.

— E então? — perguntou o sr. Sempere. — Vai me dizer de uma vez por todas o que está acontecendo aqui?

Fermín sorriu, dócil.

— Quer uma Sugus?

8

O dia parecia eterno. Daniel sentiu as horas se arrastarem esperando a volta de Bea e deixando seu pai atender a maioria dos clientes. Fermín tinha sumido pouco depois de contar ao seu pai um dos seus híbridos de embuste monumental e confidência à boca pequena tentando amainar, pelo menos durante algumas horas, suas perguntas e sua preocupação.

— Temos que parecer mais normais do que nunca, Daniel — disse ele antes de sair por uma janelinha ao fundo que dava para a praça da igreja de Santa Ana a fim de não ser visto pelo agente que Hendaya tinha deixado vigiando a livraria.

— E quando é que nós fomos normais?

— Não me venha com essa conversa existencial logo agora. Assim que verificar que não há piratas na costa, vou escapulir daqui para substituir Bea.

Bea afinal chegou por volta de meio-dia, quando Daniel já estava impaciente e tinha roído as unhas quase até os cotovelos.

— Fermín me contou tudo — disse.

— Ele chegou bem?

— Parou no caminho para comprar um biscoitinho que achou irresistível porque diz que se chama *pets de monja,* "peido de freira", e vinho branco.

— Vinho branco?

— Para Alicia. O dr. Soldevila confiscou.

— Como ela está?

— Estável. O doutor diz que ainda está fraca, mas não há infecção e não tem febre.

— Disse mais alguma coisa? — insistiu Daniel.

— De quê?

— Por que eu tenho a sensação de que todo mundo está me escondendo algo?

Bea acariciou seu rosto.

— Ninguém está escondendo nada, Daniel. E Julián?

— Na creche. Sofía o levou.

— Vou buscar de tarde. Temos que manter uma aparência de normalidade. E seu pai?

— Lá atrás, soltando fogo pelas ventas.

Bea abaixou a voz.

— O que vocês contaram a ele?

— Fermín lhe impingiu um daqueles seus poemas épicos.

— Certo. Vou ao mercado da Boquería fazer umas compras. Quer alguma coisa?

— Uma vida normal.

No meio da tarde seu pai o deixou sozinho na livraria. Bea ainda não tinha voltado e Daniel, preocupado e com um humor de cão por se sentir enganado, optou por subir até o apartamento com a desculpa de tirar uma soneca. Fazia dias que desconfiava que Alicia e Fermín lhe ocultavam alguma coisa. E agora, pelo visto, Bea se unira a eles. Passou algumas horas matutando sobre o caso, queimando a mufa e corroendo a própria alma. A experiência lhe havia ensinado que em casos assim o mais aconselhável é se fazer de bobo e fingir que não está notando nada. Afinal de contas era esse o papel que sempre lhe davam no enredo. Ninguém esperava que o boa gente do Daniel, o pobre órfão e perpétuo adolescente de consciência límpida, estivesse por dentro das coisas. Isso era para os outros, que sempre pareciam lhe trazer as respostas já escritas, quando não traziam até as perguntas. Ninguém ali parecia ter reparado que ele já tinha largado as fraldas fazia anos. Às vezes até o pequeno Julián o olhava de lado e ria, como se o seu pai tivesse vindo ao mundo para ser o bobo da corte e fazer cara de assombro quando os outros lhe desvendavam os mistérios.

"Eu também riria de mim se pudesse", pensava Daniel. Até algum tempo antes, ele era capaz de zombar da própria sombra, de entrar no jogo de Fermín e suas pilhérias encarnando o eterno ingênuo adotado pelo seu quixotesco anjo da guarda. Era um bom papel, nele se sentia confortável. Bem que gostaria de continuar sendo aquele Daniel que todos os outros viam ali e não o Daniel que, de madrugada, quando Bea e Julián estavam dormindo, descia às apalpadelas até a livraria e, refugiado nos fundos da loja, empurrava um velho aquecedor fora de uso atrás do qual havia um painel de gesso que cedia ao ser empurrado.

Lá, no fundo de uma caixa coberta por dois palmos de livros velhos e empoeirados, estava o álbum com todos os recortes de jornal sobre Mauricio Valls que ele fora subtraindo em suas visitas à hemeroteca da biblioteca do Ateneu. A vida pública do ministro estava registrada naquelas páginas, ano por ano. Conhecia de trás para a frente cada uma daquelas notícias e matérias. A última, a de sua morte em um acidente de trânsito, era a mais dolorosa.

Valls, o homem que lhe roubou sua mãe, tinha escapado dele.

Daniel havia aprendido a odiar aquele rosto que tinha tanta atração por se deixar fotografar em poses de glória. Tinha chegado à conclusão de que você não sabe quem realmente é enquanto não aprende a odiar. E quando odeia de verdade, quando se entrega a essa raiva que queima por dentro, que consome lentamente o pouco de bom que pensava ter na bagagem, você faz isso em segredo. Daniel sorriu com amargura. Ninguém o considerava capaz de guardar um segredo. Nunca tinha conseguido. Nem na infância, quando guardar segredos é uma arte e uma forma de se defender do mundo e de seu vazio. Nem mesmo Fermín ou Bea desconfiavam que ele escondia ali aquela pasta onde tantas vezes se refugiava para alimentar a escuridão que crescia dentro de si desde que descobrira que o grande Mauricio Valls, a esperança do regime, tinha envenenado sua mãe. Diziam que eram só conjecturas. Não se pode saber o que aconteceu de verdade. Daniel havia deixado as suspeitas para trás e vivia em um mundo de certezas.

E a pior de todas, a mais difícil de aceitar, era que a justiça nunca seria feita. Nunca ia chegar o dia com que havia sonhado e envenenado sua alma, o dia em que encontraria Mauricio Valls, olharia nos seus olhos e deixaria que ele visse nesse olhar o ódio que tinha alimentado. Depois pegaria a arma que comprara de um muambeiro que às vezes fazia seus negócios no bairro de Can Tunis, guardada no fundo da caixa enrolada em um pano. Era uma arma velha, do tempo da guerra, mas a munição era nova e o vendedor lhe havia ensinado a usá-la.

— Primeiro você atira nas pernas, abaixo dos joelhos. E espera. Vê o outro se arrastar. Depois dá um tiro nas tripas. E espera. Que se retorça. Depois dispara outro do lado direito do peito. E espera. Espera que os pulmões se encham de sangue e que ele se afogue na própria merda. Só então, quando parecer que já morreu, você dá os três tiros restantes na cabeça. Um na nuca, outro na têmpora e o último debaixo do queixo. Depois joga a arma no rio Besós, perto da praia, para a correnteza levar.

Quem sabe a correnteza também levasse para sempre a raiva e a dor que estavam fermentando dentro dele.

— Daniel?

Ele levantou os olhos e viu Bea. Não a tinha ouvido entrar.

— Daniel, tudo bem?

Ele fez que sim com a cabeça.

— Você está pálido. Tem certeza de que está se sentindo bem?

— Perfeitamente. Um pouco cansado, por falta de sono. Só isso.

Daniel lhe mostrou o seu sorriso feliz, o que usava desde os seus tempos de colegial e pelo qual era conhecido no bairro. O boa gente do Daniel Sempere, o genro que toda mãe de família sonha para a sua filha. O homem que não tinha sombras no coração.

— Comprei laranjas para você. Não deixe Fermín ver senão come todas, como da última vez.

— Obrigado.

— Daniel, o que está acontecendo? Não vai me contar? É por causa de Alicia? Desse policial?

— Não é nada. Estou um pouco preocupado. É natural. Mas nós já saímos de problemas piores. Vamos sair deste.

Daniel nunca soubera mentir para ela. Bea olhou nos seus olhos. Fazia meses que o que via neles lhe dava medo. Foi até lá e o abraçou. Daniel se deixou rodear pelos braços dela, mas não disse nada, como se não estivesse ali. Bea se afastou devagar. Pôs a sacola com as compras em cima da mesa e abaixou os olhos.

— Vou buscar Julián.

— Estarei por aqui.

9

Ainda passaram quatro dias até Alicia poder se levantar da cama sem a ajuda de ninguém. O tempo parecia ter parado desde a sua chegada àquele lugar. Ela passava a maior parte do dia suspensa entre a vigília e o sono sem sair do cômodo onde a tinham instalado. Lá havia um braseiro que Isaac alimentava de tantas em tantas horas e uma penumbra tênue vagamente quebrada pela luz de uma vela ou de um lampião a óleo. A medicação que o dr. Soldevila havia deixado para aliviar a dor a submergia em um torpor gelatinoso do qual saía ocasionalmente e encontrava Fermín ou Daniel ao seu lado. O dinheiro pode não trazer a felicidade, mas a química às vezes nos deixa perto.

Quando recuperava alguma noção de quem era e de onde estava, tentava articular umas palavras. A maioria das suas perguntas era respondida antes que pudesse formulá-las. Não, ali ninguém ia encontrá-la. Não, a temida infecção não aconteceu e o dr. Soldevila achava que Alicia estava evoluindo corretamente, embora ainda estivesse fraca. Sim, Fernandito estava são e salvo. O sr. Sempere lhe havia oferecido um emprego de meio expediente fazendo entregas e trazendo lotes de livros comprados de particulares. Perguntava muito por ela, mas, como disse Fermín, na verdade um pouco menos desde que se deparou com Sofía na livraria e conseguiu bater o que parecia impossível: seu próprio recorde de embevecimento. Alicia ficou contente por ele. Se era para sofrer, que fosse por alguém que o merecesse.

— Como se apaixona fácil o coitado — dizia Fermín. — Vai sofrer horrores nesta vida.

— Sofre mais quem é incapaz de se apaixonar — soltou Alicia.

— Creio que esta medicação está afetando o seu cerebelo, Alicia. Se você pegar um violão e sair cantando canções de catequese vou ter que pedir ao médico que rebaixe sua ração ao grau de aspirina infantil.

— Não me tire o pouco de bom que ainda me resta.

— Como você é viciosa, nossa mãe do céu.

A virtude do vício estava sendo subvalorizada. Alicia sentia falta de suas taças de vinho branco, de seus cigarros importados e de seu espaço de solidão. Os remédios a mantinham aturdida o suficiente para que os dias passassem na companhia morna daquela boa gente que havia conspirado para salvar sua vida e que parecia mais preocupada com sua sobrevivência que ela mesma. Às vezes, quando caía naquele bálsamo químico, pensava que seria melhor ir até o fundo e ficar lá, em uma letargia perpétua. Mas, cedo ou tarde, voltava a despertar e a lembrar que só merecem morrer aqueles que já acertaram todas as suas contas.

Mais de uma vez acordou no meio das trevas e encontrou Fermín sentado em uma cadeira à sua frente, pensativo.

— Que horas são, Fermín?

— Hora das bruxas. Ou seja, a sua.

— Você não dorme nunca?

— Nunca fui de fazer sestas. Minha insônia foi elevada ao estado de arte. Quando eu morrer vou recuperar todas as horas de sono.

Fermín olhava para ela com uma mistura de ternura e desconfiança que lhe parecia exasperante.

— Você ainda não me desculpou, Fermín?

— Lembre-me do que tenho que lhe desculpar, que agora me escapa.

Alicia suspirou.

— Por ter deixado você pensar que morri naquela noite na guerra. Por ter deixado você viver com a culpa de ter falhado comigo e com meus pais. Por ter voltado para Barcelona e fingido que não o conhecia quando você me reconheceu na Estação de Francia, fazendo-o achar que estava ficando doido ou vendo fantasmas...

— Ah, isso.

Fermín lhe ofereceu um sorriso azedo, mas seus olhos brilhavam de lágrimas à luz das velas.

— Vai me desculpar, então?

— Vou pensar.

— Preciso que me desculpe. Não quero morrer com esse peso na consciência.

Os dois se olharam em silêncio.

— Você é péssima atriz.

— Sou uma atriz excelente. O problema é que, com todas essas porcarias que o doutor está me receitando, eu esqueço o papel.

— Fique sabendo que não sinto a menor pena.

— Não quero que tenha pena, Fermín. Nem você nem ninguém.

— Prefere que tenham medo.

Alicia sorriu mostrando os dentes.

— E também não tenho — sentenciou ele.

— Isso é porque me conhece pouco.

— Eu estava gostando mais de você antes, quando se fazia de coitadinha moribunda.

— Então vai me desculpar?

— Por que se preocupa com isso?

— Não gosto de pensar que é por minha culpa que você vive assumindo por aí o papel de anjo da guarda das pessoas, de Daniel e de sua família.

— Sou assessor bibliográfico da Sempere & Filhos. Você é quem inventou esses atributos angélicos.

— Você realmente não acha que salvando alguém decente pode salvar o mundo, ou pelo menos a possibilidade de que algo de bom permaneça nele?

— Quem foi que lhe disse que você é alguém decente?

— Estava falando dos Sempere.

— No fundo você não faz a mesma coisa, minha querida Alicia?

— Eu não acho que exista no mundo nada decente para salvar, Fermín.

— Nem você mesma acredita nisso. O seu problema é o medo de constatar que existe, sim.

— E o seu, de que não existe.

Fermín resmungou e enfiou a mão no bolso do casaco em busca de guloseimas.

— Não vamos começar a ficar piegas — concluiu. — Continue com o seu niilismo e eu com as Sugus.

— Dois valores seguros.

— Caso isso exista.

— Vamos, Fermín, me dê um beijo de boa-noite.

— Que mania essa de beijos!

— Na bochecha.

Fermín hesitou, mas no fim se inclinou e roçou os lábios na testa dela.

— Durma logo de uma vez, súcubo.

Alicia fechou os olhos e sorriu.

— Gosto muito de você, Fermín.

Quando a ouviu chorar em silêncio, estendeu a mão até encontrar a dela, e assim, com as mãos agarradas, dormiram ao calor de uma vela que se extinguia.

10

Isaac Monfort, o zelador do lugar, lhe trazia uma bandeja duas ou três vezes por dia com um copo de leite, torradas com geleia e manteiga e umas frutas ou um doce da confeitaria Escribá que comprava todos os domingos, porque ele também tinha os seus vícios além da literatura e da vida de eremita, principalmente quando continham pinhão e creme. Depois de insistentes pedidos dela, Isaac começou a lhe trazer jornais atrasados, embora o dr. Soldevila não visse a coisa com bons olhos. Assim pôde ler tudo o que a imprensa tinha publicado sobre a morte de Mauricio Valls e sentiu seu sangue ferver de novo. "Foi isso que a salvou, Alicia", disse para si mesma.

Isaac era um bondoso homenzinho de aparência feroz mas disposição terna que tinha uma afeição por Alicia que não conseguia disfarçar. Dizia que lembrava uma filha sua já falecida, chamada Nuria. Tinha sempre no bolso duas fotos dela: em uma se via uma mulher de aspecto enigmático e olhar triste, na outra, uma menina sorridente abraçando um homem que Alicia reconheceu como um Isaac várias décadas mais jovem.

— Ela foi embora antes de saber o quanto eu a amava — dizia.

Às vezes, quando lhe trazia a bandeja de comida e Alicia se esforçava para ingerir duas ou três colheradas, Isaac se perdia em um poço de lembranças e começava a falar da filha Nuria e dos seus remorsos. Alicia escutava. Suspeitava que o velho nunca tinha dividido aquela dor com ninguém e que a providência quisera lhe enviar aquela estranha que se parecia com o que ele mais havia amado na vida para que agora, quando já era tarde, quando não adiantava mais nada, encontrasse um consolo tentando salvá-la e lhe dar um carinho que não lhe pertencia. Às vezes, falando da filha e derrotado pelas lembranças, o velho começava a chorar. Então se retirava e não aparecia durante horas. A dor mais sincera se vive sozinho. Alicia, em segredo, ficava aliviada quando Isaac levava sua infinita tristeza para um canto e lá se afogava nela, porque a única dor que não havia aprendido a suportar era a de ver velhos chorando.

Todos se revezavam para cuidar de Alicia. Daniel gostava de ler para ela páginas dos livros que pegava emprestados no labirinto, especialmente os de um tal Julián Carax, por quem Alicia sentia uma especial predileção. A escrita de Carax a fazia pensar em música e em bolo de chocolate. Os momentos que passava diariamente com Daniel ouvindo-o ler as páginas de Carax lhe permitiam vagar por um bosque de palavras e imagens que sempre lamentava ter que abandonar. Seu favorito era um romance breve intitulado *Ninguém*, cujo último parágrafo chegou a decorar e sussurrava em voz baixa quando tentava conciliar o sono:

Na guerra fez fortuna e no amor perdeu tudo. Estava escrito que não havia nascido para ser feliz e que nunca chegaria a saborear o fruto que aquela primavera tardia tinha trazido ao seu coração. Soube então que ia viver o resto dos seus dias no outono perpétuo da solidão, sem outra companhia nem outra lembrança além do desejo e do remorso, e que, quando alguém perguntasse quem construiu aquela casa e quem morou nela antes que se transformasse em uma ruína embruxada, as pessoas que a tinham conhecido e sabiam da sua história maldita baixariam os olhos e diriam, em voz ligeira e desejando que o vento levasse suas palavras: ninguém.

Logo descobriu que não podia falar de Julián Carax com quase ninguém, muito menos com Isaac. Os Sempere tinham uma certa história compartilhada com Carax, e Alicia achou oportuno não se meter nas sombras da família. Isaac, particularmente, não podia ouvir esse nome sem ficar roxo de fúria, porque, como lhe contou Daniel, sua filha Nuria era apaixonada pelo tal Carax. O velho achava que todas as desgraças que sobrevieram à sua pobre filha e a levaram a uma morte trágica se deviam a Carax, um estranho personagem que, como soube, uma vez tinha tentado queimar todos os exemplares existentes dos seus livros e que, não fosse a fidelidade do zelador ao seu cargo, teria contado com a ajuda entusiasta de Isaac.

— Perto do Isaac é melhor nem mencionar Carax — dizia Daniel. — Pensando bem, é melhor não mencionar esse nome a ninguém.

De todos, a única pessoa que a via tal como era e não abrigava fantasias nem óbices era a esposa de Daniel. Bea a banhava, vestia, penteava, lhe dava os remédios e lhe transmitia com os olhos o imperativo que presidia a relação que as duas tinham estabelecido de forma tácita. Bea ia cuidar dela, ajudá-la a sarar e a se recuperar para que, assim que fosse possível, Alicia saísse da vida deles e desaparecesse para sempre antes que pudesse prejudicá-los.

Bea, a mulher que Alicia gostaria de ter sido e que, a cada dia que passava com ela, entendia melhor que nunca seria. Bea, que falava pouco e perguntava ainda menos, mas que era quem mais a compreendia. Alicia nunca tinha sido de abraços e efusões, mas sentiu mais de uma vez o impulso de abraçá-la. Felizmente se continha no último segundo. Bastava cruzar um olhar com ela para lembrar que aquilo não era uma representação paroquial de *Mulherzinhas* e que as duas tinham um objetivo a cumprir.

— Acho que você vai se livrar de mim logo — dizia Alicia.

Bea nunca mordia a isca. Nunca se queixava de nada. Nunca reclamava. Trocava as ataduras com um cuidado infinito. Aplicava na velha ferida um unguento que o dr. Soldevila encomendara ao seu farmacêutico de confiança e que aplacava a dor sem envenenar o sangue. Fazia isso sem demonstrar pena nem compaixão. Era a única pessoa, com exceção de Leandro, em cujos olhos ela não tinha identificado horror ou apreensão ao vê-la nua e constatar o alcance das feridas que tinham destroçado parte do seu corpo durante a guerra.

A única temática em que as duas podiam se encontrar em clima de paz e sem sombras no horizonte era o pequeno Julián. As conversas mais longas e pacíficas entre elas costumavam ocorrer enquanto Bea lhe dava banho com sabonete e jarras de água morna que Isaac aquecia em um fogão instalado no aposento que lhe servia de escritório, cozinha e quarto. Bea adorava o menino com uma devoção que Alicia sabia que não poderia nem começar a compreender.

— Outro dia ele deu a entender que quando for mais velho quer se casar com você.

— Imagino que você, como boa mãe, já o alertou de que no mundo existem garotas más que não são recomendáveis.

— Das quais você deve ser a rainha.

— Foi o que sempre disseram todas as minhas possíveis sogras. E com toda a razão.

— Nessas coisas, ter a razão é o de menos. Eu vivo rodeada de homens e já sei há muito tempo que a maioria deles é imune à lógica. A única coisa que os faz aprender, e mesmo assim nem todos, é a lei da gravidade. Até levarem o baque, não acordam.

— Isso parece máxima de Fermín.

— A coisa pega, são muitos anos escutando Fermín recitar as suas pérolas.

— O que mais Julián diz?

— A última é que quer ser escritor.

— Precoce.

— Você não faz ideia.

— Vai ter mais?

— Filhos? Não sei. Eu gostaria que Julián não crescesse sozinho. Que tivesse uma irmãzinha...

— Outra mulher na família.

— Fermín diz que ajudaria a diluir o excesso de testosterona que deixa o clã atontado. Menos a dele, que alega não ser solúvel nem com aguarrás.

— E Daniel, o que diz?

Bea fez um longo silêncio e encolheu os ombros.

— Daniel cada dia diz menos coisas.

As semanas passavam e Alicia sentia que ia recuperando as forças. O dr. Soldevila a examinava duas vezes por dia. Soldevila não era um homem de muitas palavras e as poucas que utilizava eram dedicadas aos outros. Às vezes Alicia o surpreendia olhando-a de esguelha, como se estivesse se perguntando quem era aquela criatura sem ter muita certeza de querer saber a resposta.

— Você tem muitas marcas de feridas antigas. Algumas sérias. Devia ir pensando em mudar de hábitos.

— Não se preocupe comigo, doutor. Eu tenho mais vidas que um gato.

— Não sou veterinário, mas a teoria é que os gatos têm só sete, e você parece estar atingindo a cota.

— Para mim mais uma é suficiente.

— Pressinto que você não vai dedicá-la a obras de caridade.

— Tudo depende do ponto de vista.

— Não sei o que me deixa mais preocupado, se é sua saúde ou sua alma.

— Além de médico, sacerdote. O senhor é um partido invejável.

— Na minha idade, a diferença entre a medicina e o confessionário fica muito imprecisa. Mesmo assim acho que sou jovem demais para você. Como está a dor? A do quadril, quero dizer.

— A pomada ajuda.

— Mas não como o que tomava antes.

— Não — admitiu Alicia.

— A que dose chegou?

— Quatrocentos miligramas. Às vezes mais.

— Meu Deus do céu. Não pode continuar tomando isso. Você sabe, não é mesmo?

— Diga uma boa razão.

— Pergunte ao seu fígado, se é que vocês ainda se falam.

— Se o senhor não tivesse confiscado meu vinho branco, poderia oferecer uma tacinha a ele e discutir o assunto.

— Você não tem jeito.

— Quanto a isso nós três concordamos.

Uns mais, outros menos, quase todo mundo começava a fazer planos para o enterro dela, mas Alicia sabia que tinha saído do purgatório, nem que fosse para uma licença de fim de semana. Sabia disso porque estava recuperando sua visão tenebrosa do mundo e perdendo o gosto pelas cenas comoventes e ternas dos últimos dias. O sopro escuro do passado voltava a tingir as coisas e as fisgadas de dor no quadril perfurando seus ossos a ferro e fogo lhe recordavam que seu papel de Dama das Camélias já estava nas últimas representações.

Os dias tinham voltado ao ritmo habitual e as horas que iam escorrendo durante a sua recuperação já começavam a ter sabor de tempo perdido. Quem se mostrava mais consternado por ela era Fermín, que oscilava entre os papéis de carpideira prematura e de telepata amador.

— Lembre-se de que, como já disse o poeta, a vingança é um prato mais saboroso quando se come frio — entoava Fermín, lendo nela os maus espíritos.

— Deve ter confundido com salada, porque os poetas costumam ser uns mortos de fome e não entendem nada de gastronomia.

— Diga-me que você não está pensando em fazer nenhuma bobagem.

— Não estou pensando em fazer nenhuma bobagem.

— O que eu quero é que assuma o compromisso.

— Chame um escrivão que assino.

— Para mim já é suficiente aguentar Daniel e suas recém-adquiridas inclinações criminosas. Você acredita que encontrei uma pistola dele escondida? Meu Deus do céu. Até dois dias atrás usava fraldas e agora fica escondendo trabucos como se fosse um idiota anarquista.

— O que você fez com a arma? — perguntou Alicia com um sorriso que deixou Fermín arrepiado.

— O que ia fazer? Escondi outra vez. Onde ninguém possa encontrar, claro.

— Vá buscar — sussurrou Alicia, sedutora.

— Nem pense nisso, que já estamos começando a nos conhecer. Para você não vou buscar nem uma pistola de água, porque seria capaz de encher com ácido sulfúrico.

— Você não tem nem ideia do que sou capaz — cortou ela.

Fermín a olhou consternado.

— Estou começando a imaginar, mulher crocodilo.

Alicia voltou a brandir seu sorriso inocente.

— Nem você nem Daniel sabem usar armas. Vá buscá-la antes que se machuquem.

— Para você machucar alguém?

— Digamos que prometo não machucar ninguém que não mereça.

— Ah, bom, sendo assim vou trazer uma metralhadora e algumas granadas. Tem preferência por algum calibre?

— Estou falando sério, Fermín.

— Por isso mesmo. O que você precisa fazer agora é ficar curada.

— A única coisa que pode me curar é fazer o que eu tenho que fazer. É o que vai garantir que todos vocês estejam em segurança. Você sabe disso.

— Alicia, lamento ter que dizer que quanto mais ouço você falar menos gosto do tom e do teor da sua conversa.

— Traga a arma. Senão eu consigo uma.

— Para morrer de novo em um táxi, só que desta vez de verdade? Ou jogada em um beco? Ou em uma cela, com uns carniceiros cortando você em pedacinhos para se divertir?

— É essa a sua preocupação? Que me torturem ou me matem?

— Isso me passou pela cabeça, sim. Olhe, cá entre nós, e não leve a coisa para o lado pessoal, mas já estou de saco cheio de ver você morrendo por aí. Como vou pôr filhos no mundo e ser um pai decente se não sou capaz nem de manter viva a primeira criança pela qual fui responsável?

— Não sou mais criança nem você é responsável por mim, Fermín. Além disso, você é craque em me manter viva, já me salvou duas vezes.

— A terceira é a que conta.

— Não haverá terceira vez.

— Nem vai haver arma. Pretendo destruí-la hoje mesmo. Vou esmagar essa pistola e espalhar os pedaços no cais para os peixes comerem, esses barrigudinhos que comem o lixo na superfície da água e ficam roxos de tanta sujeira.

— Nem você pode impedir o inevitável, Fermín.

— É uma de minhas especialidades. A outra é dançar agarradinho. Acabou o debate. E pode me olhar com esses olhos de tigre que não me assusta. Eu não sou Fernandito nem um desses frangotes que você toureia com suas meias pretas.

— Você é a única pessoa que pode me ajudar, Fermín. E ainda mais agora, que temos o mesmo sangue nas veias.

— Que pelo andar da carruagem vai durar tanto quanto sangue de peru em véspera de Natal.

— Pare com isso. Ajude-me a sair de Barcelona e me arranje uma arma. O resto fica por minha conta. Você sabe que no fundo é a coisa certa a fazer. Bea me daria razão.

— Então peça a pistola a ela, vamos ver o que diz.

— Bea não confia em mim.

— E por que será?

— Estamos perdendo um tempo valioso, Fermín. O que você me diz?

— Que vá à merda, e não digo para o inferno porque para lá você já vai direto.

— Não se fala assim com uma senhorita.

— Você tem tanto de senhorita quanto eu de jogador de futebol. Beba logo um desses tragos e vá curar a ressaca lá no seu ataúde antes de fazer alguma maldade.

Quando Fermín se cansava de discutir ia embora e a deixava sozinha. Alicia jantava alguma coisa com Isaac, escutava as suas histórias de Nuria, e assim que o velho zelador partia se servia uma taça de vinho branco (tinha descoberto dias antes onde Isaac escondia as garrafas confiscadas pelo médico) e saía do quarto.

Percorria o corredor até a grande abóbada e lá, sob a luz noturna que descia em cascata do alto da cúpula, admirava a miragem do grande labirinto dos livros.

    Depois, com a ajuda de um lampião, entrava em corredores e túneis. Subia mancando pela estrutura catedralesca, passando por salas, bifurcações e pontes que levavam a câmaras secretas atravessadas por escadas em espiral ou passarelas suspensas que desenhavam arcos e contrafortes. Pelo caminho ia acariciando as centenas de milhares de livros à espera do seu leitor. Às vezes adormecia em uma cadeira das salas que encontrava pelo caminho. Toda noite seu trajeto era diferente.

    O Cemitério dos Livros Esquecidos tinha a sua própria geometria, e era quase impossível passar duas vezes pelo mesmo lugar. Mais de uma vez ela se perdeu lá dentro e demorou um pouco a achar o caminho que descia para a saída. Uma noite, quando o sopro da alvorada começava a iluminar o céu, Alicia emergiu no topo do labirinto e se viu no mesmo lugar onde havia aterrissado quando caíra pela cúpula quebrada naquela noite dos bombardeios aéreos de 1938. Debruçada no vazio, vislumbrou a figura diminuta de Isaac Monfort ao pé do labirinto. O zelador continuava no mesmo lugar quando chegou lá embaixo.

— Eu pensava que era o único que tinha insônia — disse ele.

— Dormir é para os sonhadores.

— Fiz um chá de camomila, que me ajuda a dormir. Quer uma xícara?

— Talvez batizado com alguma coisa mais forte.

— Só tenho um brandy velho que não usaria nem para desentupir o encanamento.

— Não sou exigente.

— E o que o dr. Soldevila vai dizer?

— O que todos os médicos dizem, que o que não mata engorda.

— Não seria má ideia você engordar um pouco.

— Está nos meus planos.

Seguiu o zelador até seus aposentos e se sentou à mesa enquanto Isaac enchia duas xícaras com a infusão e, depois de farejar a garrafa de brandy, derramava umas gotas em cada uma.

— Nada mau — disse Alicia saboreando o coquetel.

Tomaram a camomila em paz e silêncio, como velhos amigos que não precisam de palavras para desfrutar da companhia um do outro.

— Você está com uma boa aparência — disse afinal Isaac. — Imagino que isso significa que vai nos deixar em breve.

— Não é bom para ninguém que eu permaneça aqui, Isaac.

— O lugar não é ruim — garantiu ele.

— Se eu não tivesse uns problemas para resolver, não acharia nenhum outro lugar no mundo melhor que este.

— Está convidada a voltar sempre que quiser, mas algo me diz que quando você for embora não volta nunca mais.

Alicia se limitou a sorrir.

— Vai precisar de roupa nova e de outras coisas. Fermín me disse que estão vigiando a sua casa, não me parece boa ideia ir lá pegar nada. Por aqui eu ainda tenho umas roupas de Nuria que talvez lhe sirvam — disse o velho.

— Não quero...

— Seria uma honra para mim que aceitasse as coisas da minha filha. E acho que a minha Nuria também gostaria que você ficasse com elas. Além do mais, tenho a impressão de que as duas devem ser do mesmo tamanho.

Isaac foi até um armário, tirou uma mala e arrastou-a para a mesa. Abriu-a e Alicia deu uma espiada. Havia vestidos, sapatos, livros e outros objetos que lhe deram uma tristeza imensa. Mesmo sem ter conhecido Nuria Monfort, estava começando a se acostumar com sua presença, que enfeitiçava aquele lugar, e a ouvir o pai falar dela como se ainda estivesse por lá. Vendo o naufrágio de uma vida contido naquela mala velha que um pobre velho tinha preservado para salvar a memória de sua filha morta, não conseguiu encontrar palavras e se limitou a assentir com a cabeça.

— São de boa qualidade — disse Alicia, que tinha olho clínico para as etiquetas e o tato dos tecidos.

— A minha Nuria gastava tudo em livros e roupas, coitadinha. A mãe dela sempre dizia que parecia uma artista de cinema. Se você a tivesse conhecido. Dava gosto...

Alicia separou alguns vestidos que estavam na mala e notou algo despontando entre as dobras. Parecia uma escultura branca de uns dez centímetros de altura. Pegou-a e foi examinar perto da luz. A figura era feita de gesso pintado e representava um anjo de asas abertas.

— Há muitos anos que eu não vejo isto. Não sabia que Nuria tinha guardado. Era um dos seus brinquedos favoritos, de quando era menina — explicou Isaac. — Ainda lembro o dia em que o compramos na feira de Santa Lucía, ao lado da catedral.

O torso da figura parecia perfurado e oco. Quando passou o dedo, abriu-se uma diminuta comporta e Alicia viu que havia um compartimento oculto no interior.

— Nuria gostava de me deixar mensagens secretas dentro do anjo. Ela o escondia pela casa e eu tinha que encontrar. Era um jogo que fazíamos.

— É lindo — disse Alicia.

— Fique com ele.

— Não, de jeito nenhum...

— Por favor. Faz muito tempo que este anjo não entrega mensagens. Você vai dar um bom uso a ele.

Foi assim que, pela primeira vez, Alicia começou a dormir com um pequeno anjo da guarda a quem pedia ajuda para sair logo dali deixando aquelas almas limpas para trás e empreender o caminho que sabia que a esperava na sua volta ao coração das trevas.

— Para lá você não vai poder ir comigo — murmurou para o anjo.

11

Leandro vinha todos os dias pontualmente. Às oito e meia da manhã estava à sua espera na sala com o café da manhã recém-servido e um vaso onde sempre havia flores frescas. A essa altura Ariadna Mataix já estava de pé fazia uma hora. O encarregado de acordá-la era o médico, que tinha deixado de lado as formalidades e já entrava no quarto sem bater na porta. Vinha sempre com uma enfermeira cuja voz ela nunca ouviu. A primeira providência era a injeção da manhã, aquela que lhe permitia abrir os olhos e lembrar quem era. Depois a enfermeira a levantava, despia e levava ao banheiro onde a mantinha dez minutos debaixo do chuveiro. Então a vestia com roupas que ela reconhecia e tinha a impressão de algum dia ter comprado. Nunca repetia o figurino. Enquanto o médico controlava seu pulso e sua pressão, a enfermeira a penteava e maquiava, porque Leandro queria que estivesse bonita e bem apresentada. Quando se sentava à mesa com ele, o mundo tinha voltado ao seu lugar.

— Teve uma boa noite?

— O que é que estou tomando?

— Um sedativo suave, já lhe disse. Se você quiser digo ao doutor que não lhe dê mais.

— Não. Não, por favor.

— Como preferir. Quer comer alguma coisa?

— Não estou com fome.

— Um pouco de suco de laranja, pelo menos.

Às vezes Ariadna vomitava a comida ou caía em uma náusea profunda que a fazia perder os sentidos e despencar da cadeira. Quando isso acontecia, Leandro tocava a campainha e em poucos segundos aparecia alguém que a levantava e ia lavá-la outra vez. Nesses casos o médico costumava lhe dar uma injeção que a deixava em um estado de calma gelada pelo qual ela ansiava tanto que sentia a tentação de fingir que desmaiava para conseguir que lhe dessem uma dose. Não sabia mais há quantos dias estava lá. Media o tempo pelo espaço entre as injeções, o bálsamo de um sono sem consciência e o despertar. Tinha emagrecido muito e a roupa caía do seu corpo. Quando se via nua no espelho do banheiro, muitas vezes se perguntava quem era aquela mulher. Ansiava o tempo todo que Leandro desse por concluída a sessão do dia e que o médico voltasse com sua maleta mágica e suas poções de esquecimento. Aqueles instantes em que sentia o sangue ardendo até perder a consciência eram a coisa mais parecida com a felicidade que se lembrava de ter sentido em toda a vida.

— Como estamos esta manhã, Ariadna?

— Bem.

— Pensei que hoje podíamos falar dos meses em que ficou desaparecida, se não se incomoda.

— Já falamos disso outro dia. E no anterior.

— Sim, mas acho que pouco a pouco vão aparecendo novos detalhes. A memória é assim. Gosta de nos pregar peças.

— O que quer saber?

— Gostaria de voltar ao dia em que fugiu de casa. Lembra?

— Estou cansada.

— Aguente um pouquinho. O doutor já vem lhe dar um tônico que vai fazer você se sentir melhor.

— Pode ser agora?

— Primeiro nós conversamos e depois você pode tomar o seu remédio.

Ariadna fez que sim. Todo dia se repetia o mesmo jogo. Já nem lembrava mais o que tinha contado ou não. Pouco importava. Não fazia mais sentido tentar esconder coisa alguma. Todos tinham morrido. E ela nunca ia sair dali.

— Era véspera do meu aniversário — começou. — Os Ubach tinham organizado uma festa para mim. Todas as minhas colegas da escola tinham sido convidadas.

— Suas amigas?

— Não eram minhas amigas. Eram companhia comprada, como tudo naquela casa.

— Foi nessa noite que decidiu fugir?

— Sim.

— Mas alguém a ajudou, não foi?

— Sim.

— Então me fale desse homem. David Martín, não é?

— David.

— Como o conheceu?

— David tinha sido amigo do meu pai. Haviam trabalhado juntos.

— Tinham escrito algum livro juntos?

— Séries para rádio. Escreveram uma intitulada *A orquídea de gelo*. Era uma história de mistério ambientada na Barcelona do século XIX. Meu pai não me deixava ouvir porque dizia que não era para crianças, mas eu fugia e escutava no rádio que havia na sala da casa de Vallvidrera. Bem baixinho.

— Segundo as informações que tenho, David Martín foi preso em 1939, tentando cruzar a fronteira para voltar a Barcelona no final da guerra. Passou algum tempo encarcerado no castelo de Montjuic, onde esteve com seu pai, e depois foi declarado morto, no final de 1941. Você está me falando de 1948, vários anos depois disso. Tem certeza de que o homem que a ajudou a fugir era Martín?
— Era ele.
— Não pode ter sido alguém se fazendo passar por ele? Afinal de contas, fazia muitos anos que você não o via.
— Era ele.
— Certo. Como se reencontraram?
— Dona Manuela, minha tutora, costumava me levar todo sábado ao parque do Retiro. Ao Palácio de Cristal, que era meu lugar favorito.
— Também é o meu. Foi lá que encontrou Martín?
— Sim. Já o tinha visto várias vezes. De longe.
— Você acha que foi coincidência?
— Não.
— Quando falou com ele pela primeira vez?
— Dona Manuela sempre levava uma garrafa de anisete na bolsa e às vezes adormecia.
— E então David Martín se aproximava?
— Sim.
— E o que ele dizia?
— Não me lembro.
— Sei que é difícil, Ariadna. Faça um esforço.
— Quero o remédio.
— Primeiro me diga o que Martín lhe dizia.
— Falava do meu pai. Do tempo que passaram juntos na prisão. Meu pai tinha lhe contado sobre nós. Sobre o que tinha acontecido. Acho que os dois fizeram algum tipo de pacto. Quem conseguisse sair de lá primeiro ajudaria a família do outro.
— Mas David Martín não tinha família.
— Tinha gente que ele amava.
— Contou como conseguiu escapar do castelo?
— Valls mandou dois homens seus o levarem para um casarão que havia em frente ao parque Güell e o assassinarem lá. Costumavam matar gente nesse lugar e enterrar no jardim.
— E o que aconteceu?
— David disse que havia mais alguém, na casa, que o ajudou a fugir.
— Um cúmplice?

— Ele o chamava de patrão.
— O patrão?
— Tinha um nome estrangeiro. Italiano. Lembro porque era o mesmo nome de um compositor famoso que meus pais adoravam.
— Não lembra o nome?
— Corelli. Chamava-se Andreas Corelli.
— Esse nome não aparece em nenhum dos meus relatórios.
— Porque não existia.
— Não estou entendendo.
— David não estava bem. Imaginava coisas. Pessoas.
— Quer dizer que David Martín tinha imaginado esse tal Andreas Corelli?
— Sim.
— Como você sabe?
— Porque sei. David tinha perdido o juízo, ou o pouco que lhe restava, na cadeia. Estava muito doente e não sabia.
— Você sempre se refere a ele como David.
— Éramos amigos.
— Amantes?
— Amigos.
— O que ele disse nesse dia?
— Que estava tentando chegar a Mauricio Valls havia três anos.
— Para se vingar dele?
— Valls tinha assassinado uma pessoa que ele amava muito.
— Isabella.
— Sim, Isabella.
— Disse como achava que Valls a assassinou?
— Com veneno.
— E por que foi procurar você?
— Para cumprir a promessa que tinha feito ao meu pai.
— Só por isso?
— E porque achava que se eu facilitasse o acesso à casa dos meus pais Mauricio Valls mais cedo ou mais tarde apareceria por lá e então ele poderia matá-lo. Valls visitava Ubach frequentemente. Tinham negócios juntos. Ações do banco. Era impossível chegar a Valls de outra maneira, porque sempre estava com a escolta ou com os seguranças.
— Mas não chegou a acontecer.
— Não.
— Por quê?
— Porque eu lhe disse que se tentasse fazer isso iam matá-lo.

— Isso ele já devia imaginar. Deve haver mais alguma coisa.
— Mais alguma coisa?
— Algo mais que você lhe disse e que o fez mudar os planos.
— Preciso do remédio. Por favor.
— Conte-me o que você disse a David Martín para fazê-lo mudar de ideia, deixar de lado o plano que o trouxera a Madri para se vingar de Valls e decidir ajudar você a fugir.
— Por favor...
— Só mais um pouquinho, Ariadna. Já vamos lhe dar seu remédio e você vai poder descansar.
— Eu disse a ele a verdade. Que estava grávida.
— Não entendi. Grávida? De quem?
— De Ubach.
— Seu pai?
— Não era meu pai.
— Miguel Ángel Ubach, o banqueiro. O homem que a adotou.
— O homem que me comprou.
— O que aconteceu?
— Muitas vezes ele vinha de noite ao meu quarto, bêbado. Dizia que sua mulher não o amava, que tinha amantes, que os dois não compartilhavam mais nada. E começava a chorar. Depois me forçava. Quando se cansava me dizia que a culpa era minha, que eu o tentava, que era uma puta como a minha mãe. Batia em mim e dizia que se eu contasse a alguém ia mandar matar a minha irmã, porque sabia onde ela estava e bastaria um telefonema seu para que a enterrassem viva.
— E o que David Martín fez quando ouviu isso?
— Roubou um carro e me tirou de lá. Preciso do remédio, por favor...
— Certo. Agora mesmo. Obrigado, Ariadna. Obrigado pela sua sinceridade.

12

— Que dia é hoje?
— Terça-feira.
— Ontem também era terça-feira.
— Era outra terça. Fale da sua fuga com David Martín.
— David estava com um carro. Ele o tinha roubado e escondido em uma garagem de Carabanchel. Nesse dia me disse que ao meio-dia do sábado seguinte o levaria para uma das entradas do parque. Quando dona Manuela adormecesse, eu devia correr e me encontrar com ele no acesso em frente à Porta de Alcalá.

— E fizeram isso?

— Entramos no carro e nos escondemos na garagem até o anoitecer.

— A polícia acusou sua tutora de ter sido cúmplice do sequestro. Ela foi interrogada durante quarenta e oito horas e depois a encontraram jogada em uma sarjeta na estrada de Burgos. Tinham quebrado suas pernas e braços e dado um tiro em sua nuca.

— Não espere que eu tenha pena.

— Ela sabia que Ubach abusava de você?

— Foi a única pessoa a quem contei.

— E o que disse?

— Que eu ficasse calada. Que os homens importantes têm as suas necessidades e que com o tempo eu me daria conta de que Ubach me amava muito.

— O que aconteceu naquela noite?

— David e eu saímos com o carro da garagem e passamos a noite toda na estrada.

— Para onde iam?

— Ficamos viajando durante alguns dias. Esperávamos anoitecer e depois pegávamos estradas secundárias ou caminhos rurais. David me mandava ficar deitada no banco de trás com um cobertor em cima para que não me vissem quando parávamos nos postos de gasolina. Às vezes eu adormecia e quando acordava o ouvia falando como se houvesse alguém sentado ao seu lado no banco da frente.

— O tal Corelli?

— Sim.

— E você não ficava com medo?

— Ficava com pena.

— Para onde ele a levou?

— Para um lugar nos Pireneus onde ele havia se escondido por uns dias quando voltou à Espanha no final da guerra. Chama-se Bolvir. Fica muito perto de uma aldeia chamada Puigcerdá, quase na fronteira com a França. Lá havia um casarão abandonado que tinha sido um hospital durante a guerra. La Torre del Remei, acho que era esse o nome. Passamos várias semanas naquele lugar.

— Ele não disse por que a tinha levado para lá?

— Disse que era um lugar seguro. Morava por lá um velho amigo de David, que ele tinha conhecido quando atravessou a fronteira, um escritor local que nos ajudou com mantimentos e roupa, Alfons Brosel. Sem ele teríamos morrido de fome e de frio.

— Martín deve ter escolhido esse lugar por algum outro motivo.

— A aldeia lhe trazia lembranças. David nunca me disse o que havia acontecido lá, mas sei que o lugar tinha um significado especial para ele. David vivia no passado. Quando chegaram os piores dias do inverno, Alfons nos aconselhou a ir embora e nos deu algum dinheiro para seguir viagem. O pessoal da aldeia tinha começado a cochichar. David conhecia um enclave na costa onde outro velho amigo, um homem rico chamado Pedro Vidal, tinha uma casa que poderia ser um bom esconderijo, pelo menos até o verão. David conhecia bem essa casa. Na certa já tinha estado lá antes.

— Foi nesse povoado que a encontraram meses depois? San Feliu de Guíxols?

— A casa ficava a uns dois quilômetros do povoado, em um lugar chamado S'Agaró, em frente à baía de San Pol.

— Conheço.

— Era entre as rochas, em um lugar conhecido como Caminho de Ronda. Ninguém morava lá no inverno. Ficava em uma espécie de urbanização com grandes mansões de verão das famílias abastadas de Barcelona e Gerona.

— Foi lá que vocês passaram aquele inverno?

— Sim. Até que chegou a primavera.

— Quando você foi encontrada, estava sozinha. Martín não estava lá. O que aconteceu com ele?

— Não quero falar disso.

— Se preferir, fazemos um intervalo. Posso pedir ao doutor que lhe dê alguma coisa.

— Quero sair daqui.

— Já falamos sobre isso, Ariadna. Aqui você está segura. Protegida.

— Quem é você?

— Eu sou Leandro. Você sabe. Seu amigo.

— Eu não tenho amigos.

— Você está nervosa. Acho que é melhor parar por hoje. Descanse. Vou dizer ao doutor que venha.

Era sempre terça-feira na suíte do hotel Palace.

— Você está com ótimo aspecto esta manhã, Ariadna.

— Muita dor de cabeça.

— É por causa do tempo. A pressão está muito baixa. Também acontece comigo. Tome isto que vai passar.

— O que é?

— É só uma aspirina. Nada de mais. Bem, nós estivemos verificando o que você me explicou sobre a casa de S'Agaró. De fato era de propriedade de dom Pedro Vidal, membro de uma das famílias mais bem situadas de Barcelona. Pelo que pudemos averiguar, ele tinha sido uma espécie de mentor para David Martín. O relatório da polícia em 1930 diz que David Martín o assassinou na sua casa em Pedralbes porque Vidal tinha se casado com a mulher que ele amava, uma tal de Cristina.

— Isso é mentira. Vidal se suicidou.

— Foi isso que David Martín lhe contou? Parece que no fundo ele era um homem muito vingativo. Valls, Vidal... As pessoas fazem loucuras por ciúme.

— A mulher que David amava era Isabella.

— Isso você já me contou. Mas não encaixa com a documentação. Qual era a relação dele com Isabella?

— Ela tinha sido sua aprendiz.

— Eu não sabia que os escritores tinham aprendizes.

— Isabella era muito obstinada.

— Martín lhe contou isso?

— David falava muito dela. Era o que o mantinha vivo.

— Mas Isabella tinha morrido quase dez anos antes.

— Às vezes ele se esquecia disso. Por isso voltou para lá.

— Para a casa de S'Agaró?

— David já tinha estado lá. Com ela.

— Sabe quando foi isso?

— Bem antes do começo da guerra. Antes de ter que fugir para a França.

— Foi por isso que ele voltou para a Espanha mesmo sabendo que estava sendo procurado? Por causa de Isabella?

— Acho que sim.

— Fale do tempo que passaram lá. O que vocês faziam?

— David já estava muito doente. Quando chegamos a casa ele quase não distinguia mais entre a realidade e o que julgava ver e ouvir. A casa lhe trazia muitas recordações. Creio que no fundo ele voltou lá para morrer.

— Então David Martín está morto?

— O que você acha?

— Diga a verdade. O que você fez durante aqueles meses?

— Cuidei dele.

— Pensei que era ele quem tinha que cuidar de você.

— David não podia mais cuidar de ninguém, muito menos de si mesmo.

— Ariadna, você matou David Martín?

13

— Não havia passado nem um mês desde a nossa chegada à mansão quando David piorou. Eu tinha saído para buscar comida. Uns camponeses da região iam toda manhã até um lugar na beira da praia, La Taberna del Mar, levando uma carroça com comestíveis. No começo era David quem ia até lá, ou à aldeia, trazer mantimentos, mas chegou um momento em que ele não conseguia mais sair de casa. Sofria de umas dores de cabeça terríveis, febre, náuseas... Passava as noites quase inteiras vagando pela casa, delirando. Achava que Corelli viria atrás dele.

— Você viu Corelli alguma vez?

— Corelli não existia. Era alguém que só vivia na imaginação de David.

— Como pode ter certeza?

— Os Vidal tinham mandado construir um pequeno cais de madeira que penetrava na água da enseada que havia logo abaixo da casa. Frequentemente David ia até lá e se sentava na ponta, olhando para o mar. Era aí que mantinha suas conversas imaginárias com Corelli. Algumas vezes eu ia também para o cais e me sentava ao seu lado. David nem notava que eu estava lá. Ouvia que conversava com Corelli, como tinha acontecido no carro quando fugimos de Madri. Depois saía do transe e sorria para mim. Um dia começou a chover e, quando peguei sua mão para levá-lo de volta para a casa, me abraçou chorando e me chamou de Isabella. A partir de então não me reconheceu mais e passou seus dois últimos meses de vida convencido de que morava com Isabella.

— Deve ter sido muito duro para você.

— Não. Os meses que passei cuidando dele foram os mais felizes, e tristes, da minha vida.

— Como morreu David Martín, Ariadna?

— Uma noite lhe perguntei quem era Corelli e por que tinha tanto medo dele. Respondeu que Corelli era uma alma negra, foram essas as suas palavras. David tinha feito um trato com ele para escrever um livro sob encomenda, mas foi traído e destruiu o livro antes que caísse nas mãos de Corelli.

— Que tipo de livro?

— Não sei muito bem. Uma espécie de texto religioso ou coisa parecida. David o chamava de *Lux Aeterna*.

— Então David achava que Corelli queria se vingar dele.

— Sim.

— Como, Ariadna?

— Que diferença faz? Não tem nada a ver com Valls nem com nada.

— Tudo está ligado, Ariadna. Por favor, me ajude.

— David estava convencido de que o bebê que eu tinha na barriga era alguém que ele havia conhecido e perdido.

— Disse quem era?

— Ele chamava de Cristina. Quase não falava dela. Mas quando a mencionava sua voz se encolhia de remorso e de culpa.

— Cristina era a mulher de Pedro Vidal. A polícia também o acusou da sua morte. Disseram que ele a afogou no lago de Puigcerdá, bem perto do casarão nos Pireneus aonde a levou.
— Mentira.
— Talvez. Mas você me disse que quando falava dela dava mostras de culpa...
— David era um homem bom.
— Mas você mesma me disse que ele tinha perdido completamente o juízo, que imaginava coisas e pessoas que não estavam lá, que achava que você era sua ex-aprendiz Isabella, morta dez anos antes... Não se preocupava com a sua segurança? Com seu bebê?
— Não.
— Não me diga que não passou pela sua cabeça deixá-lo naquela casa e fugir.
— Não.
— Certo. O que aconteceu então?

14

— Foi no final de março, acho. Fazia uns dias que David estava melhor. Tinha encontrado um botezinho de madeira em um telheiro embaixo do escarpado e quase toda manhã, bem cedo, remava mar adentro. Eu já estava de sete meses e passava o dia todo lendo. A casa tinha uma biblioteca enorme e lá havia exemplares de quase todos os romances do escritor favorito de David Martín, um autor do qual eu nunca tinha ouvido falar chamado Julián Carax. Ao entardecer acendíamos a lareira da sala e eu lia em voz alta. Lemos todos os livros dele. Passamos aquelas duas últimas semanas com a última obra de Carax, intitulada *A sombra do vento*.
— Não conheço.
— Quase ninguém conhece. Pensam que sim, mas não é verdade. Uma noite terminamos o livro a altas horas da madrugada. Fui dormir e duas horas depois senti as primeiras contrações.
— Faltavam dois meses...
— Comecei a sentir uma dor horrível, como se estivessem apunhalando minha barriga. Entrei em pânico. Chamei David aos gritos. Quando ele puxou os lençóis para me pegar no colo e levar ao médico, viu que estavam encharcados de sangue...
— Sinto muito.
— Todo mundo sente.
— Chegaram a ir ao médico?
— Não.
— E o bebê?

— Era uma menina. Nasceu morta.

— Lamento muito, Ariadna. Talvez seja melhor nós pararmos agora, vou chamar o doutor para lhe dar alguma coisa.

— Não. Não quero parar agora.

— Certo. O que aconteceu então?

— David...

— Fique tranquila, siga o seu ritmo.

— David pegou o cadáver nos braços e ficou ali gemendo como um animal ferido. A menina tinha pele azulada e parecia uma boneca quebrada. Eu quis me levantar e abraçá-los, mas estava fraca demais. Ao amanhecer, quando já começava a clarear, David pegou a menina, me olhou pela última vez e me pediu perdão. Depois saiu da casa. Eu me arrastei até a janela, o vi descer para o cais pela escada que havia entre as pedras. O bote de madeira estava amarrado na ponta. Entrou nele levando o corpo da menina enrolado em uns panos e foi remando mar adentro, olhando para mim o tempo todo. Eu ergui a mão, esperando que me visse, que voltasse. Ele continuou remando até que parou a uma centena de metros da costa. Já se via o sol sobre o mar, que parecia um lago de fogo. Vi a silhueta de David se levantar e pegar algo no piso do bote. Bateu várias vezes na quilha da embarcação. Não demorou mais de dois minutos para afundar. David permaneceu ali, imóvel, olhando para mim com a menina nos braços até que o mar os engoliu para sempre.

— O que você fez?

— Eu tinha perdido muito sangue e estava fraca. Passei dois dias com febre, pensando que tudo aquilo tinha sido um pesadelo e que David ia entrar por aquela porta a qualquer momento. Depois disso, quando consegui me levantar e andar, comecei a ir à praia todos os dias. Esperando.

— Esperando?

— Que voltassem. Você deve achar que eu estava tão louca quanto David.

— Não. Não acho isso em absoluto.

— Os camponeses que vinham diariamente com a carroça me viram ali, foram me perguntar se eu estava bem e me deram comida. Disseram que eu não estava com bom aspecto e se ofereceram para me levar ao hospital de San Feliu. Devem ter sido eles que avisaram à Guarda Civil. Uma patrulha me encontrou dormindo na praia e me levou para o hospital. Eu estava com hipotermia, princípio de bronquite e uma hemorragia interna que se não tivesse ido ao hospital teria me matado em menos de doze horas. Eu não disse quem era, mas não foi difícil descobrir. Havia ordens de busca com a minha foto em todas as delegacias e quartéis. Fui para o hospital e passei duas semanas lá.

— Seus pais não foram visitá-la?

— Não eram meus pais.

— Estou falando dos Ubach.

— Não. Quando finalmente tive alta, dois policiais e uma ambulância foram me buscar e me levaram de volta para o palacete dos Ubach em Madri.

— O que os Ubach disseram quando voltou?

— A senhora, porque era assim que ela gostava de ser chamada, cuspiu na minha cara dizendo que eu era uma puta de merda e uma ingrata. Ubach me chamou ao seu escritório. Durante o tempo em que estive lá nem se dignou a levantar os olhos da escrivaninha. Só me explicou que iam me internar em um colégio próximo a El Escorial e que eu poderia voltar para casa durante alguns dias no Natal se me comportasse bem. No dia seguinte me levaram para lá.

— Quanto tempo passou no internato?

— Três semanas.

— Por que tão pouco tempo?

— A diretoria do colégio descobriu que eu tinha contado tudo o que aconteceu à minha colega de quarto, Ana María.

— O que você contou?

— Tudo.

— Inclusive o roubo de crianças?

— Tudo.

— E ela acreditou?

— Sim. Tinha passado por algo parecido. Quase todas as garotas do internato tinham uma história similar.

— O que aconteceu depois?

— Ela foi encontrada enforcada no sótão do internato alguns dias depois. Tinha dezesseis anos.

— Suicídio?

— O que você acha?

— E o que fizeram com você?

— Eles me levaram de volta para a casa dos Ubach.

— E...?

— Ubach me deu uma surra e me trancou no quarto. Disse que se eu voltasse a contar mentiras sobre ele me trancaria em um manicômio para o resto da vida.

— E o que você respondeu?

— Nada. Nessa mesma noite, enquanto eles dormiam, escapuli do meu quarto pela janela e tranquei por fora o quarto onde os Ubach estavam dormindo, no terceiro andar. Depois desci à cozinha e abri o registro do gás. No porão havia latas de querosene para o gerador. Percorri todo o primeiro andar borrifando o chão e as paredes com querosene. Depois ateei fogo às cortinas e fui para o jardim.

— Não fugiu?

— Não.
— Por quê?
— Porque queria vê-los queimando.
— Entendo.
— Não acho que entenda. Mas lhe contei toda a verdade. Agora me diga uma coisa.
— Claro.
— Onde está a minha irmã?

15

— Sua irmã agora se chama Mercedes e está em um lugar seguro.
— Como este?
— Não.
— Quero vê-la.
— Em breve. Primeiro me fale do seu marido, Ignacio Sanchís. Não dá para entender como Miguel Ángel Ubach, que tinha a seu serviço os escritórios de advocacia mais exclusivos do país, decidiu nomear como testamenteiro um jovem promissor, mas com pouca experiência. Você sabe por quê?
— Não é óbvio?
— Não.
— Ignacio era filho de Ubach. Ele o teve com uma corista do Paralelo, que visitava quando era jovem. Seu nome era Dolores Ribas. Como a esposa dele não queria ter filhos para não prejudicar a silhueta, Ubach o manteve em segredo. Pagou seus estudos e garantiu que tivesse oportunidades e que fosse trabalhar em um escritório de advocacia que depois contratou.
— Sanchís sabia? Ele sabia que Ubach era seu verdadeiro pai?
— Claro.
— Foi por isso que se casou com você?
— Sanchís se casou comigo para me proteger. Era meu único amigo. Um homem honesto e decente. O único que conheci.
— Então foi um casamento fictício?
— Foi o casamento mais real que vi na minha vida, mas se você está se referindo àquilo, não, nunca tocou em mim.
— Quando você começou a tramar sua vingança?
— Ignacio, tendo acesso a toda a documentação dos Ubach, chegou a suas conclusões em relação a Valls. A ideia foi dele. Rastreando a história do meu verdadeiro pai, Víctor Mataix, descobrimos alguns dos seus companheiros de

prisão, como David Martín, Sebastián Salgado e Morgado, que depois contratou como motorista e segurança. Mas nós já falamos disso... não falamos?

— Não tem importância. Foi sua também a ideia de usar o fantasma de David Martín para assustar Valls?

— Foi minha.

— Quem escrevia as cartas que mandavam para ele?

— Eu.

— O que aconteceu em novembro de 1956 no Círculo de Belas-Artes de Madri?

— As cartas não estavam surtindo o efeito que esperávamos. A ideia era ir instilando o medo em Valls para fazê-lo acreditar que havia uma conspiração orquestrada por David Martín para se vingar dele e revelar a verdade sobre o seu passado.

— Com que finalidade?

— Para fazê-lo dar um passo em falso e voltar a Barcelona para enfrentar Martín.

— Coisa que conseguiram.

— Sim, mas foi preciso fazer mais pressão.

— A tentativa de assassinato em 1956?

— Entre outras coisas.

— Quem a perpetrou?

— Morgado. A ideia não era matá-lo, só dar um susto e convencê-lo de que não estava seguro nem mesmo no seu próprio bunker, e que não estaria nunca, a menos que fosse pessoalmente a Barcelona e silenciasse David Martín de uma vez por todas.

— Mas nunca iria encontrá-lo, porque estava morto.

— Exatamente.

— Que outras coisas, como você disse, fizeram para pressioná-lo?

— Ignacio pagou a um empregado da casa para que deixasse no escritório de Valls um dos livros do meu pai, *Ariadna e o Príncipe Escarlate*, na noite do baile de máscaras em Vila Mercedes. O livro continha um bilhete e a lista com os números de expedientes falsificados que tínhamos descoberto até então. Foi a última coisa que recebeu. E não aguentou mais.

— Por que vocês não recorreram à polícia ou à imprensa?

— Não me faça rir.

— Gostaria de voltar à questão da lista.

— Eu já disse tudo o que sabia. Por que essa lista é tão importante para você?

— É para poder chegar ao fundo desta história. Para fazer justiça. Para achar o verdadeiro arquiteto de todo esse pesadelo que você e tantas outras pessoas viveram.

— O sócio de Valls?

— Sim. É por isso que tenho que insistir.

— O que quer saber?

— Por favor, faça um esforço e tente lembrar. A lista, você disse que só incluía números? Não os nomes das crianças?

— Não. Só os números.

— Lembra quantos? Aproximadamente.

— Deviam ser uns quarenta.

— Como vocês conseguiram esses números? O que os levou a pensar que havia mais casos de crianças roubadas de pais assassinados por ordem de Valls?

— Morgado. Quando Valentín começou a trabalhar para a família, contou que tinha ouvido falar de famílias inteiras desaparecidas. Muitas delas dos seus antigos colegas de prisão que tinham morrido no castelo. Suas esposas e filhos sumiram sem deixar rastro. Ignacio lhe pediu uma lista de nomes e contratou o advogado Brians para que, discretamente, descobrisse no registro o que havia acontecido com todas aquelas pessoas. O mais fácil foi encontrar as certidões de óbito. Quando viu que a maioria delas tinha sido emitida no mesmo dia, desconfiou e foi verificar as certidões de nascimento da mesma data.

— Que astuto, o advogado Brians. Nem todo mundo teria pensado em fazer isso...

— Quando descobrimos tudo aquilo começamos a pensar que, se Valls realmente tinha feito naqueles casos o que parecia ter feito, podia haver muitos mais. Em outras prisões. Em famílias que não conhecíamos por todo o país. Centenas. Talvez milhares.

— Contaram essas suspeitas a alguém?

— Não.

— E não chegaram a descobrir alguma coisa além desses casos?

— Ignacio tinha essa intenção. Mas foi preso.

— E o que aconteceu com a lista original?

— Ficou com esse homem, Hendaya.

— Existem cópias?

Vitória negou.

— Você ou seu marido não fizeram pelo menos uma? Por segurança?

— As que existiam estavam lá em casa. Hendaya as encontrou e destruiu lá mesmo. Tinha certeza de que era a melhor coisa a fazer. A única informação que queria era onde tínhamos escondido Valls.

— Tem certeza?

— Absoluta. Já disse várias vezes.

— Eu sei, eu sei. E mesmo assim, por algum motivo eu ainda não consigo acreditar totalmente. Você mentiu para mim, Ariadna? Diga a verdade.

— Eu lhe disse a verdade. O que não sei é se você também está me dizendo a verdade.

O olhar de Leandro, desprovido de expressão, pousou nela como se tivesse acabado de detectar a sua presença. Sorriu vagamente e se inclinou para a frente.

— Não sei do que está falando, Ariadna.

Ela sentiu que seus olhos estavam molhados de lágrimas. As palavras escorreram dos seus lábios antes que percebesse que as estava dizendo.

— Acho que sabe, sim. Você estava no carro, não estava? No dia em que foram buscar meu pai e também nos levaram, minha irmã e eu. Você era o sócio de Valls... A mão sombria.

Leandro a olhou com tristeza.

— Acho que você está me confundindo com outra pessoa, Ariadna.

— Por quê? — perguntou ela com um fio de voz.

Leandro se levantou e foi até ela.

— Você é muito corajosa, Ariadna. Obrigado pela sua ajuda. Não quero que se preocupe com nada. Foi um privilégio conhecê-la.

Ariadna ergueu os olhos e enfrentou o sorriso de Leandro, um bálsamo de paz e misericórdia. Quis se perder nele e nunca mais acordar. Leandro se inclinou e beijou sua testa.

Tinha lábios frios.

Nessa noite, enquanto a poção mágica do médico abria caminho em suas veias pela última vez, Ariadna sonhou com o Príncipe Escarlate das histórias que seu pai tinha escrito para ela e lembrou.

Tinham passado muitos anos e quase não conseguia mais recordar o rosto dos pais ou da irmã. Só nos sonhos. Sonhos que sempre a transportavam para o dia em que aqueles homens chegaram para levar seu pai e raptar a ela e a irmã, deixando sua mãe moribunda na casa de Vallvidrera.

Nessa noite sonhou que ouvia novamente o som do carro se aproximando por entre o arvoredo. Lembrou-se da voz do pai no jardim. Debruçou-se na janela do quarto e viu a limusine preta do Príncipe Escarlate parar em frente ao chafariz. A porta da limusine se abriu e a luz virou sombra.

Ariadna sentiu lábios de gelo encostarem em sua pele e uma voz silenciosa se filtrou como veneno sangrando através das paredes. Quis correr com a irmã para se esconder no fundo de um armário, mas o olhar do Príncipe Escarlate via tudo e sabia tudo. Encolhida na escuridão, ouviu os passos do arquiteto de todos os pesadelos se aproximando lentamente.

16

Um cheiro de colônia pungente e de tabaco claro o antecedia. Valls ouviu seus passos descendo a escada, mas não quis dar o braço a torcer. Nas batalhas perdidas, a última defesa era a indiferença.

— Sei que você está acordado — disse Hendaya. — Não me faça jogar um balde de água fria em você.

Valls abriu os olhos para a penumbra. A fumaça do cigarro emergia das sombras e desenhava figuras de gelatina no ar. O brilho da brasa acendia o olhar de Hendaya.

— O que você quer?

— Estava pensando que podíamos conversar.

— Não tenho nada a dizer.

— Você gosta de fumar? Dizem que encurta a vida.

Valls deu de ombros. Hendaya sorriu, acendeu um cigarro e ofereceu-o através das grades. Valls aceitou com os dedos trêmulos e deu uma tragada.

— Conversar sobre o quê?

— Sobre a lista — disse Hendaya.

— Não sei de que lista está falando.

— Aquela que você encontrou dentro de um livro no escritório da sua casa. A que estava com você na noite em que o capturaram. A que continha uns quarenta números de certidões de nascimento e de óbito. Você *sabe* que lista.

— Não está mais comigo. É isso que Leandro está querendo? Porque é para ele que você trabalha, não é?

Hendaya se ajeitou melhor nos degraus e olhou para ele com desinteresse.

— Fez alguma cópia?

Valls negou.

— Tem certeza? Pense bem.

— Talvez tenha feito uma.

— Onde está?

— Com o Vicente. Meu segurança. Antes de chegar a Barcelona paramos em um posto de gasolina. Pedi a Vicente que comprasse um caderno e fiz uma cópia dos números para que ele também os guardasse, caso acontecesse alguma coisa e tivéssemos que nos separar. Ele tinha uma pessoa de confiança na cidade e ia lhe pedir que localizasse esses expedientes e os destruísse depois que tivéssemos nos livrado de Martín e descoberto a quem mais ele havia passado a informação. Esse era o plano.

— E onde essa cópia está agora?

— Não sei. Vicente estava com ela. Não sei o que fizeram com o corpo.

— Existe alguma outra cópia além da que estava com Vicente?

— Não.

— Agora tem certeza?

— Tenho.

— Você sabe que se mentir, ou ocultar alguma coisa, vou deixá-lo aqui por tempo indefinido.

— Não estou mentindo.

Hendaya assentiu com a cabeça e mergulhou em um longo silêncio. Valls temeu que ele fosse embora e o deixasse de novo sozinho durante doze horas ou mais. Tinha chegado àquele ponto em que as breves visitas de Hendaya eram o seu único estímulo do dia.

— Por que ainda não me mataram?

Hendaya sorriu como se já estivesse esperando essa pergunta, para a qual tinha uma resposta perfeitamente ensaiada.

— Porque você não merece.

— Leandro me odeia tanto assim?

— O sr. Montalvo não odeia ninguém.

— O que tenho que fazer para merecer?

Hendaya o observava com curiosidade.

— Segundo a minha experiência, os que mais bravateiam seu desejo de morrer desabam, no último minuto, quando veem os dentes do lobo, e imploram feito uns menininhos.

— São as orelhas.

— Como?

— O ditado, *as orelhas do lobo*. Não os dentes.

— Sempre esqueço que temos como hóspede um ilustre homem de letras.

— É isso que eu sou? Um dos *hóspedes* de Leandro?

— Você não é mais nada. E quando o lobo vier atrás de você, e com certeza virá, vai ser com os dentes.

— Estou pronto.

— Não o condeno por isso. Não pense que não entendo a sua situação e tudo o que deve estar passando.

— Um carniceiro compassivo.

— Cuida o ladrão que todos são da sua condição. Como pode ver, eu também conheço provérbios. Vou lhe propor um trato. Entre nós dois. Se você se comportar bem e me ajudar, eu mesmo o matarei. Coisa limpa. Um tiro na nuca. Você nem vai sentir. O que acha?

— O que tenho que fazer?

— Venha cá. Quero lhe mostrar uma coisa.

Valls se aproximou das grades da cela. Hendaya estava procurando algo no bolso interno do paletó e por um segundo Valls torceu para que fosse um revólver e que ele estourasse sua cabeça naquele momento. O que tirou foi uma fotografia.

— Sei que alguém esteve aqui. Nem se incomode em negar. Quero que olhe bem esta fotografia e me diga se é a pessoa que você viu.

Hendaya lhe mostrou a imagem. Valls assentiu.

— Quem é?

— Ela se chamava Alicia Gris.

— Chamava? Está morta?

— Sim, mas ainda não sabe — respondeu ele, guardando a foto.

— Posso ficar com ela?

Hendaya levantou as sobrancelhas, surpreso.

— Não pensei que você fosse sentimental.

— Por favor.

— Sentindo falta de companhia feminina, hein?

Hendaya sorriu magnânimo e jogou a fotografia dentro da cela com desprezo.

— Toda sua. Na verdade ela é uma graça, à sua maneira. Assim você vai poder olhar todas as noites para ela e bater punheta com as duas mãos. Perdão, com uma só.

Valls o olhou sem expressão nenhuma.

— Continue se comportando bem e ganhando pontos. Vou reservar para você uma bala de ponta oca como presente de despedida e recompensa por todos os serviços prestados à pátria.

Valls esperou até Hendaya desaparecer escada acima para se ajoelhar e pegar a fotografia.

17

Ariadna soube que aquele era o dia em que ia morrer. Soube disso assim que acordou na suíte do hotel Palace e quando abriu os olhos descobriu que um dos esbirros de Leandro tinha deixado um embrulho com um laço em cima da escrivaninha enquanto ela dormia. Afastou os lençóis e foi cambaleando até a mesa. A caixa era grande, branca e tinha a palavra PERTEGAZ gravada em letras douradas. Embaixo da fita havia um envelope com seu nome escrito à mão. Abriu-o e achou um cartão que dizia assim:

Querida Ariadna:

Hoje é o dia em que você finalmente vai poder se encontrar com sua irmã. Pensei que gostaria de estar bonita e comemorar que a justiça finalmente será feita e nunca mais vai precisar ter medo de nada nem de ninguém. Espero que goste. Escolhi pessoalmente para você.

Afetuosamente,
Leandro

Ariadna acariciou o perfil da caixa antes de abri-la. Por um segundo imaginou uma cobra venenosa reptando em suas paredes, pronta para saltar no seu pescoço assim que levantasse a tampa. Sorriu. O conteúdo estava coberto com papel de seda. Tirou uma primeira camada e encontrou um conjunto completo de roupa de baixo de seda branca, incluindo as meias. Sob a roupa íntima havia um vestido de lã cor de marfim, sapatos e bolsa de couro combinando. E um lenço. Leandro a mandava para a morte vestida de virgem.

Foi tomar banho sozinha, sem a ajuda das enfermeiras. Depois, sem pressa, vestiu as roupas que Leandro havia escolhido para o seu último dia de vida e se olhou no espelho. Só faltava o ataúde branco e o crucifixo nas mãos. Sentou-se e esperou, perguntando a si mesma quantas virgens brancas teriam se purificado naquela cela de luxo antes dela, quantas caixas com o melhor da Pertegaz Leandro havia encomendado para se despedir das suas donzelas com um beijo na testa.

Não precisou aguardar muito. Não havia passado nem meia hora quando ouviu o som da chave penetrando a fechadura. O mecanismo cedeu com suavidade e o bom doutor, com seu rosto afável de médico da família, apareceu com aquele sorriso manso e compassivo que sempre o acompanhava, assim como com sua maleta cheia de maravilhas.

— Bom dia, Ariadna. Como está se sentindo esta manhã?

— Muito bem. Obrigada, doutor.

Ele se aproximou devagar e deixou a maleta em cima da mesa.

— Você está muito bonita e elegante. Ouvi dizer que hoje é um grande dia para você.

— Sim. Hoje vou me encontrar com minha família.

— Que bom. A família é a coisa mais importante desta vida. O sr. Leandro me pediu que lhe transmita suas sinceras desculpas por não poder vir se despedir pessoalmente. Um problema urgente o obrigou a se ausentar temporariamente. Vou contar a ele que você estava esplendorosa.

— Obrigada.

— Vamos de tônico para ter um pouco mais de vigor?

Ariadna estendeu o braço nu, submissa. O doutor sorriu, abriu a maleta preta e tirou um estojo de couro que abriu sobre a mesa. Ariadna reconheceu a dúzia de vidros numerados presos com elásticos e o estojo metálico da seringa. O doutor se inclinou sobre ela e pegou seu braço com delicadeza.

— Com licença.

Começou a tatear na pele, que estava cheia de marcas e hematomas que as incontáveis injeções tinham deixado. Enquanto explorava o outro lado do seu antebraço, o pulso, o espaço entre os dedos, e dava umas pancadinhas na pele com o dedo, ele sorria. Ariadna olhou nos seus olhos e levantou a saia do vestido mostrando as coxas. Nelas também havia marcas de agulha, só que mais espaçadas.

— Se quiser pode espetar aqui.

O doutor fingiu uma modéstia infinita e aceitou, pudico.

— Obrigado. Acho que vai ser melhor.

Ela o observou preparar a injeção. Tinha escolhido o frasco número nove. Nunca antes o vira escolher esse frasco. Com a seringa da injeção já preparada, o doutor achou um ponto na parte interna da sua coxa esquerda, bem onde acabava a meia de seda que estava estreando.

— Pode ser que doa um pouquinho no começo e que você sinta frio. Por alguns segundos apenas.

Ariadna viu o doutor concentrar a vista e levar a seringa em direção à sua pele. Quando a ponta da agulha estava a um centímetro da coxa, falou:

— Hoje o senhor não passou o algodão com álcool, doutor.

O homem, surpreso, ergueu a vista brevemente e sorriu confuso.

— O senhor tem filhas, doutor?

— Duas, benza Deus. O sr. Leandro é o padrinho delas.

Ocorreu em um segundo. Antes que o doutor acabasse de pronunciar essas palavras e pudesse voltar à sua tarefa, Ariadna agarrou sua mão com força e lhe cravou a seringa na garganta. Um olhar de perplexidade inundou os olhos do bom doutor. Seus braços desabaram e seu corpo começou a tremer com a seringa da injeção cravada no pescoço. A solução contida no êmbolo se tingiu de sangue. Ariadna ficou olhando para ele, apertou a seringa e esvaziou o conteúdo na jugular. O doutor abriu a boca sem emitir qualquer som e caiu de joelhos no chão. Ela foi se sentar de novo na cadeira e o assistiu morrer. Levou entre dois e três minutos.

Depois se debruçou sobre ele, retirou a seringa e limpou o sangue na lapela do seu paletó. Guardou-a de novo no estojo metálico, devolveu o vidro número nove ao seu lugar e dobrou o estojo de couro. Ajoelhou-se junto ao corpo, apalpou os bolsos e achou uma carteira da qual tirou uma dúzia de notas de cem pesetas. Vestiu o requintado casaco do conjunto e o chapéu que fazia jogo. Por fim apanhou as chaves que o doutor tinha deixado em cima da mesa, o estojo com os frascos e a seringa, e meteu tudo na bolsa branca. Amarrou o lenço na cabeça e, com a bolsa embaixo do braço, abriu a porta e saiu do quarto.

A sala da suíte estava vazia. Um vaso com rosas brancas descansava sobre a mesa onde havia partilhado tantos cafés da manhã com Leandro. Andou até a porta. Estava fechada. Foi testando as chaves do doutor uma por uma até encontrar a que abriu. O corredor, uma ampla galeria atapetada e cheia de quadros e estátuas, lembrava um grande cruzeiro de luxo. Estava deserto. Um rumor de música de fundo e o som de um aspirador dentro de uma suíte próxima flutuavam no ar. Ariadna caminhava devagar. Passou diante de uma porta aberta onde havia um carrinho da limpeza e viu lá dentro uma camareira retirando as toalhas. Chegando ao vestíbulo de elevadores se deparou com um casal já maduro vestido de gala que interrompeu a conversa quando reparou em sua presença.

— Bom dia — disse Ariadna.

O casal se limitou a assentir ligeiramente com a cabeça e cravou os olhos no chão. Aguardaram em silêncio. Quando as portas do elevador finalmente se abriram, o cavalheiro lhe cedeu a dianteira e recebeu um olhar metálico da sua acompanhante. Começaram a descer. A dama a examinava de esguelha, avaliando-a e analisando seu vestuário com um jeito rapineiro. Ariadna sorriu, gentil, e a dama lhe devolveu um sorriso frio e cortante.

— Você parece a Evita — disse.

O tom mordaz deixava claro que essa apreciação não era um elogio. Ariadna se limitou a baixar os olhos com modéstia. Quando as portas se abriram no vestíbulo do térreo, o casal não se moveu até ela sair do elevador.

— Provavelmente uma puta cara — ouviu o cavalheiro murmurar às suas costas.

O vestíbulo do hotel estava cheio de gente. Ariadna avistou uma butique de artigos de luxo a poucos metros e se refugiou lá. Ao vê-la entrar, uma vendedora solícita a olhou de cima a baixo e quando orçou o valor de tudo o que estava usando sorriu como se fosse uma velha amiga. Cinco minutos depois, Ariadna saía da loja com uns chamativos óculos escuros que cobriam metade do seu rosto e os lábios pintados do batom mais estridente que conseguiu encontrar. De virgem a cortesã de luxo mediante uns poucos complementos.

Assim desceu as escadas que levavam à saída enquanto vestia as luvas e sentia o olhar dos hóspedes, concierges e todo o pessoal do hotel radiografando cada centímetro do seu corpo. *Devagar*, pensou. Chegando à saída parou e o porteiro que lhe abriu a porta a olhou com uma mescla de cobiça e cumplicidade.

— Táxi, linda?

18

Uma vida inteira dedicada à medicina tinha ensinado ao dr. Soldevila que a doença mais difícil de curar era o hábito. Naquela tarde, como fazia todas as tardes desde que tivera a maldita ideia de fechar o consultório e se render à segunda praga mais mortífera conhecida pelo homem, a aposentadoria, o bom doutor pôs o nariz para fora na varanda do seu apartamento na rua Puertaferrisa e constatou que o dia, como quase tudo no mundo, já estava se esvaindo.

As ruas vestiam suas luzes e o céu apresentava o mesmo tom rosáceo daqueles benditos coquetéis do Boadas com os quais o doutor de vez em quando compensava o seu fígado por uma vida pregando o exemplo. Era o sinal. Soldevila se armou de casaco, cachecol e maleta e, ao abrigo do seu chapéu de senhor de Barcelona, saiu rumo ao seu encontro diário com aquele estranho espírito chamado Alicia Gris que as tramas de Fermín e dos Sempere tinham colocado em seu caminho. E pela qual ele tinha uma infinita curiosidade e um fraco que o fazia esquecer, nas suas longas noites de insônia, que havia uns trinta anos que não tocava em uma fêmea em bom estado de saúde.

Perambulava Ramblas abaixo alheio ao tráfego da cidade, ruminando a certeza de que, por sorte para ela e azar para ele, a srta. Gris tinha se recuperado dos ferimentos com uma celeridade que não atribuía à sua própria mestria medicinal, mas à malícia concentrada que corria pelas veias daquela criatura das sombras. Em breve, lamentava, teria que lhe dar alta.

Claro que podia tentar convencê-la a passar pelo seu consultório de vez em quando para aquilo que os profissionais chamavam de "visita de rotina", mas sabia que esse esforço seria tão fútil como pedir a um tigre de Bengala que alguém tivesse acabado de libertar da jaula que voltasse semanalmente aos domingos de manhã antes da missa para tomar seu pratinho de leite. Provavelmente o melhor para todos, menos para a própria Alicia, seria que a jovem desaparecesse de suas vidas o quanto antes. Bastava olhar nos seus olhos para o doutor fazer este diagnóstico e saber que era o mais acertado de todos os que já tinha feito em sua longa carreira.

Era tanta a melancolia que embargava o velho médico com a ideia de se despedir daquela que iria ser, com toda certeza, sua última paciente, que quando entrava no túnel de trevas da rua Arco do Teatro não se deu conta de que entre as sombras que se abatiam sobre ele havia uma que exalava um aroma peculiar de colônia pungente e tabaco claro importado.

Na última semana já havia aprendido a encontrar o portão daquele lugar cuja existência teve que jurar que não revelaria nem ao Espírito Santo, sob pena de Fermín aparecer na sua casa todos os dias para lanchar e contar piadas sujas.

"É melhor ir sozinho, doutor", foi o que lhe disseram. Motivos de segurança, alegavam os Sempere, que ele nunca imaginou que seriam capazes de se envolver em intrigas bizantinas daquele calibre. *A gente passa a vida mexendo nas vísceras das pessoas e depois vai perceber que mal as conhece. A vida, tal como a apendicite, é um mistério.*

E assim, perdido em seus pensamentos e na determinação de mergulhar de novo naquela casa misteriosa que todos chamavam de Cemitério dos Livros Esquecidos, o doutor Soldevila pôs os pés no degrau do velho palácio e segurou a aldrava em forma de diabinho disposto a bater no portão. Ia dar a primeira batida quando a sombra que o vinha seguindo desde que saíra de casa se materializou ao seu lado e pôs o cano de um revólver contra a sua têmpora.

— Boa noite, doutor — disse Hendaya.

Isaac olhava Alicia com um pingo de desconfiança. Pouco dado a perder tempo com bobagens, fazia alguns dias que se apercebera, não sem certo alarme, que nas últimas semanas tinha permitido crescer dentro de si algo muito parecido a afeto pela jovem. Culpava o passar dos anos, que amolecia tudo. A presença de Alicia durante aquelas semanas o forçara a sopesar de novo a solidão voluntária do seu retiro entre os livros. Vendo a jovem se recuperar e voltar para a vida, Isaac sentiu reavivando nele a memória de sua filha Nuria, que, longe de se desvanecer com o tempo, foi ficando mais aguda, até que a chegada de Alicia àquele lugar abrira de novo feridas que ele nem sabia que tinha dentro de si.

— Por que está me olhando assim, Isaac?

— Porque sou um velho bobo.

Alicia sorriu. Isaac tinha notado que quando sorria a jovem mostrava os dentes e destilava um ar malévolo.

— Um bobo que envelhece ou um velho que bobeia?

— Não zombe de mim, Alicia, por mais que eu mereça.

Ela o fitou com ternura e o velho zelador teve que desviar os olhos. Quando Alicia saía do seu véu escuro, nem que fosse por alguns instantes, lembrava tanto Nuria que sua garganta se contraía e ele ficava sem fôlego.

— O que é isso que está aí?

Isaac lhe mostrou um estojo de madeira.

— É para mim?

— Meu presente de despedida.

— Já quer se livrar de mim?

— Não.

— E por que acha que já vou embora?

— Estou errado?

Alicia não respondeu, mas aceitou o estojo.

— Abra.

No interior encontrou uma pena dourada junto com um cabo de mogno e um frasco de tinta azul que brilhava à luz do lampião.

— Era de Nuria?

Isaac fez que sim.

— Foi o presente que lhe dei quando ela fez dezoito anos.

Alicia examinou a pena, uma verdadeira peça de artesanato.

— Ninguém escreve com ela há anos — disse o zelador.

— Por que não escreve você?

— Eu não tenho o que escrever.

Alicia ia discutir essa afirmação quando duas batidas secas se espalharam com um eco pelo palácio. Após uma pausa de cinco segundos, ouviram-se mais duas batidas.

— O médico — disse Alicia. — Já aprendeu o código.

Isaac fez que sim e se levantou.

— Quem disse que não se podem ensinar truques novos a um cachorro velho?

O zelador pegou um dos lampiões a óleo e rumou para a galeria que levava à entrada.

— Vá experimentando — disse. — Ali tem papel em branco.

Isaac percorreu o longo corredor curvo que ia para a entrada com o lampião em punho. Só o usava quando ia receber alguém. Quando estava sozinho não precisava. Conhecia aquele lugar como a palma da sua mão e preferia caminhar por suas entranhas bafejado pela penumbra perpétua que flutuava lá dentro. Parou em frente à porta, deixou o lampião no solo e segurou com as duas mãos a manivela que ativava o mecanismo da tranca. Tinha notado que estava começando a lhe custar mais que o habitual e lhe provocava uma pressão no peito que antes não sentia. Talvez seus dias como zelador já estivessem contados.

A engrenagem da fechadura, que era tão velha quanto aquele lugar, se compunha de um sistema intrincado de molas, alavancas, polias e rodas dentadas que levava de dez a quinze segundos para destravar todos os seus pontos de ancoragem. Uma vez que o portão foi liberado, Isaac puxou a barra que acionava o sistema de contrapesos permitindo mover com um sopro a pesada estrutura de carvalho lavrado. Levantou o lampião para receber o médico e se afastou um pouco para lhe dar passagem. A silhueta do dr. Soldevila se recortou no umbral da porta.

— Pontual como sempre, doutor — começou Isaac.

Um segundo depois, o corpo do médico caiu de bruços para dentro e uma figura alta e angulosa bloqueou a entrada.

— Quem...?

Hendaya apontou o revólver entre os seus olhos e deslocou o corpo com um pontapé.

— Feche a porta.

Alicia molhou a pena no tinteiro e deslizou-a sobre o papel riscando uma linha azul brilhante. Escreveu seu nome e observou como a tinta ia secando pouco a pouco. O prazer da página em branco, que no princípio sempre tinha cheiro de mistério e de promessa, se desvaneceu em um passe de mágica. Quando se começava a botar as primeiras palavras, descobria-se logo que na escrita, como na vida, a distância entre as intenções e os resultados ia par a par com a inocência com que se perseguiam umas e se aceitavam os outros. Decidiu escrever uma frase que recordava de um dos seus livros favoritos, mas parou e desviou o olhar para a porta. Deixou a pena em cima do papel e escrutinou o silêncio.

Soube imediatamente que havia algo errado. A ausência do murmúrio que vinha da habitual conversa de veteranos entre Isaac e o dr. Soldevila, o eco incerto de passos irregulares e aquele silêncio envenenado que sentia no ar lhe arrepiaram os pelos da nuca. Olhou em volta e amaldiçoou a própria sorte. Sempre tinha pensado que ia morrer de outro jeito.

19

Em qualquer outra circunstância Hendaya liquidaria os dois velhos com um tiro assim que entrasse no prédio, mas não queria alertar Alicia. O dr. Soldevila estava praticamente inconsciente após receber o golpe na nuca que o derrubou. A experiência lhe dizia que não teria que se preocupar com ele pelo menos durante meia hora.

— Onde está? — perguntou ao zelador com um fio de voz.

— O quê?

Bateu em seu rosto com o revólver e ouviu um osso estalar. Isaac caiu de joelhos e depois desabou para um lado, gemendo. Hendaya se agachou, segurou-o pelo pescoço e puxou-o.

— Onde está? — repetiu.

O nariz do velho sangrava muito. Hendaya pôs o cano da arma sob o seu queixo e olhou fixamente nos seus olhos. Isaac lhe cuspiu na cara. *Um valente*, pensou Hendaya.

— Vamos, vovô, não me faça uma cena porque você já passou do tempo de bancar o herói. Onde está Alicia Gris?

— Não sei do que está falando.

Hendaya sorriu.

— Quer que eu quebre as suas pernas, vovô? Na sua idade uma fratura de fêmur não volta a soldar...

Isaac não abriu a boca. Hendaya o pegou pela nuca e arrastou para dentro. Atravessaram uma ampla galeria que fazia uma curva depois da qual se intuía um resplendor evanescente. As paredes ali eram cobertas de afrescos com cenas fantásticas. Hendaya se perguntou que tipo de lugar era aquele. Ao chegar ao final do corredor se deparou com uma gigantesca abóbada que se alçava rumo ao infinito. Essa imagem o fez baixar o revólver e deixar o velho cair no chão como um peso morto.

Aquilo lhe pareceu uma aparição, uma visão de sonho flutuando em uma nuvem de luz espectral. Um vasto labirinto redemoinhado sobre si mesmo crescia em uma conspiração de túneis, passarelas, arcos e pontes. A estrutura parecia brotar do próprio chão e escalar uma geometria impossível que quase chegava a arranhar a grande cúpula de cristal opaco que coroava a abóbada. Hendaya sorriu para si mesmo. Oculta nas trevas de um velho palácio de Barcelona existia uma cidade proibida de livros e palavras que ele, depois de despedaçar a deliciosa Alicia Gris, ia incendiar. Era o seu dia de sorte.

Isaac se arrastava no solo deixando um rastro de sangue. Queria soltar a voz, mas só conseguia articular um gemido e se mantinha consciente com muita dificuldade. Ouviu os passos de Hendaya se aproximando de novo e sentiu que metia o pé entre os seus ombros e o esmagava contra o chão.

— Quieto aí, vovô.

Hendaya o pegou pelo pulso e puxou até uma das colunas de sustentação da abóbada. Um trio de canos finos que descia pela pedra era fixado com ganchos de metal. Hendaya tirou do bolso umas algemas, prendeu uma argola em um dos canos e fechou a outra em volta do pulso de Isaac até sentir que lhe mordia a carne. O zelador soltou um grito surdo.

— Alicia não está mais aqui — ofegou. — Você está perdendo tempo...

Hendaya ignorou o velho e escrutinou a penumbra. Vislumbrava-se em um canto a moldura de uma porta que emanava a claridade de uma vela. O policial segurou a arma com as duas mãos e foi até lá deslizando contra a parede. A ansiedade no olhar do velho lhe confirmou que a pista era correta.

Entrou no aposento de arma em riste. No centro do lugar havia um catre com os lençóis jogados de lado e, junto à parede, uma cômoda coberta de medicamentos e outros utensílios. Hendaya examinou os cantos e áreas sombreadas antes de entrar no cômodo. O ar tinha cheiro de álcool, cera e de algo doce e farinhento que o fez salivar. Chegou a uma mesinha ao lado do catre onde havia uma vela.

Viu um tinteiro destampado e um maço de folhas de papel. Na primeira delas, em uma caligrafia inclinada e ágil, leu:

Alicia

Hendaya sorriu e voltou à porta do quarto. Dirigiu o olhar para o zelador, que continuava lutando com as algemas que o prendiam aos canos. Mais à frente, na entrada do labirinto de livros, percebeu uma leve flutuação de penumbras, como se uma gota de chuva tivesse caído na superfície de um lago deixando um rastro de ondulações sobre a água. Ao passar em frente a Isaac apanhou o lampião a óleo que estava no chão sem se incomodar em passar os olhos no zelador. Haveria tempo para acertar as contas com ele.

Chegando aos pés da grande estrutura, Hendaya parou para contemplar a basílica de livros que se erguia à sua frente e cuspiu para o lado. Em seguida, depois de verificar que o tambor da arma estava cheio e que havia uma bala na câmara, entrou no labirinto seguindo o cheiro e o som dos passos de Alicia.

20

O túnel descrevia uma leve curva ascendente que se internava no centro da estrutura e se estreitava à medida que Hendaya ia deixando a entrada para trás. As paredes eram revestidas do chão ao teto com lombadas de livros. A passagem terminava em um artesoado forjado com aquelas velhas capas de couro, nas quais ainda se podiam ler títulos em dezenas de idiomas. Logo depois chegou a um patamar octogonal em cujo centro havia uma mesa cheia de volumes abertos, suportes de livro e um abajur onde brilhava uma luz dourada muito tênue. Diversos corredores se abriam em direções opostas, alguns descendo e outros subindo pela estrutura. Hendaya parou e escutou o som que o labirinto fazia, uma espécie de murmúrio de madeiras velhas e papel que parecia estar em perpétuo, e quase imperceptível, movimento. Decidiu enveredar por um dos corredores declinantes, imaginando que Alicia devia estar procurando outra saída na esperança de que ele se perdesse lá dentro e isso lhe permitisse ganhar tempo e fugir. Era o que ele teria feito no lugar dela. Um segundo antes de entrar no corredor, no entanto, percebeu. Um livro sobressaía em uma das prateleiras, como se alguém o tivesse puxado até o ponto máximo antes da queda. Hendaya se aproximou e leu o título na capa:

ALICIA A TRAVÉS DEL ESPEJO
Lewis Carroll

— A menina está com vontade de brincar? — perguntou em voz alta.

Sua voz se perdeu no emaranhado de túneis e salas sem obter resposta. Hendaya empurrou o livro de encontro à parede e continuou andando pelo corredor, que ali iniciava uma subida mais pronunciada e começava a formar degraus aos seus pés a cada quatro ou cinco passos. À medida que adentrava o labirinto, ia experimentando a sensação de percorrer as entranhas de uma criatura legendária, um leviatã de palavras que era perfeitamente consciente da sua presença e de cada passo que dava. Levantou o lampião até onde a abóbada permitia e continuou andando em frente. Dez metros adiante, parou de repente ao se deparar com a figura de um anjo de olhar canino. Uma fração de segundo antes de atirar nele, viu que a figura era de cera e que tinha nas mãos, tão grandes quanto alicates, um livro de que nunca tinha ouvido falar:

O PARAÍSO PERDIDO
John Milton

O anjo guardava a entrada de outra sala oval, que tinha o dobro do tamanho da anterior. Esse aposento era rodeado de vitrines, estantes curvas e nichos dispostos em uma espécie de catacumba de livros. Hendaya suspirou.

— Alicia? — chamou. — Deixe de criancice e apareça. Só quero falar com você. De profissional para profissional.

Hendaya atravessou a sala e auscultou a entrada dos corredores que partiam dali. Mais uma vez, ao lado da curva onde a penumbra se apagava, um livro despontava na prateleira em um dos corredores. Hendaya trincou os dentes. Se a puta de Leandro queria brincar de gato e rato, ia ter a maior surpresa da sua vida.

— Você mesma — disse, enveredando por aquele corredor, que subia de forma muito pronunciada.

Não se preocupou em verificar que obra Alicia tinha escolhido dessa vez em seu rastro para o coração do labirinto. Durante quase vinte minutos Hendaya foi escalando aquela gigantesca tramoia. Na passagem viu salões e balaustradas suspensas entre arcos e passarelas de onde verificou que tinha subido muito mais do que havia calculado. A figura de Isaac, algemado aos canos lá embaixo, já aparecia diminuta. Quando erguia os olhos em direção à cúpula, a estrutura continuava crescendo e formando redemoinhos em um traçado cada vez mais intrincado. Cada vez que julgava ter perdido a pista, conseguia localizar a lombada de um livro despontando em uma prateleira à entrada de um novo túnel que levava a outra sala onde o caminho se bifurcava em múltiplos arabescos.

A natureza do labirinto ia mudando à medida que se aproximava do topo. A complexidade do traçado, cada vez mais caprichosa, aproveitava arcos e respiradouros de luz para permitir a entrada de feixes de claridade vaporosa. Um sortilégio de espelhos angulados administrava as trevas que flutuavam ali dentro. Cada sala que encontrava estava mais cheia de figuras que a outra, quadros e artefatos que quase não conseguia identificar. Algumas das figuras pareciam autômatos inacabados, outras, esculturas de papel ou de gesso penduradas no teto ou encaixadas nas paredes como se fossem criaturas escondidas em sarcófagos feitos de livros. Uma vaga sensação de vertigem e de inquietação foi se apoderando de Hendaya, que pouco depois sentiu que a arma escorregava entre seus dedos encharcados de suor.

— Alicia, se não sair daí vou tocar fogo neste monte de merda e ver você virar torresmo. É isso que quer?

Ouviu um barulho às suas costas e se virou. Um objeto que a princípio lhe pareceu uma bola ou uma esfera do tamanho de um punho rolava degraus abaixo em um dos túneis. Ele se ajoelhou para pegar. Era a cabeça de uma boneca com um sorriso inquietante e olhos de vidro. Um instante depois o ar se encheu de tinidos de uma melodia metálica que lembrava uma canção de ninar.

— Filha da puta — resmungou.

Correu escada acima com as têmporas latejando. O som da música o levou até uma sala circular em cujo extremo se abria uma balaustrada por onde penetrava um grande braço de luz. Via-se a placa de vidro da cúpula no outro lado, e Hendaya entendeu que havia chegado ao topo. A música vinha do fundo da sala. Em ambos os lados da entrada havia figuras brancas encaixadas entre os livros como corpos mumificados abandonados à própria sorte. O chão estava cheio de volumes abertos que Hendaya foi pisoteando até o lado oposto da sala. Lá havia um pequeno armário embutido na parede com aspecto de relicário. A música vinha de dentro. Hendaya abriu a portinhola devagar.

Uma caixa de música feita com espelhos tilintava na base do armário. Dentro dela a figura de um anjo girava lentamente de asas abertas, em um transe hipnótico. O som foi se extinguindo à medida que a corda do mecanismo se esgotava. O anjo ficou parado no meio do voo. Foi então que ele notou o reflexo em uma das lâminas espelhadas da caixa de música.

Uma das figuras que lhe pareceram cadáveres de gesso na entrada tinha se mexido. Hendaya sentiu os pelos da nuca se eriçarem. Virou-se com rapidez e atirou três vezes na figura que se desenhava no feixe de luz. As camadas de papel e gesso que formavam a efígie se partiram, deixando uma nuvem de poeira suspensa no ar. O policial baixou a arma alguns centímetros e aguçou a vista. Só então percebeu um movimento suave no ar ao seu lado. Virou-se e, ao puxar de novo o percussor da arma, reconheceu o brilho de um olhar escuro e penetrante emergindo das sombras.

A ponta da pena perfurou sua córnea e atravessou o cérebro até arranhar o osso no fundo do crânio. Hendaya desabou no mesmo instante como uma marionete cujos fios haviam acabado de ser cortados. O corpo ficou ali estendido sobre os livros, tremendo. Alicia se ajoelhou ao seu lado, tirou a arma que ele ainda estava segurando e empurrou-o com os pés até a balaustrada. Depois, com um pontapé, o empurrou pela borda e o viu cair no abismo, ainda vivo, e se espatifar no chão de pedra fazendo um som surdo e úmido.

21

Isaac a viu sair do labirinto. Estava mancando ligeiramente e empunhando uma arma com uma naturalidade que congelou o seu sangue. Observou-a chegar aonde o corpo de Hendaya tinha se espatifado no piso de mármore. Estava descalça, mas não hesitou em pisar na poça de sangue espalhada em volta do corpo. Debruçou-se sobre o cadáver e revistou seus bolsos. Tirou uma carteira, que examinou. Ficou com um maço de notas e jogou o resto no chão. Apalpou os bolsos do paletó e encontrou umas chaves, que guardou. Depois de observar friamente o cadáver por alguns instantes, Alicia segurou uma coisa que sobressaía no rosto de Hendaya e puxou com força. Isaac reconheceu a pena que lhe presenteara uma hora antes.

Alicia se aproximou dele devagar. Ajoelhou-se ao seu lado e o libertou das algemas. Isaac, sem perceber que estava com os olhos marejados e o corpo tremendo, procurou seu olhar. Alicia o fitava sem expressão alguma, como se quisesse deixar evidente a realidade para aquele pobre velho iludido que pretendia ver nela uma reencarnação da sua filha perdida. Alicia limpou a pena na barra da camisola e entregou-a a ele.

— Eu nunca poderia ser como ela, Isaac.

O zelador, mudo, enxugou as lágrimas. Alicia lhe deu a mão e o ajudou a se levantar. Então foi para o pequeno banheiro que ficava ao lado do quarto do zelador. Isaac ouviu a água correr.

Logo depois apareceu o dr. Soldevila, cambaleando. Isaac lhe fez um gesto com a mão e o médico se aproximou.

— O que houve? Quem era esse homem?

Isaac sinalizou com a cabeça o nó de membros incrustados no chão a uns vinte metros.

— Meu Deus do céu... — murmurou o médico. — E a senhorita...?

Alicia emergiu do banheiro enrolada em uma toalha. Os dois a viram entrar no quarto de Isaac. O médico dirigiu um olhar inquisitivo ao zelador. Este deu de ombros. Soldevila foi até a porta do quarto e enfiou a cabeça. Alicia estava vestindo umas roupas de Nuria Monfort.

— Você está bem? — perguntou o doutor.
— Perfeitamente — replicou Alicia sem tirar os olhos do espelho.

O dr. Soldevila adiou seu assombro, sentou-se em uma cadeira e a observou em silêncio enquanto ela explorava uma antiga nécessaire da filha de Isaac e escolhia cosméticos. Pintou-se com cuidado, delineando com precisão os lábios e os olhos e construindo mais uma vez um personagem que combinava muito mais com o cenário dos seus atos que aquele corpo desvalido do qual ele vinha cuidando nas últimas semanas. Quando cruzou o olhar com ela no espelho, Alicia lhe deu uma piscadela.

— Assim que eu sair daqui vocês têm que avisar Fermín. Digam-lhe que ele precisa fazer o corpo desaparecer. Que vá falar com o taxidermista da Plaza Real em meu nome. Ele tem os produtos químicos necessários.

Alicia se levantou, deu um giro, avaliando seu aspecto no espelho e, depois de guardar em uma sacola preta a arma e o dinheiro tirados do cadáver de Hendaya, dirigiu-se para a porta.

— Quem é você? — perguntou o dr. Soldevila quando ela passou.
— O demônio — respondeu Alicia.

22

Assim que Fermín viu o bom doutor entrar pela porta da livraria soube que tinha começado a temporada dos horrores. Soldevila tinha sinais inequívocos de ter levado uma pancada no meio da cara administrada muito profissionalmente. Daniel e Bea, que estavam atrás do balcão tentando fechar as contas do mês, ficaram boquiabertos e correram para ajudá-lo.

— O que houve, doutor?

O dr. Soldevila bufou com um som de balão metralhado e baixou a cabeça, abatido.

— Daniel, vá buscar a garrafa de conhaque ordinário que o senhor seu pai esconde atrás dos livros de Formação do Espírito Nacional — ordenou Fermín.

Bea levou o doutor até uma cadeira e o ajudou a sentar-se.

— O senhor está bem? Quem lhe fez isso?
— Estou e não sei muito bem — respondeu. — Nesta ordem.
— E Alicia? — perguntou Bea.

— Eu não me preocuparia com ela, realmente...

Fermín suspirou.

— Saiu voando? — quis saber.

— No meio de uma nuvem de enxofre — replicou o doutor.

Daniel lhe deu um copo de conhaque ao qual o médico não se opôs. Bebeu tudo em um gole só e deixou que o líquido operasse sua alquimia.

— Mais um, por favor.

— E Isaac? — perguntou Fermín.

— Ficou lá meditando.

Fermín se agachou ao lado do médico e procurou seu olhar.

— Vamos ver, eminência, desembuche, se possível sem editorializar.

Ao terminar seu relato, o médico pediu outra taça como sobremesa. Bea, Daniel e Fermín, circunspetos, se juntaram a ele. Após um silêncio prudente, Daniel abriu os debates.

— Aonde será que ela foi?

— Imagino que foi resolver a encrenca — replicou Fermín.

— Falem vosmecês em língua de gente, porque na minha faculdade os mistérios da família Sempere não entravam na ementa — observou o médico.

— Acredite que lhe faço um favor sugerindo que o senhor volte para casa, ponha na cabeça um filé de vitela à guisa de boina e deixe que nós desatemos este nó — aconselhou Fermín.

O doutor concordou.

— Devo esperar mais pistoleiros? — quis saber. — Pergunto para estar preparado.

— Por enquanto acho que não — respondeu Fermín. — Mas quem sabe não seria má ideia sair da cidade e passar umas semaninhas em um balneário de Mongat, na companhia de alguma viúva efusiva, cuidando da eliminação de uma pedra no rim ou qualquer outro corpúsculo que possa ter ficado travado nas vias urinárias.

— Desta vez não posso discordar — concordou o doutor.

— Daniel, por que não faz o favor de acompanhar o doutor à casa dele e garantir que chegue inteiro? — sugeriu Fermín.

— Por que eu? — protestou Daniel. — Querem se livrar de mim outra vez?

— Se preferir eu mando seu filho, Julián, mas para esta missão acho mais indicado alguém que já tenha feito a primeira comunhão.

Daniel assentiu a contragosto. Fermín sentiu o olhar de Bea cravado no seu cangote, mas preferiu ignorá-lo por enquanto. Antes de se despedir do doutor, lhe serviu uma última taça de conhaque e, vendo que só havia um dedo de bebida na garrafa, entornou o resto pelo gargalo. Livres do médico e de Daniel, Fermín caiu sentado na cadeira e pôs as mãos no rosto.

— E essa história que o médico falou do taxidermista e de se livrar de um corpo? — perguntou Bea.

— Uma tarefa escabrosa que infelizmente teremos que solucionar — disse Fermín. — Uma das duas piores coisas de Alicia é que não costuma estar enganada.

— Qual é a outra?

— Que não perdoa. Será que ela não lhe disse nos últimos dias algo que ajude a adivinhar o que estava passando pela sua cabeça? Pense bem.

Bea hesitou, mas acabou negando. Fermín assentiu lentamente com a cabeça e se levantou. Pegou seu casaco no cabideiro e se preparou para a travessia de uma tarde de inverno que não augurava bons ventos.

— É melhor então ir falar com esse taxidermista. Vou ver o que invento no caminho...

— Fermín? — chamou Bea antes que ele chegasse à porta.

Ele parou, mas não quis se virar.

— Há alguma coisa que Alicia não nos contou, não é mesmo?

— Desconfio que haja muitas coisas, dona Bea. E acho que ela fez isso para nosso bem.

— Mas é uma coisa que tem a ver com Daniel. Algo que pode lhe causar muitos problemas.

Fermín então se virou e sorriu com tristeza.

— Mas nós dois estamos aqui para isso, certo? Para evitar que aconteça algo assim.

Bea o olhou fixamente.

— Tenha muito cuidado, Fermín.

A mulher o viu sumir no azul de um crepúsculo que prometia água-neve. Ficou observando o desfile das pessoas escondidas entre cachecóis e casacões na rua Santa Ana. Teve a impressão de que o inverno, o de verdade, tinha acabado de despencar sobre eles sem aviso. E que desta vez ia deixar suas marcas.

23

Fernandito estava no seu quarto, deitado na cama com os olhos perdidos na abertura da claraboia. O quarto, ou cubículo, segundo todos, dividia a parede com a área de serviço e sempre lhe evocava as cenas de submarinos que via nas matinês do cinema Capitol, só que mais lúgubre e menos acolhedor. Ainda assim, naquela tarde, por obra e graça de uma manobra hormonal que ele considerava espiritual e mística, Fernandito estava na glória. O Amor, com letra maiúscula e saia apertada, tinha batido em sua porta. Tecnicamente não tinha batido na porta, e sim desfilado à sua frente, mas ele achava que o destino, tal como a dor de dente, não nos deixava ir embora sem enfrentar o touro a unha. E ainda mais em se tratando de amores.

A epifania que conseguiu exorcizar finalmente o fantasma da pérfida Alicia e os seus encantos espectrais que enfeitiçaram sua primeira adolescência tinha acontecido poucos dias antes. Um amor, ainda que fracassado, levava a outro. Era o que diziam os boleros, que, embora mais melosos que uma rosca de creme, quase sempre tinham razão nas ciências do bem-querer. Seu amor fátuo e iludido pela srta. Alicia o levara, naquela estação de sobressaltos e perigos, a conhecer a família Sempere e obter um emprego oferecido pelo bom livreiro. E dali ao paraíso só faltava a oportunidade.

Aconteceu certa manhã, ao chegar para cumprir suas funções de entregador dos pedidos na livraria. Uma criatura de encantos perturbadores e sotaque escorregadio zanzava pelo estabelecimento. Atendia, segundo o teor da conversa dos Sempere, pelo nome de Sofía, e após diversas pesquisas Fernandito ficou sabendo que a dita-cuja era sobrinha do livreiro Sempere e prima de Daniel. Aparentemente a mãe de Daniel, Isabella, era de origem italiana, e Sofía, natural da cidade de Nápoles, estava passando uma temporada com os Sempere enquanto estudava na Universidade de Barcelona e aperfeiçoava seu espanhol. Tudo isto, naturalmente, eram tecnicismos.

Cerca de oitenta e cinco por cento da massa cerebral de Fernandito, para não falar de outras vísceras menores, estava consagrada à contemplação e à adoração de Sofía. A jovem devia ter uns dezenove anos, mais ou menos. A natureza, em sua infinita crueldade com os rapazes apoucados em idade de merecer, quis dotá-la de um conjunto de turgências, trajetórias oblíquas e andar bamboleante cuja mera contemplação deixava Fernandito em um estado muito próximo à parada respiratória. Os olhos, o perfil dos seus lábios, aqueles dentes brancos e a língua rosada que se entrevia em seu sorriso perturbavam o pobre garoto, que podia passar horas a imaginar seus dedos acariciando aquela boca renascentista e descendo pelo pescoço pálido rumo ao vale do paraíso que era enfatizado por aqueles suéteres de lã apertados que a jovem usava, deixando evidente que os italianos sempre foram mestres em arquitetura.

Fernandito fechou os olhos e esqueceu o som do rádio na sala de jantar da sua casa e os gritos da vizinhança para evocar a imagem de uma Sofía languidamente deitada em um leito de rosas, ou qualquer outro vegetal com pétalas adequadas, se oferecendo em sua mais tenra primavera para que ele, com mão firme e experiente em todo tipo de fechos, zíperes e outros mistérios do eterno feminino, a desfolhasse a beijos, quando não a mordidas, e acabasse pousando o rosto naquele incomparável remanso de perfeição que o céu houve por bem localizar entre o umbigo e a entreperna de toda mulher. Ali ficou Fernandito em seus sonhos, convencido de que se Deus Nosso Senhor o fulminasse naquele mesmo instante com um raio destrutivo por causa da sua mente suja ainda assim teria valido a pena.

Não existindo raio purificador, tocou o telefone. Passos de escavadeira se aproximaram pelo corredor e a porta do camarote se abriu de repente revelando a corpulenta silhueta do seu pai, que, de camiseta, cueca e sanduíche de chouriço na mão, anunciou:

— Levante-se, inútil, que é para você.

Arrancado das garras do paraíso, Fernandito se arrastou até o final do corredor. Lá havia uma breve prateleirinha onde o telefone jazia debaixo de um Cristo de plástico que sua mãe tinha comprado em Montserrat cujos olhos se acendiam quando se apertava o interruptor, dando-lhe um brilho sobrenatural que havia custado anos de pesadelos a Fernandito. Assim que pegou o aparelho, seu irmão Fulgencio apareceu para tagarelar e fazer caretas, seu grande talento.

— Fernandito? — perguntou uma voz na linha.

— Sou eu.

— É Alicia.

Seu coração deu um pulo.

— Você pode falar? — perguntou ela.

Fernandito jogou uma alpargata na cara de Fulgencio, que foi se refugiar no quarto.

— Sim. Tudo bem? Onde você está?

— Preste atenção, Fernandito. Vou ter que ficar fora durante uma temporada.

— Isso não me soa bem.

— Preciso que me faça um favor. É muito importante.

— É só dizer.

— Você ainda está com os papéis daquela caixa que eu lhe pedi que tirasse da minha casa?

— Sim. Estão em um lugar seguro.

— Quero que ache um caderno escrito à mão que tem o nome *Isabella* na capa.

— Já sei qual é. Eu não abri, hein? Não vá pensar que abri.

— Sei que não. O que eu quero lhe pedir é que entregue esse caderno a Daniel Sempere. Só a ele. Entendeu?

— Entendi...

— Explique que eu lhe disse que só o entregasse a ele. Que pertence a ele e a mais ninguém.

— Sim, srta. Alicia. Onde você está?

— Não importa.
— Está em perigo?
— Não se preocupe comigo, Fernandito.
— Claro que me preocupo...
— Obrigada por tudo.
— Isso está me cheirando a despedida.
— Nós dois sabemos que só gente piegas se despede.
— E você nunca poderia ser piegas. Mesmo que tentasse.
— Você é um bom amigo, Fernandito. E um bom homem. Sofía é uma mulher de sorte.

Fernandito ficou com as bochechas em brasa.

— Como você sabe...?
— Estou contente porque afinal você encontrou uma pessoa que merece.
— Ninguém nunca será como você, srta. Alicia.
— Vai fazer o que pedi?
— Não se preocupe.
— Gosto de você, Fernandito. Fique com as chaves do apartamento. É a sua casa. Seja feliz. E me esqueça.

Antes que ele pudesse dizer uma palavra, Alicia já tinha desligado. Fernandito engoliu em seco e, enxugando as lágrimas, desligou também o aparelho.

24

Alicia saiu da cabine telefônica. O táxi a esperava a poucos metros. O motorista tinha aberto a janela e estava saboreando um cigarro, pensativo. Quando a viu chegar se dispôs a jogar a guimba longe.

— Vamos?
— Só um instantinho. Pode acabar o cigarro.
— Vão fechar as portas daqui a dez minutos... — disse o motorista.
— Em dez minutos estamos lá fora — respondeu Alicia.

Depois se encaminhou colina acima e contemplou o grande bosque de mausoléus, cruzes, anjos e gárgulas que cobria a encosta do morro. O crepúsculo tinha arrastado um sudário de nuvens vermelhas para cobrir o cemitério de Montjuic. Uma cortina de água-neve balançava na brisa e em sua passagem criava um véu de gotas de cristal. Alicia entrou por uma trilha e subiu uma escada de pedra que dava em uma balaustrada povoada por túmulos e esculturas de figuras espectrais. Lá, recortando-se contra a lâmina de luz do Mediterrâneo, erguia-se uma lápide levemente inclinada para um lado.

ISABELLA SEMPERE
1917-1939

Alicia se ajoelhou em frente ao túmulo e pôs a mão na lápide. Rememorou o rosto que vira em fotos na casa do sr. Sempere e o retrato que o advogado Brians tinha conservado da sua antiga cliente e, muito provavelmente, seu amor inconfessável. Lembrou as palavras que tinha lido no caderno e percebeu que, embora não a tivesse conhecido, nunca tinha se sentido tão próxima de alguém como daquela mulher cujos restos jaziam aos seus pés.

— Talvez a melhor opção fosse que Daniel nunca soubesse a verdade, que não conseguisse encontrar Valls nem a vingança pela qual anseia. Mas eu não posso decidir por ele — disse. — Desculpe.

Então Alicia abriu o casaco emprestado pelo velho zelador e tirou do bolso a figura esculpida que ele lhe dera. Examinou o pequeno anjo de asas abertas que Isaac tinha comprado para sua filha em uma feira de Natal, muitos anos atrás, em cujo interior ela escondia mensagens e segredos para seu pai. Destampou a cavidade e olhou o bilhete que tinha escrito a caminho do cemitério em um pedaço de papel.

Mauricio Valls
El Pinar
Rua Manuel Arnús
Barcelona

Enrolou o bilhete e o introduziu no vão. Fechou a tampa e deixou a figura do anjo ao pé da lápide, entre os vasos de flores secas.

— Que o destino decida — murmurou.

Quando voltou ao táxi, o motorista a estava esperando encostado no carro. Abriu-lhe a porta e voltou para o volante. Observou-a pelo retrovisor. Alicia parecia perdida em si mesma. Viu-a abrir a bolsa e tirar de dentro um vidro com pílulas brancas. Pôs na boca um punhado delas e mastigou. O motorista lhe deu um cantil que tinha no banco do passageiro. Alicia bebeu. Finalmente levantou os olhos.

— Pode dizer — disse o taxista.

Ela lhe mostrou um maço de notas.

— Aí tem pelo menos umas quatrocentas pesetas — aventurou ele.

— Seiscentas — precisou Alicia. — São suas se chegarmos a Madri antes de amanhecer.

25

Fernandito parou do outro lado da rua e observou Daniel pela vitrine da livraria. Tinha começado a nevar quando saiu de casa e as ruas já estavam quase desertas. Olhou para Daniel durante alguns minutos, esperando para ter certeza de que estava sozinho na livraria. Quando foi até a porta para pendurar o cartaz de fechado, Fernandito emergiu da sombra e se postou à sua frente com um sorriso congelado no rosto. Daniel olhou-o surpreso e abriu a porta.

— Fernandito? Se está procurando Sofía, esta noite ela vai ficar na casa de uma amiga em Sarriá porque tinham que terminar um trabalho...

— Não. Vim procurar você.

— Eu?

O garoto fez que sim.

— Pode entrar.

— Está sozinho?

Daniel olhou para ele com estranheza. Fernandito entrou na livraria e esperou o outro fechar a porta.

— Pode falar.

— Eu lhe trouxe uma coisa mandada pela srta. Alicia.

— Você sabe onde ela está?

— Não.

— O que é?

Fernandito hesitou um instante e depois tirou de dentro do casaco algo que parecia um caderno escolar. Deu-o a ele. Daniel aceitou, sorrindo com a aparente ingenuidade de toda aquela aura de mistério. Quando leu a palavra escrita na capa do caderno, seu sorriso se desvaneceu.

— Bem... — disse Fernandito. — Já vou. Boa noite, dom Daniel.

Daniel fez que sim sem levantar os olhos do caderno. Depois que Fernandito deixou a livraria, apagou as luzes e foi se refugiar nos fundos. Sentou-se à velha escrivaninha que tinha sido de seu avô, acendeu o abajur e fechou os olhos por alguns segundos. Sentiu que seu coração estava acelerado e suas mãos tremiam.

As badaladas da catedral repicavam ao longe quando abriu o caderno e começou a ler.

O CADERNO DE ISABELLA

1939

Meu nome é Isabella Gispert e nasci em Barcelona no ano de 1917. Tenho vinte e dois anos e sei que nunca vou completar vinte e três. Escrevo estas linhas com a certeza de que me restam poucos dias de vida e que em breve abandonarei aqueles a quem mais devo neste mundo: meu filho Daniel e meu marido Juan Sempere, o homem mais bondoso que conheci, que me entregou uma confiança, um amor e uma devoção que vou morrer sem ter merecido. Escrevo para mim mesma, contando-me segredos que não me pertencem e sabendo que ninguém jamais vai ler estas páginas. Escrevo para rememorar e para me aferrar à vida. Minha única ambição é poder recordar e entender quem fui e por que fiz o que fiz enquanto ainda tenho capacidade de fazê-lo e antes que a consciência, que já sinto enfraquecida, me abandone. Escrevo ainda que me doa, porque são a perda e a dor que ainda me mantêm viva e me dão medo de morrer. Escrevo para contar a estas páginas o que não posso contar àqueles que mais amo para não os magoar e pôr sua vida em perigo. Escrevo porque enquanto for capaz de lembrar estarei mais um minuto com eles...

1

A imagem do meu corpo se desmanchando no espelho deste quarto torna difícil acreditar, mas uma vez, muito tempo atrás, eu fui criança. Minha família tinha um armazém ao lado da igreja da Santa María del Mar. Vivíamos em uma casa atrás da loja. Tínhamos um pátio de onde se via a crista da basílica. Quando eu era criança, gostava de imaginar que aquilo era um castelo encantado que toda noite ia passear por Barcelona e voltava ao amanhecer para dormir sob o sol. A família do meu pai, os Gispert, vinha de uma longa dinastia de comerciantes barceloneses, e a da minha mãe, os Ferratini, de uma linhagem de marinheiros e pescadores napolitanos. Eu herdei a personalidade da minha avó materna, uma mulher de temperamento um tanto vulcânico que apelidaram de Vesubia. Éramos três irmãs, mas meu pai sempre dizia que tinha duas filhas e uma mula. Eu amei muito meu pai, mas o fiz infeliz. Era um homem bom que lidava melhor com os produtos do armazém que com meninas. O padre confessor da família costumava dizer que cada um de nós veio ao mundo com um propósito e que o meu era ser do contra. Minhas duas irmãs mais velhas eram mais dóceis. Tinham certeza de que seu objetivo era conseguir um bom casamento e progredir no mundo segundo os ditames da etiqueta social. Eu, para infelicidade dos meus pobres pais, me declarei rebelde aos oito anos e anunciei que nunca ia me casar, que não usaria um avental nem diante de um pelotão de fuzilamento e que queria ser escritora ou tripulante de submarino (Júlio Verne me deixou confusa a esse respeito por um tempo). Meu pai jogava a culpa nas irmãs Brontë, que eu sempre invocava com veneração. Ele pensava que se tratava de um bando de freiras libertárias entrincheiradas junto ao portal da Santa Madrona que haviam perdido o juízo durante os distúrbios da Semana Trágica e agora fumavam opiáceos e dançavam agarradinhas depois da meia-noite. "Isso não teria acontecido se a tivéssemos levado às teresianas", lamentava. Confesso que eu nunca soube ser a filha que meus pais desejavam nem a mocinha que o mundo em que nasci esperava. Ou melhor, deveria dizer que não quis. Sempre contrariei todo mundo, os meus pais, os professores e, quando todos já estavam cansados de batalhar comigo, a mim mesma.

Não gostava de brincar com as outras meninas: minha especialidade era decapitar bonecas com uma atiradeira. Preferia brincar com os meninos, que sempre se deixavam mandar com facilidade, mas acabavam descobrindo que eu sempre ganhava e tive que começar a me virar sozinha. Acho que foi então que me acostumei com a sensação de estar o tempo todo afastada e distante dos outros. Nisso eu me parecia com a minha mãe, que costumava dizer que no fundo todo mundo está sempre sozinho, sobretudo quem nasce mulher. Minha mãe era uma pessoa melancólica com quem nunca me dei bem, talvez porque era a única da família que me entendia um pouco. Morreu quando eu era bem nova. Meu pai voltou a se casar com uma viúva de Valladolid que nunca gostou de mim e, que, quando estávamos a sós, me chamava de "putinha".

Só percebi a falta que sentia da minha mãe quando ela morreu. Talvez por isso tenha começado a frequentar a biblioteca da universidade, para a qual minha mãe tinha me conseguido uma carteira antes de morrer, sem dizer ao meu pai, que opinava que eu só devia estudar catecismo e ler sobre a vida dos santos. Minha mãe adotiva detestava livros. Ficava ofendida com sua presença e os escondia no fundo dos armários para não estragarem a decoração da casa.

Foi na biblioteca que minha vida mudou. Não toquei no catecismo nem por descuido e a única vida santa que li com fruição foi a de Santa Teresa, intrigadíssima com aqueles êxtases misteriosos que eu associava a práticas inconfessáveis que não me atrevo a contar nem mesmo a estas páginas. Na biblioteca li tudo o que me deixaram ler, e principalmente o que alguns me diziam que não devia ler. Dona Lorena, uma bibliotecária sábia que ficava por lá à tarde, sempre me separava uma pilha de livros que denominava "as leituras que toda senhorita deve fazer e que ninguém quer que faça". Dona Lorena dizia que o nível de barbárie de uma sociedade se media pela distância que tentava estabelecer entre as mulheres e os livros. "Nada assusta mais um bárbaro que uma mulher que sabe ler, escrever, pensar e ainda por cima mostra os joelhos." Durante a guerra ela foi mandada para a prisão feminina e disseram que se enforcou na cela.

Desde o começo eu sabia que queria viver entre livros, e comecei a sonhar que algum dia minhas próprias histórias poderiam acabar em um daqueles volumes que eu tanto venerava. Eles me ensinaram a pensar, a sentir e a viver mil vidas. Não tenho vergonha de reconhecer que, como previu dona Lorena, chegou um dia em que também comecei a gostar de garotos. Muito. Nestas páginas posso contar e rir do tremelique que me dava nas pernas quando via passar alguns dos rapazes que trabalhavam descarregando caixas no Borne e me olhavam com um sorriso faminto, os torsos cobertos de suor e uma pele bronzeada que eu imaginava que devia ter gosto de sal. "Te daria tudo, belezinha", disse-me um deles uma vez, antes que meu pai me trancasse em casa durante uma semana, semana que dediquei a fantasiar com o que aquele valente queria me dar e a me sentir um pouco como Santa Teresa.

Para falar a verdade, os meninos da minha idade não me interessavam muito, e ainda por cima tinham um pouco de medo de mim porque eu já os vencera em tudo menos nos seus concursos para ver quem chegava mais longe urinando ao vento. Eu, como quase todas as meninas da minha idade, admitissem ou não, gostava de garotos mais velhos, principalmente aqueles que se encaixavam na categoria definida por todas as mães do mundo como "os que não prestam". Eu não sabia me arrumar nem me aproveitar da situação, pelo menos no começo, mas aprendi logo a reconhecer quando os impressionava. A maioria dos meninos era exatamente o contrário dos livros: eram simples e podiam ser lidos na hora. Acho que nunca fui o que se chama de uma boa menina. Não vou mentir para mim mesma. Quem quer ser boa menina por própria vontade? Eu não. Eu encostava em um portão os garotos que me interessavam e exigia que me beijassem. Como muitos morriam de medo ou não sabiam por onde começar, eu mesma os beijava. Minhas aventuras chegaram aos ouvidos do padre do bairro, que considerou necessário realizar imediatamente um exorcismo diante dos meus claros sinais de possessão. Minha mãe adotiva teve uma crise nervosa, fruto da vergonha que a fiz passar, que durou um mês. Depois desse episódio declarou que no mínimo eu iria parar em um cabaré ou direto "na sarjeta", sua expressão favorita. "E depois ninguém vai querer saber de você, sua putinha." Meu pai, que não sabia mais o que fazer comigo, tentou me mandar para um internato religioso muito severo, mas minha reputação chegou antes de mim e quando eles souberam de quem se tratava não quiseram me aceitar receando que eu fosse contaminar as outras internas. Escrevo estas coisas sem me ruborizar porque acho que, se cometi algum pecado na adolescência, foi simplesmente ser inocente demais. Parti um ou outro coração, mas nunca com malícia, e nessa época ainda acreditava que ninguém jamais partiria o meu.

Minha madrasta, que tinha se declarado muito devota de Nossa Senhora de Lourdes, não perdia as esperanças e ficava o tempo todo rezando para que algum dia eu criasse juízo, ou para que um bonde me atropelasse e me tirasse de cena de uma vez por todas. Minha salvação, por sugestão do padre, era canalizar meus baixos instintos pela via católica e apostólica. Arquitetaram um plano urgente para me noivar por bem ou por mal com o filho de uns confeiteiros da parte baixa da rua Flassaders, Vicentet, que aos olhos dos meus pais era um bom partido. Vicentet tinha uma alma mais mole que geleia e era macio e fofo como as madalenas que a mãe dele fazia. Eu o meteria no bolso em meia manhã e o coitado sabia disso, mas nossas respectivas famílias achavam que aquela união seria um jeito de matar dois coelhos com uma cajadada. Casar o nen e encarrilhar a safadinha da Isabella.

Vicentet, bendito seja entre todos os confeiteiros, me adorava. Ele me considerava a coisa mais bela e pura do universo, coitadinho, e ao passar me olhava com cara de cordeiro degolado, sonhando com o nosso banquete nupcial em Las Siete Puertas e uma viagem de lua de mel a bordo de Las Golondrinas até o final do espigão do porto. Eu, naturalmente, o tornei tão infeliz quanto pude. Para desgraça de todos os Vicentets do mundo, que não são poucos, o coração de uma garota é como uma barraca de fogos debaixo do sol do verão. Pobre Vicentet, como sofreu por minha culpa. Ouvi dizer que finalmente se casou com uma prima de segundo grau do Ripoll que estava destinada a ser noviça e se casaria até com a estátua do soldado desconhecido para se salvar do convento. Juntos, os dois continuam trazendo ao mundo crianças e madalenas. Ele se livrou de uma boa.

Eu, como era previsível, continuei na mesma e acabei fazendo o que meu pai sempre tinha receado mais que a possibilidade de vovó Vesubia vir morar conosco. Seu pior pesadelo era que, como os livros tinham envenenado o meu cérebro febril, eu me apaixonasse pelo pior tipo de criatura que existe no universo, o ser mais pérfido, cruel e malévolo que pisou na terra, cujo principal propósito na vida, além de satisfazer sua infinita vaidade, é tornar infelizes os pobres seres que cometem o erro crasso de amá-lo: um escritor. E ainda por cima, não um poeta, variedade que meu pai pensava que era mais ou menos o que ele chamava de um inofensivo *somiatruites*, sonhador, a quem se podia convencer a arranjar um emprego honesto em uma quitanda e deixar os versos para as tardes de domingo depois da missa, não, mas a pior variedade da espécie: um romancista. Esses não tinham jeito, ninguém os queria nem no inferno.

O único escritor de carne e osso que existia no meu mundo era um indivíduo um tanto extravagante, para ser amável, que circulava pelo bairro. Minhas pesquisas revelaram que ele morava em um casarão a poucos metros da confeitaria da família de Vicentet, na rua Flassaders, um lugar de má fama porque, segundo murmuravam as velhas, os fiscais da prefeitura e um vigia bisbilhoteiro que se chamava Soponcio e sabia todas as intrigas do bairro, era mal-assombrado e seu ocupante estava um pouco doido. Chamava-se David Martín.

Eu nunca o tinha visto porque aparentemente ele só saía de noite e frequentava ambientes e lugares pouco adequados para senhoritas e para gente decente. Eu não me considerava nem uma coisa nem outra, de forma que armei um plano para que os nossos destinos colidissem como dois trens descontrolados. David Martín, único romancista vivo em um raio de cinco ruas da minha casa, ainda não sabia, mas muito em breve sua vida ia mudar. Para melhor. O céu ou o inferno lhe mandariam exatamente o que necessitava para endireitar sua existência dissoluta: uma aprendiz, a grande Isabella.

2

O relato de como cheguei a ser a aprendiz oficial de David Martín é longo e prolixo. Conhecendo-o, não me surpreenderia se o próprio David tiver deixado em algum lugar uma narrativa de próprio punho na qual, com certeza, minha personagem não deve ser exatamente uma heroína. O fato é que, apesar da sua resistência férrea, consegui entrar em sua casa, em sua estranha vida e em sua consciência, que já era uma casa embruxada por si própria. Talvez fosse o destino, talvez o fato de que no fundo David Martín era um espírito atormentado que, sem saber, necessitava de mim muito mais que eu dele. "Almas perdidas que se encontram à meia-noite", escrevi então em uma tentativa de poema melodramático, prática que meu novo mentor declarou de alto risco para diabéticos. Ele era assim.

Muitas vezes pensei que David Martín foi o primeiro amigo de verdade que tive na vida depois de dona Lorena. Ele tinha quase o dobro da minha idade e às vezes parecia que já vivera cem vidas antes de me conhecer, mas, mesmo quando fugia da minha companhia ou quando brigávamos por alguma bobagem, eu me sentia tão próxima dele que ainda que a contragosto entendia que, como David pilheriava às vezes, "o inferno os cria e eles se juntam". Como muitas pessoas de boa índole, ele gostava de se esconder em uma carapaça cínica e arredia, mas apesar das muitas alfinetadas que me dava (não mais do que eu dava nele, para *sermos justos), e por mais que tentasse disfarçar, sempre teve paciência comigo e se mostrou generoso.*

David Martín me ensinou muitas coisas: a criar uma frase, a pensar na linguagem e todos os seus artifícios como uma orquestra colocada em frente a uma página em branco, a analisar um texto e entender como foi construído e por quê... Ele me ensinou de novo a ler e a escrever, mas agora sabendo o que fazia, por que e para quê. E principalmente como. Não se cansava de me dizer que em literatura, na verdade, só há uma questão: não o que se narra, mas como se narra. O resto, dizia, era só artesanato. Também me explicou que a profissão de escritor é uma profissão que se tem que aprender, mas é impossível ensinar. "Quem não entende esse princípio é melhor se ocupar de outra coisa, porque neste mundo há muito o que fazer." Ele opinava que eu tinha menos futuro como escritora que a Espanha como nação razoável, mas como era um pessimista nato, ou o que ele chamava de "realista informado", fui fiel a mim mesma e quis contrariá-lo.

Com ele aprendi a me aceitar como sou, a pensar por conta própria e até a gostar um pouco mais de mim mesma. Nesse tempo que passei morando no seu casarão encantado, ficamos amigos, muito amigos. David Martín era um homem solitário que sem perceber queimava suas pontes com o mundo, ou talvez o fizesse de forma deliberada porque pensava que quase nada de bom podia passar por elas. Tinha uma alma partida, uma peça quebrada que estava assim desde a infância e que ele nunca conseguiu recompor. Comecei fingindo detestá-lo, depois passei a disfarçar que o admirava e no final me esforçava para que ele não notasse que eu sentia pena, coisa que o enfurecia. Quanto mais David tentava me afastar dele, e nunca deixou de tentar, mais próxima eu me sentia. A partir de determinado momento parei de contrariá-lo em tudo e só queria protegê-lo. A ironia da nossa amizade é que eu entrei na vida dele como aprendiz e como estorvo, mas no fundo foi como se ele estivesse me esperando desde sempre. Para salvá-lo, talvez, de si mesmo, ou de tudo aquilo que estava guardado em seu interior e o devorava por dentro.

A gente só se apaixona de verdade quando não percebe que está se apaixonando. E eu me apaixonei por aquele homem quebrado e profundamente infeliz muito antes de começar a desconfiar que me interessava por ele. David, que sempre me leu como um livro aberto, temia por mim. Foi ideia dele que eu fosse trabalhar na livraria Sempere & Filhos, da qual era cliente antigo. E foi ideia dele convencer Juan, que acabaria sendo meu marido e que na época era o Sempere "filho", a me cortejar. Naquele tempo Juan era tão tímido quanto David conseguia ser descarado. De certa forma os dois eram como a noite e o dia, e a expressão não podia ser mais bem empregada, porque no coração de David era sempre noite.

Na época eu já tinha começado a entender que nunca ia ser escritora, e nem mesmo tripulante de submarino, e que as irmãs Brontë teriam que arranjar outra candidata com mais afinidades para sucedê-las. Também tinha começado a entender que David Martín estava doente. Um abismo se abriu dentro dele, e depois de toda uma existência lutando para manter a lucidez, quando eu cheguei à sua vida David já tinha perdido a batalha consigo mesmo e estava perdendo a razão como se fosse um punhado de areia escorrendo entre os dedos. Se eu tivesse escutado o bom senso começaria a correr, mas naquele momento já estava me acostumando a contrariar a mim mesma.

Com o tempo se falaram muitas coisas a respeito de David Martín e lhe atribuíram crimes horríveis. Eu, que acho que o conheci melhor que ninguém, tenho a convicção de que os únicos crimes que cometeu foram contra si mesmo. Por esse motivo o ajudei a fugir de Barcelona quando a polícia o acusou de assassinar seu protetor Pedro Vidal e a esposa dele, Cristina, por quem David julgava estar apaixonado da maneira tola e fatal que alguns homens imaginam se apaixonar por mulheres que não sabem distinguir de uma miragem. E por isso rezei para que ele nunca mais voltasse a esta cidade, encontrasse a paz em algum lugar longínquo e eu pudesse esquecê-lo, ou me convencer com o tempo de que o tinha esquecido. Deus só escuta quando você pede o que não necessita.

Passei os quatro anos seguintes tentando esquecer David Martín e achando que quase tinha conseguido. Tendo abandonado meus sonhos de escrever, realizava o de viver entre livros e palavras. Trabalhava na livraria Sempere & Filhos onde Juan, com o falecimento do avô, tinha passado a ser "o sr. Sempere". Nossa relação foi como eram as antes da guerra, com um namoro modesto, toques nas bochechas, passeios aos domingos de tarde e beijos roubados nas barracas das festas de Gracia quando não havia parentes por perto. Não sentia tremeliques nos joelhos, mas tampouco era preciso. Não se pode viver a vida toda como se ainda tivesse catorze anos.

Juan não demorou a me pedir em casamento. Meu pai aceitou a proposta em três minutos, rendido de gratidão a Santa Rita, padroeira dos impossíveis, vislumbrando a improvável imagem da sua filha vestida de branco se inclinando diante de um padre e obedecendo. Barcelona, cidade dos milagres. Quando lhe dei o sim, estava convencida de que aquele era o melhor homem que ia conhecer, de que eu não o merecia e de que havia aprendido a amá-lo não só com o coração, mas também com a cabeça. Não foi o sim de uma jovenzinha. Como eu me senti sábia. Minha mãe ficaria orgulhosa. Todos aqueles livros tinham servido para alguma coisa. Aceitei a mão de Juan certa de que o que mais desejava no mundo era fazê-lo feliz e formar uma família com ele. E durante um tempo cheguei a acreditar que seria assim. Eu continuava sendo uma ingênua.

3

As pessoas têm as esperanças, mas o destino é o diabo quem dá. O casamento se realizaria na capela de Santa Ana, na pracinha que ficava bem atrás da livraria. Os convites tinham sido enviados, a comida, encomendada, as flores, compradas e o carro para levar a noiva à porta da igreja, reservado. Todos os dias eu dizia a mim mesma que estava encantada e que finalmente ia ser feliz. Eu me lembro de uma sexta-feira de março, exatamente um mês antes da cerimônia, em que fiquei sozinha na livraria porque Juan tinha ido entregar um pedido a um cliente importante em Tiana. Ouvi a sineta da porta e, ao levantar a vista, o vi. Quase não tinha mudado.

David Martín era desses homens que não envelhecem, ou que só o fazem por dentro. Qualquer pessoa diria em tom de gracejo que ele devia ter feito um pacto com o diabo. Qualquer pessoa menos eu, que sabia que na fantasmagoria da sua alma ele estava convencido disso, embora seu diabo particular fosse um personagem imaginário que vivia nos bastidores do seu cérebro com o nome Andreas Corelli, editor parisiense e personagem tão sinistro que parecia ter saído da sua própria pena. Em sua cabeça, David tinha convicção de que Corelli o contratara para escrever um livro maldito, o texto institucional de uma nova religião de fanatismo, ira e destruição que viria atear fogo no mundo para sempre. David carregava nos ombros esse e outros delírios e acreditava piamente que seu diabinho literário o estava caçando porque ele, gênio e figura, não teve ideia melhor que traí-lo, romper seu acordo e no último momento destruir o Malleus maleficarum de plantão, talvez porque a bondade luminosa da sua insuportável aprendiz o fizera ver a luz e o erro dos seus projetos. E para isso lá estava eu, a grande Isabella, que de tão cética não acreditava nem em bilhete de loteria, e pensei que respirar o perfume do meu encanto juvenil e deixar de respirar por uma temporada o ar viciado de Barcelona (onde além do mais a polícia o estava procurando) seria o suficiente para curá-lo das suas loucuras. Quando olhei nos seus olhos vi imediatamente que quatro anos perambulando por Deus sabe que mundos não o tinham curado nem um pouco. Quando ele sorriu e disse que tinha sentido muito a minha falta, partiu meu coração, comecei a chorar e amaldiçoei a minha sorte. Quando tocou meu rosto vi que continuava apaixonada pelo meu Dorian Gray particular, meu louco preferido e único homem que sempre desejei que fizesse comigo o que bem quisesse.

Não lembro mais as palavras que dissemos. Aquele momento ainda está impreciso na minha memória. Acho que tudo o que eu tinha construído na minha imaginação durante aqueles anos de ausência dele desabou em cinco segundos, e quando eu consegui sair dos escombros só consegui escrever um bilhete dirigido a Juan que deixei ao lado da caixa registradora dizendo

> Tenho que ir embora. Perdoa-me, meu amor.
> Isabella

Eu sabia que a polícia continuava à sua procura porque não passava mês sem que algum integrante da corporação aparecesse pela livraria para perguntar se tínhamos notícias do fugitivo. Saí da livraria de braços dados com David e o levei quase arrastado para a Estação do Norte. Ele parecia encantado de ter voltado para Barcelona e olhava tudo com a nostalgia de um moribundo e a inocência de uma criança. Eu estava morrendo de medo e só pensava em onde ia escondê-lo. Perguntei a ele se não existia algum lugar onde ninguém pudesse encontrá-lo e onde ninguém pensasse em procurá-lo.

"O Saló de Cent da prefeitura", disse.

"Estou falando sério, David."

Sempre fui mulher de grandes ideias e nesse dia tive uma das mais abençoadas. David tinha me contado em certa ocasião que seu antigo mentor e amigo, dom Pedro Vidal, tinha uma casa de frente para o mar em um recanto remoto da Costa Brava chamado S'Agaró. A casa tinha servido de palco no passado para esta instituição da burguesia catalã, o picadero, um lugar aonde levar senhoritas, meretrizes e outras candidatas a um amor breve para desafogar o brio próprio dos cavalheiros de boa estirpe sem manchar o imaculado vínculo matrimonial.

Vidal, que dispunha de vários locais para isso dentro do conforto da cidade de Barcelona, sempre oferecia a David seu refúgio em frente ao mar para quando quisesse, porque ele e seus primos só usavam a casa no verão e, mesmo assim, apenas durante algumas semanas. A chave ficava sempre escondida atrás de uma pedra que sobressaía ao lado da porta. Com o dinheiro que eu tinha tirado da caixa registradora da livraria comprei duas passagens para Gerona e dali outras duas até San Feliu de Guíxols, localidade que fica a dois quilômetros da baía de San Pol, onde se encontra o enclave de S'Agaró. David não fez objeção alguma. No caminho se encostou no meu ombro e adormeceu.

"Faz anos que eu não durmo", disse.

Chegamos ao anoitecer, com a roupa do corpo. Uma vez lá, aproveitando o manto da noite, preferi não pegar uma carroça em frente à estação e fomos a pé até a vila. A chave continuava no mesmo lugar. A casa estava fechada havia anos. Abri todas as janelas de par em par e as deixei assim até que amanheceu sobre o mar, ao pé do escarpado. David tinha dormido como um bebê a noite toda, e quando o sol tocou seu rosto ele abriu os olhos, se levantou e se aproximou de mim. Abraçou-me com força e quando lhe perguntei por que tinha voltado me respondeu que havia compreendido que me amava.

"Você não tem direito de me amar", eu lhe disse.

Depois de anos de inatividade, a Vesubia que sempre esteve dentro de mim apareceu, e comecei a gritar e jogar em cima dele toda a raiva, toda a tristeza e todo o desejo com que me deixara. Eu lhe disse que conhecê-lo tinha sido a pior coisa que me aconteceu na vida, que o odiava, que não queria vê-lo nunca mais e que desejava que ele ficasse naquela casa e apodrecesse lá para sempre. David fez que sim e baixou os olhos. Acho que foi nesse momento que o beijei, porque sempre era eu quem tinha que beijar primeiro, e em um segundo o resto da minha vida estava decidido. O padre da minha infância tinha se enganado. Eu não vim ao mundo para ser do contra, vim para cometer erros. E naquela manhã, em seus braços, cometi o maior de todos os erros que poderia ter cometido.

4

Você não percebe o vazio em que deixou o tempo passar até o momento em que vive de verdade. Às vezes a vida é apenas um instante, um dia, uma semana ou um mês, não os dias desperdiçados. Você sabe que está vivo porque dói, porque de repente tudo é importante e porque, quando esse breve momento se acaba, o resto da sua existência se transforma em uma lembrança à qual você tenta em vão voltar enquanto tiver alento no corpo. Para mim esse momento foram as semanas que vivi naquele casarão de frente para o mar na companhia de David. Deveria dizer na companhia de David e das sombras que ele tinha dentro de si e que conviviam conosco, mas na época isso não me importava. Eu o acompanharia até o inferno se tivesse me pedido. E suponho que, à minha maneira, acabei fazendo isso.

Ao pé do escarpado havia uma cabana com dois botes a remo e um cais de madeira que entrava no mar. Quase todo dia, ao amanhecer, David se sentava na ponta para ver o sol raiar. Às vezes eu me juntava a ele e tomávamos banho na enseada que o escarpado formava. Era março e a água ainda estava fria, mas logo íamos correndo de volta para casa e nos sentávamos em frente ao fogo da lareira. Depois dávamos longos passeios pelo caminho que ladeava os escarpados e chegava a uma praia deserta que o povo do lugar chamava de Sa Conca. No arvoredo atrás da praia havia uma aldeia cigana onde David comprava mantimentos. Na volta, em casa, ele cozinhava e depois jantávamos ao entardecer enquanto escutávamos alguns dos discos velhos que Vidal tinha deixado lá. Em muitas noites, quando o sol se punha, o vento de tramontana soprava com força, varava por entre as árvores e batia os postigos. Então tínhamos que fechar as janelas e acender velas em toda a casa. Depois eu abria uns cobertores em frente às brasas do fogo e pegava David pela mão, porque, embora ele tivesse o dobro da minha idade e houvesse vivido coisas que eu não podia nem imaginar, comigo se mostrava tímido e era eu quem tinha que guiar suas mãos para que me despisse devagar, como eu gostava. Suponho que deveria me envergonhar de escrever estas palavras e evocar essas lembranças, mas já não tenho pudor nem vergonha para oferecer ao mundo. A lembrança daquelas noites, das suas mãos e seus lábios explorando minha pele e da felicidade e do prazer que vivi entre aquelas quatro paredes é, junto com o nascimento de Daniel e os anos em que o tive ao meu lado e o vi crescer, a coisa mais bonita que levo comigo.

Agora sei que o verdadeiro propósito da minha vida, que ninguém podia prever, nem mesmo eu, era conceber meu filho Daniel durante aquelas semanas que passei com David. E sei que o mundo me julgaria e com muito prazer me condenaria por ter amado aquele homem, por ter concebido um filho em pecado e às escondidas e por mentir. O castigo, justo ou não, não se fez esperar. Nesta vida ninguém é feliz de graça, nem sequer por um instante.

Certa manhã, quando David desceu para o cais, eu me vesti e fui até um lugar chamado La Taberna del Mar que ficava ao pé da baía de San Pol. De lá telefonei para Juan. Fazia duas semanas e meia que eu tinha sumido.

"Onde você está? Está bem, em segurança?", perguntou ele.

"Sim."

"Vai voltar?"

"Não sei. Não sei nada, Juan."

"Eu te amo muito, Isabella. E sempre te amarei. Volte ou não."

"Não vai me perguntar se eu amo você?"

"Não precisa me dar nenhuma explicação se não quiser. Eu estarei à sua espera. Sempre."

Essas palavras se cravaram em mim como uma adaga e quando voltei para a casa ainda estava chorando. David, que estava me esperando na porta do casarão, me abraçou.

"Não posso continuar aqui com você, David."

"Já sei."

Dois dias depois, um dos ciganos da praia veio nos avisar que a Guarda Civil tinha perguntado por um homem e uma garota que foram vistos na região. Tinham um retrato de David, que disseram estar procurando por assassinato. Foi a última noite que passamos juntos. No dia seguinte, quando acordei entre os cobertores em frente ao fogo, David tinha ido embora. Deixou um bilhete em que me dizia que voltasse para Barcelona, que me casasse com Juan Sempere e que fosse feliz pelos dois.

Na noite anterior eu lhe confessara que Juan tinha me pedido em casamento e eu tinha aceitado. Até hoje não sei por que lhe contei isso. Se foi para afastá-lo de mim ou para que me chamasse para fugir com ele em sua descida aos infernos. Ele decidiu por mim. Quando eu lhe disse que não tinha direito de me amar, David acreditou.

Entendi que não fazia sentido esperá-lo. Que ele não ia voltar naquela tarde nem no dia seguinte. Limpei a casa, voltei a cobrir os móveis com lençóis e fechei todas as janelas. Deixei a chave atrás da pedra na parede e me dirigi à estação de trem.

Soube que tinha um filho dele nas entranhas assim que embarquei no trem em San Feliu. Juan, a quem eu tinha telefonado da estação antes de partir, foi me buscar. Ele me abraçou e não quis me perguntar onde havia estado. Eu não me atrevia nem a olhar nos seus olhos.

"Não mereço seu amor", confessei.

"Não diga bobagem."

Fui covarde e tive medo. Por mim. Pelo filho que sabia que tinha dentro de mim. Uma semana depois, no dia previsto, contraí matrimônio com Juan Sempere na capela de Santa Ana. Passamos a noite de núpcias na hospedaria Espanha. Na manhã seguinte, quando acordei, ouvi Juan chorando no banheiro. Como seria bela a vida se nós conseguíssemos amar quem merece.

Daniel Sempere Gispert, meu filho, nasceu nove meses depois.

5

Nunca entendi bem por que David decidiu voltar para Barcelona nos últimos dias da guerra. Na manhã em que desapareceu do casarão de S'Agaró pensei que nunca mais voltaria a vê-lo. Quando Daniel nasceu, deixei para trás a garota que eu tinha sido e a recordação do tempo que passamos juntos. Vivi esses anos dedicada a cuidar de Daniel, a ser para ele a mãe que devia ser e a protegê-lo de um mundo que aprendi a ver com os olhos com que David o via. Um mundo de trevas, de rancor e de inveja, de mesquinharia e ódio. Um mundo onde tudo é falso e todos mentem. Um mundo que não mereceria perdurar, mas ao qual meu filho chegou e do qual eu devia protegê-lo. Nunca quis que David soubesse da existência de Daniel. No dia em que meu filho nasceu, jurei que ele jamais iria saber quem era seu pai, porque o seu pai de verdade, o homem que lhe dedicou a vida e o criou ao meu lado, Juan Sempere, era o melhor pai que poderia ter na vida. Fiz isso convencida de que, se Daniel algum dia descobrisse a verdade, ou suspeitasse dela, nunca me perdoaria. E mesmo assim eu voltaria a fazer o que fiz. David Martín não devia ter voltado para Barcelona. No fundo da minha alma acho que se voltou foi porque, de algum modo, intuía a verdade. Talvez fosse esse o verdadeiro castigo que o diabo que ele tem na alma lhe havia reservado. Assim que cruzou a fronteira, condenou a nós dois.

Foi preso há poucos meses atravessando os Pireneus e transferido para Barcelona, onde reabriram os processos pendentes. Acrescentaram acusações de subversão, traição à pátria e sei lá que outras idiotices e o mandaram para a prisão Modelo junto com outros milhares de detentos. Hoje em dia se assassina e se encarcera em escala industrial nas grandes cidades da Espanha e, em Barcelona, mais ainda. A vingança e a revanche estão liberadas, e aniquilar o adversário é a grande vocação nacional. Como era de esperar, os novos e reluzentes cruzados do regime saem de baixo das pedras e vão correndo tomar posições na nova ordem das coisas para subir na nova sociedade. Muitos deles cruzaram as linhas e trocaram de lado uma ou várias vezes, por conveniência e interesse. Ninguém que tenha vivido uma guerra de olhos abertos pode acreditar mais que as pessoas são melhores que qualquer outro animal.

Parecia que as coisas não podiam piorar, mas não há patamar suficientemente baixo para a mesquinharia quando soltam as suas rédeas. Rapidamente apareceu no horizonte um personagem que parecia ter vindo ao mundo para encarnar o espírito dos tempos e do lugar. Imagino que há muitos outros como ele no meio dessa escória que sempre permanece à tona quando tudo naufraga. Ele se chama Mauricio Valls e, como todos os grandes homens em tempos pequenos, é um joão-ninguém.

6

Suponho que algum dia todos os jornais deste país publicarão grandes loas a dom Mauricio Valls e cantarão suas glórias aos quatro ventos. Nossa terra é fértil em personagens da mesma índole, aos quais nunca falta um séquito de aduladores que se arrastam para pegar as migalhas que eles deixam cair da mesa quando chegam ao topo. Por enquanto, antes que chegue esse momento, que certamente vai chegar, Mauricio Valls ainda é mais um entre muitos, um candidato promissor. Durante estes últimos meses aprendi muitas coisas a respeito dele. Sei que começou como qualquer outro beletrista de café. Um homem medíocre, sem talento nem experiência que, como costuma acontecer, compensava suas misérias com uma vaidade infinita e um anseio voraz de reconhecimento. Intuindo que seus méritos nunca lhe granjeariam um tostão nem a posição que cobiçava e que estava convencido de que merecia, optou por fazer carreira na base do compadrio e cultivar uma camarilha da sua mesma índole para trocar favores e excluir aqueles que invejava.

Sim, escrevo com raiva e rancor, e isso me dá vergonha porque já não sei nem me interessa saber se minhas palavras são justas ou não, se estou julgando inocentes ou se a fúria e a dor que me queimam por dentro me deixam cega. Nestes últimos meses aprendi a odiar e fico horrorizada pensando que vou morrer com esta amargura no coração.

Ouvi o nome dele pela primeira vez pouco depois de receber a notícia de que David tinha sido capturado e encarcerado. Na época Mauricio Valls era uma cria do novo regime, um seguidor fiel que fez nome se casando com a filha de um potentado da rede empresarial e financeira que tinha apoiado os nacionalistas. Valls havia começado seus dias como aspirante a literato, mas seu grande acerto foi seduzir e levar ao altar uma pobre infeliz que nasceu com uma doença cruel que estava desmanchando seus ossos e a prostrava em uma cadeira de rodas desde a adolescência. Herdeira rica encalhada, uma oportunidade de ouro.

Valls deve ter imaginado que essa jogada ia catapultá-lo ao topo do Parnaso nacional, a um lugar destacado na academia ou a alguma posição de prestígio na corte das artes e da cultura espanholas. Não incluiu em seus cálculos que, tal como ele, havia muitos outros que, quando ficou óbvio que um dos lados ia ganhar a guerra, começaram a brotar como flores tardias e a fazer fila para o dia de glória.

Na hora da distribuição das recompensas e do butim, Valls recebeu a sua, que veio junto com uma lição sobre as regras do jogo. O regime não necessitava de poetas e sim de carcereiros e inquisidores. E assim, sem esperar, recebeu uma nomeação para um cargo que considerava indigno e muito inferior ao seu nível intelectual: diretor da prisão do castelo de Montjuic. Claro que uma pessoa como Valls não desperdiça oportunidades, e ele soube capitalizar esse giro do destino para ganhar pontos, preparar sua futura promoção e aproveitar para prender e exterminar todos os adversários, reais ou imaginários, que tinha em sua longa lista, assim como dispor deles à vontade. Como David Martín acabou entrando nessa lista é uma coisa que nunca vou conseguir entender, embora não fosse o único. Por algum motivo, sua fixação nele era obsessiva e doentia.

Assim que ele soube que David Martín estava na prisão Modelo, solicitou sua transferência para o castelo de Montjuic e não sossegou até vê-lo atrás das grades de uma de suas celas. Meu marido Juan conhecia um jovem advogado, cliente da livraria, chamado Fernando Brians. Fui vê-lo para saber o que podia fazer para ajudar David. Nossas economias eram virtualmente inexistentes e Brians, um homem bom que chegou a ser um grande amigo nosso naqueles meses tão difíceis, aceitou trabalhar sem receber. Brians tinha contatos na prisão de Montjuic, em particular um dos guardas, chamado Bebo, e conseguiu descobrir que Valls tinha uma espécie de plano em relação a David. Conhecia a sua obra e, embora não se cansasse de qualificá-lo como "o pior escritor do mundo", estava tentando persuadi-lo a escrever, ou reescrever, em seu nome um maço de laudas com as quais Valls pretendia estabelecer sua reputação como literato com a ajuda da sua nova posição no regime. Posso imaginar o que David deve ter respondido.

Brians tentou de tudo, mas as acusações contra David eram muito graves e só restava implorar a clemência de Valls para que o tratamento que ele recebesse no castelo não fosse como todos nós imaginávamos. Contrariando os conselhos de Brians, fui falar com Valls. Agora sei que cometi um erro, um erro gravíssimo. E que, ao fazê-lo, nem que fosse apenas porque Valls viu em mim uma propriedade do alvo do seu ódio, David Martín, me transformei no foco da sua cobiça.

Valls, como muitos outros da sua condição, estava aprendendo rápido a comerciar com a ansiedade dos parentes dos presos que tinha em seu poder. Brians sempre me avisou. Juan, que intuía que minha relação e devoção por David iam além de uma nobre amizade, via com desconfiança minhas visitas a Valls no castelo. "Pense no seu filho", dizia ele. E tinha razão, mas fui egoísta. Não podia abandonar David naquele lugar se havia algo que eu pudesse fazer por ele. Não era mais uma questão de dignidade, ninguém sobrevive em uma guerra civil com alguma dignidade de que se vangloriar. Meu erro foi não ter percebido que o que Valls desejava não era me possuir nem me humilhar. Queria me destruir, porque afinal havia entendido que essa realmente era a única forma que tinha para dobrar e castigar David.

Todo o meu esforço, toda a ingenuidade com que tentei persuadi-lo se viraram contra nós. Não importava quanto eu o adulasse, quanto fingisse respeitá-lo e temê-lo, quanto me humilhasse ante ele implorando misericórdia para o prisioneiro. Tudo o que eu fazia era lenha que avivava o fogo que Valls tinha dentro de si. Agora sei que na minha tentativa de ajudar David acabei por condená-lo.

Quando percebi isso já era tarde demais. Valls, entediado com seu trabalho, consigo mesmo e com a lentidão com que a glória lhe chegava, preenchia seu tempo com fantasias. Uma delas foi que tinha se apaixonado por mim. Eu quis acreditar que se o convencesse de que sua fantasia tinha algum futuro talvez Valls fosse magnânimo. Mas também se cansou de mim. Desesperada, ameacei desmascará-lo, mostrando quem ele era de verdade e até onde chegava a sua mesquinharia. Valls riu de mim e da minha ingenuidade, mas quis me castigar. Para magoar David e lhe dar o golpe definitivo.

Há uma semana e meia, Valls marcou um encontro no Café de la Ópera das Ramblas. Fui sem dizer nada a ninguém, nem ao meu marido. Tinha certeza de que aquela era a última oportunidade que me restava. Falhei. Nessa mesma noite soube que havia algo errado. Uma náusea me acordou de madrugada. Vi no espelho que estava com os olhos amarelados e que tinham aparecido manchas na minha pele, em volta do pescoço e no peito. Ao amanhecer comecei a vomitar sangue. E então começou a dor. Uma dor fria, como uma faca que corta as tripas por dentro e vai abrindo seu caminho. Eu estava com febre e não conseguia reter líquidos nem alimentos. Meu cabelo caía aos tufos. Todos os músculos do meu corpo estavam tensos como fios esticados e me faziam gritar de dor. Eu sangrava pela pele, pelos olhos e pela boca.

Os médicos e os hospitais não puderam fazer nada. Juan pensa que contraí uma doença e que há esperança. Não pode conceber a ideia de me perder, e eu não posso conceber a ideia de deixá-los sozinhos, ele e meu filho Daniel, com quem falhei como mãe permitindo que minha vontade, minha vontade de salvar o homem que julgava ser o amor da minha vida, estivesse acima do meu dever.

Sei que Mauricio Valls me envenenou naquela noite no Café de la Ópera. Sei que fez isso para ferir David. Sei que me restam poucos dias de vida. Tudo aconteceu muito rápido. Meu único consolo é o láudano, que adormece a dor nas entranhas, e este caderno para o qual quis confessar meus pecados e meus erros. Brians, que me visita diariamente, sabe que escrevo para continuar viva, para conter este fogo que está me devorando. Pedi a ele que após a minha morte destrua estas páginas e que não as leia. Ninguém deve ler o que contei aqui. Ninguém deve saber a verdade, porque aprendi que neste mundo a verdade não faz nenhum bem e que Deus ama e ajuda os que mentem.

Não tenho mais a quem rezar. Tudo aquilo em que acreditava me abandonou. Às vezes não lembro quem sou e só relendo este caderno posso entender o que está acontecendo. Vou escrever até o final. Para lembrar. Para tentar sobreviver. Gostaria de poder abraçar meu filho Daniel e lhe explicar que, aconteça o que acontecer, nunca vou abandoná-lo. Que sempre estarei com ele. Que o amo. Meu Deus, me perdoe. Eu não sabia o que estava fazendo. Não quero morrer. Meu Deus, me deixe viver mais um dia para poder pegar Daniel no colo e lhe dizer o quanto o amo...

Naquela madrugada, como em tantas outras, Fermín tinha saído para caminhar pelas ruas desertas de uma Barcelona coberta de geada. Remigio, o vigia noturno do bairro, já o conhecia e quando o via passar sempre perguntava sobre sua insônia. Tinha aprendido essa palavra em um programa sentimental para senhoras que ouvia no rádio, em segredo, porque se identificava com quase todos os males ali expostos, incluindo o que era mencionado com outro termo que o deixava intrigadíssimo, menopausa, que ele achava que se curava raspando as vergonhas com pedra-pomes.

— Por que chamar de insônia quando querem dizer consciência?

— Que místico, Fermín! Se eu tivesse uma mulher como a sua me esperando quentinha entre os lençóis, seria o único a ficar sem dormir de bom grado. E se agasalhe, porque este ano o inverno chegou tarde, mas não está para brincadeira.

Uma hora lutando com aquele vento cortante que varria as ruas com água-neve o convenceu a dirigir seus passos rumo à livraria. Tinha trabalho a fazer, e havia aprendido a desfrutar aqueles momentos a sós na loja antes de sair o sol ou de Daniel descer para abri-la. Entrou pelo corredor azul que era a rua Santa Ana e vislumbrou de longe o fiapo de claridade que tingia a superfície da vitrine. Aproximou-se lentamente, ouvindo o som dos próprios passos, e parou a poucos metros, se protegendo do vento em um portão. Era cedo demais até para Daniel, pensou. Quem sabe a tal da consciência era contagiosa.

Estava se debatendo entre voltar para casa e acordar Bernarda com uma vigorosa demonstração de virilidade ibérica ou entrar na livraria e interromper Daniel no que quer que estivesse fazendo (sobretudo para verificar que não envolvia armas de fogo ou objetos perfurantes) quando avistou seu amigo atravessando a soleira da loja e saindo para a rua. Fermín se apertou contra o portão até sentir a aldraba machucando seus rins e viu Daniel passar a chave na porta e partir rumo à Porta del Ángel. Estava em mangas de camisa e sobraçando algo, um livro ou um caderno. Fermín suspirou. Aquilo não podia ser boa coisa. A Bernarda teria que esperar para saber o que era bom para a tosse.

Durante quase meia hora o seguiu pelo emaranhado de ruas que desciam para o porto. Não precisou de sutileza nem dissimulação, porque Daniel parecia absorto nos seus pensamentos e não notaria alguém atrás dele nem se fosse um corpo de bailarinas de sapateado. Fermín, que estava tiritando de frio e lamentando ter forrado o casaco com a imprensa esportiva, porosa e pouco confiável em casos assim, e não com a gramatura extra dos suplementos dominicais do *La Vanguardia*, ficou tentado a chamar o amigo. Mas pensou melhor. Daniel avançava em transe, alheio à neblina de água-neve que ia grudando no seu corpo.

Afinal se abriu diante deles a avenida Colón e, mais à frente, a fantasmagoria de galpões, mastros e bruma que escoltava o cais do porto. Daniel atravessou a avenida contornando dois bondes encalhados à espera da alvorada. Entrou pelas estreitas passagens entre os galpões, naves catedralescas que abrigavam todo tipo de carga, e chegou até o dique do cais, onde uns pescadores que estavam preparando as redes e o equipamento para zarpar tinham acendido um fogo em uma lata vazia de diesel para se aquecer. Daniel se aproximou deles, que, ao vê-lo, se afastaram para um lado. Deviam ter enxergado no seu rosto algo que não convidava a conversar. Fermín se apressou e quando chegou perto pôde ver Daniel entregando às chamas da fogueira o caderno que tinha levado debaixo do braço.

Fermín se aproximou do amigo e sorriu vagamente para ele do outro lado da lata. Os olhos de Daniel brilhavam com a luz das chamas.

— Se o que está querendo é pegar uma pneumonia, fique sabendo que o polo Norte fica exatamente na direção contrária — aventurou Fermín.

Daniel ignorou suas palavras e continuou a observar o fogo devorando as páginas, que iam se enrugando entre as chamas como se uma mão invisível as fosse passando uma por uma.

— Bea deve estar preocupada, Daniel. Por que não voltamos?

Daniel ergueu a vista e encarou Fermín sem expressão alguma, como se nunca o tivesse visto.

— Daniel?

— Onde está? — perguntou este, com uma voz fria e desprovida de inflexão.

— Como?

— A pistola. O que você fez com ela, Fermín?

— Doei às Irmãs da Caridade.

Um sorriso gelado aflorou aos lábios de Daniel. Fermín, sentindo que nunca estivera tão perto como agora de perdê-lo para sempre, se aproximou e pôs o braço por cima de seus ombros.

— Vamos para casa, Daniel. Por favor.

Ele afinal concordou e, lentamente, percorreram o caminho de volta em silêncio absoluto.

Já estava amanhecendo quando Bea ouviu a porta do apartamento se abrir e os passos de Daniel no vestíbulo. Fazia horas que estava sentada em uma poltrona da sala com um cobertor nos ombros. A silhueta de Daniel se perfilou no corredor. Se a viu, não deu o menor sinal disso. Passou direto e se dirigiu para o quarto de Julián, que ficava na parte de trás e dava para a pracinha da capela de Santa Ana. Bea se levantou e o seguiu. Encontrou Daniel na soleira do quarto, olhando o pequeno, que dormia em silêncio. Bea pôs a mão em suas costas.

— Onde você estava? — murmurou.

Daniel se virou e olhou nos seus olhos.

— Quando tudo isso vai acabar, Daniel? — murmurou Bea.

— Em breve — disse ele. — Em breve.

LIBERTE-ME

MADRI
JANEIRO DE 1960

1

Na hora da alvorada, cinza e metálica, Ariadna enveredou pelo longo caminho ladeado de ciprestes. Levava na mão um buquê de rosas vermelhas que comprara na porta de um cemitério que havia no caminho. O silêncio era absoluto. Não se ouvia o canto de um pássaro nem o sopro de uma brisa se atrevendo a acariciar o manto de folhas que cobria os paralelepípedos. Com o barulho dos seus passos como única companhia, Ariadna fez o percurso até a ampla grade de lanças que protegia a entrada da casa, coroada com a legenda:

VILA MERCEDES

O palácio de Mauricio Valls se erguia atrás de uma arcádia de jardins e bosques. Torres e mansardas serrilhavam um céu feito de cinzas. Ariadna, uma manchinha branca na sombra, examinou a silhueta da casa que se entrevia em meio a estátuas, sebes e chafarizes. Parecia uma criatura monstruosa que viera se arrastando até aquele canto do bosque, mortalmente ferida. A grade estava entreaberta. Ariadna entrou.

Ao avançar, divisou um traçado de trilhos que percorriam os jardins desenhando o perímetro da casa. Um trem em miniatura, com locomotiva a vapor e dois vagões, estava parado entre os arbustos. Continuou pelo caminho de pedra que levava à casa principal. Os chafarizes estavam secos, seus anjos de pedra e madonas de mármore, escuros. Os galhos das árvores apresentavam uma infinidade de crisálidas esbranquiçadas que haviam eclodido como pequenos sepulcros tecidos com fio de açúcar. Várias aranhas se equilibravam em fios pendurados no ar. Ariadna atravessou a ponte suspensa sobre a grande piscina oval. As águas, esverdeadas e cobertas por um fino véu de algas brilhantes, estavam cheias de cadáveres de pequenas aves que pareciam ter caído do céu por força de uma maldição. Mais à frente se viam as garagens, vazias, e as dependências de serviço mergulhadas na sombra.

Ariadna subiu pela escada que levava à porta principal. Bateu três vezes até perceber que também estava aberta. Olhou para trás e sentiu o gosto daquele ar de descuido e ruína que a propriedade respirava. Com a queda do imperador e suas sinecuras, os servos abandonaram o palácio. Ariadna empurrou a porta e penetrou na casa, que já cheirava a mausoléu e esquecimento. Uma penumbra de veludo cobria a rede de corredores e escadas que se abriam à sua frente. Ficou ali imóvel, um espectro branco às portas do purgatório, contemplando o extinto esplendor que Mauricio Valls tinha usado para vestir os seus dias de glória.

Chegou então aos seus ouvidos um lamento fraco e distante que parecia um gemido de animal moribundo e vinha do primeiro andar. Subiu a escada sem pressa. As paredes mostravam os perfis de quadros que haviam sido subtraídos. Em ambos os lados da escada havia pedestais vazios onde ainda se podiam ver as marcas que figuras e bustos tinham deixado depois do saque. Chegando ao primeiro andar, parou e ouviu o gemido de novo. Determinou que vinha de um aposento na ponta do corredor. Foi lentamente para lá. A porta estava entreaberta. O intenso fedor que emanava lá de dentro acariciou seu rosto.

Ariadna atravessou a escuridão que permeava o quarto e se aproximou de uma cama com dossel que na penumbra parecia um carro funerário. Um arsenal de máquinas e instrumentos jazia inerte ao lado do leito, desconectados e encostados na parede. O tapete estava cheio de escombros e de tanques de oxigênio abandonados. Ariadna passou por esses obstáculos e puxou o véu que rodeava o leito. Do outro lado encontrou uma figura contorcida sobre si mesma, como se seus ossos tivessem se dissolvido em gelatina e a tensão da pele e a dor redesenhado sua anatomia. Os olhos, arregalados no seu rosto esquelético e injetados de sangue, a observavam com desconfiança. Aquele gemido gutural, um som entre a asfixia e o choro, emergiu de novo da sua garganta. A sra. Valls tinha perdido o cabelo, as unhas e a maioria dos dentes.

Ariadna olhou-a sem misericórdia. Depois se sentou em um lado da cama e se inclinou sobre ela.

— Onde está minha irmã? — perguntou.

A esposa de Valls tentou formar umas palavras. Ariadna ignorou o fedor que exalava e aproximou o rosto de seus lábios.

— Mate-me — ouviu-a suplicar.

2

Escondida em sua casa de bonecas, Mercedes a vira passar pela grade da vila. Estava vestida de um branco espectral e avançava em linha reta bem devagar, levando na mão um buquê de rosas. Mercedes sorriu. Fazia dias que a esperava. Tinha sonhado com ela muitas vezes. A morte, vestida na Pertegaz, finalmente visitava Vila Mercedes antes que o inferno a engolisse e deixasse em seu lugar uma terra baldia onde nunca mais cresceria grama nem sopraria o vento.

Estava em uma das janelas da casa de bonecas, para onde se transferira desde que os serviçais tinham abandonado a mansão pouco depois de a notícia da morte do seu pai circular. No início, dona Mariana, a secretária do pai, tentou retê-los, mas ao anoitecer chegaram uns homens de preto que a arrastaram para fora. Ouviu tiros atrás da garagem. Não quis ir olhar. Durante várias noites levaram os quadros, as estátuas, os móveis, a roupa, o faqueiro e tudo o que quiseram. Chegavam à hora do crepúsculo como uma matilha faminta. Também levaram os carros e arrebentaram as paredes dos salões procurando tesouros secretos que não acharam. Depois, quando não sobrou mais nada, partiram para não voltar.

Um dia viu dois carros da polícia chegando. Vinham na companhia de alguns dos seguranças que lembravam a escolta do seu pai. Por um instante pensou em ir ao encontro deles e contar tudo o que tinha acontecido, mas, quando os viu subindo ao escritório do pai na torre e roubando tudo, voltou a se esconder entre as bonecas. Ali, entre as centenas de figuras olhando para o vazio com olhos de vidro, ninguém a localizou. Deixaram a senhora entregue à própria sorte após desconectar as máquinas que a mantinham em seu estado de eterno tormento. Já estava uivando havia alguns dias, mas ainda não tinha morrido. Até então.

Nesse dia a morte viera visitar Vila Mercedes e em breve a garota teria as ruínas da casa só para si. Sabia que todos haviam mentido para ela. Achava que seu pai estava vivo e a salvo em algum lugar e que, assim que pudesse, voltaria para perto dela. Sabia disso porque Alicia tinha prometido. Tinha prometido a ela que ia encontrar seu pai.

Ao ver a morte subindo os degraus até a porta da casa e entrar, uma dúvida a assaltou. Talvez tivesse se enganado. Talvez aquela figura branca que ela confundira com a parca fosse Alicia, que tinha voltado para buscá-la e levá-la para perto do seu pai. Era a única coisa que fazia sentido. Ela sabia que Alicia nunca ia abandoná-la.

Saiu da casa de bonecas e se dirigiu à mansão principal. Quando entrou ouviu passos no primeiro andar e correu pela escada acima bem a tempo de vê-la entrar no quarto da senhora. O fedor que invadia o corredor era terrível. Tapou a boca e o nariz com a mão e foi até a porta. A figura de branco estava debruçada como um anjo sobre a cama da senhora. Mercedes conteve a respiração. Então a figura pegou um dos travesseiros e, cobrindo o rosto da senhora, apertou com força enquanto seu corpo se agitava em sacudidas até ficar inerte.

A figura foi se virando pouco a pouco e Mercedes sentiu um frio como nunca antes havia sentido. Estava enganada. Não era Alicia. A morte vestida de branco se aproximou lentamente dela e sorriu. Ofereceu-lhe uma rosa vermelha, que Mercedes aceitou com as mãos trêmulas, e perguntou:

— Sabe quem eu sou?

Mercedes fez que sim. A morte abraçou-a com infinito carinho e doçura. A jovem se deixou acariciar, contendo as lágrimas.

— Shhhh — sussurrou a morte. — Ninguém vai nos separar nunca mais. Ninguém vai nos fazer nenhum mal. Vamos ficar sempre juntas. Com papai e mamãe. Sempre juntas. Você e eu...

3

Alicia acordou no banco de trás do táxi. Ergueu-se e constatou que estava sozinha. Os vidros estavam embaçados de vapor. Limpou um deles com a manga e viu que estavam parados em um posto de gasolina. Um poste projetava um feixe de luz amarela que vibrava toda vez que os caminhões passavam pela estrada a toda a velocidade. Mais à frente se estendia um amanhecer de chumbo que cobria o céu sem deixar uma fresta. Esfregou os olhos e abriu a janela. Uma baforada de ar gélido arrancou-a de repente da sonolência. Uma fisgada de dor atravessou seu quadril. Soltou um gemido e apertou o flanco. Aos poucos a dor se reduziu a um palpitar surdo, um aviso do que vinha pela frente. Teria sido mais sábio tomar uma ou duas pílulas antes que o sofrimento aumentasse, mas ela queria permanecer alerta. Não tinha alternativa. Depois de alguns minutos, a silhueta do chofer emergiu do bar do posto de gasolina trazendo dois copos de papel e uma sacola manchada de gordura. Cumprimentou-a com a mão e contornou o carro com passos ligeiros.

— Bom dia — disse sentando-se de novo ao volante. — Está fazendo um frio danado. Trouxe alguma coisa para o café da manhã. Mais caseiro que continental, mas pelo menos está quente. Café com leite e uns churros que pareciam bons. Pedi que jogassem um pouquinho de conhaque no café para levantar o moral.

— Obrigada. Diga quanto foi.

— Está tudo incluído no preço do táxi, pensão completa. Vamos, coma alguma coisa. Vai lhe fazer bem.

Tomaram o café em silêncio dentro do carro. Alicia não estava com fome, mas sabia que precisava comer. Cada vez que passava um daqueles caminhões de alta tonelagem o espelho retrovisor vibrava e o carro todo tremia.

— Onde estamos?

— A dez quilômetros de Madri. Uns motoristas de entregas me disseram que fizeram barreiras da Guarda Civil nas entradas de quase todas as estradas federais que vêm do leste, então pensei que podíamos fazer uma volta e entrar pela estrada de Casa de Campo ou por Moncloa — disse o motorista.

— E por que íamos fazer isso?

— Não sei. Achei que um táxi de Barcelona entrando em Madri às sete da manhã talvez chamasse atenção. Por causa da cor amarela, só isso. E nós dois formamos um casal um pouco estranho, não me leve a mal. Mas você é quem manda.

Alicia bebeu o café com leite em um gole só. O conhaque queimava como gasolina, mas devolveu um pouco de calor aos seus ossos. O motorista a olhava de esguelha. Alicia não tinha prestado muita atenção nele até aquele momento. Era um homem mais jovem do que aparentava, de cabelo avermelhado e tez pálida. Usava uns óculos presos com fita isolante em cima do nariz e ainda tinha um olhar de adolescente.

— Como você se chama? — perguntou Alicia.

— Eu?

— Não. O táxi.

— Ernesto. Meu nome é Ernesto.

— Confia em mim, Ernesto?

— Você é de confiança?

— Até certo ponto.

— Tudo bem. Posso fazer uma pergunta de caráter pessoal? — disse o motorista. — Não tem por que responder se não quiser.

— Pode mandar bala.

— Era a isso que me referia. Antes, na saída de Guadalajara, fizemos uma curva fechada e as coisas que estão na sua bolsa se esparramaram pelo banco. Como você estava dormindo não quis incomodar e guardei tudo...

Alicia suspirou, assentindo com a cabeça.

— E viu que tenho uma pistola.

— Pois é. E não parecia de água, mas para dizer a verdade eu não entendo disso.

— Para você ficar mais tranquilo, pode me deixar aqui. Eu pago o combinado e depois vou pedir a um dos seus amigos caminhoneiros lá de dentro que me levem para Madri. Com certeza algum deles topa.

— Disso não tenho a menor dúvida, mas eu não ficaria tranquilo.

— Não se preocupe comigo. Eu sei me virar.

— Não, eu me preocupo com os caminhoneiros mais que com você, veja como são as coisas. Eu vou levá-la, que é o que tínhamos combinado, e não se fala mais nisso.

Ernesto ligou o motor e pousou as mãos no volante.

— Para onde vamos?

Encontraram uma cidade sepultada na névoa. Uma maré de bruma se arrastava sobre as torres e cúpulas que coroavam as cornijas da Gran Vía. Véus de vapor metálico varriam o pavimento e envolviam os carros e ônibus que tentavam abrir passagem com faróis que quase não conseguiam sequer arranhar a névoa. O tráfego avançava lento, às apalpadelas, e as figuras dos transeuntes pareciam espectros congelados nas calçadas.

Quando passaram em frente ao Hispania, sua residência oficial durante os últimos anos, Alicia levantou a vista para olhar aquela que fora sua janela. Percorreram o centro da cidade debaixo desse sudário de escuridão até que a silhueta do chafariz de Netuno se perfilou à sua frente.

— Para onde? — disse Ernesto.

— Continue até a Lope de Vega, vire à direita e depois suba pela Duque de Medinaceli, que é a primeira — indicou Alicia.

— Não ia para o Palace?

— Vamos pelos fundos. A entrada da cozinha.

O motorista fez que sim e seguiu as instruções. As ruas estavam quase desertas. O hotel Palace ocupava todo um quarteirão de forma trapezoidal e constituía uma cidade em si mesmo. Contornaram o perímetro até chegar a uma esquina onde Alicia lhe pediu que estacionasse bem atrás de uma caminhonete de onde uns peões descarregavam caixas com bisnagas de pão, frutas e outros alimentos.

Ernesto inclinou a cabeça para espiar aquela fachada monumental.

— Aqui está. O que prometi — disse ela.

O chofer se virou e encontrou um maço de notas na mão de Alicia.

— Não prefere que eu fique esperando aqui?

Alicia não respondeu.

— Porque você vai voltar, não vai?

— Pegue o dinheiro.

O taxista hesitou.

— Você está me fazendo perder tempo. Pegue o dinheiro.

Ernesto aceitou o pagamento.

— Conte.

— Eu confio.

— Você é quem sabe.

Ernesto a viu tirar algo da bolsa e meter no blazer do vestido. Apostou que não era um batom.

— Escute, não estou gostando disso. Por que não vamos embora?

— Quem vai embora é você, Ernesto. Assim que eu descer, volte para Barcelona e esqueça que me viu.

O motorista sentiu seu estômago revirar. Alicia pousou a mão no seu ombro, apertou afetuosamente e saiu do carro. Segundos depois Ernesto a viu desaparecer no interior do hotel Palace.

4

As vísceras do grande hotel já estavam a todo vapor para preparar o primeiro turno do café da manhã. Um exército de cozinheiros, ajudantes, serventes e garçons entrava e saía de cozinhas e de túneis levando carrinhos e bandejas. Alicia bordeou aquela algazarra banhada em cheiro de café e mil delícias, notando alguns olhares surpresos, mas ocupados demais para se deter em alguém que claramente era uma hóspede perdida ou, mais provavelmente, uma cortesã de luxo se esgueirando discretamente ao fim da sua jornada de trabalho. A etiqueta de todo hotel de luxo incluía a ciência do invisível, e Alicia deu essa cartada sem pudor até chegar à área dos elevadores de serviço. Entrou no primeiro, que dividiu com uma camareira que levava toalhas e sabonetes e olhava para ela de cima a baixo com uma mescla de curiosidade e inveja. Alicia sorriu de forma amigável, dando a entender que ambas estavam no mesmo barco.

— Tão cedo? — perguntou a funcionária.

— Deus ajuda quem cedo madruga.

A camareira fez que sim com a cabeça, tímida. Desceu no quarto andar. Quando as portas se fecharam e o elevador seguiu até o último, Alicia tirou o molho de chaves da bolsa e procurou a de cor dourada que Leandro lhe dera dois anos antes. "É uma chave mestra. Abre todos os quartos do hotel. Inclusive o meu. Faça bom uso. Nunca entre em um lugar sem saber o que a espera."

O elevador de serviço abriu as portas para uma pequena passagem que ficava escondida entre os armários da limpeza e a lavanderia. Alicia percorreu-a com passos ligeiros e abriu alguns centímetros da porta de acesso ao corredor principal que contornava todo o andar. A suíte de Leandro ficava em uma das esquinas suspensas sobre a praça de Netuno. Entrou no corredor e se dirigiu para lá. No caminho cruzou com um hóspede que voltava para o quarto supostamente depois de tomar o café da manhã e que sorriu para ela, amável. Alicia correspondeu. Quando virou, avistou a porta da suíte de Leandro. Não havia nenhum homem da segurança a postos na entrada. Leandro detestava esse tipo de cerimonial e prezava acima de tudo a discrição e a ausência de melodrama. Mas Alicia sabia que pelo menos dois de seus homens deviam estar por perto naquele mesmo instante, em um quarto próximo ou percorrendo o hotel. Calculou que na melhor das hipóteses tinha entre cinco e dez minutos.

Parou em frente à porta da suíte e olhou para os lados. Introduziu silenciosamente a chave e girou com suavidade. A passagem se abriu e Alicia entrou. Fechou-a atrás de si e permaneceu encostada na porta por alguns segundos. Um pequeno saguão dava para um corredor ao fim do qual se abria a sala oval que ficava situada sob a cúpula de um dos prédios. Leandro morava lá desde que ela se lembrava. Esgueirou-se até a sala e pôs a mão sobre a arma que tinha na cintura. O cômodo estava na penumbra. A porta que dava para o quarto da suíte estava entreaberta e projetava um ângulo de luz. Alicia ouviu o som de água corrente e um assobio que conhecia muito bem. Atravessou a sala e abriu a porta completamente. Ao fundo estava a cama, vazia e desarrumada. À esquerda era a porta do banheiro, que estava aberta. Um halo de vapor perfumado de sabão emanava dali. Alicia parou no umbral.

Leandro, de costas para ela, estava fazendo a barba escrupulosamente em frente ao espelho. Usava um roupão escarlate e chinelos combinando. A banheira, bem cheia e fumegante, o esperava ao lado. Um rádio sussurrava uma canção que Leandro acompanhava assobiando. Cruzou um olhar com Alicia no espelho e sorriu com afeto, sem nenhum sinal de surpresa.

— Estou à sua espera há vários dias. Você deve ter visto, disse aos meninos que saíssem do caminho.

— Obrigada.

Leandro se virou e limpou a espuma do rosto com uma toalha.

— Fiz isso pelo seu bem. Eu sei que você nunca gostou de trabalhar em equipe. Já tomou café? Peço alguma coisa?

Alicia negou. Tirou a pistola do bolso e apontou para a sua barriga. Leandro derramou nas mãos um pouco de loção de barbear e massageou o rosto.

— Suponho que seja a arma do pobre Hendaya. Bem pensado. Imagino que nem adianta perguntar onde podemos encontrá-lo. É que ele tinha mulher e filhos.

— Experimente em uma lata de comida para gatos.

— Que falta de amabilidade, Alicia. Vamos nos sentar?

— Estamos bem aqui.

Leandro se encostou no tampo da penteadeira.

— Como quiser. Pode falar.

Alicia hesitou alguns segundos. O mais simples seria atirar agora. Esvaziar o tambor e tentar sair viva dali. Com sorte chegaria à escada de serviço. Quem sabe, talvez conseguisse chegar à recepção antes que a derrubassem. Leandro, como sempre, lia seu pensamento e olhou-a com comiseração e afeto paternal balançando lentamente a cabeça em negativa.

— Você não devia ter me deixado — disse. — Não sabe como me doeu a sua traição.

— Eu nunca o traí.

— Por favor, Alicia. Você sabe perfeitamente que sempre foi a minha preferida. Minha obra-prima. Você e eu fomos feitos um para o outro. Somos a equipe perfeita.

— Por isso mandou aquela animália para me matar?

— Rovira?

— É assim que se chamava?

— Às vezes. A ideia era que ele fosse o seu substituto. Mandei-o só para aprender com você e vigiar os seus passos. Ele a admirava muito. Estava estudando você havia dois anos. Cada dossiê. Cada caso. Dizia que você era a melhor. O erro foi meu, achando que talvez ele pudesse ocupar o seu lugar. Agora entendi que ninguém pode substituí-la.

— Nem Lomana?

— Ricardo nunca entendeu bem qual era seu serviço. Começou a dar opiniões e a meter o nariz onde não devia quando a única coisa que se requeria dele era a sua força bruta. Confundiu as lealdades. Ninguém sobrevive neste negócio sem ter clareza em relação a isso.

— E quais são as suas?

Leandro sacudiu a cabeça.

— Por que não volta a trabalhar comigo, Alicia? Quem vai cuidar de você como eu cuido? Eu a conheço como se fosse da minha carne. Só preciso bater o olho para ver que neste momento a dor está comendo você viva, mas não quis tomar nada para ficar alerta. Olho nos seus olhos e vejo que está com medo. Medo de mim. E isso dói. Dói tanto...

— Se quiser um comprimido, ou melhor, o vidro inteiro, é todo seu.

Leandro sorriu com tristeza, murmurando:

— Reconheço que errei. E peço desculpas. É isso que você quer? Porque se for preciso eu me ajoelho. Não tenho pudor. Sua traição me machucou muito e me deixou cego. Logo eu, que sempre lhe ensinei que nunca se deve tomar decisões em meio ao rancor, à dor ou ao medo. Viu, eu também sou humano, Alicia.

— Estou quase começando a chorar.

Leandro sorriu com malícia.

— Está vendo como no fundo somos iguais? Onde você vai estar melhor que ao meu lado? Tenho grandes planos para nós dois. Pensei muito nestas últimas semanas e entendi por que você quer largar tudo isso. E mais, percebi que eu também quero. Estou farto de resolver as encrencas de incompetentes e néscios. Você e eu estamos destinados a outras coisas.

— Ah, é?

— Mas claro. Ou você pensava que íamos ficar eternamente lidando com as merdas dos outros? Isso acabou. Estou mirando em coisas muito mais importantes. Eu também vou largar tudo isso. E preciso que você esteja ao meu lado e me acompanhe. Sem você não posso fazer nada. Sabe do que estou falando, não é mesmo?

— Não tenho a menor ideia.

— Estou falando de política. Este país vai mudar. Mais cedo ou mais tarde. O General não vai durar para sempre. Precisamos de sangue novo. Gente com ideias. Gente que saiba lidar com a realidade.

— Como você.

— Como você e como eu. Você e eu, juntos, podemos fazer coisas grandes por este país.

— Como assassinar inocentes e roubar seus filhos para vendê-los?

Leandro suspirou fazendo uma expressão de desgosto.

— Não seja ingênua, Alicia. Eram outros tempos.

— Foi ideia sua ou de Valls?

— Isso tem importância?

— Para mim, tem.

— Não foi ideia de ninguém. Simplesmente as coisas aconteceram assim. Ubach e sua esposa botaram o olho nas filhas dos Mataix. Valls viu uma oportunidade. E depois vieram outras. Era uma época de oportunidades. E não há oferta sem demanda. Eu me limitei a fazer o que tinha que fazer e impedir que Valls metesse os pés pelas mãos.

— Parece que não conseguiu.

— Valls é um homem cobiçoso. Infelizmente, os cobiçosos nunca sabem quando chegou a hora de parar de abusar da sua posição e forçam as coisas até quebrar. Por isso, mais cedo ou mais tarde eles caem.

— Então ele continua vivo?

— Alicia... O que você quer de mim?

— A verdade.

Leandro riu de leve.

— A verdade? Nós dois sabemos que isso não existe. A verdade é um acordo que permite que os ingênuos não tenham que conviver com a realidade.

— Não vim aqui para ouvir o livro de citações.

O olhar de Leandro endureceu.

— Não. Você veio meter o nariz onde não foi chamada. Como sempre. Veio complicar tudo. Porque é assim que você faz sempre. Foi por isso que me deixou. E foi por isso que me traiu. E é por isso que chega aqui agora falando de verdade. Porque quer que eu diga que sim, que você é melhor que eu, é melhor que tudo isto.

— Não sou melhor do que ninguém.

— Claro que é. Por isso você foi sempre a minha favorita. Por isso quero que esteja comigo outra vez. Porque este país precisa de gente como você e como eu. Gente que saiba controlá-lo. Que saiba mantê-lo em ordem e em calma para que tudo não volte a ser um saco de ratos que vivem alimentando seus ódios, suas invejas e suas raivas mesquinhas e que se comem vivos. Você sabe que eu tenho razão. Que sem nós, embora sempre nos atribuam a culpa de tudo, este país afundaria. O que acha?

Leandro a olhou longamente nos olhos e, sem ter resposta, foi até a banheira. Virou-se de costas e se livrou do roupão. Alicia o observou nu, mais branco que barriga de peixe. O homem se apoiou na barra dourada que emergia da parede de mármore e foi entrando pouco a pouco na banheira. Uma vez deitado na água e com o vapor acariciando seu rosto, abriu os olhos e fitou-a com um laivo melancólico.

— Tudo deveria ter sido diferente, Alicia, mas nós somos filhos do nosso tempo. No fundo, acho que é melhor assim. Eu sempre soube que ia ser você.

Alicia abaixou a arma.

— O que está esperando?

— Não vou matar você.

— E para que veio então?

— Não sei.

— Claro que sabe.

Leandro estendeu o braço para a extensão do telefone fixada na parede da banheira. Alicia voltou a lhe apontar a arma.

— O que está fazendo?

— Você sabe como são essas coisas, Alicia... Telefonista. Sim. Uma ligação para o Ministério do Interior. Gil de Partera. Sim. Leandro Montalvo. Espero. Obrigado.

— Desligue agora mesmo. Por favor.

— Não posso fazer isso. O objetivo nunca foi salvar Valls. O objetivo era encontrá-lo e silenciá-lo para evitar que toda esta triste história viesse à tona. E quase cumprimos a missão com êxito mais uma vez. Mas você não me ouviu. Por isso agora, a contragosto, vou ter que ordenar a morte de todos aqueles que você envolveu em sua aventura. Daniel Sempere, sua esposa e toda a família, incluindo aquele imbecil que trabalha para eles, e todos os outros a quem você, na sua cruzada de redenção, teve a infeliz ideia de contar coisas que eles nunca deveriam saber. Você quis assim. Felizmente nos levou até todos eles. Como sempre, mesmo quando não quer, você é a melhor. Telefonista? Sim. Sr. ministro. Igualmente. É isso. Tenho notícias...

Bastou um disparo. O fone escorregou da sua mão e caiu no chão ao lado da banheira. Leandro inclinou a cabeça e ofereceu a ela um olhar envenenado de afeto e de anseio. Uma nuvem escarlate se espalhava sob a água, ocultando o reflexo do seu corpo. Alicia ficou imóvel, olhando como ele sangrava em cada pulsação até que as pupilas dos olhos se dilataram e o sorriso ficou congelado em uma careta de sarcasmo.

— Espero você — sussurrou Leandro. — Não demore.

Um instante depois, o corpo foi deslizando pouco a pouco e o rosto de Leandro Montalvo afundou de olhos abertos nas águas ensanguentadas.

5

Alicia pegou o aparelho no chão e o levou ao ouvido. A linha estava desligada. Leandro não tinha telefonado para ninguém. Pegou o frasco de pílulas e engoliu duas, mastigando-as e regando com um gole de um brandy caro que Leandro guardava em um pequeno armário da sala. Antes de sair da suíte, limpou cuidadosamente a arma de Hendaya e a deixou cair no tapete.

O caminho até o corredor de serviço parecia infinito. Dois dos elevadores estavam subindo e ela optou por usar a escada e descer o mais rápido possível. Atravessou novamente o meandro de corredores em volta das cozinhas até entrar no último trecho, que levava à saída, pensando que a qualquer momento iria sentir o impacto de uma bala nas costas, cair de bruços e morrer como um rato naqueles túneis do porão do Palace, a corte do Príncipe Escarlate. Quando chegou à rua, um sopro de água-neve roçou seu rosto. Parou um instante para recuperar o fôlego e nesse momento avistou o taxista parado ao lado do carro esperando ansioso no mesmo lugar que a tinha deixado. Quando Ernesto a viu aparecer correu até ela e, sem dizer uma palavra, a pegou pelo braço e a levou para o carro. Uma vez que a viu sentada no banco do passageiro, foi se instalar ao volante.

Já soavam sirenes à distância quando o motor pegou e o táxi arrancou suavemente rumo à avenida de San Jerónimo. Ao passar em frente à entrada principal do Palace, Ernesto viu pelo menos três carros pretos parados na porta do hotel e vários homens correndo lá para dentro e tirando do caminho quem estivesse pela frente. O motorista teve calma, ligou a seta e se fundiu no tráfego que avançava ladeira abaixo rumo a Recoletos. Lá chegando, ocultos entre um enxame de carros, ônibus e bondes que se arrastavam na névoa, o taxista deu um suspiro de alívio e se atreveu a olhar para Alicia pela primeira vez. Estava com o rosto sulcado de lágrimas, seus lábios tremiam.

— Obrigada por me esperar — disse ela.
— Você está bem?
Alicia não respondeu.
— Vamos para casa? — perguntou Ernesto.
Ela negou com a cabeça.
— Ainda não. Falta uma última parada...

6

O carro parou em frente à grade de lanças. Ernesto desligou o motor e observou a silhueta de Vila Mercedes que aparecia entre o arvoredo. Alicia também estava examinando a casa sem dizer uma palavra. Ficaram ali por um minuto, deixando que o silêncio que envolvia aquele lugar os impregnasse pouco a pouco.

— Parece que aqui não tem ninguém — disse o motorista.
Alicia abriu a porta do carro.
— Quer que eu vá também? — perguntou Ernesto.
— Espere aqui.
— Não vou a lugar nenhum.

Alicia desceu do táxi e se aproximou da cerca. Antes de entrar se virou e olhou para Ernesto, que sorriu vagamente e acenou com a mão, morrendo de medo. Ela passou por entre as grades e se encaminhou para a casa através dos jardins. No caminho, vislumbrou entre as árvores a silhueta do trem a vapor. Atravessou o jardim de estátuas. O único som que se ouvia era o de seus passos sobre a folhagem. Durante alguns minutos atravessou a propriedade sem observar qualquer sinal de vida além de uma maré de aranhas negras penduradas em crisálidas aderidas às folhas das árvores e correndo aos seus pés.

Quando chegou à escada principal e verificou que a porta da casa estava aberta, parou. Olhou em volta e viu que a garagem estava vazia. Vila Mercedes exalava um ar inquietante de desolação e abandono, como se todas as pessoas que haviam sido parte daquele lugar tivessem partido no meio da noite fugindo de uma maldição. Subiu a escada devagar até a soleira da porta e entrou no vestíbulo.

— Mercedes? — chamou.

O eco de sua voz se perdeu em uma ladainha de salões e corredores desertos. Um leque de corredores sombrios se abria para vários lados. Alicia foi até o pórtico de um grande salão de baile onde as folhas tinham penetrado, impulsionadas pelo vento. As cortinas ondeavam com a corrente de ar, e um manto de insetos viera reptando do jardim e agora se espalhava pelas lajotas de mármore branco.

— Mercedes? — chamou outra vez.

Sua voz se perdeu de novo nas entranhas da casa. Sentiu então o fedor adocicado que vinha do alto da escada e começou a subir. O rastro a levou para o quarto do fundo do corredor. Entrou no aposento, mas parou no meio do caminho. Um manto de aranhas negras cobria o cadáver da sra. Valls. Tinham começado a devorá-la.

Alicia correu de volta para o corredor e abriu uma das janelas que davam para o pátio interno em busca de uma lufada de ar fresco. Ao tirar a cabeça do átrio percebeu que todas as janelas que se abriam para aquele pátio estavam fechadas exceto uma, em uma extremidade do terceiro andar. Dirigiu-se de novo para a escada principal e subiu até lá. Um longo corredor mergulhava na penumbra. Ao fundo, via-se entreaberta uma porta dupla de cor branca.

— Mercedes, é Alicia. Você está aí?

Avançou devagar, examinando os relevos atrás das cortinas e as sombras perfiladas entre as portas que flanqueavam o corredor. Chegando ao final dele, pôs as mãos na porta e parou.

— Mercedes?

Empurrou.

As paredes eram pintadas de azul-celeste e tinham uma constelação de desenhos inspirados em contos de fada e lendas. Um castelo, uma carruagem, uma princesa e todo tipo de criaturas fantásticas cruzavam um céu de estrelas incrustadas em prata na abóbada do teto. Alicia entendeu que se tratava de um quarto de jogos, um paraíso para infantes privilegiados onde era possível encontrar todos os brinquedos que uma criança pudesse desejar. As duas irmãs a esperavam no fundo do aposento.

O leito era branco e coroado por uma cabeceira de madeira lavrada em forma de um anjo de asas abertas que contemplava o quarto com uma devoção infinita. Ariadna e Mercedes estavam vestidas de branco, deitadas na cama de mãos dadas e segurando sobre o peito com a outra mão uma rosa vermelha. Um estojo com uma seringa e uns frascos de vidro descansava sobre a mesinha de cabeceira, ao lado de Ariadna.

Alicia sentiu um tremor nas pernas e se segurou em uma cadeira. Nunca soube quanto tempo permaneceu ali, se foi apenas um minuto ou uma hora, e depois só conseguiu lembrar que quando desceu a escada e chegou ao térreo seus passos a levaram para o salão de baile. Chegando lá foi até a lareira. Ali encontrou uma caixa com fósforos longos em cima de uma prateleira. Acendeu um e começou a percorrer o perímetro da mansão ateando fogo em cortinas e tecidos. Pouco depois sentiu as chamas rugirem às suas costas e saiu daquela casa da morte. Atravessou de novo o jardim sem olhar para trás enquanto Vila Mercedes ardia em chamas e uma pira negra se levantava em direção ao céu.

IN PARADISUM

BARCELONA
FEVEREIRO DE 1960

1

Como fazia todos os domingos desde que ficara viúvo, mais de vinte anos antes, Juan Sempere se levantou cedo, preparou um café bem forte e envergou seu terno e seu chapéu de senhor de Barcelona para descer para a igreja de Santa Ana. O livreiro nunca tinha sido um homem religioso, a menos que dom Alexandre Dumas contasse como membro ex cathedra do santoral. Gostava de se instalar no último banco e presenciar o rito em silêncio. Ele se levantava e se sentava por respeito quando o sacerdote assim indicava, mas não participava dos cânticos, das preces nem da comunhão. Desde que Isabella morrera, o céu e ele, que nunca haviam sido os interlocutores mais animados, tinham pouco a se dizer.

O padre, que estava a par de suas convicções, ou da ausência delas, sempre o recebia bem e lembrava a ele que ali era a sua casa, acreditasse no que acreditasse.

— Cada um vive a fé do seu jeito — dizia. — Mas não repita isso senão me mandam para as missões e eu acabo na barriga de uma sucuri.

O livreiro sempre lhe respondia que não tinha fé, mas que ali naquele lugar se sentia mais perto de Isabella, talvez porque tinha se casado com ela e realizado seu funeral naquela capela, com cinco anos de diferença, os únicos felizes que lembrava em sua vida.

Naquela manhã de domingo Juan Sempere sentou-se como sempre no último banco para ouvir a missa e observar como os madrugadores do bairro, uma mistura de beatas e pecadores, pessoas sozinhas, insones, otimistas e aposentados da esperança, se reuniam para implorar a Deus que, em seu infinito silêncio, se lembrasse deles e de suas efêmeras existências. Conseguia ver a respiração do padre desenhando preces de vapor no ar. O público se inclinava em direção à única estufa a gás que o orçamento da paróquia permitia e que, apesar da influência que as virgens e os santos exerciam em seus nichos, não fazia milagre.

O padre já ia consagrar a hóstia sagrada e beber daquele vinho que ele, com tanto frio, não recusaria quando captou com o rabo do olho uma figura deslizando pelo banco e se sentando ao seu lado. Sempere virou-se e viu seu filho Daniel, que não via em uma igreja desde o dia do seu casamento. Só faltava ver Fermín entrando ali com um missal na mão para decidir que na verdade o despertador se declarara em rebelião e tudo aquilo era parte do sono plácido de um domingo de inverno.

— Tudo bem? — perguntou Juan.

Daniel fez que sim com um sorriso manso e dirigiu os olhos para o padre, que começava a distribuir a comunhão entre os fiéis enquanto o organista, um professor de música que se multiplicava em várias igrejas do bairro e era cliente da livraria, tocava o melhor que podia.

— A julgar pelos crimes cometidos contra dom Johann Sebastian Bach, o professor Clemente deve estar com os dedos congelados esta manhã — acrescentou.

Daniel se limitou a concordar de novo. Sempere observou seu filho, que andava ensimesmado havia alguns dias. Daniel tinha dentro de si um mundo de ausências e silêncios onde ele nunca pudera entrar. Nunca esquecia aquele amanhecer, quinze anos antes, em que ele acordou gritando porque não conseguia se lembrar mais do rosto da mãe. Naquela manhã o livreiro foi com ele pela primeira vez ao Cemitério dos Livros Esquecidos, talvez na esperança de que aquele lugar e tudo o que significava pudessem preencher o vazio que a perda dela havia deixado em suas vidas. Viu-o crescer e se tornar homem, casar e trazer um filho ao mundo, e, mesmo assim, toda manhã se levantava temendo por ele e desejando que Isabella estivesse ao seu lado para lhe dizer as coisas que ele mesmo nunca poderia dizer. Um pai nunca via seus filhos envelhecendo, aos seus olhos sempre eram aqueles meninos que um dia o olharam com veneração, convencidos de que ele tinha as respostas para todos os enigmas do universo.

Nessa manhã, contudo, sob a meia-luz de uma capela distante de Deus e do mundo, o livreiro olhou para o filho e pela primeira vez pensou que o tempo tinha começado a correr para ele também, e que nunca mais veria o menino que vivia tentando recordar o rosto daquela mãe que não ia voltar mais. Sempere tentou encontrar palavras para dizer que o entendia, que ele não estava sozinho, mas aquela escuridão que pendia sobre seu filho como uma sombra envenenada lhe deu medo. Daniel se virou para o pai e Sempere leu em seus olhos uma raiva e uma ira que nunca tinha visto nem mesmo no olhar de velhos que a vida já tinha condenado à miséria.

— Daniel... — sussurrou.

Seu filho então o abraçou com força, silenciando-o e apertando seu corpo como se receasse que pudessem tirá-lo dele. O livreiro não via seu rosto, mas sabia que o filho estava chorando em silêncio. E, pela primeira vez desde que Isabella os deixara, rezou por ele.

2

O ônibus os deixou na porta do cemitério de Montjuic pouco antes do meio-dia. Daniel pegou Julián no colo e esperou que Bea descesse primeiro. Até então nunca tinham levado o menino àquele lugar. Um sol frio havia queimado as nuvens e o céu projetava uma lâmina de azul-metálico que destoava do cenário. Atravessaram as portas da cidade dos mortos e começaram a subir. O caminho que percorria a encosta da montanha bordeava a parte antiga do cemitério, construída no final do século XIX, e era ladeado por mausoléus e túmulos de arquitetura melodramática que invocavam anjos e espectros em babéis extravagantes, para glória das grandes fortunas e das famílias da cidade.

Bea sempre tinha detestado a cidade dos mortos. Detestava visitar aquele lugar onde não via nada além de uma encenação mórbida da morte e uma tentativa de convencer os apavorados visitantes de que a estirpe e o bom nome se conservavam até na escura eternidade. Deplorava que um exército de arquitetos, escultores e artesãos tivessem vendido seu talento para construir uma necrópole suntuosa e povoá-la com estátuas nas quais espíritos da morte se inclinavam para beijar a testa de crianças do tempo anterior à penicilina, donzelas espectrais eram capturadas em conjuras de eterna melancolia, anjos desconsolados choravam estendidos em lápides de mármore a perda de algum retornado sanguinário que tinha feito fortuna e glória com o tráfico de escravos e o açúcar ensanguentado das ilhas do Caribe. Em Barcelona, até a morte se vestia de domingo. Bea detestava aquele lugar, mas nunca poderia dizer isso a Daniel.

O pequeno Julián olhava todo aquele carnaval dantesco com os olhos arregalados. Apontava as figuras e as estruturas labirínticas dos panteões com uma mistura de temor e assombro.

— São só estatuas, Julián — disse sua mãe. — Não podem nos fazer mal nenhum porque aqui não tem nada.

Assim que pronunciou essas palavras ficou arrependida. Daniel não parecia ter ouvido. Quase não abrira a boca desde que voltara para casa de madrugada sem dar explicações de onde tinha estado. Deitara-se ao seu lado em silêncio, mas não dormiu nem um minuto.

Ao amanhecer, quando Bea lhe perguntou o que estava acontecendo, Daniel a olhou sem dizer nada. Depois a despiu com raiva. Possuiu-a à força, sem olhar em seu rosto, segurando os braços dela acima da cabeça com uma das mãos e com a outra lhe abrindo as pernas sem contemplações.

— Daniel, está me machucando. Pare, por favor. Pare.

Ele ignorou os protestos e investiu com uma fúria que Bea não conhecia até ela libertar as mãos e cravar as unhas em suas costas. Daniel gemeu de dor, e ela o empurrou para o lado com toda a força. Assim que se livrou dele, Bea pulou da cama e se cobriu com um roupão. Quis gritar, mas conteve as lágrimas. Daniel tinha se encolhido na cama como um novelo e evitava seus olhos. Bea respirou fundo.

— Não volte a fazer isso, Daniel. Nunca mais. Entendeu? Olhe na minha cara e responda.

Ele levantou o rosto e fez que sim. Bea se trancou no banheiro até ouvir a porta do apartamento. Daniel voltou uma hora depois. Havia comprado flores.

— Não quero flores.

— Tinha pensado em ir ver minha mãe — disse Daniel.

Sentado à mesa e segurando uma caneca de leite, o pequeno Julián observava seus pais e detectou que algo não ia bem. Eles podiam enganar todo mundo, mas nunca Julián, pensou Bea.

— Então vamos com você — replicou.

— Não precisa.

— Eu disse que vamos com você.

Chegando ao pé da colina sobre a qual se abria uma balaustrada de frente para o mar, Bea parou. Sabia que Daniel queria visitá-la a sós. Ele fez menção de lhe entregar Julián, mas o menino resistiu a deixar o colo do pai.

— Leve-o com você. Eu espero aqui.

3

Daniel se ajoelhou em frente à lápide e deixou as flores sobre o túmulo. Acariciou as letras gravadas na pedra:

ISABELLA SEMPERE
1917-1939

Ficou ali de olhos fechados até que Julián começou a balbuciar de um jeito incompreensível como fazia quando algo lhe rondava a cabeça.

— O que foi, Julián?

Seu filho estava apontando para uma coisa ao pé da lápide. Daniel vislumbrou uma pequena figura que despontava entre as pétalas de flores secas à sombra de uma vasilha de vidro. Parecia uma estatueta de gesso. Daniel tinha certeza de que não estava lá na última vez que visitara o túmulo de sua mãe. Pegou-a e examinou. Um anjo.

Julián, que observava a figurinha com fascinação, inclinou-se e tentou tirá-la de suas mãos. No movimento, o anjo escorregou, caiu no mármore e quebrou. Foi então que Daniel notou que havia algo sobressaindo de uma das metades. Uma folha de papel enrolada. Deixou Julián no chão e pegou a figura. Desenrolou o papel e reconheceu a caligrafia de Alicia Gris.

Mauricio Valls
El Pinar
Rua Manuel Arnús
Barcelona

Julián o olhava com atenção. Daniel guardou o papel no bolso e lhe ofereceu um sorriso que não pareceu convencer muito o menino. Ele olhava para o pai do mesmo jeito de quando se deitava com febre no sofá. Daniel deixou uma rosa branca na lápide e pegou o filho no colo de novo.

Bea os esperava ao pé da colina. Quando chegou ao seu lado, Daniel abraçou-a em silêncio. Queria lhe pedir desculpas pelo que tinha acontecido naquela manhã e por tudo, mas não achava as palavras. O olhar de Bea o encontrou.

— Você está bem, Daniel?

Ele se escondeu atrás daquele sorriso que já não havia convencido Julián e agora muito menos Bea.

— Eu amo você — disse.

Nessa noite, depois de pôr Julián para dormir, fizeram amor devagar e à meia-luz. Daniel percorreu o corpo dela com os lábios como se temesse nunca mais poder fazê-lo. Depois, abraçados sob os cobertores, Bea sussurrou no seu ouvido:

— Eu gostaria que tivéssemos outro filho. Uma menina. Você quer?

Daniel fez um gesto afirmativo e beijou sua testa. Continuou acariciando a esposa até que Bea dormiu. Então esperou que sua respiração ficasse lenta e profunda. Levantou-se em silêncio, apanhou a roupa e se vestiu na sala. Antes de sair parou em frente ao quarto de Julián e entreabriu a porta. Seu filho estava dormindo placidamente, abraçado com um jacaré de pelúcia que Fermín lhe dera e que tinha o dobro do seu tamanho. Julián o batizara de Carlitos, e não havia forma de convencê-lo a dormir sem ele, apesar de todas as tentativas que Bea fizera de substituí-lo por um boneco mais manuseável. Resistiu à vontade de entrar no quarto e beijar seu filho. Julián tinha um sono leve e um radar especial para os movimentos dos pais pela casa. Ao fechar a porta do apartamento, perguntou a si mesmo se voltaria a vê-lo.

4

Subiu no bonde noturno que saía da praça de Catalunha bem quando começava a deslizar sobre os trilhos. No vagão não havia mais de meia dúzia de passageiros encolhidos de frio e balançando com os solavancos contínuos do bonde, os olhos semifechados, alheios ao mundo. Ninguém se lembraria de vê-lo lá.

Durante meia hora o bonde avançou cidade acima quase sem cruzar com outros veículos. Passava em frente às paradas desertas deixando um rastro de chispas azuis na fiação e um cheiro de eletricidade e madeira queimada. Vez por outra algum dos passageiros voltava à vida, ia cambaleando para a saída de trás e descia sem esperar o bonde parar. No último trecho da subida, da esquina da Vía Augusta com a Balmes até a avenida del Tibidabo, suas únicas companhias eram um fiscal letárgico que cochilava apoiado no seu tamborete de popa e o motorneiro, um homúnculo unido ao mundo por um charuto que exalava plumas de fumaça amarelada com cheiro de gasolina.

Chegando ao ponto final, o condutor soltou uma baforada comemorativa e tocou o sino. Daniel desceu e deixou para trás a bolha de luz âmbar que envolvia o bonde. À sua frente se abriam em fuga a avenida del Tibidabo e a sucessão de mansões e palácios que subiam pela encosta. No alto, como um sentinela silencioso vigiando a cidade, via-se a silhueta de El Pinar. Daniel sentiu seu coração acelerar. Fechou bem o casaco e começou a andar.

Quando passou em frente ao número 32 da avenida, levantou os olhos para observar a antiga casa dos Aldaya através da grade, e as lembranças o dominaram. Naquele velho casarão tinha encontrado e quase perdido a vida fazia uma eternidade, ou melhor, alguns poucos anos. Com toda certeza, se Fermín estivesse ao seu lado teria achado o jeito de alinhavar alguma ironia sobre como aquela avenida parecia descrever o seu destino e como só um tolo pensaria em perpetrar o que ele tinha em mente enquanto a esposa e o filho dormiam sua última noite de paz na Terra. Talvez fosse melhor ter trazido Fermín. Ele faria o impossível para impedir, não lhe permitiria cometer uma loucura. Fermín iria se interpor entre ele e seu dever, ou simplesmente entre ele e seu obscuro desejo de vingança. Por isso sabia que, naquela noite, teria que enfrentar sozinho o seu destino.

Ao chegar à pracinha que coroava a avenida, Daniel se abrigou nas sombras e se dirigiu para a rua que contornava a colina sobre a qual se erguia a silhueta sombria e angulosa de El Pinar. De longe, a casa parecia suspensa no céu. Só chegando ao pé da construção se percebiam o tamanho do jardim que a rodeava e a escala catedralesca da estrutura. A propriedade, um morro ajardinado, era cercada por um muro que bordeava a rua, e a entrada principal era protegida por uma construção anexa, arrematada por um torreão, com uma grade reticulada da época em que a metalurgia ainda era uma arte. Mais abaixo havia um segundo acesso, um pórtico de pedra feito no muro com um dintel anunciando o nome da mansão, atrás do qual se intuía uma longa subida por um labirinto de escadas através dos jardins. A grade parecia tão sólida quanto a principal. Daniel concluiu que a única alternativa era escalar o muro, pular para dentro e chegar até a casa atravessando o arvoredo e contando que não seria visto. Perguntou a si mesmo se não haveria cachorros ou guardas escondidos. De fora não se via luz alguma. El Pinar exalava um ar fúnebre de solidão e abandono.

Alguns minutos de observação o levaram a escolher um ponto no muro que parecia mais resguardado pelas árvores. A pedra ali estava úmida e escorregadia, e foi preciso fazer várias tentativas até que conseguiu atingir a parte alta e pular para o outro lado. Quando aterrissou em um manto de folhas de pinheiro e galhos derrubados sentiu que a temperatura a seu redor caía, como se tivesse penetrado em um subterrâneo. Começou a subir a colina com cautela, parando seguidamente para escutar o ar, o rumor da brisa entre as folhas. Pouco depois se deparou com um caminho de pedras que saía da entrada da propriedade e chegava à esplanada em torno da casa. Percorreu-o até que a fachada apareceu à sua frente. Olhou em volta. Foi envolvido pelo silêncio e pela densa penumbra. Se havia mais alguém naquele lugar, não tinha intenção de revelar sua presença.

O local estava imerso em sombras, com as janelas escuras, e o único som perceptível vinha de suas próprias pisadas e do vento assobiando entre as árvores. Mesmo com o tênue luar se percebia que El Pinar estava praticamente abandonada havia anos. Daniel olhou a mansão, desconcertado. Tinha esperado encontrar guardas, cachorros ou algum tipo de vigilância armada. Talvez, secretamente, tivesse desejado isso. Alguém que pudesse, ou quisesse, impedi-lo. Não havia ninguém.

Foi até uma das janelas e encostou o rosto no vidro rachado. Lá dentro se vislumbrava um recinto de trevas. Contornou a estrutura e chegou a uma espécie de pátio que dava para uma galeria envidraçada. Examinou o interior e não detectou qualquer luz ou movimento. Pegou uma pedra e quebrou o vidro de uma porta. Meteu a mão no buraco e abriu-a por dentro. O cheiro da casa o abraçou como se um espírito velho e malévolo estivesse à sua espera com ânsia. Deu alguns passos para dentro e percebeu que estava tremendo, ainda com a pedra na mão. Não a soltou.

A galeria levava a um espaço retangular que algum dia devia ter sido um salão de jantar de gala. Atravessou-o até chegar a um cômodo com grandes janelas de aspecto arabesco das quais se podia observar toda Barcelona, mais distante do que nunca. Foi explorando a casa, sentindo que percorria o casco de um navio afundado. Os móveis estavam cobertos com um sudário de treva esbranquiçada, as paredes escurecidas, as cortinas puídas ou jogadas no chão. No centro daquele lugar encontrou um átrio interno que se erguia até uma cobertura rachada por onde entravam feixes de luz que evocavam sabres de vapor. Ouviu uma batida de asas e um rumor lá em cima. Em um lado se abria uma suntuosa escadaria de mármore que parecia mais própria de um teatro de ópera que de uma residência particular. Ao lado havia uma antiga capela. O rosto de um Cristo pregado na cruz se entrevia na penumbra, atravessado por lágrimas de sangue e com um olhar acusador. Mais adiante, atrás das portas de vários aposentos fechados, um portão aberto parecia se fundir nas entranhas da casa. Daniel foi até lá e parou. Uma leve corrente de ar acariciou seu rosto e com ela veio um cheiro. Cera.

Avançou alguns passos por um corredor e encontrou uma escada com um aspecto mais mundano, que intuiu que devia ser destinada ao pessoal de serviço. Alguns metros mais à frente se abria uma ampla sala em cujo centro havia uma mesa de madeira e umas cadeiras caídas. Daniel entendeu que estava na antiga cozinha. O cheiro de cera vinha dali. Um suave resplendor intermitente desenhava o contorno das paredes. Daniel notou que a mesa tinha uma mancha escura que transbordara até salpicar o chão, formando uma poça de sombra líquida. Sangue.

— Quem é? — disse uma voz, que soava quase mais atemorizada que o próprio Daniel.

Ele parou e foi se refugiar na sombra. Ouviu passos se aproximando muito lentamente.

— Quem é?

Daniel agarrou a pedra com força e prendeu a respiração. Uma silhueta com uma vela em uma mão e um objeto brilhante na outra se aproximava. De repente parou, como se intuísse a sua presença. Daniel estudou a sombra que a figura projetava. Ela segurava uma arma com o pulso trêmulo. Avançou alguns passos e neste instante Daniel viu a mão que empunhava a pistola atravessar a soleira atrás da qual tinha se escondido.

Seu medo se transformou em raiva e, antes de perceber o que estava fazendo, se lançou contra a figura e bateu com a pedra na mão com todas as suas forças. Ouviu o som de ossos quebrando e um uivo. A arma caiu no chão. Daniel se precipitou sobre o seu dono e descarregou nele toda a raiva que trazia consigo. Bateu com os punhos nus no seu rosto e no torso. A figura tentava proteger a cara com os braços e gritava como um animal tomado de pânico. A vela tinha caído no chão e formado uma poça de cera que pegou fogo. Foi essa luz âmbar que revelou o rosto aterrorizado de um homem de aspecto frágil. Daniel parou, desconcertado. O homem, com a respiração entrecortada e o rosto ensanguentado, olhava para ele sem entender coisa nenhuma. Daniel pegou a pistola e apertou o cano contra um dos seus olhos. O sujeito deu um gemido.

— Não me mate, por favor... — suplicou.

— Onde está Valls?

O homem continuava sem entender.

— Onde está Valls? — repetiu Daniel, sentindo na própria voz um tom metálico e impregnado de um ódio que ele não reconhecia.

— Quem é Valls? — balbuciou o homem.

Daniel fez menção de bater no rosto dele com a pistola e o outro fechou os olhos, tremendo. Daniel percebeu que estava agredindo um velho. Recuou e sentou-se com as costas contra a parede. Respirou fundo e tentou recuperar o controle de si mesmo. O velho tinha se encolhido como um novelo, choramingando.

— Quem é você? — conseguiu articular Daniel após exalar um suspiro. — Não vou matá-lo. Só quero saber quem é você e onde está Valls.

— O vigia — gemeu. — Sou o vigia.

— O que está fazendo aqui?

— Eles me disseram que iam voltar. Que lhe desse de comer e que os esperasse aqui.

— Que desse de comer a quem?

O velho deu de ombros.

— Valls?

— Não sei como se chama. Deixaram esta pistola comigo dizendo que se não voltassem em três dias eu deveria matá-lo e jogá-lo no poço. Mas eu não sou assassino...

— Quanto tempo faz disso?

— Não sei. Vários dias.

— Quem disse que ia voltar?

— Um capitão da polícia. Não me disse o nome. Deixou dinheiro. É seu, se quiser.

Daniel negou com a cabeça.

— Onde está esse homem? Valls.

— Lá embaixo... — informou, apontando para uma porta metálica na extremidade da cozinha.

— Quero as chaves.

— Você veio aqui matá-lo então?

— As chaves.

O velho procurou nos bolsos e lhe deu um molho de chaves.

— Você está com eles? Com a polícia? Eu fiz tudo o que me disseram, mas não podia matá-lo...

— Como é seu nome?
— Manuel. Manuel Requejo.
— Vá para casa, Manuel.
— Não tenho casa... Moro em uma cabana, lá atrás, no bosque.
— Vá embora daqui.

O velho fez que sim. Levantou-se trabalhosamente e se agarrou à mesa para ficar em pé.

— Não queria machucá-lo — assegurou Daniel. — Achei que era outra pessoa.

O homem evitou seu olhar e se arrastou para a saída.

— Você vai lhe fazer um favor — disse.

5

Atrás da porta de metal havia um quarto onde encontrou várias estantes com latas de conserva. A parede do fundo tinha uma abertura atrás da qual se vislumbrava um túnel escavado na pedra que descia em um ângulo muito pronunciado. Assim que Daniel chegou à entrada, o intenso fedor que vinha do subterrâneo o golpeou. Era um fedor animal, de excremento, sangue e medo. Cobriu o rosto com a mão e escutou as sombras. Percebeu que pendurada na parede havia uma lanterna. Acendeu-a e projetou a luz na direção do túnel. Uma escada esculpida na rocha se perdia em um poço de negrume.

Desceu lentamente. As paredes porejavam umidade e o chão era escorregadio. Calculou que tinha descido uns dez metros quando avistou o fim da escada. Ali o túnel se alargava e se abria em um espaço vazio do tamanho de um quarto. O fedor era tão intenso que nublava os sentidos. Ao varrer as trevas com o feixe de luz da lanterna viu as grades que separavam a câmara perfurada na pedra em duas metades. Percorreu com a luz o interior da cela sem entender. Estava vazia. Então ouviu o rumor de uma respiração difícil e notou, em um canto onde as sombras se desdobravam, uma silhueta esquelética se arrastando em direção à luz. Entendeu que tinha se enganado. Havia algo preso ali, algo que custou a identificar como um homem.

Olhos queimados pela escuridão, olhos que pareciam não ver e estavam velados por uma superfície esbranquiçada. Esses olhos o procuravam. A silhueta, um amontoado de farrapos cobrindo um saco de ossos envolvidos em sangue seco, sujeira e urina, se aferrou a uma das grades e tentou se levantar. Só tinha uma das mãos. No lugar onde deveria estar a outra só havia um coto supurando, queimado a fogo. A criatura se pôs contra as grades como se quisesse sentir seu cheiro. De repente sorriu e Daniel entendeu que tinha visto a pistola que trazia na mão.

Daniel procurou no molho de chaves até encontrar a que entrava no ferrolho. Abriu a cela. A criatura lá dentro o olhava, ansiosa. Daniel reconheceu nela um pálido reflexo do homem que havia aprendido a odiar durante os últimos anos. Não restava nada do seu semblante régio, do seu porte soberbo, da sua presença altiva. Alguém ou algo lhe havia arrancado tudo o que se podia arrancar de um ser humano, até deixar somente um desejo de escuridão e de esquecimento. Daniel ergueu a arma e apontou para o seu rosto. Valls riu de júbilo.

— Você matou minha mãe.

Valls fez que sim várias vezes e abraçou seus joelhos. Buscou a arma com a única mão que lhe restava e dirigiu-a contra a própria testa.

— Por favor, por favor — implorou entre lágrimas.

Daniel puxou o percussor. Valls fechou os olhos e apertou o rosto com força contra o cano.

— Olhe para mim, filho da puta.

Valls abriu os olhos.

— Diga-me por quê.

Valls sorriu sem entender. Tinha perdido vários dentes, suas gengivas sangravam. Daniel virou o rosto e sentiu uma náusea subindo pela garganta. Fechou os olhos e evocou o rosto do seu filho Julián dormindo no quarto. Afastou a arma de si e abriu o tambor. Deixou as balas caírem no chão molhado e afastou Valls com um empurrão.

Valls olhou-o, primeiro com desconcerto e depois com pânico, e começou a apanhar as balas, uma por uma, para oferecê-las a ele com a mão trêmula. Daniel jogou a arma no fundo da cela e pegou Valls pelo pescoço. Uma fagulha de esperança iluminou seu olhar. Daniel o segurou com força e o arrastou para fora da cela escada acima. Ao chegar à cozinha abriu a porta com um pontapé e saiu da casa sem em momento algum soltar Valls, que cambaleava às suas costas. Não olhou para ele nem lhe dirigiu a palavra. Limitou-se a arrastá-lo pelos caminhos do jardim até chegar ao portão de ferro. Uma vez lá, procurou a chave no molho que o vigia lhe entregara e abriu.

Valls tinha começado a gemer, apavorado. Daniel o empurrou para a rua com violência. O homem caiu no chão e ele o puxou de novo pelo braço e o obrigou a se levantar. Valls deu alguns passos e parou. Daniel lhe deu um pontapé e o forçou a continuar. Foi empurrando o homem até a praça onde o primeiro bonde azul esperava passageiros. Estava começando a clarear e o céu se abria em uma teia avermelhada que se espalhava sobre Barcelona e incendiava o mar ao longe. Valls se prostrou de joelhos em frente a Daniel, implorando.

— Você está livre — disse Daniel. — Vá embora daqui.

Dom Mauricio Valls, luz do seu tempo, saiu mancando avenida abaixo. Daniel permaneceu ali até a silhueta do homem se fundir no cinza da alvorada. Buscou refúgio no bonde, que esperava vazio. Subiu e sentou-se em um dos bancos do fundo. Encostou o rosto no vidro e fechou os olhos. Pouco depois se rendeu ao sono, e quando o fiscal o acordou um sol claro já varria as nuvens e Barcelona cheirava a limpo.

— Para onde vai, chefe? — perguntou o fiscal.

— Para casa — disse Daniel. — Vou para casa.

Logo depois o bonde começou a descer e Daniel abandonou o olhar no horizonte que se desenhava aos pés da grande avenida, sentindo que já não lhe restava mais rancor na alma e que pela primeira vez em muitos anos tinha acordado com a lembrança que o acompanharia pelo resto dos seus dias: o rosto de sua mãe, cuja idade ele já superava.

— Isabella — murmurou para si mesmo. — Seria bom ter podido conhecê-la.

6

Dizem que o viram chegar à entrada do metrô e que desceu a escada procurando os túneis como se quisesse voltar para o inferno. Dizem que, ao ver seus farrapos e sentir o fedor que ele exalava, as pessoas se afastavam e fingiam não enxergá-lo. Dizem que entrou em um dos trens e que foi se entocar em um canto do vagão. Ninguém se aproximou dele, ninguém o olhou, e depois ninguém quis admitir que o tinha visto.

Dizem que o homem invisível chorava e implorava em altos brados no vagão que alguém tivesse piedade dele e o matasse, mas ninguém queria sequer trocar um olhar com um despojo como aquele. Dizem que vagou durante o dia inteiro pelos túneis do metrô, trocando de trem, esperando na plataforma que um outro vagão o levasse pelo emaranhado de túneis escondido sob o labirinto de Barcelona, e depois outro, e outro, e mais outro que conduzia a lugar nenhum.

Dizem que no final daquela tarde um desses trens malditos parou na última estação da linha e que quando o mendigo se negou a descer e parecia não ouvir as ordens que o fiscal e o chefe da estação lhe davam estes chamaram a polícia. Quando os guardas chegaram, entraram no vagão e se dirigiram ao indigente, que também não atendeu às suas ordens. Só então um dos policiais se aproximou dele, cobrindo o nariz e a boca com a mão. Empurrou-o de leve com o cano da arma. Dizem que nesse momento o corpo do homem desabou no chão exânime e que os farrapos que o cobriam se abriram revelando o que parecia um cadáver já começando a se decompor.

A única identificação que tinha era uma fotografia que segurava na mão em que se via uma jovem de identidade desconhecida. Um dos policiais guardou o retrato de Alicia Gris e o conservou durante anos em seu armário no alojamento do quartel achando que aquela era a morte, que havia deixado seu cartão de visita na mão daquele pobre-diabo antes de mandá-lo para a sua condenação eterna.

O rabecão recolheu o corpo e o levou para o depósito onde acabavam todos os indigentes, os corpos sem identificação e as almas abandonadas que a cidade deixava para trás todas as noites. No crepúsculo, dois funcionários o enfiaram em um saco de lona com o fedor das centenas de corpos que tinham feito sua última viagem dentro dele e o meteram na traseira de um caminhão. Subiram a velha estrada que circundava o castelo de Montjuic, perfilado contra um mar de fogo e as mil silhuetas de anjos e espíritos na cidade dos mortos que pareciam ter se congregado lá para lhe cuspir um último insulto a caminho da vala comum para onde o mendigo, o homem invisível, em outra vida, tinha enviado tanta gente de cujo nome nem se lembrava mais.

Ao chegar à beira da vala, um poço infinito de corpos cobertos de cal, os dois homens abriram o saco e deixaram dom Mauricio Valls escorregar na ladeira de cadáveres até chegar ao fundo. Dizem que caiu de barriga para cima e de olhos abertos e que a última coisa que os funcionários viram antes de sair daquele lugar foi um pássaro preto pousando no corpo e os arrancando a bicadas enquanto os sinos de toda Barcelona soavam à distância.

BARCELONA

23 DE ABRIL DE 1960

1

Chegara o dia.

Pouco antes do nascer do sol Fermín acordou no cio. Seu ímpeto foi tanto que deixou Bernarda entrevada por uma semana graças a um dos seus arroubos amorosos matinais que tirou do lugar os móveis do quarto e desatou protestos enérgicos por parte dos vizinhos do outro lado da parede.

— É a lua cheia — desculpou-se depois Fermín com a vizinha quando a cumprimentou pela claraboia que dava para uma área de serviço. — Não sei o que acontece, mas eu sofro uma transformação.

— É, só que não se transforma em lobo e sim em porco. Veja se consegue se controlar, porque aqui moram crianças que ainda não fizeram a primeira comunhão.

Como sempre ocorria quando Fermín obedecia à chamada do garanhão primitivo que tinha dentro de si, depois ficava com uma fome de leão. Preparou uma tortilha com quatro ovos e nacos de presunto e queijo que devorou com uma bisnaga média e uma garrafinha de champanhe. Satisfeito, coroou tudo isso com um copinho de bagaceira e foi envergar a indumentária adequada para enfrentar um dia que prometia ser complicado.

— Pode-se saber por que está vestido de mergulhador? — perguntou Bernarda olhando pela porta da cozinha.

— Por precaução. Na verdade, é uma capa de chuva velha forrada com exemplares do ABC, um jornal que não deixa passar nem água benta. É alguma coisa na tinta que usam. Parece que vai cair um toró daqueles.

— Hoje, em homenagem a Sant Jordi?

— Os desígnios do Senhor podem ser insondáveis, mas geralmente nos azucrinam sempre que podem — referendou Fermín.

— Fermín, nesta casa não se blasfema.

— Desculpe, meu amor. Vou tomar uma pílula para o agnosticismo agora mesmo e isso passa.

Fermín não estava mentindo. Fazia vários dias que havia previsão de uma jornada com incontáveis desastres bíblicos que iriam açoitar Barcelona, cidade de livros e rosas, no dia da mais bela de todas as suas festividades, o dia de São Jorge. Na conspiração dos especialistas não faltava ninguém: o Serviço Nacional de Meteorologia, a Rádio Barcelona, o *La Vanguardia* e a Guarda Civil. A última gota antes do proverbial dilúvio foi proporcionada pela célebre pitonisa Madame Carmanyola. Essa pitonisa era famosa por duas coisas. A primeira era sua condição de ninfeta de silhueta espessa tentando disfarçar que na verdade era um robusto senhor de Cornellá chamado Cucufate Brotolí, renascido para uma hirsuta feminilidade depois de uma longa carreira como tabelião até descobrir que o que gostava mesmo, no fundo, era de se vestir de putona e balançar a garupa ao ritmo sensual das palmeiras. A segunda, as suas infalíveis previsões climáticas. Qualidades e tecnicismos à parte, o fato era que todos concordavam. Aquele Sant Jordi prometia ser um dia de cão.

— Então acho que é melhor não sair hoje — aconselhou Bernarda.

— Nem pensar. Dom Miguel de Cervantes e seu colega dom William Shakespeare não morreram em vão tecnicamente nesse mesmo dia, 23 de abril. Se ambos se finaram com tal precisão em uma mesma jornada, nós livreiros não vamos deixar por menos e ficar intimidados. Hoje vamos juntar os livros e os leitores nem que o general Espartero nos bombardeie lá do castelo de Montjuic.

— Vai me trazer pelo menos uma rosa?

— Vou lhe trazer uma carroça inteira das mais turgentes e aromáticas, meu docinho de coco.

— E lembre-se de dar uma à sra. Bea, porque Danielito é tão distraído que com certeza na hora vai esquecer.

— Eu estou trocando as proverbiais fraldas do rapaz há muitos anos, não vou me esquecer agora de detalhes estratégicos de tamanha envergadura.

— Prometa que não vai se molhar.

— Se eu me molhar, voltarei mais fecundo e fértil.

— Ai, meu Deus, nós vamos acabar no inferno.

— Mais uma razão para chegar bem saciados.

Após uma sessão de beijos, beliscões na bunda e arrulhos em sua adorada Bernarda, Fermín foi para a rua convencido de que, no último minuto, ia acontecer um milagre e sair um sol de quadro de Sorolla.

No caminho roubou o jornal da porteira, porque era fofoqueira e falangista, e confirmou as últimas previsões do tempo. Esperavam-se raios, trovões, relâmpagos, chuva de granizo do calibre de castanhas confeitadas e ventos violentos que iam levar pelos ares pelo menos um milhão de livros e rosas que acabariam amerissando e formando uma ínsula lá onde o horizonte perdia seu doce nome.

— Veremos — opinou Fermín, doando o jornal a um infeliz que curtia sua ressaca refestelado em uma cadeira ao lado do quiosque de Canaletas.

Ele não era o único com esse sentimento. O barcelonês era uma criatura que não desperdiçava nenhuma oportunidade de desmentir clássicos como o mapa isobárico ou a lógica aristotélica. Nesse dia, que havia amanhecido com um céu cor de trombeta da morte, todos os livreiros da cidade se levantaram bem cedo dispostos a levar para a rua suas barracas de livros e enfrentar tornados e tufões se fosse preciso. Ao ver aquela exibição de *esprit de corps* nas Ramblas, Fermín sentiu que os otimistas triunfariam naquele dia.

— Assim é que eu gosto. Com a corda toda. Pode chover até canivetes que ninguém nos tira daqui.

Os floristas, armados de um oceano de rosas vermelhas, não ficaram atrás. Às nove em ponto as ruas do centro de Barcelona já estavam engalanadas para a grande jornada dos livros, na esperança de que as sombrias profecias não assustassem os apaixonados, os leitores e todos os despistados que todo ano se reuniam pontualmente no dia 23 de abril desde 1930 para celebrar, segundo Fermín, a melhor festa do universo conhecido. Às 9h24 ocorreu, como não era de esperar, o milagre.

2

Um sol saariano perfurou as cortinas e persianas do quarto e esbofeteou Daniel. Ele abriu os olhos e viu o prodígio, incrédulo. Ao seu lado estavam as costas nuas de Bea, que decidiu percorrer de cima a baixo com uma lambida que a fez acordar dando risadas e se virar com um pulo. Daniel abraçou-a e beijou seus lábios devagar, como se quisesse bebê-la. Depois puxou o lençol e se deleitou com a visão, lhe acariciando a barriga com a ponta dos dedos até que ela prendeu sua mão entre as coxas e lambeu seus lábios com vontade.

— Hoje é Sant Jordi. Vamos chegar tarde.
— Na certa Fermín já abriu.
— Quinze minutos — concedeu Bea.
— Trinta — replicou Daniel.

O saldo foram quarenta e cinco, mais ou menos.

As ruas começaram a ficar animadas no meio da manhã. Um astro de veludo e um céu azul-elétrico revestiam a cidade enquanto milhares de barceloneses saíam para passear ao sol entre as centenas de barracas de livros que tomavam as calçadas e avenidas. O sr. Sempere sempre determinava que sua barraca fosse instalada em frente à livraria, em plena rua Santa Ana. Várias mesas cheias de livros brilhavam com o sol. Atrás delas, atendendo leitores, fazendo embrulhos ou simplesmente vendo a multidão passar, estava a equipe Sempere completa. Fermín abria a formação, já sem a capa e em mangas de camisa. Ao seu lado, Daniel e Bea, que controlava as contas e o caixa.

— E o dilúvio anunciado? — perguntou Daniel quando se incorporou à equipe.

— Indo para Túnis, onde é mais necessário. Mas, Daniel, que cara de sem-vergonha esta manhã. Dizem que a primavera o sangue altera...

O sr. Sempere e dom Anacleto, que sempre se unia a eles como tropa de apoio e tinha jeito para embrulhar livros, estavam sentados em suas respectivas cadeiras recomendando títulos aos indecisos. Sofía deslumbrava os rapazinhos que se aproximavam da barraca para dar uma espiada nela e acabavam comprando alguma coisa. Ao seu lado, Fernandito morria de ciúmes, e também sentia um pouco de orgulho. Até o relojoeiro do bairro, dom Federico, e seu intermitente *paramour*, Merceditas, se dispuseram a ajudar.

Quem mais se divertia, porém, era o pequeno Julián, que admirava com deleite o espetáculo das pessoas portando livros e rosas. Em cima de um caixote ao lado da mãe, ele a ajudava a contar as moedas enquanto ia atacando desenfreadamente a reserva de Sugus que havia encontrado nos bolsos da capa de Fermín. Em determinado momento, por volta do meio-dia, Daniel olhou para ele e sorriu. Fazia muito tempo que Julián não via seu pai tão bem-humorado. Talvez aquela sombra de tristeza que o acompanhara durante tanto tempo agora fosse embora, como as nuvens do temporal de que todo mundo falava e que ninguém tinha visto. Às vezes, quando os deuses não olhavam e o destino se perdia pelo caminho, até gente boa tinha um pouco de sorte na vida.

3

Estava vestida de preto da cabeça aos pés e escondia os olhos atrás de uns óculos escuros onde se refletia a perspectiva de uma rua Santa Ana abarrotada de gente. Alicia avançou alguns passos e se abrigou sob os arcos de um portão. De lá, às escondidas, viu como a família Sempere vendia livros, conversava com os visitantes e aproveitava o dia como ela sabia que nunca poderia fazer.

Sorriu vendo Fermín arrebatar livros das mãos de leitores incautos e substituí-los por outros; Daniel e Bea se tocando e trocando olhares em uma linguagem que a enchia de ciúmes, mas que sabia não merecer; Fernandito fascinado com Sofía e o vovô Sempere contemplando com satisfação sua família e seus amigos. Gostaria de poder ir até lá e falar com eles. Dizer que não tinham mais nada a temer e agradecer por terem lhe permitido, ainda que por pouco tempo, cruzar o seu caminho. Gostaria, mais que qualquer outra coisa no mundo, de ser um deles, mas conservando essa lembrança já se sentia afortunada. Quando se dispunha a ir embora percebeu um olhar que parou o tempo.

O pequeno Julián a encarava fixamente, com um sorriso triste no rosto, como se pudesse ler seu pensamento. O menino levantou a mão, dando adeus. Alicia devolveu o gesto. Um instante depois, tinha desaparecido.

— Para quem está acenando, meu bem? — perguntou Bea quando viu o filho hipnotizado com o olhar fixo na multidão.

Julián se virou para olhar a mãe e pegou sua mão. Fermín, que tinha se aproximado deles para se reabastecer com a reserva de Sugus que ingenuamente julgava ainda haver nos bolsos da capa, os encontrou vazios. Olhou para Julián, disposto a lhe passar uma descompostura, quando também percebeu o gesto do menino e seguiu o seu olhar cativo.

Alicia.

Sentiu-a na sua ausência, sem necessidade de vê-la, e agradeceu aos céus, ou a quem quer que tivesse levado aquelas nuvens para outros pastos, por trazê-la de volta mais uma vez. Talvez afinal de contas Bernarda tivesse razão, e algumas vezes, neste mundo cão, certas coisas terminassem como tinham que terminar.

Apanhou a capa e se inclinou em direção a Bea, que estava acabando de receber, de um rapaz com uns óculos de telescópio, o pagamento por uma coleção de sir Arthur Conan Doyle.

— Escute, chefa, o pirralho aqui liquidou toda a minha munição e estou começando a ficar mais carente de açúcar que depois de ouvir um discurso da *Pasionaria*. Levando em conta que todos aqui, exceto a boba da Merceditas, são superqualificados para o serviço, vou ver se encontro alguma confeitaria de qualidade para me reabastecer e aproveito para comprar uma rosa para Bernarda.

— Já reservei rosas na floricultura da igreja — respondeu Bea.

— Você pensa em tudo...

Bea o viu sair apressado e franziu o cenho.

— Aonde Fermín vai? — perguntou Daniel.

— Só Deus sabe...

4

Encontrou-a ao final do cais, sentada em uma mala. Estava fumando debaixo do sol enquanto observava a tripulação carregar baús e caixas para aquele navio que pintava de branco as águas do porto. Fermín se instalou ao seu lado. Ficaram alguns instantes em silêncio, desfrutando da companhia um do outro sem necessidade de dizerem nada.

— Mala grande — disse ele finalmente. — E eu que pensava que dentre todas as mulheres você devia ser a única que sabe viajar com bagagem leve.

— É mais fácil deixar para trás más lembranças que bons sapatos.

— Eu, como só tenho um par...

— Você é um asceta.

— Quem foi buscar as suas coisas? Fernandito? Que danadinho, está aprendendo a ficar de bico calado.

— Eu o fiz jurar que não ia dizer nada.

— Como o subornou? Beijo de língua?

— Fernandito só tem beijos para Sofía, como deve ser. Dei a ele as chaves do apartamento para que more lá.

— Vamos deixar essa informação longe do alcance do sr. Sempere, tutor legal da garota.

— Boa ideia.

Alicia olhou para ele. Fermín se perdeu naqueles olhos felinos, profundos e insondáveis. Um poço de trevas. Ela pegou sua mão e a beijou.

— Onde você tinha se metido? — perguntou Fermín.

— Aqui e ali. Amarrando as pontas soltas.

— Em volta do pescoço de quem?

Alicia lhe deu um sorriso glacial.

— Tinha coisas a resolver. Histórias para alinhavar. Estava fazendo o meu trabalho.

— Pensei que tinha se aposentado.

— Só queria deixar minha mesa limpa e arrumada — disse ela. — Não gosto de deixar as coisas pela metade.

— E não ia se despedir?

— Você sabe que eu não sou de despedidas, Fermín.

— Seria bom ter notícias de que você estava sã e salva.

— Por acaso tinha dúvidas?

— Tive meus momentos de fraqueza. É a idade. A gente fica medroso à medida que vai vendo as orelhas do lobo. Chamam isso de temperança.

— Eu pretendia lhe mandar um cartão.

— De onde?

— Ainda não resolvi.

— Imagino que este navio não vai para a Costa del Sol.

Alicia negou com a cabeça.

— Não. Vai para um pouco mais longe.

— Eu imaginava. Muito comprido o navio. Posso lhe fazer uma pergunta?

— Contanto que não tenha relação com o destino...

— A família Sempere está segura? Daniel, Bea, o avô, Julián?

— Agora sim.

— A que infernos você teve que descer para garantir que os inocentes vivam em paz, ou pelo menos em uma plácida ignorância?

— Nenhum que já não estivesse no meu caminho, Fermín.

— Este cigarro cheira bem. Parece caro. É natural. Você sempre gostou de coisas bonitas e finas. Eu sou mais de coisas simples e de economizar os recursos.

— Quer um?

— Por que não? Sem uma Sugus, preciso jogar alguma coisa para as feras. Na verdade, eu não fumo um cigarro desde o tempo da guerra, quando eram feitos com restos de guimbas e capim mijado. Com certeza a espécie teve uma melhora.

Alicia acendeu um cigarro e lhe deu. Fermín admirou a marca de batom no filtro antes de dar uma tragada.

— Não vai me contar o que realmente aconteceu?

— Quer mesmo saber, Fermín?

— Tenho a mania de querer sempre saber a verdade. Você não imagina quantos desenganos a gente sofre, bom mesmo é viver abobado.

— É uma história comprida e eu preciso pegar o navio.

— Com certeza você ainda dispõe de algum tempo para iluminar a ignorância de um pobre tolo antes de zarpar.

— Tem certeza de que quer que eu lhe explique?

— Eu sou assim.

Durante quase uma hora Alicia lhe contou tudo o que lembrava, desde os dias no orfanato e na rua até o seu começo sob as ordens de Leandro Montalvo. Falou dos seus anos de serviço, de como acabou achando que deixara pelo caminho uma alma que ela desconfiou que nunca tivera na algibeira, e de sua decisão de não continuar trabalhando para Leandro.

— O caso de Valls deveria ser o meu passaporte para a liberdade, meu último serviço.

— Mas isso não existe, não é mesmo?

— Não, claro que não. Você só é livre quando não conhece a verdade.

Alicia lhe falou da reunião no Palace com Gil de Partera e do trabalho que deram a ela e ao seu parceiro forçado, o capitão Vargas, de ajudar a localizar as peças de uma história que não ia a lugar nenhum.

— Meu erro foi não entender que aquilo era um engano. Desde o começo. Na verdade, ninguém queria salvar Valls. Ele tinha feito muitos inimigos. E muitas coisas estúpidas. Havia quebrado as regras do jogo abusando dos seus privilégios e comprometendo a segurança dos cúmplices. Quando o rastro dos seus crimes voltou para buscá-lo, eles o deixaram sozinho. Valls achava que existia uma conspiração para assassiná-lo e não estava totalmente errado. Mas tinha deixado tanto sangue pelo caminho que não sabia de onde viria o ataque. Durante anos pensou que os fantasmas do seu passado tinham voltado para acertar as contas. Salgado ou o seu Prisioneiro do Céu, David Martín, ou tantos outros. O que não imaginava era que na verdade quem queria acabar com ele eram aqueles que pensava que eram seus amigos e protetores. No poder, as punhaladas nunca chegam de frente; sempre vêm pelas costas e com um abraço. Ninguém na cúpula desejava salvá-lo nem o encontrar. O que queriam era garantir que desaparecesse para sempre e que o rastro de tudo o que fez fosse apagado. Havia gente demais envolvida. Vargas e eu fomos simples instrumentos. Por isso nós também tínhamos que desaparecer no final.

— Mas a minha Alicia tem mais vidas que um gato e soube enganar a parca mais uma vez...

— Por pouco. Acho que já gastei todas as vidas que me restavam, Fermín. É hora de eu também sair de cena.

— Posso dizer que vou sentir sua falta?

— Se vai ficar sentimental, jogo você na água.

O navio tocou a buzina e seu som se espalhou pelo porto. Alicia se levantou.

— Quer ajuda com a mala? Prometo ficar em terra. A navegação me traz más recordações.

Foi com ela até a passarela pela qual já estavam desfilando os últimos passageiros. Uma vez lá, Alicia mostrou sua passagem ao contramestre e este, graças a uma generosa gorjeta, mandou um rapaz levar a bagagem daquela senhora ao camarote.

— Vai voltar a Barcelona algum dia? Esta cidade é meio feiticeira, sabe? Entra na pele da gente e não sai mais...

— Você vai ter que cuidar dela por mim, Fermín. E também de Bea, e de Daniel e do sr. Sempere e de Bernarda, e de Fernandito e de Sofía, e acima de tudo de você mesmo e do pequeno Julián, que algum dia vai imortalizar a todos nós.

— Gostei da ideia. De ser imortal, especialmente agora que todos os meus ossos estão começando a ranger.

Alicia o abraçou com força e beijou sua bochecha. Fermín notou que ela estava chorando e não quis olhar nos olhos dela. Nenhum dos dois ia perder a dignidade justamente quando estavam por um triz de escapar desse perigo.

— Nem pense em ficar para se despedir na beira do cais — advertiu Alicia.

— Não se preocupe.

Fermín baixou a vista e ouviu os passos de Alicia se perdendo passarela acima. Virou-se sem tirar os olhos do chão e saiu andando de mãos nos bolsos.

Encontrou-o ao pé do cais. Daniel estava sentado na borda com as pernas penduradas. Trocaram um olhar e Fermín suspirou. Sentou-se ao lado dele.

— Pensei que tinha despistado você — disse Fermín.

— É essa colônia nova que está usando. Dá para rastrear até com um filé de peixe diante do nariz. O que ela contou?

— Alicia? Histórias de tirar o sono.

— Quem sabe você não gostaria de compartilhá-las.

— Outro dia. Tenho muita experiência com esses problemas de insônia e não recomendo.

Daniel deu de ombros.

— Parece que o conselho me chega um pouco tarde — disse.

O som de uma buzina a vapor inundou o porto. Daniel apontou com a cabeça para o navio que zarpava e começava a se afastar do cais.

— Esses são os barcos que vão para a América.

Fermín fez que sim.

— Fermín, lembra quando nós dois vínhamos nos sentar aqui, anos atrás, para consertar o mundo a marteladas?

— Isso era quando ainda achávamos que tinha conserto.

— Eu continuo achando.

— Porque no fundo você continua sendo um ingênuo, por mais que já faça a barba de manhã.

Ficaram ali, observando o navio atravessar o reflexo de toda Barcelona sobre as águas do porto e desmanchar a maior miragem do mundo em uma esteira branca. Fermín não desviou os olhos até que a popa do navio se perdeu na bruma que varria o boqueirão do porto, escoltada por um bando de gaivotas. Daniel observava a embarcação, pensativo.

— Você está bem, Fermín?

— Como um touro bravo.

— Pois acho que nunca vi você tão triste.

— Pois está precisando fazer um exame de vista.

Daniel não insistiu.

— E então? Vamos embora? Que tal ir tomar uns espumantes no Xampanyet?

— Obrigado, Daniel, mas acho que hoje não vou aceitar.

— Não lembra mais? A vida nos espera!

Fermín sorriu e, pela primeira vez, Daniel notou que não restava um fio de cabelo na cabeça do seu velho amigo que não fosse grisalho.

— Isso é para você, Daniel. Por mim só espera a memória.

Daniel apertou seu braço com carinho e o deixou a sós com suas lembranças e com sua consciência.

— Não demore — disse quando saiu.

1964

Sempre que seu filho Nicolás lhe perguntava como fazer para se tornar um bom jornalista, Sergio Vilajuana respondia com a mesma máxima.

— Um bom jornalista é como um elefante: tem bom nariz, boas orelhas e, sobretudo, nunca esquece.

— E as presas?

— Dessas tem que cuidar bem, porque sempre aparece alguém armado querendo tirá-las de você.

Naquela manhã, como em todas as outras, Vilajuana tinha levado seu filho caçula ao colégio antes de ir para a redação do *La Vanguardia*. O passeio lhe servia para pensar e organizar as ideias antes de mergulhar na selva da redação e pelejar com os assuntos do dia. Chegando à sede do jornal, na rua Pelayo, veio ao seu encontro Jenaro, um servente que vinha tentando há quinze anos convencer o diretor a aceitá-lo como estagiário na seção de esportes para ver se finalmente conseguia pôr os pés no camarote presidencial do Barça, a grande aspiração da sua vida.

— Isso vai ser no dia em que você aprender a ler e escrever, Jenaro, hoje em dia não acontecem mais milagres nem em Fátima, e, a menos que seja para fazer a limpeza, desse jeito você não vai entrar no camarote nem para ver uma eliminatória infantil — sempre lhe dizia Mariano Carolo, o diretor.

Assim que Jenaro o viu na soleira da porta se aproximou com um rosto circunspecto.

— Sr. Vilajuana, o censor do ministério está aqui à sua espera... — murmurou.

— De novo? Será que essa gente não tem nada pior para fazer?

Vilajuana examinou a sala da redação ainda na porta e localizou a silhueta inconfundível do seu censor favorito, um sujeito cheio de gel no cabelo e com cara de pera d'água que dava plantão ao lado da sua mesa.

— Ah, sim, e chegou um pacote — disse Jenaro. — Não creio que seja uma bomba, porque caiu no chão e nós continuamos inteiros.

Vilajuana pegou o pacote e optou por dar meia-volta e evitar a visita do censor, um conhecido pé-frio que estava tentando pegá-lo *in fraganti* havia semanas para repreendê-lo por um artigo que tinha publicado sobre os irmãos Marx e que ele achava que era uma apologia da maçonaria internacional.

Foi para um café que ficava nas sombras *de profundis* da rua Tallers, apelidado de El Hediondo pelos jornalistas, pelas damas da noite e por toda a fauna do extremo norte do Raval que o frequentava. Pediu um cafezinho e se refugiou em uma mesa ao fundo, onde jamais havia penetrado um raio solar. Uma vez sentado, examinou o embrulho. Era um envelope volumoso reforçado com fita de embalagem que tinha seu nome e o endereço do *La Vanguardia*. O carimbo do correio, meio borrado pelo manuseio, era dos Estados Unidos da América. O remetente dizia simplesmente:

A. G.

Ao lado do nome havia um desenho idêntico ao da escada em caracol que aparecia estampada em todas as capas dos romances da série *O labirinto dos espíritos*, de Víctor Mataix. Abriu o envelope e tirou um maço de documentos amarrado com barbante. Por baixo do nó viu um cartão com o timbre do hotel Algonquin de Nova York que dizia o seguinte:

Um bom jornalista saberá encontrar a história que é preciso contar...

Vilajuana franziu o cenho e desatou o nó. Espalhou na mesa o monte de papéis que estavam no envelope e tentou decifrar o galimatias que se formou, composto de listas, recortes, fotografias e anotações feitas à mão. Levou alguns minutos para entender o que estava olhando.

— Meu Deus do céu — murmurou.

Nessa mesma tarde, Vilajuana avisou no jornal que tinha contraído um vírus altamente infeccioso que fazia o sistema digestivo virar um campo minado e que ele não poderia ir à redação durante a semana inteira se não quisesse condenar toda a equipe a uma peregrinação constante à privada. Na quinta-feira o diretor do jornal, Mariano Carolo, que desconfiava de alguma coisa, apareceu na sua casa levando um rolo de papel higiênico.

— Um homem prevenido vale por dois — disse.

Vilajuana suspirou e o deixou entrar. O diretor avançou pelo apartamento até chegar à sala. Vendo uma parede inteira coberta de papéis, Carolo foi até lá e fez um reconhecimento sumário.

— Isto é o que parece? — perguntou depois de olhar por algum tempo.
— É só o princípio, eu diria.
— E qual é a sua fonte?
— Não sei nem se consigo lembrar.
— Certo. É confiável pelo menos?
— Acho que sim.
— Suponho que você está ciente de que se publicarmos alguma coisa sobre isto vão fechar o jornal, nós dois acabaremos dando aula de prosódia no Monte Muriano e o nosso querido proprietário vai ter que se exilar em algum país montanhoso e de difícil acesso.
— Entendo.
Carolo lhe dirigiu um olhar angustiado enquanto esfregava a barriga. Desde que era diretor do jornal lhe apareciam úlceras até em sonhos.
— Como eu estava bem no papel de Noel Coward catalão — murmurou.
— Para dizer a verdade, não sei o que fazer — disse Vilajuana.
— Sabe por onde continuar?
— Tenho uma pista, sim.
— Vou dizer no jornal que você está fazendo uma série de reportagens sobre os trabalhos secretos, mas excelsos, do Generalíssimo, em sua pouco explorada faceta de roteirista de cinema.
— O que Hollywood perdeu.
— Grande título. Mantenha-me informado. Você tem duas semanas.

Vilajuana passou o resto da semana analisando os documentos e os organizando em um diagrama em forma de árvore. Quando o olhava era como se aquela árvore fosse uma entre muitas e que para além das quatro paredes da sala o que o esperava fosse um bosque cheio delas. Uma vez digeridos os documentos e suas implicações, a questão era se devia seguir a pista ou não.
Alicia lhe havia proporcionado quase todas as peças do quebra-cabeça. A partir dali dependia dele. Algumas noites em claro decidiram a questão. Sua primeira parada foi no Registro Civil, um prédio cavernoso em frente ao porto que oferecia um purgatório de arquivos e burocratas que haviam chegado a se fundir em perfeita simbiose. Passou vários dias lá dentro, mergulhado em um precipício de pastas, sem encontrar nada. Já começava a pensar que a pista que Alicia lhe mandara era falsa quando, no quinto dia, deu de cara com um velho zelador à beira da aposentadoria que vivia pendurado em um radinho transistor pelo qual escutava com avidez, instalado em um quartinho de produtos de limpeza, os jogos do campeonato e os programas sentimentais. A nova fornada de funcionários se

referia a ele como Matusalém porque era o único que tinha sobrevivido à última purga administrativa. Os novos centuriões, mais polidos e bem formados que seus antecessores, eram duplamente herméticos e nenhum deles quis lhe explicar por que não conseguia, por mais que tentasse, encontrar livros de registros de falecimento ou de nascimento na cidade de Barcelona anteriores ao ano de 1944.

— Isso é de antes da mudança do sistema. — Era a única resposta que lhe ofereciam.

Matusalém, que sempre dava um jeito de passar a vassoura embaixo dos seus pés enquanto ele tentava navegar pelas pastas e caixas de expedientes, finalmente teve piedade.

— O que procura, homem de Deus?

— Estou começando a achar que é o Santo Sudário.

Graças a uma gorjeta e à cumplicidade que o ostracismo gerava, Matusalém acabou lhe informando que na verdade o que ele estava procurando não eram papéis, e sim uma pessoa.

— Dona María Luisa. Tudo era muito diferente no tempo em que era ela quem organizava as coisas aqui nesta casa. Nem queira saber.

As tentativas de encontrar a tal dona María Luisa se espatifaram contra o mesmo muro.

— Essa pessoa se aposentou — informou-lhe o novo diretor da casa, em um tom que dava a entender que um homem sábio deixaria o assunto para lá e iria passear na Barceloneta.

Levou duas semanas para encontrá-la. María Luisa Alcaine residia perto da Plaza Real, em um apartamento diminuto no alto de uma escada sem elevador nem esperança de ter um, cercada de pombais, terraços inacabados e caixas de papéis empilhadas do chão ao teto. Os anos de aposentadoria não tinham sido generosos com ela. A mulher que lhe abriu a porta parecia uma anciã.

— Dona María Luisa Alcaine?

— Quem é você?

Vilajuana havia previsto essa pergunta e levou uma resposta pronta que julgava ser capaz de manter aberta aquela porta, nem que fosse por alguns segundos.

— Meu nome é Sergio Vilajuana, sou jornalista do *La Vanguardia*. Venho por intermédio de uma amiga de um velho conhecido seu. Um tal capitão Vargas. Lembra-se dele?

Dona María Luisa deu um suspiro profundo e se virou, deixando a porta aberta atrás de si. A mulher morava sozinha naquele buraco e estava morrendo de câncer, ou de esquecimento. Fumava emendando um cigarro no outro como se fossem fogos de São João e quando tossia dava a impressão de que ia expelir a alma em pedaços.

— Agora tanto faz — justificou. — Sente-se. Se encontrar um lugar.

Nessa tarde María Luisa lhe contou como, anos antes, quando ela ainda era secretária-geral, um capitão da polícia chamado Vargas tinha ido ao Registro Civil.

— Um homem garboso, como não existem mais.

Vargas lhe mostrara uma lista com números de atestados de óbito e de nascimento que estavam correlacionados. A mesma lista que Vilajuana recebera nitidamente datilografada anos depois.

— Lembra então?

— Claro que lembro.

— Sabe como eu posso localizar os livros de registro com essas certidões anteriores a 1944?

Luisa acendeu outro cigarro, deu uma tragada que Vilajuana pensou que ia acabar com ela e, ao emergir de uma nuvem de fumaça que criava a ilusão de que alguma coisa tinha explodido no seu interior, indicou que a seguisse.

— Ajude-me — disse apontando para uma montanha de caixas empilhadas em uma despensa da cozinha. — São as duas do fundo. Trouxe para casa com a intenção de evitar que as destruíssem. Pensava que algum dia Vargas ia voltar para buscar estas caixas e, com sorte, me levaria também. Depois de quatro anos, imagino que o bom capitão me venceu na corrida para o paraíso.

María Luisa explicou que, naquele dia, assim que Vargas foi embora do Registro, ela começou a ligar as coisas. Verificando os expedientes, foi achando mais e mais números cruzados e casos em que ficava claro que tinham manipulado o procedimento.

— Centenas de crianças. Roubadas dos pais, que provavelmente foram assassinados ou encarcerados até apodrecerem vivos. E isso só até onde consegui chegar em poucos dias. Trouxe para casa o que pude, porque quando começaram a perguntar pelo capitão e sua visita percebi logo o que viria. Isto foi o que consegui salvar. Uma semana depois que Vargas esteve no Registro, houve um incêndio no arquivo. Perdeu-se tudo até 1944. Eu fui despedida dois dias depois e me responsabilizaram pelo desastre. Se soubessem que eu trouxe todos estes expedientes para casa, não sei o que fariam comigo. Mas pensaram que todos os arquivos tinham sido destruídos no incêndio. O passado não desaparece, por mais que os néscios se esforcem para esquecê-lo e os enganadores para falsificá-lo e vendê-lo outra vez como se fosse novo.

— O que você fez em todos estes anos?

— Morri. Aqui neste país matam as pessoas decentes pouco a pouco. Reservam a morte rápida para os sem-vergonha. Matam gente como eu ignorando-nos, fechando todas as portas e dando a entender que não existimos. Eu vendi loteria clandestina nos corredores do metrô durante dois anos até que eles ficaram sabendo e me tiraram isso também. Não consegui mais nada. A partir de então vivi da caridade dos vizinhos.

— Não tem família?

— Tinha um filho, mas foram lhe dizer que a mãe era uma comuna de merda e não o vejo há anos.

María Luisa olhava para ele com um sorriso difícil de decifrar.

— Posso fazer algo por você, dona María Luisa?

— Pode contar a verdade.

Vilajuana suspirou.

— Para ser sincero, não sei se vou conseguir fazer isso.

— Você tem filhos?

— Quatro.

Vilajuana se perdeu no olhar daquela moribunda. Não havia onde se esconder.

— Faça isso por eles. Conte a verdade por eles. Quando puder e como puder. Mas não nos deixe morrer. Já somos muitos. Alguém tem que falar por nós.

Vilajuana fez que sim. María Luisa lhe estendeu a mão e ele a apertou.

— Vou fazer o que puder.

Naquela noite, enquanto vestia Nicolás, seu filho ficou olhando fixamente para ele, intuindo que os pensamentos do pai estavam vagando em algum ponto longínquo da geografia celestial.

— Papai?

— Sim.

— A pergunta do milhão.

— Diga lá.

— Por que você virou jornalista? Mamãe diz que o vovô queria que você fosse outra coisa.

— Seu avô queria que eu fosse advogado.

— E você não fez o que ele queria?

— Em certas ocasiões, nenhuma das quais afeta você agora nem no futuro imediato, não se esqueça, é preciso desobedecer ao pai.

— Por quê?

— Porque alguns pais, não o seu, se enganam em seu conceito do que é melhor para os filhos.

— Queria saber por que você decidiu ser jornalista.

Vilajuana ergueu os ombros.

— Por causa dos salários milionários e dos horários fixos.

Nicolás riu.

— Não, sério. Por quê?

— Não sei, Nico. Já faz muito tempo. Às vezes, quando a gente vai ficando velho, o que no princípio parecia muito claro já não é tanto.

— Mas o elefante não esquece. Nem que queiram cortar suas presas.

— Imagino que não.

— Então...?

Vilajuana assentiu, rendido.

— Para contar a verdade. Foi por isso que virei jornalista.

Nicolás avaliou, pensativo, a resposta solene.

— E o que é a verdade?

Vilajuana apagou a luz e beijou a testa do filho.

— Isso você vai ter que perguntar à sua mãe.

Uma história não tem princípio nem fim, só portas de entrada.
Uma história é um labirinto infinito de palavras, imagens e espíritos em conluio para nos revelar a verdade invisível sobre nós mesmos. Uma história é, em definitivo, uma conversa entre quem narra e quem escuta, e um narrador só pode contar até onde vai a sua perícia, e um leitor só pode ler até onde está escrito em sua alma.
Essa é a regra fundamental que sustenta qualquer artifício de papel e tinta, porque, quando as luzes se apagam, a música se cala e as poltronas da plateia ficam vazias, a única coisa que importa é a miragem que ficou gravada no teatro da imaginação que todo leitor tem em sua mente. Isso e a esperança que todo contador de histórias carrega dentro de si: de que o leitor tenha aberto o coração para alguma de suas criaturas de papel e emprestado a ela algo de si para torná-la imortal, nem que tenha sido por alguns minutos.
E dito isso, provavelmente com mais solenidade do que a ocasião merece, convém aterrissar no pé da página e pedir ao amigo leitor que nos acompanhe na conclusão desta história e nos ajude a encontrar o que é mais difícil para um pobre narrador preso em seu próprio labirinto: a porta de saída.

Prelúdio de
O labirinto dos espíritos
(O Cemitério dos Livros Esquecidos, Volume IV),
de Julián Carax.
Éditions de la Lumière, Paris, 1992. Edição a cargo de
Émile de Rosiers Castellaine

O LIVRO DE JULIÁN

1

Eu sempre soube que algum dia ia acabar escrevendo esta história. A história da minha família e daquela Barcelona enfeitiçada de livros, lembranças e segredos onde eu cresci e que me perseguiu a vida toda, mesmo sabendo que provavelmente nunca foi nada além de um sonho de papel.

Meu pai, Daniel Sempere, tentou escrever antes de mim e quase consumiu a juventude nesse esforço. Durante anos, ao cair a madrugada, o bom livreiro se esgueirava na ponta dos pés quando achava que minha mãe tinha sucumbido aos braços de Morfeu e descia para a livraria, onde se trancava na parte dos fundos sob a luz de um lampião. Lá, com uma caneta ordinária nas mãos, se batia até o amanhecer em um duelo interminável com um volume de centenas de páginas.

Minha mãe nunca o censurou, e, como se fingem tantas coisas em um casamento para mantê-lo em águas mansas, fingia que não notava. Ela se preocupava com aquela obsessão quase tanto quanto eu, que começava a temer que meu pai estivesse perdendo o juízo como Dom Quixote, só que não de tanto ler, mas de tanto escrever. Ela sabia que meu pai precisava fazer aquela travessia sozinho, não porque tivesse ambições literárias, mas porque enfrentar as palavras era o seu modo de descobrir quem realmente era e assim tentar recuperar a memória e o espírito da mãe que havia perdido aos cinco anos.

Lembro que um dia acordei de repente pouco antes do amanhecer. Meu coração pulsava com raiva, eu estava com falta de ar. Tinha sonhado que o meu pai se desvanecia na névoa e eu o perdia para sempre. Não era a primeira vez. Pulei da cama e desci correndo para a livraria. Encontrei-o nos fundos da loja, ainda em estado sólido, com um oceano de folhas amassadas estendido aos seus pés. Estava com os dedos manchados de tinta e os olhos vermelhos. Havia colocado em cima da mesa o velho retrato de Isabella aos dezenove anos do qual nós sabíamos que nunca se separava porque tinha pavor de esquecer seu rosto.

— Não consigo — murmurou. — Não consigo lhe devolver a vida.

Contive as lágrimas e olhei nos seus olhos.

— Vou fazer isso por você — afirmei. — Prometo.

Meu pai, que costumava sorrir com meus ocasionais arroubos de solenidade, me abraçou. Depois de me soltar e ver que eu continuava lá e estava falando sério, me ofereceu sua caneta.

— Você vai precisar disto. Eu já não sei mais nem que lado se usa para escrever...

Estudei aquele artefato de baixo desempenho e neguei lentamente com a cabeça.

— Vou escrever a máquina — declarei. — Em uma Underwood, a escolha do profissional.

Eu tinha visto essa "escolha do profissional" em um anúncio de jornal que me impressionou. Quem diria que bastava dispor de um daqueles trambolhos do tamanho e da tonelagem de uma locomotiva a vapor para passar de beletrista de fim de semana a redator profissional? Minha declaração de intenções deve ter pegado meu pai de surpresa.

— Agora você quer ser escritor profissional? Com Underwood e tudo?

E além do mais com escritório no alto de um arranha-céu gótico, cigarro importado, um martíni seco na mão e uma musa de batom sangrento e lingerie cara sentada no meu colo, propôs meu lobo esquerdo. Era assim pelo menos que eu imaginava na época os profissionais, no mínimo os criadores daqueles romances policiais que me sugavam o sono, a alma e mais alguma coisa. Mas, grandes esperanças à parte, não me escapou o leve toque de ironia subjacente ao tom amável do meu genitor. Se ele ia questionar minha vocação, não teríamos festa em paz.

— Sim — respondi em tom seco. — Como Julián Carax.

Engole essa, pensei.

Meu pai levantou as sobrancelhas. O golpe o deixara abalado.

— E como você sabe com que escreve Carax, para não dizer quem ele é?

Fiz o olhar misterioso que tinha patenteado para dar a entender que sabia mais do que todo mundo supunha.

— Eu sei um bocado de coisas — insinuei.

Na minha casa, o nome de Julián Carax era sempre sussurrado de portas fechadas, seguido de olhares velados e longe do alcance das crianças, como se fosse desses remédios com uma etiqueta de caveira escoltada por dois ossos cruzados. Meus pais nem desconfiavam que, aos oito anos de idade, eu já tinha descoberto, na última gaveta do armário da sala, que alcançava com a ajuda de uma cadeira e de uma caixa de madeira, escondida, atrás de duas latas de biscoito de Camprodón (que comi integralmente) e um garrafão de moscatel, que por pouco não me levou a um coma alcoólico na tenra idade de nove anos, uma coleção de romances de Julián Carax que tinham sido reeditados por um amigo da família, dom Gustavo Barceló.

Quando completei dez anos tinha lido duas vezes cada livro e, embora na certa não os devesse ter entendido, fiquei encantado com aquela prosa forjada em luz que incendiou minha mente com imagens, mundos e personagens que não esqueci em toda a minha vida. Chegando a esse ponto de intoxicação sensorial, já estava claro para mim que minha aspiração era aprender a fazer o mesmo que Carax e me tornar o seu sucessor mais hábil na arte de contar histórias. Mas intuía que para isso tinha que descobrir primeiro quem ele era e por que meus pais sempre tinham preferido que eu não soubesse nada a seu respeito.

Felizmente meu tio honorário, Fermín Romero de Torres, não adotava a mesma política informativa que meus pais. Nessa época Fermín não trabalhava mais na livraria. Vinha nos visitar frequentemente, mas sempre havia uma aura de mistério em relação à sua nova ocupação que nem ele nem qualquer membro da minha família aceitava esclarecer. O que não deixava dúvidas era que, fosse qual fosse, seu novo trabalho lhe proporcionava um bocado de tempo para ler. Entre as suas últimas leituras estavam inúmeros manuais de antropologia que o levaram a formular suas habituais teorias especulativas, prática que, segundo ele, o ajudava a evitar cólicas nefríticas e facilitava a expulsão por via urinária de cálculos renais do tamanho de um caroço de nêspera (sic).

Uma dessas peculiares teorias sustentava que a evidência forense acumulada durante séculos mostrava que a humanidade, após milênios de uma suposta evolução, não havia conseguido muito mais que perder um pouco de pelo corporal, aperfeiçoar o tapa-sexo e sofisticar o porrete de sílex. Dessa premissa, inexplicavelmente, se inferia uma segunda parte do teorema, que sustentava algo assim: o que essa evolução de meia-tigela não tinha conseguido em absoluto era admitir o fato de que quanto mais se tentava esconder algo de uma criança, mais ela se esforçava para encontrá-lo, fosse um doce ou um postal de coristas exibindo os seus encantos.

— E ainda bem que é assim, porque no dia em que deixar de existir essa faísca do querer saber, e os jovens se contentarem com as porcarias adornadas de ouropéis que os mercadores de plantão lhes vendem, tanto faz se for um eletrodoméstico em miniatura ou um urinol a pilha, e não conseguirem entender nada além das próprias nádegas, voltaremos todos à era da lesma.

— Isso é apocalíptico — ria eu, lustrando uma palavra que tinha aprendido com Fermín e cuja menção sempre me rendia uma Sugus.

— Assim é que eu gosto — dizia Fermín. — Enquanto houver garotos de fraldas sabendo empregar proparoxítonos, haverá esperança.

Talvez tenha sido a má influência de Fermín, ou as argúcias que aprendi em todos aqueles romances de mistério que eu devorava como se fossem amêndoas, mas em pouco tempo o enigma de quem tinha sido Julián Carax e por que meus pais decidiram me batizar com seu nome foi se desvanecendo graças à minha mania de ligar os fatos, captar conversas furtivas, fuçar em gavetas proibidas e, sobretudo, ler todas as páginas que o meu pai pensava que acabariam na lata de lixo. E aonde não chegavam os meus dotes de detecção e dedução, chegavam Fermín e seus opúsculos informativos, que por baixo do pano me forneciam as chaves para solucionar o mistério e conectar as diferentes linhas do relato.

Nessa manhã, como se já não tivesse suficientes preocupações, meu pai recebeu a dupla notícia de que seu filho de dez anos queria ser um literato *profissional* e além disso estava a par de toda a multidão de segredos que vinha tentando esconder dele desde tempos imemoriais, talvez mais por pudor que por qualquer outra coisa. A seu favor devo dizer que entendeu tudo isso bastante bem e, em vez de começar a gritar ameaçando me matricular em um internato ou me mandar trabalhar como peão em uma pedreira, o coitado ficou me olhando sem saber o que falar.

— Eu pensava que você ia querer ser livreiro como eu, como seu avô, como o meu avô antes dele, e como quase todos os Sempere desde tempos imemoriais...

Vendo que o pegara desprevenido decidi reforçar minha posição.

— Eu vou ser escritor. Romancista. Desgraça pouca é bobagem, como se diz.

Soltei esse comentário como um detalhe humorístico, mas meu pai decididamente não viu a graça. Cruzou os braços, se reclinou na cadeira e me estudou com cautela. O rebento estava manifestando uma veia rebelde que não lhe agradava. *Bem-vindo à paternidade*, pensei. *Traz crianças ao mundo para isso.*

— Sua mãe sempre disse isso, mas eu achava que era para me provocar.

Mais um ponto a meu favor. Se algum dia a senhora minha mãe se enganar em algo será no dia em que o Juízo Final cair em primeiro de abril. Alérgico de nascença à resignação, meu pai continuava firme em sua posição de repreenda e temi que viesse um discurso de convencimento.

— Eu na sua idade também achava que tinha jeito para escritor — começou.

Vi a coisa chegar como um meteorito envolto em chamas. Se eu não o desarmasse agora, aquilo podia se transformar em um sermão sobre os perigos de dedicar a vida à literatura. Vida que, como muitas vezes tinha ouvido jurar a mais de um escritor esfomeado que frequentava a livraria, desses a quem sempre tínhamos que vender fiado quando não convidar para um lanche, sentia por seus fiéis seguidores a mesma devoção que um louva-a-deus pelo seu consorte. Antes que meu pai entrasse em erupção dirigi uma expressão melodramática à bagunça de papéis espalhados no chão e pousei os olhos no meu genitor sem dizer uma palavra.

— Como diz Fermín, errar é coisa de sábios — concedeu ele.

Percebi então que o meu contra-argumento podia funcionar como ponte para a sua premissa principal, de que os Sempere não tinham sangue de escribas e que se podia servir igualmente à literatura como livreiro sem se expor à ruína absoluta e ao abismo tenebroso. Como no fundo eu desconfiava que o bom homem tinha mais razão que um santo, passei à ofensiva. Em um duelo retórico nunca se devia ceder a iniciativa, muito menos quando o oponente podia nos vencer.

— O que Fermín diz é que os sábios reconhecem quando às vezes se enganam e que os cretinos se enganam o tempo todo, mas nunca reconhecem e sempre acham que têm razão. É o seu chamado Princípio Arquimédico de Imbecilidades Comunicantes.

— Ah, é?

— Sim. Segundo ele, um imbecil é um animal que não sabe nem consegue mudar de ideia — disparei.

— Estou vendo que você anda muito versado na filosofia e na ciência de Fermín.

— Por acaso ele não tem razão?

— O que tem é uma tendência desmesurada a falar fora da cátedra.

— Mas o que significa isso?

— Falar do que não sabe.

— Pois em uma dessas, falando fora da cátedra, ele também me disse que há uma coisa que você tem que me mostrar há muito tempo.

Meu pai ficou momentaneamente desconcertado. Qualquer resquício de sermão já tinha evaporado e agora ele estava cambaleando sem saber de onde viria a próxima provocação.

— Disse o que era?

— Algo sobre livros. E sobre os mortos.

— Mortos?

— Qualquer coisa de um cemitério. Nos mortos fui eu que pensei.

Na verdade o que eu tinha elucubrado era que a história tinha a ver com Carax, que no meu cânone pessoal combinava muito bem a noção de livro com a de mortos. Meu pai considerou a questão. Um brilho cruzou seu olhar, como sempre que tinha uma ideia.

— Acho que quanto a isso talvez você tenha razão — admitiu.

Farejei o doce aroma da vitória aflorando em algum lugar.

— Vamos, suba para o seu quarto e se vista — disse meu pai. — Mas não acorde a sua mãe.

— Vamos a algum lugar?

— É segredo. Vou lhe mostrar uma coisa que mudou a minha vida e que talvez mude a sua também.

Vi que tinha perdido a iniciativa e que o jogo tinha virado.
— A uma hora destas?
Meu pai sorriu de novo e piscou o olho.
— Há coisas que só podem ser vistas nas trevas.

2

Naquele amanhecer meu pai me levou pela primeira vez para visitar o Cemitério dos Livros Esquecidos. Foi no outono de 1966, e uma garoa havia pintado as Ramblas com pequenas poças que brilhavam como lágrimas de cobre quando passávamos. A neblina com que eu tantas vezes tinha sonhado veio conosco, mas levantou voo quando entramos na rua Arco do Teatro. Abriu-se à nossa frente uma brecha de sombras de onde emergiu, pouco depois, um grande palácio de pedra enegrecida. Meu pai bateu no portão com uma aldrava em forma de diabinho. Para minha surpresa, quem veio abrir foi ninguém menos que Fermín Romero de Torres, que sorriu com malícia quando me viu.

— Já era hora — disse. — Tanto mistério e dissimulação já estavam me dando uma úlcera.

— É aqui que você está trabalhando agora, Fermín? — perguntei, intrigado. — Isto é uma livraria?

— É por aí, embora um pouco fraca na seção de quadrinhos... Vamos, entrem.

Fermín nos acompanhou por uma galeria curva cujas paredes tinham afrescos com anjos e criaturas legendárias. Não preciso nem dizer que a essa altura eu já tinha entrado em transe. Mal sabia que os prodígios só tinham começado.

A galeria nos levou até a entrada de uma abóbada que subia para o infinito sob uma cascata de luz arrepiante. Levantei a cabeça e, como que emergindo de uma miragem, materializou-se ante os meus olhos uma estrutura labiríntica. A torre se erguia em uma espiral perpétua e parecia um recife onde aparentavam ter naufragado todas as bibliotecas do mundo. Boquiaberto, avancei devagar em direção àquele castelo tramado com todos os livros já escritos. Tive a sensação de que estava penetrando nas páginas de uma história de Julián Carax e temi que, se me atrevesse a dar mais um passo, aquele instante se transformaria em pó e eu acordaria no meu quarto. Meu pai apareceu ao meu lado. Olhei-o e segurei sua mão, nem que fosse só para me convencer de que estava acordado e de que aquele lugar era real. Meu pai sorriu.

— Julián, bem-vindo ao Cemitério dos Livros Esquecidos.

Demorei um bom tempo para recuperar o fôlego e me reintegrar à lei da gravidade. Uma vez que me acalmei, meu pai sussurrou entre as trevas:

— Este lugar é um mistério, Julián, um santuário. Cada livro, cada volume que você está vendo tem alma. A alma de quem o escreveu e a alma de quem o leu e viveu e sonhou com ele. Cada vez que um livro troca de mãos, cada vez que alguém passa os olhos pelas suas páginas, seu espírito cresce e fica mais forte. Há muitos anos, quando seu avô me trouxe pela primeira vez aqui, este lugar já era velho. Talvez tão velho quanto a própria cidade. Ninguém sabe com certeza desde quando existe, ou quem o criou. Vou lhe contar o que o seu avô me disse. Quando uma biblioteca desaparece, quando uma livraria fecha as portas, quando um livro se perde no esquecimento, nós que conhecemos este lugar, os guardiões, fazemos com que chegue aqui. Neste espaço, os livros de que ninguém mais se lembra, os livros que se perderam no tempo, vivem para sempre, esperando que algum dia possam chegar às mãos de um novo leitor, de um novo espírito. Na loja nós os vendemos e compramos, mas na verdade os livros não têm dono. Cada livro que você vê aqui foi o melhor amigo de alguém. Agora eles só têm a nós, Julián. Você acha que conseguirá guardar este segredo?

Meu olhar se extraviou na imensidão daquele lugar e na sua luz encantada. Fiz que sim e meu pai sorriu. Fermín me ofereceu um copo de água e ficou me olhando.

— O garoto sabe as normas? — perguntou.

— É o que eu ia fazer — disse meu pai.

Ele então detalhou as regras e responsabilidades que todo novo membro da confraria secreta do Cemitério dos Livros Esquecidos devia aceitar, incluindo o privilégio de poder adotar um livro para sempre e se tornar seu protetor por toda a vida.

Enquanto eu escutava, comecei a desconfiar de que existia mais um motivo para que ele tivesse escolhido exatamente aquele dia para dinamitar as minhas retinas e os meus miolos com aquela visão. Quem sabe, como último recurso, o bom livreiro acreditasse que a imagem daquela cidade povoada por centenas de milhares de volumes abandonados, por tantas vidas, ideias e universos esquecidos, seria uma metáfora do futuro que me esperava se eu persistisse na minha obstinação de pensar que algum dia poderia ganhar a vida com a literatura. Se essa era a sua intenção, aquela imagem provocou em mim o efeito contrário. Minha vocação, que até então era um mero devaneio infantil, a partir desse dia ficou gravada no meu coração. E nada do que meu pai, ou qualquer outra pessoa, me dissesse poderia me fazer mudar de ideia.

O destino, suponho, escolheu por mim.

No meu longo périplo através dos túneis do labirinto escolhi um livro intitulado *A túnica carmesim*, um romance de uma série chamada *A Cidade dos Malditos* cujo autor era um tal de David Martín, de quem até então nunca tinha ouvido falar. Ou talvez deva dizer que o livro me escolheu, porque quando pousei os olhos na capa tive a estranha sensação de que o exemplar estava me esperando naquele lugar fazia muito tempo, como se soubesse que, naquele amanhecer, eu iria me deparar com ele.

Quando finalmente saí da estrutura e meu pai viu o livro que eu tinha nas mãos, empalideceu. Por um instante pareceu que ia desmaiar.

— Onde você encontrou esse livro? — balbuciou.

— Em cima de uma mesa em uma das salas... estava em pé, como se alguém tivesse deixado lá para eu achar.

Fermín e ele trocaram um olhar impenetrável.

— Algum problema? — perguntei. — Escolho outro?

Meu pai negou.

— É o destino — murmurou Fermín.

Sorri, animado. Era exatamente o que eu tinha pensado, mesmo sem saber muito bem por quê.

Passei o resto da semana em transe lendo as aventuras relatadas por David Martín, saboreando cada cena como se estivesse olhando uma grande tela que quanto mais explorava mais descobria detalhes e relevos. Meu pai por sua vez se perdeu em seu próprio devaneio, mas suas preocupações pareciam tudo, menos literárias.

Como muitos homens, nessa época meu pai começava a desconfiar que tinha deixado de ser um jovem e frequentemente revisitava cenários da sua primeira juventude procurando respostas para perguntas que ainda não conseguia entender muito bem.

— O que está acontecendo com papai? — perguntei à minha mãe.

— Nada. Está crescendo.

— Ele já não passou da idade de crescer?

Minha mãe suspirou, paciente.

— Os homens são assim.

— Eu vou crescer depressa e assim você não vai ter que se preocupar.

Minha mãe sorriu.

— Não há pressa, Julián. Deixe que a vida se encarrega disso.

Em uma de suas misteriosas viagens ao centro do próprio umbigo, meu pai voltou do correio trazendo um embrulho que viera de Paris. Continha um livro intitulado *O anjo das brumas*. Como qualquer coisa com anjos e névoas tinha tudo para captar o meu interesse, decidi investigar, ainda que fosse apenas pela cara que meu pai fez ao abrir o embrulho e ver a capa do livro. Minhas pesquisas concluíram que se tratava de um romance escrito por um tal de Boris Laurent, que, como soube depois, era um pseudônimo do próprio Julián Carax. O livro tinha uma dedicatória que fez minha mãe, que não era de choro fácil, chorar e acabou convencendo o meu pai de que o destino nos mantinha em uma tremenda corda bamba por algo que não quis explicitar, mas que intuí que exigia uma intervenção delicada.

Devo confessar, porém, que o mais surpreso fui eu. Por algum motivo, sempre tinha achado que Carax estava morto desde tempos imemoriais (período histórico que incluía tudo o que havia acontecido antes do meu nascimento). Sempre havia pensado que Carax era um dos muitos fantasmas do passado que me espreitavam naquele palácio enfeitiçado que era a memória oficial da família. Quando entendi que estava errado e que Carax continuava vivo, lépido e fagueiro escrevendo em Paris, tive uma epifania.

Acariciando as páginas de *O anjo das brumas* entendi de repente o que devia fazer. Assim nasceu o plano que iria me permitir cumprir aquele destino que, dessa vez, tinha decidido fazer uma visita em domicílio e que, muitos anos depois, daria à luz este livro.

3

A vida foi transcorrendo em velocidade de cruzeiro entre revelações e quimeras, como de costume, sem prestar muita atenção em nós todos que viajamos pendurados no seu estribo. Desfrutei de duas infâncias: uma bastante convencional, se é que isso existe, a que os outros viam; e outra imaginária, a que eu vivia. Fiz alguns bons amigos, a maioria deles, livros. No colégio eu me entediava solenemente e adquiri o hábito de, durante as horas que passava sentado nas carteiras dos padres jesuítas, ficar com a cabeça nas nuvens, costume que conservo até hoje. Tive a sorte de encontrar alguns bons professores que me trataram com paciência e aceitaram que o fato de eu sempre ser diferente dos outros não era necessariamente um mal a combater. No mundo devia haver de tudo, inclusive um ou outro Julián Sempere.

É provável que eu tenha aprendido mais sobre o mundo lendo entre as quatro paredes da livraria, visitando bibliotecas por conta própria ou escutando Fermín, que sempre tinha alguma teoria, conselho ou advertência prática para oferecer, que em todos os meus anos de escolarização.

— No colégio dizem que eu sou um pouco estranho — confessei um dia a Fermín.

— Pois isso é muito bom. Comece a se preocupar no dia em que disserem que você é normal.

Para o bem ou para o mal, ninguém jamais me acusou disso.

Creio que minha adolescência tem um pouco mais de interesse biográfico, porque pelo menos vivi uma parte maior dela fora da minha própria cabeça. Meus sonhos de papel e ambições de me tornar um guerreiro da pena sem cair pelo caminho ganhavam vulto. Atenuados, cabe dizer, por certa dose de realismo adquirida à medida que o tempo passava e eu ia vendo como funcionavam as engrenagens do mundo. No meio da travessia já havia entendido que meus sonhos eram forjados com impossibilidades, mas que eu nunca poderia ganhar a guerra se os abandonasse antes de pisar no campo de batalha.

Continuava confiando que algum dia os deuses do Parnaso teriam piedade de mim e me permitiriam aprender a contar histórias. Enquanto isso, acumulava minha munição de matéria-prima à espera do dia em que pudesse abrir minha própria fábrica de sonhos e pesadelos. Pouco a pouco fui reunindo, por bem ou por mal, mas com notável consistência, tudo o que se relacionava com a história da minha família, seus muitos segredos e as mil e uma tramas que davam forma ao pequeno universo dos Sempere, um imaginário que decidi batizar como *A saga do Cemitério dos Livros Esquecidos*.

Além de descobrir tudo o que podia ser descoberto, e também o que resistia à descoberta, sobre a minha família, eram duas as minhas grandes paixões na época: uma mágica e etérea, a leitura, e outra terrenal e previsível, os amores juvenis.

No que se refere às ambições literárias, minhas conquistas foram de escassas a inexistentes. Nesse período comecei a escrever uns cem romances execráveis que morreram pelo caminho, centenas de relatos, peças de teatro, séries de rádio e até poemas que não deixava ninguém ler, pelo bem deles. Quando eu os lia, constatava o quanto me faltava aprender e como progredia pouco apesar da vontade e do entusiasmo que sentia. Eu relia sem parar os romances de Carax e de mil e um outros autores, que pegava emprestados na livraria dos meus pais. Tentava desarmá-los como se fossem um rádio transistor ou o motor de um Rolls Royce, na esperança de que assim fosse descobrir como eram construídos e como e por que funcionavam.

Havia lido uma reportagem no jornal a respeito de uns engenheiros no Japão que praticavam uma coisa denominada *engenharia reversa*. Aparentemente, esses diligentes nipônicos desmontavam uma máquina até a última peça, analisavam a função de cada uma delas, a dinâmica do conjunto e o desenho interno do engenho em questão para deduzir assim a matemática que sustentava seu funcionamento. Como a minha mãe tinha um irmão que era engenheiro na Alemanha, pensei que nos meus genes devia haver algo que me permitisse fazer a mesma coisa com um livro ou uma história.

Eu estava a cada dia mais convencido de que a boa literatura tinha pouco ou nada a ver com quimeras banais como "a inspiração" ou "ter algo que contar" e muito com a engenharia da linguagem, com a arquitetura da narração, com a tinta das texturas, os timbres e as cores da construção, com a fotografia das imagens e com a música que uma orquestra de palavras podia criar.

Minha segunda grande ocupação, ou talvez devesse dizer a primeira, estava muito mais para a comédia, e às vezes chegava às raias do sainete. Houve um tempo em que eu me apaixonava toda semana, coisa que, com a perspectiva dos anos, não recomendo. Eu me apaixonava por um olhar, uma voz e principalmente pelo que havia de apertado e sensual por baixo daqueles vestidos de lã fina que as mocinhas da minha época usavam.

— O seu caso não é de amor, é de tesão — explicava Fermín. — Na sua idade é quimicamente impossível perceber a diferença. A mãe natureza emprega argúcias assim para repovoar o planeta e por isso injeta hormônios e bobeira demais nas veias dos jovens, para que haja carne de canhão disposta a se reproduzir como os coelhos ao mesmo tempo que se imola em nome do que lhe disseram os banqueiros, os padres e os iluminados da revolução que precisam de idealistas e outras pragas para impedir que o mundo possa evoluir e tudo fique sempre na mesma.

— Mas, Fermín, o que tudo isso tem a ver com as inquietudes do coração?

— Não me venha cantar boleros, porque já nos conhecemos. O coração é uma víscera que bombeia sangue, não sonetos. Com sorte uma parte dessa irrigação chega à cabeça, mas vai parar principalmente no estômago e, no seu caso, nas vergonhas, que, se você se distrair, lhe servirão como córtex cerebral até completar vinte e cinco primaveras. Mantenha a massa testicular longe do volante e chegará ao porto. Faça burrices e passará pela vida sem ter realizado nada de proveitoso.

— Amém.

Entre romances à sombra de portais, explorações mais ou menos bem-sucedidas sob blusas e saias na última fila de algum cinema de bairro, festinhas em La Paloma e passeios pelo quebra-mar de mãos dadas com *innamoratas* de fim de semana, assim transcorriam as minhas horas livres. Não entro em detalhes porque não houve qualquer episódio notável que mereça registro até que fiz dezessete anos e bati de frente em uma criatura que atendia pelo nome de Valentina. Todo navegante que se preze tem um iceberg em seu destino; o meu se chamava Valentina. Era três anos mais velha que eu (que para efeitos práticos pareciam dez) e me deixou em estado catatônico durante vários meses.

Eu a conheci em uma tarde de outono, ao entrar na velha livraria Francesa da avenida de Gracia para me resguardar da chuva. Ela estava de costas e alguma coisa me fez chegar mais perto dela e dar uma espiada de lado. Estava folheando um romance de Julián Carax, *A sombra do vento*, e só tive coragem de me aproximar e abrir a boca porque nessa época eu me sentia indestrutível.

— Também li esse livro — disse, demonstrando um nível de engenhosidade que provava sem qualquer resquício de dúvida as teorias circulatórias de Fermín.

Ela me olhou com uns olhos verde-esmeralda que cortavam como navalhas e piscou tão lentamente que achei que o tempo tinha parado.

— Que bom para você — respondeu.

Pôs o exemplar outra vez na prateleira, virou de costas e se dirigiu à saída. Fiquei ali parado por alguns segundos, lívido. Quando recuperei a mobilidade, resgatei o livro da prateleira, levei-o à caixa, paguei e saí correndo para a rua esperando que meu iceberg não afundasse para sempre sob as águas.

O céu estava tingido de aço e dele caíam gotas que pareciam pérolas. Alcancei a garota enquanto ela esperava no sinal para atravessar a rua Rosellón, alheia à chuva.

— Vou precisar chamar a polícia? — perguntou ainda olhando para a frente.

— Espero que não. Eu me chamo Julián.

Valentina suspirou. Virou-se e voltou a me espetar com aqueles olhos afiados. Sorri como um idiota e lhe dei o livro. Ela arqueou uma sobrancelha e, depois de hesitar um pouco, aceitou.

— Outro Julián? Vocês têm uma irmandade ou algo assim?

— Meus pais me deram esse nome em homenagem ao autor do romance, que era amigo deles. É o melhor livro que já li.

Minha sorte foi decidida pela cenografia, como costuma acontecer em casos assim. Um relâmpago tingiu de prata as fachadas da avenida de Gracia e o barulho da tempestade se espalhou sobre a cidade com jeito de poucos amigos. O sinal ficou verde. Antes que Valentina pudesse me mandar passear ou chamar um guarda, queimei o meu último cartucho.

— Dez minutos. Um café. Se em dez minutos não tiver merecido, eu me desintegro e você nunca mais volta a me ver. Prometo.

Valentina me olhou, hesitando e reprimindo um sorriso. A chuva foi a culpada de tudo.

— Certo — respondeu.

E eu que achava que minha vida tinha mudado no dia em que decidi ser romancista.

Valentina morava sozinha em uma água-furtada da rua Provenza. De lá se podia contemplar toda Barcelona, coisa que fiz poucas vezes porque preferia contemplá-la nos diferentes estágios de nudez a que invariavelmente tentava submetê-la. A mãe dela era holandesa e o pai tinha sido um advogado barcelonês de prestígio cujo sobrenome até eu conhecia. Quando ele morreu, a mãe decidiu voltar para a sua terra, mas Valentina, já maior de idade, preferiu ficar em Barcelona. Falava cinco idiomas e trabalhava para o escritório de advocacia fundado pelo pai traduzindo ações e casos milionários de grandes empresas ou famílias com camarote no teatro Liceu durante quatro gerações. Quando lhe perguntei o que queria fazer da vida, Valentina me mandou aquele olhar que sempre me desconcertava e disse "quero viajar".

Ela foi a primeira pessoa que autorizei a ler minhas modestas tentativas iniciais. Tinha certa tendência a reservar sua ternura e suas efusões de afeto à parte mais prosaica da nossa relação. Quando se tratava de dar sua opinião sobre os meus primeiros passos literários, dizia sempre que de Carax eu só tinha o nome. Como no fundo concordava com ela, não levei a mal. Talvez por isso, porque achava que ninguém no mundo poderia entender melhor que ela o plano que eu vinha incubando havia anos, em um dia em que me senti particularmente preparado para levar bofetadas lhe contei o que pretendia fazer assim que completasse dezoito anos.

— Espero que não seja me pedir em casamento — comentou Valentina.

Acho que eu deveria ter interpretado a pista que o destino me insinuava, porque todas as minhas grandes cenas com Valentina começavam sempre com a chuva nos meus calcanhares ou arranhando as janelas. Aquela não foi diferente.

— Qual é o plano? — perguntou afinal.

— Escrever a história da minha família.

Estávamos juntos havia quase um ano, se é que aquele desfile de tardes entre os lençóis do seu conjugado nas nuvens podia ser chamado de estar juntos, e, embora eu já conhecesse a sua pele de cor e salteado, ainda não conseguia ler seus silêncios.

— E daí...? — perguntou.

— Acha pouco?

— Todo mundo tem família. E toda família tem uma história.

Com Valentina era preciso ganhar tudo à força. Fosse o que fosse. Ela então se virou, e foi assim que, me dirigindo às suas deliciosas costas nuas, formulei em voz alta pela primeira vez a ideia que vinha rondando minha cabeça havia anos. Não foi uma exposição brilhante, mas eu precisava escutá-la da minha própria boca para lhe dar crédito.

Tinha por onde começar: um título. *O cemitério dos livros esquecidos*. Durante vários anos eu não me separei de um caderno em branco em cuja capa, em letras de fôrma e com grande pompa caligráfica, tinha escrito:

O cemitério
dos livros esquecidos
Um romance em quatro volumes
de
Julián Sempere

Um dia Fermín me surpreendeu com a caneta na mão observando embevecido a primeira página em branco do caderno. Inspecionou a capa e, depois de proferir um som que poderia ser descrito como uma mistura de grunhido e ventosidade, entoou:

— Mal-aventurados sejam aqueles cujos sonhos são forjados em papel e tinta, pois deles será o purgatório das vaidades e dos desenganos.

— Com a sua vênia, teria vossa excelência a bondade de traduzir para língua de gente tão solene aforismo? — perguntei.

— Deve ser porque ver tanta bobagem junta me deixa bíblico — replicou Fermín. — Você é o poeta. Deduza a semântica.

Eu tinha calculado que aquela *magnum opus,* produto da minha ardente imaginação juvenil, atingiria dimensões diabólicas e uma massa corpórea próxima à quinzena de quilos. Tal como a sonhava, a narração seria dividida em quatro volumes interligados que funcionariam como portas de entrada para um labirinto de histórias. À medida que entrasse em suas páginas, o leitor sentiria que o relato se articulava como um jogo de bonecas russas e cada trama e cada personagem conduziam a outro e este, por sua vez, a mais outro, e assim sucessivamente.

— Parece um manual de instruções de um jogo Meccano ou um trem elétrico. Minha doce Valentina, sempre tão prosaica.

— Não deixa de ter algo de jogo de montar — admiti.

Eu tinha tentado lhe vender essa declaração altissonante de intenções sem rubor, porque era, letra por letra, a mesma que tinha redigido aos dezesseis anos convencido de que com isso já tinha a metade do trabalho feito. O fato de ter copiado descaradamente essa ideia do livro que dei a Valentina no dia em que a conheci, *A sombra do vento,* era o de menos.

— Carax já não fez isso antes? — perguntou Valentina.

— Tudo na vida já foi feito antes por alguém, pelo menos tudo o que vale a pena. O segredo está em tentar fazer um pouco melhor.

— E aí chega você, com a modéstia da juventude.

Já acostumado aos baldes de água gelada do meu adorável iceberg, prossegui minha exposição com a determinação de um soldado que pula para fora da trincheira e avança aos berros contra as metralhadoras.

Segundo o meu plano infalível, o primeiro volume se centraria na história de um leitor, neste caso meu pai, e de como em seus anos de juventude ele descobrira o mundo dos livros e por extensão a vida, por intermédio de um romance enigmático escrito por um autor desconhecido que escondia um mistério sem fim, desses de babar. Tudo isso daria ensejo para construir, em uma canetada, um romance que combinasse todos os gêneros que existiam e que não existiam.

— E poderia aproveitar também para curar gripe e resfriado — observou Valentina.

O segundo volume, embebido em um travo mórbido e sinistro que pretendia fazer cócegas nos leitores de bons costumes, relataria as macabras peripécias vitais de um romancista maldito, cortesia de David Martín, que plasmaria em primeira pessoa como perdia a razão e nos arrastaria na descida aos infernos da sua loucura até se tornar um narrador menos confiável que o príncipe dos infernos, que aliás também passaria por suas páginas. Ou talvez não, porque tudo era um jogo no qual seria o leitor quem teria que completar o quebra-cabeça e decidir que livro estava lendo.

— E se você ficar abandonado no altar, se ninguém quiser entrar nesse jogo?

— Terá valido a pena da mesma forma — respondi. — Sempre vai haver alguém que participe.

— Escrever é coisa de otimistas — sentenciou Valentina.

O terceiro volume, caso o leitor tivesse sobrevivido aos dois primeiros sem optar por subir em outro bonde rumo aos finais felizes, nos resgataria momentaneamente do inferno e nos ofereceria a história de um personagem, o personagem por excelência e voz da consciência oficial da história, ou seja, meu tio adotivo Fermín Romero de Torres. Seu relato nos mostraria em tom picaresco como ele havia se tornado quem era, e suas muitas desventuras nos anos mais pesados do século revelariam as linhas que interligavam todas as partes do labirinto.

— Pelo menos aí vamos rir.

— Fermín nos resgata — admiti.

— E como acaba essa monstruosidade?

— Com fogos de artifício, uma grande orquestra e a potência da tramoia a todo vapor.

A quarta parte, virulentamente forte e condimentada com os perfumes de todas as anteriores, nos levaria finalmente ao centro do mistério e nos revelaria todos os enigmas por intermédio do meu anjo das trevas favorito, Alicia Gris. A saga conteria vilões e heróis, e mil túneis através dos quais o leitor poderia explorar uma trama caleidoscópica semelhante à miragem de perspectivas que eu tinha descoberto com meu pai no coração do Cemitério dos Livros Esquecidos.

— E você não aparece? — perguntou Valentina.

— Só no final e muito pouquinho.

— Que modesto.

Pelo tom já adivinhei o que vinha.

— Só não entendo por que você, em vez de falar tanto dessa história, não a escreve de uma vez.

Eu tinha feito essa pergunta a mim mesmo umas três mil vezes nos últimos anos.

— Porque falar me ajuda a imaginar melhor a história. E, principalmente, porque não sei como fazer para escrever. Daí o meu plano.

Valentina se virou e olhou para mim sem entender.

— Pensei que esse era o plano.

— Essa é a ambição. O plano é outro.

— Qual?

— Que Julián Carax escreva por mim — revelei.

Valentina ficou me encarando com aquele olhar que abria túneis de ventilação na alma.

— E por que ele faria isso?

— Porque no fundo também é a história dele e da sua família.

— Pensei que Carax estava em Paris.

Fiz que sim. Valentina entrefechou os olhos. Gélida e inteligente, a minha adorada Valentina.

— Quer dizer que o seu plano é ir a Paris, encontrar Julián Carax, caso esteja vivo, e convencê-lo a escrever em seu nome um romance de três mil páginas com essa história que se supõe que é tão importante para você.

— Mais ou menos — admiti.

Sorri, pronto para receber o golpe. Agora ia me dizer que era um sonhador, um inconsciente ou um ingênuo. Estava preparado para aceitar qualquer resposta, menos a que ela me deu, a qual, naturalmente, era a que eu merecia.

— Você é um covarde.

Levantou-se, pegou sua roupa e se vestiu em frente à janela. Depois, sem se virar para mim, acendeu um cigarro e ficou com o olhar perdido no horizonte de telhados do Ensanche sob a chuva.

— Quero ficar sozinha — disse.

Cinco dias depois subi de novo a escada que levava à água-furtada de Valentina e encontrei a porta aberta, o quarto vazio e uma cadeira nua em frente à janela onde havia um envelope com meu nome. Abri. Lá dentro encontrei vinte mil francos franceses e um bilhete que dizia:

Bon voyage et bonne chance.
V.

Quando saí estava começando a chover.

Três semanas depois, em uma tarde em que havíamos reunido os leitores e frequentadores habituais da livraria para comemorar a publicação do primeiro romance de um bom amigo da Sempere & Filhos, o professor Alburquerque, aconteceu o que muitos vinham esperando fazia tempo e que ia alterar a história do país, ou pelo menos devolvê-la ao presente.

Era quase hora de fechar quando dom Federico, o relojoeiro do bairro, entrou sobressaltado na livraria trazendo um artefato que descobrimos ser uma televisão portátil que ele havia comprado em Andorra. Colocou-a em cima do balcão e olhou solenemente para todos os presentes.

— Rápido — disse. — Preciso de um contato para ligar o aparelho.

— Todo mundo neste país precisa de contatos, senão não consegue nada — brincou Fermín.

Alguma coisa no semblante de dom Federico deu a entender que o relojoeiro não estava de brincadeira. O professor Alburquerque, já desconfiando do que se tratava, o ajudou a conectar a televisão na tomada e o relojoeiro ligou o aparelho. Uma tela de ruído cinza se materializou, projetando um halo de luz intermitente em toda a livraria.

Meu avô, alertado pela agitação reinante, saiu dos fundos da loja e olhou para os outros, inquisitivo. Fermín deu de ombros.

— Avisem a todo mundo — ordenou dom Federico.

Enquanto ele orientava as antenas e tentava sintonizar a transmissão, fomos nos agrupando em frente à televisão como se aquilo fosse uma liturgia. Fermín e o professor Alburquerque começaram a trazer cadeiras. Em pouco tempo meus pais, meu avô, Fermín, dom Anacleto (que voltava do seu passeio vespertino e, vendo o resplendor no ambiente, achou que tínhamos aderido à moda do iê-iê-iê e entrou para bisbilhotar), Fernandito e Sofía, Merceditas, os clientes que tinham ido brindar em homenagem ao professor Alburquerque e eu estávamos ocupando aquela plateia improvisada à espera de não se sabia bem o quê.

— Será que dá tempo de fazer xixi e comprar pipoca? — perguntou Fermín.

— No seu lugar eu seguraria a vontade — advertiu o professor Alburquerque. — Tenho a impressão de que vem coisa grande por aí.

Finalmente dom Federico virou as antenas e aquela janela de estática se desmanchou em um enquadramento lúgubre do glorioso e aveludado branco e preto que a Televisión Española transmitia naquela época. O rosto de um sujeito que parecia um cruzamento de procurador provinciano com o Super Mouse apareceu, choroso e compungido. Dom Federico aumentou o volume.

— Franco morreu — anunciou aos soluços o chefe do governo à época, Arias Navarro.

Despencou do céu, ou de algum lugar, um silêncio de tonelagem inimaginável. Se o relógio preso na parede ainda estivesse funcionando, o pêndulo teria parado em pleno voo. O que conto a seguir aconteceu mais ou menos simultaneamente.

Merceditas começou a chorar. Meu avô ficou branco como um merengue, suponho que com receio de que começasse a ouvir de uma hora para outra o rosnado dos tanques entrando pela Diagonal e outra guerra tivesse início. Dom Anacleto, tão chegado à rapsódia e ao verso, ficou mudo e começou a visualizar queimas de conventos e outros festejos. Meus pais se entreolharam, confusos. O professor Alburquerque, que não fumava, pediu um cigarro ao relojoeiro e o acendeu. Fernandito e Sofía, alheios à comoção geral, sorriram como se estivessem voltando ao seu país de fadas e continuaram de mãos dadas. Um ou outro leitor dos que estavam reunidos ali se benzeu e saiu apavorado.

Procurei com os olhos algum adulto de posse de todas as suas faculdades e me deparei com Fermín, que ouvia o discurso do chefe de governo com um interesse frio e uma calma absoluta. Fui ficar ao seu lado.

— Olhe só, um nanico choramingando como se fosse um santinho, e esse sujeito assinou mais sentenças de morte que Átila — comentou.

— E agora o que vai acontecer? — perguntei, inquieto.

Fermín sorriu com serenidade e bateu levemente nas minhas costas. Depois me ofereceu uma Sugus, desembrulhou a dele, que era de limão, e chupou-a com gosto.

— Pode ficar tranquilo, que aqui não vai acontecer nada. Escaramuças, teatrinhos e farisaísmos a granel durante algum tempo, isso sim, mas nada de sério. Se por azar algum palhaço exagerar, quem segura as rédeas não vai deixar a coisa sair do rumo. Não valeria a pena. Haverá muita confusão e pouca ação, se houver. Serão batidos recordes na especialidade olímpica de virar a casaca, e veremos heróis emergindo de baixo do sofá. O de praxe nestes casos. Será como uma longa prisão de ventre. Não vai ser fácil, mas o tolete irá saindo, ou pelo menos a parte que não tiver sido metabolizada. E no final o mundo não vai acabar, você vai ver. Pelo simples motivo de que não convém a ninguém. Afinal de contas tudo isso é um mercadinho de interesses mais ou menos disfarçados para consumo da bobajada popular. Deixando de lado os teatrinhos de marionetes, o que conta mesmo é quem manda, quem tem a chave do caixa e como se distribui o dinheiro dos outros. A caminho do butim vão dar uma guaribada em tudo, que aliás está precisando. Aparecerão novos sem-vergonhas, novos caudilhos, e um orfeão de inocentes sem memória sairá às ruas, todos dispostos a acreditar naquilo que querem ou precisam ouvir. Seguirão o flautista de Hamelin de plantão que mais os adule e prometa um paraíso de farrapos. Isto aqui é o que é, Julianito, com todas as suas grandezas e suas misérias, e dá para o que dá, que não é pouco. Tem gente que antevê a jogada e vai para bem longe, como a nossa Alicia, e tem gente como nós que fica com os pés na lama porque não tem um lugar melhor para ir. Mas quanto ao circo, não tema, agora é o tempo dos palhaços, os trapezistas ainda vão demorar a chegar. Talvez seja o melhor que possa nos acontecer. Eu, pela parte que me toca, comemoro.

— E como você sabe que Alicia foi para tão longe?

Fermín sorriu com malícia.

— *Touché*.

— O que foi que não me contou?

Ele me pegou pelo braço e puxou para um canto.

— Outro dia. Hoje estamos de luto nacional.

— Mas...

Fermín virou as costas sem me escutar e voltou para o grupo, que ainda estava sob os efeitos da notícia da morte daquele que tinha sido o chefe de Estado durante as quatro últimas décadas.

— Vai fazer um brinde? — perguntou dom Anacleto.

Fermín negou.

— Eu não brindo pela morte de ninguém. Não sei vocês, mas vou para casa ficar com Bernarda e, se Deus permitir, tentar fazer outro filho. Sugiro que vocês, na medida em que a logística permita, façam o mesmo. E se não, leiam um bom livro, como aqui o do nosso bom amigo Alburquerque. Amanhã é outro dia.

E veio outro dia, e depois outro, e assim transcorreram vários meses durante os quais Fermín escapuliu de mim com todas as suas artes e me deixou em jejum quanto às suas insinuações sobre Alicia Gris. Intuindo que me contaria o que tivesse que contar quando chegasse o momento, ou quando lhe desse na telha, peguei aqueles francos que Valentina tinha deixado para mim e comprei uma passagem para Paris. Era 1976, e eu estava com dezenove anos.

Meus pais não sabiam o verdadeiro objetivo da minha viagem, que atribuí a um desejo de ver o mundo, mas minha mãe sempre suspeitou das minhas reais intenções. Nunca consegui lhe esconder a verdade porque, como disse uma vez ao meu pai, não tinha segredos com ela. Minha mãe sabia das minhas aventuras com Valentina e das minhas ambições, que sempre apoiou, inclusive quando jurei em horas de desânimo que ia desistir delas por falta de talento e de coragem.

— Ninguém vence sem fracassar antes — afirmou ela.

Eu tinha a impressão de que meu pai estava contrariado, embora não quisesse me dizer nada. Não via com bons olhos minha viagem a Paris. Segundo ele, o que eu devia fazer era decidir de uma vez e me dedicar ao que tivesse que fazer. Se o que eu queria era ser escritor, seria bom começar a escrever a sério. E se o que eu desejava era ser livreiro, ou domador de periquitos, ou qualquer outra coisa, também.

Eu não sabia como lhe explicar que o que eu precisava era ir a Paris e encontrar Carax, porque sabia que não tinha o menor sentido. Não dispunha de argumentos para defender essa ideia, simplesmente era o que eu sentia. Ele não quis ir à estação comigo alegando que tinha que se reunir no Vic com seu distinto colega, o sr. Costa, decano da atividade e possivelmente o mais sábio profissional no ramo do livro antigo. Chegando à Estação de Francia, dei de cara com minha mãe sentada em um banco da plataforma.

— Comprei luvas para você. Falam que em Paris faz um frio danado.

Eu a abracei.

— Você também acha que estou errado?

Minha mãe fez que não.

— Cada um tem que cometer os próprios erros, não os dos outros. Faça o que tiver que fazer e volte logo. Ou quando puder.

Em Paris encontrei o mundo. Meu escasso orçamento me permitiu alugar um sótão do tamanho de um cinzeiro no alto de um edifício de esquina na rue Soufflot que era o equivalente arquitetônico de um solo de Paganini. Minha atalaia ficava suspensa sobre a praça do Pantheon. De lá eu podia admirar todo o Quartier Latin, os terraços da Sorbonne e a outra margem do Sena.

Acho que aluguei esse lugar porque me fazia lembrar Valentina. Quando fui pela primeira vez à crista de mansardas e chaminés que rodeavam a água-furtada, eu me senti o homem mais afortunado do planeta. Passei os primeiros dias percorrendo um mundo prodigioso de cafés, livrarias e ruas cheias de palácios, museus e pessoas respirando um ar de liberdade que deslumbrou um pobre noviço como eu, que vinha da Idade da Pedra com um monte de passarinhos na cabeça.

A Cidade Luz me ofereceu uma doce aterrissagem. Em minhas idas e vindas mantive inúmeras conversas em um francês macarrônico e em uma linguagem de gestos com jovens, velhos e crianças de outro mundo. Não faltou uma ou outra beldade de minissaia que riu de mim com ternura e me disse que eu, apesar de mais verde que uma alface, parecia *très adorable.* Em pouco tempo comecei a achar que o universo, que não era mais que uma pequena parte de Paris, estava cheio de Valentinas. Na minha segunda semana como parisiense adotivo convenci uma delas, sem grande esforço, a vir apreciar a vista comigo na minha água-furtada boêmia. Não demorei a descobrir que Paris não era Barcelona e que lá as regras do jogo eram muito diferentes.

— Fermín, você não sabe o que perdeu por não falar francês...

— Qui est Fermín?

Demorei algum tempo para despertar do encantamento de Paris e de suas miragens. Graças a uma das minhas Valentinas, Pascale, uma ruiva com corte de cabelo e jeito de Jean Seberg, consegui um emprego de meio expediente como garçom. Trabalhava de manhã até depois da hora do almoço em um café que ficava em frente à universidade e se chamava Le Comptoir du Pantheon, no qual comia de graça depois do meu turno. O dono, um cavalheiro afável que não conseguia compreender como era possível que eu, sendo espanhol, não me dedicasse às touradas ou ao sapateado flamenco, me perguntou se tinha ido a Paris para estudar, correr atrás de fortuna e glória ou melhorar o meu francês, que mais que de melhora precisava de uma cirurgia de coração aberto e um transplante de cérebro.

— Vim à procura de um homem — confessei.

— E eu que pensava que preferia moças. Dá para ver que Franco morreu... Dois dias sem ditador e vocês espanhóis já viraram bissexuais. Parabéns. Temos que viver a vida, ela passa em um piscar de olhos. *Vive la différence!*

Isso me lembrou de que eu tinha ido a Paris por uma razão, e não para fugir de mim mesmo. No dia seguinte comecei minha busca por Julián Carax. Decidi percorrer todas as livrarias que iluminavam as calçadas do bulevar Saint Germain perguntando por ele. Pascale, com quem acabei fazendo uma boa amizade embora ela deixasse claro que o nosso relacionamento debaixo dos lençóis não tinha futuro (aparentemente eu era *trop doux* para seu gosto), trabalhava fazendo revisão em uma editora e conhecia muita gente no mundo literário parisiense. Todas as sextas-feiras ia a um encontro em um café do bairro literário frequentado por escritores, tradutores, editores, livreiros e toda a fauna e a flora que povoavam a selva dos livros e sua circunvizinhança. O público ia mudando a cada semana, mas sempre se observava a regra de fumar e beber além da conta, discutir acaloradamente livros e ideias e pular na jugular do oponente como se disso dependesse a vida. Eu, na maior parte do tempo, ficava ouvindo e mergulhado em uma fumaça alucinógena enquanto tentava introduzir a mão sob a saia de Pascale, que achava essa afetação *gauche, bourgeois* e própria de gente bronca.

Nesse lugar tive a sorte de conhecer alguns dos tradutores de Carax, que tinham vindo à cidade para um simpósio de tradução realizado na Sorbonne. Uma romancista inglesa chamada Lucia Hargreaves, que tinha crescido em Mallorca e voltado a Londres por amor, me contou que não sabia nada de Carax fazia muito tempo. O tradutor para o alemão, um cavalheiro de Zurique que preferia latitudes mais tépidas e se deslocava em Paris em uma bicicleta dobrável, *Herr* Peter Schwarzenbeld, me explicou que suspeitava que agora Carax se dedicava exclusivamente a compor sonatas para piano e que tinha adotado outro nome. O tradutor para o italiano, *signor* Bruno Arpaiani, me confessou que ouvia boatos há anos de que em breve iria sair um novo romance de Carax, mas disse que não acreditava nisso. Em definitivo, ninguém sabia nada de concreto sobre o paradeiro de Julián Carax ou qual tinha sido a sua sorte.

Em uma dessas tertúlias conheci por acaso um senhor de finas habilidades chamado François Maspero, que havia sido livreiro e editor e nessa época traduzia romances com maestria. Tinha sido mentor de Pascale quando ela chegou a Paris e aceitou me convidar para tomar um café no Les Deux Magots, onde pude lhe contar minha ideia em linhas gerais.

— Um plano muito ambicioso, meu jovem, e, além do mais, complicado. Porém...

Dias depois, esbarrei com monsieur Maspero no bairro. Ele disse que queria me apresentar a uma senhorita alemã de têmpera de aço e mente acelerada que morava em Paris e em Berlim, falava mais idiomas do que eu podia mencionar e se ocupava de descobrir maravilhas e segredos literários que oferecia a diversas editoras europeias. Chamava-se Michi Strausmann.

— Talvez ela saiba alguma coisa sobre Carax...

Pascale, que me confessou que quando crescesse queria ser como ela, me advertiu que *Fräulein* Strausmann não tinha uma personalidade meiga e doce, e não perdia tempo com bobagens. Monsieur Maspero fez as honras e reuniu os quatro em volta de uma mesa em um café no bairro do Marais, não muito distante da casa onde viveu Victor Hugo.

— *Fräulein* Strausmann é especialista na obra de Carax — disse ele à guisa de introdução. — Conte a ela o que me contou.

Assim fiz. A única resposta que ela deu foi um olhar que murcharia qualquer suflê.

— Você é idiota? — perguntou *Fräulein* Strausmann em um espanhol perfeito.

— Fazendo estágio para isso — admiti.

Pouco depois a valquíria amoleceu o coração e admitiu que tinha sido muito severa comigo. Confirmou que, como todo mundo, fazia tempo que não sabia nada de Carax, infelizmente.

— Julián não escreve há muito tempo. Tampouco responde às cartas. Desejo boa sorte para o seu projeto, mas...

— Não tem algum endereço para onde eu possa escrever?

Fräulein Strausmann negou com a cabeça.

— Tente com Currygan e Coliccio. Era para lá que eu lhe mandava a correspondência e onde perdi sua pista anos atrás.

Pascale se encarregou de me explicar que madame Currygan e Tomaso Coliccio tinham sido agentes literários de Julián Carax durante mais de vinte e cinco anos e se comprometeu a conseguir que eles me recebessem.

* * *

O escritório de madame Currygan ficava na rue de Rennes. A lenda que circulava no mundo editorial dizia que com o passar dos anos ela havia transformado seu escritório em um delicioso jardim de orquídeas, e Pascale me aconselhou a levar como oferenda um exemplar novo para a sua coleção. Pascale era amiga das integrantes da chamada *Brigade Currygan*, um formidável quarteto de mulheres literárias de diferentes nacionalidades que trabalhava sob as ordens da *madame* e cujos bons auspícios me renderam uma audiência com a agente de Carax.

Com um vaso nas mãos, entrei no escritório dela. As integrantes da *Brigade Currygan* (Hilde, Claudia, Norma e Tonya) acharam que eu era o entregador do florista da esquina, mas assim que abri a boca minha identidade foi revelada. Uma vez esclarecido o equívoco, elas me levaram ao escritório onde estava madame Currygan. Logo ao entrar avistei uma vitrine com as obras completas de Julián Carax e um jardim botânico de categoria superior. Madame Currygan me ouviu pacientemente enquanto saboreava um cigarro com o qual povoou a sala de teias de aranha flutuantes.

— De fato já ouvi Julián falar de Daniel e Bea uma vez — disse ela. — Mas foi há muito tempo. Não tenho notícias de Julián há anos. Antes ele costumava me visitar frequentemente, mas...

— Adoeceu?

— Pode-se dizer que sim, creio eu.

— De quê?

— De melancolia.

— Talvez o *signor* Coliccio saiba alguma coisa sobre ele.

— Duvido. Eu falo toda semana com Tomaso sobre assuntos de trabalho e pelo que sei ele também não tem notícias de Julián há pelo menos três anos. Mas pode tentar. Avise-me se descobrir alguma coisa.

Seu colega, dom Tomaso, vivia em uma barcaça à beira do Sena repleta de livros, ancorada a meio quilômetro a leste da Île de la Cité, em companhia da esposa, uma editora chamada Elaine que me recebeu ao pé do cais com um sorriso caloroso.

— Você deve ser o rapaz de Barcelona — disse ela.

— Ele mesmo.

— Suba a bordo. Tomaso está lendo um original insuportável e vai agradecer a interrupção.

O *signor* Coliccio parecia um leão-marinho e estava usando um chapéu de capitão de navio. Tinha cabelos grisalhos, mas conservava certo olhar de malícia infantil. Depois de ouvir minha história, ficou um instante pensativo antes de se pronunciar.

— Olhe, jovem. Há duas coisas que são quase impossíveis de encontrar em Paris. Uma delas é uma pizza decente. A outra é Julián Carax.

— Digamos que abro mão da pizza e me conformo com Carax — aventurei.

— Nunca abra mão de uma boa pizza — aconselhou ele. — O que o faz pensar que Julián, caso esteja vivo, vai querer falar com você?

— Por que estaria morto?

Dom Tomaso me ofereceu um olhar impregnado de melancolia.

— As pessoas morrem, sobretudo as que mais gostaríamos que continuassem vivas. Talvez Deus precise abrir espaço aqui para a grande quantidade de filhos da puta com que adora condimentar o mundo...

— Preciso acreditar que Carax está vivo — respondi.

Tomaso Coliccio sorriu.

— Fale com Rosiers.

Émile de Rosiers tinha sido editor de Julián Carax durante muitos anos. Poeta e escritor nas horas vagas, Rosiers havia desenvolvido uma longa carreira como editor de sucesso em diversas empresas de Paris. Ao longo de sua vida de trabalho, também tinha publicado, tanto em espanhol como na tradução para o francês, as obras de alguns autores espanhóis proscritos pelo regime ou que estavam no exílio, assim como de notáveis escritores latino-americanos. Dom Tomaso me explicou que fazia algum tempo Rosiers ocupava o cargo de diretor editorial de um selo pequeno, mas de tradição, as Éditions de la Lumière. O escritório não ficava longe, e me dirigi para lá.

Émile de Rosiers dispunha de pouco tempo livre, mas teve a amabilidade de me convidar para almoçar em um bar que ficava na esquina da editora, na rue du Dragon, e me ouvir.

— Gosto da ideia do seu livro — disse, não sei se por cortesia ou por interesse genuíno. — *O cemitério dos livros esquecidos* é um grande título.

— É só isso que eu tenho — confessei. — Para o resto, preciso de monsieur Carax.

— Até onde eu sei, Julián está aposentado. Publicou há algum tempo um romance assinado com pseudônimo, mas não comigo, e depois nada. Silêncio absoluto.

— Acha que ele continua em Paris?

— É improvável. Eu teria ouvido alguma coisa ou sabido dele. No mês passado estive com sua antiga editora na Holanda, a minha amiga Nelleke, que me disse que alguém lhe havia contado em Amsterdam que Carax embarcou para a América dois anos atrás e morreu no meio da travessia. Dias depois outra pessoa lhe disse que Carax chegou a terra firme e que agora estava escrevendo séries de televisão sob um pseudônimo. Pode escolher a versão que mais lhe apeteça.

Rosiers deve ter lido a desesperança no meu rosto depois de passar dias só me deparando com becos sem saída.

— Quer um conselho? — perguntou.

— Por favor.

— É um conselho prático, que dou a todos os autores que estão começando e me perguntam o que devem fazer. Se você quer ser escritor, escreva. Se tem uma história para contar, conte-a. Ou tente.

— Se para ser escritor bastasse dispor de uma história para narrar, todo mundo seria romancista.

— Imagine que horror, um mundo cheio de romancistas. Seria o fim dos tempos — brincou Rosiers.

— Talvez a última coisa de que o mundo necessita seja de mais um escritor.

— Deixe o mundo decidir isso — aconselhou Rosiers outra vez. — E se não der certo, não se preocupe. Melhor para você, segundo todas as estatísticas. Mas se algum dia conseguir botar no papel com certa habilidade algo parecido com a ideia que me explicou, venha me ver. Talvez eu esteja interessado.

— E até lá?

— Até lá, esqueça Carax.

— Os Sempere nunca esquecem. É uma doença congênita.

— Nesse caso tenho dó de vocês.

— Pois faça um gesto de caridade.

Rosiers hesitou.

— Julián tinha um bom amigo. Era o seu melhor amigo, acho. Chamava-se Jean-Raymond Planaux. Não tinha nada a ver com este nosso mundinho absurdo. Um sujeito inteligente e saudável, sem complicações. Se alguém sabe alguma coisa de Julián, só pode ser ele.

— Onde posso encontrá-lo?

— Nas catacumbas.

Eu deveria ter começado por lá. Tratando-se de Carax, parecia inevitável que se ainda havia alguma esperança de encontrar seu rastro na face da Terra só pudesse ser em um cenário que parecia roubado de um dos livros dele: as catacumbas de Paris.

Jean-Raymond de Planaux Flavieu era um homenzarrão de aspecto sólido cuja aparência intimidava à primeira vista, mas logo ele revelava uma disposição amável e propensa a brincadeiras. Trabalhava no escritório comercial da companhia que administrava as catacumbas de Paris e se encarregava da manutenção, da exploração turística e de tudo o que se relacionava com esse particular extremo do além.

— Bem-vindo ao mundo da morte, jovem — disse, oferecendo um aperto de mão que fez meus ossos rangerem. — O que posso fazer por você?

— Queria saber se pode me ajudar a encontrar um amigo seu.

— Está vivo? — Ele riu. — Para mim essa parte dos vivos anda meio esquecida.

— Julián Carax.

Assim que pronunciei esse nome, monsieur Planaux franziu o cenho, cancelou o semblante afável e se inclinou para a frente com um ar ameaçador e protetor, me encurralando contra a parede.

— Quem é você, afinal?

— Julián Sempere. Meus pais me deram esse nome em homenagem a monsieur Carax.

— Para mim é como se você tivesse sido batizado em homenagem ao inventor do mictório público.

Temi pela minha integridade física e tentei dar um passo para trás. Uma parede, provavelmente ligada às catacumbas, me impediu. Já me via perpetuamente embutido ali entre cem mil caveiras.

— Meus pais conheceram monsieur Carax. Daniel e Bea — disse, em tom conciliador.

O olhar de Planaux me perfurou durante alguns segundos. Calculei que havia cinquenta por cento de possibilidade de que ele quebrasse a minha cara. Os outros cinquenta por cento eram incertos.

— Você é o filho de Daniel e Beatriz?

Fiz que sim.

— Da livraria Sempere?

Fiz que sim de novo.

— Prove.

Durante quase uma hora fiquei recitando o mesmo discurso que tinha usado com os antigos agentes literários e o editor de Carax. Planaux me ouviu com atenção e tive a sensação de vislumbrar nele um ar de tristeza que foi se acentuando à medida que eu ia desfiando o meu relato. Quando terminei, Planaux tirou um charuto do bolso do paletó e o acendeu fazendo uma fumaceira que ameaçava sepultar toda Paris.

— Sabe como Julián e eu nos conhecemos?

Neguei com a cabeça

— Quando eu era jovem, trabalhamos juntos em uma editora de segunda. Isso foi antes de entender que isto aqui da morte tem muito mais futuro que a literatura. Eu era um dos representantes comerciais e saía para vender as porcarias que geralmente publicávamos. Carax recebia um salário para escrever relatos de terror para nós. Quantos charutos como este nós fumamos no café que havia embaixo da editora, à meia-noite, vendo passar as garotas em idade casadoira... Que tempos aqueles. Não seja bobo, não envelheça porque ficar velho não dá nobreza, nem conhecimento, nem merda espetada em um pau que o valha. Acho que essa é uma expressão da sua terra, que uma vez ouvi Julián dizer e achei certíssima.

— Sabe onde eu posso encontrá-lo?

Planaux deu de ombros.

— Julián foi embora de Paris há muito tempo.

— Sabe para onde?

— Não disse.

— Mas o senhor imagina.

— Você é um lince.

— Para onde? — insisti.

— Onde a gente se esconde quando fica velho?

— Não sei.

— Então nunca vai encontrar Julián.

— Nas lembranças? — aventurei.

Planaux me ofereceu um sorriso ferido de melancolia.

— Quer dizer que voltou para Barcelona? — perguntei.

— Para Barcelona não, para o que ele amava.

— Não entendo.

— Ele também não entendia. Pelo menos durante muitos anos. Levou a vida inteira para compreender o que mais tinha amado.

Todos aqueles anos ouvindo histórias sobre Carax, e agora eu me sentia tão perdido como no dia em que cheguei a Paris.

— Se você é quem diz ser, teria que saber — afirmou Planaux. — E se disser "a literatura" lhe mando um tabefe na cara, mas não acredito que você seja tão idiota.

Engoli em seco.

— Acho que já sei a que está se referindo. Ou a quem.

— Então já sabe o que tem que fazer.

Naquele fim de tarde me despedi de Paris, de Pascale, da minha fulgurante carreira no ramo da hotelaria e do meu ninho entre as nuvens e me dirigi à estação de Austerlitz. Gastei tudo o que me restava com uma passagem de terceira classe e embarquei no trem noturno de volta para Barcelona. Cheguei ao amanhecer, depois de sobreviver durante a viagem graças à caridade de um casal de aposentados de Lyon que voltava de uma visita à filha e dividiu comigo as iguarias que tinham comprado à tarde no mercado da rue Mouffetard enquanto eu lhes relatava minha história ao longo da madrugada. "*Bonne chance*", me disseram ao descer do trem. "*Cherchez la femme...*"

Quando voltei, e durante alguns dias, tudo me pareceu pequeno, fechado e cinza. A luz de Paris tinha ficado presa em minha memória e de repente o mundo me parecia grande e distante.

— E então, já viu *Emmanuelle*? — perguntou Fermín.

— Um roteiro impecável — respondi.

— Já imaginava. É tudo o que queriam Billy Wilder e companhia. E, me conte, encontrou o Fantasma da Ópera?

Fermín sorriu como um diabinho. Eu devia ter imaginado que ele sabia muito bem por que eu tinha ido a Paris.

— Não exatamente — admiti.

— Ou seja, não vai me contar nada de substancioso.

— Pensei que quem tinha que me contar algo de substancioso era você. Lembra?

— Primeiro resolva o seu mistério, depois veremos.

— Acho injusto.

— Bem-vindo ao planeta Terra — replicou Fermín. — Vamos ver, me impressione. Diga algo em francês. *Bonjour* e *oh la là* não valem.

— *Cherchez la femme* — recitei.

Fermín franziu o cenho.

— A máxima clássica de toda intriga que se preze... — aventurou.

— *Voilà...*

O túmulo de Nuria Monfort ficava em um promontório rodeado de árvores na parte antiga do cemitério de Montjuic, de onde se contemplava o mar, não muito longe do de Isabella. Foi lá que, em um entardecer do verão de 1977, depois de percorrer inutilmente todos os cantos de uma Barcelona que começava a se desvanecer no tempo, encontrei Julián Carax. Ele pôs umas flores em cima da lápide e sentou-se em um banco de pedra em frente ao sepulcro. Ficou ali durante quase uma hora, falando sozinho. Não me atrevi a interromper.

No dia seguinte voltei a encontrá-lo no mesmo lugar, e no outro também. Julián Carax havia percebido tarde demais que o que mais amava no mundo, a mulher que dera a vida por ele, nunca mais poderia ouvir sua voz. Ia lá todos os dias e se sentava em frente ao túmulo para falar com ela e passar o que lhe restava de vida em sua companhia.

Foi ele que um dia se aproximou de mim e ficou me olhando em silêncio. A pele que perdeu no incêndio tinha voltado a crescer e lhe dera um rosto sem idade nem expressão que ele ocultava sob uma barba espessa e um chapéu de aba larga.

— Quem é você? — perguntou sem qualquer hostilidade na voz.

— Meu nome é Julián Sempere. Sou filho de Daniel e Bea.

Ele assentiu lentamente com a cabeça.

— Eles estão bem?

— Sim.

— Sabem que você está aqui?

— Ninguém sabe.

— E posso perguntar por que está aqui?

Eu não sabia nem por onde começar.

— Podemos ir tomar um café?

— Eu não tomo café — disse ele. — Mas pode me convidar para tomar um sorvete.

Meu rosto deve ter delatado a surpresa.

— Quando eu era jovem quase não existia sorvete. Descobri tarde, como tantas outras coisas...

Foi assim que, naquele lento entardecer de verão, depois de ter sonhado com esse momento desde criança e de ter revirado Paris e Barcelona tentando encontrá-lo, acabei por dividir a mesa em uma sorveteria da Plaza Real com Julián Carax, a quem ofereci um sorvete de morango de duas bolas em uma casquinha. Para mim pedi uma raspadinha de limão, porque estava começando a fazer aquele calor úmido que impregnava os verões de Barcelona como uma maldição.

— O que posso fazer por você, sr. Sempere?

— Se eu lhe disser vai me achar um bobo.

— Tenho a impressão de que está me procurando há bastante tempo e por isso, agora que finalmente me encontrou, só o acharia um bobo se não dissesse.

Bebi metade da raspadinha em um gole só, para juntar forças, e lhe contei a minha ideia. Ele me ouviu com atenção, sem dar qualquer sinal de desaprovação ou de reserva.

— Muito engenhoso — concluiu quando acabei o meu discurso.

— Não ria de mim.

— Nem pensaria em fazer isso. Estou dizendo o que penso.

— E o que mais pensa?

— Que você é que deveria escrever essa história. Ela é sua.

Neguei devagar com a cabeça.

— Não sei fazer isso. Não sou escritor.

— Compre uma Underwood.

— Não sabia que esse anúncio também existia na França.

— Existe em todo lugar. Não confie em anúncios. Uma Olivetti também serviria.

Sorri. Pelo menos compartilhava com Carax o senso de humor.

— Deixe eu lhe ensinar uma coisa — ofereceu Carax.

— A escrever?

— Isso você vai ter que aprender por conta própria. Escrever é um ofício que se aprende, mas que ninguém pode ensinar. No dia em que você captar o que isso significa, estará começando a aprender a ser escritor.

Ele abriu o paletó de linho preto e tirou do bolso um objeto brilhante. Pousou-o em cima da mesa e o empurrou na minha direção.

— Pegue — convidou.

Era a caneta mais incrível que eu já tinha visto, a rainha de todas as Montblanc. A peça era arrematada por uma pena de ouro e platina da qual, se eu ainda fosse criança, pensaria que só podiam brotar obras-primas.

— Dizem que pertenceu originalmente a Victor Hugo, mas eu aceitaria isso apenas a título metafórico.

— Já existia caneta na época de Victor Hugo? — perguntei.

— A primeira caneta-tinteiro foi patenteada em 1827 por um romeno chamado Petrache Poenaru, mas só nos anos oitenta do século XIX se aperfeiçoou e começou a ser comercializada em grande escala.

— Ou seja, poderia mesmo ser de Victor Hugo.

— Se você faz questão... Digamos que das mãos de monsieur Hugo ela passou para as não menos ilustres e mais prováveis mãos de um tal Daniel Sempere, meu bom amigo. Tempos depois apareceu no meu caminho e a venho guardando todos estes anos enquanto esperava o dia em que alguém, alguém como você, viesse buscá-la. Já era hora.

Neguei de forma enérgica, empurrando a caneta de volta para as suas mãos.

— De maneira nenhuma. Não posso aceitá-la. É sua.

— Uma caneta não é de ninguém. É um espírito livre que fica com alguém enquanto precisar dela.

— Isso é o que dizia um personagem de um dos seus romances.

— Sempre me acusam de me repetir. É um mal que afeta a todos os romancistas.

— Eu nunca o contraí. Sinal de que não sou um.

— Dê tempo ao tempo. Tome.

— Não.

Carax deu de ombros e guardou a caneta.

— Isso é porque você ainda não está preparado. Uma caneta é como um gato, só vai atrás de quem pode alimentá-la. E assim como vem, vai embora.

— O que diz da minha proposta?

Carax sorveu a última colherada de sorvete.

— Vamos fazer uma coisa. Podemos escrever meio a meio. Você com a força da juventude e eu com os truques de macaco velho.

Fiquei petrificado.

— Está falando sério?

Ele se levantou da mesa e me deu uma palmadinha no ombro.

— Obrigado pelo sorvete. Na próxima pago eu.

Houve uma próxima e muitas mais. Carax sempre pedia um sorvete de morango de duas bolas, fosse verão ou inverno, mas nunca comia a casquinha. Eu levava as páginas que tinha escrito e ele as revia, marcava, riscava e refazia.

— Não tenho certeza de que este seja o começo correto — dizia eu.

— Uma história não tem começo nem fim, só portas de entrada.

Em cada um dos nossos encontros, Carax lia com atenção as páginas novas que eu lhe dava. Pegava sua caneta e ia fazendo anotações que depois usava para me indicar com infinita paciência o que eu tinha feito de errado, que era quase tudo. Ponto por ponto ia me indicando o que não funcionava, explicava a razão e detalhava como se podia ajeitar. Sua análise era extraordinariamente meticulosa. Para cada erro que eu pensava ter cometido me mostrava quinze que nem desconfiava que existiam. Desarmava cada palavra, cada frase e cada parágrafo e voltava a construí-los como um ourives trabalhando com sua lupa. Fazia isso sem condescendência alguma, como se fosse um engenheiro explicando a um aprendiz como funcionava um motor a combustão ou uma máquina a vapor. Vez por outra questionava expressões e ideias que eu considerava a única coisa salvável do dia, a maioria das quais era copiada dele.

— Não tente me imitar. Imitar outro autor é uma muleta. Serve para aprender e encontrar um estilo próprio, mas é coisa de principiantes.

— E eu sou o quê?

Nunca soube onde ele passava as noites e o tempo que não dividia comigo. Nunca me disse e nunca ousei perguntar. Sempre nos encontrávamos em cafés e bares da cidade velha. A única condição era que houvesse sorvete de morango. Suponho que toda tarde ele comparecia ao seu encontro com Nuria Monfort. Quando leu pela primeira vez a parte em que ela aparece como personagem, sorriu com uma tristeza que ainda me embarga. Julián Carax tinha perdido os canais lacrimais no incêndio que o desfigurara e não podia chorar, mas em toda a minha vida jamais conheci alguém que respirasse como ele aquela sombra de perda.

Gosto de pensar que chegamos a ser bons amigos. Pelo menos quanto a mim, nunca tive um amigo melhor e acho que jamais terei. Talvez pelo afeto que ele sentia por meus pais, talvez porque aquele estranho ritual de reconstruir o passado o ajudasse a se reconciliar com a dor que havia consumido a sua vida, ou talvez simplesmente porque via em mim algo de si mesmo, Carax ficou ao meu lado guiando os meus passos e a minha pena durante todos os anos que levei para escrever os quatro romances, corrigindo, riscando e recompondo até o final.

— Escrever é reescrever — me lembrava sempre. — A gente escreve para si mesmo e reescreve para os outros.

Naturalmente, havia vida além da ficção. Muita coisa aconteceu naqueles anos que dediquei a reescrever mil e uma vezes cada página da saga. Fiel à minha promessa de não seguir os passos do meu pai à frente da livraria (afinal de contas, ele e minha mãe já davam conta de tudo e mais um pouco), consegui um emprego em uma agência de publicidade que, em outro giro do destino, ficava na avenida de Tibidabo, número 32, o velho casarão dos Aldaya onde meus pais tinham me concebido em uma longínqua noite de temporal em 1955.

Minhas obras no peculiar gênero dos anúncios nunca me pareceram particularmente memoráveis, mas, para a minha surpresa, meu salário aumentava todo mês e minha cotação como mercenário das palavras e imagens estava em alta. Os anos passavam e eu ia deixando um considerável rastro de anúncios de televisão, rádio e imprensa escrita, para glória de automóveis caros que davam água na boca dos executivos promissores, de bancos sempre empenhados em tornar realidade os sonhos do pequeno poupador, de eletrodomésticos que auguravam a felicidade, de perfumes que desencadeavam em uma vida de desenfreio carnal e do sem-fim de dádivas proliferando naquela Espanha que, na ausência do antigo regime, ou pelo menos dos seus censores mais visíveis, se modernizava na velocidade do dinheiro e crescia traçando um rastro de gráficos bursáteis que deixavam os Alpes suíços no chinelo. Meu pai, quando soube o valor do meu salário, me perguntou se o que eu fazia era legal.

— Legal, sim. Ético, já são outros quinhentos.

Fermín não tinha pruridos em relação à minha prosperidade e estava maravilhado.

— Enquanto você não se tornar um convencido e não perder o rumo, ganhe dinheiro agora que é jovem, que é quando serve para alguma coisa. E um solteiro de ouro como você, nem se fala. Como devem circular garotas imponentes nesse negócio da publicidade onde tudo é bonito e brilhante! Bem que eu gostaria de ter vivido tudo isso naquela merda do pós-guerra que tive que viver, quando até as virgens tinham bigode. Faça o seu trabalho. Aproveite agora que é o momento certo, viva aventuras, você me entende, cometa todos os excessos e lembre-se de saltar do bonde a tempo, porque existem profissões que são só para jovens, e, a menos que você seja acionista majoritário do quiosque, coisa que não acho factível porque nós dois sabemos que tem contas a acertar com as letras menos remuneradas, continuar nesse vespeiro depois dos trinta seria coisa de louco.

Eu, em segredo, tinha vergonha do que fazia e da obscena quantidade de dinheiro que me pagavam para isso. Ou talvez gostasse de pensar assim. O fato era que aceitava de boa vontade a minha remuneração astronômica e a dilapidava assim que aterrissava na minha conta-corrente.

— Não há nada de vergonhoso nisso — argumentava Carax. — Ao contrário, é uma profissão de habilidades e oportunidades que pode lhe permitir, se souber jogar as suas cartas, comprar a liberdade e um pouco de tempo para, quando a deixar, se transformar em quem é de verdade.

— E quem sou eu de verdade? O inventor dos anúncios de refrigerantes, cartões de crédito e carros de luxo?

— Você vai ser quem achar que é.

Eu, no fundo, me importava menos com quem era que com quem Carax achava que eu fosse, ou que podia ser. Continuei trabalhando no nosso livro, como eu gostava de dizer. Esse projeto tinha se transformado na minha segunda vida, um mundo em cuja porta eu deixava pendurado o disfarce que usava normalmente e empunhava a caneta ou a Underwood ou o que fosse para mergulhar em uma história que para mim era imensamente mais real que a minha próspera existência terrena.

Aqueles anos tinham mudado um pouco a vida de todos. Algum tempo depois de Alicia Gris ter sido sua hóspede, Isaac Monfort anunciou que tinha chegado o momento de se aposentar e propôs a Fermín, que na época já havia estreado sua paternidade, que o substituísse como guardião do Cemitério dos Livros Esquecidos.

— Já é hora de ter um sem-vergonha no comando — disse ele.

Fermín foi pedir a Bernarda, e ela acabou aceitando, que se mudassem para um apartamento térreo que ficava bem ao lado do Cemitério dos Livros Esquecidos. Lá Fermín abriu uma porta secreta que dava nos túneis do palácio que o abrigava e transformou o antigo aposento de Isaac no seu novo escritório.

Aproveitando que na época eu fazia os anúncios de uma conhecida marca japonesa de produtos eletrônicos, dei a Fermín uma colossal televisão colorida do que então se começava a chamar de tela plana. Fermín, que antes considerava que a televisão era o anticristo, tinha modificado o seu ditame porque descobriu que passava filmes de Orson Welles — "esse sim sabe tudo, o sacana", dizia — e, principalmente, de Kim Novak, cujos sutiãs pontiagudos continuavam alimentando sua fé no futuro da humanidade.

Depois de alguns anos tormentosos, meus pais, cujo casamento cheguei a pensar que afundaria, superaram obstáculos sobre os quais nenhum dos dois quis me dar explicações e, para assombro de todos, me deram uma irmã tardia que batizaram de Isabella. Vovô Sempere chegou a segurá-la no colo antes de morrer, poucos dias depois, de um fulminante ataque do coração que o surpreendeu erguendo uma caixa com as obras completas de Alexandre Dumas. Nós o enterramos ao lado de Isabella e em companhia de um exemplar de O conde de Montecristo. Perdê-lo fez meu pai envelhecer de repente por todos nós e nunca mais voltar a ser o mesmo. "Eu achava que o vovô ia viver para sempre", disse ele quando o encontrei nos fundos da livraria chorando escondido.

Fernandito e Sofía se casaram, como todo mundo tinha previsto, e se mudaram para o antigo apartamento de Alicia Gris na rua Aviñón, em cujo leito e em segredo Fernandito já havia colado grau com Sofía e aplicado todo o magistério que no passado Matilde lhe ensinara. Com o tempo, Sofía decidiu abrir por conta própria uma pequena livraria especializada em literatura infantil que batizou como A Pequena Sempere. Fernandito foi trabalhar em uma loja de departamentos de cuja seção de livraria chegou a ser diretor anos mais tarde.

Em 1981, pouco depois do fracassado golpe de Estado que por pouco não devolveu a Espanha à Idade da Pedra, ou de algo pior, Sergio Vilajuana publicou uma série de reportagens no La Vanguardia em que revelava o caso de centenas de crianças roubadas dos seus pais, em sua maioria presos políticos desaparecidos nas prisões de Barcelona durante os primeiros anos do pós-guerra, que tinham sido assassinados para apagar o rastro. O escândalo que isso provocou reabriu uma ferida que muitos desconheciam e que outros quiseram esconder. A sequela dessas reportagens, que desataram uma série de investigações que ainda hoje prosseguem e geraram oceanos de documentos, denúncias e ações civis e penais, serviu para que muitos tomassem coragem para dar o primeiro passo e começar a recuperar os relatórios e depoimentos sobre os anos mais escuros da história do país que tinham ficado enterrados.

O amigo leitor deve estar se perguntando se, enquanto tudo isso acontecia, o inefável Julián Sempere estava totalmente entregue de dia à mercenária indústria da publicidade e de noite à imaculada virgem da literatura. Não exatamente. O processo de escrita dos quatro livros que tinha planejado com Carax deixou de ser apenas uma fuga ao paraíso para se tornar um monstro que começou a devorar o que estava mais perto, que era eu. O monstro, que entrou na minha vida como convidado e depois não queria ir embora, teve que aprender a conviver com os outros fantasmas dos meus dias. Em homenagem ao meu outro avô, David Martín, também cheguei à beira do abismo que todo escritor tem dentro de si e acabei me agarrando na borda com os dedos para não cair.

No ano de 1981, Valentina voltou das trevas e reapareceu em uma cena que Carax teria assinado com todo prazer. Foi em uma tarde em que eu estava com o cérebro em estado líquido e começando a vazar pelas orelhas. Tinha me refugiado na livraria Francesa, cenário do crime original, e estava zanzando entre as mesas de novidades quando a vi. Fiquei cravado no chão, transformado em estátua de sal, até que ela desviou o olhar e me avistou. Ela sorriu e eu comecei a correr.

Finalmente me alcançou no sinal da rua Rosellón. Tinha comprado um livro para mim e quando o peguei, sem nem olhar o que era, ela pôs a mão no meu braço.

— Dez minutos? — perguntou.

E, sim, não demorou muito para começar a chover. Mas isso era o de menos. Três meses depois, após encontros furtivos em outra de suas águas-furtadas com vista para metade do hemisfério Norte, fomos morar juntos, ou melhor, Valentina veio morar comigo, porque na época eu já tinha um apartamento de alto padrão em Sarriá onde me sobrava espaço, mas também vazio. Dessa vez Valentina ficou dois anos, três meses e um dia. No entanto, em vez de partir meu coração, o que também fez, deixou o maior presente que alguém poderia me dar: uma filha.

Batizamos Alicia Sempere em agosto de 1982. Valentina, no ano seguinte, depois de algumas idas e vindas que nunca cheguei a entender, foi embora de novo, dessa vez para não voltar mais. Alicia e eu ficamos juntos, mas nunca sozinhos, porque a pequena salvou minha vida e me ensinou que tudo o que eu fazia não tinha nenhum sentido se não fosse por ela. Durante os anos em que trabalhei para terminar aqueles condenados livros, nem que fosse apenas para me livrar deles de uma vez, Alicia ficou ao meu lado e me devolveu aquilo em que eu tinha aprendido a descrer: a inspiração.

Houve companhias fugazes, projetos de mãe adotiva para Alicia e espíritos generosos que eu sempre acabava afastando. Minha filha me dizia que não gostava que eu estivesse sozinho e eu lhe dizia que não estava.

— Tenho você.

Tinha Alicia e toda a minha galeria de sombras capturadas entre a realidade e a ficção. Em 1991, pensando que se não fizesse isso, se não pulasse do trem de uma vez por todas, ia perder o pouco que me restava de verdade na alma, que já não era muito, larguei para sempre minha lucrativa carreira de artesão de anúncios de luxo e dediquei o resto do ano a concluir os livros.

A essa altura já era impossível continuar ignorando que Julián Carax não estava bem. Eu tinha adquirido o hábito de pensar que ele não tinha idade e nada podia lhe acontecer. Tinha começado a pensar nele como se pensa em um pai, alguém que nunca vai nos abandonar. *Achava que ia viver para sempre.*

Julián Carax não queria mais sorvetes de morango nos nossos encontros. Quando eu pedia seu conselho, quase não fazia cortes ou correções. Dizia que eu já tinha aprendido a voar sozinho, que tinha ganhado a minha Underwood e que não precisava mais dele. Demorei muito a querer me dar conta, mas no fim não pude continuar me enganando e entendi que aquela tristeza monstruosa que ele sempre carregara dentro de si tinha voltado para liquidá-lo.

Uma noite sonhei que o perdia na névoa. Saí de madrugada para procurá-lo. Percorri sem descanso todos os lugares onde tínhamos nos encontrado ao longo daqueles anos. Encontrei-o deitado sobre o túmulo de Nuria Monfort, no amanhecer do dia 25 de setembro de 1991. Na mão segurava um estojo com a caneta que havia sido do meu pai e um bilhete:

Julián:

Estou orgulhoso de ter sido seu amigo e de tudo o que aprendi com você.
Sinto muito não poder estar ao seu lado para vê-lo triunfar e conseguir o que eu nunca pude nem soube alcançar, mas fico tranquilo com a certeza de que, embora a princípio não queira admitir, não precisa mais de mim, como nunca precisou. Vou me encontrar com a mulher de quem nunca devia ter me afastado. Cuide dos seus pais e de todos os personagens da nossa narração. Conte ao mundo as nossas histórias e nunca esqueça que nós existimos enquanto alguém se lembra de nós.

Seu amigo,

JULIÁN CARAX

Naquela tarde fiquei sabendo que o espaço que havia ao lado do túmulo de Nuria Monfort pertencia, me disseram, ao município de Barcelona. A voracidade arrecadatória das instituições espanholas nunca desfalecia, e então acabamos chegando a uma cifra astronômica que paguei no ato, dando um bom uso desta vez àquele dinheiro abundante que eu ganhara na épica dos carros esportivos e dos anúncios natalinos de espumante com mais bailarinas que o subconsciente de Busby Berkeley.

Enterramos meu mestre, Julián Carax, em um sábado no final de setembro. Levei minha filha Alicia, que ao ver os dois túmulos um ao lado do outro apertou minha mão e disse que eu não me preocupasse, porque agora meu amigo nunca mais ia ficar sozinho.

Para mim é difícil falar de Carax. Às vezes me pergunto se não tenho algo do meu outro avô, o infortunado David Martín, e não o inventei como ele inventou o seu monsieur Corelli para poder narrar o que nunca aconteceu. Duas semanas depois do enterro, escrevi a madame Currygan e ao *signor* Coliccio em Paris informando seu falecimento. Na carta pedi que, a critério deles, transmitissem a notícia ao seu amigo Jean-Raymond e a quem mais considerassem adequado. Madame Currygan me respondeu, agradecendo minha carta e dizendo que, pouco antes de morrer, Carax lhe havia escrito sobre o manuscrito em que tínhamos trabalhado juntos por todos aqueles anos. Pediu que o mandasse a ela assim que eu tivesse terminado. Carax me ensinou que um livro não acaba nunca e que, com sorte, é ele quem nos abandona para não passarmos o resto da eternidade reescrevendo.

No final de 1991 fiz uma cópia do manuscrito, de quase duas mil laudas datilografadas, desta vez, sim, com uma Underwood, e mandei para os antigos agentes de Carax. Na verdade não esperava voltar a ter notícias deles. Comecei a trabalhar em um novo romance, seguindo mais uma vez um dos conselhos do meu mestre. "Às vezes é melhor pôr o cérebro para trabalhar e exauri-lo do que deixá-lo em repouso para que, quando se entediar, resolva nos devorar vivos."

Passava os meses dividido entre a escrita daquele romance que não tinha título e longos passeios por Barcelona com Alicia, que estava começando a querer saber de tudo.

— O livro novo é sobre Valentina?

Alicia nunca se referia a ela como sua mãe, mas pelo nome.

— Não. É sobre você.

— Mentiroso.

Nessas caminhadas aprendi a redescobrir a cidade através dos olhos da minha filha e percebi que a Barcelona tenebrosa em que meus pais tinham vivido havia clareado lentamente, sem que percebêssemos. Agora, aquele mundo que eu imaginava lembrar estava desmantelado e se transformara em um cenário perfumado e atapetado para os turistas e toda essa boa gente amante de sol e de praia que, por mais que olhasse, se recusava a ver o ocaso de uma época que mais que desabar tinha se desmanchado em uma fina película de poeira que ainda se respirava no ar.

A sombra de Carax continuou me seguindo por toda parte. Minha mãe vinha frequentemente à nossa casa e trazia a pequena Isabella para que minha filha lhe mostrasse todos os seus brinquedos e todos os seus livros, que eram muitos, mas não incluíam uma única boneca. É que a minha filha Alicia detestava bonecas e arrancava a cabeça delas com uma atiradeira no pátio do colégio. Mamãe sempre vinha me perguntar se estava bem, sabendo que a resposta era "não", e se tinha notícias de Valentina, também sabendo que a resposta era a mesma.

Nunca quis contar nada à minha mãe a respeito de Carax, dos mistérios e silêncios de todos aqueles anos. Mas tinha a sensação de que já imaginava, porque nunca tive segredos com ela além daqueles que fingi aceitar.

— Seu pai sente a sua falta — dizia ela. — Você deveria ir à livraria mais vezes. Até Fermín me perguntou outro dia se agora você tinha virado monge cartuxo.

— Andei ocupado tentando terminar um livro.

— Durante quinze anos?

— Acabou sendo mais difícil do que eu esperava.

— Vou poder ler?

— Não tenho certeza se você vai gostar. Na verdade, não sei se é uma boa ideia tentar publicá-lo.

— Posso saber do que trata?

— De nós. De todos nós. É a história da família.

Minha mãe me olhou em silêncio.

— Quem sabe eu devesse destruí-lo — ofereci.

— A história é sua. Pode fazer com ela o que achar melhor. E agora que o vovô não está mais vivo e as coisas mudaram tanto, não creio que alguém se importe com os nossos segredos.

— E papai?

— Provavelmente ele vai ser a pessoa que mais vai gostar de ler. Não pense que nós não imaginávamos o que você estava fazendo. Não somos tão bobos.

— Então tenho sua permissão?

— Da minha você não precisa. E a do seu pai, se quiser, vai ter que pedir a ele.

Fui visitar meu pai de manhã bem cedo, quando sabia que ia estar sozinho na livraria. Ele disfarçou a surpresa ao me ver, e quando lhe perguntei como andava o negócio relutou em me dizer que as contas da Sempere & Filhos estavam no vermelho e que já tinha recebido mais de uma oferta para vender a livraria e ver surgir ali uma loja de suvenirs vendendo figurinhas da Sagrada Família e camisetas do Barça.

— Fermín já me avisou que se eu aceitar ele se incendeia feito um bonzo ali em frente.

— Um dilema e tanto — comentei.

— Ele sente a sua falta — disse, daquela sua maneira de atribuir aos outros os sentimentos que era incapaz de reconhecer em si mesmo. — E suas coisas, como vão? A sua mãe me disse que você largou os anúncios e agora se ocupa somente de escrever. Quando vamos ter algo que eu possa vender aqui?

— Ela explicou que tipo de livro é?

— Imaginei que você deve ter alterado os nomes e um ou outro detalhe escabroso, ainda que seja só para não escandalizar os vizinhos.

— Sem dúvida. A única pessoa que aparece mostrando as vergonhas é Fermín, que ele gosta. Vai ter mais fãs que El Cordobés.

— Então posso ir abrindo espaço na vitrine?

Dei de ombros.

— Esta manhã recebi uma carta de dois agentes literários a quem tinha mandado o manuscrito. É uma série de quatro romances. Um editor de Paris, Émile de Rosiers, se interessou em publicar, e outra editora alemã, Michi Strausmann, também fez uma oferta pelos direitos. Os agentes dizem que acham que haverá mais propostas, ainda que antes tenha que acabar de polir um milhão de detalhes. Eu impus duas condições: a primeira foi que eu precisava ter a permissão dos meus pais e da minha família para contar a história. A segunda, que o romance saísse com o nome de Julián Carax como autor.

Meu pai baixou os olhos.

— Como está Carax? — perguntou.

— Em paz.

Ele fez que sim.

— Tenho a sua permissão?

— Você se lembra, quando era pequeno, do dia em que me prometeu que ia contar essa história por mim?

— Sim.

— Durante todos estes anos não duvidei um só instante de que ia fazer isso. Estou orgulhoso de você, filho.

Meu pai me abraçou como não fazia desde a minha infância.

Fui visitar Fermín em suas dependências no Cemitério dos Livros Esquecidos em agosto de 1992, no dia da abertura dos Jogos Olímpicos. Barcelona tinha se vestido de luz e flutuava no ar uma aura de otimismo e esperança como eu nunca tinha sentido e como, possivelmente, nunca mais voltaria a viver nas ruas da minha cidade. Quando cheguei, Fermín sorriu e me ofereceu uma continência militar. Já parecia muito velho, mas eu não quis lhe dizer isso.

— Pensei que estava morto — disse ele.

— Estou no caminho para isso. Você parece forte como um touro.

— São as Sugus, que me mantêm caramelizado.

— Deve ser.

— Um passarinho me contou que você vai nos tornar famosos — soltou Fermín.

— Principalmente você. Quando lhe fizerem ofertas para protagonizar campanhas de publicidade não tenha dúvida em me consultar, que disso eu ainda entendo.

— Só vou aceitar as que forem de roupa de baixo masculina — replicou Fermín.

— Tenho então sua permissão?

— Tem minha bênção urbi et orbi. Mas acho que você não veio só por isso.

— Por que sempre me atribui motivos ocultos, Fermín?

— Porque você tem uma mente mais enrolada que mola de colchão. Digo isso como elogio.

— E por que acha que vim, então?

— Provavelmente para desfrutar do meu fino verbo e, talvez, para acertar uma conta que ainda temos em aberto.

— Qual delas?

Fermín me levou para uma sala que mantinha sempre fechada a chave para protegê-la das cruzadas dos seus múltiplos rebentos. Fez com que eu me sentasse em uma poltrona de almirante que tinha comprado no mercado de Los Encantes. Ele foi para uma cadeira ao lado, pegou uma caixa de papelão e a colocou nos joelhos.

— Você se lembra de Alicia? — perguntou. — É uma pergunta retórica.

Senti que meu coração dava um pulo.

— Está viva? Soube alguma coisa dela?

Fermín abriu a caixa e tirou um punhado de cartas.

— Eu nunca disse nada, porque achei que era o melhor para todo mundo, mas Alicia voltou a Barcelona em 1960 antes de ir embora para sempre. Foi em um dia de Sant Jordi, 23 de abril. Voltou para se despedir, do seu jeito.

— Lembro perfeitamente. Eu era muito pequeno.

— E continua sendo.

Ficamos nos olhando em silêncio.

— Para onde ela foi?

— Eu me despedi dela à beira do cais e a vi subir em um navio que zarpava rumo às Américas. Desde então, todo Natal recebo uma carta sem remetente.

Fermín me deu um maço com mais de trinta cartas, uma por ano.

— Pode abrir.

Todos os envelopes continham uma fotografia. O carimbo indicava que cada uma tinha sido enviada de um lugar diferente: Nova York, Boston, Washington DC, Seattle, Denver, Santa Fé, Portland, Filadélfia, Key West, New Orleans, Santa Mônica, Chicago, San Francisco...

Olhei para Fermín, atônito. Ele começou a cantarolar o hino norte-americano, que nos seus lábios parecia uma *sardana*. Todas as fotografias foram tiradas com o sol pelas costas e mostravam uma sombra, a silhueta de uma mulher, recortada contra uma panorâmica de parques, arranha-céus, praias, desertos ou florestas.

— Não tem mais nada? — perguntei. — Um bilhete? Alguma coisa?

Fermín negou com a cabeça.

— Não, até a última. Chegou no Natal passado.

Franzi o cenho.

— Como sabe que foi a última?

Ele me deu o envelope.

O selo indicava que tinha sido enviada de Monterrey, Califórnia. Peguei a foto e me perdi nela. Na imagem, dessa vez, não aparecia apenas uma sombra. Lá estava Alicia Gris, trinta anos depois, olhando para a câmera e sorrindo no que me pareceu o lugar mais bonito do mundo, uma espécie de península de escarpados e florestas espectrais que entrava pelo mar em meio à névoa do oceano Pacífico. Ao lado, em um cartaz, se podia ler: POINT LOBOS.

Virei a fotografia e me deparei com a letra de Alicia.

O fim do caminho. Valeu a pena. Obrigada de novo por me salvar, Fermín, uma e tantas vezes. Salve-se também e diga a Julián que nos torne imortais, que sempre contamos com isso.

Com amor,

Alicia

Meus olhos se encheram de lágrimas. Quis acreditar que naquele lugar de sonho, tão distante da nossa Barcelona, Alicia havia encontrado sua paz e seu destino.

— Posso ficar com ela? — perguntei com a voz embargada.

— É sua.

Soube então que finalmente havia achado a última peça da minha história e que, a partir daquele momento, me esperava a vida e, com sorte, a ficção.

EPÍLOGO

BARCELONA
9 DE AGOSTO DE 1992

Um homem jovem, já com o cabelo grisalho, caminha pelas ruas de uma Barcelona de sombras sob a lua que se derrama pela Rambla de Santa Mónica formando uma fita de prata que guia os seus passos. Leva pela mão uma menina de uns dez anos, com o olhar embriagado de mistério pela promessa que seu pai tinha feito ao entardecer, a promessa do Cemitério dos Livros Esquecidos.

— Alicia, você não pode contar a ninguém o que vai ver esta noite. A ninguém.

— Então vai ser o nosso segredo — diz ela a meia-voz.

O pai suspira, amparado pelo sorriso triste que o persegue pela vida afora.

— Claro que sim. Vai ser o nosso segredo para sempre.

Nesse momento o céu se incendeia em um salgueiro de luz e os fogos da cerimônia de encerramento congelam por um instante a noite de uma Barcelona que nunca voltará.

Pouco depois, figuras de vapor, pai e filha se confundem com a multidão que inunda as Ramblas, seus passos para sempre perdidos no labirinto dos espíritos.

✦

1ª EDIÇÃO [2017] 6 reimpressões

ESTA OBRA FOI COMPOSTA PELA ABREU'S SYSTEM EM CAPITOLINA REGULAR E IMPRESSA EM OFSETE PELA LIS GRÁFICA SOBRE PAPEL PÓLEN DA SUZANO S.A. PARA A EDITORA SCHWARCZ EM JANEIRO DE 2025

A marca FSC® é a garantia de que a madeira utilizada na fabricação do papel deste livro provém de florestas que foram gerenciadas de maneira ambientalmente correta, socialmente justa e economicamente viável, além de outras fontes de origem controlada.